ullstein

Das Buch

Der Orden der Unsichtbaren will die Menschheit beherrschen und schreckt vor keinem Mittel zurück. Die junge deutsche Historikerin Alexandra Lessing und ihr geheimnisvoller Freund Ismael haben den beinahe aussichtslosen Kampf gegen den *ordo invisibilium* aufgenommen und schweben in permanenter Lebensgefahr.

Indes wird Dr. Elizabeth Kwon, eine Psychologin aus San Francisco, mit dem Fall eines angeblich autistischen Mädchens betraut, das als »Savant« über ungewöhnliche Fähigkeiten verfügt, die es zur Zielscheibe des Ordens machen. Zur selben Zeit ist der italienische Archäologe Paolo Genaro einem Geheimnis auf der Spur, dessen Wurzeln bis ins 16. Jahrhundert reichen. Weshalb trachtet der Orden der Unsichtbaren danach, dieses Geheimnis mit allen Mitteln unter Verschluss zu halten? Welche Rolle nimmt die kleine Kim Li im Spiel der Mächte ein? Ein gnadenloser Machtkampf zwischen Sichtbaren und Unsichtbaren beginnt.

Der Autor

Marc Van Allen ist das neue Synonym für spannende Unterhaltung. Sein Romandebüt INVISIBILIS entführte den Leser in eine trügerische Scheinwelt, mit VENATUM hat er nun einen weiteren Pageturner vorgelegt, der sich als Antwort auf eine undurchschaubar gewordene Welt versteht. Van Allen war selbst lange genug beim Militär, um die Mechanismen hierarchischer Befehlsgewalt genau zu kennen; als langjähriger Grenzgänger zwischen Europa und den USA ist er zudem, ähnlich wie seine Heldin Alexandra Lessing, mit beiden Welten vertraut. Zurückgezogen lebt er abwechselnd in den Bayerischen Alpen sowie in Tampa, Florida.

Von Marc Van Allen ist in unserem Hause bereits erschienen:
Invisibilis

Marc Van Allen

VENATUM

Thriller

Ullstein

Besuchen Sie uns im Internet:
www.ullstein-taschenbuch.de

Umwelthinweis:
Dieses Buch wurde auf chlor- und säurefreiem Papier gedruckt.

Originalausgabe im Ullstein Taschenbuch
1. Auflage Juni 2008

Umschlaggestaltung: HildenDesign, München
Titelabbildung: © HildenDesign, München
Satz: Pinkuin Satz und Datentechnik, Berlin
Gesetzt aus der Minion
Druck und Bindearbeiten: CPI – Ebner & Spiegel, Ulm
Printed in Germany
ISBN 978-3-548-26614-5

»Die Eigenschaft der Unsichtbarkeit ist nur für zwei Dinge gut: Um unbemerkt zu fliehen oder sich unbemerkt zu nähern. Also eignet sie sich hervorragend, um zu töten …«

H.G. Wells, *Der Unsichtbare*

»Nehmen wir einmal an, es gäbe zwei von diesen Ringen, die unsichtbar machen – einen, der von einer moralisch guten Person, und einen anderen, der von einer unmoralischen Person getragen wird. Dann wären beide Personen unsichtbar und niemand könnte die moralisch gute Person von der moralisch schlechten Person unterscheiden …«

Plato, *Über den Staat*, 2. Buch

Prolog

Flüchtige Eindrücke, die auf das schmerzgepeitschte Bewusstsein niederprasseln. Schlaglichter, die die Umgebung für Augenblicke aus der Dunkelheit reißen, um sogleich wieder zu verblassen.

Ein langer Korridor … Neonröhren an der Decke … gleißendes Licht … hektisch trampelnde Schritte … irgendwo ein quäkender Lautsprecher … dann Stimmen, die aufgeregt durcheinanderrufen.

»Was haben wir?«

»Vorzeitige Wehen, Sir. Eine Polizeistreife hat sie gefunden, unten an der Willard Street.«

»Obdachlos?«

»Offensichtlich, Sir.«

»Papiere?«

»Keine, Sir. Aber sie sagte, ihr Name sei Dorothy.«

»Dorothy. Und wie weiter?«

»Nichts weiter, Sir.«

»Na schön, dann muss das genügen«, sagt die energischere der beiden Stimmen und ist plötzlich direkt über ihr. »Dorothy, ich bin Dr. Huer. Ich bin Ihr zuständiger Arzt. Verstehen Sie, was ich sage, Dorothy?«

Trotz der Schmerzen, die sie quälen, zwingt sie sich zu einem Nicken. Das Gesicht, das über ihr schwebt und einem jungen Mann Anfang dreißig gehört, ist unverhohlen besorgt. Dann macht es den Mund auf und beginnt zu reden, erzählt Dinge, von denen sie nur die Hälfte begreift.

Von Fruchtwasser, das bereits ausgetreten sei.

Von einem Kind, das sich nicht gedreht habe.

Von einer *sectio*, die augenblicklich erforderlich sei.

»Verstehen Sie mich? Verstehen Sie, was ich sage?«

Sie nickt, während ihre Gedanken in diesem Augenblick nur dem winzigen, zerbrechlichen Leben gehören, das sich in ihr befindet. Sie will es nicht verlieren, fühlt sich noch nicht bereit, es in die Welt zu entlassen – und das nicht nur, weil die Zeit noch nicht reif ist, sondern weil ein dunkles Geheimnis das Kind in ihrem Schoß umgibt.

Ein Geheimnis von solch zerstörerischer Kraft, dass es den Fortbestand der Welt gefährden könnte.

»Nein!«, hört sie sich selbst schreien, während sie die Hände auf die Wölbung ihres Unterbauchs presst und mit Entsetzen feststellt, dass sie das Kind dort nicht mehr fühlen kann. Es ist noch da, aber die Verbindung zu ihm scheint abgerissen, die Loslösung bereits eingesetzt zu haben.

»Neiiin …!«

Ihr Schrei verhallt im Korridor, durch den sie geschoben wird, auf einer kargen Liege aus metallenem Rohrgestänge, einer breiten, von hinten beleuchteten Milchglastür entgegen. Mit elektrischem Summen schwingt die Tür auf, kurz bevor die Trage dagegenstoßen kann. Das Licht wird noch greller, antiseptischer Geruch brennt in ihrer Nase.

Ein gutes Dutzend Hände fallen über sie her. Sie wehrt sich nicht dagegen, der Schmerz in ihrem Unterbauch ist zu groß. Man beraubt sie ihrer Kleider, legt sie auf einen Operationstisch aus blankem Stahl und beginnt, sie zu untersuchen – und über allem hört sie immer wieder die

Stimme Dr. Huers, der sie zu beruhigen versucht, während sie nichts anderes tun kann als schreien.

Dann: der Einstich.

Wie eine Messerklinge fährt er in ihr Becken und injiziert die Narkose in ihr Rückenmark. Für einen Augenblick ist der Schmerz so überwältigend, dass ihr Schrei erstickt und sie nichts als dunkle und helle Flecke vor Augen sieht. Dann spürt sie, wie die Betäubung zu wirken beginnt. Der Schmerz verschwindet hinter Nebelschleiern, die sich mit jedem Augenblick verdichten, während ihr Unterleib langsam abzusterben scheint.

Ein weiterer Einstich in ihrem Unterarm – ein Antibiotikum, wie man ihr sagt –, aber es ist ihr gleichgültig. Ihr eigenes Schicksal ist bedeutungslos angesichts des neuen Lebens, dem nun all ihre Gebete, ihre Ängste und ihre Hoffnungen gehören.

»Ismael«, flüstert sie. »Ismael.«

Sie streckt eine Hand aus in der Hoffnung, dass *er* da wäre und sie ergreifen würde, um ihr Mut und Trost zu spenden. Aber sie ist allein und auf sich gestellt und die einzige Hand, die schließlich doch nach ihrer Rechten greift, ist mit Latex umhüllt. Keine Wärme, keine Nähe.

Vergeblich versucht sie, sich aufzurichten, um zu sehen, was mit ihr geschieht. Ein Vorhang wird vorgezogen, der ihr den Blick auf ihren Unterleib verwehrt, obwohl sie deutlich spüren kann, dass die Operation bereits begonnen hat. Dumpfe Empfindungen durchströmen ihren Körper, keine Schmerzen, aber doch eine lebhafte Vorstellung von dem, was jenseits des Vorhangs geschieht.

Die Stimmen der Ärzte, Krankenschwestern und Hebammen klingen gedämpft unter dem Mundschutz, den sie tragen. In beherrschtem Tonfall, der keine Gefühlsregung erkennen lässt, werden Anweisungen gegeben und Informationen ausgetauscht.

»Mein Baby«, flüstert sie immer wieder. »Mein Baby …«

Plötzlich kehrt Schweigen ein.

Von einem Augenblick zum anderen herrscht eine Stille, die vollkommen ist und eine quälende Ewigkeit zu währen scheint – bis sie von einem erlösenden Schrei durchbrochen wird.

Das Kind, soeben aus dem Bauch der Mutter gehoben, gibt das elementarste aller Lebenszeichen von sich und sie atmet auf. Das Kind lebt und sie will es sehen.

»Mein Baby!«, ruft sie laut. »Wo ist es?«

Noch immer herrscht Schweigen.

Keiner der Ärzte sagt ein Wort, nur das Schreien des Kindes ist zu hören.

»Mein Baby!«, verlangt sie, Panik in der Stimme. »Wo ist es? Zeigt es mir, ich will es sehen!«

Die Ärzte schweigen noch immer.

Dafür sind endlich Schritte zu hören.

Eine Hebamme, die einen blauen OP-Kittel trägt und dazu Haube und Mundschutz, kommt um den Vorhang herum, ein in blutige Tücher gewickeltes schreiendes Bündel im Arm. Ihr schockierter Blick versetzt die Mutter noch mehr in Unruhe.

»Was ist mit meinem Baby?«, schreit sie, dass es von der hohen Decke widerhallt. »Ist es gesund? Bitte sagen Sie doch etwas.«

Anstatt zu antworten, beugt sich die Hebamme herab und hält ihr das Bündel hin, schlägt die Handtücher so auseinander, dass das Gesicht des Kindes sichtbar wird.

Die Mutter ist erleichtert.

Blut und eine bläuliche Schmierschicht bedecken das

kleine, verkniffene Gesicht. Die Augen sind fest geschlossen, so, als weigerten sie sich, der Wirklichkeit entgegenzublicken, während laute, quäkende Schreie aus dem kleinen Mund dringen.

So hilflos, so unschuldig, so unwissend um die Kälte und Bosheit der Welt, liegt das Kind vor ihr, dass die Mutter nicht anders kann als zu lächeln. Das Neugeborene berührt ihr Herz und unwillkürlich fragt sie sich, weshalb die Ärzte noch immer betreten schweigen – denn in ihren Augen ist das Kind vollkommen.

Sehnsüchtig streckt sie die Hände danach aus, als die Hebamme mit einem losen Stück Handtuch über das Gesicht des Neugeborenen wischt, um es von Blut und Schmiere zu befreien – und *nichts* darunter zutage tritt.

Keine zarte, vom Schreien gerötete Haut.

Keine hilflos suchenden Augen.

Keine rosigen Wangen.

Obwohl das Kind schreit und seine Stimme laut und vernehmlich ist, scheint sich nichts unter all den Schichten von Blut und Sekreten zu befinden, und während die junge Mutter erst ganz allmählich zu begreifen beginnt, spürt sie, wie der Blick der Hebamme sich in unverhohlener Anklage auf sie richtet.

»Niemand«, sagt sie vorwurfsvoll, »kann dieses Kind sehen – und das ist allein Ihre Schuld!«

»Nein!«

Der Klang ihrer eigenen Stimme riss Alexandra Lessing aus dem Schlaf. Jäh fuhr sie hoch, getrieben vom Gedanken an Flucht – nur um festzustellen, dass sie sich keineswegs in einem Operationssaal befand.

Das grelle Licht war schlagartig beruhigendem Halbdunkel gewichen und die einzigen Geräusche, die zu hören waren, stammten vom Verkehr auf dem nahen Interstate. Ihre Blicke erfassten vertraute Gegenstände und Alex wurde klar, dass sie sich nicht etwa in einem Krankenhaus aufhielt, sondern zu Hause, in ihrem Apartment südlich von Washington D.C.

»Es war nur ein Albtraum«, stellte sie flüsternd fest, und um es sich endgültig klarzumachen, wiederholte sie die Worte noch einmal, dabei jede einzelne Silbe betonend: »Nur ein Albtraum.«

Unwillkürlich fiel ihr Blick auf die andere Hälfte des Doppelbetts, die jedoch verwaist war. Laken und Decke lagen unberührt, wie so oft in den letzten Wochen. Ismael war häufig unterwegs – »geschäftlich«, wie er es zu nennen pflegte. Alex jedoch war klar, dass jede dieser angeblichen Geschäftsreisen ihn das Leben kosten konnte, so wie Winston Seymour und unzählige andere vor ihm. Der Kampf war erbarmungslos und wurde mit aller Härte ausgetragen, Gnade wurde nicht gewährt. Ein Krieg spielte sich ab vor den Augen der Welt, von dem die allermeisten Menschen jedoch nichts ahnten.

Noch vor wenigen Monaten hatte Alex zu dieser überwältigenden Mehrheit gehört. Als Dozentin für Neuere Geschichte war sie an der Universität München ihrer Arbeit nachgegangen und hatte keinen Gedanken an jene Dinge verschwendet, die ihr Leben schon kurz darauf aus der Bahn geworfen hatten. Dinge, die sie noch vor nicht allzu langer Zeit als bloße Fantasterei, als kindische Science-Fiction abgetan hätte – und die dennoch die Welt bedrohten.

Unerkannt arbeiteten sie im Hintergrund.

Unsichtbar.

»Es war nur ein Albtraum«, redete sie sich noch einmal ein, aber wie zuvor fehlte ihrer Stimme die Überzeugung.

Ein Blick auf den Wecker auf dem Nachtschrank:

Kurz nach fünf.

In einem jähen Entschluss schwang sich Alex aus dem Bett, um das zu tun, wovor sie sich die letzten Tage beständig gefürchtet hatte. Als ob es noch nicht zu spät wäre, schalt sie sich selbst. Als ob es einen Unterschied machte, ob sie es wusste oder nicht. Der Traum jedoch hatte ihr klargemacht, dass sie Gewissheit wollte.

Sie ging ins Badezimmer, knipste das Licht an und erschrak ein wenig über die blassen, von kurzgeschnittenem dunklen Haar umrahmten Züge, die ihr aus dem Spiegel entgegenblickten. Noch vor Kurzem, sagte sie sich, hatte dieses Gesicht anders ausgesehen – oder sah um fünf Uhr morgens jedes Gesicht so aus?

Sie lächelte freudlos. Dann öffnete sie den Spiegelschrank und entnahm ihm die kleine Schachtel, die sie ganz hinten versteckt hatte, damit Ismael sie nicht fand. Sie machte die Packung auf und entnahm ihr den Gegenstand, der in etwa Form und Größe eines Kugelschreibers hatte und dennoch ganz anderen Zwecken diente. Rasch überflog sie die Packungsbeilage, ehe sie tat, wozu sie darin aufgefordert wurde.

Dann setzte das unerträgliche Warten ein.

Obwohl es nur wenige Minuten waren, kamen sie Alex wie eine Ewigkeit vor. Nervös mit den Fingern trommelnd, saß sie auf dem Badewannenrand, während sie immer wieder auf das kleine Instrument aus Plastik starrte, das sie auf das Bord gelegt hatte. Aus sicherer Entfernung, als wäre es eine Bombe, die jeden Augenblick explodieren könnte.

Endlich war es soweit.

Alex bebte am ganzen Körper, als sie nach dem Gegenstand griff, denn ihr war klar, dass die nächsten Sekunden ihr Leben verändern konnten – und möglicherweise nicht nur ihres.

Sie nahm die Teströhre und warf einen Blick auf das kleine Sichtfenster – um dann die Röhre fallen zu lassen, so als hätte sie sich daran die Finger verbrannt.

Alex holte tief Luft. Vergeblich versuchte sie, sich zu beruhigen, während sich ihr Pulsschlag zu hämmerndem Stakkato steigerte. Zögernd, fast widerwillig hob sie den Test vom Boden auf und nahm ihn noch einmal prüfend in Augenschein – obwohl sie ahnte, dass das Ergebnis unverändert war.

Nicht einer, sondern zwei blaue Striche.

Schwanger.

Teil I

VIDENS

1.

Um die Wahrheit zu sagen, habe ich den Grund, warum Menschen Bücher lesen, nie wirklich verstanden.

Was, in aller Welt, treibt jemanden dazu, ein Buch in die Hand zu nehmen, es aufzuschlagen und Buchstabe für Buchstabe, Wort für Wort jene Gedanken nachzuempfinden, die ein anderer schon lange vor ihm hatte? Warum beschreiten die Menschen nicht eigene Pfade, anstatt sich in den ausgetretenen Bahnen anderer zu bewegen? Warum haben sie keine eigenen Gedanken?

Ich habe lange gebraucht, um die Antwort auf diese Frage zu finden: Es ist ihre Feigheit, die die Menschen dazu treibt, ihr Unvermögen, eigene Gedanken zu fassen und eigene Pläne zu entwickeln. Im Gegensatz zu uns.

Die Zahl der Bücher, die ich in meinem Leben gelesen habe, lässt sich an zwei Händen abzählen. Ich hasse es, mich den Gedanken eines anderen aussetzen zu müssen – wozu sollte ich? Muss es in Wahrheit nicht umgekehrt sein? Sollten sich die Menschen nicht vielmehr mit meinen Gedanken auseinandersetzen? Bin ich es nicht, der aufgrund seiner Natur und der Vision, die er verfolgt, den anderen weit überlegen ist?

Anstatt das wiederzukäuen, was andere vor mir gedacht und getan haben, ziehe ich es vor, selbst zu handeln und selbst zu kontrollieren.

Das war schon immer so.

Unbekannter Ort
Sechs Monate nach dem vereitelten Anschlag auf das Hauptquartier der Vereinten Nationen, New York

»Sie haben mich rufen lassen?«

»Allerdings, Gallagher – es gibt eine heiße Spur.«

»Eine heiße Spur, Sir?«

»In der Tat, mein junger Freund.«

Es schienen zwei Stimmen ohne Körper zu sein, die sich in dem abgedunkelten Raum unterhielten, dessen Wände aus glattem, blankem Stahl bestanden. Andernfalls wäre im Gesicht des jüngeren Gesprächspartners ebenso viel Erstaunen wie Genugtuung zu erkennen gewesen.

»Wo?«, war alles, was er wissen wollte.

»Den Informationen zufolge, die unsere Washingtoner Außenstelle uns zugespielt hat, deutet alles darauf hin, dass sich die gesuchten Personen in der Nähe der US-Hauptstadt aufhalten. Allem Anschein nach haben sie eine kleine Wohnung in Alexandria bezogen und leben dort den kleinen Traum vom stillen Glück.« Die ältere Stimme lachte zynisch.

»Dieser Traum wird schon bald zum Albtraum werden, Sir«, zischte der Jüngere. »Dafür werde ich persönlich sorgen.«

»Tun Sie das, Gallagher. Sie wissen, wir haben uns für einiges zu revanchieren.«

Das stimmte allerdings und der konturlose Schatten, den der andere mit dem Namen Gallagher angesprochen hatte, war sich dessen nur zu bewusst – wäre es anders gewesen, hätte dieses Gespräch nicht stattzufinden brauchen, und schon gar nicht an diesem düsteren, geheimen, der Welt entrückten Ort.

Vor wenigen Monaten hätte sich alles ändern können.

Alles.

Ein Anschlag auf den sogenannten »Weltgipfel«, eine Zusammenkunft der wichtigsten Staatsoberhäupter dieser Erde, zu der auch die Vertreter von Schwellenländern und Drittweltstaaten eingeladen worden waren, hätte auf einen Schlag die gesamte politische Führung der Welt auslöschen sollen. Eine atomare Explosion im Herzen von New York City, ein greller Lichtblitz, der Hunderttausende von Menschen ins Verderben riss und mit ihnen die Machthaber dieser Erde – und die Sonne des darauf folgenden Tages hätte auf eine veränderte Welt geblickt. Eine Welt, in der die alten Gesetzmäßigkeiten keinen Bestand mehr hatten.

In der Anarchie, die um sich gegriffen hätte, im Chaos der gegenseitigen Schuldzuweisungen, in die die Länder fraglos verfallen wären, und in der Dämmerung der sich anbahnenden Kriege hätte eine neue, unbekannte Größe nach der Macht gegriffen. Eine Organisation, von der die Menschheit bislang noch nicht einmal etwas ahnte und die es dennoch gab. Im Verborgenen hatte sie bisher existiert und gewirkt, immer wieder, die Jahrtausende hindurch. Sie hatte die Entscheidungen der Menschen beeinflusst und ihre Geschichte nachhaltig bestimmt.

Der *ordo invisibilium.*

New York hatte die Wende markieren, hatte dem Orden den uneingeschränkten, direkten Einfluss auf die Verwaltungsorgane dieser Welt sichern sollen. Als rettende Macht, als Lösung aller Probleme und Antwort auf alle Fragen hatte er sich der verzweifelten Menschheit präsentieren und so nach einer langen Zeit unerkannten Wirkens aus dem Schatten der Geschichte treten wollen.

Doch es war anders gekommen.

Eine Gruppe verbrecherischer Aufständischer, die sich die Anderen nannten, hatte den Plan aufgedeckt, und obwohl es zur Strategie gehört hatte, den Rebellen das Vorhaben nach und nach zu offenbaren und sie so unfreiwillig zu Komplizen des Anschlags zu machen, war das Unternehmen am Ende gescheitert. Ein pensionierter New Yorker Cop namens Winston Seymour, der die Schlüsselfigur des Komplotts gewesen war, hatte sich schließlich als das indifferente Element der Gleichung erwiesen, als Risiko, das man nicht hatte vorausberechnen können.

Gallagher zweifelte nicht daran, dass es mehr ein unglücklicher Zufall gewesen war als Seymours freier Wille, der die Pläne des Ordens vereitelt hatte – schließlich war er nicht einmal ein *electus* gewesen, sondern nur ein durchschnittlicher Vertreter der Spezies *homo sapiens*, und dazu noch einer, der dem Suff und der Depression verfallen war. Aber es stand außer Frage, dass Seymour Helfer gehabt hatte – und diese Helfer zu finden und zur Rechenschaft zu ziehen hatte Gallagher geschworen.

»Nennt er sich noch immer Ismael?«, wollte er unvermittelt wissen.

»Jedenfalls haben wir keine anders lautenden Informationen. Der Hang zur Theatralik, den diese Aufständischen an den Tag legen, ist mitleiderregend. Wussten Sie, dass sie alle ihre ursprünglichen Namen abgelegt und stattdessen solche aus der Literatur ausgewählt haben? Shakespeare, Tolstoi, Goethe, Melville – niemands Werk ist vor ihnen sicher.«

»Ismael – der Name ist nicht nur dämlich, sondern auch völlig unpassend. Der Ismael aus der Literatur hat seinen Kampf gegen die Bestie überlebt – diesem hier wird das nicht gelingen, darauf gebe ich Ihnen mein Wort.«

»Das haben Sie bereits getan, mein junger Freund. Halten Sie dieses Versprechen einfach und der Dank des Ordens ist Ihnen gewiss.«

»Was ist mit der Deutschen?«

»Soweit wir wissen, ist sie bei ihm. Allerdings hat auch sie ihren Namen geändert – sie nennt sich jetzt Dorothy.«

»Dorothy. Und weiter?«

»Gale«, drang es gedämpft zurück.

»Ahnte ich es doch.« Gallagher lachte leise. »Ich konnte diesen Film noch nie leiden. Diese grässliche Musik! Und wie das Bild von schwarzweiß auf farbig wechselt ...«

»Das gefällt Ihnen wohl nicht?«

»Nein, Sir. Offen gestanden konnte ich mich mit dieser Sorte Kitsch nie anfreunden, denn in der Welt, in der ich lebe, ist es genau umgekehrt.«

Die ältere Stimme aus dem Nichts lachte kehlig. »Ich weiß, was Sie meinen, mein Junge – und Ihr Vater hat es ebenfalls gewusst. Vermissen Sie ihn bisweilen?«

Wäre Gallagher sichtbar gewesen, hätte man gesehen, wie sich seine athletische Gestalt straffte. »Nein, Sir«, behauptete er. »Mein Vater gab sein Leben im Dienst für den Orden und für unsere Rasse. Ich habe keinen Grund, ihn zu vermissen.«

»Eine gute Antwort«, scholl es aus dem Nichts. »Ich habe schon immer große Stücke auf Sie gehalten, Gallagher, schon vom Augenblick unserer ersten Begegnung an, und ich hoffe, dass Sie mich auch diesmal nicht enttäuschen werden – ungeachtet dessen, was in Ihnen vorgehen mag.«

»Keine Sorge, Sir. Ismael und die Deutsche werden gefasst und ihrer gerechten Strafe zugeführt werden, so wahr ich hier vor Ihnen stehe.«

»Ich kann Sie nicht sehen, mein Junge«, erwiderte der Ältere und lachte auf eine Weise, wie nur die Grauen es vermochten. »Tatsächlich kann ich Sie nicht sehen.«

George Washington University Hospital,
Gynäkologische Abteilung
Washington D. C.
Am nächsten Tag

»Und?«

Alexandra Lessings Stimme bebte, als sie die Frage stellte. Kalter Schweiß stand ihr auf der Stirn, die Luft im Sprechzimmer kam ihr unglaublich stickig vor.

»Nun«, meinte Dr. Clayborne, ein väterlich wirkender, dunkelhäutiger Mitfünfziger, der seine Freude über das Untersuchungsergebnis nicht verhehlen konnte oder wollte. »Ein Schnelltest gibt natürlich immer nur eine Momentaufnahme und kann durchaus auch falsche Ergebnisse liefern, besonders wenn die Probandin erhöhtem Stress ausgesetzt ist.«

»Aber?«, bohrte Alex weiter.

»In Ihrem Fall jedoch«, fuhr Clayborne mit feierlicher Miene fort, »können wir dies mit hundertprozentiger Sicherheit ausschließen. Bluttest und Ultraschalluntersuchung lassen nur einen Schluss zu: Sie sind schwanger, meine Liebe.«

»Sind Sie ganz sicher?«

»Aber ja.« Clayborne lächelte und rückte seine altmodische Brille zurecht. »Herzlichen Glückwunsch, Miss Gale.«

»Danke«, sagte Alex, ohne eine Miene zu verziehen.

»Sie scheinen nicht besonders erfreut darüber zu sein.«

»Offen gestanden hatte ich bis zuletzt gehofft, dass …«

»Ich verstehe.« Clayborne nickte, das Lächeln brach aus seinem Gesicht wie Putz von einer alten Wand. »Haben Sie denn noch keine Schwangerschaftssymptome empfunden? Hatten Sie kein Spannungsgefühl in den Brüsten?«

»Nein.«

»Morgenübelkeit?«

Alex schürzte die Lippen. Was hätte sie dem Arzt sagen sollen? Dass sie seit jenem Tag, da sie von der Existenz des Ordens und seinem Wirken in der Welt erfahren hatte, jeden Morgen weiche Knie hatte, wenn sie sich aus dem Bett erhob? Dass ihr regelmäßig übel wurde, wenn sie nur daran dachte, dass die Geschichte seit mehr als dreitausend Jahren von unsichtbaren Mächten beeinflusst wurde? Dass sie schon vor Monaten damit aufgehört hatte, ein normales Leben zu führen?

»Sehen Sie«, meinte Clayborne zufrieden, der ihr Schweigen missdeutete. »Der moderne Mensch hat es leider verlernt, in sich hineinzuhorchen und auf seinen Körper zu vertrauen. Das würde uns manche Überraschung ersparen, glauben Sie mir.«

»Allerdings«, sagte Alex nur.

»Miss Gale – in diesem Sprechzimmer haben vor Ihnen schon viele junge Frauen gesessen, die zunächst schockiert waren von der Aussicht, ein Kind zu bekommen. Mutter zu werden bedeutet Verantwortung zu übernehmen. Sich dem Leben auf eine Art und Weise zu stellen, wie Sie es sich bislang vielleicht noch nicht vorstellen können. Aber ich versichere Ihnen, dass ich aus Erfahrung genau weiß, was …«

»Nein, Doktor«, fiel Alex ihm leise ins Wort und konnte nicht verhindern, dass ihre Augen feucht wurden. »Sie wissen nichts. Gar nichts.«

»Natürlich.« Clayborne lächelte verschämt. »Ich bin ein Mann, und wenn Sie sagen, dass mir die biologische Berufung fehlt, um mich exakt in Ihre Rolle hineinzuversetzen, so haben Sie damit natürlich recht. Diese Dame hier allerdings kann es.« Er griff in ein kleines Kästchen, das auf seinem Schreibtisch stand, und zog eine Visitenkarte heraus, die er Alex reichte.

»Was ist das?«, fragte sie einigermaßen verwirrt.

»Die Karte von Carla Warren. Sie ist Sozialarbeiterin und hat viel Erfahrung im Umgang mit …«

»Vergessen Sie's«, erwiderte Alex barsch und erhob sich. Ihren Mantel und ihre Tasche presste sie an sich, als schämte sie sich im Nachhinein wegen der Blöße, die sie sich vor dem Arzt gegeben hatte. Nicht in physischer, sondern in emotionaler Hinsicht. »Haben Sie vielen Dank, Doktor«, sagte sie und wandte sich zum Gehen. »Ich weiß Ihre Bemühungen sehr zu schätzen, aber ich bezweifle, dass Mrs. Warren oder irgendjemand sonst verstehen kann, was in mir vorgeht.«

»Lassen Sie es auf einen Versuch ankommen, Miss Gale«, rief Clayborne ihr nach, während sie bereits zur Tür ging, »und vergessen Sie nicht, sich einen Termin geben zu lassen wegen der nächsten Ultraschallunter…«

Den Rest von dem, was der Arzt sagte, hörte Alex nicht mehr – sie hatte das Sprechzimmer verlassen und die Tür hinter sich geschlossen. Wie in Trance durchmaß sie den Korridor, passierte den Empfangstresen, wo eine Krankenschwester ihr irgendetwas zurief, und nahm den Lift hinunter ins Erdgeschoss.

Vor dem Krankenhaus warteten Taxen, von denen sie

eine bestieg und sich nach Alexandria bringen ließ. Es war früher Abend und auf dem Dupont Circle herrschte reger Verkehr. Alex jedoch hatte keine Augen für die Hektik, die jenseits der getönten Autofenster herrschte. Ihr Blick war nach innen gerichtet, auf die Myriaden widersprüchlicher Gefühle, die in ihr tobten, und auf das Leben, das in ihr reifte. Mit aller Macht wehrte sie sich dagegen, als gegeben hinzunehmen, was Clayborne ihr eröffnet hatte, obwohl sie wusste, dass es sinnlos war, es noch weiter zu leugnen. Sie war schwanger und erwartete ein Kind von dem Mann, den sie zwar aufrichtig liebte und der ihr der einzige Rettungsanker in dieser Welt zu sein schien, die völlig aus den Fugen geraten war, der jedoch auch mit einem schwerwiegenden Makel behaftet war.

Er war unsichtbar.

Ein *invisibilis* der dritten Generation, das Kind zweier Menschen, die ebenfalls unsichtbar gewesen waren. Was, wenn Ismael dieses Unsichtbarkeits-Gen, das er von seinen Eltern geerbt hatte, an sein Kind weitergegeben hatte? Jenen Teil seiner Erbmasse, die dafür verantwortlich war, dass sich seine Körpermoleküle in fortwährender optischer Oszillation befanden und er dem bloßen menschlichen Auge dadurch verborgen blieb?

Mehrmals hatte er Alex die Grundprinzipien der »negativen Rezeption« erklärt, ohne dass sie behaupten konnte, sie tatsächlich begriffen zu haben. Zwar verstand sie den zugrunde liegenden Gedanken, den Ismael gewöhnlich mit einem Ventilator verbildlichte, dessen Propeller bei entsprechender Geschwindigkeit ebenfalls unsichtbar wurden – wie sich dieses Prinzip allerdings auf die Molekularphysik übertragen ließ, weshalb es nur bei organischer Masse funktionierte und wie es kam, dass es sich aus der

Bioelektrizität des menschlichen Körpers speiste, war Alex nach wie vor ein Rätsel. Kein Wunder, schließlich war sie Historikerin und keine Naturwissenschaftlerin. Sie war weder dazu ausgebildet noch dazu gemacht, Dinge wie diese zu verstehen – dennoch würde ihr nichts anderes übrigbleiben, wenn sich herausstellte, dass ihr Kind ebenfalls mit dem Makel des Vaters behaftet war.

Ein Makel, der sich ebenso gut als Chance erweisen konnte wie als Fluch.

Obwohl sie sich dem Widerstand gegen den Orden angeschlossen hatte und im Dienst der Anderen stand, hatte Alex die Hoffnung nie ganz aufgegeben, dass vielleicht, eines fernen Tages, eine Zeit anbrechen könnte, da sie wieder in ihr altes Leben zurückkehren, ihrer früheren Arbeit nachgehen und eine ganz normale junge Frau sein konnte. Wenn sie ehrlich sich selbst gegenüber war, musste Alex sich eingestehen, dass sie nie wirklich verstanden hatte, weshalb Ismael damals gerade ihr das Logbuch zugespielt hatte, das den Bericht über eine U-Boot-Mission enthielt, die in den letzten Tagen des Zweiten Weltkriegs unter strengster Geheimhaltung durchgeführt worden war, und das Hinweise auf die Existenz der Unsichtbaren barg.

Man hatte ihr gesagt, dass sie aufgrund ihres Forschungsgebiets ausgewählt worden war, um das Geheimnis zu entschlüsseln. Alex hatte sich auf historische Wahrheitsfindung spezialisiert. Aber es hätte sicher auch noch viele andere talentierte Wissenschaftler gegeben, die zum einen der deutschen Sprache mächtig und zum anderen familiär ungebunden waren. Was es tatsächlich war, was die Anderen auf sie aufmerksam gemacht hatte, würde Alex wohl immer ein Rätsel bleiben.

Ismael gehörte der sogenannten dritten Generation der Unsichtbaren an. Beide Elternteile waren Unsichtbare gewesen, da war es nur natürlich, dass auch er unsichtbar war. Aber bei diesem Kind war es anders. Alex war eine normale Frau, gehörte der sichtbaren Welt an. Vielleicht würde sich ja ihr Erbe durchsetzen. Möglicherweise würde ihr Kind völlig normal sein.

Aber was, wenn sie tatsächlich ein Kind bekam, das Ismaels Erbe in sich trug und wie er über jene sagenumwobene Fähigkeit verfügte, über die sich Philosophen und Schriftsteller seit Jahrtausenden den Kopf zerbrachen? Darüber wollte Alex gar nicht erst nachdenken.

Vielleicht, redete sie sich ein, war es besser, wenn es das Licht der Welt gar nicht erst …

»Alles in Ordnung, Miss?«

Die Stimme des Taxifahrers riss sie aus ihren Gedanken. Besorgt blickte der junge Mann, der indischer Herkunft zu sein schien, in den Rückspiegel. Offenbar hatte er die Tränen bemerkt, die ihr über die Wangen rannen.

»Ja«, versicherte sie, »alles in Ordnung«, und wischte sich die Tränen ab.

»Bestimmt?«

»Ja doch«, beteuerte sie noch einmal und ungewollt laut, sodass der Fahrer zusammenzuckte und es vorzog, wieder durch die Windschutzscheibe geradeaus zu blicken. Alex bedauerte ihre harsche Reaktion, aber sie hatte weder die Geduld noch die Kraft, sich zu entschuldigen oder sich zu erklären. Alles, was sie wollte, war allein sein mit ihren Gedanken, um das Chaos zu ordnen, das in ihrem Inneren herrschte – ein Wunsch, der allerdings nicht in Erfüllung ging.

Vor dem zweistöckigen, aus rotem Backstein gemauerten

Gebäude, in dessen oberer Etage sie wohnte, ließ Alex das Taxi anhalten und bezahlte. Gleichsam als Entschuldigung für ihr unhöfliches Benehmen ließ sie ein üppiges Trinkgeld springen. Dann stieg sie aus und erklomm die Stufen der schmalen Treppe, die zur Eingangstür emporführte. Früher hatte der Bau ein Immobilienbüro und eine Computerfirma beherbergt – nach dem Börsencrash war ein Wohnhaus daraus geworden.

In Gedanken versunken, schloss Alex die Tür auf und trat ein. Das Treppenhaus war eng, schmale Stufen aus weiß gestrichenem Holz führten in den ersten Stock. Bedächtig stieg sie hinauf – und registrierte plötzlich, dass etwas nicht stimmte.

Musik drang aus ihrer Wohnung, obwohl sie nicht zu Hause war. Eine von ihren CDs.

Jazz.

Miles Davis.

Ihre Vorsicht erwachte. In einem antrainierten Reflex glitten ihre Hände in die Handtasche und förderten zwei Gegenstände zutage – eine Pistole vom deutschen Typ HK P2000, wie sie in Alex' Heimat in einigen Bundesländern bei der Polizei eingesetzt wurde, sowie etwas, das wie eine Sonnenbrille aussah, in Wirklichkeit jedoch eine sehr komplexe Technologie barg: Es war eine sogenannte Y-Brille, benannt nach den Strahlen, mit Hilfe derer die erste Generation von Unsichtbaren aus dem sichtbaren Spektrum ausgekoppelt worden war. Im Grunde war es ein Wärmesichtgerät, das unsichtbare Personen durch ihre Wärmeabstrahlung sichtbar machte. Da die Brille einseitig transparent war, wurde dieses Wärmebild vor den realen Hintergrund projiziert, sodass man die unsichtbare Person in ihrer Umgebung sah.

Rasch setzte Alex die Brille auf und sah sich um. Die Waffe hielt sie unter ihrem Mantel verborgen, bereit und entschlossen, sie notfalls einzusetzen.

Als sie sicher sein konnte, dass kein unsichtbarer Feind auf den Stufen lauerte, stieg sie die Treppe hinauf. Mit jedem Schritt wurde die Musik ein wenig lauter und Alex fragte sich, was dies zu bedeuten hatte. Ismael hatte gesagt, dass er vor Ende der Woche nicht zurück sein würde. Zudem wäre er niemals so leichtsinnig gewesen, Musik zu hören, wenn »offiziell« niemand zu Hause war.

Endlich erreichte sie das Ende der Treppe.

Was sollte sie tun?

Sich zurückziehen und das Haus beobachten? Die nächste Observierungsstation rufen und Bericht erstatten?

An einem anderen Tag hätte Alex es wohl getan – an diesem Tag jedoch fühlte sie sich zu matt, zu erschlagen, und zudem war da eine erschreckende Gleichgültigkeit ihrem eigenen Schicksal gegenüber. Hatte ihr Leben nicht ohnehin geendet, damals, in jener schicksalhaften Nacht, in der ihr Kollege Peter Manhart ermordet und die Jagd auf sie eröffnet worden war? Wie oft hatte sie sich seither versteckt, wie viele Male die Flucht ergriffen?

Alexandra hatte es satt.

So satt.

Kurz entschlossen griff sie nach dem Schlüssel, steckte ihn ins Schloss und drehte ihn um. Mit leisem Klicken sprang das Schloss auf und die Tür öffnete sich einen Spalt, gerade weit genug, um erkennen zu lassen, dass in der Wohnung gedämpfte, flackernde Beleuchtung herrschte.

Kerzenlicht.

Beherzt schlüpfte Alex durch den Türspalt und in den kurzen Gang. Prüfend blickte sie sich um, aber außer dem orangegelben Kerzenschein, der aus dem Wohnzimmer drang, war durch die Brille nichts Verdächtiges zu sehen. Lautlos, die halbautomatische Pistole beidhändig im Anschlag, huschte Alex auf die Tür zu, rief sich dabei all das ins Gedächtnis, was Ismael ihr über Situationen wie diese beigebracht hatte – und platzte im nächsten Moment durch die angelehnte Wohnzimmertür.

»Keine Bewegung!«

Durch die Spezialbrille taxierte sie ihre Umgebung und gewahrte tatsächlich eine rot leuchtende menschliche Gestalt, die am Tisch saß und alarmiert in die Höhe schoss, als Alex hereinkam. In einem Reflex bog sich ihr Finger am Abzug, um den Eindringling unschädlich zu machen – aber die vertraute Stimme, die ihr entgegenscholl, stoppte die Bewegung im letzten, entscheidenden Moment.

»Alex, nicht! Ich bin es …!«

Wie vom Donner gerührt stand sie da, die Waffe noch immer im Anschlag, während sie spürte, wie ihre Hände unter dem Einfluss des Adrenalins zu zittern begannen und ihre Knie weich wurden. Rasch nahm sie den Finger vom Abzug.

»Ismael!«

Der rote Schemen kam auf sie zu und nahm ihr die Waffe ab, worauf sie in seine Arme sank. Sie spürte seine vertraute Gestalt, die Zärtlichkeit seiner Umarmung und ihre Lippen begegneten sich in einem flüchtigen Kuss. Als sie die Brille jedoch abnahm, war es so, als wäre er verschwunden.

»Was sollte das eben?«, fragte er, halb im Spaß, halb im Ernst. »Wolltest du mich erschießen? Ich gehöre zu den guten Jungs, schon vergessen?«

»Du bist zurück?«, fragte sie dagegen. »Schon so früh?«

»Wie du siehst«, entgegnete er und korrigierte sich sogleich: »Oder eben nicht. Jedenfalls dachte ich mir, wir sollten das ein wenig feiern. Allerdings sieht es so aus, als würde sich deine Freude darüber in Grenzen halten.«

Erst da fiel ihr Blick auf den Tisch, den er gedeckt hatte. Auf das weiße Geschirr und die Rotweingläser, in denen sich der Schein der Kerzen brach.

»Bitte entschuldige«, sagte sie leise. Er gab ihr die Pistole zurück, und sie steckte sie wieder in ihre Tasche. Dann zog sie den Mantel aus und legte ihn über einen der Sessel. »Es ist nur – ich habe nicht mit dir gerechnet. Und dann diese Musik …«

»Ich dachte, du magst Jazz?«

»Mag ich ja auch«, versicherte sie, »aber darum geht es nicht. Es war leichtsinnig von dir, den CD-Spieler anzustellen, während niemand zu Hause ist.«

»Zugegeben«, gestand er amüsiert ein. »Aber hast du schon mal von einem Candlelight-Dinner ohne romantische Musik gehört?«

»Nein.« Sie musste unwillkürlich lächeln. Ismael hatte schon immer eine Art gehabt, sie von ihren Problemen abzulenken und dafür zu sorgen, dass sie sich wieder ein wenig besser fühlte.

»Der Job in Miami hat nicht so lange gedauert, wie wir befürchtet hatten. Observierungsbasis 38 scheint sauber zu sein, entgegen der Hinweise, die wir bekommen haben. Also habe ich den nächsten Zug genommen …«

»… und bist nach Hause gekommen«, vervollständigte sie.

»Genau. Und wo hast du dich rumgetrieben?«, wollte er scherzhaft wissen.

»Nirgendwo«, erwiderte sie fast ein wenig zu hastig.

»Nirgendwo«, echote er.

»Ich war einkaufen.«

»Ach ja? Wo sind die Tüten?«

»Ich … äh …«

Alex' unsichtbares Gegenüber brach in Gelächter aus. »Schon gut«, meinte er, »ich will es gar nicht wissen. Ich bin froh, dass du allmählich anfängst, wieder ein normales Leben zu führen, wenigstens nach außen hin. Anfangs dachte ich schon, du würdest niemals über New York hinwegkommen.«

»Tja«, meinte Alex, und diesmal wirkte ihr Lächeln ein wenig gequält. »Hast du gedacht.«

»Wirklich fündig scheinst du beim Einkaufen allerdings nicht geworden zu sein«, fuhr Ismael feixend fort. »Wie gut, dass ich vorgesorgt habe, sonst müssten wir den Abend mit knurrenden Mägen verbringen.«

»Du bist einkaufen gewesen?«, fragte sie mit hochgezogenen Brauen. »Stelle ich mir witzig vor.«

»Das gerade nicht – der Typ an der Kasse hätte wahrscheinlich ein ziemlich dämliches Gesicht gemacht, wenn ein gut gefüllter Einkaufskorb an ihm vorbeigeschwebt wäre.«

»Anzunehmen.«

»Dabei vergisst du allerdings, dass ich zwar unsichtbar, aber nicht unhörbar bin – den Dinnerservice anzurufen und ein Menü für zwei zu bestellen, liegt also durchaus in meinen Möglichkeiten.«

Sie kannte Ismaels Humor und wusste, dass er auf ein Lachen ihrerseits wartete. Alex jedoch war nicht nach Lachen zumute. Sie verzog keine Miene.

»Das war ein Scherz«, drang es erklärend aus dem Nichts.

»Ich weiß.«

»Was ist los, Alex? Du weißt, ich habe noch immer nicht sehr viel Übung darin, sichtbare Mienen zu deuten – aber nach allem, was ich inzwischen über euch weiß, würde ich sagen, dass du besorgt aussiehst.«

»Nein«, widersprach Alex kopfschüttelnd. »Da irrst du dich.«

»Ganz sicher?«

»Sicher«, erwiderte sie und gab sich alle Mühe, ihren Gram hinter einem Lächeln zu verbergen. Ismael jedoch ließ nicht locker.

»Ich weiß nicht«, meinte er. »Wenn ich es nicht besser wüsste, würde ich sagen, dass du mir etwas verheimlichst. Was ist los, Alex? Etwa ein anderer Mann?«

Er hatte das nur im Spaß gesagt, aber sie kannte ihn inzwischen gut genug, um zu wissen, dass auch ein wenig echte Besorgnis in der Frage steckte. »Natürlich nicht«, antwortete sie. »Sei nicht albern. Es ist nur ...«

Sie unterbrach sich, als jemand laut an die Tür des Apartments klopfte.

»Das ist der Dinnerservice«, erklärte Ismael entschuldigend. »Ich habe das Essen für halb sieben bestellt.«

»Und?«, fragte sie spitz, dankbar für die Unterbrechung. »Willst du nicht aufmachen?«

»Sehr witzig.«

Sie revanchierte sich mit einem schiefen Lächeln, dann ging sie hinaus, um die Tür zu öffnen.

»Und es ist wirklich alles in Ordnung?«, rief er ihr nach.

»Natürlich«, gab sie zurück.

2.

Noch immer ist die Fachwelt erschüttert über den ebenso plötzlichen wie unerwarteten Tod von Professor Dr. Luigi Benati, der vor nunmehr einem halben Jahr einem Selbstmordanschlag auf dem Flughafen Rom zum Opfer fiel. Was der Attentäter – ein unbekannter Mann arabischer Herkunft – mit dem Anschlag bezweckte, bei dem außer Benati noch sieben weitere Menschen, darunter zwei seiner Assistenten, den Tod fanden, konnte noch nicht endgültig geklärt werden, die Ermittlungen der Polizei dauern noch immer an.

Um den vielen Freunden und Bewunderern, die Benati trotz seiner in der Fachwelt teils heftig umstrittenen Thesen an unserer Universität hatte, dennoch Gelegenheit zu geben, sich von ihrem Kollegen und Mentor zu verabschieden, findet ihm zu Ehren am kommenden Mittwoch eine Gedenkfeier auf dem Gelände der La Sapienza statt. Das Dekanat und das Professorenkollegium werden geschlossen an der Veranstaltung teilnehmen, darüber hinaus haben einige ehemalige Schüler Benatis ihr Kommen angekündigt, die Forschungen im Ausland betreiben und lange Anreisewege auf sich nehmen, um ihren ehemaligen Lehrer zu ehren.

Meldung aus dem Intranet der
Università degli Studi di Roma La Sapienza

Via Marco Aurelio
Lateran, Rom
11 Uhr 18 Ortszeit

Es war ein seltsames Gefühl, wieder zu Hause zu sein.

Das Apartment, das sich auf halber Strecke zwischen dem Kolosseum und dem Militärkrankenhaus del Celio befand und das er schon während der Studienzeit bewohnt hatte, kam Dr. Paolo Genaro luxuriös und riesig vor im Vergleich zu den Zelten und schäbigen *albergos*, in denen er in den letzten fünf Jahren den Großteil der Nächte verbracht hatte.

Alles war noch genauso, wie er es in Erinnerung hatte: der Wandschrank, den er von seinem Vormieter übernommen hatte. Das alte Sofa, das sich zum Bett umbauen ließ und auf dem das Häkelkissen lag, das ihm seine Tante Marta vermacht hatte. Der kleine Beistelltisch mit dem uralten Fernseher darauf und schließlich der Schreibtisch, an dem er unzählige Stunden gearbeitet und auch seine Dissertation verfasst hatte, inklusive eines alten 386er Computers, der inzwischen schon fast museal anmutete. Sogar der Geruch schien noch derselbe zu sein: eine eigentümliche Mischung aus altem Holz und Moder, versetzt mit einer leichten Note von Knoblauch und Tomaten, die aus dem Restaurant heraufdrang, das im Erdgeschoss des Hauses untergebracht war.

Paolo musste lächeln, als eine Welle von Erinnerungen über ihn hinwegschwappte. Die meisten davon waren recht heiterer Natur, anders als der Anlass seiner Rückkehr.

Seufzend trat er ein und schloss die Tür hinter sich, dann stellte er seine Reisetasche ab und entledigte sich der khakifarbenen Jacke, deren abgewetzter und mit unzähligen Flecken behafteter Stoff vermuten ließ, an welch abenteuerlichen Orten ihr Besitzer die letzten Jahre zugebracht hatte.

Der Boden des Apartments war von Briefen übersät – Post, die in der Zwischenzeit für ihn gekommen war und die sein Vermieter einfach unter der Tür durchgeschoben hatte. Paolo sammelte die Kuverts vom Boden auf und überflog die Adressen der Absender. Das meiste war Werbung, dazu eine oder zwei unbezahlte Rechnungen und ein Ticket wegen Falschparkens, das inzwischen schon verjährt sein mochte. Ein Brief jedoch stach aus dem Stapel hervor, denn er war als Einziger von Hand beschriftet, und trotz der Hitze, die in dem schlecht belüfteten Apartment herrschte, bekam Paolo eine Gänsehaut, als er die Schrift erkannte.

Sie gehörte keinem anderen als seinem alten Mentor und Förderer. Dem Mann, dessentwegen er den weiten Flug von Lima nach Europa auf sich genommen hatte, weil er dabei sein wollte, wenn ihm die Fachwelt eine letzte Ehrung erwies.

Professor Luigi Benati.

Verblüfft besah sich Paolo den Poststempel. Der Brief war vor einem guten halben Jahr abgeschickt worden, nur wenige Wochen vor Benatis gewaltsamem Tod. Die Briefmarke stammte aus Ägypten und zeigte eine Ansicht der Sphinx, was sich mit Paolos Informationen deckte, denen zufolge Benati zuletzt in der Nähe von Kairo gearbeitet hatte. Warum aber hatte der Professor den Brief nicht nach Iquitos geschickt? Er hatte doch gewusst, dass sein ehemaliger Schüler dort ein Postfach hatte einrichten lassen, in dem eintreffende Sendungen für ihn gelagert wurden, solange er bei Ausgrabungen im Dschungel weilte.

Paolo kannte seinen alten Freund und Mentor gut genug, um zu wissen, dass er nicht der zerstreute Spinner gewesen war, zu dem die Fachwelt und bisweilen auch die Presse ihn gemacht hatten. Im Gegenteil war Benati einer der brillantesten Denker gewesen, denen Paolo in seinem Leben begegnet war, ein Visionär seiner Wissenschaft, dessen Theorien nicht an den Grenzen seiner Disziplin endeten, sondern der nach großen, universalen Zusammenhängen suchte. Wenn Benati einen Brief an Paolos Heimatadresse geschickt hatte, so musste es einen Grund dafür geben. Möglicherweise hatte er befürchtet, dass das Schreiben auf dem Weg nach Übersee verlorengehen könnte. Oder er hatte geahnt, dass sein ehemaliger Schüler schon bald nach Italien zurückkehren würde.

Der Gedanke war Paolo unangenehm und er verscheuchte ihn wie ein lästiges Insekt. Neugier hatte ihn gepackt und er öffnete den Brief, der ihm, Monate nach dem Tod seines einstigen Mentors, wie eine Nachricht aus dem Jenseits vorkam. Seine Hände bebten, als er das Papier entfaltete und flüsternd zu lesen begann:

Lieber Freund,
sicher wundern Sie sich, warum ich Ihnen diesen Brief zweimal schicke. Sollten Sie ihn bereits gelesen haben, so wissen Sie schon alles, was ich Ihnen mitteilen wollte. Sollten Sie die nachfolgenden Zeilen jedoch zum ersten Mal lesen, so nehmen Sie dies als Indiz dafür, dass meine Vermutungen mich nicht getäuscht haben und ich mich tatsächlich bereits unter Beobachtung befinde. Meine Telefongespräche werden abgehört und ich hege schon seit Längerem den Verdacht, dass meine Post abgefangen wird. Die Zahl derer, denen ich noch trauen kann, scheint mit jedem Tag geringer zu werden. Sie

hingegen, als mein bester und gelehrigster Schüler, genießen nach wie vor mein volles Vertrauen.

Wie ich Ihnen bei unserem letzten Telefonat im vergangenen Frühjahr mitteilte, halte ich mich derzeit in Kairo auf und leite eine aus privaten Mitteln finanzierte Ausgrabung in der Nähe von Gizeh. Von Anfang an ist mir klar gewesen, dass der Ausgang dieser Grabung so sein könnte, dass die Geschichte der Menschheit, wie wir sie verstehen und begreifen, über weite Passagen umgeschrieben werden müsste. Was wir jedoch tatsächlich gefunden haben, geht weit über das hinaus, was ich erwartet habe. Die Wurzeln dieser Entdeckung reichen weiter in die Vergangenheit, als ich mir es je hätte träumen lassen, und meine wachsende Faszination schlägt zusehends in Bestürzung um, je mehr ich herausfinde. Die vielen Jahre, die ich geforscht und gearbeitet habe, die Grabungen, die ich in Syrien, Jordanien und der Türkei durchgeführt habe, all dies scheint sich nun endlich auszuzahlen und in eine Entdeckung zu münden, die schier unglaublich und geradezu gewaltig ist. Die Fachwelt wird mich nicht mehr länger verspotten, denn nun werde ich unwiderlegbare Beweise präsentieren können.

Die meisten der Assistenten, die an der Grabung teilnehmen, ahnen nichts von der wahren Natur unserer Suche. Lediglich zwei von ihnen habe ich eingeweiht. Sie werden mich in wenigen Wochen nach Rom begleiten, wo ich meine Entdeckung im Rahmen einer Pressekonferenz bekanntgeben will, auch wenn noch längst nicht alle Mysterien geklärt sind. Natürlich ist mir klar, dass es Gefahren birgt, ein Geheimnis ans Licht der Öffentlichkeit zu zerren, das jahrtausendelang verborgen war, zumal ich fühle, dass es Kräfte gibt, die dies verhindern wollen. Aber als Wissenschaftler sind wir der Wahrheit verpflichtet, selbst wenn das den Einsatz unseres Lebens fordert.

All dies schreibe ich Ihnen, mein guter Paolo, weil ich allen Grund zu der Annahme habe, dass ein Zusammenhang zu Fiorino besteht, den Sie im Rahmen Ihrer eigenen Forschungen ungleich besser ausloten können, als ich das vermag. Ich ersuche Sie daher, sich umgehend mit mir in Verbindung zu setzen – wir müssen uns so bald wie möglich treffen. Sollte sich dieses Treffen, aus welchen Gründen auch immer, nicht arrangieren lassen, so rate ich Ihnen, das zu tun, was ich allen Studenten stets empfohlen habe: Beginnen Sie dort, wo alles anfing, und fragen Sie Herodot, den Vater der Geschichtsschreibung. Und vergessen Sie niemals, dass wir alle, die wir in den Diensten dieser so elementaren Wissenschaft stehen, der Wahrheit verpflichtet sind.

Mit den besten kollegialen Wünschen,
Luigi Benati
Professor der Archäologie

Augenblicke stand Paolo Genaro wie vom Donner gerührt.

Erst nach einer Weile war er in der Lage, wieder einen klaren Gedanken zu fassen, so sehr hatte Benatis Schreiben ihn berührt. Natürlich war der Brief lange vor den tragischen Ereignissen in Rom abgeschickt worden, dennoch war er von düsteren Anspielungen durchdrungen. Sein alter Mentor hatte unter Verfolgungsängsten gelitten – Ängste, die wohl nicht ganz unbegründet gewesen waren. Warum sonst hatte er Benatis anderen Brief nicht längst erhalten? Das Schreiben nach Südamerika musste tatsächlich abgefangen worden sein.

Andererseits konnte das natürlich auch ein brillanter Kniff sein, um Paolo gleich zu Beginn zu beweisen, dass die wilden Verdächtigungen, die der Professor in seinem

Schreiben machte, nicht aus der Luft gegriffen waren. *Captatio benevolentiae* hätten die Vertreter der antiken Rhetorik so etwas genannt.

Typisch für den alten Fuchs.

Der Anflug eines Lächelns huschte über Paolos Züge, das sofort wieder verschwand, als ihm erneut klar wurde, dass es der Brief eines Toten war, den er da in den Händen hielt.

Benati weilte nicht mehr unter den Lebenden, sodass er ihn niemals würde fragen können, was es mit all den Anspielungen und mysteriösen Andeutungen auf sich hatte. Die im Brief angekündigte Pressekonferenz hatte der Professor nie abgehalten und die beiden Assistenten, die er in seinem Brief erwähnte und die er in seine Forschungen eingeweiht hatte, waren bei dem Anschlag ebenso getötet worden wie er selbst. Sein Geheimnis hatte Benati wohl mit ins Grab genommen.

Oder …?

Paolo überflog das Schreiben noch einmal und mehr noch als beim ersten Lesen hatte er den Eindruck, dass dies nicht nur ein einfacher Brief war, nicht nur ein Höflichkeitsschreiben, in dem ein Professor seinen ehemaligen Schüler über den Stand seiner aktuellen Forschungen unterrichtete und um Zusammenarbeit bat. Vielmehr kam es Paolo vor, als sei der Brief Benatis ein *Vermächtnis* an ihn, gewissermaßen das Erbe, das er ihm auf Erden hinterlassen wollte. Hatte der Professor am Ende geahnt, dass man ihm nach dem Leben trachtete? Dass er die nächsten Monate womöglich nicht überleben würde?

Einige Passagen des Schreibens legten die Vermutung nahe – etwa, wenn Benati von gegnerischen »Kräften« sprach oder wenn er mit ans Hellseherische grenzender Voraussicht argwöhnte, dass es zu einem Treffen nicht mehr kommen würde. Ein Anflug von Trauer überkam Paolo, in die sich schon im nächsten Moment der Verdacht mischte, der Anschlag auf Professor Benati könnte möglicherweise mehr gewesen sein als die Tat eines verblendeten Fundamentalisten. Und ohne dass er etwas dagegen tun konnte, fühlte Paolo Genaro, wie seine Neugier erwachte.

Von was für einer sensationellen Entdeckung hatte Benati gesprochen, deren Wurzeln angeblich weit in die Vergangenheit reichten? Woran genau hatte er gearbeitet? Und worin, in aller Welt, sollte der Zusammenhang zu Fiorino bestehen?

Paolo wollte Antworten auf diese Fragen.

Doch er ahnte, dass sie ihm nicht gefallen würden.

Alexandria, Washington D.C.
Tags darauf

»Mina! Wie schön, dich zu sehen!«

In ihrer Freude merkte Alexandra nicht, wie unpassend die Formulierung war. Es tat gut, Besuch zu bekommen und von Sorgen abgelenkt zu werden – auch wenn der Besucher nur mit Hilfe einer Spezialbrille wahrgenommen werden konnte und dann auch nur als roter Schemen vor dunkel getöntem Hintergrund.

»Die Freude ist ganz meinerseits«, versicherte eine resolute Frauenstimme und Alex verspürte einen Luftzug, als Mina Harker ins Wohnzimmer trat. Ein zweiter Schemen folgte ihr auf dem Fuß, den Alex als Ismael erkannte. Wie Ismael war auch Mina Harker unbekleidet, da die genetische Mutation, die ihre Unsichtbarkeit bewirkte, natürlich auf sie selbst beschränkt war. Dinge, die sie bei sich oder am Körper trug, blieben davon unberührt. Da Nacktheit eine unabänderliche Begleiterscheinung ihres Daseins war, waren es die Unsichtbaren seit frühester Jugend nicht anders gewöhnt und gingen auf die denkbar natürlichste Weise damit um. Selbst Alex nahm es inzwischen kaum noch zur Kenntnis, wenn sie als einzige Bekleidete unter lauter Nackten weilte.

»Was führt dich zu uns?«, wollte sie von Mina wissen.

»Oberon schickt mich«, erwiderte diese und nahm auf dem Sofa Platz, ohne auf eine Aufforderung zu warten. In der ihr eigenen legeren Weise legte sie die Beine auf den Tisch, was wohl ein wenig Geringschätzung zum Ausdruck bringen sollte. »Er will wissen, wie es dir geht.«

Alex zuckte mit den Schultern. »Wie es jemandem eben geht, dem allmählich die Decke auf den Kopf fällt.«

»Das kann ich gut verstehen.« Mina nickte. »Dennoch musst du dich noch ein wenig gedulden. Oberon hält es für unbedingt erforderlich, dass noch ein wenig Zeit vergeht, bis er dich wieder in den aktiven Dienst beordert. New York hat zu hohe Wellen geschlagen. Ich wette, dass es da draußen nur so vor *Demons* wimmelt, die es auf dich abgesehen haben.«

Alex nickte.

Noch vor einigen Monaten hätte sie das Gefühl gehabt, mit einer Schwachsinnigen zu reden. Aber alles, was Mina Harker, ihres Zeichens Offizier im Rang eines Commanders, sagte, ergab für Eingeweihte durchaus Sinn.

Oberon war der Anführer der Anderen, ihr geheimnisvolles Oberhaupt, das sich nicht zu erkennen gab und sich aus Gründen der Sicherheit an einem unbekannten Ort aufhielt. Die meisten Mitglieder der Rebellentruppe hatten ihm noch nie gegenübergestanden. Er pflegte via Satellitenverbindung mit ihnen zu kommunizieren.

Wie alle, die in den Diensten der Anderen standen, hatte auch Oberon den Namen einer literarischen Figur angenommen. Alex hatte gelernt, dass diese Namen nicht nur als Codebezeichnungen dienten. In ihrer Wahl spiegelten sich auch die Persönlichkeit und die individuelle Geschichte ihres Trägers wider. Alex beispielsweise hatte sich »Dorothy« genannt, nach dem Mädchen, das über den mit gelben Steinen gepflasterten Weg unversehens ins Zauberland Oz geraten war.

Die *Demons*, von denen Mina gesprochen hatte, waren die gefürchteten Agenten des *ordo invisibilium* – skrupel lose Killer, die ihre Fähigkeit dazu nutzten, kaltblütig jeden zu töten, dessen Interessen denen des Ordens zuwiderliefen. Menschen, die – aus welchem Grund auch immer – den Schutz der Unsichtbaren genossen, wurden hingegen sogenannte *Guardians* zur Seite gestellt, die sie auf Schritt und Tritt bewachten. Auch Ismael war einst solch ein *Guardian* gewesen.

Harker hatte gelernt, das Spiel sichtbarer Mienen zu deuten, und so entging ihr nicht die Enttäuschung, die sich in Alex' Zügen spiegelte. »Oberon würde dich lieber heute als morgen zurückhaben«, erklärte sie deshalb, »aber er hält es nun mal einfach für besser, wenn du noch eine Weile untergetaucht bleibst.«

»Und was ist mit Ismael?«, fragte Alex in einem impulsiven Anflug von Trotz. »Er war auch in New York dabei und Oberon scheint kein Problem damit zu haben, ihn in den Einsatz zu schicken.«

»Sein Gesicht steht auf den Fahndungslisten des Ordens auch nicht ganz oben«, erwiderte Harker ebenso knapp und entwaffnend. »Du bist anders als wir, vergiss das nicht.«

»Wie könnte ich das?«, fragte Alex giftig und verdrehte die Augen. Sie wusste, dass sie ungerecht war. Oberon wollte sie nur beschützen, aber genau das konnte sie nicht ertragen. Sie wollte endlich wieder eingesetzt werden, wollte eine Rolle spielen in dem Kampf, den sie austrugen.

»Was gibt es für Neuigkeiten?«, erkundigte sich Ismael, um das Thema zu wechseln und den sich anbahnenden Streit zu vermeiden. Alex und Mina Harker waren einander nicht immer grün gewesen und es bedurfte nur eines geringen Anlasses, um den alten Konflikt wieder aufflammen zu lassen.

»Eine ganze Menge«, antwortete Mina. »Ersatz für die aufgegebene Observationsbasis Zero wurde geschaffen, der den gesamten Mittelwesten abdeckt. Außerdem wurde die Außenstelle in Anchorage aufgestockt, nachdem wir Hinweise auf verstärkte Aktivitäten des Ordens in Alaska bekamen.«

»Und Washington?«, wollte Alex wissen.

Mina lachte auf. »Es gibt kaum einen Ort auf der Welt, wo der Orden aktiver ist als hier, in der Hauptstadt der letzten verbliebenen Supermacht. Erst vor einer Woche kam es zu einem Zusammenstoß zwischen unseren Leuten und Agenten des Ordens, bei dem wir einen Verlust zu beklagen hatten.«

»Wen?«

»Rowena«, entgegnete Mina Harker in einem Anflug von Trauer, während gleichzeitig nur mühsam zurückgehaltener Zorn in ihrer Stimme mitschwang. »Sie haben sie gefangen genommen und verschleppt. Zwei Tage später fand eine Polizeistreife ihre Leiche im Potomac.«

Alex nickte betroffen. Wenn ein Unsichtbarer starb und sein bioelektrisches Feld erlosch, wurde der Auskopplungsvorgang umgekehrt und er wurde für das bloße Auge sichtbar. Die Frage war allerdings, was Sergeant Rowena vor ihrem Tod verraten hatte.

»Bislang wurde keine unserer Observierungsbasen angegriffen«, erklärte Harker, die zu erahnen schien, was Alex als Nächstes fragen würde. »Wir können also davon ausgehen, dass Rowena ihnen nichts preisgegeben hat.«

Alex' Betroffenheit wurde noch größer. Von Ismael wusste sie, dass der Orden in der Wahl seiner Verhörmethoden nicht zimperlich war und auch vor Folter nicht zurückschreckte, wenn es darum ging, widerspenstigen Gefangenen die Zunge zu lösen. Rowena musste unglaublich tapfer gewesen sein.

Bis zuletzt.

Obwohl Alex die junge Soldatin nur flüchtig gekannt hatte – sie war seinerzeit beim Sturm auf die Eagleridge-Wetterstation auf dem Gipfel des Mount Antero dabei gewesen –, fühlte auch sie tiefe Trauer. Fast schämte sie sich dafür, dass ihr nächster Gedanke ihrer eigenen Sicherheit galt.

»War sie über meinen Aufenthaltsort informiert?«, erkundigte sie sich vorsichtig.

»Nein«, antwortete Mina. »Rowena hatte lediglich Zugang zu Informationen der Stufe 4. Sie wusste, dass du dich irgendwo an der Ostküste aufhältst, kannte aber weder die Stadt noch die genaue Lage des Verstecks.«

»Keine Sorge«, meinte Ismael beschwichtigend, »du bist hier absolut sicher.«

»Absolute Sicherheit gibt es nicht«, widersprach Alex. »Nicht wenn man es mit dem Orden zu tun hat. Das hast du mir immer wieder eingeschärft.«

»Zugegeben. Dennoch brauchst du dir keine Sorgen zu

machen. Du bedienst dich des ältesten aller Tricks, um deinen Aufenthaltsort zu tarnen.«

»Nämlich?«

»Du verbirgst dich direkt vor den Augen der Beobachter, dort, wo sie es am wenigsten erwarten. Alle Zauberkünstler, die etwas auf sich halten, machen es so.«

Alex schnitt eine Grimasse – bisweilen konnte sie mit Ismaels Humor nicht allzu viel anfangen. »Wie geht es den anderen?«, erkundigte sie sich.

»Dr. Jekyll lässt dich schön grüßen, und auch von Robinson soll ich dir Grüße bestellen.«

»Danke.« Alex fragte sich selbst, warum sie sich nicht mehr über die seltsamen Namen wunderte. Manchmal kam es ihr vor, als wären die Buchgestalten aus ihrer Kindheit zum Leben erwacht. Ihr Vater hatte ihr oft etwas vorgelesen, wenn sie als kleines Mädchen nicht hatte einschlafen können, vor vielen Jahren. Sie hatte es geliebt, seiner sanften Stimme zu lauschen, und hatte sein Englisch stets als beruhigender und schöner empfunden als das harte Deutsch ihrer Mutter. Es war die Sprache ihrer Sehnsüchte und Kindheitsträume gewesen – aus denen sie allerdings rasch erwacht war, nachdem ihr Vater über Nacht spurlos aus ihrem Leben verschwunden war.

»Schnucklig hast du's hier«, stellte Mina mit einem Hauch von Sarkasmus fest. »Eine kleine Wohnung, ein schöner Teppich, schöne Möbel ...«

»Ich könnte gut darauf verzichten«, versicherte Alex säuerlich und trat ans Fenster, in dessen Glasscheibe sie ihr eigenes Spiegelbild sehen konnte. Gedankenverloren starrte sie hinaus auf die in Dunkelheit versinkende Straße. Heftiger Regen hatte eingesetzt, der nasse Asphalt reflektierte den fahlen Schein der Straßenlaternen.

Schweigen trat ein, das weder Ismael noch Mina Harker als unangenehm zu empfinden schienen – sie waren es gewohnt, unter ihresgleichen zu sein, ohne sich an der Gegenwart des anderen zu stören. Alex hingegen hatte das Gefühl, dass ihre unsichtbaren Gesprächspartner sie fortwährend anstarrten. »Entschuldigt mich«, bat sie deshalb, verließ das Wohnzimmer und ging zur Toilette.

Noch eine Weile dauerte das Schweigen an.

»Was soll das?«, erkundigte sich Harker unvermittelt.

»Was meinst du?«, fragte Ismael zurück.

»Du weißt verdammt genau, was ich meine. Was ist hier los?«

»Was soll schon los sein?«

»Warum bist du hier?«

»Warum ich …?«

»Oberon hat dich beauftragt, ab und an nach Dorothy zu sehen. Davon, dass du hier einziehst, war nicht die Rede.«

»Mina, ich …«

»Es ist also wahr?« Harker schnappte nach Luft. »Verdammt! Und ich Idiotin wollte es nicht glauben, als Jekyll es mir erzählte. Du hast etwas angefangen mit einer … Sichtbaren?«

Ismael schwieg. Das war Antwort genug.

»Bist du von allen guten Geistern verlassen? Du weißt, dass das zu keinem guten Ende führt!«

»Ich liebe sie!«

»Du liebst sie«, echote Mina Harker. »So einfach, ja? Und hast du dir schon überlegt, wie es mit euch weitergehen soll? Wollt ihr zusammenziehen? Heiraten? Kinder kriegen? Das ganze Programm?«

»Das ist nicht witzig«, stellte Ismael fest.

»Allerdings nicht – und du solltest das eigentlich wissen.

Ist dir nicht klar, was geschehen könnte, wenn du das Gen an einen Nachkommen weitergibst?«

»Es ist nur eine Vermutung. Selbst Oberon weiß nicht mit Bestimmtheit, was dann geschehen würde.«

»Dennoch haben wir alle einen Eid geleistet«, brachte Mina in Erinnerung. »Oder willst du das bestreiten? Denkst du jetzt schon wie jene, gegen die wir kämpfen?«

»Natürlich nicht«, versicherte Ismael. »Aber wenn es uns nicht erlaubt ist, unser persönliches Glück zu verfolgen, welchen Sinn hat dann der ganze Kampf, den wir führen?«

»Unser persönliches Glück zählt nicht, das weißt du genau. Das war nicht der Grund, warum wir den Orden verlassen und uns gegen unseresgleichen gestellt haben.«

»So? Was war dann der Grund, Mina?«

»Die Wahl zu haben«, entgegnete sie ohne Zögern. »Nicht ein Mittel zum Zweck zu sein, ein winziges Rädchen inmitten einer seelenlosen Maschinerie. Die Geschichte wieder zu dem zu machen, was sie einmal war, nämlich die Folge unabhängiger Entscheidungen.«

»Dieser Ansicht bist du nicht immer gewesen.«

»Was ich früher gedacht habe, spielt keine Rolle. Tatsache ist, dass du dich auf verbotenes Terrain begibst. Uns fortzupflanzen ist uns untersagt, Ismael, und das aus gutem Grund. Der Orden mag Unsichtbarkeit als nächsten Schritt der Evolution betrachten – wir hingegen glauben, dass sie lediglich die Folge willkürlicher Experimente und deshalb widernatürlich ist. Es mag dir gefallen oder nicht, aber wir alle sind nichts als entartete Wesen, deren Existenz eine Bedrohung für die Welt darstellt. Eine Bedrohung, die immer stärker wird und die es eigentlich nicht geben dürfte. Also tu, was du tun musst, und beende diese Angelegenheit, ehe sie Folgen hat, die du nicht mehr …«

»Ich brauche keine Moralpredigt, Mina«, fiel Ismael ihr barsch ins Wort, »und schon gar nicht von dir.«

»Was willst du damit sagen?«

»Das weißt du verdammt genau. Beantworte mir nur eine Frage: Wärst du auch dieser Meinung, wenn es damals mit Jonathan anders gekommen wäre? Oder darf niemand, den du kennst, glücklich sein, nur weil du es nicht geworden bist?«

Es wurde totenstill im Raum und die Luft im Wohnzimmer schien zu gefrieren.

»Wie kannst du es wagen?«, fragte Mina Harker in einem Tonfall, der deutlich machte, dass Ismael eine Grenze überschritten hatte. »Wie kannst du mich das nur fragen? Wie kannst du seinen Namen auch nur erwähnen?«

»Weil ich gern eine Antwort hätte«, beharrte Ismael unbarmherzig. »Habe ich recht oder nicht?«

»Bastard«, flüsterte sie. »Du elender Bastard.«

In diesem Moment kam Alex ins Wohnzimmer zurück. Obwohl sie nichts mitbekommen hatte von dem Streit, blieb ihr nicht verborgen, dass sich etwas verändert hatte. So als hätte das Schweigen im Raum seine Farbe gewechselt.

»Etwas nicht in Ordnung?«, erkundigte sie sich.

»Nein, durchaus nicht«, versicherte Ismael.

»Alles ist wunderbar«, stimmte Mina Harker zu, wenngleich mit eigenartigem Unterton.

»Gut«, meinte Alex. »Wollt ihr etwas essen? Ich habe Pizza im Kühlschrank.«

»Ich sterbe für Pizza«, behauptete Ismael.

»Ja«, knurrte Commander Harker verdrießlich, »es sei denn, dein großes Maul bringt dich vorher um.«

Zwei Straßenzüge weiter nördlich
Zur selben Zeit

»Wie ich das hasse!«

Frustriert starrte Officer Corey Stevens durch die Windschutzscheibe des Streifenwagens, an der das Wasser in Strömen herabfloss, während es gleichzeitig mit lautem Stakkato auf das Dach trommelte. »Warum kann es nicht einfach nur regnen? Warum muss es in dieser Gegend immer gleich schütten, als hätten sich alle Himmelsschleusen geöffnet?«

»Liegt an der Luftfeuchtigkeit in unserer Gegend«, gab sein Partner, Officer Stanley Cooks, zur Antwort, der den weißen Streifenwagen im Schritttempo die von Birken gesäumte Allee entlangsteuerte. »Ein Schwager von mir arbeitet als Wetterfrosch beim Radio. Er hat mir das mal erklärt. Wusstest du, dass das meiste Land hier früher Sumpf gewesen ist? Das musst du dir mal vorstellen? Was, in aller Welt, hat den guten alten George Washington nur darauf gebracht, die Hauptstadt unseres Landes mitten in einem verdammten Sumpf zu errichten?«

»Ist mir egal«, schimpfte Stevens. »Ich weiß nur, dass wir die ganze Nacht Streifendienst haben und dass diese elende Nässe in jede verdammte Ritze kriecht.«

»Wenn schon«, versuchte sein Partner ihn aufzumuntern, »dann fahren wir eben zu Barney's und holen uns 'nen heißen Kaffee, der … Was ist das?«

»Was meinst du?«

»Na, dieser Typ da …« Cooks deutete durch die Windschutzscheibe geradeaus, und tatsächlich konnte Stevens bei genauerem Hinsehen eine Gestalt entdecken, die sich zwischen den entlang der Straße aufgestellten Mülltonnen herumtrieb. Stevens ließ das Seitenfenster nach unten und leuchtete mit dem kleinen Suchscheinwerfer in die Nacht hinaus. Der Lichtkegel durchschnitt die trüben Regenschleier und erfasste den Mann, der einen mit militärischem Fleckentarnmuster versehenen Regenponcho trug und ihnen den Rücken zuwandte.

»Das ist einer von diesen beschissenen Veteranen«, ereiferte sich Stevens. »Kommen hier immer wieder raus und stochern in den Mülltonnen herum. Dabei haben wir ihnen schon ein paar Mal gesagt, dass sie sich verziehen sollen.«

»Diesem da offenbar noch nicht«, meinte Cooks gelassen.

»Offenbar. Aber wehe, wenn es einer von den Typen ist, die wir vergangene Woche verscheucht haben, dann kann er sich auf was gefasst machen. Dann wandert er in den Bau, das schwöre ich dir.«

»Hey, Corey …«

»Was denn?«

»Wie wär's mal mit etwas Mitleid? Diese Typen sind arm dran, okay? Denen ist echt übel mitgespielt worden von Uncle Sam. Oder wie würde es dir gefallen, mit neunzehn Jahren in den Krieg geschickt zu werden und zuzusehen, wie deine Kameraden draufgehen, und als Belohnung obendrauf den Rest deiner Tage auf der Straße verbringen zu müssen?«

»Scheißegal«, beharrte Stevens. »Dieser Kerl hat hier nichts zu suchen, und wenn ich seinetwegen bei diesem Mistwetter aussteigen muss, dann sollte er besser eine gute Entschuldigung auf Lager haben.«

Der Streifenwagen hatte sich dem vermeintlichen Obdachlosen bis auf wenige Schritte genähert und hielt an. Der Mann wandte ihnen noch immer den Rücken zu, aber er winkte mit einem Arm, womit er ihnen wohl bedeuten wollte, sie sollten das grelle Schweinwerferlicht ausschalten. Officer Stevens dachte nicht daran. Stattdessen drehte er sich auf dem Beifahrersitz herum, griff nach dem Regenmantel, den er auf der Rückbank liegen hatte, und zog ihn über seine dunkelblaue, fast schwarz wirkende Uniform mit dem weißen Hemd. Cooks tat es ihm gleich. Dann setzten die beiden ihre Dienstmützen auf und stiegen aus.

»He, du!«, schrie Stevens über das Rauschen des Regens hinweg, der in dicken Tropfen auf sie niederprasselte. »Du hast hier nichts zu suchen, hörst du?«

Der Mann reagierte nicht. Im Lichtkegel des Suchscheinwerfers stand er über die Mülltonnen gebeugt und wandte ihnen weiter den Rücken zu.

»Hörst du nicht, was ich sage?«, blaffte der Polizist und griff nach dem Schlagstock an seinem Gürtel. »Glaubst du, wir wollen wegen einer Mistratte wie dir nass bis auf die Haut werden? Wenn du uns verarschen …«

Officer Corey Stevens brach mitten im Satz ab, denn in diesem Moment regte sich der Obdachlose und wandte sich zu ihnen um. Was ihnen aus der Kapuze des Regenponchos entgegenblickte, erschreckte die beiden Polizisten so sehr, dass sie nicht auf die Makarow achteten, die der Mann in der Hand hielt – nicht die gängige Makarow PM, wie sie in vielen Armeen und Polizeieinheiten des Ostens noch weit verbreitet war, sondern das Modell PB, die *pistolet besschumnyj*, die »lautlose Pistole« mit integriertem Zweikammer-Schalldämpfer, wie die russische Spezialeinheit Alfa oder der russische Geheimdienst FSB sie benutzen.

Die Polizisten jedoch hatten keinen Blick dafür, denn sie starrten nur auf das Gesicht des Mannes – ein Gesicht, das nicht zu existieren schien.

Denn in der Kapuze – war nichts.

Keine menschlichen Züge, nur gähnende Leere.

»Was, zum Henker …?«

Die Officers Stevens und Cooks begriffen nie, wer vor ihnen stand, denn einen Lidschlag später spuckte die Makarow PB tödliche Projektile.

3.

Wenn ich mich zurückerinnere, so habe ich mich immer unwohl gefühlt unter meinesgleichen.

Der Grund dafür ist offensichtlich.

Unter gewöhnlichen Menschen bin ich eine Ausnahme, einer von wenigen, die das Schicksal dazu ausersehen hat, die nächste Stufe der Evolution zu erklimmen. Ich verfüge über Fähigkeiten, die in antiker Zeit Göttern zugeschrieben wurden und die mich, wenn auch nicht unverwundbar, so doch stark und nahezu unangreifbar machen. Unter Blinden ist der Einäugige König, heißt es. Was aber ist der, der nicht gesehen werden kann, in einer sichtbaren Welt?

Verweile ich jedoch unter meinesgleichen, vermisse ich diese Art der Überlegenheit. Ich fühle mich meiner Fähigkeiten beraubt, fühle mich wie eine Gottheit, die sterblich wurde – ein Gefühl, das mir verhasst ist, schon von frühester Jugend an. Aus diesem Grund habe ich mein ganzes Leben lang das Ziel verfolgt, mir auch unter den Auserwählten besondere Fähigkeiten anzueignen. Stets habe ich mich bemüht, der Beste zu sein und die Anweisungen des Kreises rascher und präziser auszuführen als irgendjemand sonst. Auf diese Weise wurde ich, was ich bin: Der Erste unter Gleichen, wie ein alter Bekannter es wohl ausgedrückt hätte, der Bücher ungleich höher schätzte als ich.

Berkeley University, San Francisco
Zur selben Zeit

»Dr. Kwon?«

Der Ruf auf dem Gang war deutlich zu vernehmen, dennoch tat Elizabeth Kwon so, als hätte sie nichts gehört, und ging einfach weiter. Sie kannte die Stimme ebenso, wie sie den Tonfall kannte, und beides bedeutete Arbeit.

Zusätzliche Arbeit.

Und das, obwohl sie sich ohnehin bereits kaum vor Aufgaben retten konnte. Inmitten der hektischen Betriebsamkeit, die zu dieser Zeit auf dem Campus herrschte, konnte es ja leicht vorkommen, dass man einmal etwas überhörte und nicht gleich …

»Dr. Kwon!«

Es klang nicht mehr wie eine Frage, sondern wie ein Befehl. Elizabeth wusste, dass sie keine andere Wahl hatte, als stehenzubleiben und sich anzuhören, was Wilkes zu sagen hatte. Andernfalls würde er die Sache bei der nächsten Fakultätssitzung zur Sprache bringen, und man würde einmal mehr ihre Kollegialität anzweifeln.

Mit einem resignierenden Seufzen hielt sie inne und wandte sich um. Ein Schwall von Studenten, die den Korridor entlangkamen, strömte an ihr vorbei, bis sich das ebenso blasse wie vertraute Gesicht von David Wilkes aus der Menge löste.

Wilkes, der wie immer ein Cordsakko mit abgewetzten Ärmeln trug und mit dem dünnen blonden Haar und dem schüchtern wirkenden Oberlippenbärtchen eher wie ein verkrachter Langzeitstudent aussah denn wie ein promovierter Psychologe, kam zielstrebig auf sie zu. »Endlich«, rief er. »Ich dachte schon, Sie hätten mich nicht gehört.«

»Habe ich auch nicht«, versicherte sie und setzte eine Unschuldsmiene auf. »Haben Sie denn schon länger gerufen?«

Er verzog das Gesicht, was bei seinen gelehrten Zügen unfreiwillig komisch wirkte.

»Hören Sie, Kollege, was immer es ist«, sagte Elizabeth und versuchte nicht an die Tatsache zu denken, dass Wilkes mit dem Dekan verwandt war und von daher beste Beziehungen hatte. »Mein Terminkalender ist diese Woche bereits randvoll und ich kann weder Ihre Vorlesung übernehmen noch Studenten aus Ihrem Seminar in meine ...«

»Aber wer spricht denn davon?«, fragte Wilkes kopfschüttelnd. »Sind Sie deswegen so gerannt? Weil Sie dachten, ich würde Sie um eine Vertretung bitten?«

»Der Gedanke ist mir gekommen«, gestand Elizabeth, die leise Hoffnung schöpfte. »Immerhin bin ich in den vergangenen zwei Monaten bereits fünfzehn Mal für Sie eingesprungen. Die Eröffnungsansprache auf dem Symposium für angewandte Tiefenpsychologie nicht mitgerechnet.«

»Möglicherweise«, wandte Wilkes mit Unschuldslächeln ein, »habe ich Ihre Kollegialität in den vergangenen Wochen ein wenig überansprucht. Heute jedoch haben Sie von mir nichts in dieser Art zu befürchten.«

»Gut«, meinte Elizabeth erleichtert. »Ich habe nämlich Karten für die Oper.«

»Wie schön für Sie – und ich habe etwas, das Sie sicher interessieren wird.«

»Und das wäre?«

»Ein neuer Fall«, verkündete Wilkes mit feierlicher Miene.

»Ich wusste es.« Kopfschüttelnd wandte sich Dr. Kwon ab und ging weiter.

»Warten Sie!« Wilkes, der wild entschlossen schien, sie nicht entkommen zu lassen, holte sie ein und stellte sich ihr in den Weg, sodass ihr nichts anderes übrigblieb, als erneut stehenzubleiben. »Nun hören Sie mir doch erst einmal zu!«

»Wozu? Damit sie mir nach Ihrer Vorlesung und Ihren Studenten als Nächstes auch noch Ihre Patienten aufs Auge drücken? Auch meine Hilfsbereitschaft hat Grenzen, werter Kollege!«

»Das bezweifle ich«, erwiderte Wilkes mit entwaffnendem Lächeln. »In diesem Fall allerdings bin ich es, der Ihnen hilft. Sie werden mir dankbar sein.«

»Was Sie nicht sagen.« Elizabeth war wenig beeindruckt.

Wilkes nickte. »Ein Bekannter aus Chinatown hat mir von einer Sache erzählt, von der ich annehme, dass Sie sich brennend dafür interessieren werden.«

»Ach ja?«

»Eine Familie in seiner Nachbarschaft hat ihm von Verwandten erzählt, die ein Findelkind bei sich aufgenommen haben, ein kleines Mädchen.« Wilkes' oberlehrerhafte Züge nahmen einen betroffenen Ausdruck an. »Wussten Sie, dass in China oftmals Mädchen ausgesetzt werden? Sie gelten als weniger wert als Jungen und werden von ihren Eltern häufig abgelehnt. Die Waisenhäuser dort sind voll von kleinen Mädchen, die ...«

»Worauf wollen Sie hinaus?«, fragte Dr. Kwon, die kein Verlangen nach einem Vortrag verspürte.

»Dieses Kind, das die betreffende Familie bei sich aufgenommen hat, dieses Mädchen, ist acht Jahre alt. Allerdings verhält es sich nicht so. Den Beschreibungen seiner Pflegeeltern zufolge, entspricht sein Entwicklungsstand in etwa dem einer Vierjährigen. Seine Sprachentwicklung ist verzögert, zudem scheint es unfähig, emotionale Beziehungen einzugehen. Auf Berührungen und bestimmte Reize reagiert es panisch, bisweilen geradezu aggressiv. Haben Sie verstanden, was ich Ihnen damit sagen will?«

»Ich nehme an, Sie wollen mir zu verstehen geben, dass das Kind autistisch ist«, vermutete Elizabeth – nicht so sehr, weil Wilkes' Vortrag so überzeugend gewesen wäre, als vielmehr, weil dies ein Teil ihres Forschungsgebiets war. Warum sonst hatte Wilkes behauptet, dass der Fall interessant für sie sei?

»Möglicherweise«, erwiderte ihr Kollege feixend. »Aber es kommt noch besser. Das Kind, so heißt es, verfügt über gewisse … Fähigkeiten.«

»Was für Fähigkeiten?«

»Nun«, entgegnete Wilkes und machte ein Gesicht wie der Ansager beim Superbowl, »offenbar ist dieses Mädchen in der Lage, im Dunkeln zu sehen.«

»Was?« Elizabeth starrte ihn zweifelnd an.

»Allem Anschein nach«, wiederholte Wilkes genüsslich und betonte dabei jedes einzelne Wort, »ist dieses Mädchen in der Lage, in völliger Dunkelheit zu sehen.«

»Sie scherzen.«

»Durchaus nicht. Aber vielleicht verstehen Sie allmählich, warum ich so sicher war, dass Sie diese Sache interessieren würde. Diese kleine Chinesin ist nicht nur autistisch – sie ist möglicherweise auch ein Savant. Und trifft damit genau Ihr Spezialgebiet, oder irre ich mich?«

»Sie irren sich nicht«, sagte Elizabeth, die sich widerwillig eingestehen musste, dass der Fall sie tatsächlich zu interessieren begann. »Aber das alles scheint mir doch sehr unglaubwürdig. Ein Savant, Dr. Wilkes, ist ein Mensch, der über eine außergewöhnliche Begabung, eine sogenannte Inselfertigkeit, verfügt. Diese Begabungen sind in sämtlichen bekannten Fällen auf musische oder intellektuelle Fähigkeiten beschränkt, während gleichzeitig gerade im kognitiven Bereich oft erstaunliche Defizite bestehen. Es gibt Savants, die Tschaikowskys Klavierkonzert nach einmaligem Hören perfekt nachspielen können, und andere, die in der Lage sind, den Inhalt von Tausenden Büchern wortwörtlich zu rezitieren. Aber ich habe noch niemals von einem Fall gehört, in dem sich die Inselbegabung in der Art der sensorischen Wahrnehmung äußert.«

»Somit wären Sie die Erste, die dieses noch völlig unbeackerte Feld erforscht, richtig?«, fragte Wilkes herausfordernd – und erst ganz allmählich begann Elizabeth Kwon die Chance zu begreifen, die sich ihr bot.

Die Erforschung des Phänomens der oftmals außergewöhnlichen Inselbegabungen war das Gebiet, dem sie sich verschrieben hatte, wenn auch bislang mit mäßigem Erfolg. Weltweit gab es nur etwa hundert Menschen, bei denen das Phänomen nachgewiesen werden konnte. Anders als Romane und Kinofilme es glauben machen wollten, waren keineswegs alle Autisten Savants, so wie es umgekehrt Menschen gab, die zwar über außergewöhnliche Begabungen verfügten, deren geistige und emotionale Entwicklung aber weitgehend normal war. Es gab jedoch eine Schnittmenge, die etwa die Hälfte aller bekannten Fälle betraf. Fünfzig Menschen weltweit, von denen Dr. Kwon gerade mal einen persönlich kennengelernt hatte. Ihre restlichen Studien waren bisher rein theoretischer Natur. Einem tatsächlichen Savant zu begegnen, der noch von keinem anderen Wissenschaftler untersucht worden war, noch dazu einem mit einer neuen, wirklich außergewöhnlichen Fähigkeit, war ein verlockender, geradezu verführerischer Gedanke. Fast ein wenig zu verführerisch, wie die Psychologin fand.

»Wer sagt, dass die Geschichte wahr ist?«, wollte sie wissen. »Gibt es Beweise?«

»Keine – bis auf das Wort meines Freundes«, gestand Wilkes offen. »Wäre es anders, hätten Sie davon sehr wahrscheinlich aus der Zeitung erfahren.«

Das stimmte zweifellos. Die Presse interessierte sich für derlei Fälle, weil sie eine gute Story abgaben. Und ehe wenig namhafte Forscher vom Schlage Dr. Kwons zum Zug kamen, hatten bereits die großen Institute zugeschlagen und vereinnahmten die Patienten für sich. Einen außergewöhnlichen Fall ganz allein für sich zu haben, den sie studieren und anhand dessen sie eigene Beobachtungen durchführen und Thesen formulieren konnte, war eine Chance, die sich ihr vermutlich nur einmal im Leben bot.

»Ich verstehe«, sagte Elizabeth ruhig. »Nur eines ist mir dabei noch nicht klar.«

»Und das wäre?«

»Warum erzählen Sie mir das alles? Sie scheinen erkannt zu haben, dass sich hinter dieser Sache eine wissenschaftliche Sensation verbergen könnte. Weshalb kümmern Sie sich also nicht selbst darum?«

»Weil erstens Inselbegabungen nun einmal nicht mein Forschungsgebiet sind, sondern Ihres. Und weil ich zweitens bei Ihnen etwas gutzumachen habe nach all den Vertretungen, die Sie für mich machen mussten. Und weil ich drittens kein Kantonesisch spreche – Sie hingegen schon, wenn ich richtig informiert bin.«

»Das stimmt«, bestätigte Dr. Kwon, »ich verstehe nur nicht, was das eine mit dem anderen zu tun hat.«

»Sehr einfach: Dieses Kind, von dem ich Ihnen erzählt habe, das Mädchen mit dieser außergewöhnlichen Begabung …«

»Ja?«

»… lebt in Hongkong«, fuhr Wilkes achselzuckend fort.

»In Hongkong?« Die Psychologin machte große Augen. »Ich dachte, das Kind würde hier in San Francisco …«

»Davon war nie die Rede, werte Kollegin. Ich habe lediglich gesagt, dass der Bekannte, der mir von der Sache erzählt hat, in Chinatown wohnt, nicht mehr.«

»Ich verstehe.«

»Was denn?« Amüsiert und ein wenig spöttisch hob Wilkes eine Braue. »Wollen Sie mir erzählen, dass das ein Hinderungsgrund für Sie wäre? Ihre Großeltern stammten aus Hongkong, Sie selbst sprechen fließend Kantonesisch. Alles, was Sie von der Erforschung einer möglichen wissenschaftlichen Sensation abhält, sind ein paar lausige Flugstunden.«

»Nicht nur«, widersprach Elizabeth. »Da sind auch Verpflichtungen, die ich habe. Seminare, die es abzuhalten gilt. Termine, die ich einhalten muss.«

»Nun ja …« Wilkes zog eine Grimasse. »Nachdem Sie mir gegenüber in letzter Zeit so hilfsbereit waren, könnte ich mir vorstellen, Sie die eine oder andere Stunde zu vertreten.«

»Ist das Ihr Ernst?« Elizabeth war mehr als verwundert. Ihre Meinung den bislang so ungeliebten Kollegen betreffend besserte sich von Minute zu Minute.

»Mein voller Ernst«, versicherte Wilkes lächelnd. »Als Gegenleistung …«

»Ja?« Die Skepsis kehrte schlagartig in ihre Stimme zurück.

»... möchte ich vorschlagen, dass Sie mich in Ihren Memoiren erwähnen«, fuhr er grinsend fort, ehe er in die Innentasche seines Jacketts griff und ihr einen Zettel mit einer Adresse und einer Telefonnummer reichte. »Bis es so weit ist, sollten Sie sich aber erst einmal mit dem Nachbarn meines Freundes in Verbindung setzen und sich mehr über diese Geschichte erzählen lassen. Sein Name ist Tang. John Tang. Er ist der Besitzer eines Restaurants.«

»Danke«, sagte Elizabeth und nahm den Zettel entgegen. »Ich wollte schon längst mal wieder Chinesisch essen gehen.«

»Tun Sie das. Eine Möglichkeit wie diese bietet sich nicht oft im Leben, Dr. Kwon. Nutzen Sie sie.«

Alexandria, Washington D.C.
Eine Stunde später

Die Stimmung war wesentlich gelöster als zu Beginn von Mina Harkers Besuch, was vor allem dem Alkohol zuzuschreiben war.

Die Abendmahlzeit war ungleich profaner ausgefallen als vor einigen Tagen – Pizza und Mozzarellastäbchen hatte es gegeben, dazu gekühltes Dosenbier. Dass Alex sich mit Mineralwasser begnügte, fiel ihren unsichtbaren Gästen nicht auf. Sowohl Mina als auch Ismael sprachen dem Alkohol zu, der bei ihnen rascher und verheerender zu wirken schien als bei gewöhnlichen Menschen. Dies mochte mit dem Oszillierungsphänomen zusammenhängen oder einfach nur damit, dass sie für gewöhnlich einen weiten Bogen um Alkohol machten, weil sie stets wachsam sein mussten.

»Ja, so war er, der gute Winston«, meinte Mina mit einem

Hauch von Wehmut in der Stimme. »Ich weiß noch, als ich ihn das erste Mal zu sehen bekam. Damals, in Kansas, auf der alten OZ-Station. Was für ein grober Klotz, dachte ich mir.«

»Aber auch ein guter Freund«, fügte Alex hinzu, die stets leise Trauer empfand, wenn die Rede auf Winston Seymour kam – jenen New Yorker Polizisten, dem sie nicht nur persönlich viel zu verdanken hatte, sondern der auch sein Leben geopfert hatte, um den verheerenden Anschlag auf den New Yorker Weltgipfel zu verhindern. Ohne es zu ahnen, war Winston schon in jungen Jahren ins Netz des Ordens geraten und zu seinem Werkzeug gemacht worden, zu einer Art lebendem Zünder. Am Ende jedoch hatte er die Pläne des Ordens durchkreuzt, indem er den Freitod wählte. Alex hatte hilflos mit angesehen, wie sich der Freund vor ihren Augen erschossen hatte – Bilder, die ihr seither nicht mehr aus dem Kopf gingen.

Natürlich war es in Ordnung, sich über einen gefallenen Kameraden zu unterhalten, aber Alex konnte es nicht, ohne Winstons blutüberströmten Leichnam vor sich zu sehen. Mina und Ismael schienen damit ungleich weniger Probleme zu haben – vielleicht, weil ihnen das Sichtbare nicht so sehr im Gedächtnis haften blieb wie das, was sie fühlten.

»Und er hatte diesen trockenen Humor«, fügte Ismael hinzu. »Wisst ihr noch, als er sagte, er hätte sich die Filmrechte an der ganzen Geschichte sichern sollen?«

»Allerdings – und ich werde auch nie vergessen, wie er …« Mina unterbrach sich, als sie Alex' ernsten Gesichtsausdruck bemerkte. »Was ist los mit dir, Schwester? Findest du unsere Anekdoten nicht komisch?«

»Es geht«, gab Alex wahrheitsgemäß zu.

»Okay«, meinte Ismael, »dann bist du jetzt an der Reihe.

Was ist deine komischste Erinnerung an den guten Winston?«

»Das will ich euch gern sagen«, gab Alex säuerlich zur Antwort. »Am komischsten finde ich, dass alle Welt Winston Seymour für einen Verrückten hält, für einen Attentäter, der einen verheerenden Anschlag verüben wollte und von NYPD und FBI gerade eben noch gestoppt werden konnte. Dass seine Ex-Frau und seine Kinder, die er noch immer von Herzen liebte, sich seiner schämen müssen, obwohl er sie alle gerettet hat. Dass man ihn in aller Stille verscharrt hat, statt ihm ein Heldenbegräbnis in Arlington zukommen zu lassen, wie es ihm zugestanden hätte. *Das* finde ich wirklich komisch!«

Da sie nicht sehen konnte, wie ihre Gesprächspartner auf ihre Worte reagierten, wartete sie auf eine verbale Antwort – aber diese blieb aus. Alex war klar gewesen, dass ihre Worte provozierten, und sie wusste auch nicht genau zu sagen, weshalb sie sich so aggressiv gab – wahrscheinlich, dachte sie, hing es mit dem Gefühlschaos zusammen, das in ihr herrschte.

Allerdings erhielt sie überhaupt keine Reaktion auf ihre harschen Worte, und das war schlimmer, als wenn Mina und Ismael lautstark widersprochen oder sie scharf zurechtgewiesen hätten.

»Oder was meint Ihr?«, fügte sie deshalb nach einer Weile hinzu, leiser und etwas verunsichert.

»Schhh«, machte Ismael.

»Was ist los?«

»Etwas stimmt nicht.«

Da Alex seine Miene meist nicht sehen konnte, hatte sie gelernt, auf Nuancen und winzige Veränderungen in Ismaels Stimme zu achten. Und dieser Unterton gefiel ihr gar nicht.

Ihr innerer Alarm schrillte und sie griff nach der Y-Brille, die vor ihr auf dem Tisch lag und die sie abgenommen hatte, weil sie vom zu langen Tragen Kopfschmerzen bekam.

Rasch klappte sie die Bügel auseinander und setzte die Brille auf – nur um zu sehen, dass sowohl Ismael als auch Mina längst nicht mehr am Tisch saßen. Ismael war aufgesprungen und blickte wachsam in Richtung Tür, Mina hatte am Fenster Posten bezogen und starrte hinaus in die regnerische Nacht.

»Was siehst du?«, erkundigte sich Ismael gepresst.

»Nichts Außergewöhnliches«, gab Mina leise zurück. Die Wirkung des Alkohols war ihrer Stimme noch anzumerken und Alex glaubte auch zu sehen, dass ihre Gestalt ein wenig wankte. »Nur ein paar geparkte Fahrzeuge, eine kaputte Straßenlaterne – und jede Menge Regen.«

»Siehst du eine Polizeistreife?«

»Nein, wieso?«

»Gewöhnlich kommt sie um diese Zeit hier vorbei.«

»Da ist aber weit und breit niemand.«

»Verstehe.« Ismaels Stimme klang besorgt.

»Warum?«, fragte Alex, die die Aufregung nicht recht nachvollziehen konnte. »Die Streife wird eben durch irgendetwas aufgehalten worden sein …«

»Durch irgendetwas«, stimmte Mina zu, »oder durch irgendjemanden. Das ist die Frage.«

»Ihr meint …?« Alex' Knie wurden weich. »Ihr meint, das Versteck wurde entdeckt?« Ein kalter Schauer rann ihr über den Rücken. Fast hatte sie in den letzten Wochen vergessen, was es bedeutete, von den *Demons* gejagt zu werden: nirgends mehr hingehen und niemandem mehr trauen zu können, aus Furcht, unsichtbare Attentäter könnten einem auf den Fersen sein und ein ebenso jähes wie grausames

Ende bereiten. Der wahr gewordene Albtraum eines jeden Paranoikers.

»Es wäre möglich«, entgegnete Mina Harper leise. »Etwas hat sich verändert.«

»Etwas hat sich verändert? Was soll das bedeuten?«

»Erinnerst du dich an das, was ich dir über uns erzählt habe?«, fragte Ismael. »Über unsere Art, uns zu bewegen und zu kämpfen?«

»Der *iter invisibilium*«, bestätigte Alex nickend, »der ›Weg der Unsichtbaren‹. Und?«

»Das hier gehört dazu«, erklärte Mina knapp.

»S-soll das heißen«, meinte Alex verblüfft, »Ihr könnt euch gegenseitig sehen?«

»Natürlich nicht«, verneinte Ismael. »Aber während der langen Zeit an der Akademie haben wir gelernt, uns auf unsere anderen Sinne zu konzentrieren und auf jedes Geräusch, auf jede Veränderung, auf jede Nuance zu achten. Das alles verbindet sich schließlich zu etwas, das wir den *sensus* nennen.«

»Du meinst eine Art sechsten Sinn?«

»So könnte man es auch nennen. In Wirklichkeit ist es jedoch nichts anderes als das Zusammenwirken verschiedener Sinne, die wiederum bei jedem unterschiedlich stark ausgeprägt sind. Der *sensus* der Grauen allerdings soll tatsächlich an das Paranormale grenzen, heißt es.«

Die Grauen. Alex nickte. Sie waren die geheimnisvollen Anführer des Ordens, der »Innerste Kreis«, der die Geschicke der Unsichtbaren von einem geheimen Hauptquartier aus lenkte.

»Wie du weißt«, fuhr Ismael in seiner Erklärung fort, »gibt es unter den Agenten des Ordens Killer und Beschützer.«

»*Guardians* und *Demons*«, bestätigte Alex.

»So ist es.« Durch die Brille konnte sie sehen, wie Ismael nickte – eine Geste, die er sich bei ihr abgeschaut hatte. »Ob jemand zum *Guardian* bestimmt wird, hängt im Wesentlichen davon ab, wie stark sein *sensus* ausgeprägt und inwieweit er in der Lage ist, Bedrohungen zu erkennen. Und mein Gefahrensinn hat mich gerade gewarnt.«

4.

»Ein Traktat (v. lat.: trahere für »ziehen« bzw. tractare für »behandeln«, »untersuchen«, »erörtern«) ist eine kurze Abhandlung über ein Thema. Sowohl die maskuline Form ›der Traktat‹ als auch die sächliche Form ›das Traktat‹ sind gebräuchlich […].

Traktate werden oft zur Verbreitung religiöser oder politischer Ideen eingesetzt. Sie erheben in diesem Zusammenhang keinen wissenschaftlichen Anspruch, sondern zielen vielmehr darauf ab, die betreffenden Ideen allgemein verständlich und mit großer Überzeugungskraft darzustellen.«

In: Wikipedia, Die freie Enzyklopädie.
Bearbeitungsstand: 22. Juli 2007, 14:18 UTC

Alexandria, Washington D.C.

Der weiße Streifenwagen war stehengeblieben.

Da die Straßenlaterne ausgefallen war – was man keinem Zufall zuschreiben konnte –, war im strömenden Regen nur undeutlich zu sehen, wie der Fahrer aus dem Wagen stieg. Dann ging der breitschultrige Mann im schwarzen Regenmantel, die Mütze tief ins Gesicht gezogen, zum Haus.

Er prüfte die Tür und fand sie verschlossen. Daraufhin drückte er kurzerhand einen der Klingelknöpfe.

»J-ja?«, hörte er nach einiger Zeit die krächzende Stimme eines alten Mannes durch die Gegensprechanlage.

»Sir, hier ist die Polizei. Öffnen Sie bitte die Haustür.«

»D-die Polizei?«

»Öffnen Sie bitte, Sir«, wiederholte der Mann mit der Dienstmütze energisch, woraufhin ein Summen erklang und er die Haustür aufdrücken konnte. Aus dem strömenden Regen trat er in den Hauseingang. Wasser rann an seinem Mantel herab und tropfte auf die Dielen.

Eine Tür auf der rechten Seite ging auf und ein ältlich aussehender Mann mit Glatze, der bereits einen Schlafanzug trug, trat auf den Flur. »Bitte, Officer«, sagte er mit flehendem Blick, »es war doch keine Absicht. Wenn ich geahnt hätte, dass das so ein schlimmes Vergehen ist, hätte ich mich gleich gemeldet. Aber ich wusste ja nicht mal, wem die verdammte Mülltonne gehört, die ich angefahren hab. Bitte, Officer, verhaften Sie mich nicht, ich habe mir noch nie in meinem Leben etwas zuschulden ...«

Der Alte verharrte, denn an dem Polizisten war ihm etwas aufgefallen – zwischen dem Kragen des Mantels und der Mütze klaffte gähnende Leere.

»Was, in aller Welt ...?«, brachte der Alte noch hervor – im nächsten Moment befand sich mitten auf seiner Stirn ein kleines Loch, aus dem Blut hervorsickerte. Die Augen des Mannes im Schlafanzug starrten in stillem Entsetzen. Dann brach er zusammen.

Der Polizist würdigte ihn keines weiteren Blickes. Mütze und Regenmantel streifte er ab, darunter kam *nichts* zum Vorschein. Lediglich die leise knarrenden Dielen verrieten, dass jemand die Treppe hinaufhuschte.

Vor einer Tür im oberen Stockwerk blieb der Unsichtbare stehen. Es war ein recht kleines Haus. Wahrscheinlich war früher ein Laden mit ein, zwei Büros oder eine kleine Firma in dem Gebäude untergebracht gewesen. Dem Unsichtbaren kam dies entgegen: Er hatte bereits in Erfahrung gebracht, dass in diesem Haus nur der Alte, den er bereits zum Schweigen gebracht hatte, und die Zielperson wohnten. Also keine weiteren Zeugen, um die er sich kümmern musste.

Er klopfte, wartete, klopfte nochmals, wartete wieder, hörte Geräusche – Schritte, Rascheln, ein Klicken – und dann die Stimme einer jungen Frau: »Wer ist da?«

»Die Polizei, Ma'am«, kam die Antwort aus dem Nichts. »Öffnen Sie bitte die Tür.« Die Tür hatte keinen Spion, auch das kam ihm entgegen.

»Wie sind Sie ins Haus gelangt?«

Er ließ sich darauf nicht ein. »Bitte öffnen Sie die Tür, Miss Gale. Ich muss mit Ihnen sprechen.«

»Worum geht es?«

»Das werde ich Ihnen sagen, sobald Sie die Tür geöffnet haben«, entgegnete der Unsichtbare mit wachsendem Unmut – Geduld war nie seine Stärke gewesen.

»Wer hat Sie geschickt?«

»Ich sagte Ihnen doch schon, dass ich Polizist bin, Ma'am. Bitte, Ma'am, zwingen Sie mich nicht, die Tür ...«

»Was wollen Sie von mir?«

»Öffnen Sie zunächst die Tür, dann werde ich Ihnen ...« Er unterbrach sich, als ihm ein übler Verdacht kam. Statt die Frage zu beantworten, schwieg er und wartete einfach ab.

»Wie ist Ihr Name?«, drang es dessen ungeachtet durch die Tür – und der Unsichtbare begriff, dass er vorgeführt wurde. In einem jähen Wutausbruch trat er gegen die Tür, die jedoch nicht nachgab. Erst nachdem er das Schloss mit drei Schüssen aus der Makarow traktiert und sich mehrmals mit dem ganzen Körper gegen das Türblatt geworfen hatte, zerriss auch die Sicherheitskette und die Tür schwang auf.

Was er sah, war ernüchternd.

Ein Diktiergerät, das vor ihm auf dem Boden lag und aus dem gerade die nächste Frage erklang: »Woher kommen Sie …?«

Der Unsichtbare richtete seine »lautlose Pistole« auf das Gerät und zerschoss es. Stille kehrte ein.

Die Makarow schien in der Luft zu schweben, während sich der Killer in der Wohnung umschaute. Er war wütend, dass sein Opfer offenbar gewarnt worden war und die Flucht ergriffen hatte, aber er besann sich auf das, was man ihn gelehrt hatte.

Zorn war ein schlechter Begleiter. Er führte nur dazu, dass man Fehler beging, und Fehler konnte sich der Orden nicht leisten. Nur Präzision führte zum Ziel.

Eiskalte, gnadenlose Präzision.

Er trat ins Wohnzimmer, die Waffe im Anschlag.

Nirgendwo war eine Menschenseele zu sehen. Das Licht jedoch brannte und den Gläsern, Dosen und Pizzakartons auf dem Tisch nach zu schließen, hatte die Zielperson die Wohnung erst vor Kurzem und auch ziemlich überstürzt verlassen.

Und sie war nicht allein gewesen.

Der Unsichtbare zischte eine Verwünschung und durchsuchte das Badezimmer, dann näherte er sich dem Schlafraum. Mit dem Lauf der Waffe stieß er die Tür an, die daraufhin knarrend aufschwang.

Auch im Schlafzimmer brannte Licht. Das Fenster stand weit offen, feuchtkalte Nachtluft blies herein. Dem Unsichtbaren war klar, was dies bedeuten mochte, aber er widerstand der Versuchung, zum Fenster zu stürmen, um seine Vermutung zu überprüfen. Das Misstrauen, das ihm sorgfältig anerzogen worden war, riet ihm zur Vorsicht. Vielleicht sollte er ja auch nur denken, dass die Zielperson aus ihrer Wohnung geflüchtet war.

Noch auf der Türschwelle stehend, blickte er sich wachsam um. Es gab ein Bett und einen Kleiderschrank, der groß genug war, dass sich eine erwachsene Person darin verstecken konnte.

Der unsichtbare Killer richtete die Waffe auf den Schrank und wollte abdrücken – als plötzlich sein *sensus* ansprach.

Zu spät.

Der Fußtritt krachte in sein Gesicht, mit derartiger Wucht, dass der Killer seine Halswirbel knacken hörte. Wäre er weniger gut trainiert gewesen, hätte ihm der Tritt das Genick gebrochen – so prallte er lediglich zurück und schlug gegen die Wand. Die Pistole entwand sich dabei seinem Griff.

»Jetzt!«, hörte er eine fremde und doch vertraute Stimme brüllen – und die Ereignisse überstürzten sich.

Alex hörte Ismaels heiseren Ruf – und warf sich nach vorn. Die Tür des Kleiderschranks, in dem sie sich versteckt hatte, sprang auf und sie fiel hinaus, landete auf allen vieren. Dabei verlor sie die Spezialbrille, und noch ehe sie danach greifen konnte, wurde sie von unsichtbaren Händen gepackt und in die Höhe gerissen.

»Schnell, Schwester«, hörte sie Mina Harkers Stimme dicht neben sich, während sie Hals über Kopf aus dem Schlafzimmer stürmten, vorbei an dem dramatischen Kampf, der sich vor ihren Augen abspielte und den sie doch nicht sehen konnte.

Sie hörte Keuchen, Stöhnen, harte Schläge. Eine Kommode erzitterte, als sei etwas ungeheuer Schweres und Wuchtiges dagegengerammt. Alex stieß einen spitzen Schrei aus – dann waren sie zur Wohnungstür hinaus.

»Schneller, schneller!«, trieb Harker sie an, während sie die Treppe hinunterstürmten.

»Was ist mit Ismael?«

»Er kommt schon zurecht, mach dir um ihn keine Sorgen.«

Es widerstrebte Alex, ihn zurückzulassen, aber abgesehen von ihrer eigenen Furcht und ihrem Willen zu überleben hatte etwas von ihr Besitz ergriffen, das sie in dieser Form nie gekannt und noch nie zuvor verspürt hatte: die Sorge um das neue Leben, das in ihr reifte.

So schnell sie konnte, stürmte sie die Stufen hinab und verwünschte sich dafür, dass sie die Brille verloren hatte. Wie, in aller Welt, hatte sie nur so ungeschickt sein können? Sie war auf einmal unkonzentriert und gedankenlos – gerade so, als würde der veränderte Zustand ihres Körpers auch auf ihren Geist einwirken.

Sie beide erreichten das untere Ende der Treppe und Alex schrie leise auf. Ihr Vermieter Mr. Helldrax lag tot auf der Schwelle seiner Wohnung, ein Einschussloch in der Stirn; um seinen Kopf hatte sich eine Blutlache gebildet.

»Sieh nicht hin«, sagte Mina. Eine unsichtbare Hand drückte Alex sanft, aber energisch in eine Nische des Hausflurs. »Bleib hier.«

Mina schlich zur Haustür, öffnete sie einen Spaltbreit und lugte hinaus.

»Noch mehr *Demons*?«, fragte Alex heiser.

»Schwer zu sagen. Ich sehe ein Patrolcar … Wo steht dein Wagen?«

»Hinter dem Haus.«

»Dann schnell. Aber bleib immer dicht hinter mir, verstanden?«

»Verstanden«, bestätigte Alex, deren Herz ihr bis zum Hals schlug. Sie hatte sich eingebildet, in den vergangenen Monaten härter und abgeklärter geworden zu sein. Immerhin wusste sie, was es mit den unsichtbaren Killern auf sich hatte und wer sie schickte. Ihrer Gefährlichkeit und dem Schrecken, den sie verbreiteten, tat das allerdings keinen Abbruch.

Alex griff in ihre Jackentasche und zog die P2000 hervor. Es war, als wäre die Waffe direkt für sie angepasst worden; Alex hatte, als man ihr die Waffe übergab, aus auswechselbaren Griffstück-Rücken in vier verschiedenen Größen auswählen können, sodass die Pistole des deutschen Herstellers Heckler & Koch wie angegossen in ihrer Hand lag. Doch auch das änderte nichts daran, dass sich Alex in diesem Augenblick wieder wie die ahnungslose, mit der Situation völlig überforderte Lehrstuhlassistentin fühlte, die unwissend zwischen die Fronten eines brutalen Krieges geraten war.

Nichts hatte sich seither geändert.

Oder …?

»Los!«, befahl Mina mit barscher Stimme, die nicht mehr wie die einer guten Freundin klang, sondern wie die einer Soldatin. Alex löste sich aus ihrem Versteck und huschte zur Haustür, die in diesem Moment wie von Geisterhand bewegt aufschwang. Alex rannte hinaus in den strömenden Regen.

Einmal mehr schalt sie sich dafür, dass sie die Brille verloren hatte. Aber dann erinnerte sie sich daran, dass Regen und Schnee zu den Faktoren gehörten, die die negative Rezeption ungünstig beeinflussten. Wasserpartikel pflegten nämlich das Licht zu brechen und machten auf diese Weise sichtbar, was andernfalls verborgen blieb – so wie die Gestalt, die plötzlich aus einem Schatten hervorsprang!

Alex sah wenig mehr als einen halbtransparenten Schemen, der von der Seite heransetzte und sich auf sie stürzen wollte. Der Kerl war vom Regen klitschnass und deutlich besser zu sehen als Mina, die in diesem Augenblick herumfuhr und sich zwischen den Angreifer und sein vermeintliches Opfer stellte.

Die beiden prallten gegeneinander. Es kam zu einem Schlagabtausch in atemberaubend schneller Folge, und während Alex panisch weiterrannte, hörte sie das hässliche Knacken eines brechenden Genicks. Als sie sich umblickte, sah sie eine reglose Gestalt am Boden liegen, die gerade Teil der sichtbaren Welt wurde – das untrügliche Zeichen dafür, dass der unsichtbare Angreifer tot war.

»Worauf wartest du? Lauf gefälligst weiter!«

Plötzlich hatte sie Mina wieder direkt neben sich. Froh darüber, dass die Freundin wohlauf war, nahm sie die Durchfahrt zum Hof, auf dem sie den Geo Metro abgestellt hatte. Der strömende Regen hatte ihre Kleidung durchnässt, aber sie scherte sich nicht darum, sondern rannte immer weiter – bis sie den roten Punkt sah, der zwischen den glänzenden Regenfäden flirrte und im nächsten Moment über die Hauswand huschte, geradewegs auf sie zu.

»In Deckung!«, rief Mina, als sich Alex bereits zu Boden warf. Der Schuss kam aus einem schallgedämpften Lauf, sodass sie ihn nicht hörten, aber etwas klatschte unmittelbar über Alex in die rötlich braune Backsteinwand, dann zuckte der rote Lichtpunkt wieder auf sie zu.

Sie wartete nicht erst ab, bis er sie abermals erreichte, sondern sprang auf und rannte in gebückter Haltung weiter. Wieder peitschte ein Schuss, der Alex nur deshalb verfehlte, weil sie, einem jähen Instinkt gehorchend, einen Haken schlug.

»Mina …?«

Die Freundin antwortete nicht mehr.

War sie getroffen worden und verletzt? Hatte sich ein weiterer unsichtbarer Angreifer auf sie gestürzt? Im Laufen blickte Alex über die Schulter zurück, konnte jedoch nichts ausmachen – außer dem roten Lichtpunkt, der sie erneut verfolgte, um zuzubeißen wie ein giftiges Reptil.

An der Hauswand stand ein Müllcontainer, hinter den sie sich mit einem Sprung flüchtete. Es gab einen metallischen Schlag, als das Geschoss den Container traf und abprallte, und plötzlich glaubte Alex zu wissen, wo sich der feindliche Schütze verbarg: auf dem Dach des angrenzenden Hauses!

Noch ehe sie den Gedanken ganz zu Ende gebracht hatte, schnellte ihre Schusshand hoch. Die P2000 war eine halbautomatische Pistole mit Double-Action-Abzug, sodass sie einfach nur abzudrücken brauchte – die Waffe bellte mehrmals hintereinander auf und jagte ihre Patronen zum Dach hinauf.

Ob Alex getroffen hatte oder nicht, der rote Punkt des Laserzielgeräts war plötzlich nicht mehr zu sehen. Vielleicht hatten ihre Schüsse den Heckenschützen in Deckung gezwungen.

Mit zusammengebissenen Zähnen sprang sie auf, legte die letzten Meter zum Wagen im Laufschritt zurück. Die Pistole hielt sie dabei beidhändig im Anschlag, zielte mal hierhin und mal dorthin und hielt im Regen nach halbtransparenten Schemen Ausschau.

Endlich hatte sie das Auto erreicht. Der Kleinwagen hatte schon bessere Zeiten gesehen; Roststellen übersäten die orangerote Karosserie, die an den Kotflügeln zusätzlich noch einige Dellen aufwies. Ob es daran lag, dass die finanziellen Mittel der Anderen begrenzt waren, oder ob man eine fahrende Rostbeule als perfekte Tarnung erachtete – Alex wusste es nicht. Sie hoffte nur, dass der Wagen, den sie in den vergangenen Wochen kaum benutzt hatte, ihr zuverlässige Dienste leisten würde.

Die Pistole in der Linken, suchte sie in der Jackentasche nach dem Autoschlüssel und fand ihn. Ihn ins Schloss zu stecken und herumzudrehen war mit zitternder Hand schon schwierig genug. Als der rote Lichtpunkt wieder auftauchte, wurde es ihr nahezu unmöglich.

Mit einem gehetzten Schrei auf den Lippen ging Alex hinter dem Wagen in Deckung, dessen Beifahrerfenster einen Herzschlag später mit hellem Klirren zersprang. Wie von Sinnen hantierte sie weiter an der Tür und bekam sie endlich auf, schlüpfte rasch hinein und ließ den Motor an.

Der Geo heulte auf, als Alex das Gaspedal durchtrat, und im nächsten Augenblick schoss der Wagen mit quietschenden Reifen auf die Hofeinfahrt zu.

Der linke Seitenspiegel verabschiedete sich, als sie den Container streifte. Ein Kreischen erklang, Funken stoben in der Dunkelheit.

Plötzlich stand direkt vor ihr eine Gestalt, ganz in Schwarz gekleidet und das Gesicht unter einer Sturmhaube verborgen – eindeutig kein Unsichtbarer, aber auch er ein mordgieriger Killer!

Es war der Heckenschütze, der seinen hohen Posten verlassen hatte und Alex den Weg versperrte, sein langläufiges Mordinstrument im Anschlag. Der dünne rote Strahl des Laserzielgeräts zuckte heran, der Schuss fiel, das Projektil durchschlug die Windschutzscheibe und verfehlte Alex nur um Haaresbreite. Der Wagen geriet ins Schlingern und schrammte erneut an der Backsteinmauer entlang.

Dann heftete sich der Lichtpunkt auf ihr Gesicht, der Laserstrahl blendete sie und …

Plötzlich taumelte der Schütze seitwärts und brach zusammen. Was genau ihn getroffen hatte, wusste Alex nicht. Alles, was sie durch die beschädigte, von Sprüngen durchzogene Windschutzscheibe sah, waren zwei undeutliche Gestalten, die hinter ihm aufgetaucht waren und die der Regen halbwegs sichtbar machte. Sie war sicher, dass es sich um Ismael und Mina handelte.

Alex war längst in die Eisen gestiegen, zwang das Fahrzeug zu einer harten Bremsung und stieß die Beifahrertür auf.

»Taxi gefällig?« Sie schaffte es sogar noch, diesen öden, abgedroschenen Spruch zu bringen und wunderte sich selbst am meisten darüber.

»Kommt wie gerufen«, sagte Mina, während Ismael und sie sich auf die Sitze des Kleinwagens zwängten. »Und jetzt gib Gas, Schwester!«

Das brauchte Alex nicht erst gesagt zu werden.

Ihr rechter Fuß trat das Gaspedal durch, während ihr Bein vor Aufregung unkontrolliert zitterte. Die Reifen quietschten laut, als sie das Lenkrad herumriss und der Wagen in die Straße einfuhr.

»Kopf runter!«, hörte sie Ismael brüllen, als auf der rechten Straßenseite ein weiterer vermummter Killer auftauchte, in den Händen eine Maschinenpistole mit aufgeschraubtem Schalldämpfer, ein recht kleines Modell, wahrscheinlich eine Mini-Uzi, speziell konzipiert zum verdeckten Tragen.

Skrupellos betätigte der Mann den Abzug, woraufhin

ein Hagel tödlicher Projektile vom Kaliber 9 Millimeter Parabellum aus der Waffe ratterte, quer durch den Wagen schlug und die Fenster zertrümmerte.

Alex merkte erneut, wie sie der Hauch des Todes streifte, und plötzlich fühlte sie in ihrem Nacken einen scharfen, brennenden Schmerz. Etwas rann feucht an ihrem Hals herab und in den Kragen ihres Mantels.

Blut.

Etwas hatte sie getroffen – wohl kein Geschoss, sondern ein Metall- oder Glassplitter. Im nächsten Moment jedoch war der Wagen an dem MPi-Mann vorbei, der ihnen zwar noch eine zweite Salve hinterherschickte, die aber war schlecht gezielt und verebbte wirkungslos im Dunkel der Nacht.

»Noch alle da?«, erkundigte sich Alex, während der Geo die Straße hinabschoss und dabei auf 70 Meilen beschleunigte.

»Denke schon«, sagte Ismael stöhnend.

»Leicht lädiert, aber noch am Leben«, bestätigte auch Mina, während einen Häuserblock entfernt das grelle Heulen von Polizeisirenen erklang. Die Schüsse, die Alex abgefeuert hatte, mussten gemeldet worden sein.

Wenn die Polizei auftauchte, bedeutete das, dass die Sache offiziell wurde, und wenn der Orden etwas nicht wollte, dann war es Aufsehen. Seine Killer, sichtbare wie unsichtbare, würden sich zurückziehen und Alex und ihre Gefährten waren außer Gefahr.

Vorerst …

Golden Dragon Restaurant, Jackson Street
Chinatown, San Francisco
Tags darauf

»Und das ist das Mädchen?«

»So ist es.«

Elizabeth Kwon schürzte die Lippen, um ihre innere Unruhe zu vertuschen. Erstmals sah sie das Kind, von dem David Wilkes ihr erzählt hatte und das angeblich über eine solch erstaunliche Begabung verfügte. Leider war es nur ein Foto. Das Album, das sie aufgeschlagen auf ihrem Schoß liegen hatte, enthielt eine Unmenge von Bildern, die meisten davon schon recht alt, aber es waren auch einige neuere Aufnahmen dabei. Darunter auch jene des kleinen Mädchens, dessen Existenz nicht nur für Dr. Kwon, sondern auch für ihre Wissenschaft alles verändern konnte.

Seit Wilkes ihr am Vorabend von der Sache erzählt hatte, dachte sie kaum noch an etwas anderes. Bei dem Seminar, das sie am Vormittag abgehalten hatte, war sie nur halb bei der Sache gewesen und hatte kaum zugehört, wenn die Studenten ihr Fragen stellten. Selbstvergessene Dozenten, die an nichts als ihre Forschungen dachten, hatte Elizabeth früher gehasst – inzwischen war sie auf dem besten Weg dazu, selbst einer zu werden.

Sie hatte es kaum abwarten können, mehr über den ominösen Fall zu erfahren, und hatte die Mittagspause genutzt, um in die Innenstadt zu fahren und das Restaurant aufzusuchen, das Wilkes erwähnt hatte. Der *Golden Dragon* – so der blumige Name – lag in einer Querstraße der vielbefahrenen Grant Avenue. Da das Gros der Gäste, die zur Lunch-Zeit die Lokale stürmten, sich nicht die Zeit nahm, an den Tischen Platz zu nehmen und in Ruhe zu speisen, sondern es vorzog, sich Gerichte zum Mitnehmen in kleine Kartons verpacken zu lassen, war es vergleichsweise ruhig im Restaurant und Elizabeth hatte Gelegenheit, sich ausführlich mit Mr. Tang, dem Besitzer des Lokals, zu unterhalten.

Die halbe Nacht über hatte sie sich gefragt, wie der Mann aussehen mochte, der ein derart brisantes Geheimnis hütete, freilich ohne sich dessen wirklich bewusst zu sein. Als sie ihm nun tatsächlich gegenübersaß, war sie fast ein wenig enttäuscht. John Tang war ein untersetzter Mittvierziger, der sein rabenschwarzes Haar streng zurückgegelt und einen etwas zu engen Anzug trug. Vielleicht wäre Elizabeth der Verdacht gekommen, einer Falschmeldung aufgesessen zu sein, wäre da nicht der aufrichtige Blick des Chinesen gewesen.

Genau wie Dr. Kwons Großeltern stammte auch Tang aus Hongkong – er war Anfang der 90er-Jahre in die Staaten gekommen, als das Auslaufen des britischen Pachtvertrags absehbar gewesen war und die Bewohner der Kronkolonie einer ungewissen Zukunft unter der Herrschaft Chinas entgegensahen. Zwar hatten sich viele Befürchtungen im Nachhinein als unbegründet erwiesen, aber John Tang und seine Familie hatten dennoch lieber in den Vereinigten Staaten einen Neuanfang gewagt. Mit Dr. Kwon unterhielt er sich nun auf Kantonesisch, was ihm ein geradezu nostalgisches Vergnügen zu bereiten schien.

»Das Kind sieht völlig normal entwickelt aus«, stellte Elizabeth fest, deren Misstrauen noch immer nicht ganz gewichen war.

»Ein chinesisches Sprichwort sagt, dass ein stiller Teich oftmals die tiefsten Gründe birgt«, gab Tang lächelnd zu bedenken.

»Und es handelt sich tatsächlich um ein Findelkind?«, erkundigte sich Elizabeth.

»*Hai*«, bestätigte Tang in seiner melodiösen Muttersprache, die sich, anders als das Englische, steigender und fallender Tonfolgen bediente. »Mein Bruder, der die kleine Kim Li bei sich aufgenommen hat, nimmt an, dass sie eine Tanka ist.«

»Eine Tanka?« Elizabeth hob die Brauen. »Aber ich dachte, es gibt keine *boat people* mehr, die im Hafen von Aberdeen auf ihren Hausbooten leben.«

»Die meisten von ihnen wurden in die Hochhäuser umquartiert, die schon zu Zeiten der britischen Verwaltung in Aberdeen errichtet wurden, das ist wahr«, bestätigte Tang. »Allerdings gibt es noch immer einige, die sich der modernen Zeit entgegenstellen und es vorziehen, auf dem Wasser zu wohnen. Und sie halten es genau, wie sie es früher getan haben: Jungen werden an Bord der Dschunken festgebunden, damit sie nicht von Bord fallen und ertrinken; bei Mädchen hingegen verzichtet man auf diese Vorsichtsmaßnahme.«

»Sehr nett.« Elizabeth verzog das Gesicht. »Und Ihr Bruder vermutet, dass Kim Li …«

»Er denkt, dass sie über Bord gegangen, aber nicht ertrunken ist, sondern sich irgendwie an Land retten konnte. Möglicherweise wurde sie auch einfach ausgesetzt – schließlich ist sie nicht nur weiblichen Geschlechts, sondern auch noch behindert.«

»Natürlich«, bestätigte Elizabeth, die ihre Abscheu nicht verbergen konnte. »Solch ein Leben ist wertlos, also ab ins Wasser damit.«

»Ich heiße diese Methoden nicht gut, Dr. Kwon«, sagte Tang. »Ich bitte Sie nur zu bedenken, dass sie die Folge extremer Armut und härtester Lebensbedingungen sind, unter denen die Seevölker seit Jahrhunderten zu leiden haben.«

»Und das rechtfertigt eiskalten Mord?«

»Das habe ich nicht gesagt. Und ich darf Ihnen versichern, dass längst nicht alle so denken – sonst hätte mein Bruder die Kleine wohl kaum bei sich aufgenommen.«

»Ihr Bruder gehört auch den *boat people* an?«

»Gehörte«, verbesserte Tang. »Bis in die 80er-Jahre bewohnte unsere Familie eine große Dschunke, bis diese bei einem Großbrand im Hafen von Aberdeen in Flammen aufging, zusammen mit Hunderten anderer Schiffe.«

»Das tut mir leid.«

Tang lächelte gequält. »Es gab Gerüchte, die Regierung sei an dem Brand nicht ganz unschuldig gewesen oder habe jedenfalls nicht genug unternommen, um die Feuer rechtzeitig zu löschen, weil ihr die Dschunkenstadt ein Dorn im Auge war und sie deren Bewohner in den eigens errichteten Wohnhäusern unterbringen wollte. Bewiesen werden konnte jedoch nichts, und so zogen in den darauf folgenden Wochen einige Tausend *boat people* in die Hochhäuser um und wurden sesshaft, darunter auch meine Familie. Wie ich schon sagte, Dr. Kwon – härteste Lebensbedingungen.«

»Ich verstehe«, entgegnete Elizabeth. »Seit wann lebt Kim Li in der Familie Ihres Bruders?«

»Seit etwa einem Jahr.«

»Und wie wurde ihre Begabung entdeckt?«

»Zunächst überhaupt nicht – erst als vor einigen Wochen im Zuge eines Stromausfalls ganz Aberdeen in Dunkelheit versank. In der kleinen Wohnung, die mein Bruder und seine Frau bewohnen, wurde es schlagartig stockfinster und sie konnten den kleinen Rush nicht mehr finden.«

»Rush?«

»Ihr Sohn, der gerade acht Monate alt ist. Er krabbelte auf dem Boden herum, als die Beleuchtung ausfiel. In seiner Angst hatte er sich irgendwo verkrochen, sodass sie ihn nicht mehr finden konnten – bis plötzlich Kim Li vor ihnen stand, das Baby im Arm. Die Frage, wie sie ihn gefunden hätte, konnte das Mädchen nicht beantworten.«

»Schön und gut, Mr. Tang«, meinte Elizabeth, »aber das allein scheint mir noch kein Beweis zu sein für die außergewöhnliche Fähigkeit, von der man mir berichtete.«

»Ich habe auch noch nicht zu Ende erzählt«, sagte der Restaurantbesitzer. »Als mein Bruder eine Kerze entzündete, um für die Dauer des Stromausfalls eine notdürftige Beleuchtung zu haben, da reagierte das Mädchen äußerst ungewöhnlich.«

»Inwiefern?«

»Laut meinem Bruder begann sie laut zu schreien und sich wie von Sinnen zu gebärden. Eine regelrechte Panikattacke, die sich erst wieder legte, als mein Bruder die Kerze löschte. Den Rest der Nacht verbrachte die Familie in Dunkelheit.«

»Hm«, machte Elizabeth nachdenklich.

Was John Tang berichtete, ließ durchaus eine autistische Störung vermuten – aber war das Mädchen wirklich ein Savant? Verfügte sie tatsächlich über die einzigartige Fähigkeit, im Dunkeln zu sehen? Den Zwischenfall mit der Kerze konnte man als Indiz dafür sehen, dass sich die kleine Kim Li in Finsternis geborgener fühlte als im Hellen, was für ein Kind durchaus ungewöhnlich war – andererseits hatte Elizabeth im Lauf ihrer Forschungen schon zahlreiche ungewöhnliche Phänomene kennengelernt.

Dass es mit dem Mädchen etwas auf sich hatte, schien

außer Frage zu stehen – ob es sich allerdings tatsächlich um eine Inselbegabung handelte, noch dazu um eine, wie sie auf der ganzen Welt noch niemals beobachtet, geschweige denn untersucht worden war, stand auf einem ganz anderen Blatt. Letztlich blieb nur eine Möglichkeit, wenn man Klarheit bekommen wollte.

»Mr. Tang«, sagte Elizabeth deshalb, »ich würde Kim Li gern kennenlernen.«

»Das dachte ich mir.« Der Restaurantbesitzer nickte.

»Sehen Sie eine Chance, dass Ihr Bruder sie hierherbringen kann? In die Vereinigten Staaten?«

»Glauben Sie mir, er würde nichts lieber als das tun. Aber es gibt zwei Dinge, die dagegensprechen.«

»Nämlich?«

»Zum einen die chinesischen Behörden, die sich einer Ausreise in die Staaten wohl widersetzen würden. Zum anderen Kim Li, die niemals freiwillig in ein Flugzeug steigen würde. Sobald sie eines am Himmel erblickt, beginnt sie laut zu schreien und hält sich die Augen zu.«

»Die Augen? Nicht die Ohren?«

»Die Augen«, versicherte Tang. »Seltsam, nicht wahr?«

»Eigentlich nicht. Autisten leiden unter Störungen ihrer Wahrnehmung. Sie sehen ihre Umwelt nicht so, wie wir das tun, von daher sind Reaktionen, wie Sie sie beschreiben, nicht weiter ungewöhnlich.«

»Ich sehe, Sie kennen sich auf diesem Gebiet aus, Doktor, und ich kann auch erkennen, dass der Fall der kleinen Kim Li Sie berührt. Wenn Sie das Kind allerdings kennenlernen wollen, wird Ihnen nichts anderes übrigbleiben, als es vor Ort zu besuchen. In Hongkong.«

Eine Strähne ihres langen schwarzen Haars, das sie offen trug, war Elizabeth ins Gesicht gefallen. Nachdenklich strich sie sie zurück, dann fällte sie eine Entscheidung. »Also schön, ich werde hinfliegen und mir vor Ort ein Bild von dem Fall machen. Verraten Sie mir nur eines.«

»*Tsaeng?*«

»Warum setzen Sie sich so für diese Sache ein? Was versprechen Sie sich davon?«

»Nun, Dr. Kwon – zum einen wünsche ich mir, dass Kim Li durch Ihr Zutun die Aufmerksamkeit zuteil wird, die sie verdient, und dass dem Mädchen vielleicht geholfen werden kann ...«

»Ich fürchte, da muss ich Sie enttäuschen. Autismus ist nicht wirklich heilbar und ich bezweifle auch, dass Kim Li ihren Zustand selbst als abnormal empfindet.«

»... zum anderen«, fuhr Tang unbeirrt fort, »würde sich mein Bruder freuen, wenn die amerikanische Botschaft in Hongkong eine Ausreisegenehmigung für seine Familie und ihn erwirken könnte, dazu eine unbefristete Aufenthaltserlaubnis für die Vereinigten Staaten.«

»Verstehe.« Elizabeth nickte. »Die Familie soll wieder zusammengeführt werden.«

»Das ist unsere Hoffnung«, gestand der Restaurantbesitzer offen. »Und ich denke, der Preis ist nicht zu hoch angesichts der Möglichkeiten, die sich Ihnen als Wissenschaftlerin bieten. Wenn ich richtig verstanden habe, gibt es weltweit nur wenige Fälle solch außergewöhnlicher Begabungen und ich bin sicher, dass jedes andere Institut ...«

»Schon gut«, unterbrach ihn Elizabeth. Sie hatte Tangs Wink mit dem Zaunpfahl verstanden, aber sie konnte es nicht leiden, wenn sie unter Druck gesetzt wurde.

»Dann haben wir eine Abmachung?« Der Restaurantbesitzer blickte sie forschend an.

»Ich kann nichts versprechen. Falls sich die Geschichte

als wahr herausstellt, wird sich das Dekanat von Berkeley bei der Einwanderungsbehörde für Sie einsetzen. Garantieren kann ich allerdings für nichts.«

»Das ist auch nicht nötig«, erwiderte Tang und hielt ihr über den kleinen Tisch die Hand hin. »Ich vertraue auf Ihr Wort.«

»So wie ich auf das Ihre«, erwiderte Elizabeth und ergriff seine Hand. Tangs Händedruck hatte etwas Verbindliches, das die junge Psychologin ein wenig beruhigte, obgleich ihr eine innere Stimme sagte, dass sie dabei war, folgenschwere Entscheidungen zu treffen. Entscheidungen, die ihr Leben verändern würden.

Nicht nur, dass sie zum ersten Mal in ihrem Leben die Vereinigten Staaten verlassen und in das Land ihrer Ahnen reisen würde. Wenn sich tatsächlich als wahr herausstellte, was John Tang behauptete, so war das eine wissenschaftliche Entdeckung ersten Ranges, die sie über Nacht weltberühmt machen und ihr den Zugang zu höchsten Forschungskreisen öffnen würde.

Eine verlockende Aussicht.

Die warnende Stimme jedoch blieb, auch wenn Dr. Kwon den Grund dafür nicht näher bestimmen konnte.

5.

Ich hasse es, mich zu streiten.

Sich mit jemandem zu streiten heißt, sich mit ihm auseinanderzusetzen – mit seiner Persönlichkeit, seinen Überzeugungen, seiner Meinung – und zu versuchen, ihn für den eigenen Standpunkt zu gewinnen.

Ich habe diese Vorgehensweise immer als äußerst anstrengend und zudem wenig effizient empfunden. Da es im Grunde nur eine Wahrheit gibt und einen Standpunkt, von dem aus sich die Wirklichkeit zu betrachten lohnt, habe ich stets eine schnellere, wirkungsvollere und endgültigere Methode bevorzugt, um Meinungsverschiedenheiten zu klären.

Mit einer Ausnahme.

Als ich noch jung war und unerfahren, gab es in unseren Reihen ein Individuum, das ich als meinen Freund betrachtete. Wir besuchten zusammen die Akademie und glaubten, einander ähnlich zu sein. Aus diesem Grund beging ich den Fehler, diesem Individuum zu vertrauen. Seine Person erschien mir derart wichtig, dass ich auch seine Meinung als wichtig erachtete – obwohl ich schon damals hätte erkennen müssen, was dieser falsche Freund im Schilde führte.

Von Beginn an war sein Streben gegen unsere Überzeugung gerichtet und gegen die Macht, in deren Diensten wir alle stehen. Ich hätte es sehen müssen und entsprechend handeln, aber ich respektierte seine Meinung, weil ich glaubte, dass sie es wert wäre, ebenso wie unsere Freundschaft.

Ich hätte auf unsere Lehrer hören sollen und die simple Wahrheit, die sie uns beibrachten: dass Vertrauen und Freundschaft überflüssig sind und dass es keine Wahrheit gibt, die außerhalb des Ordens steht.

Denn der Orden macht *die Wahrheit.*

Große Aula der La Sapienza, Rom
21 Uhr 39 EST

Paolo Genaro war froh, dass die Gedenkfeier zu Ende war. Ein Glas Rotwein in der Hand, stand er in der Aula und wohnte dem Empfang bei, der sich der Feierlichkeit anschloss.

Heuchler, wohin das Auge blickte.

Geschlagene zwei Stunden hatten Mitarbeiter des Dekanats sowie leitende Professoren am Rednerpult gestanden und große Reden geschwungen: Welch prächtiger Kollege Luigi Benati gewesen sei und welch brillanter Geist; wie hoch sie ihn als Wissenschaftler geschätzt hätten und wie wichtig sein Beitrag zur archäologischen Forschung gewesen sei.

Schon nach einer halben Stunde hatte Paolo kaum noch zugehört – soviel Unwahrheit auf einmal war schwer zu ertragen. Viele von denen, die dort am Pult standen und in den höchsten Tönen von Benati sprachen, waren seine erbitterten Feinde gewesen: feige Theoretiker, die keine Ahnung von praktischer Forschung hatten; die es vorzogen, sich in ihrem Elfenbeinturm zu verkriechen und von dort aus darüber zu bestimmen, was Archäologie war und was nicht; Gegner in einem Diskurs, bei dem es längst nicht mehr um die wissenschaftliche Sache gegangen und der auf ehrabschneidende Weise geführt worden war.

Persönliche Attacken waren gegen den Professor geritten

worden, seine Arbeit diffamiert – und das nur, weil er es gewagt hatte, gegen den Strom zu schwimmen und Fragen an die Archäologie zu stellen, die vor ihm noch kein anderer gestellt hatte. *Il pazzo* hatten sie ihn genannt – den Spinner. Sie hatten ihm seinen Lehrstuhl genommen und seine Forschungsgelder gestrichen, sodass er zuletzt auf private Finanziers angewiesen gewesen war. Benati jedoch hatte sich nicht einschüchtern lassen und war weiter seinen Weg gegangen, jeweils unterstützt von einer Handvoll Assistenten, die an ihn und seine Thesen glaubten. Auch Paolo hatte einst zu diesen wenigen gehört, umso mehr empörte es ihn, wer sich nach dem plötzlichen Tod des Professors alles als sein Freund und Weggefährte feiern ließ.

Der Grund dafür war ebenso offensichtlich wie ärgerlich: Da Benati bei einem feigen Mordanschlag getötet worden war, verbot sich jeder kritische Kommentar. Die Öffentlichkeit stand auf Seiten des unschuldigen Opfers, und danach hatten sich auch all diese Speichellecker zu richten, derentwegen Paolo die Universität damals verlassen hatte. Unter anderem.

»Paolo? Bist du das?«

Paolo drehte sich um und blickte in ein ihm nur zu vertrautes Gesicht, das auch nach all der Zeit, die verstrichen war, noch immer von atemberaubender Schönheit war.

»Silvana«, sagte er nur und nickte der Frau zu, die ihr glattes rotes Haar hochgesteckt hatte und ein hautenges Kleid trug, das Paolos Ansicht nach trotz der schwarzen Farbe dem Anlass wenig angemessen war. Ihr Parfüm war geradezu betörend.

»So sehen wir uns also wieder«, sagte sie und schickte ihm jenes provozierende Lächeln, das ihn vor Jahren fast um den Verstand gebracht hatte. Bei ihr war ein schlanker Mann, der Anfang vierzig sein mochte und einen dunklen, teuer aussehenden Maßanzug trug. Der Blick, mit dem er Paolo betrachtete, hatte etwas Despektierliches.

»Sieht ganz so aus«, meinte Paolo und setzte ein unverbindliches Lächeln auf, das Gleichgültigkeit demonstrieren sollte, tatsächlich jedoch schwach und unsicher wirkte. »Obwohl ich einigermaßen überrascht bin, dich ausgerechnet hier zu treffen.«

»Wofür hältst du mich?«, fragte sie, während es in ihren grünen Augen geheimnisvoll blitzte. »Es ist mir ein tiefes Bedürfnis, meinem alten Lehrer die letzte Referenz zu erweisen.«

»Darüber wird er sich bestimmt freuen«, versetzte Paolo und stürzte den Rest des Weins hinunter, als wollte er damit die glühende Wut löschen, die plötzlich in ihm aufflammte. »Besser wäre es allerdings, du hättest es getan, solange der Professor noch lebte, statt ihm in den Rücken zu fallen.«

»Du meine Güte – bist du über diese Sache denn noch immer nicht hinweg? Das alles ist fünf Jahre her, Paolo.«

»Fünf Jahre«, bestätigte er. »Fünf Jahre, die du zu deinem Vorteil genutzt zu haben scheinst, Silvana. Wie ich hörte, hast du es zu Professor Lamacchias rechter Hand gebracht – mit guten Aussichten, ihn nach seiner Emeritierung zu beerben.«

»Es handelt sich um einen Lehrstuhl, nicht um einen Thron«, entgegnete sie. »Du solltest wissen, dass es nicht in der Macht des Professors steht, seine Nachfolge auf diese Weise zu regeln. Über derlei Dinge hat das Dekanat zu befinden.«

»Ist das so.« Paolo nickte und sein Lächeln wurde noch

breiter. »Ich bin fest davon überzeugt, dass du beizeiten eine Lösung finden wirst. Wer ist übrigens der Herr in deiner Begleitung? Willst du uns nicht vorstellen?«

»Wenn du darauf bestehst – dies ist Dr. Roberto Mondo von der historischen Fakultät.« Der Mann im Maßanzug deutete eine Verbeugung an, sein geringschätziger Blick jedoch blieb, was Paolo angesichts der Tatsache, dass er selbst nur ein abgetragenes Tweedsakko trug und auch schon ein wenig zu viel getrunken hatte, nicht weiter wunderte.

»Sie sind Historiker?«, erkundigte er sich und tat, als würde es ihn interessieren.

»Das hat Dr. Praga Ihnen doch gerade gesagt«, entgegnete Mondo leicht genervt.

»Allerdings, das hat sie.« In Paolo empörte sich alles gegen die Arroganz des anderen. »Worauf sie nicht näher einging, ist die Art und Weise Ihrer Kopul… Verzeihung: Kooperation.«

»Du hast dich nicht verändert«, stellte Dr. Praga mit Abscheu in der Stimme fest. »Auch fünf Jahre in Südamerika haben dich kein Stück erwachsener gemacht.«

»Und dich kein Stück ehrlicher«, konterte er ungerührt. »Du verstehst es noch immer, Leute um den Finger zu wickeln und sie zu gebrauchen, wie es dir passt.«

»Von wem sprechen wir hier?«, fragte sie. »Von dir oder von Professor Benati?«

»Von beiden«, erwiderte er, während jede Heiterkeit aus seinen Zügen verschwand und sie zur steinernen Maske wurden. »Ich könnte noch darüber hinwegsehen, dass du nach allem, was du mir angetan hast, so tust, als wäre nichts geschehen. Aber wie kannst du es wagen, bei einer Gedenkfeier zu Professor Benatis Ehren aufzutauchen? Du bist es damals gewesen, die seine Thesen ans Licht der Öffentlichkeit gezerrt hat, noch lange bevor sie reif dafür waren, und die ihn der Kritik und dem Spott der gesamten Fachwelt ausgesetzt hat.«

»Das war ich nicht«, stritt sie entschieden ab. »Unmöglich gemacht hat sich Benati ganz von selbst, indem er irgendwelchen Hirngespinsten nachjagte und sich auf Quellen berief, die es gar nicht gibt.«

»Das ist nicht wahr! Der Professor hat …«

»Du willst es noch immer nicht einsehen, oder?«, fiel sie ihm ins Wort. »Obwohl Benati tot ist, stehst du noch immer in seinem Bann. Hast du in den vergangenen Jahren denn gar nichts dazugelernt? Haben fünf Jahre Südamerika dich nichts gelehrt?«

»Doch, eine ganze Menge«, versicherte Paolo, seine Wut nur mühsam beherrschend. »Ich habe gelernt, dass man falschen Freunden nicht trauen darf. Und dass die Archäologie weit mehr und größere Rätsel bereithält, als du oder irgendein anderer von diesen bornierten Idioten es sich vorstellen können.«

»Allmächtiger«, sagte sie und starrte ihn durchdringend an, die Beleidigung einfach überhörend. »Du klingst genau wie er. Ist das deine Vorstellung von einem erfüllten Leben, Paolo? Die Welt zu bereisen und verlorenen Träumen nachzujagen? Du solltest endlich aufwachen!«

»Ich bin bereits aufgewacht«, konterte er bitter. »Schon vor fünf Jahren. Du persönlich hast mich geweckt.«

»Tatsächlich«, flüsterte sie und wich vor ihm zurück, als befürchtete sie, er könnte handgreiflich werden. »Du bist genau wie er geworden. Dieser selbstherrliche Tonfall, dieses Leuchten in deinen Augen – genau wie bei Benati.«

»Ich nehme das als Kompliment«, erwiderte er steif und

stellte sein leeres Glas auf ein Tablett, das einer der schwarz livrierten Kellner vorbeitrug. »Und nun entschuldige mich bitte. Ich werde diese unerfreuliche Veranstaltung verlassen. Für meinen Geschmack gibt es hier zu viele Heuchler.«

»Ach ja?« Silvana Praga hob spöttisch eine Braue. »Und wohin willst du gehen? Allzu viele Einladungen wirst du ja wohl nicht haben ...«

»In die nächste Bar, wenn du es genau wissen willst. Eine Flasche Schnaps scheint mir die angemessene Gesellschaft zu sein.«

»Sieh an«, versetzte sie. »Noch etwas, worin du dem guten Professor immer ähnlicher wirst.«

Das war zu viel.

Die Falschheit der Menschen und den Spott, der über seinen alten Lehrer ausgegossen wurde, hätte Paolo noch ertragen – dass aber ausgerechnet Silvana auch noch Benatis Alkoholproblem ansprach, brachte das Fass zum Überlaufen.

»Verdammtes Flittchen!«, fuhr er sie an, so laut, dass seine Stimme durch die Aula hallte. Die anderen Gäste unterbrachen ihre Gespräche und blickten mit einer Mischung aus Neugier und peinlicher Berührtheit herüber. »Ausgerechnet du musst das sagen, wo du es doch gewesen bist, die ihn in den Suff getrieben hat! Der Professor hatte dir nichts getan, Silvana. Im Gegenteil, er hat dich gefördert und dir vertraut – und du hast ihn hintergangen!«

»Ich habe nur getan, was notwendig war«, versicherte sie. »Notwendig für die Wahrheit – und für mich.«

»Elende Verräterin! Ich werde dich ...«

Trauer und all die Wut, die er die letzten fünf Jahre unterdrückt hatte, brachen sich Bahn und sorgten dafür, dass Paolo Genaro vollends die Beherrschung verlor. Er hatte geglaubt, über Silvana hinweg zu sein und über das, was sie dem Professor und ihm angetan hatte, aber wie er nun feststellen musste, waren sein Zorn und seine Enttäuschung noch genauso groß wie am Tag seiner überstürzten Abreise.

In einem Reflex, der nicht zuletzt auch den Gläsern Sekt zu verdanken war, die er schneller hinabgestürzt hatte, als gut für ihn war, wollte er sie an den Schultern packen und durchschütteln. Dass es nicht dazu kam, dafür sorgte ihr Begleiter, der seine hünenhafte Gestalt zwischen die Kontrahenten schob.

»Das reicht jetzt, Genaro«, knurrte er leise. Das Aufsehen, das sie erregten, war ihm sichtlich peinlich. »Ich denke, Sie sollten den Empfang jetzt verlassen.«

»Ich will jetzt aber gar nicht mehr gehen«, widersprach Paolo, trotzig wie ein kleiner Junge. »Diese Veranstaltung wird zu Ehren eines Mannes abgehalten, der mehr von Wahrheit und Wissenschaft verstand als Sie oder irgendjemand sonst hier in diesem Raum. Sie glauben mir wohl nicht? Das wird wahrscheinlich daran liegen, dass die gute Silvana Ihnen mit ihren scharfen Reizen bereits das Hirn frittiert hat.« Er verzog das Gesicht zu einem schlüpfrigen Grinsen. »Darauf versteht Sie sich nämlich ganz ausgezeich…«

Weiter kam er nicht.

Mit einer Wucht, die Paolo einem Bücherwurm vom Schlage Roberto Mondos nicht zugetraut hätte, landete die Faust des Historikers in seinem Gesicht und streckte ihn nieder. Mit blutender Nase fand sich Paolo auf dem Boden wieder, anklagende Blicke auf sich geheftet.

»Sch-schon gut«, näselte er, während er prüfte, ob das Nasenbein gebrochen war. Glücklicherweise nicht.

»Gehen Sie jetzt«, sagte Mondo, jedes einzelne Wort betonend. »Ihre Anwesenheit hier ist nicht länger erwünscht.«

Wankend raffte sich Paolo auf, noch immer unschlüssig, ob er das Feld räumen oder sich mit geballten Fäusten auf Silvana Pragas arroganten Begleiter stürzen sollte. Die Entscheidung wurde ihm aber abgenommen, denn plötzlich standen zwei uniformierte Angehörige des Sicherheitsdienstes bei ihm, packten ihn grob und zerrten ihn nach draußen.

»So ist es gut«, sagte Mondo gelassen. »Zeigen Sie dem Herrn den Ausgang und sorgen Sie dafür, dass er nicht zurückkehrt, weder heute noch irgendwann sonst.«

»Das ist dein Ende, Paolo!«, rief Silvana ihm aufgebracht hinterher. »Wir werden deinen Ausschluss aus der Universität beantragen, hast du gehört?«

Paolo Genaro hörte es wohl, aber es machte ihm nichts aus. Im Gegenteil war er sogar ein wenig stolz darauf, dass ihn das gleiche Schicksal ereilt hatte, das auch dem armen Professor Benati zuteil geworden war. Morgen früh allerdings, wenn sich sein Zorn gelegt hatte und die Wirkung des Alkohols verflogen war, würde er vermutlich anders darüber denken.

Dann würde er ein Archäologe ohne Arbeit sein.

Ohne Auftrag.

Ohne Zukunft.

Ausmanövriert von denselben Leuten, die auch Professor Benatis Feinde gewesen waren.

Und während sie ihn hinausschleppten, durch die Säulenhalle und das große Haupttor, die Stufen des breiten Portals hinab, erinnerte er sich an den Brief, den sein Freund und Mentor ihm geschickt hatte. Vielleicht, sagte er sich, konnte er ein paar Dinge geraderücken, die durch karrieregeile Monster wie Silvana Praga verdreht worden waren.

Der Zwischenfall in der Aula hatte für einiges Aufsehen gesorgt. Minutenlang herrschte peinliche Stille, ehe die Gespräche schließlich wieder aufgenommen wurden.

Keiner der Anwesenden jedoch ahnte, dass noch jemand Paolo Genaros denkwürdigen Auftritt beobachtet hatte.

Jemand, den keiner sehen konnte.

Observationsbasis 8
Südliches Arizona, nahe der mexikanischen Grenze
21 Stunden später

Der Raum war spartanisch eingerichtet.

Wände aus Beton, die an einen Bunker denken ließen, eine nackte Neonröhre als Beleuchtung. Die Einrichtung bestand aus einem länglichen Tisch aus Metall und dazugehörigen schmalen Bänken, auf denen Alex und Commander Harker Platz genommen hatten, während Ismael sie beständig umkreiste.

»Sag mal«, meinte Mina irgendwann, »kannst du dich vielleicht auch setzen? Du machst mich nervös.«

»Tatsächlich?« Der gelbrote Schemen, den Alex durch die Spezialbrille sah, blieb abrupt stehen und beugte sich zu der Kommandantin herab. »Das ist gut so, Mina, denn Nervosität fördert die Wachsamkeit, und die ist letztendlich alles, was uns am Leben hält. Das war verdammt knapp da draußen.«

»Das brauchst du mir nicht zu sagen.« Mina lachte freudlos auf. »Einem Killerkommando des Ordens zu entgehen, dazu gehört schon eine unverschämte Portion Glück – und die hat man in den seltensten Fällen zweimal.«

»Ich frage mich noch immer, wie sie uns aufspüren konnten«, überlegte Ismael und setzte seine Runden fort. »Irgendetwas muss uns verraten haben.«

»Irgendetwas oder irgendjemand«, gab Mina zu bedenken.

»Irgendjemand? Wer?«

Die Kommandantin erwiderte nichts, was für Alex' Geschmack allerdings Antwort genug war.

»Fängst du schon wieder damit an?«, fragte Alex. »Vertraust du mir noch immer nicht? Diese Killer waren auch hinter mir her, schon vergessen?«

»Nein, Schwester, das habe ich nicht vergessen«, konterte Mina verdrossen. »Aber ich weiß auch, dass dem Orden kein Trick zu schmutzig und kein Aufwand zu groß ist, um seine Doppelagenten zu tarnen. Vielleicht hat der Heckenschütze ja absichtlich danebengeschossen.«

»Was für ein Unsinn, Mina«, wandte Ismael ein. »Alex gehört zu uns, daran kann überhaupt kein Zweifel bestehen.«

»Kannst du dir da so sicher sein?«, fragte die Kommandantin spitz. »Das haben wir schon einmal geglaubt, wie du weißt.«

Statt zu antworten, seufzte Alex und massierte ihre hämmernden Schläfen.

Sie war müde und fühlte sich wie durch den Wolf gedreht. Seit dem Zwischenfall in Washington war sie ununterbrochen unterwegs gewesen: mit dem Auto zu einem der geheimen Depots, die die Anderen überall auf der Welt unterhielten und wo sie Waffen, Fahrzeuge und andere Ausrüstung versteckten. Von dort mit einem alten Dodge, der kaum mehr Annehmlichkeiten bot als der ramponierte Kleinwagen, zu einem winzigen Flugplatz in der Nähe von

Huntington. Von dort mit dem Helikopter nach Wilmington, Delaware, und von dort mit einem Frachtflugzeug nach …

Alex hatte irgendwann damit aufgehört, sich die Namen der Orte und Flugplätze zu merken. Hatten die Agenten des Ordens erst einmal Blut geleckt, war es äußerst schwierig, sie wieder loszuwerden. Ein Langstreckenflug verbot sich, ebenso wie eine Fahrt mit Bus oder Bahn, da man davon ausgehen musste, dass sämtliche großen Flughäfen sowie Bahnhöfe und Busstationen überwacht wurden. Die Augen und Ohren des Ordens waren überall; schon wiederholt hatte Alex feststellen müssen, wie weit verzweigt das Netz seiner Spitzel war. Nur das häufige Wechseln von Fortbewegungsmittel und Reiserichtung konnte halbwegs sicherstellen, dass man den Fängen des Ordens entging. Fast einen Tag und eine Nacht lang hatte die wilde Schnitzeljagd gedauert, die sie den feindlichen Agenten geliefert hatten – so lange, bis Alex kaum mehr hatte glauben wollen, dass ihre Flucht irgendwann ein Ende haben würde.

Sie war müde und erschöpft, hatte seit mehr als dreißig Stunden kein Auge zugetan. Dazu war ihr speiübel und sie hatte Kopfschmerzen. Ganz und gar nicht die Stimmung, in der sie sich Vorhaltungen machen lassen wollte.

»Ich werde dir jetzt mal was sagen, Mina«, entgegnete sie schließlich, »und ich möchte, dass du mir gut zuhörst, denn ich werde es dir kein zweites Mal erklären. Es ist wahr, dass ich euch damals verraten habe, jedoch nur, weil ich es zu diesem Zeitpunkt nicht besser wusste. Ismael hatte den Fehler begangen, mir wichtige Informationen vorzuenthalten, also zog ich meine eigenen Schlüsse – und es waren die falschen. Ich bestreite nicht, dass ich mich vom Orden habe täuschen lassen, und ich schäme mich dafür, dass ich euch dadurch in Gefahr gebracht habe. Aber spätestens seit dem Tag, als Winston Seymour sein Leben opferte, um die Pläne des Ordens zu vereiteln, gehört euch meine ganze uneingeschränkte Loyalität. Du magst an meinen Worten zweifeln, Mina, aber es ändert nichts daran, dass ich meine Entscheidung, auf wessen Seite ich in diesem Kampf stehe, längst getroffen habe. Und wenn du mir nicht glauben magst, dann glaube Winston, denn er hat mir vertraut. Er war unser Freund, Mina, und hat sein Leben für uns geopfert. Selbst wenn es keinen einzigen weiteren Grund gäbe, auf eurer Seite zu stehen, würde ich es schon allein tun, um Winston zu rächen und dafür zu sorgen, dass sein Opfertod nicht umsonst gewesen ist.«

Sie hatte leise und beherrscht gesprochen, deshalb aber nicht weniger eindringlich – und ihre Worte blieben nicht ohne Wirkung. Obwohl Alex nicht sehen konnte, was genau sich in den orangerot leuchtenden Gesichtszügen Mina Harkers abspielte, hatte sie den Eindruck, dass die Kommandantin ein wenig ihr Haupt senkte.

»Entschuldige«, hauchte sie beschämt, »so war es nicht gemeint. Es ist nur …«

»Was auch immer geschieht, wir dürfen keinesfalls anfangen, uns gegenseitig wahllos zu verdächtigen«, wandte Ismael entschlossen ein. »Verwirrung und gegenseitiges Misstrauen wären die Folge, und das ist genau das, was der Orden will. Jeder von uns hat genug persönliche Gründe, den Orden zu hassen und ihn mit jeder Faser seiner Existenz zu bekämpfen. Hören wir also damit auf, uns gegenseitig das Leben schwerzumachen, und konzentrieren wir uns auf das, was vor uns liegt.«

»Und das wäre?«, erkundigte sich Alex.

Ismael war stehengeblieben. Soweit sie es feststellen konnte, wandte er ihr den Rücken zu. Sie kannte seine Körpersprache inzwischen und wusste, dass dies kein gutes Omen war. Offenbar gab es etwas, das er ihr eröffnen wollte, eine unangenehme Wahrheit.

»Alex, ich …«

»Na los doch, raus damit«, forderte sie ihn auf und versuchte, ein Lächeln auf ihre aschfahlen und erschöpften Züge zu zaubern. »Ich bin ein großes Mädchen.«

»Also schön.« Er nickte und wandte sich ihr zu. »Unmittelbar nach unserer Ankunft in dieser Basis habe ich Kontakt mit Oberon aufgenommen. Infolge des Vorfalls in Washington hält er es für unerlässlich, dass wir uns trennen.«

Alex zuckte merklich zusammen. »Dass wir uns trennen? Aber sagtest du nicht, du wärst mein *Guardian,* mein Beschützer?«

»Ich weiß«, murmelte Ismael. »Aber nach den Ereignissen von Washington stellt sich manches anders dar.«

»Ach ja? Und was, zum Beispiel?«

»Der Orden weiß, wer wir sind, Alex. Er kennt unsere wahren Identitäten – und er will uns beide lieber heute als morgen aus dem Weg räumen. Wenn wir zusammenbleiben, verdoppeln wir die Gefahr der Entdeckung nur. Ich wünschte, es wäre anders, aber so, wie die Dinge liegen …«

»Ja?«, hakte sie nach, als er zögerte.

»… kann ich dich nicht so beschützen, wie ich es gern möchte«, fuhr er mit gepresster Stimme fort. »Ich habe Oberon daher gebeten, dir Mina als neuen *Guardian* zuzuteilen. Er hat zugestimmt.«

»Ich verstehe.« Alex nickte, ihr Gesicht gefror zur Maske. »Und für wie lange werden wir getrennt sein?«

»Ich weiß es nicht«, gab Ismael resignierend zur Antwort. Sein Haupt hatte er gesenkt, seine Körperhaltung verriet tiefe Ratlosigkeit. »Bis die Gefahr vorbei ist«, meinte er dann. »Bis wir wissen, woher der Feind seine Informationen hatte, und wir die undichte Stelle schließen konnten. So lange müssen wir jede nur erdenkliche Vorsichtsmaßnahme ergreifen.«

»Verstehe«, sagte Alex noch einmal – und kam sich in diesem Augenblick so einsam vor wie schon lange nicht mehr. Das schreckliche Gefühl, ihrem Schicksal schutzlos ausgeliefert zu sein, überkam sie, Tränen traten ihr in die Augen.

»Es ist am besten so, du wirst sehen«, versuchte Ismael ihr ein wenig Mut zuzusprechen.

»Können wir denn telefonieren? Wenigstens ab und zu?«

»Bedaure – nein. Wenn einer von uns beiden aufgespürt wird, darf der andere dadurch nicht ebenfalls in Gefahr geraten, sonst wäre alles vergebens gewesen.«

»Sicher. Wenn du meinst.« Sie gab sich keine Mühe mehr, die Tränen zurückzuhalten, die ihr daraufhin in Rinnsalen über die Wangen liefen. Sie war zu müde und zu erschöpft dazu. Und angesichts ihres Zustands hatte sie auch das Gefühl, dass sie verdammt noch mal das Recht hatte zu weinen.

Ismael trat zu ihr, setzte sich neben sie auf die Bank. »Du brauchst dir keine Sorgen zu machen«, versprach er ihr. »Mina wird gut auf dich aufpassen, das versichere ich dir.«

»Ich weiß«, sagte sie schluchzend. »Das ist es nicht.«

»Und ich«, fuhr er leise fort, »werde auch gut auf mich aufpassen. Wir werden uns wiedersehen, sei unbesorgt.«

»Uns wiedersehen?« Trotz der Tränen in ihren Augen gelang ihr ein kurzes Auflachen.

»Du weißt, was ich meine. Ich werde zu dir zurückkehren, Alex, ich verspreche es dir.«

»Wohin wirst du gehen?«, wollte sie wissen. Freilich erhielt sie keine Antwort. »Natürlich, ich Närrin«, schalt sie sich. »Du darfst es mir nicht sagen, richtig?«

»Mein Weg wird mich nach Asien führen«, erwiderte Ismael leise und ausweichend. »Einer unserer Informanten dort ist spurlos verschwunden.«

»Und was werde ich inzwischen tun?«

»Du wirst hierbleiben. Mina wird sich um dich kümmern und dich vor jeder drohenden Gefahr beschützen. Du kannst ihr vertrauen, hörst du?«

»Wenn Sie mir vertraut«, versetzte Alex und streifte den leuchtenden Schemen der Kommandantin, die ihr am Tisch gegenübersaß, mit einem vielsagenden Blick.

»Nun sei doch nicht so nachtragend, Schwester«, knurrte Harker. »Ich habe mir eben Sorgen gemacht, das ist alles.«

»Schon gut, ich bin dir nicht böse. Ich wünschte nur, all das wäre nicht so schnell gekommen. Ich wollte, Ismael und ich hätten noch ein wenig Zeit, um …«

»Bedauerlicherweise«, fiel Ismael ihr sanft ins Wort, »ist Zeit genau das, was wir nicht haben. Ich habe Order, die Basis Punkt 1900 zu verlassen.«

Alex warf einen Blick auf ihre Armbanduhr.

Zehn vor sieben.

Deshalb also war Ismael die ganze Zeit über so unruhig umhergetigert – er hatte nach einer Möglichkeit gesucht, sich von ihr zu verabschieden.

Zehn Minuten.

Genügte das, um ihm zu erzählen, was sie bewegte?

Um ihm zu enthüllen, dass sie ein Kind von ihm erwartete und dass sie ihn nicht am anderen Ende der Welt, sondern in ihrer Nähe haben wollte, dass sie ihn brauchte, um das alles durchzustehen?

Nein.

Wenn Alex in diesem Moment mit der Wahrheit herausrückte, würde sie damit nur Chaos stiften, aus dem die Agenten des Ordens möglicherweise Kapital schlugen. Denn es stimmte ja: Die *Demons* waren ihnen auf den Fersen, und sich zu trennen war in Anbetracht der Lage tatsächlich eine vernünftige Strategie.

Wäre da nicht das neue Leben gewesen, das Alex' Sichtweise in mancher Hinsicht bereits verändert hatte.

»Es tut mir leid, Alex«, versicherte Ismael, und es klang ehrlich. »Ich wollte nicht, dass du es auf diese Weise erfährst, aber ich habe keine andere Wahl. Je rascher wir uns trennen, desto besser ist es für uns beide.«

»Wie … wie meinst du das?« Alex konnte ihr Entsetzen nicht verbergen. Ging es am Ende nicht nur darum, sie vor dem Zugriff feindlicher Agenten zu schützen? Passierte da etwas, von dem sie noch nichts mitbekommen hatte?«

»Was ist los mit dir, Alex?«, fragte Ismael sie verwundert. »Du weißt, wie ich es meine.«

Sein Gesicht schwebte dicht vor ihrem. Sie wünschte sich, keine Spezialbrille zu brauchen, um ihn zu sehen, und sie hätte sehr viel darum gegeben, ihm in diesem Moment in die Augen blicken zu können. Aber diese Möglichkeit bestand nicht und in Mina Harkers Gegenwart wollte keiner von beiden mit offenen Karten spielen. Es war auch so schon kompliziert genug.

»Ich werde zurückkehren, Alex«, versprach er ihr flüsternd. »Ich … ich …«

»Ich weiß«, entgegnete sie nur.

»Leb wohl, Alex. Und pass gut auf dich auf.«

»Du auch«, hörte sie sich selbst sagen, und als sie merkte, dass er sich zu ihr beugte, um sie auf die Wange zu küssen, schloss sie die Augen. Sie erschauderte unter der Berührung seiner weichen, warmen Lippen, die schon im nächsten Moment nur noch eine zarte Erinnerung war.

»Alles Gute, Mina«, verabschiedete sich Ismael.

»Dir auch. Bleib uns erhalten, hörst du?«

»Ich werde mein Bestes geben.« Ismael nickte, dann wandte er sich zum Gehen. Er hatte das Schott des Briefingraumes noch nicht erreicht, als Alex ihn noch einmal zurückrief.

»Ismael!«

»Ja?« Er blieb stehen und wandte sich um.

Alex war wie versteinert.

Einen Moment lang führte sie einen inneren Kampf darum, ob sie aufspringen und ihn umarmen, ihn zum Abschied leidenschaftlich küssen sollte – oder ob sie die vielleicht letzten gemeinsamen Minuten, die ihnen in ihrem Leben blieben, dazu nutzen sollte, ihm die Wahrheit zu sagen.

Die Wahrheit über sein Kind.

Aber Alexandra Lessing brachte weder das eine noch das andere über sich. Zu groß waren ihr Pflichtbewusstsein und die Sorge um sein Wohlergehen, als dass sie ihn hätte aufhalten können. Sie durfte, sagte sie sich, in dieser Situation nicht nur an sich selbst denken. Die anderen waren nicht weniger wichtig. Die Sache, für die sie alle kämpften.

»Nichts«, flüsterte sie deshalb.

Noch einmal winkte er ihr zum Abschied, dann öffnete sich das Schott mit metallischem Zischen und im nächsten Moment war der Mann, den sie liebte, verschwunden.

Das Schott schloss sich hinter ihm und plötzlich war Ismael nicht mehr nur unsichtbar.

Alex konnte auch seine Gegenwart nicht mehr spüren.

6.

»… verbirgt sich hinter dem Begriff des Autismus eine ganze Reihe fundamentaler Störungen, die wir allgemein als ein tiefgreifendes Defizit im Wahrnehmungs- und Informationsverarbeitungsmodus des menschlichen Gehirns beschreiben. Unabhängig von der individuellen Ausrichtung ist bei den Patienten eine auffällige Unfähigkeit zur sozialen Interaktion erkennbar, häufig auch eine Neigung zur Wiederholung stereotyper Handlungen. Die neuere Forschung geht davon aus, dass autistisch veranlagte Menschen die Wirklichkeit völlig anders wahrnehmen und interpretieren, als nicht-autistisch veranlagte Menschen dies tun. Aus dieser Erkenntnis ist zu verstehen, dass viele Autisten ihren Zustand keineswegs als abnorm begreifen und entsprechend auch nicht nach Heilung verlangen …«

Aus: Malcolm Van Cleef
Psychische Störungen. Grundlagen der Forschung.
Baltimore, 1992

Chek Lap Kok International Airport
Lantau, Hongkong
16 Uhr 47 Ortszeit

Elizabeth Kwon schritt durch das hohe Portal, das von der Gepäckannahme in die riesige Ankunftshalle führte, und betrat eine andere Welt – auch wenn sich diese auf den ersten Blick nicht von der unterschied, die sie hinter sich gelassen hatte.

Die Halle des erst Ende des 20. Jahrhunderts eröffneten Großflughafens war von geradezu gigantischen Ausmaßen. Sonnenlicht flutete durch das transparente Dach und durch die gläserne Front und beleuchtete das rege Treiben, das darin herrschte. Geschäftsleute in dunklen Anzügen zogen Trolleys hinter sich her und strebten zu den Ausgängen, Taxifahrer und Fremdenführer hielten Namensschilder hoch oder sahen sich begierig nach neuer Kundschaft um und fliegende Händler versuchten Stadtpläne an den Mann zu bringen. Die Stimme einer Frau, die einen chinesischen Popsong zum Besten gab, drang aus riesigen Lautsprechern und über allem lag der leichte, in der klimatisierten Luft kaum wahrnehmbare Geruch fremder Exotik.

Elizabeth hatte Mühe, mit all der hektischen Betriebsamkeit zurechtzukommen. Erschöpft vom langen Flug, war sie der Überzeugung, den Fehler ihres Lebens begangen zu haben, als sie John Tang versprochen hatte, nach Hongkong zu fliegen, um sich das Adoptivkind seines Bruders anzusehen.

Nicht nur, dass der Flug eine einzige Strapaze gewesen war – die Psychologin bezweifelte inzwischen auch, dass das Mädchen Kim Li tatsächlich über die beschriebenen Fähigkeiten verfügte. Denn zum einen war ein vergleichbares Phänomen noch nie zuvor beschrieben worden, zum anderen stammte der Tipp von David Wilkes – und noch nie war von Wilkes etwas Gutes gekommen. Andererseits war da die Chance, möglicherweise tatsächlich etwas zu entdecken, das noch von keinem Wissenschaftler zuvor beobachtet worden war, und diese verschwindend geringe, gegen Null tendierende Hoffnung war es, die Elizabeth entgegen aller Bedenken dazu bewogen hatte, doch in das Flugzeug zu steigen und um den halben Erdball zu fliegen, die Geborgenheit ihres Büros in Berkeley einzutauschen gegen …

Ja, wogegen eigentlich?

Sie blieb stehen und stellte den Koffer ab, den sie hinter sich hergezerrt hatte, blickte sich im unüberschaubaren Gemenge um. Eine Freistellung vom Lehrdienst zu bekommen war einfacher gewesen, als sie vermutet hatte, ihr Ticket hingegen hatte sie aus eigener Tasche bezahlen müssen.

Und wofür?

Um nun in einem der größten Flughäfen der Welt zu stehen und sich zu fragen, was sie eigentlich tat. Hatte es nicht geheißen, dass Tangs Bruder sie abholen wollte? Wie aber sollte sie den Mann in all dem Chaos finden? Sie kam sich allein und verloren vor. Ihre bislang weiteste Reise hatte sie nach Vermont geführt.

»Sind Sie Dr. Kwon?«

Sie erschrak, als sie von hinten angesprochen wurde, und fuhr herum. Der Mann, der hinter ihr stand, war von mittlerer Größe und trug einfache Kleidung. Seine von glattem schwarzen Haar umrahmten Gesichtszüge jedoch wiesen auffällige Ähnlichkeit mit denen John Tangs auf.

»Mr. Tang?«, erkundigte sich Elizabeth, jähe Hoffnung schöpfend.

»Stimmt«, erwiderte er nickend und entblößte seine gelben Zähne zu einem Grinsen. »Charles Tang. Sie mich finden.«

»*Sie* haben *mich* gefunden, würde ich eher sagen«, widersprach sie und musste ein wenig schmunzeln. »Dr. Elizabeth Kwon«, stellte sie sich dann offiziell vor und reichte ihm zur Begrüßung die Hand.

»Charles Tang«, wiederholte der Mann und verbeugte sich höflich, ehe er ihre Rechte ergriff und sie beherzt schüttelte. »Dr. Kwon, sein große Ehre, dass Sie besuchen kommen uns.«

»Die Ehre ist ganz meinerseits«, versicherte Elizabeth und wechselte ins Kantonesische, das sie zwar nicht perfekt beherrschte, das aber doch besser war als Tangs Englisch. »Ihr Bruder hat mir viel von Ihnen erzählt.«

»Nur Gutes, möchte ich hoffen«, erwiderte er, während er in einer selbstverständlichen Geste nach ihrem Koffer griff und ihn durch die Menschenmenge in Richtung Ausgang schleppte.

»Wie weit ist es nach Aberdeen?«, erkundigte sich die Psychologin, die ihm folgte.

»Mit dem Bus etwa zwei Stunden«, eröffnete Tang zu ihrem Entsetzen. »Mit dem Taxi ginge es schneller, aber es kostet …«

»Wir nehmen das Taxi«, entschied sie kurzerhand – wenn sie nach dem langen Flug auch noch zwei Stunden in einem Straßenbus sitzen musste, brachte sie das wahrscheinlich um. Außerdem konnte sie es kaum noch erwarten, endlich einen Blick auf die Person zu werfen, derentwegen sie die weite Anreise überhaupt auf sich genommen hatte.

War Kim Li das, was man ihr versprochen hatte? Eine wissenschaftliche Sensation? Oder war Elizabeth Tausende von Meilen gereist, um einem Phantom nachzuspüren, das es überhaupt nicht gab?

»Wie Sie wünschen«, meinte Tang beflissen, und durch eine der Drehtüren gelangten sie nach draußen.

Elizabeth hatte das Gefühl, gegen eine Wand zu laufen.

In der Ankunftshalle war es angenehm kühl gewesen, außerhalb davon jedoch herrschte eine solch drückende

Schwüle, dass die Psychologin sofort den Eindruck hatte, ihre Kleidung würde schweißnass an ihr kleben. Die übrigen Menschen, die sich entlang des Taxistands drängten, schien die Schwüle nicht zu kümmern. Elizabeth sah Geschäftsmänner, die Krawatten und Jacketts trugen und trotz der Hitze wie aus dem Ei gepellt aussahen, also nahm sie sich vor, sich zusammenzunehmen.

Nach kurzer Wartezeit fuhr eines der blau lackierten Cabs vor. Der Fahrer, ein kleinwüchsiger Chinese, stieg aus und plapperte so schnell drauflos, dass Elizabeth nur jedes zweite Wort verstand. Tang übernahm es, den Preis auszuhandeln, und schon kurz darauf saßen sie im klimatisierten Fond des Wagens und wurde über die breite Schnellstraße chauffiert, die von der Insel Lantau hinüber zum Festland führte, der eigentlichen Stadt entgegen. Es dauerte nicht lange, bis die Skyline in Sicht kam: Die Geschäftshäuser und Wolkenkratzer von Tsim Sha Tsui und Wan Chai waren durch das weite Hafenbecken voneinander getrennt. An den bunten Häuserfassaden Kowloons wetteiferten chinesische Schriftzeichen mit den Werbetafeln westlicher Firmen, zwischen modernen Geschäftshäusern aus Glas und Stahl wucherten die brüchigen Mauern uralter Tempel.

Staunend begriff Elizabeth Kwon, dass diese Stadt die Schnittstelle zweier Welten war. Anders als in San Francisco, wo das chinesische Viertel einen von der restlichen Stadt getrennten, in sich geschlossenen Teil darstellte, trafen Ost und West, Tradition und Moderne, Vergangenheit und Zukunft in Hongkong unmittelbar aufeinander und verschmolzen zu einem ebenso chaotischen wie harmonischen Ganzen. Ein Lächeln huschte über ihre angespannten Züge.

Vielleicht, dachte sie, war die Reise ja doch keine so schlechte Idee gewesen.

Archiv der Università La Sapienza
Rom
Zur selben Zeit

»Dr. Genaro? Sind Sie das?«

Mit vielem hatte Paolo Genaro gerechnet, aber ganz sicher nicht damit, namentlich begrüßt zu werden. Nicht nach all den Jahren. Und schon gar nicht nach der Vorstellung, die er neulich Abend geliefert hatte.

Verwundert trat er aus dem Aufzug, der ihn in den Keller des alten Fakultätsgebäudes gebracht hatte, und näherte sich dem breiten Schreibtisch, der dem Lift gegenüber aufgestellt war und an dem eine einzelne Person ihren Dienst versah. Paolo brauchte einen Moment, um sich zu erinnern, aber dann dämmerte ihm, dass er die Frau mit dem blondgefärbten Haar und der etwas zu dick aufgetragenen Schminke tatsächlich kannte. Es war Adriana Baldani, ihres Zeichens Chefsekretärin im Büro von Professor Benati.

»Dr. Genaro«, rief sie, als Paolo in den Lichtkreis der Deckenlampe trat, die über ihrem Schreibtisch hing und gerade ausreichte, Adrianas Arbeitsplatz aus der umgebenden Dunkelheit zu reißen. Ringsum herrschte geheimnisvolle Schwärze, aus der die Stimme der Sekretärin widerhallte. »Sie sind es wirklich! Ist das eine Freude!«

»Hallo, Adriana.«

Sie sprang auf und kam um ihren Schreibtisch herum, und noch ehe Paolo etwas dagegen unternehmen konnte, hatte sie ihn bereits umarmt und ihn mit zwei dicken Küssen auf die Wangen beglückt wie eine *mamma* ihren verloren geglaubten Sohn.

»Ist das eine Freude, Sie zu sehen! Ich habe gehört, dass

Sie wieder in Rom sind, aber ich hätte niemals angenommen, dass Sie Zeit finden würden, mich zu besuchen.«

»Nun, Adriana, ich …«

Paolo suchte nach passenden Worten, wusste nicht recht, was er erwidern sollte. Tatsächlich hatte er keine Ahnung gehabt, dass Adriana im Kellerarchiv der Fakultät tätig war. Benatis ehemalige Sekretärin hier unten arbeiten zu lassen, kam einer Strafversetzung gleich – und vielleicht war es ja genau das gewesen. Trotz der vielen Schminke fielen ihm die dunklen Schatten unter Adrianas Augen auf und die tiefen Falten, die sich in die Stirn der Sekretärin gegraben hatten. Er hatte sich nie Gedanken über ihr Alter gemacht, aber wenn man ihn danach gefragt hätte, hätte er Adriana auf um die fünfzig geschätzt. Die Frau jedoch, die in dem halbdunklen, fensterlosen Raum ihren Dienst versah, sah ungleich älter aus und ein Gefühl sagte Paolo, dass daran nicht nur die fünf verstrichenen Jahre schuld waren.

Er schloss sie in die Arme – zum einen, weil ihm nichts Besseres einfiel, zum anderen, weil sie es nötig zu haben schien. Als sie sich voneinander lösten, hatte sie Tränen in den Augen.

»Entschuldigen Sie, Doktor«, sagte sie, griff nach einem Papiertaschentuch und schnäuzte sich geräuschvoll.

»Schon gut.« Paolo winkte ab. »Was ist geschehen, Adriana? Weshalb arbeiten Sie hier im Archiv?«

»Das wissen Sie nicht?« Noch einmal bemühte sie das Taschentuch.

»Ehrlich gesagt – nein.«

»Nun«, erklärte Adriana traurig, »seit Professor Benatis Tod hat sich hier einiges geändert.«

»Inwiefern?«

»Alle, die für ihn gearbeitet haben, wurden aus ihren Positionen entfernt und entweder entlassen oder an andere Stellen versetzt. In meinen Fall«, fügte sie traurig hinzu, auf den großen Schreibtisch deutend, »hatte man wohl Skrupel, eine alte Frau auf die Straße zu setzen, deshalb hat man mir erlaubt, dass ich mir hier mein Gnadenbrot verdienen darf.«

»Wer?«, fragte Paolo mit bebender Stimme, obwohl er sich die Antwort bereits denken konnte.

»Dr. Praga«, erwiderte Adriana prompt. »Als rechte Hand von Professor Lamacchia hat sie großen Einfluss – und wie Sie wissen, hatte sie noch nie viel für uns übrig.«

»Ich weiß«, versicherte Paolo verdrossen. »Ich weiß ...«

»Das alles kommt mir wie ein Albtraum vor. Ich kann mich noch genau erinnern, wie mich der Dekan in sein Büro rufen ließ und mir erzählte, dass es auf dem Flughafen einen Anschlag gegeben habe und dass Professor Benati ...«

Ihre Stimme war immer leiser geworden und verstummte nun ganz. Erneut rang sie mit den Tränen.

»Hören Sie, Adriana«, sagte Paolo sanft. »Ich weiß, wie Ihnen zumute ist. Professor Benati ist mein Freund gewesen, mein Lehrer und Mentor. Sein Tod ist für uns alle ein schwerer Verlust, aber ich bin sicher, dass er nicht gewollt hätte, dass wir seinetwegen so lange trauern.«

»I-ich weiß ...«

»Ich bedaure sehr, wie man Ihnen mitgespielt hat, aber es liegt nicht in meiner Macht, etwas daran zu ändern. Nicht mehr ... Ein Verfahren wurde gegen mich angestrengt mit dem Ziel, mich von der Fakultät auszuschließen.«

»Ich habe davon gehört«, erwiderte Adriana und ein Lächeln huschte über ihre traurigen Züge. »Es heißt, Sie hätten Dr. Mondo von den Geschichtswissenschaften niedergeschlagen.«

»Heißt es das?« Paolo schürzte die Lippen. »Eigentlich ist es eher umgekehrt gewesen, aber das spielt keine Rolle mehr. Man will mir alle Privilegien nehmen und dazu ist jedes Mittel recht. Die verbleibende Zeit allerdings will ich nutzen, und deshalb bin ich hier.«

»Natürlich.« Adriana schien zu begreifen, dass er eigentlich nicht ihretwegen gekommen war. Wenn sie jedoch enttäuscht darüber war, ließ sie es sich nicht anmerken. Im Gegenteil sah es fast so aus, als wäre sie ein wenig erleichtert. Sie zückte ein zweites Taschentuch, um ihr Gesicht so gut wie möglich von Tränen und verlaufener Schminke zu befreien, und sagte dann: »Womit kann ich Ihnen dienen, Dr. Genaro?«

»Ich habe mich bei der Verwaltung nach Professor Benatis Unterlagen erkundigt. Man teilte mir mit, dass nach seinem Tod alles ins Archiv gebracht wurde.«

»Das ist richtig. Allerdings stehen die Unterlagen alle unter Verschluss.«

»Wer hat das angeordnet?«

»Dr. Praga. Sie sagte, es wäre an der Zeit, dass wieder seriöse Wissenschaft an der Fakultät betrieben würde. Und da Professor Benati keine lebenden Verwandten hatte und seine beiden engsten Mitarbeiter ebenfalls bei dem Anschlag starben …«

»… gab es niemanden, der sich für die Sachen interessierte«, brachte Paolo den Satz zu Ende. »Ich verstehe. Aber jetzt ist jemand hier, der sich dafür interessiert, Adriana, sehr sogar. Denken Sie, es wäre möglich, dass ich einen Blick darauf werfe?«

»Zu welchem Zweck?«

»Es geht um einen Brief, den der Professor mir kurz vor seinem Tod geschickt hat. Er macht darin einige Andeutungen, aus denen ich nicht schlau werde, und ich hatte gehofft, in seinen Aufzeichnungen auf den einen oder anderen Hinweis zu stoßen. Natürlich habe ich Verständnis, wenn Sie es mir nicht gestatten wollen. Immerhin stehen die Unterlagen unter Verschluss und ...«

»Ach, wissen Sie«, meinte die Sekretärin, und einmal mehr huschte ein Lächeln über ihre gütigen Züge, »in letzter Zeit ist hier so viel geschehen, das nicht in Ordnung war, da kommt es auf einen kleinen Verstoß mehr oder weniger nicht mehr an. Außerdem bin ich sicher, dass der Professor nichts dagegen hätte, und nur das zählt für mich.«

»Sind Sie sicher? Das kann Sie den Job kosten.«

»Nur, wenn es jemand erfährt«, entgegnete sie verschmitzt, während sie wieder hinter ihren Schreibtisch trat, die oberste Schublade öffnete und einen Schlüssel herausnahm. »Ich für meinen Teil habe nicht vor, jemandem davon zu erzählen. Und Sie, Doktor?«

»Ich auch nicht«, versicherte Paolo grinsend. »Ganz sicher nicht.«

»Dann sind wir uns ja einig.« Sie gab ihm den Schlüssel und deutete in das ungewisse Dunkel, das jenseits des großen Schreibtischs lag. »Den Gang hinunter bis zum Ende, dann durch die große Gittertür. Es ist das erste Abteil auf der linken Seite.«

»Verstanden.«

»Wissen Sie, dass Sie sein Lieblingsschüler gewesen sind, Dr. Genaro? Er sprach oft von Ihnen.«

»Das freut mich«, erwiderte Paolo gerührt. »Der Professor ist auch mein bester Lehrer gewesen.«

»Halten Sie sein Andenken in Ehren. Wollen Sie mir das versprechen?«

»Das verspreche ich Ihnen, Adriana«, versicherte er mit fester Stimme. »Das verspreche ich Ihnen.«

Damit wandte er sich ab und trat in die Dunkelheit, die schon nach wenigen Schritten greller Neonbeleuchtung wich, als die Bewegungsmelder ansprachen. Endlose Reihen metallener Regale säumten den Gang, die bis zur Decke reichten und mit Büchern, Ordnern und Kisten aus Holz und Karton vollgestopft waren.

Und wieder war Paolo Genaro nicht allein.

Aberdeen, Hongkong
17 Uhr 23 Ortszeit

Elizabeth Kwon hatte schon viele solcher Hochhäuser gesehen.

Auch in den USA gab es Vorstadtsiedlungen, die man aus dem Boden gestampft hatte, um die Wohnsituation in den Innenstädten zu entlasten; anders als in Hongkong herrschte dort aber kein Platzmangel. Die ehemalige britische Kronkolonie jedoch wurde auf der einen Seite vom Meer und auf der anderen von den Bergen der New Territories eingezwängt, daher war Baugrund nur in begrenzten Maßen vorhanden, und so hatte man vor allem in die Höhe gebaut.

Wie eine riesige Wand erhoben sich die Mietshäuser vor dem Hafenbecken von Aberdeen. Im Zuge der Wohnungsbauprogramme, die seit den 50er-Jahren des vergangenen Jahrhunderts vorangetrieben wurden, war eine große Menge an Hochhäusern entstanden, die teils vierzig Stockwerke und mehr aufwiesen und einer Unzahl von Menschen beengten Wohnraum boten. Als Elizabeth die riesigen Nadeln aus Beton erblickte, erinnerte sie sich an das, was John Tang ihr über die *boat people* erzählt hatte, die früher auf ihren Wohndschunken gelebt und nach und nach in die Hochhäuser umgesiedelt worden waren. Nur noch wenige Menschen waren ihrer traditionellen Lebensweise treu geblieben; von ihrer einstmals riesigen schwimmenden Stadt existierte nur noch ein kleiner Teil, der vor allem dazu da zu sein schien, Touristen als pittoreskes Fotomotiv zu dienen.

Auch Elizabeth ertappte sich dabei, dass sie ihre Digitalkamera zückte und eine Aufnahme machte, zur sichtlichen Erheiterung ihres Begleiters.

»Wollen Sie eine Fahrt mit dem Sampan machen?«, erkundigte sich Charles Tang, auf die flachen, an schwimmende Planwagen erinnernden Boote deutend, die zwischen den Dschunken verkehrten. »Ich kann Ihnen einen guten Preis aushandeln.«

»Nein, danke«, wehrte sie ab und errötete – für einen Augenblick hatte sie völlig vergessen, dass sie nicht hier war, um Urlaub zu machen. Die Exotik dieses Ortes, der so ganz anders zu sein schien als die Vereinigten Staaten, geheimnisvoller als selbst die hintersten Winkel Chinatowns, schlug sie ganz und gar in ihren Bann.

Sie wartete, bis der Taxifahrer ihren Koffer ausgeladen hatte, dann bezahlte sie ihn und gemeinsam gingen sie auf eines der schwindelerregend hohen Wohnhäuser zu. »Meine Familie wohnt im achtzehnten Stock«, erklärte Tang, der einmal mehr bereitwillig ihren Koffer schleppte. »Eine hübsche Wohnung, Sie werden sehen.«

»Ich bin schon sehr gespannt«, versicherte Elizabeth und konnte es tatsächlich kaum erwarten. Der Eingangsbereich des Wohnblocks dämpfte ihre Vorfreude jedoch ein wenig:

Die Fensterscheiben waren trüb und der Boden von Unrat übersät. Strenger Geruch schlug ihr aus dem Treppenhaus entgegen, der sich aus altem Fisch, ranzigem Öl, Räucherstäbchen und dem modrigen Gestank schlecht gewarteter Klimaanlagen zusammensetzte und ihren Magen rebellieren ließ. Auch der Aufzug, der sie zum achtzehnten Stockwerk hinauftrug, war nicht gerade vertrauenerweckend und versah seinen Dienst nur widerwillig und unter knirschendem Protest.

Elizabeth war froh, als die winzige Kabine anhielt, wobei sie ein wenig nachfederte, und sie aussteigen konnte. Der schmale Gang vor ihnen wies zu jeder Seite ein Dutzend Türen auf; das Ende des Korridors war verglast und blickte auf das Hafenbecken und die dahinterliegende Halbinsel, die im Glanz der untergehenden Sonne lagen.

»Hier bitte, kommen Sie«, forderte Tang sie ebenso höflich wie beflissen auf und ging zur Tür mit der Nummer 1817.

Wenn Dr. Kwon jedoch erwartet hatte, dahinter eine geräumige Bleibe nach westlichen Maßstäben vorzufinden, so wurde sie herb enttäuscht. Denn was Charles Tang als hübsche Wohnung bezeichnet hatte und seiner ganzen Familie als Heim diente, hätte man in den Staaten allenfalls Apartment genannt: zwei kleine Zimmer, von denen eines als Schlaf-, das andere als Wohnraum diente, dazu ein Bad sowie eine Kochnische, die in der Diele untergebracht war und an der eine kleinwüchsige Chinesin in einem riesigen, dampfenden Wok rührte – Mrs. Tang. Als Elizabeth eintrat, unterbrach sie sofort ihre Arbeit. Errötend wischte sie sich die Hände an ihrer Schürze ab und verbeugte sich höflich. Auf dem Boden war eine Decke ausgebreitet, auf der sich ein Baby räkelte, das Charles Tang stolz als »Baby Rush«

vorstellte. Von jenem Familienmitglied, für das sich die Besucherin aus den Staaten am meisten interessierte, war noch nichts zu sehen.

»Wo ist Kim Li?«, erkundigte sich Elizabeth deshalb. »Darf ich sie sehen?«

»Natürlich, Dr. Kwon. Folgen Sie mir.«

Durch die Diele, vorbei an einem lautstark summenden Kühlschrank und einer Anrichte, auf der ein gerupftes Huhn lag (zweifellos war Mrs. Rush dabei, angesichts des hohen Besuchs ein Festmahl zuzubereiten), gingen sie zum Wohnzimmer. Zwei winzige Fenster blickten nach Westen, geradewegs auf die Wand der nächsten Mietskaserne.

Die Einrichtung war ebenso einfach wie zweckmäßig und stellte eine denkwürdige Mischung aus östlicher Tradition und westlicher Moderne dar: ein kleiner Tisch und Stühle dazu, eine mit fernöstlichen Schnitzereien versehene Truhe, auf der ein kleiner Schrein stand, dazu ein Fernseher, der laut plärrte und über dessen Mattscheibe buntes Trickfilmzeug flimmerte. Davor stand ein uraltes Sofa, auf dem eine kleine, zerbrechlich wirkende Gestalt kauerte.

Kim Li.

Das Mädchen hatte fein geschnittene, jedoch auffallend blasse Züge, die von einem Pagenschnitt umrahmt wurden, wie viele asiatische Kinder ihn trugen. Dunkle, fast schwarze Augen und eine hübsche Stupsnase zierten das kleine Gesicht. Bekleidet war Kim Li mit einer weißen Bluse und einem karierten Rock. Dazu trug sie Turnschuhe und einen Kniestrumpf am rechten Fuß; der andere steckte barfüßig im Schuh.

»Sie müssen entschuldigen, Dr. Kwon«, kommentierte Charles Tang ein wenig beschämt. »Sie weigert sich, den linken Strumpf anzubehalten.«

»Kein Problem«, meinte Elizabeth und konnte sich ein Schmunzeln nicht verkneifen. Autistisch veranlagte Kinder neigten oftmals dazu, ihre ganz eigenen Regeln aufzustellen – Regeln, die sie brauchten, um sich im für sie so verwirrenden Alltag zurechtzufinden. »Darf ich?«, fragte sie.

»Natürlich, gehen Sie nur. Aber bitte seien Sie vorsichtig.«

»Keine Sorge.«

Elizabeth nickte und holte tief Luft, sich darüber bewusst, dass die nächsten Augenblicke entscheidend sein würden. Sie war müde vom langen Flug und erschlagen von den Eindrücken, die seit ihrer Ankunft auf sie eingeprasselt waren, und wahrscheinlich wäre es besser gewesen, zunächst zum Hotel zu fahren und sich dort auszuruhen, ehe sie mit Kim Li Bekanntschaft schloss. Aber ihre Neugier war so groß geworden, dass sie nicht anders konnte. Sie wollte das Mädchen unbedingt kennenlernen, von dem man ihr so viel erzählt hatte und das nun leibhaftig vor ihr saß.

Behutsam machte Elizabeth einen Schritt nach vorn. Das Mädchen reagierte nicht, sondern starrte weiter auf den Fernsehschirm, auf dem eine winzig kleine Maus gerade dabei war, einen riesigen rosafarbenen Elefanten zu verdreschen. Sicherlich nahm Kim Li wahr, was auf der Mattscheibe vor sich ging, aber sie verarbeitete die Reize anders als normal veranlagte Menschen. Wie, das wusste niemand genau zu sagen, was die Kommunikation zur Herausforderung machte.

Der Elefant verfiel in lautstarkes Jammern, das durch die Wohnung gellte. Elizabeth war klar, dass in dieser Geräuschkulisse keine vernünftige Kontaktaufnahme möglich war, also schaltete sie den Fernseher kurzerhand ab, gespannt darauf, was nun geschehen würde.

Kim Li jedoch zeigte noch immer keine Reaktion.

Unverwandt starrte das Mädchen weiter auf das Fernsehgerät, als wäre es noch immer in Betrieb. Die Besucherin schien es nicht einmal wahrzunehmen.

»Kim Li?« Elizabeth gab sich Mühe, ihre Stimme so weich und sanft klingen zu lassen wie nur irgend möglich. Sie wollte das Kind keinesfalls erschrecken. »*Lei hou*, Kim Li. Mein Name ist Elizabeth.«

Noch immer keine Reaktion.

»Darf ich mich zu dir setzen?«

Keine Antwort, nicht einmal ein Blick.

Elizabeth schaute zurück zur Tür. Mrs. Tang hatte den dampfenden Wok im Stich gelassen und war zu ihrem Mann getreten, Baby Rush auf dem Arm. Wie versteinert standen sie auf der Schwelle und blickten gespannt herüber.

»Bitte«, sagte Elizabeth, die sich plötzlich stark unter Druck gesetzt fühlte, »erwarten Sie nicht zu viel. Mitunter dauert es Monate, bis ...«

Sie unterbrach sich, als sie aus dem Augenwinkel eine Bewegung wahrzunehmen glaubte. Irrte sie sich oder hatte das Mädchen gerade den Kopf bewegt und einen Blick in ihre Richtung geworfen? Elizabeth beschloss, der Sache auf den Grund zu gehen, vorsichtig, aber bestimmt.

Ganz langsam legte sie den Rest der Strecke zurück, die sie noch vom Sofa trennte. »Ich werde mich jetzt zu dir setzen, in Ordnung?«, kündigte sie an und nahm Platz, eine Armlänge von Kim Li entfernt.

»Siehst du?«, fragte Elizabeth sanft. »Es ist alles in Ordnung. Du brauchst keine Angst zu haben.«

Kim Li starrte noch immer stur auf den erloschenen Bildschirm. Dennoch konnte Elizabeth vereinzelte Reaktionen feststellen. Der Atem des Mädchens ging heftig und seine

Arme, in denen es einen ramponierten Teddybären hielt, zitterten ein wenig.

»Ist das dein Freund?«, erkundigte sich Elizabeth, die sich im Kopf bereits Notizen machte. Eingeschränkte Wahrnehmung, Angstreaktionen …

Keine Antwort.

»Hat er einen Namen?«

Eisiges Schweigen.

»Kim Li, ich bin ein Freund deiner Eltern – und ich bin hier, weil ich auch *dein* Freund sein möchte. Verstehst du?«

Natürlich erhielt Elizabeth auch diesmal keine Antwort und die eisige Stille, die in dem kleinen Wohnzimmer herrschte, begann sie zu belasten. Es war eine eigenartige, bizarre Situation. Da hatte sie nun ihr vertrautes Terrain verlassen und war um den halben Erdball geflogen, um nun hier zu sitzen, vor dem Kind, das möglicherweise eine wissenschaftliche Sensation darstellte – und das sie noch nicht einmal zu bemerken schien.

Natürlich nicht!

Was hatte sie erwartet?

Dass sie das Zimmer betreten und das Mädchen ihr bereitwillig seine versteckten Talente vorführen würde? Wenn es etwas gab, das Elizabeth im Lauf ihrer Studien gelernt hatte, dann dass es eines unglaublichen Aufwands an Zeit und Geduld bedurfte, um sich an ein Kind wie dieses heranzuarbeiten, und selbst dann war es mehr als fraglich, ob man jemals zu jenem inneren Kern vorstieß, der Antwort bergen mochte. Die Erfolgsaussichten waren gering, das war Elizabeth immer klar gewesen. Sie durfte nur nicht aufgeben.

»Ich würde mich jedenfalls sehr freuen, wenn wir Freunde würden«, sagte sie noch einmal. Dann erhob sie sich und wollte aus dem Wohnzimmer gehen, um das Mädchen wieder sich selbst und seinen Gedanken zu überlassen.

Da geschah etwas Unerwartetes.

»*Mm-hai*«, sagte Kim Li etwas unartikuliert, aber dennoch verständlich.

»Nein?« Elizabeth fuhr herum. »Was soll das bedeuten?«

Erstmals stierte das Mädchen nicht mehr auf den Fernseher, sondern schaute Elizabeth an. Dabei schlug sie mit der flachen Hand auf den frei gewordenen Platz neben sich.

»I-ich glaube, sie will, dass Sie bleiben, Dr. Kwon«, versuchte Charles Tang zu übersetzen.

»Sieht ganz so aus.« Elizabeth war bemüht, sich ihre Verblüffung nicht allzu sehr anmerken zu lassen. Rasch kehrte sie zum Sofa zurück und setzte sich wieder, nun schon ein bisschen näher. »Ist es so gut?«

Eine Antwort erhielt Elizabeth wieder nicht. Dafür starrte das Kind sie so unverwandt an, wie es zuvor auf die Mattscheibe gestarrt hatte.

»Man merkt, dass Sie sich auskennen, Dr. Kwon«, sagte Tang anerkennend. »Gewöhnlich ist Kim Li nicht derart offen zu Fremden.«

»Danke für Ihr Vertrauen«, entgegnete Elizabeth mit ruhiger Stimme, um das Mädchen nicht zu erschrecken, »aber ehrlich gesagt weiß ich nicht, welcher glücklichen Fügung wir dies zu verdanken haben.«

»Kim Li hat Sie gern, Dr. Kwon«, war Mrs. Tang überzeugt.

»Denken Sie?«

»Das ist offensichtlich.« Die kleine Chinesin lächelte.

»Das ist gut«, meinte Elizabeth und spürte für einen kurzen Moment etwas, das sie zum einen noch nie zuvor empfunden hatte und das zum anderen auch wenig passend war. Sie merkte, dass sie so etwas wie Zuneigung zu dem kleinen Mädchen verspürte, das schweigend und hilflos vor ihr saß und nichts ahnte von all den Dingen, die seinetwegen in Bewegung gesetzt, von den Entscheidungen, die seinetwegen getroffen worden waren. »Das ist gut, Kim Li«, wiederholte sie, und auch über ihre Züge huschte ein mildes Lächeln – das das Kind im nächsten Augenblick erwiderte.

In einer Reaktion, die alles übertraf, was sich Elizabeth Kwon für ihre erste Begegnung mit der Untersuchungsperson zu erhoffen gewagt hatte, hob das Kind seine Mundwinkel und krauste die kleine Nase. Von einem Gefühl jäher Zuneigung und tiefer Dankbarkeit überwältigt, konnte Elizabeth nicht anders, als ihre Hand auszustrecken und ihr sanft übers Haar zu streichen.

Dass sie damit eine Barriere überschritt und eine der elementarsten Grundregeln im Umgang mit psychisch gestörten Patienten verletzte, wurde ihr einen Lidschlag später klar, als die vermeintliche Idylle wie eine Seifenblase zerplatzte.

Erschrocken fuhr das Kind zurück, die Freundlichkeit wich aus seinem Gesicht und machte blankem Entsetzen Platz. Kim Lis kleine Hände ballten sich zu Fäusten, mit denen sie gegen ihre Schläfen hämmerte, während das Kind gleichzeitig in panisches Geschrei verfiel. »*Mm-hai! Mm-hai*«, rief sie immerzu.

»E-es tut mir leid«, stammelte Elizabeth und kam sich vor wie eine ausgemachte Idiotin. Wozu hatte sie jahrelange Theoriestudien betrieben, wenn sie sich nun benahm wie eine Anfängerin? Was hatte sie nur geritten?

Betroffen stand sie auf und zog sich zur Tür zurück,

während Mrs. Tang ins Wohnzimmer trat und ihre völlig aufgebrachte Ziehtochter zu beruhigen versuchte.

In diesem Moment wurde Elizabeth Kwon klar, dass sie tatsächlich Zeit brauchen würde.

Viel Zeit.

7.

Der Name des Freundes war Parker.

Jack Parker.

Es ist falsch, jemanden mit Vornamen anzusprechen oder sich selbst einen Vornamen zu geben. Denn anders als die Namen der Familien, in die wir geboren werden, sind Vornamen bewusst gewählt und haben eine Bedeutung, wohingegen Nachnamen nur eine Funktion erfüllen.

Wenn werdende Eltern einen Namen für ihr Kind wählen, so tun sie dies meist nicht willkürlich, sondern wollen damit etwas zum Ausdruck bringen, seien es nun besondere Charaktereigenschaften oder die Erinnerung an einen geschätzten Menschen desselben Namens. Auch ein Dichter, der ein Drama verfasst, wählt die Namen der Protagonisten mit Bedacht. Vornamen sind Ausdruck von Individualismus und somit nicht nur überflüssig, sondern auch gefährlich.

Auf der Akademie hatte ich, angestiftet durch Parkers aufrührerisches Verhalten, Gelegenheit, aus erster Hand zu erfahren, was Individualismus bewirken kann. Chaos und Ungehorsam drohen. Unabwägbare Risiken, für die es keinen Platz gibt in der Gleichung des Ordens.

Sich einen geheimen Vornamen zu geben war ein Akt der Rebellion. Statt jedoch entsprechend zu reagieren und Parker anzuzeigen, ließ ich zu, dass er mir ebenfalls einen Vornamen gab und mich »Frankie« nannte. Mehr noch, es gab eine Zeit, in der ich stolz darauf war, so genannt zu werden und etwas zu besitzen, was mich von den anderen unterschied. Heute schäme ich mich dafür, denn mir ist klar geworden, dass ich damals das Opfer eines ebenso jungen wie verbrecherischen Verstandes geworden bin.

Hätte ich Parkers Fehlverhalten ordnungsgemäß gemeldet, wäre vielleicht nie geschehen, was später geschehen ist. Ich habe es jedoch nicht getan, und so betrachte ich es als meine ureigenste Aufgabe, den Fehler auszumerzen, den ich damals begangen habe.

Ein für alle Mal.

Archiv der Archäologischen Fakultät
Università La Sapienza, Rom

Der Anblick war erschütternd.

Obwohl Luigi Benati sowohl von der Presse als auch von übelwollenden Kollegen oft als zerstreuter Professor dargestellt worden war, war er – zumindest was seine Arbeit betraf – wohlorganisiert gewesen. All seine Aufzeichnungen und Notizen, seine Ordner und Bücher, seine Landkarten, Quellensammlungen und Fotografien lieblos in ein Dutzend Umzugskartons geworfen zu sehen, tat Paolo Genaro in der Seele weh.

Alles lag wild durcheinander, ohne Sinn und Ordnung. Wer immer dies getan hatte, war nur darauf bedacht gewesen, das ehemalige Büro des Professors möglichst rasch zu räumen – was derjenige von Benatis Arbeit gehalten hatte, war dem Zustand der Unterlagen deutlich anzumerken. Paolo griff wahllos in eine der Kisten und zog einen Ordner hervor, der den Briefwechsel mit einigen Sponsoren dokumentierte. Gleich darunter kam ein dicker Stapel mit Kopien eines in Altgriechisch gehaltenen Textes zum Vorschein, darauf folgten zwei Mahnbescheide des Finanzamts. Selten zuvor war der Nachlass eines Gelehrten mit weniger Respekt behandelt worden – Paolo hätte gute Lust gehabt, sich deshalb beim Dekanat zu beschweren. Aber zum einen wusste er, dass seine Beschwerde ungehört verhallen würde, zum anderen war ihm nur zu klar, wer all dies zu verantworten hatte.

Silvana Praga.

Anders als Paolo bislang vermutet hatte, schien seine Ex-Freundin den Professor nicht nur verachtet zu haben. Sie hatte ihn regelrecht gehasst, aus welchem Grund auch immer. Vielleicht, weil er sich seine jugendliche Neugier bis ins Alter bewahrt hatte; vielleicht auch, weil sie genau wusste, dass sie niemals auch nur eine annähernd so gute Lehrerin werden würde, wie er es gewesen war.

Im Licht der nackten Glühbirne, die das Kellerabteil beleuchtete, durchforschte Paolo auch die anderen Kartons, obwohl seine Suche der nach der Nadel im Heuhaufen glich. Woran genau hatte Benati zuletzt gearbeitet? Was hatte er andeuten wollen in dem Brief, den er ihm geschickt hatte? Paolo würde keine Gelegenheit mehr erhalten, den Professor persönlich danach zu fragen. Wenn überhaupt, dann fanden sich in diesen Kartons ein paar Antworten, inmitten dieses unüberschaubaren Chaos.

Er beschloss, systematisch zu suchen, und nahm sich einen Karton nach dem anderen vor. Auch der zweite enthielt nichts, das nennenswert gewesen wäre – Papierkram, wie er beim Schriftverkehr unter den Fakultäten anfiel, dazu stapelweise Quellensammlungen und Kartenmaterial. Auch die nächsten Kartons bargen nichts, das Paolo als außergewöhnlich bezeichnet hätte. Im fünften Karton, den er durchsuchte, wurde er hingegen fündig –

auch wenn es an sich keine sehr spektakuläre Entdeckung war.

Es handelte sich um zwei Bücher, die den Signaturen nach aus der Universitätsbibliothek stammten und die sich Benati kurz vor seiner Abreise nach Ägypten ausgeliehen hatte. Kurioserweise beschäftigten sie sich keineswegs mit der Geschichte Ägyptens oder des Alten Orients, die Benatis Forschungsgebiete gewesen war, sondern mit jener der frühamerikanischen Hochkulturen, die Paolos Domäne war.

Was hatte dies zu bedeuten?

Paolo hatte lange genug mit Benati zusammengearbeitet, um seine übliche Vorgehensweise zu kennen. Der Professor war stets streng methodisch vorgegangen. Wenn er sich also mit frühamerikanischer Geschichte befasst hatte, so musste es einen Grund dafür geben – aber welchen?

Paolo schlug die Bücher auf und blätterte sie durch. Beides waren Standardwerke, die er auch in seinem Regal daheim stehen hatte, aber wozu hatte Professor Benati sie benötigt? Weder fanden sich Zettel mit Notizen darin, noch waren Seiten gekennzeichnet worden. Die Sache blieb also schleierhaft.

Vielleicht, überlegte Paolo, war dies ja der Grund dafür gewesen, dass der Professor ihn unbedingt hatte treffen wollen. Benati hatte sich immer gegen das Scheuklappendenken der Gelehrten verwahrt und war anderen Disziplinen und Forschungsgebieten stets offen und interessiert begegnet. Vielleicht hatte er ja Parallelen oder Übereinstimmungen erkannt, denen er anhand archäologischer Forschungen nachspüren wollte. Aber warum war dann sein letzter Brief so geheimnisvoll gewesen? Und wieso hatte er befürchtet, dass man das Schreiben abfangen würde?

Natürlich, Silvana Praga war nicht die einzige Feindin, die der Professor an der Universität gehabt hatte, aber Paolo bezweifelte, dass diese Schreibtischhengste den Mut dazu gehabt hätten, Telefongespräche abzuhören oder Post verschwinden zu lassen. Intriganten waren von Natur aus feige, sonst würden sie ja den offenen Schlagabtausch verborgenen Ränken Vorzug geben und Benati war nicht der Mann gewesen, der sich durch solch ein Mobbing einschüchtern ließ.

Vor wem also hatte sich der Professor gefürchtet? Etwa vor jenen Mächten, die auch hinter dem Anschlag am Flughafen steckten? War das Attentat mehr gewesen als das Werk radikaler Fundamentalisten?

Paolo wusste auf all diese Fragen keine Antwort, aber er hoffte, dass er in Benatis Aufzeichnungen den einen oder anderen Hinweis finden würde, um etwas Licht in die Angelegenheit zu bringen, die noch mysteriöser wurde, je mehr er darüber in Erfahrung brachte. In einer alten Holzschachtel fand er dutzendweise Fotografien und Zeichnungen von Fundorten. Letztere hatte Benati offenbar selbst angefertigt und mit handschriftlichen Notizen versehen. Auf einer war der Grundriss einer ägyptischen Grabkammer skizziert – die Sarkophage allerdings fehlten. Dafür hatte Benati allerhand Anmerkungen auf das Papier gekritzelt, aus denen Paolo nicht schlau wurde:

Sockelverankerung – Zylindrische Form – Rückstände nachweisbar.

All das ergab keinen Sinn, und so blieb nur, weiterzusuchen.

Paolo war nicht wohl dabei, den Nachlass seines einstigen Lehrers zu durchwühlen, dazu war der Respekt, den er vor Benati selbst nach dessen Tod noch empfand, einfach zu groß. Zudem weckte es Erinnerungen, Bücher und Unterlagen in den Händen zu halten, an die er sich aus seiner Studienzeit noch gut entsinnen konnte – Literatur, die der Professor seinen Schülern als Grundlektüre ans Herz gelegt hatte, dazu Aufzeichnungen von Vorlesungen, Seminaren und Symposien.

Paolo musste an den jungen Mann denken, der er einmal gewesen war. Blauäugig und optimistisch war er an die Universität gekommen und hatte geglaubt, im Dienst der Forschung wirklich etwas bewegen zu können. Er hatte allerdings schnell gemerkt, dass es auch unter Gelehrten häufig um jene Dinge ging, die letztlich die ganze Welt bestimmten: Einfluss, Macht und Geld.

Dass er den Glauben an die Wissenschaft nicht verloren hatte, war Professor Benati zu verdanken, der ihn in sein Team geholt hatte. Über mehrere Jahre hinweg hatten sie zusammen gearbeitet und hätten dies vielleicht noch viel länger getan, hätte Paolo nicht eines Tages die Bekanntschaft einer jungen Studentin namens Silvana Praga gemacht. Mit ihren Modelmaßen und ihrem unwiderstehlichen Lächeln hatte die Rothaarige ihm den Kopf verdreht und Paolo hatte Benati gebeten, sie ebenfalls in seine Forschungsgruppe aufzunehmen. Ein Fehler, wie sich später herausgestellt hatte – allerdings einer, den der Professor ihm niemals angelastet hatte.

Es war Paolos eigener Wunsch gewesen, Rom zu verlassen. Nach allem, was damals geschehen war, hatte er das dringende Bedürfnis einer Luftveränderung gehabt. Über das Internet hatte er sich über Grabungen im Ausland informiert und sich für Südamerika entschieden, ganz einfach deshalb, weil es weit entfernt war.

Mexiko.

Peru.

Brasilien.

All diese Länder hatte Paolo bereist, nur um am Ende wieder in Italien zu sein und den Nachlass seines Lehrers zu durchforsten. Es kam ihm zugleich angemessen und unpassend vor, aber er wusste auch, dass er keine Zeit hatte, sich darüber klarzuwerden, wie er tatsächlich empfand. Wenn er erst von der Universität ausgeschlossen war – und er hegte nicht den geringsten Zweifel, dass Silvana dies durchsetzen würde –, hatte er keinen Zugang mehr zum Archiv, also musste er hier und jetzt nach Hinweisen suchen.

Die nächsten Kartons, die er durchwühlte, brachten nichts Nennenswertes mehr zutage. Paolos innere Unruhe steigerte sich zu Verzweiflung. War es möglich, dass nicht ein einziger dieser bis zum Rand mit Unterlagen und Aufzeichnungen gefüllten Kartons einen Hinweis darauf enthielt, woran der Professor gearbeitet hatte? Es konnte doch verdammt noch mal nicht so schwierig sein herauszufinden, wonach genau Benati gesucht und worüber er sich in solch geheimnisvollen Andeutungen ergangen hatte!

Paolos Hoffnung schwand. Im letzten Karton befand sich ein Papierstapel, der nichts anderes enthielt als belanglose Korrespondenz und Seminararbeiten von ehemaligen Studenten, darunter ein paar seiner eigenen. Es schmeichelte Paolo, dass der Professor seine ersten Gehversuche auf wissenschaftlichem Gebiet offenbar für wert befunden hatte, aufbewahrt zu werden – trösten konnte es ihn allerdings nicht.

Der Boden des Kartons kam zum Vorschein, Ernüchterung kehrte ein. Was, in aller Welt, tat er hier eigentlich? Er jagte einem Phantom nach, und das nur, weil er sich nicht mit Benatis Tod abfinden wollte.

Das Wenige, das Paolo in den Unterlagen des Professors gefunden und das seine Aufmerksamkeit erregt hatte, war zu wenig spektakulär und zudem zu ungenau, um weitere Nachforschungen zu rechtfertigen. Zwei Bücher über frühamerikanische Geschichte und ein paar geheimnisvolle Notizen – mehr hatte die Suche nicht zutage gebracht.

Resignierend wollte sich Paolo abwenden, als sein Blick auf das Möbelstück fiel, das in der hintersten Ecke des Kellerabteils lagerte und das ebenso wie alles andere aus dem Besitz des Professors einfach hier unten deponiert worden war.

Benatis Schreibtisch.

Paolo erinnerte sich gut daran, wie er das erste Mal vor dem wuchtigen Ding gestanden hatte, dessen dunkelrotes Mahagoni mit Messing beschlagen war. Unsicher und stammelnd hatte er sich um einen Platz im Seminar beworben, um angenehm überrascht zu werden vom freundlichen, fast väterlichen Wesen des Mannes, der hinter dem Schreibtisch gesessen und ihn prompt aufgenommen hatte.

Das Möbelstück hatte schon bessere Zeiten gesehen; wer auch immer es abtransportiert und in den Keller getragen hatte, hatte sich wenig darum geschert, dass er damit gegen Ecken gestoßen und an Wänden entlanggeschrammt war. Das lackierte Holz war zerkratzt, die Kanten abgestoßen, einige Beschläge fehlten. Paolo erinnerte sich, wie sehr der Professor an seinem Schreibtisch gehangen hatte, und es tat ihm in der Seele weh, das gute Stück so misshandelt zu sehen.

Plötzlich kam ihm ein Gedanke.

Wie hatte der Professor in seinem Brief doch gleich geschrieben? Paolo zog das Schreiben aus der Innentasche seines Jacketts, entfaltete es und überflog es noch einmal.

Sollte sich dieses Treffen – aus welchen Gründen auch immer – nicht arrangieren lassen, so rate ich Ihnen, das zu tun, was ich allen Studenten stets empfohlen habe: Beginnen Sie dort, wo alles anfing, und fragen Sie Herodot, den Vater der Geschichtsschreibung.

Paolo sog scharf die Luft ein.

Beim ersten Lesen hatte er mit dieser Passage nichts anzufangen gewusst – aber hatte nicht zumindest für Paolo alles vor dem alten Schreibtisch des Professors angefangen?

Paolo merkte, wie ihn eine Gänsehaut befiel. Einer jähen Eingebung gehorchend, umrundete er das antike Möbelstück, in dessen beide Sockel je drei Schubladen eingelassen waren. Nacheinander zog Paolo sie auf. Sie waren alle leer, der Inhalt wohl in die Kartons geworfen worden. Nur die linke obere Schublade ließ sich nicht öffnen; ein kleines Schloss verhinderte dies.

Mit einem Blick zur Gittertür des Kellerabteils vergewisserte sich Paolo, dass er allein war. Dann zückte er kurzerhand sein Taschenmesser, klappte es auf und benutzte es, um das Schloss aufzubrechen. Schon Augenblicke später war das Hindernis beseitigt. Paolo konnte die Schublade aufziehen – und gab einen erstaunten Ausruf von sich.

Vor ihm lag ein in Leinen gebundenes Buch, dessen Titel mit goldenen Lettern eingeprägt war.

HERODOT.
BÜCHER DER GESCHICHTE.

Herodot!

War das nicht genau die Lektüre, die ihm der Professor in seinem letzten Brief nahegelegt hatte? Das konnte kein Zufall sein! Mit bebenden Händen griff er nach dem Buch, nahm es aus der Schublade und schlug es auf – um eine weitere Überraschung zu erleben. Denn in den Band eingelegt waren einige handschriftliche Seiten, die in italienischer Sprache gehalten waren und augenscheinlich nichts mit Griechenland und den Perserkriegen zu tun hatten.

Paolo erkannte Benatis Handschrift, die er stets als sauber und gut leserlich empfunden hatte, also überflog er die Blätter – und plötzlich überkam ihn eine Ahnung …

Erneut griff er nach dem Brief, um eine weitere Stelle zu überprüfen. *All dies schreibe ich Ihnen, mein guter Paolo, weil ich allen Grund zu der Annahme habe, dass ein Zusammenhang zu Fiorino besteht.*

Der italienische Gelehrte Fiorino!

Das verschollene Traktat!

War es möglich, dass …

»Ich sehe, Dr. Genaro, dass Sie der Lösung des Rätsels näherkommen.«

Paolo fuhr herum.

Die Stimme hatte ganz nah geklungen, so als stünde ihr Besitzer unmittelbar hinter ihm – aber da war niemand!

»Wer ist da?«, fragte Paolo dennoch und blickte prüfend zum Ausgang. »Adriana, sind Sie das?«

Natürlich war das Unsinn – es war eindeutig die Stimme eines Mannes gewesen, die Paolo gehört hatte, aber ihm fiel nichts Besseres ein. Er bekam keine Antwort und es blieb still, und schon einen Augenblick später fragte er sich, ob er die Stimme überhaupt gehört hatte.

Er wollte sich wieder dem Buch und den Aufzeichnungen darin zuwenden, als er sie ein zweites Mal vernahm, diesmal unmittelbar neben seinem Ohr.

»Wollen Sie Antworten, Doktor? Dann folgen Sie mir.«

Observationsbasis 8
Südliches Arizona, nahe der mexikanischen Grenze
Zur selben Zeit

Das Warten war eine Qual, denn es bedeutete, nichts tun zu können und passiv zu sein, anderen das Heft des Handelns überlassen zu müssen.

Alexandra Lessing bedauerte es, wieder in diesen bemitleidenswerten Zustand zurückgefallen zu sein. Zu Beginn hatte sie ja nichts von der Verschwörung der Unsichtbaren geahnt und zunächst jeden, der ihr vom Orden und den Anderen erzählte, für einen Spinner gehalten. Je mehr sie jedoch erfahren hatte, je stichhaltiger die Indizien und letztendlich die Beweise geworden waren, desto mehr war ihr Interesse gewachsen sowie der Drang, eine aktive Rolle in diesem Konflikt einzunehmen, und wäre es nur deshalb, um nicht wieder zum Spielball des Ordens zu werden.

Ismael hatte sie in die inneren Strukturen des Widerstandes eingeführt, an dessen Spitze der geheimnisvolle Oberon stand, den kaum einer je zu Gesicht bekommen hatte; man hatte ihr Schießtraining erteilt und sie in der hohen Kunst der Selbstverteidigung unterwiesen. Zwar hatte sich herausgestellt, dass Alex anders als Mina Harker keine geborene Kämpferin war, aber ihr Selbstvertrauen war dadurch gewachsen, und die Aussicht, nach einer gewissen Zeit, die sie sich in Washington verstecken musste, wieder in den aktiven Widerstand zu wechseln, hatte sie angespornt und ihr Kraft zum Durchhalten gegeben.

Diese Aussicht war jedoch zunichte gemacht worden von einer Horde sichtbarer wie unsichtbarer Killer, die ihr aufgelauert und damit klargemacht hatten, dass der Orden sie noch immer auf seiner Todesliste hatte. Aus einem Leben in

Zurückgezogenheit war eine Art freiwilliges Exil geworden, das Alex in New Mexico verbrachte, zwölf Meter unter der Erdoberfläche, inmitten eines Landstrichs trostloser Wüste.

Sie bekam keine frische Luft zu atmen und kein Tageslicht zu sehen, das Essen schmeckte fade und immer gleich und die meisten der Kameraden, die auf der Station ihren Dienst versahen, konnte sie mit bloßem Auge nicht einmal sehen. Aufgaben übertrug man ihr keine – sei es, um sie zu schonen oder weil sie als Risikofaktor eingestuft wurde und man ihr deshalb unbewusst misstraute.

Außer dem Lesen von Büchern und stundenlangem Surfen im Internet gab es nichts, womit sie die Zeit überbrücken konnte, die unter Tage noch weit zäher verstrich als in Washington. Sehnsüchtig wartete sie auf eine Nachricht Ismaels, die jedoch nicht erfolgte, und so blieb Alex kaum etwas anderes, als den ganzen Tag über in ihrem beengten Quartier zu sitzen. Die Einrichtung des Raums, der nur an die acht Quadratmeter maß, war ebenso spartanisch wie zweckmäßig: ein Tisch und zwei Stühle, zwei Pritschen, die aus Gründen der Platzersparnis an die Wand geklappt werden konnten. Statt einer Tür gab es ein Schott, statt eines Fensters ein Gitter, durch das gefilterte Luft hereindrang. Der Vergleich mit einer Gefängniszelle drängte sich auf, aber Alex wusste ja, dass all dies nur ihrer eigenen Sicherheit diente, auch wenn es schwer zu ertragen war.

Nur ein Trost war ihr geblieben: dass sie dieses Einsiedlerdasein nicht allein auf sich nehmen musste. Mina Harker war zu ihrem persönlichen Leibwächter, ihrem *Guardian*, geworden und schien diese Aufgabe sehr ernst zu nehmen. Davon, dass die Kommandantin einst ihre erbitterte Gegnerin gewesen war, war in diesen Tagen nichts mehr zu spüren. Mina war die einzige Person auf der Station, die sich um sie kümmerte, und mit jeder Stunde, die sie gemeinsam verbrachten, hatte Alex den Eindruck, dass sie sogar Freundinnen werden konnten. Vielleicht tat Mina dies aber auch nur aus Pflichtbewusstsein oder aus alter Verbundenheit zu Ismael.

»Darf ich dich etwas fragen?«, erkundigte sich Alex, als sie einmal mehr an dem kargen Tisch saßen und die nicht weniger karge Mahlzeit aßen, die aus Tiefkühlkost und Dosenfutter bestand.

»Klar.« Der leuchtende Schemen, den Alex durch die Brille sah, nickte bereitwillig.

»Auch, wenn es etwas Persönliches ist?«

Minas Nicken wurde zögerlicher, aber es wurde kein Kopfschütteln daraus, sodass Alex es als weitere Bejahung deutete. »Ich würde gern wissen, wie du zu deinem Namen gekommen bist.«

»Wieso willst du das wissen?«, fragte Mina und ihr Tonfall ließ darauf schließen, dass dies tatsächlich eine sehr persönliche Frage war.

»Nur so.« Alex zuckte mit den Schultern. »Ich meine, du weißt praktisch alles über mich, ich dagegen ...«

»Das ist auch richtig so, Schätzchen – schließlich bin ich dein *Guardian*. Es ist notwendig, dass ich dich beinahe ebenso gut kenne wie mich.«

»Da ist ein Unterschied«, beharrte Alex. »Die meisten, die von euch beschützt werden, ahnen nichts davon. Sie wissen weder, dass es euch gibt, noch etwas von der Existenz des Ordens, also ist es ihnen auch egal, was ihr über sie wisst und was nicht. Ich hingegen gehöre zu euch. Ich würde jederzeit mein Leben für dich riskieren, so wie du das deine für mich riskierst. Deshalb denke ich, dass unsere Beziehung anders ist.«

»So, denkst du.«

»Allerdings«, schnaubte Alex. Sie wusste selbst nicht, weshalb sie sich so echauffierte – wahrscheinlich lag es daran, dass sie sich ausgeschlossen vorkam und nicht als vollwertiges Mitglied der Mannschaft, obwohl sie durchaus Opfer brachte.

»Also schön«, erklärte sich Mina zu ihrem Erstaunen bereit; offenbar hatten Alex' Argumente sie überzeugt. »Aber ich warne dich, Lessing: Wenn du das, was ich dir jetzt anvertraue, irgendjemandem erzählst, bringe ich dich um, und das meine ich nicht als Floskel, verstanden?«

»V-verstanden.«

»Außer Oberon gibt es nur eine begrenzte Anzahl Leute, die die Geschichte kennen, darunter Ismael, Dr. Jekyll und Crusoe. Ich bin also durchaus in der Lage herauszufinden, wer von euch geplappert hat. Kapiert?« Während sie sprach, hatte sich Mina Harker immer weiter vorgebeugt, bis ihr leuchtendes Gesicht schließlich das gesamte Sichtfeld der Brille ausfüllte.

»Kapiert«, bestätigte Alex.

»Na schön«, knurrte Mina und zog sich wieder auf ihre Seite des Tischs zurück. Seufzend ließ sie sich gegen die Stuhllehne kippen und verschränkte die Arme vor der Brust. Sie schien nicht unbedingt gewillt, ihr Geheimnis preiszugeben, aber zu Alex' Erstaunen widersetzte sie sich auch nicht.

»Wie du dir denken kannst, habe ich nicht immer so geheißen«, begann sie schließlich leise. »Als ich noch ein junges Mädchen war, damals, an der Akademie, nannte man mich anders. Die Grauen legen wenig Wert darauf, Individuen zu unterscheiden. Für sie sind wir alle gleich – Marionetten, an deren Fäden sie ziehen und die sie mit Bezeichnungen versehen wie eine Firma ihre Produkte. Sich einen eigenen Namen zu suchen stellt für uns daher einen Akt der Selbstbestimmung dar, ein wenig wie für die befreiten Sklaven nach dem amerikanischen Bürgerkrieg.«

Alex nickte. Ismael hatte ihr erzählt, dass Namen in den Augen der Grauen nur Schall und Rauch waren, beliebig und austauschbar, was allein schon viel über die Philosophie des Ordens verriet. Der Wille des Einzelnen zählte nicht, der des *ordo invisibilium* hingegen alles.

»Als ich zu den Anderen kam«, fuhr Mina fort, »legte man mir nahe, meinen Namen zu ändern und mir einen aus der Literatur zu suchen – einen Namen, der zu mir passen und meine Charaktereigenschaften reflektieren sollte. Erst dann, sagte man mir, würde ich ein vollwertiges Mitglied der Anderen sein. Da ich noch jung war damals und noch nicht ein einziges Buch gelesen hatte, dauerte es eine Weile, bis ich eine Auswahl Namen beisammen hatte. Ich machte mir eine Liste und ging sie wieder und wieder durch, konnte mich jedoch für keinen entscheiden. Da lernte ich Jonathan kennen.«

»Jonathan?« Alex hob die Brauen und sie hätte schwören können, dass Mina kurz lächelte.

»Einen jungen Mann«, erwiderte sie, »einen Unsichtbaren der dritten Generation wie ich selbst, mit dem Unterschied, dass er ein paar Jahre älter war als ich und schon länger bei den Anderen. Er nahm mich bei der Hand und führte mich ein, machte mich mit den Unterführern bekannt und sorgte dafür, dass ich Offizier werden konnte. Darüber hinaus«, – Mina gönnte sich ein Seufzen –, »war er wirklich süß, weißt du.«

»Was ist mit ihm geschehen? Wo ist er?«, erkundigte sich Alex unbedarft – sie hatte weder Ismael noch Mina je von einem Anderen namens Jonathan sprechen hören.

»Er ist tot«, antwortete Mina hart.

»Entschuldige«, murmelte Alex betroffen, »das tut mir wirklich l…«

»Das Mitleid kannst du dir sparen, Schwester – das alles ist lange her«, unterbrach Mina sie, mit einer Stimme, die ihre Worte als glatte Lüge entlarvte, und Alex glaubte zu erkennen, das sich hinter der rauen Schale der Kommandantin eine äußerst empfindsame, verletzte Seele verbarg.

»Was ist passiert?«, erkundigte sie sich sanft. »Möchtest du darüber sprechen?«

»Nein«, antwortete Mina, was schon ungleich glaubwürdiger klang, »aber ich habe nun mal davon angefangen, und wenn ich etwas anfange, bringe ich es auch zu Ende. Du sollst die ganze Geschichte erfahren. Aber wenn du auch nur ein Wort …«

»Keine Sorge, ich werde schweigen«, versicherte Alex, ehe ihr Gegenüber eine weitere finstere Drohung aussprechen konnte. »Was genau ist damals passiert?«

»Wir waren jung«, fuhr Mina traurig fort, »jung und unvorsichtig. Deshalb schlugen wir alle Verbote in den Wind.«

»Was für Verbote?«

»Du weißt nicht allzu viel über uns, nicht wahr?«, fragte Mina mit unverhohlenem Spott in der Stimme.

»Nur das, was Ismael mir erzählt hat«, sagte Alex. »Und was ich von dir und Crusoe erfahren habe.«

»Nicht allzu viel also.« Mina lachte leise. »Offenbar hat dir bislang keiner von dem eisernen Gesetz erzählt, an das sich ein jeder von uns bindet, wenn er den Orden verlässt und dem Kreis der Anderen beitritt.«

»Was für ein Gesetz?«, wollte Alex wissen, ahnend, dass die Antwort ihr nicht gefallen würde.

»Der feierliche Verzicht darauf, uns untereinander zu verbinden und Nachkommen zu zeugen«, erklärte Mina.

»Du – du meinst … eine Art Zölibat?«, fragte Alex unsicher.

»Wenn du es so nennen willst. Allerdings sind die Gründe für unseren Verzicht keineswegs religiöser oder theologischer Natur, sondern moralischen Erwägungen entsprungen.«

»Was für moralischen Erwägungen?«

»Es geht um das Überleben, Alex«, eröffnete Mina rundheraus. »Und zwar um das Überleben deiner Rasse.«

»Wie meinst du das? Ich verstehe nicht.«

»Viel zu verstehen ist da nicht. Du weißt, welche Ziele der Orden verfolgt und welcher Mittel er sich dazu bedient. Durch Täuschung und Manipulation haben unsichtbare Mächte im Lauf der Geschichte immer wieder Einfluss auf die Geschicke der Menschen genommen, und wo beides nicht verfing, haben Furcht und Paranoia für Erfolg gesorgt. Dabei hat sich eines stets ganz klar erwiesen, Schätzchen: Nämlich dass deine Rasse der unseren weit unterlegen ist. Die jüngste Zeit mag technische Spielereien hervorgebracht haben, die den Vorteil der Unsichtbarkeit relativieren. Die Möglichkeiten der Einflussnahme, die sich dem Unsichtbaren bieten, sind jedoch vielfältig, sodass nach wie vor gilt, was Platon schon vor Tausenden von Jahren festgestellt hat: Der sichtbare Mensch ist dem unsichtbaren unterlegen, weil sich dieser an keinerlei Gesetz oder Moral gebunden fühlt. Dies ist die unausweichliche Folge der Unsichtbarkeit.«

»Aber nicht bei den Anderen«, wandte Alex ein.

»Nein«, gab Mina zu, »aber nur deshalb, weil wir uns selbst strenge Gesetze auferlegt haben – unsere eigenen Gesetze. Oder glaubst du, wir würden niemals den Drang verspüren, unsere Überlegenheit auszuspielen? Dass sich unsereins noch nie mit dem Gedanken getragen hat, deinesgleichen zu unterwerfen und die Herrschaft über diesen Planeten an sich zu bringen? Was uns davon abhält, Schwester, ist eine Wahl, die wir getroffen haben und jeden Tag wieder aufs Neue treffen müssen. Mal fällt sie uns leichter, mal schwerer. Und manchmal treffen wir auch falsche Entscheidungen.« Sie senkte den Kopf.

»Du meinst Jonathan?«

»Jonathan war mein Mentor – und zugleich viel mehr als das. Als ich den Orden verließ, fühlte ich mich entwurzelt und so einsam wie nie zuvor in meinem Leben. Ich spürte, dass ich nicht länger beim Orden bleiben konnte, aber ich wusste auch nicht, wohin. Von einem Mitschüler erfuhr ich von den Anderen und wir beschlossen zu fliehen. Während es ihn auf der Flucht erwischte, habe ich es geschafft. Die erste Zeit war verdammt hart, aber dank Jonathans Hilfe lernte ich, mich zu integrieren, und wurde ein Teil des Widerstands. Wir verbrachten viel Zeit miteinander und zum ersten Mal in meinem Leben begriff ich, was es heißt, ein Individuum zu sein und in anderen nicht einen Teil des Kollektivs, sondern ebenfalls Individuen zu sehen. Es war, als wären mir die Augen geöffnet worden, und ohne, dass ich etwas dagegen unternehmen konnte, verliebte ich mich in Jonathan. Das allein wäre wohl noch nicht weiter schlimm gewesen, aber er erwiderte meine Gefühle und wir brachen beide unseren Eid.«

»Und?«, fragte Alex. »Was ist dabei?«

»Du hast es noch immer nicht verstanden, was? Es ist uns verboten, uns zu verbinden!«

»Aber warum? Aus welchem Grund?«

»Hast du nicht begriffen, was ich dir vorhin zu erklären versucht habe? Deine Rasse ist der unseren unterlegen, Alex. Sobald wir damit anfangen würden, uns fortzupflanzen und zu vermehren, wäre die Menschheit, wie du sie kennst, zwangsläufig dem Untergang geweiht.«

»Aber die Unsichtbaren der dritten Generation«, sagte Alex, »der du ja auch angehörst, ihr seid doch natürlich geboren worden, die Nachkommen von Unsichtbaren, die miteinander Kinder zeugten.«

»Was schlimm genug ist«, antwortete Mina. »Wäre unsere Existenz eine Folge natürlicher Evolution, ginge die Sache in Ordnung. Aber wann immer Unsichtbare aufgetaucht sind, waren sie letztendlich das Ergebnis widernatürlicher Experimente – die Tatsache, dass meine Generation auf natürliche Weise geboren wurde, ändert daran nichts. Wir wurden gezüchtet, Alex. Wir sind Mutanten, abartige Freaks, die nicht in eure Welt passen und wieder verschwinden müssen. Denn wenn wir uns einfach so weitervermehren, würden wir irgendwann die Welt überschwemmen und die normalen Menschen verdrängen oder unterjochen. Es ist ja wohl kaum anzunehmen, dass sich alle unsere Nachfolger den moralischen Grundsätzen der Anderen verpflichtet fühlten. Es würden sich Gruppen bilden und einige – vielleicht sogar viele – würden wie der Orden nach der Macht streben, nach der Herrschaft über die sichtbare Welt und schließlich auch über ihresgleichen. Auseinandersetzungen wären die Folge, Alex. Kriege, die alles in den Schatten stellen, was du dir vorzustellen vermagst. Aus diesem Grund haben wir Anderen uns freiwillig dem Zölibat verpflichtet.«

»A-auch Ismael?«, fragte Alex leise.

»Auch Ismael«, bestätigte Mina unbarmherzig und mit einem Hauch von Genugtuung in der Stimme. »Der Orden hingegen verfolgt eine gegenteilige Philosophie. Wenn es stimmt, was uns zugetragen wurde, gibt es geheime Orte, an denen bereits die nächste Generation von Unsichtbaren herangezogen wird.«

»Das … ist unglaublich!«, stieß Alex hervor, meinte damit allerdings nicht so sehr den Orden als vielmehr das, was sie über Ismael und die Anderen erfahren hatte. Entsprach es den Tatsachen, was Mina ihr erzählte? Natürlich tat es das, warum sollte die Kommandantin sie belügen? Mina wusste ja noch nicht einmal etwas von Ismael und ihr.

Die Konsequenzen, die diese Enthüllung für sie und ihr ungeborenes Kind haben mochten, wurden Alex erst allmählich bewusst, und sie bezweifelte, dass sie diese schon in vollem Umfang erfasste. Das Kind würde nicht nur allein sein, ein Grenzgänger zwischen den Welten, sondern auch noch das Ergebnis einer verbotenen Beziehung. Wie würden Oberon, wie der Widerstand darauf reagieren? Noch immer gab es viele, die Alex misstrauten.

»Willst du wissen, wie die Geschichte ausgegangen ist?«, fragte Mina.

Alex nickte, obwohl sie nicht sicher war.

»Jonathan und ich beschlossen zu heiraten. Heimlich natürlich, ohne dass unsere Vorgesetzten davon erfahren sollten oder irgendjemand sonst. Kurz bevor es jedoch dazu kam, wurde er auf einen Einsatz nach Moskau geschickt, von dem er nicht zurückkehrte.«

»Das tut mir leid.«

»Hätten sie ihn nur einfach getötet, wäre es leichter für mich gewesen«, fuhr Mina tonlos fort. »Was wir jedoch von ihm fanden, zeigte, dass ihn die Agenten des Ordens grausam gefoltert und verstümmelt hatten. Sie haben ihm die Finger abgeschnitten und die Augen ausgestochen, ihn tagelang gequält, bis der Tod ihn endlich erlöste – und alles nur, um die Lage unserer Basen aus ihm herauszubekommen. Natürlich hat Oberon prompt reagiert und die Stützpunkte räumen lassen, aber nicht einer von ihnen wurde in der Folgezeit von den Demons attackiert.« Mina hob ihren Blick und an den Tropfen, die den Tisch benetzten, war zu erkennen, dass sie weinte.

»Trotz allem, was sie ihm antaten, trotz all der Schmerzen, die sie ihm zufügten, hat er ihnen nichts verraten, kein einziges Wort«, sagte Mina mit brüchiger Stimme. »Er starb als Held – und ich bin sicher, dass es unsere Liebe war, die ihm die Kraft dazu gab.«

Schweigen kehrte ein, das schwer auf Alex lastete. Nur das leise Wummern des Generators war zu hören, der die unterirdische Basis mit Energie versorgte.

»Wie hast du …?«, brach sie schließlich das Schweigen. »Ich meine, wie bist du …?«

»Wie ich darüber hinweggekommen bin? Gar nicht«, gab Mina zur Antwort. »Eine Weile lang versuchte ich, den Schmerz zu ignorieren und damit fertig zu werden, indem ich mich in die Arbeit stürzte. Ich war gerade zum Lieutenant befördert worden und hatte eine Menge neuer Pflichten zu erfüllen. Irgendwann ließ es sich jedoch nicht mehr verbergen. Ich hatte einen Zusammenbruch und wurde ohnmächtig. Als ich wieder zu mir kam, lag ich auf der Krankenstation und der Arzt sagte mir, dass ich das Baby verloren hätte.«

»Das … das Baby?«

Mina Harker hob den Blick, und obwohl Alex ihr Gegenüber nicht wirklich sehen konnte, hatte sie das Gefühl, ihr direkt in die Augen zu schauen. »Ich erwartete ein Kind von ihm«, bestätigte sie leise, »und wusste es bis zu diesem Zeitpunkt noch nicht einmal. Auf diese Weise erfuhr Oberon von unserer Beziehung und unserem Verstoß gegen das Gesetz.«

»U-und?«, wollte Alex wissen.

»Er sagte mir, dass ich genug gestraft sei und meine Lektion zweifellos gelernt habe. Dann entließ er mich wieder in den aktiven Dienst. An diesem Tag wählte ich meinen Namen und nannte mich nach jener jungen Frau, deren Verlobter ebenfalls Jonathan hieß und das Opfer blutrünstiger Kreaturen wurde. Zugleich schwor ich mir, diese Kreaturen bis zum letzten Atemzug zu bekämpfen.«

»Ich verstehe«, sagte Alex, nun wieder ein wenig gefasster. »Das alles bedaure ich wirklich sehr, Mina.«

»Schon gut. Es ist lange her.«

»Warum hast du es mir erzählt?«

»Was meinst du damit?«

»Warum hast du es mir erzählt?«, wiederholte Alex ebenso langsam wie eindringlich.

»Warum wohl? Weil du mich danach gefragt hast, deshalb.«

»Ich habe dich nach deinem Namen gefragt«, verbesserte Alex, »du jedoch hast mir eine Menge Informationen gegeben, die ich gar nicht wissen wollte.«

»Ist das so!« Harker schnaubte, deutlich erbost. »Dann entschuldige bitte. Ich dachte, es würde dich vielleicht interessieren.«

»Wieso sollte es?«

»Nun, weil … weil …«

»Du weißt von mir und Ismael, nicht wahr?«, fragte Alex mit brutaler Offenheit. »Du hast mir das alles erzählt, um mich zu warnen, richtig?«

Wenn Mina überrascht war, so war es ihrer Stimme nicht anzumerken. »Drücken wir es so aus, Schwester: Obwohl wir unsere Meinungsverschiedenheiten hatten und ich euch Sichtbaren grundsätzlich misstraue, möchte ich dich nicht sehenden Auges ins Unglück rennen lassen. Deshalb rate ich dir, den Stecker zu ziehen. Verstehst du, was ich meine? Beende die Sache, solange noch Zeit dazu ist.«

»Ich danke dir für deine Offenheit«, entgegnete Alex steif. »Aber Ismael und ich …«

»Ismael denkt genauso«, war Mina überzeugt. »Was glaubst du, weshalb er nach Asien abkommandiert wurde?«

»Willst du damit sagen, dass Oberon …«

»Oberon hat damit nichts zu tun. Es war Ismaels Wunsch, versetzt zu werden. Er wusste, dass er nicht bleiben kann, also hat er das einzig Mögliche getan und ist gegangen.«

Alex schüttelte den Kopf. »Das ist nicht wahr!«

»Natürlich ist es wahr, Schwester«, versicherte Mina hart. »Gewöhn dich an den Gedanken. Deine Welt und seine hätten ohnehin nicht zusammengepasst.«

»Woher willst du das wissen?«, schrie Alex sie an. »Es steht dir nicht zu, zu beurteilen, was …«

»O doch, Schwester. Ich denke, nach allem, was mir widerfahren ist, habe ich durchaus das Recht mitzureden – und wäre es nur, um dich vor ähnlichem Schmerz zu bewahren, wie ich ihn erleiden musste. Ich bin dein *Guardian,* verstehst du? Es ist meine Aufgabe, dich zu beschützen.«

Alex nickte krampfhaft.

Sie verstand, aber sie konnte Mina Harkers Standpunkt nicht teilen. Nicht mehr.

Tränen der Hilflosigkeit traten ihr in die Augen. Sie nahm die Brille ab und wischte sich mit dem Handrücken über das Gesicht, fühlte sich so verzweifelt, dass sie am liebsten laut geschrien hätte.

»Ich weiß, wie du dich fühlst«, murmelte Mina. »Ich kann dir nur sagen, dass ...«

»Nichts weißt du! Gar nichts!«, fiel Alex ihr ins Wort. »Wenn es so wäre, warum hat Ismael es mir dann nicht selbst gesagt? Warum macht er sich klammheimlich aus dem Staub, statt sich seiner Verantwortung zu stellen und ...«

»Verantwortung?«, hakte Mina nach.

Alex blieb eine Antwort schuldig. Stattdessen verbarg sie das Gesicht in den Handflächen und weinte.

»Willst du damit sagen, dass ... dass es bereits zu spät ist?«, fragte Mina betroffen. »Dass Ismael und du ...?«

Alex brauchte einen Moment, um sich wieder soweit im Griff zu haben, dass sie fähig war zu sprechen. Furcht, Trauer und Verzweiflung hatten sie für einen Augenblick übermannt. »Ich bin schwanger«, gestand sie schließlich flüsternd, »und Ismael ist der Vater.«

»Dieser verdammte ...« Mina wollte loswettern, besann sich aber sofort. »Weiß er davon?«

»Noch nicht. Ich wollte es ihm sagen, aber dann überstürzten sich die Ereignisse und ...«

»Er muss es so bald wie möglich erfahren.«

»Nein.« Alex schüttelte den Kopf. »Es würde ihn nur von seinem Auftrag ablenken und sein Leben gefährden. Außerdem will ich nicht, dass er Schwierigkeiten bekommt.«

»Schwierigkeiten? *Schwierigkeiten?*« Mina lachte bitter

auf. »Ismaels Verstoß gegen das Gesetz dürfte im Augenblick eure geringste Sorge sein. Ist dir nicht klar, was es bedeuten könnte, wenn du Ismaels Kind zur Welt bringst?«

Alex nickte. »Das Kind könnte die Gene seines Vaters in sich tragen – und so sein wie ihr.«

Mina Harkers Gesicht war nicht zu sehen, aber Alex glaubte, das Entsetzen zu spüren, das von ihr ausging. »Die Geburt des Kindes könnte einen Dammbruch bedeuten«, flüsterte die Kommandantin, »den Schritt in eine neue Welt, und dann gibt es kein Zurück mehr.«

»Das – das ist doch verrückt!«, sagte Alex und ihre Stimme hatte einen klagenden, fast flehenden Unterton. »Dieser Schritt in eine neue Welt wurde längst getan! Du selbst gehörst der dritten Generation an, Mina. Du selbst wurdest von einem Unsichtbaren gezeugt und ...«

»... und von einer Unsichtbaren geboren«, unterbrach Mina sie. »Aber du bist ein normaler Mensch, Alex. Du bist sichtbar, nicht das Ergebnis menschenfeindlicher Experimente. Wenn alle Befürchtungen zutreffen, wäre dein Kind nach unserem Ermessen der erste unsichtbare Mensch, der von einem normalen Menschen geboren wird. Und selbst, wenn dein Kind sichtbar und äußerlich völlig normal wäre, hieße das noch lange nicht, dass es Ismaels Gene nicht trotzdem in sich trägt. Es könnte sichtbar sein, aber seine Kinder unsichtbar. Oder seine Kindeskinder. Das nennt man rezessive Vererbung, Alex, und tu nicht so, als hättest du noch nie etwas davon gehört. Vielleicht tritt die Unsichtbarkeit nur bei jeder zweiten Generation der Nachfahren deines Kindes auf, vielleicht nur in der dritten oder vierten, vielleicht auch nur unter bestimmten genetischen Konstellationen oder unter anderen Bedingungen, die keiner von uns vorhersehen kann. Die Unsichtbarkeit würde sich völlig unkontrolliert ausbreiten.« Mina seufzte laut und fügte mit leiser Stimme hinzu: »Oberon muss davon erfahren.«

»Nein«, widersprach Alex entschieden. »Das geht nur Ismael und mich etwas an!«

»Da irrst du dich, Schwester. Es *ging* Ismael und dich an, aber ihr habt eure Verantwortung aus den Augen verloren, und jetzt betrifft es uns alle. Oberon muss über deine Schwangerschaft informiert werden. Entweder du sagst es ihm oder ich werde es tun.«

»Schon gut«, wehrte Alex resignierend ab; im Grunde war ihr von Anfang an klar gewesen, dass dieser Schritt nicht zu vermeiden war. Vielleicht, sagte sie sich, war es auch besser so. »Ich werde es ihm sagen. Allein …«

Lateran, Rom
Zur selben Zeit

In wilder Panik floh Paolo Genaro aus dem Archiv der Fakultät.

Als er die geheimnisvolle Stimme aus dem Nichts das erste Mal gehört hatte, war er nicht sicher gewesen, ob er tatsächlich allmählich den Verstand verlor. Inzwischen war er fest davon überzeugt, seine geistige Gesundheit eingebüßt zu haben, oder zumindest auf dem besten Weg dorthin zu sein.

Er stürzte an Adriana vorbei, die ihn mit verwunderten Blicken bedachte. Die handschriftlichen Seiten, die er in Benatis Ausgabe von Herodots »Büchern der Geschichte« gefunden hatte, nahm er mit, presste sie an sich, hielt sich an ihnen fest, als wären sie der Anker, der ihn vor dem Absturz in den Wahnsinn bewahren könnte.

Was, in aller Welt, war nur los mit ihm?

Hatte er seine Nase zu tief in Angelegenheiten gesteckt, die ihn nichts angingen? Hatte die Paranoia, die aus dem Brief des Professors sprach, auch von ihm Besitz ergriffen?

Paolo wusste keine Antworten auf diese Fragen – nur eines war ihm klar: dass die geheimnisvolle Stimme ihn weiterverfolgte. Wie ein Schatten schlich sie hinter ihm her und sprach ihn noch mehrmals an, sowohl auf der Straße als auch in der *metropolitana*, mit der er zum Kolosseum fuhr.

»Sie suchen Wissen, Dr. Genaro«, flüsterte sie ihm ins Ohr. »Verschließen Sie Ihre Augen nicht länger vor der Wahrheit …«

Paolo konnte nicht anders, als einen heiseren Schrei des Entsetzens von sich zu geben, der ihm ungewollt die Aufmerksamkeit der anderen Fahrgäste eintrug. Er sprang aus dem Waggon und lief quer durch den U-Bahnhof und die schmale Rolltreppe empor an die Oberfläche.

Der Anblick des gewaltigen Amphitheaters beruhigte ihn ein wenig, aber schon einen Herzschlag später hörte er leisen Atem neben sich und wusste, dass sein Verfolger ihn eingeholt hatte. Die körperlose Stimme war wieder da und erneut sprach sie zu ihm.

»Es gibt keinen Grund, sich zu fürchten, Dr. Genaro. Wir haben einen gemeinsamen Freund.«

»Nein!«, rief Paolo und lief wieder los.

Wenn es eines gab, das er gewiss nicht wollte, dann war es eine gemeinsame Bekanntschaft mit einem Geist – denn nur das konnte die Stimme ohne Körper sein. Der Wissenschaftler in ihm widersprach dem natürlich heftig, zumal es heller Tag war und Spukgestalten aller Art bekanntlich erst nach Einbruch der Dunkelheit ihr Unwesen trieben.

Aber die Stimme war nun einmal da, das war nicht zu leugnen. Es musste eine Erklärung für ihre Existenz geben, und entweder war sie die eines Geistes oder er war verrückt geworden. Oder vielleicht traf beides zu?

Er rannte weiter, die Via Ostilia hinab und den eigenen schützenden Wänden entgegen. Daran, dass ein Zusammenhang zwischen der geheimnisvollen Stimme und seinen Nachforschungen Benati betreffend bestand, hegte er nicht den geringsten Zweifel. Sein anfänglicher Verdacht, der Professor könnte einer wirklich großen Sache auf der Spur gewesen sein, schien Gewissheit zu werden, auch wenn Paolos Verstand zu angespannt und sein Entsetzen zu groß waren, um sich einen Reim darauf zu machen.

Halb bedauerte er, Nachforschungen angestellt zu haben, halb fühlte er sich dadurch bestätigt. Hatte auch der Professor diese geheimnisvolle Stimme gehört? Hatte sie ihm Geheimnisse verraten, die kein Forscher vor ihm je in Erfahrung gebracht hatte?

Während Paolo durch die Straße hetzte, im gleißenden Sonnenlicht und Schweiß auf der Stirn, wurde ihm klar, auf welch gefährlichen Pfad er sich begeben hatte. War er wirklich etwas Bedeutsamem auf der Spur – oder würde er am Ende des Weges nur seinen eigenen Untergang finden, genau wie Benati?

So sehr er seinen alten Mentor auch schätzte – Paolo verspürte nicht die geringste Lust, wie er zu enden. Silvana Praga war keine Ausnahme. Es gab viele, die den Professor für einen Spinner gehalten hatten, für einen Fantasten, dessen Gedanken den Boden der Realität längst verlassen hatten.

Was, wenn sie recht gehabt hatten?

Was, wenn Benati zu viel Zeit in Gesellschaft seiner Bücher verbracht hatte? Oder wenn er, was noch schlimmer war, Dinge entdeckt und gesehen hatte, auf die der menschliche Verstand noch nicht vorbereitet war? Einer gängigen Theorie zufolge hatte die Entdeckung von Dinosaurierskeletten im frühen Mittelalter zu der Entstehung von Drachensagen geführt, mit denen die Menschen damals die Existenz dieser Relikte zu erklären versucht hatten. War Benati etwas Ähnliches widerfahren? Hatte der Professor etwas Unbegreifliches entdeckt und stand Paolo kurz davor, das Geheimnis seines Mentors zu lüften?

Wie auch immer – Paolo war nicht gewillt, den Preis dafür zu zahlen. Seine Arbeit in Rom war getan, er würde seine Sachen packen und die nächste Maschine zurück nach Südamerika nehmen.

Aber als er mit zitternden Händen die Haustür aufgeschlossen hatte und in den dunklen Gang geschlüpft war, der über eine steile Treppe zu seinem Apartment führte, fühlte er beruhigende Stille.

Paolo Genaro war allein.

Die Stimme war ihm nicht gefolgt.

8.

»In keinem Trimenon entwickelt sich der menschliche Embryo so rasch und sprunghaft wie im ersten.

Bereits von der vierten Schwangerschaftswoche an verfügt der heranreifende Fetus über einen funktionierenden Blutkreislauf und ein Puls mit einer Frequenz von rund 150 Herzschlägen pro Minute lässt sich nachweisen. In der fünften Schwangerschaftswoche bilden sich die Wirbelsäule und die Anlagen der späteren Gliedmaßen und Gesichtszüge aus sowie das Neuralrohr, aus dem Gehirn und Rückenmark hervorgehen. Ab der achten Schwangerschaftswoche sind Finger und Zehen ausgebildet, Milchzähne und Netzhaut werden angelegt. Am Ende des ersten Trimenons ist der Embryo zirka sechs bis acht Zentimeter groß.

Bis zu diesem Zeitpunkt darf in zahlreichen Ländern eine legale Abtreibung (lat. Interruptio) der Schwangerschaft vorgenommen werden.«

Aus: Alfred E. Michener, The Basics of Life
Boston 1997

Observationsbasis 8
Südliches Arizona, nahe der mexikanischen Grenze
5 Uhr 48 Ortszeit

Alex erinnerte sich noch gut an ihren ersten Kontakt zu Oberon.

Nachdem sie in einen Strudel verwirrender Ereignisse geraten war und schließlich gar an ihrem Verstand gezweifelt hatte, war sie an einem unbekannten Ort erwacht, in einer unterirdischen Basis der Anderen. Dort hatte eine Stimme zu ihr gesprochen und sich ihr als das geheimnisvolle Oberhaupt der Anderen vorgestellt.

Oberon.

Was Alex über den Anführer des Widerstandes wusste, ließ sich in wenigen Sätzen zusammenfassen. Weder hatte sie ihn je persönlich zu Gesicht bekommen, noch wusste sie, wer genau er war. Dass es sich bei ihm um einen Unsichtbaren handelte, stand außer Frage, aber welcher Generation er angehörte und in welcher Beziehung er zum Orden stand, war ein Rätsel. Die anderen Unsichtbaren wussten ebenfalls nicht sehr viel mehr über ihr Oberhaupt, vielleicht mit Ausnahme von Ismael, der jedoch nicht darüber sprach.

Sicher, dachte Alex, ließ auch bei Oberon die Wahl des Namens gewisse Schlüsse auf den Charakter zu, so wie bei allen Unsichtbaren, die dem Widerstand angehörten. Sich nach dem mächtigen König aus Shakespeares »Sommernachtstraum« zu benennen, deutete möglicherweise auf jemanden hin, der in der Tiefe seines Herzens Idealist war, vielleicht sogar Romantiker, der sich gleichzeitig aber seiner Macht und der damit verbundenen Verantwortung bewusst war. Oder aber es ging Oberon lediglich darum, Freunde wie Feinde zu täuschen.

Täuschung, das hatte Alex längst gelernt, war ein probates Mittel in diesem erbarmungslosen Krieg, von dem der überwältigende Teil der Menschheit noch nicht einmal etwas ahnte. Doch obwohl sie kaum etwas über ihn wussten, vertrauten die Widerstandskämpfer ihrem Anführer blind.

Umgekehrt schien dies nicht unbedingt der Fall zu sein.

Oberons Aufenthaltsort war ein streng gehütetes Geheimnis, die Angst vor Entdeckung durch Agenten des Ordens allgegenwärtig. Wenn überhaupt, so trat das Oberhaupt des Widerstandes mit den einzelnen Zellen nur über eine Sprechverbindung in Kontakt, deren Signal verschlüsselt war und über ein System vernetzter Satelliten rund um den Erdball geschickt wurde, damit es nicht oder nur unter beträchtlichem zeitlichen Aufwand zurückverfolgt werden konnte.

In jeder Basis, die die anderen unterhielten, gab es einen abgeschirmten Kommunikationsraum, der der Kontaktaufnahme mit Oberon sowie der Verständigung der Widerstandszellen untereinander diente. Diesen Raum, dessen einzige Einrichtung aus einem Computerterminal und einem Plasmabildschirm bestand, der die Stirnseite des Gewölbes einnahm und über dem kleine Kameras installiert waren, betrat Alex mit pochendem Herzen.

Obwohl sie nicht gewusst hatte, dass Ismael und sie gegen ein Verbot verstoßen hatten, fühlte sie sich schuldig – nicht so sehr wegen dem, was sie getan hatte, sondern vielmehr wegen der Konsequenzen, die ihr Handeln haben mochte.

Die Zeit, die bis zur Herstellung der Sprechverbindung verstrich, kam ihr endlos vor, und sie fühlte sich wie eine Angeklagte, die auf den Beginn ihrer Verhandlung wartete. Endlich drang ein leises Knacken aus den Lautsprechern, der Bildschirm selbst jedoch blieb dunkel.

»Dorothy?«

Oberons Stimme klang wie immer ruhig und beherrscht und auch ein wenig mechanisch. Dennoch ging von ihr eine Autorität aus, der sich Alex nicht entziehen konnte. Sie hatte das Gefühl, diese Stimme schon immer gekannt zu haben, dabei hatte Alex sie vor einigen Monaten zum ersten Mal gehört.

»Ich bin hier«, sagte sie überflüssigerweise – die Kameras übertrugen ihr Bild direkt ins geheime Hauptquartier.

»Haben Sie sich inzwischen gut bei uns eingelebt?«

»Es geht«, antwortete Alex. »Offen gestanden würde ich lieber an aktiven Einsätzen teilnehmen, als untätig hier herumzusitzen und …«

»Der Orden gibt den Rhythmus vor, nicht wir, Dorothy«, fiel Oberon ihr ins Wort. Die Art und Weise, wie er ihren Tarnnamen aussprach, berührte etwas tief in ihrem Inneren, das sie längst vergessen zu haben glaubte. »Wir können nichts tun als reagieren; das ist schon immer so gewesen.«

»Ich weiß.« Alex senkte den Blick. »Ich wollte mich auch nicht beschweren. Es ist nur … Ich möchte gern meinen Beitrag leisten. Ich möchte helfen, das ist alles.«

»Wenn Sie uns helfen wollen«, drang es aus den Lautsprechern, »warum haben Sie dann einen unserer fundamentalsten Grundsätze verraten?«

Alex gab erst gar nicht vor, nicht zu wissen, wovon Oberon sprach. »Weil ich nichts von diesem Grundsatz wusste«, antwortete sie wahrheitsgemäß.

»Ist es Ismaels Schuld?«

»Was?« Alex blickte fragend auf.

»Hat er sich Ihnen gegen Ihren Willen genähert?«, wurde Oberon deutlicher. »Hat er Ihnen Gewalt angetan?«

»I-ich kann nicht glauben, dass Sie mich das fragen.«

»Bitte antworten Sie mir, Dorothy. Es ist wichtig, dass Sie ehrlich sind. Hat Ismael Sie unter Ausnutzung seiner Unsichtbarkeit zum Geschlechtsakt gezwungen? Versuchen

Sie ihn zu schützen, weil er Ihnen mehrfach das Leben gerettet hat?«

»Nein«, widersprach Alex entschieden und schüttelte empört das Haupt, »er hat nichts dergleichen getan. Und Sie sollten sich schämen, auch nur so etwas zu denken. Ismael ist einer Ihrer besten und loyalsten Agenten.«

»Das ist wahr – und dennoch ist er nur ein Mensch.«

»So wie wir alle«, erinnerte ihn Alex, »und das ist auch gut so. Warum ist Ihnen die Vorstellung so unbegreiflich, dass das Leben in mir auf ganz normalem Weg entstanden ist?«

»Weil daran nichts normal ist«, belehrte Oberon sie. »Ismaels Existenz, ebenso wie die aller anderen Unsichtbaren, ist das Ergebnis einer willkürlichen Manipulation und hat nichts im Ablauf der Evolution zu suchen. Diese fundamentale Einsicht ist es, die uns vom Orden unterscheidet.«

»Commander Harker hat mir Ihre Beweggründe ausführlich dargelegt«, versicherte Alex, »und ich finde sie bewundernswert. Aber Tatsache ist, dass sie nicht funktioniert haben, denn Sie haben etwas dabei nicht berücksichtigt.«

»Und was wäre das?«

»Menschliche Gefühle, Liebe und Zuneigung«, gab Alex zur Antwort. »Auf der Akademie des Ordens mag es möglich sein, Unsichtbare fernab von all diesen Dingen zu erziehen – hier draußen jedoch sind sie der sichtbaren Welt ausgesetzt, und je mehr sie davon mitkriegen, desto mehr wünschen sie sich, ein Teil davon zu sein. Ismael hat mich weder vergewaltigt, Oberon, noch habe ich ihn verführt. Es ist einfach geschehen, das Ergebnis der Liebe zweier Menschen.«

»Einer Liebe, die niemals hätte entstehen dürfen«, erwiderte das Oberhaupt der Anderen tadelnd. »Ismael und

Sie haben ein Tabu gebrochen, Dorothy, ein ungeschriebenes Gesetz. Durch Ihr verantwortungsloses Handeln, Dorothy, verschmelzen Welten, die für immer hätten getrennt bleiben müssen. Mit einiger Wahrscheinlichkeit wird Ihr Kind als Mutant zur Welt kommen, ist Ihnen das klar? Ein Wesen, das Merkmale beider Spezies in sich trägt und das sich möglicherweise jeder Kontrolle entzieht. Der Kampf, den wir austragen, könnte völlig vergeblich gewesen sein …«

»… oder durch das Kind entschieden werden«, fügte Alex in einem Anflug von Trotz hinzu. Sie hatte es satt, immer nur die negativen Seiten ihres Zustands zu sehen. Inzwischen glaubte sie zu spüren, wie das neue Leben in ihr reifte, und trotz aller Bedenken und Anfeindungen empfand sie stille Freude darüber. »Jedes Kind, das geboren wird, bringt neue Hoffnung in die Welt, Oberon.«

»So sagt man. Aber was, wenn es nicht so ist? Das Gesetz wurde nicht ohne Grund aufgestellt, Alex. Mit jeder Generation von Unsichtbaren ist die Bedrohung für die Menschheit nur noch größer geworden. Ob nun mit der ersten, die durch frevlerische Experimente der Nazis auf den Weg gebracht wurde und die wir ›die Grauen‹ nennen. Ob mit der zweiten, die ein Produkt des Kalten Krieges ist und deren Angehörige an Körper und Geist kaum weniger entstellt sind als die Grauen, oder mit der dritten Generation, die zwar natürlich geboren wurde, von der Evolution aber nie vorgesehen war.«

»Ich weiß«, versicherte Alex. Dass das Oberhaupt des Widerstands sie bei ihrem richtigen Namen genannt hatte, statt ihre Tarnbezeichnung zu verwenden, nahm sie nur am Rande wahr. »Dennoch hat die dritte Generation auch Menschen wie Ismael oder Commander Harker hervorgebracht. Unsichtbare, die mit ihrer Fähigkeit verantwortungsvoll umgehen und sie zum Wohl der Menschheit einsetzen wollen.«

»Auch das lässt sich nicht bestreiten«, stimmte Oberon zu und seufzte. »Aber Ihr Kind birgt ein neues Risiko – die vierte Generation, wenn man es so bezeichnen will, eine Verbindung der sichtbaren und der unsichtbaren Welt. Niemand weiß, was dies bedeuten könnte: Wird es der sichtbaren Welt angehören oder nicht? Und was ist mit den Nachkommen? Das Kind ist eine Unbekannte mehr in der Gleichung. Ein weiterer Unsicherheitsfaktor in einem Spiel, dessen Ausgang dadurch völlig unabsehbar wird.«

Betretenes Schweigen kehrte ein. Gesenkten Hauptes stand Alex vor dem Plasmabildschirm, von dem nur die Lautsprecher aktiviert waren, während die Bildanzeige weiterhin dunkel war. So, sagte sie sich, musste sich ein überführter Straftäter kurz vor der Urteilsverkündung fühlen. Mit dem Unterschied, dass sie keine Straftat begangen hatte – oder?

Hatten in dieser verkehrten Welt, die durch das Wirken des Ordens entstanden war und durch den Krieg, der im Verborgenen tobte, tatsächlich alle Regeln ihre Gültigkeit verloren? Zählte das Leben des Einzelnen nichts mehr, sondern nur noch das Kollektiv? Und war das nicht die Philosophie des Ordens? Wo begann Individualität und wo endete sie? Wo verlief die schmale Grenze zwischen Moral und Notwendigkeit?

»Also?«, erkundigte sich Alex leise.

»Also was?«, fragte Oberon dagegen.

»Was soll ich tun? Werden Sie mir befehlen, eine Abtreibung vorzunehmen?«

»Das wäre einfach, nicht wahr? In der Tat, das würde unser Problem lösen – allerdings nur dieses eine Mal. Und es würde nur die Auswirkung eures Handelns beseitigen, nicht aber seine Ursache. Wer bin ich, zu entscheiden, dass eure Verbindung nicht rechtens ist? Ein Verbot schien mir bislang der angemessene Weg, Probleme dieser Art auszuschließen. Nun aber muss ich erkennen, was für ein Narr ich gewesen bin. Als ob sich die menschliche Natur, als ob sich Gefühle durch Verbote unterdrücken ließen.«

»Dann werden Sie mir das Kind nehmen, sobald es auf der Welt ist«, folgerte Alex.

»Es bestürzt mich, dass du so schlecht von uns denkst«, erwiderte Oberon, in die noch vertrautere Anrede verfallend. »Wenn ich im Lauf meines Lebens eines gelernt habe, dann dass sich die Zukunft nicht kontrollieren lässt – die Existenz der Unsichtbaren ist dafür das beste Beispiel. Absolute Macht und Kontrolle ausüben zu wollen und dafür selbst die Vernichtung von unschuldigem Leben in Kauf zu nehmen ist die Art des Ordens, aber nicht die unsere. Für was für eine Zukunft würden wir kämpfen, wenn sie so begänne?«

»Dann … darf ich das Kind behalten?«, fragte Alex zögernd.

»Wenn du dich entschließt, es zu bekommen.«

»Sie raten mir ab?«

»Ich kann dir weder das eine noch das andere raten. Anders als der Orden haben wir uns dem Schutz und der Bewahrung menschlichen Lebens verpflichtet. Wenn das Kind, das du in dir trägst, allerdings das ist, was wir alle vermuten, so beginnt mit ihm ein neues Zeitalter.«

»Das ist mir klar«, erwiderte Alex leise und legte ihre Hand auf den noch flachen Unterbauch. »Ich liebe dieses Kind schon jetzt und ich will es behalten, aber ich bin mir nicht sicher, ob der Preis dafür …«

»Welcher Preis?« Oberon seufzte und Resignation schwang in seiner Stimme mit, als er weitersprach. »So viel ist in der Vergangenheit geschehen, aber es hat nichts an der Natur des Menschen geändert.«

Alex hatte keine Ahnung, was das Oberhaupt des Widerstandes damit nun wieder meinte, aber es war ihr in diesem Moment auch gleichgültig. Als sie diesen Raum betrat, hatte sie befürchtet, man würde etwas von ihr verlangen, das sie nicht zu tun in der Lage wäre. Dass Oberon ihr nicht befohlen hatte, das Kind abzutreiben, und dass er ihre Entscheidung akzeptieren würde, wie immer sie auch ausfiel, beruhigte sie sehr.

»Ismael sollte davon erfahren, findest du nicht? Ich denke, er hat ein Recht darauf.«

»Allerdings.« Alex nickte. »Ich hatte nicht vor, es ihm zu verheimlichen, aber die Ereignisse haben sich überstürzt und es blieb keine Zeit mehr, um …«

»Ich werde ihn kontaktieren lassen.«

»Ist es erlaubt zu fragen, wo er sich gegenwärtig aufhält?«, erkundigte sich Alex vorsichtig. »Ich weiß nur, dass er nach Asien abkommandiert wurde.«

»Ismael befindet sich in Bangkok«, erklärte Oberon rundheraus. »Er sollte einen Informanten suchen, der dort verschwunden ist, aber wie es aussieht, hat er die Spur wohl verloren. Vielleicht«, überlegte er laut, »sollte ich dich ebenfalls dorthin schicken – vorausgesetzt natürlich, du fühlst dich stark genug. Du würdest auf andere Gedanken kommen und ihr hättet Gelegenheit, ein wenig Zeit zusammen zu verbringen und euch über einige Dinge klarzuwerden.«

»Das … wäre wunderbar.«

»Ich werde alles Notwendige veranlassen. Commander

Harker wird bei dir bleiben und für deinen persönlichen Schutz garantieren.«

»Das ist sehr freundlich, danke.«

»Du musst gut auf dich aufpassen, Alex, hörst du? Möglicherweise trägst du die Zukunft der Menschheit in dir.«

Wieder hatte Alex das Gefühl, dass ihr die Stimme des Anführers seltsam vertraut war. Nicht so sehr ihr Klang, der wie immer irgendwie mechanisch und schnarrend war, was Alex auf die Satellitenverbindung und die Codierung des Funksignals zurückführte, sondern Oberons Art, die Worte zu betonen und ihnen auf diese Weise mehr Gewicht zu verleihen.

Alex war sicher, dies von irgendwo zu kennen; Oberons Art zu sprechen weckte Gefühle, die tief in ihr verborgen waren und die sie fast vergessen hatte.

Woran, fragte sie sich, mochte das liegen?

Doch nur an ihrem veränderten Zustand!

Über Jahre hatte sich Alex in einer trotz gegenteiliger Versicherungen noch immer von Männern dominierten Welt behauptet und dafür eine raue Schale zugelegt. Seit sie jedoch von ihrer Schwangerschaft wusste, hatte dieser Schutzpanzer zunehmend Risse bekommen und sie fühlte sich von Tag zu Tag verletzlicher. Das neue Leben in ihr hatte Priorität, alles andere hatte sich unterzuordnen.

»Ich weiß«, sagte sie deshalb nur.

Dann verließ sie das Gewölbe.

Apartment Flat 28b
Aberdeen, Hongkong
Etwas später

»Weißt du, was das ist?«

Elizabeth Kwon gab sich Mühe, ihre Stimme sanft und geduldig klingen zu lassen, obwohl sie nagende Unruhe in sich verspürte. Was, wenn es ihr nicht gelingen würde, an das Kind heranzukommen? Was, wenn sich die Reise nach Hongkong als ebenso zeitraubender wie kostspieliger Fehlschlag erweisen würde?

Wie immer erweckte die kleine Kim Li nicht den Anschein, sich für das Bild zu interessieren, das Elizabeth ihr hinhielt. Es war die Darstellung eines Vogels, so einfach gezeichnet, dass selbst ein eineinhalbjähriges Kind sie hätte erkennen können. Kim Lis fein geschnittene Züge jedoch blieben unbewegt, kein Funke der Erkenntnis flackerte in ihren Augen.

Sie erkannte den Vogel so wenig, wie sie den Ball, das Auto und den Baum erkannt hatte. Ihre einzige Reaktion auf Elizabeths Fragen bestand darin, auf dem Sofa kauernd vor- und zurückzuwippen und dabei eine leise Melodie vor sich hinzusummen – ein untrügliches Zeichen dafür, dass das Kind in seiner eigenen Gedanken- und Vorstellungswelt gefangen war.

»Na schön«, meinte Elizabeth seufzend, »versuchen wir es noch ein letztes Mal. Hast du das hier schon mal gesehen?«

Sie hielt dem Mädchen ein weiteres Bild hin, diesmal eines, das sie selbst angefertigt hatte und das eine stilisierte Dschunke zeigte. Vielleicht musste man ihr Gegenstände und Tiere aus der Erlebenswelt eines asiatischen Kindes zeigen, wollte man Erfolge erzielen – aber Kim Li interessierte sich auch nicht für die Dschunke.

»Das ist seltsam«, meinte Mrs. Tang, die von der Wohnzimmertür aus zusah, das schlafende Baby Rush auf dem Arm. »Im Hafen sieht sie sich gern die Schiffe und Boote an.«

Elizabeth nahm den Hinweis dankbar auf. »Magst du Schiffe, Kim Li?«, erkundigte sie sich vorsichtig.

»Mhm.«

Elizabeth atmete auf. Das war das erste Mal, dass das Mädchen auf ihre Worte reagiert hatte.

»Dann wirst du bestimmt auch dieses mögen. Es ist eine Dschunke, siehst du?«

»Nein.« Die Kleine schüttelte entschieden den Kopf.

»Na ja …« Elizabeth errötete ein wenig. »Sie ist vielleicht nicht sehr gut gezeichnet, aber man kann den Rumpf erkennen und hier den Mast und die Segel und …«

»Nein«, beschied ihr das Kind kategorisch.

»Kannst du es denn besser?«, fragte Elizabeth und drehte damit den Spieß um. »Möchtest du mir ein Schiff malen?«

»Mhm«, bestätigte Kim Li erneut und Elizabeth griff in die große Ledertasche, die ihre Forschungsunterlagen sowie Arbeitsmaterialien aller Art enthielt, darunter auch Buntstifte und Papier.

»Also gut«, sagte sie, nachdem sie beides auf dem niedrigen Wohnzimmertisch abgelegt hatte, »dann mal mir ein Schiff. Oder auch einen Baum, wenn du willst. Oder einen Vogel. Welche Farbe möchtest du?«

Kim Li schien angestrengt zu überlegen. Elizabeth war gespannt; die Farbwahl stellte bei Tests wie diesen ein nicht unwichtiges Bewertungskriterium dar. Natürlich konnte sie auch zufällig erfolgen, die Forschung hatte jedoch gezeigt, dass diese Entscheidung oftmals Rückschlüsse auf die Psyche der Testperson zuließ, denn die Farbwahl erfolgte in der Regel durch das Unterbewusstsein, wobei jede Farbe bestimmte Bewusstseinszustände repräsentierte.

»Rot«, verlangte Kim Li.

Die Farbe der Aggression.

»Bitte sehr.« Elizabeth gab ihr den Stift, worauf das Kind mit ungelenker Hand zu zeichnen begann. Was Kim Li zu Papier brachte, ließ sich mit etwas Fantasie als Vogel erkennen: ein roter Kranich mit roten Flügeln, rotem Schnabel und roten Beinen.

»Möchtest du noch etwas malen?«, fragte Elizabeth.

»Mehr Papier«, verlangte die Kleine und die Psychologin legte ihr ein frisches Blatt hin.

Diesmal nahm sich Kim Li den blauen Stift und begann, das ganze Blatt damit auszumalen.

»Was ist das?«, wollte Elizabeth wissen.

»Rate mal.«

»Hm ... Vielleicht Wasser?«

»Mhm.« Kim Li nickte, ihre Züge verrieten äußerste Konzentration. Noch eine ganze Weile lang färbte sie das Papier tiefblau. Dann, als sie damit fertig war, griff sie erneut zum Rotstift und malte längliche Formen in das blaue Meer.

»Sind das Fische?«

Kopfschütteln.

»Was ist es denn dann?«

»Delphis«, antwortete die Kleine, ganz in ihre Arbeit vertieft. »Delphis im Wasser.«

»Mein Mann ist mit ihr im Ocean Park gewesen«, erklärte Mrs. Tang. »Jemand sagte uns, es sei gut für sie, wenn sie das Aquarium besuchen und die Delphine sehen würde.«

»Gute Idee«, sagte Elizabeth. »Zudem scheint es ihr gut

gefallen zu haben …« Sie schaute dem Mädchen zu, das begeistert einen roten Delphin nach dem anderen malte, und beschloss, ein weiteres kleines Experiment zu wagen.

»Willst du es auch einmal mit dieser Farbe probieren?«, fragte sie und legte ihr den schwarzen Stift hin.

»Nein.«

»Und warum nicht?«

»Weil Delphis so nicht aussehen. Sie sind rot.«

»Alle Delphis?«

»Mhm.«

»Auch die ganz großen?«

Erneut eine Bestätigung, die mit derart ausgeprägter Überzeugung vorgetragen wurde, dass dagegen unmöglich anzukommen war.

Elizabeth bat Kim Li, noch mehr Bilder zu malen, was das Mädchen bereitwillig tat. Ihre Technik entsprach dabei nicht ihrem tatsächlichen Alter, sondern mehr der eines Kleinkinds – über die erstaunliche Fähigkeit, die Savants bisweilen zu eigen war, nämlich alles, was sie einmal gesehen hatten, exakt nachzeichnen zu können, verfügte die Kleine augenscheinlich nicht. Immerhin konnte man jedoch alles erkennen, was sie zeichnete. Dabei bildete sich eine Art Regel aus, die das Kind – willentlich oder nicht – stets beachtete.

Lebewesen, egal ob Tier oder Mensch, zeichnete es stets in warmen Farben wie orange oder rot, während es für die Darstellung von Gegenständen stets zu grünen oder blauen Stiften griff. Elizabeth machte einige Fotos zur späteren Auswertung und fertigte Notizen an; sie war sicher, dass in Kim Lis Farbenwahl einer der Schlüssel lag, um noch besser an das Mädchen heranzukommen.

In Kim Lis Welt schien alles genau unterteilt zu sein in

Dinge, die lebten, und solche, die es nicht taten. Und noch etwas war auffallend: In der Vorstellung des Kindes schien kein Platz für Schwarz zu sein. Mehr noch, das Kind schien Schwarz nicht einmal zu kennen, gerade so, als hätte es noch nie Schwarz gesehen. War dies nur ein kindlicher Trick? Oder war es ein Hinweis darauf, dass Kim Lis Sicht der Wirklichkeit tatsächlich nicht der der gewöhnlichen Menschen entsprach? Dass sie anders als der Rest der Menschheit kein Licht benötigte, um mit bloßem Auge sehen zu können? Wusste sie deshalb nicht, was Schwarz war, dass so absolute Dunkelheit aussah?

Es war eine mögliche Antwort – dennoch spürte Elizabeth Kwon, dass sich noch mehr dahinter verbarg, eine Entdeckung, die noch ungleich größer und bedeutender war als die, derentwegen sie gekommen war.

Eine wissenschaftliche Sensation lag in der Luft und Elizabeths Aufregung darüber war so groß, dass sie die warnende Stimme in ihrem Hinterkopf übertönte.

9.

Um die Wahrheit zu sagen, habe ich nie Probleme mit dem gehabt, was mir auf der Akademie beigebracht wurde.

Ich habe früh begriffen, dass ich mit einer außergewöhnlichen Gabe geboren wurde, aus der sich ein besonderer Auftrag ergibt. Dieser Auftrag kann nicht darin bestehen, unsere Fähigkeiten unter Verschluss zu halten oder sie gar in den Dienst einer minderwertigen, weil unterlegenen und von der Evolution überkommenen Menschheit zu stellen, sondern muss lauten, sich den Planeten zu unterwerfen und mit uneingeschränkter Macht zu herrschen.

Alle politischen Strukturen, die die Menschheit im Lauf ihrer Geschichte hervorgebracht hat, waren mit Mängeln behaftet. Von den Häuptlingen, die über die steinzeitlichen Sippen herrschten, über die römischen Kaiser und das Feudalsystem des Mittelalters bis hin zu den Staatsgebilden heutiger Tage hat sich immer wieder gezeigt, dass effektive Politik nur dort möglich ist, wo sich ein Maximum an Macht konzentriert. Dies kann jedoch nur erreicht werden, wenn dem Rest der Menschheit jedes Recht zur Mitsprache entzogen wird. Nur jener soll bestimmen dürfen, der sich in der Position dazu befindet – der schweigenden Mehrheit bleibt nur, das zu tun, was sie im Lauf der vergangenen Jahrhunderte stets getan hat, nämlich die Hände in den Schoß zu legen und abzuwarten, was beschlossen wird.

Krieg oder Frieden, Armut oder Wohlstand – allein der

homo invisibilis *wird darüber befinden, während der selbst ernannte* homo sapiens *sich damit zu begnügen hat, dem Urteil des Ordens ausgeliefert zu sein und sich in Furcht davor zu verzehren, gemäß dem Kodex, der die Angehörigen unserer Art verbindet:*

»Nur jener, der gesehen wird, hat Anlass zur Furcht – der Unsichtbare hingegen braucht sich nicht zu fürchten, denn er steht außerhalb der Ordnung. Kein Gesetz kann ihm Einhalt gebieten, niemand vermag ihm etwas anzuhaben.

Er hat keine Angst – er verbreitet sie.
Er erschrickt nicht, sondern verbreitet Schrecken.
Er fürchtet nicht, sondern ist die Furcht.«

Flughafen Don Muang
Bangkok, Thailand
16 Uhr 16 Ortszeit

Nach den zurückliegenden Tagen, die sie in unsichtbarer Gesellschaft in der Abgeschiedenheit von Observationsbasis 8 verbracht hatte, fiel die pulsierende Hektik der thailändischen Hauptstadt wie ein wütendes Raubtier über Alexandra Lessing her.

Während des Fluges, den sie unter falschem Namen und mit gefälschten Papieren angetreten hatte, hatte sie versucht, sich auf das quirlige Leben dieser Großstadt einzustellen, gelungen war es ihr allerdings nur teilweise. Das lärmende Chaos, das auf dem Vorplatz des Flughafengebäudes herrschte, war unbeschreiblich: Zahllose Menschen drängten sich auf dem Bürgersteig und auf der Straße kämpften Busse, Taxis, Lieferwagen, Motorräder und die »Tuk-Tuk« genannten motorisierten Rikschas ums Durchkommen. Obwohl es sie reizte, verzichtete Alex darauf, für die Passage zum Hotel eines der dreirädrigen Gefährte zu nehmen. Sie zog das Taxi vor, das weniger abenteuerlich sein mochte, dafür aber sicherer.

Zusammen mit Mina Harker, die ihr wie ein Schatten folgte, reihte sie sich geduldig in die Schlange derer ein, die auf eine frei werdende Taxe warteten – Touristen aus Europa und Australien zumeist, die im Land des Lächelns exotische Zerstreuung suchten, aber auch japanische Geschäftsleute. Hinzu kamen allein reisende Männer, denen es keineswegs darum ging, die kulturellen und landschaftlichen Schönheiten Thailands kennenzulernen, sondern die nur auf schnellen, teils schmutzigen oder sogar verbotenen Sex aus waren.

Während des Wartens ertappte sich Alex dabei, dass sie sich immer wieder argwöhnisch umblickte, was zum einen daran liegen mochte, dass die Erfahrung von Washington ihr noch in den Knochen saß, zum anderen aber auch daran, dass ihr Sicherheitsbedürfnis gestiegen war – schließlich ging es inzwischen nicht nur mehr um sie allein. Die ganze Zeit über hatte sie darauf gewartet, dass Oberon sie wieder in die freie Welt entließ. Nun, da es geschehen war, fühlte sie sich unsicher und ängstlich.

»Hör auf, dich ständig umzusehen«, raunte Mina ihr zu, die unmittelbar neben ihr stand, unbemerkt vom Rest der Menschen. Der *iter invisibilium*, jene Art der Unsichtbaren, sich lautlos zu bewegen und zu einem nicht wahrnehmbaren Teil der Umgebung zu werden, befähigte sie dazu. »Wenn du dich immer wieder umschaust«, fuhr sie fort, »machst du dich nur verdächtig. Ich bin deine Augen und deine Ohren, Schwester. Verlass dich auf mich, verstanden?«

»Verstanden«, bestätigte Alex und rückte nervös die Spezialbrille zurecht. Sie fühlte sich besser, wenn sie die Brille trug, obgleich sie ihr inmitten der Menschenmenge nicht wirklich einen Vorteil verschaffte, denn Alex sah nur einen wimmelnden Haufen gelb leuchtender Körper um sich herum.

Die Fahrt in die Innenstadt kam Alex endlos vor. Das Hotel, das man für sie gebucht hatte, lag am Siam Square, am Kreuzungspunkt zweier Hauptverkehrsadern Bangkoks. Moderne Wolkenkratzer und Einkaufszentren wechselten sich ab mit einfachen Verkaufsständen und Straßenküchen und Alex erkannte, dass in dieser Stadt Reichtum und Armut nahtlos ineinander übergingen. Funktelefonierende Manager im feinsten Designerzwirn, Touristen in bunten Hemden, in Lumpen gehüllte Bettler und in orangerote Roben gekleidete buddhistische Mönche – all das prägte das Bild, das sich Alex bot und dessen verwirrende Vielfalt sie überforderte.

Unvorstellbar, dass der Orden selbst an einem Ort wie diesem seine Kontrolle ausübte.

Obwohl alles in ihr danach verlangte, hütete sie sich, ihre Eindrücke mit Mina zu teilen, die im Fond des Taxis neben ihr saß, schweigend wie ein Schatten.

Sie erreichten das Hotel. Alex bezahlte und stieg aus, hielt die Tür lange genug auf, damit Mina ebenfalls aus dem Wagen klettern konnte, dann wurde sie von einem livrierten Portier in Empfang genommen, der sich um ihr Gepäck kümmerte und sie zur Rezeption geleitete. Rasch wurden die Formalitäten erledigt – die Hotelangestellte nahm den gefälschten Ausweis ebenso widerspruchslos zur Kenntnis, wie die Beamten am Flughafen es getan hatten – und Alex wurde auf ihr Zimmer geführt.

Der Aufzug, aus dessen Lautsprechern fernöstliche

Klänge säuselten, trug sie nach oben und sie ertappte sich dabei, dass ihre Unruhe immer größer wurde, ihre Sehnsucht danach, *ihn* endlich wieder in die Arme schließen zu können.

»Danke«, sagte sie zu dem Portier, kaum dass er die Tür für sie aufgeschlossen hatte, und drückte ihm ein üppiges Trinkgeld in die Hand. Der Hotelangestellte fühlte sich dadurch zu einem Wai veranlasst – jenem in Thailand gebräuchlichen Gruß, bei dem die Handflächen zusammengelegt und zum Kinn gehoben werden. Alex wollte nicht unhöflich sein und erwiderte den Wai mit einem freundlichen Nicken, aber sie war froh, als sich der Portier endlich zurückzog und die Tür hinter sich schloss.

»Ismael?«, fragte sie in die Stille.

»Ich bin hier.«

Sie fuhr herum und wollte ihre Brille aufsetzen. Dass es nicht dazu kam, lag an den beiden Armen, die sich um sie legten, sowie an den unsichtbaren Lippen, die sich unvermittelt auf die ihren pressten.

Alex' Begrüßung ging in einem verdutzten Laut unter. Ismaels Kuss war innig und leidenschaftlich. Aber so sehr sie sich auch darüber freute, dass sie endlich wieder vereint waren, sie konnte seine Zärtlichkeit nicht erwidern. Ob es daran lag, dass sie nicht allein im Zimmer waren und Mina Harker sie beobachtete, oder ob ihr veränderter Zustand dafür verantwortlich war, hätte Alex nicht zu sagen gewusst. Steif verharrte sie in Ismaels Armen, bis dieser sich wieder von ihr löste. Ob er Alex' Zögern bemerkt hatte oder nicht, ließ sich nicht feststellen.

»Hallo«, sagte er nur.

»Hallo«, erwiderte sie und lächelte matt. »Schön, dich zu *sehen.*«

»Verzeih, ich hatte viel zu tun. Hätte ich mehr Zeit gehabt, hätte ich etwas Rouge und Farbe aufgelegt und mir für dich ein Aussehen verschafft. Aber ich war ziemlich beschäftigt und …«

»Schon gut«, wehrte Alex ab. »Ich stelle mir dich einfach im Designeranzug vor, mit roten Rosen in der Hand.«

»Gute Idee.« Er lachte leise und ein Augenblick peinlichen Schweigens entstand, in dem keiner von beiden wusste, was er sagen sollte.

»Oberon hat mir alles erzählt«, flüsterte Ismael schließlich in das Schweigen. »Wie lange weißt du es schon?«

»Ich habe es in Washington erfahren. Kurz bevor wir entdeckt wurden.«

»Warum hast du mir nichts davon gesagt?«

»Ich wollte dich nicht damit belasten.«

»Du wolltest mich nicht damit belasten? Wie darf ich das verstehen?«

»Ich wollte nicht, dass du abgelenkt bist, während du hier einen möglicherweise gefährlichen Auftrag ausführst«, erklärte Alex leise. »Du selbst hast mir gesagt, dass Konzentration alles ist, was einen lebenden Agenten von einem toten unterscheidet.«

»Das ist wahr«, räumte Ismael ein, »aber ich hätte niemals …« Er unterbrach sich. »Das ist nicht der wahre Grund, oder?«, bohrte er weiter.

»Was meinst du?«

»Es gibt noch einen weiteren Grund, weshalb du mir nicht sofort davon erzählt hast. Sei ganz offen mit mir, Alex, selbst wenn du glaubst, mich damit zu verletzen.«

Sie schluchzte leise. Bei all ihrer Vorfreude hatte sie sich das Wiedersehen mit Ismael ganz gewiss nicht *so* vorgestellt.

Andererseits, was hatte sie erwartet? Dass er die Nachricht freudig zur Kenntnis nehmen und sie zur Feier des Tages zum Abendessen ausführen würde?

»Sag mir die Wahrheit«, verlangte er noch einmal und sie rang sich ein zaghaftes Nicken ab.

»I-ich habe es dir nicht gesagt«, begann sie zögernd, »weil ich mir nicht sicher war.«

»Worüber?«

»Über so ziemlich alles«, gestand sie. »Ich wollte mir zunächst eine eigene Meinung bilden, ehe ich andere einweihe.«

»Andere? Ich bin der Vater des Kindes!«

»Das ist es ja gerade«, erklärte sie. »Ich wollte mir zumindest sicher sein, ob ich ... ob wir ...«

»Ob wir das Kind bekommen sollten«, führte er den Satz unbarmherzig zu Ende. »Das ist es, nicht wahr?«

Alex nickte.

Sie war gewiss nicht stolz darauf, aber wenn sie tief in sich hineinhorchte und ehrlich zu sich selbst war, musste sie zugeben, dass dies die Wahrheit war.

»Und warum konnten wir nicht gemeinsam darüber entscheiden? Warum hast du nicht ...?«

»Es reicht, Ismael«, ließ sich Mina Harker vernehmen, die bislang schweigend dabeigestanden hatte.

»Halt dich raus, Mina!«, entgegnete Ismael, der über ihre Anwesenheit nicht im Geringsten überrascht zu sein schien. »Diese Sache geht nur Alex und mich etwas an.«

»Glaubst du das wirklich? Glaubst du wirklich, ihr könntet ein ganz normales Leben führen, euch fortpflanzen wie die Karnickel und euren Kindern beim Aufwachsen *zusehen*?« Das letzte Wort betonte sie besonders und ließ ein kurzes, freudloses Lachen folgen. »Wach auf, Ismael! Das ist nicht die Welt, in der du lebst. Du hast eine Fähigkeit und einen Auftrag, der sich aus ihr …«

»Ich scheiß auf meinen Auftrag!«, beschied er ihr barsch und so aufgebracht, wie Alex ihn noch nie zuvor erlebt hatte. Unwillkürlich wich sie einen Schritt zurück – anders als Mina, der dieser Ausbruch gerade recht zu kommen schien.

»Offenbar begreifst du überhaupt nicht, was hier los ist«, konterte sie. »Nicht nur, dass du den obersten Grundsatz unserer Gemeinschaft gebrochen hast, du bist noch nicht mal dazu bereit, deinen Fehler einzugestehen!«

»Fang nicht wieder damit an, Mina. Deine Vergangenheit …«

»Meine Vergangenheit hat verdammt noch mal nichts damit zu tun – es ist deine *Gegenwart*, um die du dich sorgen solltest, und die Zukunft deines Kindes.«

»Aber ich wusste doch nicht, dass …«

»Was? Dass du eine Verantwortung hast? Dass es Dinge gibt, die auch wir nicht tun können, ohne die Folgen tragen zu müssen?«

Alex wartete darauf, dass Ismael etwas erwiderte. Halb befürchtete sie, er könnte erneut die Beherrschung verlieren, aber ihr unsichtbarer Geliebter schwieg. Nur sein heiserer, keuchender Atem war zu hören, der sich ganz allmählich wieder zu beruhigen schien.

»Es tut mir leid«, sagte er leise. »Ich weiß auch nicht, was in mich gefahren ist. Es ist nur … Als Oberon es mir berichtete, da fühlte ich mich …«

»Was?«, wollte Alex wissen.

»… verraten«, brachte Ismael den Satz zu Ende. »Ich hätte es lieber von dir erfahren. Ich dachte, wir würden einander vertrauen, aber nun hat es den Anschein, als ob …«

»Sie war allein, verdammt noch mal, und sie wusste nicht wohin«, ergriff Mina für Alex Partei, »also hat sie sich mir anvertraut. Es war gewiss nicht ihre Idee, zu Oberon zu marschieren und ihm alles zu erzählen – ich habe ihr dazu geraten, denn diese Sache ist größer, als ihr oder ich oder irgendjemand sonst es im Augenblick erahnen kann. Also spiel verdammt noch mal nicht den Beleidigten, sondern sei für sie da. Sie braucht dich jetzt, du sturer Mistkerl – und wenn du wirklich glaubst, sie hätte sich entschieden, das Kind abzutreiben, dann kennst du sie schlecht.«

»Ist das wahr?«, fragte er, hörbar verlegen.

Alex' Antwort war ausweichend. »Oberon hielt es für eine gute Idee, dass wir uns treffen und in Ruhe über alles reden. Auch er sieht sich nicht in der Lage vorauszuahnen, ob die Geburt des Kindes für die Menschheit ein Glücksfall wäre oder ihren Untergang besiegeln würde. Er sagt, dass es ganz allein unsere Entscheidung ist.«

»Ich verstehe«, erwiderte Ismael, wieder ruhig und beherrscht. »Dennoch wäre es besser gewesen, du wärst in den Staaten geblieben.«

»Ist das dein Ernst? Sagtest du nicht vorhin …?«

»Das schon«, wehrte er ab, »aber in deinem Zustand solltest du dich schonen, statt in ein Flugzeug zu steigen und um die halbe Welt zu …«

»Sie ist nicht todkrank, sondern schwanger, Herrgott«, fiel Mina ihm unwirsch ins Wort. »Wann werdet ihr dämlichen Kerle endlich begreifen, dass …?«

Sie unterbrach sich, weil Ismael leise lachte und sie begriff, dass er nur einen Scherz gemacht hatte.

»Sehr witzig«, knurrte die Kommandantin missmutig. »Ihr beide bringt mich noch um, wisst ihr das …?«

Via Marco Aurelio
Lateran, Rom

»... ist Ihr Rückflug nach Lima hiermit bestätigt. Ihre Maschine hat die Nummer SA438. Bitte finden Sie sich zwei Stunden vor Abflug am Terminal ein. South American Airlines wünscht Ihnen einen angenehmen Flug.«

»Danke«, sagte Paolo Genaro, der in diesem Augenblick eine gewisse Erleichterung darüber verspürte, dass er Rom verlassen und die Vergangenheit hinter sich bringen konnte. Zu viel war geschehen, worüber er nicht hinwegkam. Zu viel, das er nicht einordnen konnte.

Die Stimme, die er im Archiv der Fakultät gehört und die wiederholt zu ihm gesprochen hatte, war verstummt.

Paolo führte es auf die Beruhigungspillen zurück, die er seither nahm, sowie auf die Aussicht, bald nach Lateinamerika zurückzukehren und damit zu seiner Arbeit und seiner vertrauten Umgebung. Die Trauer um seinen alten Freund und Mentor, die Begegnung mit Dr. Praga und ihrem neuen Freund, das wortwörtliche Wühlen in der Vergangenheit – all das hatte Wunden aufgerissen, die er längst als geheilt angesehen hatte. Nur so konnte er sich erklären, was geschehen war.

Er war müde gewesen und überreizt und seine Nerven hatten ihm einen Streich gespielt, nicht mehr und nicht weniger. Es würde sich alles ändern. Er hatte seinen Abflugtermin und einen reservierten Sitzplatz in einem Flieger Richtung Südamerika und damit alles, was er brauchte.

Seinen Vermieter hatte er angerufen und das Apartment gekündigt. Ohnehin hatte er es während der vergangenen fünf Jahre kaum benutzt, aber der Gedanke, einen Ort in der alten Heimat zu haben, eine rettende Insel, auf die er sich jederzeit flüchten konnte, hatte ihm Trost und Sicherheit gegeben. Inzwischen brauchte er diese Insel nicht mehr. Er hatte jenseits des Ozeans eine neue Heimat gefunden und war fest entschlossen, niemals wieder nach Italien zurückzukehren. Sein ehrgeiziges Ziel, Benatis Forschungen fortzuführen, war in weite Ferne gerückt. Die Reputation des Professors in allen Ehren – aber auch Benati hätte sicher nicht gewollt, dass Paolo dafür seine geistige Gesundheit riskierte.

Das Packen seines Koffers nahm kaum Zeit in Anspruch; von dem altmodischen Anzug, den er während des Empfangs an der La Sapienza getragen hatte, einmal abgesehen, hatte er sich nicht die Mühe gemacht, seine Kleider auszupacken und in den Schrank zu hängen. Aus dem Koffer zu leben war ihm zur Gewohnheit geworden, die er auch in seiner Wohnung nicht abgelegt hatte – auch dies ein Zeichen dafür, wie wenig heimisch er sich noch in Rom fühlte.

Noch knapp elf Stunden bis zum Abflug.

Wie sollte er so viel Zeit totschlagen?

Lustlos ließ er sich auf das alte Sofa fallen, das ihn mit einer Staubwolke begrüßte, und griff nach der Fernbedienung, die dort lag. Er schaltete den kleinen Fernseher an und tastete sich durch die Kanäle: Basketball, Nachrichten, ein alter Hollywood-Schinken und Zeichentrick für Kinder – nichts davon weckte sein Interesse. Gelangweilt schaltete er wieder ab und schaute sich in der Wohnung um, die ihm so seltsam fremd geworden war – und ohne, dass er etwas dagegen tun konnte, blieb sein Blick auf dem Kuvert haften, das auf dem Garderobenschränkchen lag.

Es war das handschriftliche Dokument aus Benatis Nachlass. Nach der Sache mit der Stimme hatte Paolo beschlossen, dass es besser für ihn wäre, die Finger von der Sache zu lassen, und es kurzerhand in ein Kuvert gesteckt, das er an Adriana Baldani adressiert hatte. In Anbetracht der Aussicht, womöglich den Verstand zu verlieren, hatte er davon Abstand genommen, das Geheimnis des Schriftstücks lüften zu wollen. Inzwischen aber war der Schreck überwunden und Paolo Genaro spürte seine Neugier erneut erwachen.

Sollte er ihr nachgeben und die Stunden bis zum Abflug nutzen, um sich ein letztes Mal mit der Vergangenheit zu beschäftigen? Mit dem Vermächtnis des Mannes, den zu ehren er nach Rom gekommen war?

Noch hatte er die Chance, Benatis Geheimnis zu ergründen – in dem Moment, da er das Kuvert in einen der am Flughafen aufgestellten Briefkästen werfen würde, war es damit vorbei, und er würde niemals Antworten erhalten.

Paolos Unentschlossenheit währte nur einen Augenblick. Dann stand er auf und trat an die Kommode, und ehe er noch einmal darüber nachdenken oder sich selbst Einhalt gebieten konnte, hatte er das Kuvert bereits geöffnet und den Inhalt entnommen.

Er schauderte, als er die handschriftlichen Seiten erneut in Händen hielt. Augenblicklich fühlte er sich an sein unheimliches Erlebnis im Archiv erinnert und erwartete fast, dass erneut eine Stimme aus dem Nirgendwo zu ihm sprechen würde. Nichts dergleichen geschah, worauf sich Paolo erneut auf das Sofa zurückzog und zu lesen begann:

Es gibt eine Frage, der sich ein Mensch im Lauf seines Lebens immer wieder stellen muss: der Frage nach seinem Handeln.

Soll er eingreifen, wenn etwas geschieht, das er für falsch hält? Oder soll er stillhalten und sich einreden, dass schon jemand anderes oder vielleicht ein günstiger Zufall eine Änderung bewirken wird?

Apartment Flat 28b
Aberdeen, Hongkong
19 Uhr 48 Ortszeit

Die erste Versuchsreihe war abgeschlossen.

Die Gespräche, die Elizabeth Kwon während der letzten Tage mit der kleinen Kim Li geführt hatte, und die vielen Spiele, die sie zusammen gespielt hatten, hatten einerseits zum Ziel gehabt, sie mit dem Kind vertrauter zu machen und zu erreichen, dass das Mädchen eine Bezugsperson in ihr sah, andererseits war es aber auch darum gegangen, Kim Lis sensorische, motorische und emotionale Fähigkeiten im Vergleich zu denen eines normal veranlagten Kindes auszuloten und in einen wissenschaftlich verifizierbaren Kontext zu bringen.

Dies war gelungen.

David Wilkes' anfängliche Analyse, der zufolge Kim Li zwar rund acht Jahre alt sein mochte (ihr genaues Geburtsdatum war ihrer Herkunft entsprechend unbekannt), sich in mancher Hinsicht jedoch auf dem Entwicklungsstand eines nur halb so alten Kindes befand, war durchaus zutreffend. Kim Lis Wahrnehmungsfähigkeiten waren begrenzt, zu viele Reize, die zugleich auf sie einstürmten, überforderten sie. Nicht anders verhielt es sich in emotionaler Hinsicht. Mr. und Mrs. Tang waren die Einzigen, die sie berühren durften – bei jedem anderen reagierte Kim Li panisch und mit geradezu existentieller Angst. Ihr

Sprachvermögen reichte aus, um sich zu verständigen, entsprach jedoch nicht dem normalen Stand einer Achtjährigen.

Beides mochten Indizien dafür sein, dass das Kind tatsächlich zu einem gewissen Grad autistisch veranlagt war – allerdings war auch nicht auszuschließen, dass Kim Lis Störungen lediglich auf sträfliche Vernachlässigung in der frühen Kindheit zurückzuführen waren. Schließlich war zu beobachten, dass sie auf optische und akustische Reize – sofern sie dosiert abgegeben wurden – durchaus reagierte und das Kind war sogar in der Lage, einen gewissen Humor zu entwickeln.

Je besser Elizabeth das Kind kennenlernte, desto größer wurden daher ihre Zweifel, was Kim Lis autistische Veranlagung betraf. Dies schmälerte gleichzeitig die Aussicht, dass es sich bei dem Kind um einen Savant handelte – denn während die Ausbildung von Inselfertigkeiten bei autistischen Personen schon nicht sehr häufig war, stellte sie bei Nicht-Autisten geradezu eine Seltenheit dar. Kim Lis Wahrnehmung mochte in mancher Hinsicht ungewöhnlich sein, aber ob sich dahinter eine wissenschaftliche Sensation verbarg, dieser Beweis musste erst noch erbracht werden, sonst wäre die Reise nach Hongkong nichts als ein bedauernswerter Fehlschlag gewesen.

»Alles in Ordnung, Kim Li?«, erkundigte sich Elizabeth sanft.

Das Mädchen, das ihr im Wohnzimmer gegenüberstand und sich ängstlich an die Beine seiner Pflegemutter drängte, nickte.

»Dann mache ich jetzt dunkel, einverstanden?«

»Mhm«, kam es zögernd zurück – und Elizabeth legte den Lichtschalter um.

Von einem Augenblick zum anderen herrschte völlige Stille in dem Apartment. Da die Fenster weder Jalousien noch Vorhänge hatten, hatte Elizabeth sie mit Tüchern und Wolldecken verhängt, sodass von draußen kein Licht mehr eindringen konnte. Einen Augenblick befürchtete sie, das Kind könnte erneut überfordert reagieren und laut schreien, aber es blieb still, und so wagte sich Elizabeth an das wichtigste Experiment. Die nächsten Augenblicke würden entscheiden …

Mit bebenden Händen setzte sie das Nachtsichtgerät auf, das sie mitgebracht hatte, und schaltete es an. Im grünlich schimmernden Display des Restlichtverstärkers konnte sie das Kind sehen, das sich noch immer an seine Ziehmutter drängte.

»Kim Li«, fragte sie mit leiser, vor Aufregung bebender Stimme, »siehst du mich?«

»Mhm«, erwiderte das Kind schlicht.

»Was mache ich gerade?«

»Du winkst Kim Li zu«, kam die Antwort prompt.

Elizabeth merkte, wie sich ihr Pulsschlag beschleunigte – sie hatte tatsächlich gewunken. War das nur Zufall? Oder wäre es tatsächlich möglich, dass …?

»Was siehst du noch?«

»Nur dich.«

»Bist du sicher?«

»Mhm.«

»Was ist mit den Spielsachen dort auf dem Tisch? Das Auto, die Puppe …«

Das Mädchen verneinte.

»Und den Teddybär? Kannst du den sehen?«

Wieder ein Kopfschütteln.

»Wirklich nicht?« Elizabeth hob den Stoffbären vom

Tisch auf und spielte mit ihm, dann legte sie ihn wieder zurück.

»Doch«, bestätigte das Mädchen. »Jetzt kann ich ihn sehen.«

»Willst du ihn haben? Dann hol ihn dir.«

Zögernd löste sich das Kind von seiner Mutter und wollte zum Tisch. Die Spielzeuge, die auf dem Boden verstreut lagen, schien es jedoch nicht zu sehen, sodass es darüber stolperte und hinfiel. Kim Li schlug sich das Kinn blutig und begann zu weinen und Elizabeth sah sich genötigt, das Experiment abzubrechen. Resignierend nahm sie das Nachtsichtgerät ab und schaltete das Licht wieder ein, damit Mrs. Tang die Kleine trösten konnte – als etwas Unerwartetes geschah.

»Sonne! Sonne!«, rief das Kind in plötzlicher Heiterkeit und deutete auf die Lampe, die über ihm an der Decke hing. »Sonne so rot wie dein Gesicht.«

Und in diesem Augenblick begriff Dr. Kwon, wie ein Stromausfall, ein roter Vogel, Delphine im Aquarium und im Dunkeln unsichtbare Spielzeuge zusammenhingen …

Teil II

SENTIRE

10.

… müssen wir also davon ausgehen, dass es diese andere Wirklichkeit tatsächlich gibt. Die Schlussfolgerungen, die sich aus dieser Feststellung ergeben, sind so mannigfaltig wie bestürzend, sodass der Herr mir eine ruhige Hand geben möge, um sie der Nachwelt in angemessener Form zu überliefern.

Nichts von dem, was wir gesichert glaubten, kann als wahr angesehen werden. Nichts von dem, was wir sehen, hat jene Endgültigkeit, die wir einem Urteilsspruch gleich darüber verhängen. Dies sind die beiden Gedanken, die in ihrer Andersartigkeit und Radikalität alles verändern, was wir sehen und glauben, und die den Keim einer Revolte in sich tragen …

Aus »De invisibile«
von Giuseppe Fiorino

Hotel Orchid
Siam Square, Bangkok
Tags darauf

Das energische Klopfen an der Tür des Hotelzimmers riss Alexandra Lessing aus dem Schlaf. Aufgeschreckt fuhr sie hoch, nur um festzustellen, dass Ismael bereits wach war und auf der Bettkante saß. »Schhh«, machte er und führte einen Finger an die Lippen, gebot ihr zu schweigen.

Alex gehorchte augenblicklich. Situationen wie diese hatte sie in letzter Zeit mehr als genug erlebt und sie wusste nur zu gut, dass es das Leben kosten konnte, im falschen Augenblick Fragen zu stellen.

Lautlos schwang sich Ismael aus dem Bett. Dass sie ihn sehen konnte, lag daran, dass er ihr zuliebe einmal mehr das Ritual der *revelatio* durchgeführt und sich ihr offenbart hatte. Zwar konnte er seine Unsichtbarkeit nicht einfach aufgeben, wenn ihm danach war – Tarnkappen und Zauberringe gehörten, wie Alex hatte feststellen müssen, ins Reich der Sagen und Legenden. Aber er konnte mit etwas Körperfarbe nachhelfen und auf diese Weise sichtbar machen, was sonst unsichtbar blieb – ein gefährlicher Akt allerdings, denn er machte ihn in zweifacher Hinsicht schutzlos: Zum einen gab er sich der Entdeckung preis, zum anderen hatte er keine Übung darin, sichtbar zu sein, und agierte entsprechend unbeholfen. Der *iter invisibilium*, die geheimnisvolle Art der Unsichtbaren, sich zu bewegen, zu denken und zu kämpfen, hatte dann keine Gültigkeit mehr.

»Verdammt«, stieß er leise hervor und griff nach der Beretta, die auf dem Stuhl neben dem Bett lag. Wieder klopfte es, energischer diesmal.

»Geh zur Tür«, flüsterte er Alex zu. »Aber sei vorsichtig.«

Alex nickte. Inzwischen war sie hellwach, auch der letzte Rest Schlaftrunkenheit war verflogen. Sie schwang sich aus dem Bett und zog den weißen Frotteemantel über, auf den eine stilisierte Orchidee gestickt war, das Emblem des Hotels. Rasch schlich sie zur Tür. Ismael blieb dicht hinter ihr und bot einen erschreckenden Anblick, wie Alex mit einem Blick in den Spiegel feststellte.

Sein Hals und sein Gesicht waren zu sehen, jedoch weder Augen noch Mund. Auch das Haar und der Rest seines Körpers waren unsichtbar geblieben, bis auf jene Stellen, wo die Gesichtstönung abgefärbt und Alex' zarte Berührungen sanfte Streifen hinterlassen hatten.

»Wer ist da?«, fragte Alex und strengte sich an, so unbedarft wie möglich zu klingen.

»Zimmerservice«, scholl es zurück – und beide erkannten voller Erleichterung die Stimme von Mina Harker.

»Was haben wir bestellt?«, erkundigte sich Alex.

»Eier mit Speck, dazu Schwarzbrot aus Good Old Germany«, leierte Mina die vereinbarte Losung herunter und schien sich dabei ziemlich dämlich vorzukommen. »Lasst ihr mich jetzt endlich rein?«

Alex warf Ismael einen fragenden Blick zu, der ihr ermunternd zunickte. Daraufhin zog sie den Sicherheitsstift der Tür zurück und öffnete sie und ein kalter Windhauch zog an ihr vorbei ins Zimmer.

»'n Morgen«, grüßte Mina knapp.

»Guten Morgen«, erwiderten Alex und Ismael, die über die frühe Störung nicht gerade erfreut waren.

»Hattet ihr eine schöne Nacht?«, erkundigte sich Mina, um sich mit Blick auf Ismaels Aufmachung sogleich selbst die Antwort zu geben. »Sieht zumindest ganz so aus.«

»Was führt dich her?«, wollte Alex wissen. »Wir wollten uns um zehn Uhr im Wat Arun treffen.«

»Ich weiß«, sagte Mina, »aber es gab eine kleine Programmänderung.«

»Inwiefern?«, erkundigte sich Ismael, der zu ahnen schien, dass diese Änderung vor allem ihn betraf.

»Ein lokaler Informant bei der Polizei hat am frühen Morgen eine verschlüsselte Botschaft an unsere Basis in

Südostasien abgesetzt. Demzufolge wurde heute Nacht die Leiche eines etwa 45-jährigen Weißen aus dem Chao Phraya gefischt.«

»Satiro?«, fragte Ismael.

»Noch ist nichts bestätigt. Der Fremde trug keine Papiere bei sich. Außerdem muss er ziemlich übel zugerichtet worden sein, von daher dürfte es schwierig werden, seine Identität zu ermitteln. Interessant ist etwas anderes.«

»Nämlich?«

»Kurz nach der Entdeckung der Leiche rief eine mögliche Augenzeugin bei der Polizei an – eine Marktfrau, die auf dem Weg nach Hause war und gerade mit ihrem Boot einen der Kanäle herabkam. Sie gab an, gesehen zu haben, wie ein *farang*, ein Ausländer, getötet und in den *khlong* geworfen wurde. Das Problem ist, dass die Polizei ihr kein Wort geglaubt hat.«

»Warum nicht?«

»Weil sie sagte, der Täter sei ein *makara* gewesen.«

»Ein was?«, wollte Alex wissen.

»Ein übernatürliches Ungeheuer, das der Überlieferung zufolge im Wasser sein Unwesen treibt und Sterblichen nach dem Leben trachtet.«

»Woher weißt du das?«

»Lies mal einen Reiseführer«, empfahl Mina lakonisch. »Die *makara* treten mal in menschlicher Verkleidung, mal in ihrer eigenen Erscheinungsform auf und bisweilen …«

»… sind sie unsichtbar«, folgerte Alex atemlos.

»Du hast es erfasst. Unsere Außenstelle nimmt an, dass es das war, was die Frau der Polizei zu verstehen geben wollte. Ein *Demon* treibt in Bangkok sein Unwesen.«

»Wo befindet sich der Leichnam?«, erkundigte sich Ismael vom Badezimmer aus, wohin er rasch verschwunden war.

»Auf der Polizeiwache in der Petchaburi Road.«

»Dann werde ich zunächst dort vorbeischauen«, kündigte Ismael an, der zu Alex' Erschrecken plötzlich wieder neben ihr stand. Die Farbe hatte er in aller Eile entfernt – und mit ihr jede Erinnerung an die vergangene Nacht.

»Bist du sicher?«, fragte Mina, die besser als er zu spüren schien, was Alex in diesem Augenblick empfand. »Ich könnte ebenfalls gehen. Dann hättet ihr beide noch ein wenig Zeit zusammen und könntet …«

»Ich werde gehen«, verkündete Ismael entschieden. »Du wirst hierbleiben und Alex beschützen.«

»Verstanden.«

»Warum sie?«, konnte sich Alex nicht verkneifen zu fragen. »Warum kannst du nicht bei mir bleiben?«

»Weil ich eine Mission zu erfüllen habe, deshalb.«

»Eine Mission? Und was ist mit mir? Hast du schon vergessen, dass es nicht mehr nur um uns geht?«

»Ich habe es nicht vergessen«, versicherte er. »Aber ich kann nicht zulassen, dass ein Killer des Ordens dort draußen sein Unwesen treibt und wehrlose Menschen tötet. Wenn ich ihn nicht aufhalte, wird es schon morgen vielleicht er sein, der an diese Türe klopft, und was dann?«

Alex wusste darauf nichts zu erwidern. Wenn Ismael in diesem Ton sprach, hatte er seine Entscheidung ohnehin bereits getroffen.

»Ich muss es tun, Alex – für die Sicherheit unseres Kindes.«

»Für die Sicherheit unseres Kindes?« Sie lachte freudlos

auf. »Wir wissen ja noch nicht einmal, ob wir dieses Kind überhaupt bekommen wollen. Wir hatten noch nicht die Zeit, um …«

»Du weißt es«, sagte Ismael nur – und ehe sie etwas erwidern konnte, fühlte sie einen harten Kuss auf ihren Lippen, der schon im nächsten Moment wieder entschwunden war.

»Gib auf dich Acht, hörst du?«, flüsterte sie, während sie fühlen konnte, wie er sich von ihr entfernte.

»Du auch«, kam es aus dem Nichts zurück.

Die Tür öffnete und schloss sich wieder, und obwohl sich augenscheinlich nichts verändert hatte, fühlte sich Alex so einsam und allein wie lange nicht mehr.

Eine unsichtbare Hand legte sich tröstend auf ihre Schulter. »Sieh es ihm nach, Schwester«, raunte Mina ihr zu. »Er ist einer der besten Agenten, die wir haben, aber von Dingen wie diesen versteht er nicht viel.«

»Er hat sich verändert«, stellte Alex traurig fest.

»Möglicherweise. Vielleicht bist es ja aber auch du, die sich verändert hat.«

»Ich fühle, dass er mir etwas verheimlicht«, sagte Alex leise. »Warum nur ist er so besessen davon, diesen Killer zu fassen? Und was hat es mit diesem Namen auf sich, den er erwähnte – Satiro?«

»Darüber darf ich dir leider nichts verraten.«

Alex blickte in die Richtung, in der sie ihre unsichtbare Freundin vermutete. »Du bist also ebenfalls eingeweiht? Nur ich nicht?«

»Alle Offiziere der oberen Sicherheitsstufe sind eingeweiht«, stellte Mina klar. »Zu denen gehörst du nun mal nicht. Und selbst wenn, hätte Oberon dich in diesem Fall wohl herausgehalten.«

»So? Und warum?«

»Weil du noch immer auf der Liste des Ordens stehst«, brachte Mina in Erinnerung. »Und weil du ein Risiko bist.«

»Ein Risiko.« Alex schnitt eine Grimasse, um zu verbergen, wie sehr die Worte sie trafen. »Ich muss zugeben, so habe ich mich noch nie betrachtet.«

»Mach dir nichts draus, Schwester.«

»Ich soll mir nichts draus machen? Alles, was ich einmal mein Leben nannte – meine Freunde, meine Karriere, mein ganzer Besitz –, all das ist durchs Klo gerauscht, als ich mich entschloss, dem Widerstand beizutreten. Man hat auf mich geschossen und ich bin mehrmals nur mit knapper Not dem Tod entgangen – und das alles nur, damit ich von meinen eigenen Leuten als Sicherheitsrisiko eingestuft werde? Habe ich denn noch nicht hinlänglich bewiesen, auf wessen Seite ich stehe?«

»Darum geht es nicht, Alex. Schon längst nicht mehr. Nicht nur die Welt um dich herum hat sich verändert, sondern auch du selbst. Was mit dir geschieht, dein Zustand …«

»Was ist damit?«

»Sollte der Orden jemals etwas davon erfahren, wird er alle Hebel in Bewegung setzen, dich in seine Gewalt zu bringen – und mit dir das Kind.«

»Und für diesen Fall bereitet ihr euch schon mal vor, indem ihr mir wichtige Informationen vorenthaltet?«

»Es hat Agenten gegeben«, entgegnete Mina bedeutungsvoll, »die vom Orden gefasst und gefoltert wurden und die dennoch kein Sterbenswort verraten haben – tapfere Agenten, deren Namen wir heute als die von Helden verehren. Aber keiner von ihnen musste das Leben seines eigenen Kindes opfern, um die Geheimnisse der Anderen zu wahren.«

Alex sog scharf die Luft ein.

Daran hatte sie noch gar nicht gedacht!

Durch die Schwangerschaft wurde sie auf eine Art und Weise verletzlich, wie sie es zuvor nicht gewesen war. In Zukunft ging es nicht mehr nur um ihr eigenes Leben, sondern auch um das ihres Kindes – eine Tatsache, die die *Demons* des Ordens erbarmungslos ausnutzen würden, wenn sich die Gelegenheit bot.

»Ismael kennt die Gefahr«, erklärte Mina leise. »Aus diesem Grund will er herausfinden, was es mit dem Leichnam auf sich hat, und den Killer fassen. Er tut es für dich, Alex. Für dich und für das Kind.«

Apartment Flat 28b
Aberdeen, Hongkong
10 Uhr 14 Ortszeit

»Nun? Ich muss zugeben, dass ich überrascht bin, schon so bald von Ihnen zu hören, Dr. Kwon. Wie Dr. Wilkes mir mitteilte, würde Ihr Auslandsprojekt in jedem Fall längere Zeit in Anspruch nehmen.«

»Das hat er gesagt?«, fragte Elizabeth Kwon verblüfft in den Hörer. Die sonore Stimme von Professor Andrews klang so kristallklar und deutlich aus dem Funktelefon, als stünde er direkt neben ihr.

»Allerdings. Aus diesem Grund hat er ja auch all ihre Seminare für den Rest des Semesters übernommen.«

Elizabeth glaubte, nicht recht zu hören.

Das also war der Grund dafür gewesen, dass Wilkes ihr diese Forschungsreise so beflissen angetragen hatte. Es war ihm keineswegs darum gegangen, ihr einen Gefallen zu tun oder ihr gar einen Vorteil zu verschaffen, sondern er hatte sie lediglich aus dem Weg haben wollen. Immerhin erfuhr sie auf diese Weise, dass er sie aller gegenteiligen Beteuerungen zum Trotz noch immer als Konkurrentin betrachtete.

Elizabeth holte tief Luft.

Noch am Vortag um die gleiche Zeit hätte sie wahrscheinlich lauthals widersprochen und dem Professor zu erklären versucht, dass sie das Opfer einer Intrige geworden war und dieser elende Mistkerl Wilkes sie auf die Jagd nach einem Phantom geschickt hatte, damit er in San Francisco freie Bahn hatte, während sie sich vor aller Welt blamierte.

Aber all das behielt Elizabeth für sich. Im Gegenteil hätte sie allen Grund gehabt, Wilkes für seine Falschheit von ganzem Herzen dankbar zu sein.

»Wie auch immer, Professor«, sagte sie deshalb und konnte ihre Begeisterung nur mit Mühe dämpfen. »Ich habe die erste Versuchsreihe mit der Testperson abgeschlossen und denke, dass ich bereits jetzt von einer wissenschaftlichen Sensation sprechen kann.«

»Einer wissenschaftlichen Sensation? Wie darf ich das verstehen?«

»Erinnern Sie sich an den Vorbericht, den ich Ihnen geschickt habe? Das achtjährige, dem Vernehmen nach autistische Mädchen, das angeblich über das gewöhnliche Maß weit hinausgehende visuelle Fähigkeiten haben soll?«

»Ich erinnere mich.« Andrews klang allerdings wenig überzeugend. Wahrscheinlich, sagte sich Elizabeth, hatte Wilkes ihn bewusst über das Projekt im Unklaren gelassen und der Professor, der bekannt dafür war, sich lieber eigenen Forschungsprojekten zu widmen, hatte auch nicht nachgefragt.

»Nach allem, was ich bislang herausgefunden habe, denke ich, dass es sich bei dem Mädchen keineswegs um eine Autistin handelt.«

»Nein?«

»Nein, Professor«, erwiderte Elizabeth feierlich und mit vor Genugtuung bebender Stimme – wenn Wilkes davon hörte, würde er sich in jenes Körperteil beißen, auf das er sich normalerweise zu setzen pflegte. »Dafür haben sich die übrigen geäußerten Vermutungen bestätigt.«

»Und das bedeutet?«, verlangte Andrews zu wissen.

»Das bedeutet, dass das Mädchen Kim Li tatsächlich über eine Inselfertigkeit verfügt, die noch bei keinem anderen Menschen vor ihr entdeckt und natürlich auch noch niemals erforscht wurde.«

»Was versuchen Sie mir weiszumachen, Doktor?«, fragte Andrews, der sich den Bericht offenbar gerade in aller Eile auf den Schirm holte, um ihn zu überfliegen – Elizabeth hörte das Klicken der Computertasten im Hintergrund. »Dass das Mädchen tatsächlich in der Lage ist, im … äh, ja – im Dunkeln zu sehen? Ich muss zugeben, dass es mir einigermaßen schwerfällt, das zu glauben, und ich frage mich im Nachhinein, ob ich einem Forschungsprojekt wie diesem überhaupt meine Zustimmung hätte erteilen …«

»Zu Beginn meiner Untersuchung erging es mir nicht anders, Sir«, fiel Elizabeth ihm kurzerhand ins Wort. »Inzwischen weiß ich jedoch mehr und ich kann Ihnen versichern, dass das Kind im Dunkeln nicht mehr wahrnehmen kann als Sie oder ich oder irgendein anderer Mensch.«

»Dachte ich mir's doch.«

»… allerdings nur, sofern es sich um leblose Objekte handelt oder solche, die keine Wärme abstrahlen. Wärmequellen jedoch, unabhängig davon, ob es sich um solche organischer oder anorganischer Natur handelt, ist das Kind sehr wohl in der Lage zu erkennen, selbst bei völliger Dunkelheit.«

»Doktor«, sagte Andrews nach einigen Sekunden verblüfften Schweigens. »Ist Ihnen klar, was Sie da sagen?«

»Ich denke doch, Sir.«

»Sie rufen an, um mir weiszumachen, dass Sie einen Menschen gefunden haben, der im Infrarot-Bereich sehen kann?«

»So ist es«, bestätigte Elizabeth nicht ohne Stolz, obwohl ihr nur zu klar war, wie sich dies anhören musste.

»Das ... das wäre in der Tat eine Sensation ersten Ranges«, stammelte Andrews und schien nun ebenfalls aufgeregt. »Ein Mensch, dessen Sicht auf langwellige Strahlung beschränkt ist.«

»Das wohl nicht, Sir«, widersprach Elizabeth. »Kim Lis visuelles Wahrnehmungsvermögen ist keineswegs auf den Infrarot-Bereich beschränkt. Vielmehr scheint es so zu sein, dass ihr Sehvermögen einfach ein größeres Spektrum umfasst als bei normal veranlagten Menschen, sodass sich herkömmliches Sehen und außergewöhnliche Wahrnehmung gewissermaßen überlagern und sie in der Lage ist, Dinge zu sehen, die für uns andere unsichtbar bleiben.«

»Wie – wie ist das möglich?«

»Das weiß ich nicht, Sir«, gestand Elizabeth. »Um Aussagen darüber zu treffen, ob es sich lediglich um eine weitere Inselfertigkeit handelt oder um eine Mutation oder einen genetischen Defekt, müssen weitere Untersuchungen angestrengt werden, die ich gerne auch mit Kollegen verwandter Fakultäten durchführen ...«

»Genehmigt«, sagte Andrews, noch ehe sie den Satz zu Ende bringen konnte. »Vorausgesetzt, unsere Abteilung behält die Leitung des Projekts. Ich werde alles Entsprechende mit dem Dekanat klären. Setzen Sie sich mit dem Kind in das nächste Flugzeug und kommen Sie nach San Francisco. Alles Weitere klären wir dann.«

»Verstanden, Professor. Danke für Ihr Vertrauen. Da wäre nur noch eine Kleinigkeit ...«

»Ja?«

»Die Familie, die sich des Kindes angenommen hat – Mr. Tang sowie seine Frau und sein kleiner Sohn –, würden Kim Li gern in die Vereinigten Staaten begleiten. Und natürlich würden sie auch gern bleiben ...«

»Das Dekanat verfügt über ausgezeichnete Verbindungen zum State Department. Ich bin überzeugt, dass wir etwas Entsprechendes in die Wege leiten können. Sagen Sie dem Kind und seinen Eltern, sie können sich schon als waschechte Amerikaner betrachten.«

»Ist gut, Sir.« Elizabeth konnte sich ein Lächeln nicht verkneifen. »Das werden sie sicher gern hören.«

»Teilen Sie uns Ihre genaue Ankunftszeit mit«, schärfte Andrews ihr ein, »und verlieren Sie zu niemandem ein Wort über die Sache. Wenn die Chinesen erfahren, was sie da haben, werden sie alles daransetzen, das Kind im Land zu behalten.«

»Verstanden.«

»Alles Gute, Doktor – und meine aufrichtige Gratulation zu dieser herausragenden Entdeckung. Ich bin sicher, Dr. Wilkes wird sehr erfreut sein, von Ihrem Erfolg zu erfahren.«

»Das wird er ganz bestimmt.« Elizabeth hätte ihren inneren Triumph am liebsten laut hinausgelacht. Sie beherrschte sich jedoch und brachte es fertig, sich einigermaßen würdevoll zu verabschieden. Erst als sie das Gespräch beendet und die Unterbrechertaste gedrückt hatte, gönnte sie sich einen hellen Jubelschrei.

»Was ist?«, fragte Mr. Tang vorsichtig. Der Chinese und seine Familie hatten dem Telefongespräch mit offenen Mündern beigewohnt, jedoch kaum ein Wort verstanden.

»Alles in Ordnung«, eröffnete Elizabeth feierlich und zauberte damit ein erleichtertes Lächeln in die Gesichtszüge Charles Tangs und seiner Frau. »Die Universität wird sich um alles kümmern. Sie bekommen alle vier eine Ausreiseerlaubnis und dazu eine unbegrenzte Aufenthaltsgenehmigung für die USA.«

»I-ist das wahr?«

»Allerdings.«

»Ich werde also meinen Bruder wiedersehen?«

»Das werden Sie, Mr. Tang – und das haben Sie alles nur Ihrer kleinen Ziehtochter zu verdanken.«

»Kim Li«, sagte er und lächelte und es war ihm anzusehen, dass er das Mädchen am liebsten umarmt und an sich gedrückt hätte. Der selbstvergessene Blick, mit dem die Kleine auf dem Hocker kauerte und unablässig vor- und zurückwippte, hielt ihn jedoch davon ab. »Gepriesen sei der Tag, an dem du in unser Leben getreten bist«, sagte er dennoch.

»Sie haben sich eines hilflosen Kindes angenommen, ohne dabei an die Folgen für sich oder Ihre Familie zu denken«, sagte Elizabeth anerkennend. »Vielleicht ist es Fügung, wenn sich dadurch nun ihr Lebenstraum erfüllt.«

»Das ist es«, war Mrs. Tang überzeugt. »Das muss es wohl sein.«

Bedauerlicherweise waren sie und ihr Mann nicht die Einzigen, die Elizabeth Kwons Telefongespräch mit angehört hatten.

Suchroutinen, eingebettet in die Kommunikationsnetze der Welt, suchten unablässig nach dem einen Wort, das für bestimmte Wesen von profunder Bedeutung war, und hatten reagiert.

Unsichtbar.

11.

Die Grauen haben es gewusst.

Sie haben in mein Innerstes geblickt und mein wahres Wesen erkannt, ihren Fähigkeiten und ihrer Berufung gemäß. Deshalb haben sie mich von den anderen getrennt wie den Weizen von der Spreu, und mich meiner eigentlichen Bestimmung zugeführt.

Selbst nach all den Jahren erinnere ich mich noch, als wäre es gestern gewesen …

Tags zuvor waren sie an der Akademie gewesen und zum ersten Mal in meinem Leben habe ich sie leibhaftig zu sehen bekommen – jene mächtigen Unsichtbaren, die über uns stehen und denen wir mit der ganzen Kraft unserer Existenz und unseres Willens dienen.

Die Grauen.

Ich erinnere mich, dass sie weite Mäntel trugen und Hüte, sodass sie für uns sichtbar waren, ein Beweis ihrer Unangreifbarkeit, ihrer absoluten Macht. Ich war tief beeindruckt und ich weiß noch, dass ich mir in meinem Innersten schwor, eines Tages zum Kreis jener wenigen Auserwählten zu gehören, die den Grauen dienen. Vielleicht haben sie dies in meinen Augen gesehen, denn als sie die Reihen der Schüler abschritten, hatte ich das Gefühl, dass sie vor mir ein wenig länger verharrten als vor den anderen und dass ihr unsichtbares Auge auf mir ein wenig länger ruhte.

Den Beweis dafür bekam ich in der darauf folgenden

Nacht, als zwei unsichtbare Schatten in meine Kammer traten und mich holten. Natürlich glaubte ich zunächst, dass ich etwas verbrochen hätte und nun dafür bestraft würde. Dass die Grauen in ihrer Weisheit herausgefunden hätten, dass ich gegen die Namensregel verstoßen und einen Freund in der anonymen Masse meiner Mitschüler hatte. Aber anstatt mich zu bestrafen, wie es ihr Recht gewesen wäre, hatten mich die Grauen dazu ausersehen, genau das zu werden, was ich mir insgeheim gewünscht hatte:

Der Erste unter ihren Dienern zu sein …

An einem speziellen Ort, dessen Existenz kaum jemandem innerhalb des Ordens bekannt ist, ließen sie mir eine Ausbildung angedeihen, die meine Fähigkeiten noch erweitert und geschärft hat und die mich zu einem machtvollen Instrument werden ließ, zu einem äußerst effektiven und gehorsamen Werkzeug des Ordens.

Viele Male bereits haben sie sich dieses Werkzeugs bedient und ich werde nicht müde, auch weiterhin jeden Befehl zu befolgen, den sie mir erteilen. Denn ich weiß, dass wir den richtigen Weg beschreiten – jenen Weg, der zu wahrer Macht und Erfüllung führt und mit der Vernichtung all jener minderwertigen Lebensformen enden wird, die sich uns widersetzen.

Polizeihauptquartier Petchaburi Road
Bangkok
Mittagszeit

Das weite Spektrum der Möglichkeiten nutzend, das sich ihm bot, stellte es für Ismael keine große Schwierigkeit dar, die ohnehin nur recht laxen Sicherheitsvorkehrungen zu überwinden und in das Polizeiquartier einzudringen, das neben den Abteilungen der Schutzpolizei auch eine kriminalistische Sektion beherbergte. Durch die vielen breiten Gänge schlüpfend, auf denen es vor braun uniformierten Männern wimmelte, verschaffte er sich Zugang zu der ziemlich winzigen gerichtsmedizinischen Abteilung. Zwei weiß bekittelte Pathologen, die in ein offenbar anregendes Gespräch vertieft waren, kamen ihm auf halber Strecke entgegen. Wahrscheinlich, so vermutete er grimmig, gingen sie gerade in die Mittagspause, sodass er freies Feld haben würde.

Da er die in Thai-Schrift gehaltenen Türschilder nicht lesen konnte, musste er sich anders orientieren; er folgte einfach dem strengen Geruch, der die von einem Dutzend Klimaanlagen gekühlten Korridore erfüllte und ihn schließlich zu einer stählernen Tür führte, deren rote Aufschrift zweifellos ein Verbot enthielt.

Ismael scherte sich nicht darum.

Mit einem Blick über die Schulter vergewisserte er sich, dass niemand sehen konnte, wie sich die Tür wie von Geisterhand öffnete und wieder schloss.

Den Vorraum bildete ein kleines Büro mit zwei winzigen Schreibtischen, die unter Unmengen von Akten und Protokollen fast zusammenbrachen. Von dort ging es in den eigentlichen Untersuchungsraum. Er war fensterlos und bis zur hohen Decke hinauf gekachelt. Die Mischung aus Formalin und Desinfektionsmitteln, die die gekühlte Luft tränkte, war so stark, dass es Ismael fast den Atem raubte.

Er umrundete den Obduktionstisch aus blankem Stahl, der die Mitte des Raumes einnahm, und trat an die Kühlkammern, deren Aggregate mit leisem Wummern ihren Dienst versahen. Es gab nur zwei davon. Die erste Kammer enthielt den Leichnam einer jungen Thai-Frau, in der zweiten Kammer wurde Ismael fündig.

Er zog die lange Schublade heraus und öffnete den Plastiksack – um erschrocken nach Luft zu schnappen.

Nicht nur, dass der Leichnam des etwa 45-jährigen Weißen, der am frühen Morgen aus dem Fluss gefischt worden war, von unzähligen Messerstichen entstellt war – der Täter hatte sich auch alle Mühe gegeben, seine Identität zu verschleiern, indem er dem Opfer die Ohren abgeschnitten und die Augen ausgestochen hatte. Auch diese Barbarei konnte Ismael jedoch nicht darüber hinwegtäuschen, dass er den Toten kannte.

Es war Giuliano Satiro.

Jener Informant, den er in Bangkok hatte treffen sollen und der spurlos verschwunden war.

Einen Augenblick stand Ismael ebenso erschüttert wie unentschlossen da. Dann tat er, was getan werden musste.

Kurzerhand trat er an den Beistelltisch an der Wand, nahm eine noch in Folie eingeschweißte Spritze und riss die Folie auf. Dann ging er zurück zu dem Toten, senkte die Nadel durch die Haut, die vom stundenlangen Liegen im Wasser aufgeweicht war, und zog einige Tropfen Flüssigkeit aus den Adern der Leiche.

Er hoffte nur, dass der Zerfallsprozess noch nicht zu weit fortgeschritten war.

Southeast Asia Airlines
Route Bangkok–Hongkong
Zur selben Zeit

Flug Nummer SE186 war gestartet – und niemand hatte bemerkt, dass sich eine Person mehr an Bord befand, als die offiziellen Angaben besagten. Es gab Möglichkeiten, die Sicherheitsroutinen eines Flughafens zu täuschen und zu umgehen – Gallagher kannte sie alle.

Selbst wenn er nicht den Vorteil der Unsichtbarkeit gehabt hätte, wäre es ihm seiner Überzeugung nach ein Leichtes gewesen, sich an Bord dieser Maschine zu schleichen und als ungebetener Gast mitzureisen. Der Ausdruck des »blinden Passagiers« traf in seinen Augen ganz und gar nicht zu, denn blind waren in diesem Fall nur die anderen.

Der Auftrag war erledigt.

Gallagher hatte den mutmaßlichen Verräter ausfindig gemacht und für immer zum Schweigen gebracht. Dabei war er wie angeordnet vorgegangen und hatte dafür gesorgt, dass der Verdacht in eine andere Richtung gelenkt wurde.

Die Schwachköpfe von der Polizei würden vermuten, dass ein geistesgestörter Killer in den Straßen der Stadt sein Unwesen trieb. Sollten sie nur nach Beweismitteln suchen, um ihre Theorie zu untermauern.

Wenn es darum ging, Feinde des Ordens aus dem Weg zu räumen, hatten sich die Grauen stets auf Gallaghers Kreativität verlassen können. Weder stellte er Fragen, noch bereitete es ihm Skrupel, jene zu töten, die sich den Plänen seiner Herren widersetzten. Im Gegenteil war er stolz darauf, Teil von etwas zu sein, das so groß und erhaben war, dass keine noch so grausame Tat es entweihen konnte.

Aber Stolz war nicht das einzige Gefühl, das Gallagher an diesem Morgen empfand, sondern auch ehrliche Sorge. Ungeduld nagte in ihm, denn wenn es stimmte, was man ihm übermittelt hatte, befand er sich in einem Wettlauf gegen die Zeit.

Knapp vierundzwanzig Stunden waren seit der Aufzeichnung des Telefonats vergangen – vierundzwanzig Stunden, in denen sich die Welt bereits verändert haben mochte.

Gallaghers Auftrag war klar umrissen.

Die Grauen wollten das Kind.

Sie brauchten Gewissheit.

Hotel Orchid
Siam Square, Bangkok
14 Uhr 54 Ortszeit

»Und ihr seid sicher, dass es nicht das Werk irgendeines Psychokillers war?« Alex blickte fragend auf die gelb leuchtenden, rot umrandeten Schemen, die sie durch die Brille sah. »Immerhin hatte das Opfer keine Augen und Ohren mehr.«

»Völlig sicher«, bestätigte Ismael grimmig. »Aber wir sollen denken, dass es ein Ritualmörder gewesen ist. Auf diese Weise verwischt der wahre Killer seine Spur.«

»Und dieser Killer war ein Agent des Ordens?«

»Ein *Demon* – zweifellos«, bestätigte Mina mit heiserer Stimme. »Nach allem, was Ismael berichtet hat, habe ich daran keinen Zweifel. Zumal es eine Augenzeugin gibt – auch wenn die Polizei ihrer Aussage kaum eine Bedeutung beimessen wird.«

»Natürlich nicht.« Ismael schnaubte. »Sie werden den Zeugenbericht als nutzlos bewerten und zu den Akten legen. Stattdessen werden sie das Profil eines Täters erstellen, den es gar nicht gibt. Und ohne es zu wissen, arbeiten sie dem Orden dabei noch in die Hände.«

»Sieh es ihnen nach.« Alex lächelte schwach. »Die Wahrheit ist in diesem Fall nicht sehr naheliegend.«

»Ach nein?« Er schüttelte den Kopf. »Das Problem mit gewöhnlichen Menschen ist, dass sie so auf das Offenkundige, auf das Sichtbare fixiert sind, dass es ihnen schwerfällt, in anderen Kategorien zu denken. Was sie nicht sehen können, existiert für die meisten nicht, so einfach ist das.«

»Sprechen wir hier von einem religiösen Problem?«, wollte Alex scherzhaft wissen.

»Nein, von einem grundsätzlichen«, konterte Ismael ernst. »Denn wenn deinesgleichen sich weiterhin weigert, die Augen zu öffnen und die Wahrheit zu erkennen, kann es mit der Menschheit, so wie du sie kennst, ganz plötzlich zu Ende sein.«

»Was macht euch so sicher, dass es sich bei dem Täter tatsächlich um einen *Demon* handelt?«, fragte Alex, die auf einmal das Gefühl hatte, für die Bewohner der sichtbaren Welt Partei ergreifen zu müssen. »Könnte es nicht auch sein, dass die Polizei recht hat? Ihr habt keine Beweise, oder?«

»Allerdings haben wir die«, versicherte Mina vorlaut.

»Mina«, zischte Ismael streng und wandte sich zu ihr um.

»Was denn?«, fragte die Kommandantin gereizt. »Sie hat ohnehin schon mehr mitbekommen, als sie sollte, und den Rest wird sie auch noch herausfinden, ob wir es ihr nun sagen oder nicht. Sie ist ziemlich clever, weißt du.«

Alex ärgerte sich darüber, wie die beiden über sie sprachen, ganz unverblümt, als ob sie nicht nur unsichtbar, sondern auch un*hörbar* wären. »Ich danke schön für das Kompliment«, sagte sie trocken. »Und was, bitte sehr, werde ich herausfinden?«

»Dass es sich bei dem Toten um einen alten Bekannten

gehandelt hat«, eröffnete Ismael grimmig. »Einen Italiener namens Satiro. Dr. Satiro, um genau zu sein.«

»Satiro?« Alex blickte von einem zum anderen. »Du hast den Namen schon mal erwähnt. Ist das der Informant, den du in Bangkok treffen solltest?«

»Allerdings. Eigentlich war er weniger ein Informant als vielmehr ein Kurier, der mir eine verschlüsselte Botschaft übergeben sollte.«

»Eine Botschaft? Von wem?«

Ismael seufzte und erneut wechselten Mina und er einen Blick. Sie in den Sachverhalt einzuweihen schien nicht vorgesehen zu sein – aber andererseits war in den vergangenen Tagen manches geschehen, was ganz sicher nicht geplant gewesen war.

Auch Ismael schien so zu denken. »Sagt dir der Name Benati etwas?«, fragte er. »Luigi Benati, Professor der Archäologie?«

»Eigentlich nicht.«

»Aber du wirst dich vielleicht an den Sprengstoffanschlag erinnern, der vor einiger Zeit auf den Flughafen von Rom verübt wurde.«

»Natürlich.«

»Benati gehört zu den Opfern, die der Anschlag forderte«, erklärte Mina Harker. »Die Täter waren islamische Fundamentalisten.«

»Jedenfalls lautet so die offizielle Version«, fuhr Ismael fort. »Wir allerdings wissen es besser.«

»*Demons?*«, fragte Alex erschrocken.

»Nicht direkt. Die Täter waren wohl tatsächlich Terroristen – wie du weißt, ist der Orden äußerst geschickt darin, seine eigenen Ziele zu denen anderer Gruppierungen zu machen und auf diese Weise andere die Schmutzarbeit für sich erledigen zu lassen. Im Hintergrund des Anschlags zogen jedoch die Grauen die Fäden, daran besteht kein Zweifel.«

»Weshalb? Was hat der Professor getan?«

»Er ist der Wahrheit zu nahe gekommen«, erklärte Mina, »und zwar viel zu nahe. Benati gehörte zum Kreis der *electi*.«

»Der *electi*?«, fragte Alex. »Der Auserwählten?«

»So werden jene wenigen Menschen genannt, denen es gelungen ist, hinter das Geheimnis unserer Existenz zu kommen, und zwar ausschließlich aufgrund eigener Beobachtungen und Schlussfolgerungen.«

»Wie das?«, wollte Alex wissen.

»In Benatis Fall durch eine Reihe archäologischer Entdeckungen, die genau zu beschreiben jetzt zu weit führen würde«, erwiderte Ismael, noch ehe Mina erneut antworten konnte. Noch immer schien er Alex nicht alle Details offenbaren zu wollen. »Als wir herausfanden, dass Benati von unserer Existenz weiß, haben wir ihn kontaktiert. Auf diese Weise gelang es uns, den Professor für unsere Sache zu gewinnen, und er versprach, uns über den Stand seiner weiteren Forschungen auf dem Laufenden zu halten. Worum genau es dabei ging, ist nur Oberon selbst bekannt.«

»Ich verstehe.« Alex nickte. »Und dabei ist er dann wohl ins Fadenkreuz des Ordens geraten.«

»Zunächst nicht. Aber Benati befolgte bedauerlicherweise nicht unseren Rat, seine Forschungsergebnisse unter Verschluss zu halten. Der Wissenschaftler in ihm drängte ihn dazu, sie zumindest gegenüber einem kleinen Kreis von Eingeweihten kundzutun, was er auch tat. Ein Fehler, der ihn das Leben kostete.«

»Eine junge Studentin namens Silvana Praga hatte nichts

Besseres zu tun, als damit an die Öffentlichkeit zu gehen«, fuhr Mina fort, »und du weißt, was mit Leuten geschieht, die glauben, sie müssten das Weltbild der Menschen von einem Tag zum anderen auf den Kopf stellen.«

Alex nickte.

Sie hatte am eigenen Leib erfahren, was es bedeutete, der Welt eine Wahrheit offenbaren zu wollen, für die sie noch nicht reif war. Man wurde angefeindet und verlacht und in ihrem speziellen Fall hatte es fast im Wahnsinn geendet.

»Benati wurde gezwungen, seine Lehrtätigkeit an der Universität von Rom aufzugeben, und widmete sich fortan eigenen Forschungsprojekten, die über eine Reihe von Scheinfirmen allesamt von unserer Organisation finanziert wurden«, erklärte Ismael. »Die meisten dieser Forschungsprojekte führten ihn in den Nahen Osten, zuletzt nach Ägypten. Dort machte Benati dem Vernehmen nach eine Entdeckung von immenser Tragweite, die er unmittelbar nach seiner Rückkehr publik machen wollte.«

»Er wollte sie publik machen?« Alex hob die Brauen. »Nach allem, was geschehen war?«

»In der Tat«, bestätigte Mina. »In einem der letzten verschlüsselten Kommuniqués, die wir von ihm erhalten haben, war von einer wirklich großen Entdeckung die Rede, die den Fortgang der Geschichte verändern würde.«

»Verstehe«, sagte Alex leise.

»Doch Benati wurde bei dem Anschlag getötet, noch ehe er irgendjemandem von seiner Entdeckung berichten konnte. Und da seine beiden engsten Vertrauten ebenfalls Opfer des Anschlags wurden …«

»… gibt es niemanden mehr, der etwas über seine Entdeckung weiß«, folgerte Alex und überlegte. »Wenn Oberon klar war, dass Benati so wichtig war, warum hat er ihn dann nicht bewachen lassen? Mit einem oder zwei *Guardians* an seiner Seite wäre das alles vielleicht nicht passiert.«

»Benati hatte einen *Guardian*, von dessen Existenz er allerdings nichts ahnte. Dieser Leibwächter wurde während des Fluges von Kairo nach Rom von einem *Demon* getötet. Außerdem«, – Ismael senkte den Blick –, »waren zu jener Zeit alle verfügbaren Agenten im Einsatz. Du erinnerst dich.«

Alex nickte. Natürlich erinnerte sie sich. Der geplante Anschlag auf den New Yorker Weltgipfel hatte die ganze Aufmerksamkeit des Widerstands auf sich gezogen.

Wäre die Atombombe im Herzen New York Citys explodiert, wäre alles vorbei gewesen. Dann hätte der Orden triumphiert und es wäre ohne Belang gewesen, was irgendein Wissenschaftler in Ägypten ausgegraben hatte.

»Was Benati tatsächlich in Kairo entdeckt hat, werden wir vielleicht nie erfahren«, fuhr Ismael fort. »Aber es gibt zwei Spuren, die wir seither verfolgen. Eine davon ist – oder vielmehr *war* – Giuliano Satiro, ein italienischer Geschäftsmann und enger Freund Benatis. Vor einigen Tagen meldete er sich aus Bangkok und verlangte, mich zu treffen.«

»Aus welchem Grund?«, wollte Alex wissen, der nun manches klar wurde.

»Den genauen Grund kennen wir nicht. Aber wir wissen, dass Satiro kurz vor Benatis Tod in Kairo war. Möglicherweise haben sich die beiden getroffen und der Professor hat die Gelegenheit genutzt, um seinem Freund ein Geheimnis anzuvertrauen.«

»Dürfte wohl zu spät sein, um ihn danach zu fragen«, meinte Alex verdrossen. »Satiro wird nichts mehr verraten.«

»Da bin ich mir nicht so sicher.«

»Was meinst du? Wenn Satiro etwas bei sich gehabt hätte – Unterlagen, einen Datenträger oder was auch immer –, hätte der Killer des Ordens es ihm doch bestimmt abgenommen.«

»Davon ist auszugehen«, stimmte Ismael zu, »es sei denn, er hat es nicht gefunden.« Und triumphierend hielt er einen kleinen Gegenstand in die Höhe.

Alex hob die Brille an, um das winzige Ding, das vor ihr in der Luft schwebte, genauer in Augenschein zu nehmen. Es war ein kleines Glasröhrchen mit einer rot schimmernden Flüssigkeit darin. »Was ist das?«

»Blut, das ich Satiros Leichnam entnommen habe.«

»Und? Was willst du damit anfangen? Nachsehen, ob der arme Kerl was getrunken hatte?«

»Das gerade nicht – obwohl sich das als Problem erweisen könnte«, räumte Ismael ein. »Aber möglicherweise enthält diese Blutprobe die gesuchten Informationen.«

»Willst du mich auf den Arm nehmen?«

»Keineswegs. Mittels einer Nanotechnologie, die wir Organimatik nennen, ist es uns möglich, zu binären Codes verarbeitete Botschaften auf winzigen organischen Datenträgern zu speichern, und die werden in solcher Zahl in den Blutkreislauf injiziert, dass schon eine kleine Blutmenge genügt, um den vollständigen Datensatz zu erhalten.«

Alex starrte ihn ungläubig an. »Du – du willst mir weismachen, Satiro hätte zum Zeitpunkt seines Todes Millionen kleiner Speicherchips in seinen Blutbahnen gehabt?«

»Das ist ziemlich laienhaft ausgedrückt«, rügte Mina. »Tatsächlich handelt es sich bei den Speichereinheiten um modifizierte Proteinsequenzen – aber das Grundprinzip hast du begriffen.«

»Sehr schön, danke.« Alex nickte. »Woher, in aller Welt, haben wir eine solche Technologie?«

»Oberon hat sie entwickelt und er war es auch, der sie an Benati weitergegeben hat, eigens für Zwecke wie diesen.«

»Und ihr glaubt, dass ... dass Benati Satiro bei ihrem letzten Treffen ein Geheimnis *gespritzt* hat?«

»Gewissermaßen. Damit wir sicher sind, muss die Probe so rasch wie möglich in Trockeneis gepackt und zur Auswertung an Dr. Jekyll geschickt werden. Der fortschreitende Verfall betrifft auch die Speichereinheiten, und sollte Satiro tatsächlich vor seinem Tod Alkohol getrunken haben, wäre das ein weiterer Nachteil.«

»Ich verstehe.« Alex nickte betroffen. »Satiro wusste also nicht, dass er diese Informationen bei sich trug, oder?«

»Er war Benatis Freund«, wandte Ismael ein. »Ich kann mir nicht denken, dass der Professor ihn nicht vorher um seine Erlaubnis gefragt hat. Aber ich bezweifle, dass Satiro den Inhalt der Nachricht kannte. Er war lediglich ein Kurier ...«

»... und bezahlte für seine Hilfsbereitschaft mit dem Leben«, vervollständigte Alex düster.

»Dort draußen herrscht Krieg, Schwester«, brachte Mina unbarmherzig in Erinnerung, »und wie jeder Krieg fordert er unschuldige Opfer. Als Satiro uns kontaktierte, ist Ismael sofort aufgebrochen – leider ist uns der Orden zuvorgekommen. Aber wenn er tatsächlich Benatis Informationen bei sich trug und es uns gelingt, diese Informationen auszuwerten, ist er zumindest nicht umsonst gestorben.«

»Schöner Trost«, meinte Alex und ließ nicht erkennen, ob sie es ernst oder ironisch meinte. »Und was ist mit der anderen Spur?«

»Welcher anderen Spur?«, fragte Ismael.

»Du sagtest vorhin, es gebe zwei Spuren, die ihr seit Benatis Tod verfolgt. Satiro war die eine, wer ist die andere?«

»Ein ehemaliger Schüler Benatis«, erklärte Mina. »Als es vor fünf Jahren diesen ganzen Ärger gab, verließ er Rom und ging nach Südamerika, um sich dort in Ruhe seiner Arbeit zu widmen. Soweit wir wissen, hat Benati aber weiterhin Kontakt zu ihm gehalten. Sein Name ist Paolo Genaro.«

12.

… Kulturen, gegründet von jenen, die die Gabe besitzen. Von ihren Untertanen verehrt, herrschen sie über ein versunkenes Reich, von dessen Existenz niemand etwas weiß noch jemals Kenntnis erlangen wird.

Denn obschon wir das Wagnis der Flucht auf uns genommen haben, fürchte ich, dass wir unser Ziel niemals erreichen werden. Noch während ich diese Zeilen schreibe, kann ich den Atem der Verfolger vernehmen, die uns hineinreißen wollen in den Schlund des Verderbens. Tiefe Furcht erfüllt mich, denn ein Phantom wurde aus dem Schlaf geweckt und mit ihm sein jahrtausendealtes Erbe …

Aus »De invisibile«
von Giuseppe Fiorino

Via Marco Aurelio
Lateran, Rom

Ein flüchtiger Blick auf die Uhr.

Noch zweieinhalb Stunden bis zum Abflug.

Wenn Paolo Genaro die Maschine nach Lima nehmen wollte, musste er sich auf den Weg machen. Ein Taxi rufen, das Gepäck hinuntertragen, den Schlüssel in den Briefkasten werfen.

Das Problem war nur: Er war längst nicht mehr überzeugt, was seine sofortige Abreise nach Südamerika betraf.

Noch vor einigen Stunden war das anders gewesen. Nach dem, was ihm widerfahren war, und bei dem, was ihm vielleicht noch zustoßen konnte, hatte er sich nach seinem Ausgrabungscamp östlich von Iquitos zurückgesehnt; dort, umgeben von tropischem Regenwald, wartete jede Menge Arbeit auf ihn. Arbeit, in die er sich vergraben und bei der er hoffentlich würde vergessen können, was hinter ihm lag.

Doch die Entdeckung, die Paolo vor Kurzem gemacht hatte, war zu bedeutend, als dass er sie so einfach hätte vergessen können. Noch immer war er zu sehr ein Schüler Luigi Benatis, als dass sie ihn kalt gelassen hätte.

Es konnte kein Zweifel bestehen.

Jene handgeschriebenen Seiten, die er Benatis Hinweis folgend in dessen Herodot-Ausgabe gefunden hatte, waren ein Fragment des Fiorino-Traktats, jenes legendären Schriftstücks, das einst die Gelehrten entzweit hatte und dessen tatsächliche Existenz bis auf den heutigen Tag angezweifelt wurde. Gleich zu Beginn hatte Paolo vermutet, dass Benati den legendären Text gefunden haben könnte, hatte den Gedanken dann aber verdrängt, weil er nichts mit diesen Dingen zu tun haben wollte.

Aber so ohne Weiteres ließ sich eine Entdeckung dieser Größenordnung nicht verleugnen. Nicht, wenn man ein Schüler Luigi Benatis war, der immer wieder betont hatte, das Fiorino-Traktat könnte die Welt verändern, so wie die Schriften Galileis es getan hatten oder die Forschungen Darwins.

Wie es dazu gekommen war, konnte sich Paolo nicht erklären, aber Benati schien es irgendwie gelungen zu sein, zumindest einen Teil des ursprünglich in lateinischer Sprache gehaltenen Textes zu finden und ins Italienische zu übersetzen. Was dabei zutage getreten war, jagte Paolo eisige Schauer über den Rücken. Zwar war das Fragment der Schrift, die Mitte des sechzehnten Jahrhunderts verfasst worden war, einerseits im blumigen Stil seiner Zeit gehalten. Andererseits machte der Verfasser – noch war nicht erwiesen, ob es sich dabei tatsächlich um Fiorino selbst handelte – darin Feststellungen, mit denen er seiner Epoche weit voraus war.

Von rätselhaften Vorgängen war die Rede, von einer blühenden Zivilisation geheimnisvoller, göttergleicher Wesen, und das in einer Ernsthaftigkeit, die Paolo nachdenklich gemacht hatte.

Fiorino, der an den Universitäten von Florenz und Mailand gelehrt hatte, war im Jahr 1555 während eines Studienaufenthalts in Spanien der Ketzerei bezichtigt und vor Gericht gebracht worden. Die Inquisition hatte ihn für schuldig befunden, er starb auf dem Scheiterhaufen – der Grund seiner Verurteilung war allerdings unbekannt, da die Prozessunterlagen sämtlich verschwunden waren.

Betrachtete man allerdings den Inhalt der von Benati gefundenen Seiten, so waren durchaus Gründe denkbar. Hatte Fiorino sterben müssen, weil er seine Beobachtungen öffentlich gemacht hatte? Weil er von tatsächlich existierenden göttergleichen Wesen berichtet hatte?

Man hatte damals Menschen aus weit geringeren Anlässen der Ketzerei beschuldigt und zum Tod verurteilt, von daher war dies durchaus denkbar. Aber woher rührte Fiorinos tiefe Überzeugung, die aus seinen Texten sprach? Hatte er all diese Dinge wirklich gesehen? Oder waren dies lediglich die Ausgeburten eines genialen, aber letztendlich dem Wahnsinn verfallenen Geistes?

Benati schien Ersteres angenommen zu haben. Er hatte

das Fragment entdeckt und übersetzt und er hatte zudem gewollt, dass Paolo es bekam, sonst hätte er es nicht in seinem Brief erwähnt.

Aber aus welchem Grund?

Was sollte Paolo damit anfangen?

Er wusste es nicht, aber er spürte, dass er den Antworten auf der Spur war. Sollte er dieser Fährte weiter folgen oder sich wie beabsichtigt in den nächsten Flieger setzen und all dies hinter sich lassen? Paolo zögerte. Zum einen, weil das Fragment und sein Inhalt seine wissenschaftliche Neugier geweckt hatten; zum anderen, weil er trotz allem noch immer das Gefühl hatte, Benati etwas schuldig zu sein.

Immerhin war er – Paolo Genaro – es gewesen, der Silvana Praga damals angeschleppt und sie dem Professor vorgestellt und damit den Anfang vom Ende herbeigeführt hatte. Benati hatte es ihm nie nachgetragen, dennoch hatte Paolo das Gefühl, tief in der Schuld seines alten Professors zu stehen – ein Gefühl, das auch mit Benatis Tod keinen Deut nachgelassen hatte. Zudem konnte er nicht anders, als gewisse Parallelen zwischen dem Schicksal Fiorinos und Benatis zu sehen: Beiden war zum Verhängnis geworden, dass sie andere an ihren Erkenntnissen hatten teilhaben lassen.

Für die Reputation Benatis war es noch nicht zu spät und er schämte sich dafür, dass er dieses schon einmal gefasste Ziel aus den Augen verloren hatte. Wovor fürchtete er sich? Wovon hatte er sich einschüchtern lassen? Von seiner intriganten Ex-Freundin? Von einer eingebildeten Stimme, die letztlich nur seiner eigenen Überarbeitung entsprungen war?

Lächerlich!

Paolo würde bleiben.

Er würde Rom vorerst nicht verlassen und so lange nach weiteren Hinweisen suchen, bis er herausgefunden hatte, was für einer sensationellen Entdeckung der Professor auf der Spur gewesen war. Und wenn er es wusste und unwiderlegbar beweisen konnte, dann würde er damit zur Presse gehen und alle, die Benati je verlacht oder ihm Knüppel zwischen die Beine geworfen hatten, würden ihren Fehler erkennen und sich entschuldigen müssen.

Der Gedanke gefiel Paolo so sehr, dass sich ein grimmiges Lächeln auf seine Züge legte – als plötzlich jemand an die Tür seines Apartments klopfte.

»Dr. Genaro? Sind Sie da?«

»Ja, bin ich«, bestätigte Paolo, schwang sich von der alten Couch und ging zur Tür. »Wer ist da?«

»Ein Bote«, kam es rätselhaft zurück. »Ich habe eine Nachricht für Sie.«

»Eine Nachricht?« Paolo schnaubte. Er konnte sich denken, was für eine Nachricht das war. Offenbar hatte sie keine Zeit verloren, um seinen Ausschluss aus der Universitätsgemeinschaft zu erwirken.

»Hören Sie«, blaffte er, während er wütend die Tür aufriss …

Er verstummte, als ihm klar wurde, dass sein Lamento sonst in leerer Luft verhallt wäre. Niemand stand vor der Tür – und das, obwohl ganz offensichtlich jemand geklopft und mit ihm gesprochen hatte.

»Was zum …?«

Paolo wollte sich vorbeugen und nach links und rechts in den Flur schauen, um zu sehen, wo sich der geheimnisvolle Besucher verbarg – als er einen Stoß vor die Brust erhielt.

Paolo Genaro verlor das Gleichgewicht. Mit den Armen rudernd, taumelte er zurück in seine Wohnung, stolperte über den Rand des Teppichs und fiel hin. Unsanft landete er auf dem Boden, keuchte und hielt sich seine schmerzende Brust.

Und plötzlich war die Stimme wieder da.

»Guten Tag, Doktor«, sagte sie. »Vielleicht finden wir nun ja endlich die Zeit, uns zu unterhalten.«

Wat Phra Kaeo
Bangkok
18 Uhr 10 Ortszeit

Sie hatten die alte Faustregel befolgt, der zufolge eine große, unüberschaubare Menschenmenge einen weitaus besseren Schutz vor Entdeckung bot als die Einsamkeit eines Hotelzimmers. Ein *Demon* des Ordens hielt sich in Bangkok auf und hatte bereits einmal zugeschlagen – Ismael wollte ihm nicht die Möglichkeit zu einem weiteren Mord geben …

Ringsum ragten die goldenen Spitzen der *mondop* und *chedi* in den dämmrigen Himmel, jener kunstvollen Sakralbauten, die für gläubige Buddhisten solch große Bedeutung hatten; dazwischen erhoben sich die langgestreckten Hallen der *bot* und *wihan*, die die Tempel sowie die Bibliotheken beherbergten und deren buntgefärbte Dächer das Licht des späten Tages reflektierten.

Der Wat Phra Kaeo war das bedeutendste Heiligtum Thailands und direkt dem Großen Palast der Königsfamilie angegliedert. Die Thais, die den Weg dorthin fanden – einfache Leute zumeist, aber auch Mönche in ihren weithin sichtbaren, orangeroten Roben –, kamen, um sich zu besinnen und zu beten; die überwältigende Mehrheit der Weißen, die sich innerhalb der Tempelmauern aufhielt, kam der ebenso malerischen wie exotischen Fotomotive wegen, die der Tempel mit seinen Türmen bot. Auch Alexandra Lessing war keine Buddhistin – gleichwohl verlieh ihr das Gefühl, sich über geweihtem Boden zu bewegen, eine gewisse innere Ruhe.

Obwohl sie augenscheinlich ohne Begleitung über den Platz schritt, der sich zwischen dem königlichen Pantheon und dem Wandelgang erstreckte, der das Areal umgab, waren sowohl Ismael als auch Mina Harker ganz in ihrer Nähe, wie der Blick durch die Spezialbrille verriet. Es tat gut, unter Menschen zu sein, freie Luft zu atmen und endlich wieder etwas anderes zu sehen als triste graue Wände. Ob man nun in einer unterirdischen Militärbasis weilte oder im Zimmer eines Luxushotels, machte wenig Unterschied, wenn man die Unterkunft nicht verlassen durfte. Ein Käfig blieb ein Käfig, auch wenn die Gitterstäbe vergoldet waren.

Als das Handy in Alex' Tasche zu vibrieren begann, zuckte sie zusammen. Jäh wurde sie aus dem inneren Frieden gerissen, den sie verspürt und über dem sie für einige Augenblicke die Welt um sich herum vergessen hatte. Rasch zog sie sich hinter die Säulen des Wandelgangs zurück, dessen kunstvoll gestaltete Bilder das Ramakien darstellten, den Kampf des sagenhaften Helden Rama gegen Tosakan, den König der Dämonen.

Wie passend, dachte Alex, während sie das kleine Gerät zückte und die Empfangstaste drückte. »Ja?«

Es dauerte einen Moment, dann ließ sich eine vertraute Stimme vernehmen.

»Hier Jekyll. Wie geht es dir, Dorothy?«

»Ganz gut.« Alex musste lächeln. Die Stimme des Freundes zu hören tat ihr gut. »Und wie läuft es bei euch?«

»Durchwachsen, würde ich sagen. Ist Ismael bei dir?«

»Allerdings.«

»Dann richte ihm bitte aus, dass Oberon einen neuen Auftrag für ihn hat. Er muss umgehend nach Hongkong fliegen.«

»Nach Hongkong?« Alex hatte lauter gesprochen, als sie es beabsichtigt hatte. Verstohlen blickte sie sich um, aber der Säulengang war menschenleer – bis auf die beiden leuchtenden Gestalten, die sie durch die Brille sehen konnte.

»Stimmt etwas nicht?«, fragte Jekyll.

»Nein, alles in Ordnung.«

»Ismaels Anwesenheit in Hongkong ist dringend erforderlich. Es geht um das Leben eines kleinen Mädchens, das offenbar in der Lage ist, im IR-Bereich zu sehen.«

»Wie bitte?« Alex war völlig perplex. »Du meinst, mit bloßen Augen? Ohne eine entsprechende Brille zu benutzen?«

»Noch ist nichts bestätigt, aber wenn es stimmt, was wir vermuten, kann diese Sache alles verändern.«

Alex' Gedanken überschlugen sich. Ein Mensch, der mit bloßen Augen das sehen konnte, was ansonsten nur Spezialbrillen sichtbar machten, war zugleich ein Mensch, für den die Unsichtbaren nicht länger unsichtbar waren.

»Wie habt ihr davon erfahren?«, wollte sie wissen.

»Unsere Außenstelle in Macao hat ein Telefongespräch abgefangen, das die untersuchende Psychologin – eine Amerikanerin namens Elizabeth Kwon – mit ihrer Fakultät in Berkeley geführt hat. Bedauerlicherweise war Dr. Kwon so leichtsinnig, ihr Telefonat in keiner Weise zu verschlüsseln, sodass wir davon ausgehen müssen, dass wir nicht die Einzigen sind, die von der Sache Kenntnis erhalten haben.«

»Verstanden«, sagte Alex leise und spürte, wie sie trotz der beträchtlichen Temperaturen, die auch um diese Tageszeit noch in Bangkok herrschten, eine Gänsehaut bekam. Sie wusste, was es bedeutete, von Agenten des Ordens gejagt zu werden.

»Sag Ismael, dass er die entsprechenden Daten über den verschlüsselten Kanal bekommen wird. Jekyll Ende.«

»Verstanden«, bestätigte Alex noch einmal und wusste, dass die kurze Zeit gemeinsamer Ruhe, die ihnen vergönnt gewesen war, schon wieder ein Ende gefunden hatte – und sie hatten noch nicht einmal eine Entscheidung getroffen. »Dorothy Ende …«

Via Marco Aurelio
Lateran, Rom

»Wer sind Sie? Und was wollen Sie?«

Paolo Genaro konnte nicht glauben, dass er diese Worte tatsächlich aussprach – und das in die leere Luft.

»Was glauben Sie wohl, wer ich bin?«, scholl es aus dem Nichts zurück, nicht hohl und unheimlich wie in einem Gespensterfilm, sondern ganz deutlich, als stünde der Sprecher unmittelbar vor ihm. »Gestatten Sie, dass ich die Tür schließe? Ich denke, es wäre besser, wenn unser Gespräch nicht belauscht wird.«

Die Tür des Apartments, die noch immer offen gestanden hatte, schloss sich wie von Geisterhand. Paolo zuckte zusammen, als sie geräuschvoll zuschnappte. Dann glaubte er, Schritte zu hören, die sich über den Teppichboden näherten, ohne dass jedoch jemand zu sehen gewesen wäre.

»W-wer sind Sie?«, fragte er noch einmal. »E-ein Geist?«

Die Stimme lachte – nicht dröhnend und widerhallend, wie man es hätte erwarten können, sondern voll ehrlicher Heiterkeit. »Nein, Dr. Genaro, ein Geist bin ich nicht –

schon viel eher ein Kollege von Ihnen. Mein Name ist Lidenbrock. Professor Lidenbrock, wenn Sie möchten.«

»I-ist das ein Scherz?«, fragte Paolo Genaro verblüfft.

Er erinnerte sich, die abenteuerliche Geschichte eines Professor Lidenbrock, der eine Reise zum Mittelpunkt der Erde angetreten hatte, gelesen zu haben.

Vor langen Jahren.

Als Kind …

»Durchaus nicht, werter Doktor. Wo ich herkomme, pflegen wir uns nach literarischen Gestalten zu benennen – nämlich nach solchen, deren Eigenschaften uns im Hinblick auf unsere eigene Persönlichkeit passend erscheinen. Oder die vielleicht auch nur dem Bild entsprechen, das wir von uns selbst haben.«

»U-und wo kommen Sie her?«

Wieder lachte die Stimme. »Das, Doktor, ist schon weniger einfach zu erklären. Aber vielleicht hilft es Ihnen zu wissen, dass wir einen gemeinsamen Freund haben – oder vielmehr hatten.«

»Von wem sprechen Sie?«

»Von Professor Benati natürlich.«

»Sie kennen … *kannten* den Professor?«

»Allerdings – und er hat mir viel von Ihnen erzählt. Er sagte mir, dass Sie zugleich sein bester Schüler gewesen seien und seine größte Enttäuschung. Übrigens nicht deshalb, weil Sie damals den Reizen jener jungen Dame erlegen sind, die dann der Karriere des Professors so geschadet hat, sondern weil Sie es vorzogen, sich ans Ende der Welt zurückzuziehen, statt ihn bei seinen Forschungen zu unterstützen.«

»I-ich dachte nicht, dass er mich noch bei sich haben wollte nach allem, was …«

»Zerbrechen Sie sich nicht mehr den Kopf darüber. Was geschehen ist, ist geschehen. Benati hat Ihnen verziehen, sonst hätte er Ihnen nicht den Brief geschrieben.«

»Welchen Brief?«

»Bitte, Doktor, lassen wir die Spielchen. In Ihrer Position sollten Sie nicht versuchen, mich von oben herab zu behandeln.«

Das war nun allerdings wahr. Paolo registrierte, dass er noch immer auf seinem Allerwertesten saß und wohl einen ziemlich dämlichen Anblick bot.

»Darf ich aufstehen?«, erkundigte er sich.

»Natürlich. Setzen Sie sich dort auf das Sofa, wo ich Sie im Auge behalten kann.«

»Im Auge behalten?«

»Nur eine Vorsichtsmaßnahme«, versicherte die Stimme, während sich Paolo aufraffte und auf zitternden Beinen zum Sofa wankte. »Setzen Sie sich und hören Sie zu. Ich werde Ihnen nun eine Geschichte erzählen.«

»Was für eine Geschichte?«

»Eine wahre Geschichte, Doktor, die ich auch schon dem Professor erzählt habe. Und wenn ich damit fertig bin, werden wir sehen, ob Sie das Vertrauen rechtfertigen, dass der gute Luigi in Sie gesetzt hat.«

Hotel Orchid
Siam Square, Bangkok
20 Uhr 18 Ortszeit

Unmittelbar nach Dr. Jekylls Anruf waren Alex und ihre beiden unsichtbaren Begleiter ins Hotel zurückgekehrt. Alex hatte ihnen berichtet, was Jekyll gesagt hatte, und Ismael hatte anschließend den verschlüsselten Informationskanal der Organisation benutzt, um sich die exakten Daten des Falls zu besorgen, die Jekylls Worte bis ins Detail bestätigten.

»Das ist unfassbar!«, rief Ismael aus. »Einfach unfassbar. Wenn dieses Mädchen tatsächlich in der Lage ist, im infraroten Bereich zu sehen, bedeutet das ...«

»... dass der Orden seinen größten Vorteil verliert – und mit ihm auch wir«, ergänzte Mina Harker, die nicht weniger erregt schien.

»Einen Moment«, bat Alex, die sich mit dem Gedanken, den Vater ihres Kindes schon wieder ziehen lassen zu müssen, noch immer nicht abgefunden hatte. »Übertreibt ihr da nicht ein wenig? Ich meine, es gibt allerhand Menschen, die über seltsame Fähigkeiten verfügen. Einmal habe ich von einem jungen Mann gelesen, der einen kompletten Stadtplan des alten Rom aus dem Gedächtnis nachzeichnen konnte, aber ...«

»Das hier ist etwas anderes«, stellte Mina klar. »Wenn jemand den Plan einer antiken Stadt nachzeichnen kann, mag das sensationell sein, aber es kümmert den Orden nicht. Wenn seine Interessen hingegen so grundlegend berührt werden, wie es hier der Fall ist, dann ...«

»Aber es ist doch nur ein kleines Mädchen«, fiel Alex ihr ins Wort. »Wie gefährlich kann es dem Orden werden?«

»Offenbar hast du die Tragweite der ganzen Sache noch nicht begriffen. Vielleicht handelt es sich bei der Fähigkeit dieses Kindes um ein einmaliges Phänomen – in diesem Fall wird der Orden einen Killer schicken, der die Sache bereinigt, und sie anschließend aus seinem Gedächtnis streichen. Aber es könnte dabei auch um viel mehr gehen.«

»Was ... was meinst du?«

»Möglicherweise«, nahm Ismael den Faden auf, »handelt es sich bei diesem Mädchen um den allerersten Vertreter eines neuen, genetisch mutierten Menschentyps, dessen Sehvermögen weit über das unsrige hinausgeht und auf diese Weise sichtbar macht, was über Jahrtausende im Verborgenen blieb.«

»D-du willst damit sagen …?«, setzte Alex an, unterbrach sich dann aber. Die Frage war zu ungeheuerlich, als dass sie ihr über die Lippen wollte.

»Ich will damit sagen, dass die Evolution möglicherweise auf die Existenz der Unsichtbaren reagiert hat«, sprach Ismael den Gedanken ohne Zögern aus. »So wie sie auf die durchgeführten Experimente reagierte und damit die dritte Generation ins Leben rief, der Mina und ich angehören.«

»Ich verstehe«, flüsterte Alex, der nun allmählich klar zu werden begann, weshalb Jekylls Nachricht solchen Aufruhr verursacht hatte. »Würden immer mehr Menschen mit jener besonderen Fähigkeit geboren, wären die Unsichtbaren nicht länger unsichtbar und der Vorteil, der es ihnen über Jahrhunderte hinweg ermöglicht hatte, die Geschichte der Menschen unbemerkt zu beeinflussen, wäre futsch.«

»Nicht nur das«, sagte Mina. »Es wäre auch denkbar, dass die Grauen eine Entwicklung wie diese vorausgesehen haben. Es wäre eine mögliche Erklärung dafür, dass sie seit einiger Zeit auf unmittelbare Herrschaft dringen, nachdem sie so lange im Stillen gewirkt haben. Denken wir nur an den versuchten Anschlag von New York.«

»Vielleicht«, fügte Ismael mit bebender Stimme hinzu, »ist dieses Mädchen in Hongkong keineswegs das erste, das diese spezielle Fähigkeit entwickelt hat. Möglicherweise hat es vor ihm bereits andere gegeben, die der Orden sämtlich hat beseitigen lassen.«

»Es wäre möglich«, räumte Mina ein, »aber diesmal wissen wir davon und können etwas dagegen unternehmen. Wenn die nächste Stufe der menschlichen Evolution den Vorteil der Unsichtbarkeit tatsächlich eingeholt hat, werden weder die Grauen noch sonst jemand es auf Dauer verhindern können.«

»Wir brauchen Gewissheit«, sagte Ismael. »Aus diesem Grund werde ich mit der nächsten Maschine nach Hongkong fliegen. Das aufgefangene Gespräch wurde von einem Hochhaus im Hafen von Aberdeen aus geführt. Ich muss dieses Mädchen finden, und zwar noch ehe die Agenten des Ordens es tun.«

»Die Tatsache, dass wir uns hier in Bangkok befinden, verschafft dir einen zeitlichen Vorsprung«, meinte Mina.

»Kaum.« Er schüttelte den Kopf. »Zweifellos wird der Orden das tun, was auch Oberon getan hat, und einen Agenten entsenden, der sich möglichst in der Nähe befindet.«

»Du meinst …?«

»Keine Frage – sie werden den *Demon* schicken, der Satiro auf dem Gewissen hat. Aber ich werde nicht zulassen, dass er ein unschuldiges Kind abschlachtet wie unseren Kurier.«

»Nein«, stimmte Alex entschieden zu, »und ich ebenfalls nicht.«

Ismael starrte sie verblüfft an. »Was soll das heißen?«

»Dass Mina und ich dich begleiten werden«, gab sie achselzuckend zur Antwort.

»Das kommt nicht in Frage.« Er schüttelte kategorisch den Kopf. »Es wäre zu gefährlich.«

»Soll das ein Witz sein?« Sie hob resignierend die Arme. »Die ganze Welt ist gefährlich, Ismael. Es gibt keinen einzigen Flecken Erde mehr, an dem ich mich tatsächlich sicher fühlen könnte. Aber ich will zumindest in deiner Nähe sein. Ist das so schwer zu verstehen?«

»Das nicht. Aber ich kann nicht zulassen, dass du dich wissentlich in noch größere Gefahr begibst.«

»Was hast du dir vorgestellt? Dass ich die nächsten neun Monate untätig dasitzen und zusehen werde, wie du in einen Einsatz nach dem anderen geschickt wirst? Dass ich händeringend in einem Bunker oder einem Hotelzimmer sitzen werde und darauf warte, dass du entweder zurückkehrst oder das Telefon klingelt und man mir mitteilt, dass du …« Die Stimme versagte ihr und ihre Augen wurden feucht, worüber sie sich ärgerte. In einer zornigen Geste wischte sie die Tränen weg, noch ehe sie über ihre Wangen laufen konnten. »Das ist nicht meine Art, Ismael, und das weißt du. Ihr habt mich für euren Widerstand rekrutiert, damit ich euch helfe, und nichts anderes habe ich vor. Ich weiß, was es bedeutet, vom Orden gejagt zu werden, und ich werde diesem Kind beistehen, das schwöre ich bei dem neuen Leben, das ich in mir trage. Ich muss das tun, verstehst du? Ob es dir nun gefällt oder nicht.«

Ismael stand reglos vor ihr. Eine endlose Weile lang blieb er stumm, dann erlaubte er sich ein tiefes Seufzen und wandte sich Mina Harker zu.

»Deine Entscheidung«, sagte diese nur. »Als ihr *Guardian* werde ich in jedem Fall bei Alex bleiben. Wenn du allerdings meine persönliche Meinung wissen willst …«

»Schon gut«, fiel er ihr ins Wort und hob abwehrend die Hände. »Ich habe verstanden.«

»Also?«, fragte Alex.

»Bist du sicher, dass du das wirklich tun willst?«

»Allerdings«, sagte sie. »Schließlich muss jemand mit dem Kind und seinen Eltern in Kontakt treten und ich sehe nicht, wie du das anstellen solltest, ohne sie zu Tode zu erschrecken.«

»Ein stichhaltiges Argument«, stimmte Mina zu.

»In der Tat«, murrte Ismael. »Wer könnte dem widersprechen?«

13.

Die Ausbildung, die man uns angedeihen ließ, war sorgfältig. Jede Handlung und jedes Eingreifen von unserer Seite, so wurde uns gelehrt, muss auf akribische Planung aufbauen, die sowohl die eigenen Schritte als auch die des Feindes vorausberechnet. Jede Unwägbarkeit, jede Variable muss dabei berücksichtigt werden, um einen möglichst effektiven und reibungslosen Ablauf der Aktion zu gewährleisten.

Einem chirurgischen Eingriff gleich wird aus der sichtbaren Welt das entfernt, was den Zielen des Ordens zuwiderläuft, und das hinzugefügt, was dem Orden dient. Das Vorgehen erfolgt dabei Schritt für Schritt, zentralistisch gesteuert, nach genau vorgegebenen Protokollen. Einer gut geölten Maschine gleich, deren Räder exakt ineinander greifen, arbeitet der Orden im Verborgenen, mit bewundernswerter Präzision und fernab jeglicher Emotion.

In einer Welt, die von den Grauen bestimmt wird, haben Gefühle keinen Platz. Wozu sollten diese auch gut sein? Sie beeinträchtigen das Entscheidungsvermögen und schaffen Chaos, wo Ordnung herrschen soll. Die Auserwählten, so wurde uns beigebracht, haben keine Gefühle. Emotionen sind ein Teil der sichtbaren Welt und haben sie an den Rand der Vernichtung gebracht …

Via Marco Aurelio
Lateran, Rom

»So.« Die Stimme aus dem Nichts, die sich selbst »Professor Lidenbrock« nannte, sprach das kleine Wörtchen im Tonfall größter Selbstverständlichkeit aus, als hätte sie gerade die Funktionsweise eines neuen Staubsaugers erklärt und nicht etwa über Dinge gesprochen, die das Weltbild eines normalen Menschen völlig auf den Kopf stellten. »Nun wissen Sie es. Jetzt sind Sie an der Reihe, Dr. Genaro.«

»Ich bin an der Reihe? Womit?«

Es war eigenartig, aber im Lauf der letzten Stunde, in der die Stimme gesprochen und Paolo jedem ihrer Worte wie einer Offenbarung gelauscht hatte, war sie ihm immer vertrauter geworden. Nachdem er zunächst an seinem Verstand gezweifelt und befürchtet hatte, dass es die Stimme des Wahnsinns wäre, die zu ihm sprach, hatte er sie inzwischen als etwas akzeptiert, das *wirklich* war und im physikalischen Sinne existierte – auch wenn er sich ihre Herkunft weiterhin nicht schlüssig erklären konnte.

Noch immer saß er auf dem alten Sofa und hatte sich während der vergangenen sechzig Minuten kaum bewegt. Sechzig Minuten, in denen ihm die Stimme von Dingen berichtet hatte, die als unglaublich zu bezeichnen eine krasse Untertreibung gewesen wäre.

»Damit, mir zu zeigen, auf wessen Seite Sie stehen, Doktor«, erwiderte Lidenbrock, und wieder klang er wie ein Staubsaugervertreter. Vielleicht, dachte Paolo, wollte er ihm ja tatsächlich etwas verkaufen.

Die Wahrheit.

»Sind Sie bereit, meinen Worten Glauben zu schenken, Dr. Genaro? Oder haben Sie noch Zweifel?«

»Zweifel?« Paolo lachte bitter auf. »Natürlich habe ich die! Schließlich passiert es nicht alle Tage, dass eine körperlose Stimme zu mir spricht und mir von einer weltweiten Verschwörung berichtet, von einem geheimnisvollen Orden, der die Herrschaft an sich reißen will, von Killerdämonen und Schutzengeln und von ...« Er schüttelte den Kopf. »Das alles ist Stoff genug, um drei Romane daraus zu machen.«

»Vielleicht, Doktor«, meinte Lidenbrock, »aber wir haben es hier nicht mit einem Roman zu tun, sondern mit der Realität. Es ist Ihre Welt, die vom Orden der Unsichtbaren bedroht wird, mein Freund – nicht meine.«

»Dennoch – all diese Dinge ...«

»Was ist damit? Glauben Sie mir noch immer nicht? Obwohl der Beweis leibhaftig vor Ihnen steht?«

»Ein schöner Beweis sind Sie.« Paolo verzog das Gesicht zu einem freudlosen Grinsen. »Ich kann Sie nicht einmal sehen. Aber darüber soll ich mir ja keine Gedanken machen ...«

»Würde es für Sie etwas ändern, wenn ich für Sie sichtbar würde?«

»Es würde immerhin etwas beweisen.«

»Nämlich?«

»Dass Sie nicht gelogen haben, was die schiere Existenz der Unsichtbaren betrifft.«

»Glauben Sie das wirklich?« Nun war es Lidenbrock, der leise lachte. »Nur mit dem Herzen sieht man gut, Dr. Genaro. Das Wesentliche ist für die Augen unsichtbar. Saint-Exupéry hatte völlig recht.«

»Ersparen Sie mir das«, schnaubte Paolo. »Mit Philosophie konnte ich offen gestanden noch nie viel anfangen. Ich halte mich lieber an das, was sich empirisch überprüfen lässt.«

»Nun gut, wenn es Sie zu einem Gläubigen macht … Folgen Sie mir.«

Schritte waren zu hören und die Tür zum Badezimmer wurde geöffnet. Dann drehte jemand die Wasserhähne von Waschbecken und Badewanne auf. Paolo erhob sich, dabei merkte er, wie weich seine Knie waren. Sein Verstand hatte kapituliert angesichts der Tatsache, dass seit über einer Stunde ein Wesen zu ihm sprach, das es eigentlich nicht geben durfte, aber ein letzter Rest von Widerstand war geblieben, rationeller Trotz, der sich an seine Zweifel klammerte wie ein Ertrinkender an einen Strohhalm.

Dampf quoll ihm aus dem Badezimmer entgegen, der von dem heißen Wasser rührte, das sich rauschend in Becken und Wanne ergoss. Schon wollte Paolo fragen, was der Budenzauber sollte – als er vor sich plötzlich die Umrisse eines Menschen sah.

Zunächst glaubte er, einer Täuschung zu erliegen. Aber es waren unleugbar die Formen eines Mannes, die sich vor ihm abzeichneten, weil sich die winzigen Dampfpartikel an ihnen niederschlugen. Der Mann war etwas kleiner als Paolo und von untersetzter Statur. Auch deuteten seine leicht nach vorn gebeugte Haltung und seine hängenden Schultern darauf hin, dass er ein wenig älter war – aber er war so wirklich, wie er nur sein konnte.

»D-darf ich?«, fragte Paolo und hob vorsichtig die Hand.

»Nur zu.«

Paolo streckte die Hand aus und fuhr zurück, als seine Fingerspitzen den Brustkorb des Unsichtbaren berührten. Lidenbrocks Haut fühlte sich warm und weich an, wie die eines gewöhnlichen Menschen – aber war das, was ihm da im künstlichen Nebel gegenüberstand, überhaupt ein Mensch?

»Ich weiß, was Sie sich jetzt fragen«, versicherte der Unsichtbare, als könnte er seine Gedanken erraten, »und ich bitte Sie, sich an das zu erinnern, was ich Ihnen vorhin erzählt habe. Ich bin ein Mensch, genau wie Sie, mit dem Unterschied, dass ich unsichtbar geboren wurde, als Ergebnis von Experimenten, die …«

»… während und nach dem Zweiten Weltkrieg durchgeführt wurden, und zwar von Wissenschaftlern des Dritten Reichs sowie von geheimen Forschungszellen der CIA«, murmelte Paolo und nickte mehrmals. Er hatte durchaus zugehört, doch nun erst ergaben die Worte für ihn wirklich Sinn.

»Was Sie gerade sehen, Doktor, wird nur sehr wenigen Menschen zuteil«, erklärte ihm der Unsichtbare. »Wir offenbaren uns nicht jedem und auch nur dann, wenn es sich nicht vermeiden lässt. In jedem Fall ist es ein Zeichen äußersten Vertrauens, wenn wir uns zeigen.«

»Sie … Sie können sich auf mich verlassen«, hauchte Paolo atemlos. »Ich werde es niemandem verraten …«

»Darum geht es nicht, Doktor, sondern darum, dass Sie nun über Wissen verfügen, das nur ein sehr geringer Prozentsatz der Menschheit teilt – und ich muss wissen, was Sie mit diesem Wissen anzufangen gedenken.«

»Was ich …? Wie meinen …?«

»Wie ich schon erwähnte, Doktor, hat Luigi Benati uns auf Sie aufmerksam gemacht. An dieser Stelle sollte ich vielleicht erwähnen, dass auch der Professor über all jenes Wissen verfügte, das ich Ihnen im Verlauf der letzten Stunde angedeihen ließ.«

»Ist das Ihr Ernst?«

»Durchaus. Der Professor ist ein enger Freund unserer Bewegung gewesen, der uns auf manche Weise unterstützt hat – so wie wir ihn.«

»Wie darf ich das verstehen?«

»Haben Sie sich denn nie darüber gewundert, dass der gute Professor auch dann noch immer ausreichend Forschungsgelder zur Verfügung hatte, nachdem er schon längst aus seinen Ämtern an der Universität entfernt worden war?«

»Nun, ich hatte immer angenommen, das wäre seinem Verhandlungsgeschick zuzuschreiben.«

»Unter anderem.« Der Unsichtbare gönnte sich ein Kichern, das nach Paolo Genaros Meinung albern und unangebracht war. »Allerdings kann ich Ihnen sagen, dass in der Hauptsache wir es gewesen sind, die die Forschungen Ihres einstigen Mentors finanziert haben.«

»Aus welchem Grund?«

»Aus dem gleichen Grund, aus dem ich hier bin, Doktor. Aus dem gleichen Grund, aus dem wir Sie in das Geheimnis unserer Existenz und unseres Kampfes gegen den Orden eingeweiht haben: Weil wir denken, dass Professor Benatis Forschungen für unsere Sache von solcher Wichtigkeit gewesen sind, dass sie um jeden Preis fortgesetzt werden müssen – und zwar von Ihnen.«

»Von mir?«

»Ganz recht.« Paolo konnte sehen, wie der Unsichtbare den Kopf schief legte. »Warum so ein entsetztes Gesicht, Doktor? Hatten Sie das nicht ohnehin vor? War es nicht Ihr Ziel, die Reputation des Professors wiederherzustellen? Warum sonst hätten Sie in seinen Hinterlassenschaften nach Hinweisen gesucht?«

»Nur aus Neugier«, beeilte sich Paolo zu versichern. »Ich

hatte vor, umgehend nach Peru zurückzukehren und meine Forschungen dort fortzu…«

»Unsinn!«, fiel Lidenbrock ihm ins Wort. »Wenn es wirklich so wäre, hätten Sie diese Wohnung längst verlassen und das Taxi zum Flughafen genommen. Sie sind nur aus einem einzigen Grund noch hier: weil Sie Benatis Aufzeichnungen gelesen und Blut geleckt haben.«

»Was? Woher wissen Sie …?«

»Was für ein genialer Streich von ihm, das Fragment in seinem Herodot zu verstecken, nicht wahr? Sie jedoch haben es gefunden und sich damit für die nächste Runde in diesem Spiel qualifiziert.«

»Was für ein Spiel?«, fragte Paolo verwirrt. »Und von was für einem Fragment reden Sie, verdammt noch mal?«

»Tun Sie nicht so, als ob Sie das nicht längst wüssten. Der Professor hat es Ihnen geschrieben.«

»Fiorino«, flüsterte Paolo den Namen des Gelehrten, der in der Fachwelt als Mysterium gehandelt wurde.

»In der Tat.«

»Warum wissen Sie von dem Inhalt des Briefs?«, fragte Paolo argwöhnisch und erinnerte sich daran, dass Benati von geheimnisvollen Mächten geschrieben hatte, die die Kommunikationswege überwachten.

»Ich weiß davon, weil der Professor mir kurz vor seinem Tod davon erzählt hat. Was ist los, Doktor? Zeigen Sie bereits erste Anzeichen von Paranoia?«

»Ein wenig«, gab Paolo zu.

»Das ist normal. Wenn Sie die wirkliche Bedeutung dessen, was ich Ihnen enthüllt habe, erst erfassen, werden Sie die Welt mit anderen Augen sehen, genau wie Benati. Der Professor wusste um die Bedrohung durch den Orden und seine Agenten. Das waren die fremden und unheimlichen Kräfte, vor denen er Sie in seinem Brief warnen wollte.«

»Wirklich? Wer garantiert mir, dass Sie mich nicht belügen? Er könnte mich ebenso gut auch vor *Ihnen* gewarnt haben.«

»Nein«, widersprach Lidenbrock kategorisch, »und zwar aus zwei Gründen. Erstens: Wäre ich ein *Demon* des Ordens, so wären Sie inzwischen längst tot.«

»Und zweitens?«

»Bin ich nicht hier, um Sie zu bedrohen, Doktor, sondern um Ihnen unsere Freundschaft anzubieten. Treten Sie in die Fußstapfen des Professors und führen Sie seine Forschungen in unserem Auftrag fort.«

»Was für Forschungen sind das genau?«

Der Unsichtbare antwortete mit einer Gegenfrage: »Wie würde es Ihnen gefallen, den kompletten Fiorino-Text zu lesen?«

»Den kompletten ...?« Paolo verschlug es für einen Moment die Sprache. »Das ist unmöglich! Fiorino wurde als Ketzer verbrannt und mit ihm alle seine Schriften.«

»Dass ein Fragment existiert, hätten Sie noch vor ein paar Stunden ebenfalls kaum für möglich gehalten, oder?«

»Das ist wahr«, gab Paolo zu.

»Soweit wir wissen, befand sich Professor Benati zum Zeitpunkt seines Todes im Besitz des vollständigen Textes und machte eine Entdeckung, die nicht nur die Archäologie, sondern die gesamte Menschheitsgeschichte revolutioniert hätte. Ihm war es nicht vergönnt, seine Arbeit zu Ende zu führen, aber Ihnen könnte es gelingen. Also, was sagen Sie?«

Paolo blickte nachdenklich zu Boden. Natürlich reizte ihn das Angebot – andererseits hatte Professor Benati seinen Entdeckerdrang mit dem Leben bezahlt und Paolo war nicht sicher, ob er zu einem solchen Wagnis bereit war.

»Was muss ich tun?«, erkundigte er sich dennoch.

»Zunächst nur das, was Sie ohnehin vorhatten. Sie werden sich in ein Flugzeug setzen, das nach Südamerika fliegt. Dort werden Sie warten, bis Sie kontaktiert werden.«

»Das ist alles?«

»Zunächst ja.«

Paolo überlegte. Nach Peru zurückzufliegen, hatte er ohnehin im Sinn gehabt. Im Grunde konnte er sich dann immer noch überlegen, was er tun wollte.

»Einverstanden«, erklärte er sich bereit – aber er erhielt keine Antwort mehr. Stattdessen hörte er, wie die Wohnungstür leise ins Schloss fiel.

»Professor Lidenbrock?«, fragte er laut. »Professor Lidenbrock, sind Sie noch da?«

Er erhielt keine Antwort mehr.

Der Unsichtbare hatte die Wohnung verlassen.

Apartment Flat 28c
Aberdeen, Hongkong
20 Uhr 19 Ortszeit

Sorgfältige Planung.

Schrittweises Vorgehen.

Minutiöse Vorbereitung.

Die Regeln erfolgreichen Handelns – Gallagher hatte sie alle befolgt. Und dennoch war sein Vorhaben misslungen.

Zumindest vorerst.

Sein erster Weg in Hongkong hatte ihn in das Hotel geführt, das Elizabeth Kwon bewohnte – jene Wissenschaftlerin von der Universität Berkeley, von deren Entdeckung die Welt niemals etwas erfahren durfte.

Menschen, die über außerordentliches Wissen oder ungewöhnliche Begabungen verfügten, stellten eine nicht zu unterschätzende Gefahr für den Orden dar. Sie auszuschalten und dafür zu sorgen, dass niemand von ihnen Kenntnis erlangte, war eine der Aufgaben, für die ein *Demon* ausgebildet wurde – und Gallagher war stolz darauf, zu den Besten zu gehören, die die Akademie jemals hervorgebracht hatte.

Die Zahl derer, die er beseitigt hatte, weil sie den Interessen des Ordens im Weg standen, kannte er nicht; weder hatte er seine Opfer gezählt, noch über seine Einsätze Buch geführt. Jene, die er beseitigt hatte, waren Vertreter des Chaos gewesen, Gegner der weltumfassenden Ordnung, und nur darauf kam es an. Ein Soldat, der an die Front geschickt wurde, stellte keine Fragen, sondern tat, was ihm befohlen wurde – und Gallagher hatte stets für sich in Anspruch genommen, ein guter Soldat zu sein.

Aber er fühlte sich auf einmal wie ein Versager und der Grund dafür war, dass er Elizabeth Kwon im Hotel nicht angetroffen hatte. Eigentlich hätte sie dort sein müssen, um wie jeden Abend ihre Mahlzeit im Hotelrestaurant einzunehmen und sich danach über den Internetspot in der Lobby in die Datenbank von Berkeley einzuloggen und Recherchen zu betreiben. Gallagher oder vielmehr jene, die ihm zuarbeiteten, hatten ihre Hausaufgaben gemacht. Der Plan war einfach und klar gewesen: unsichtbar in die Lobby marschieren, das Opfer ausfindig machen und es mit einem gezielten Genickschlag töten.

Aber Elizabeth Kwon war nicht da gewesen!

Aus einem unerfindlichen Grund hatte die Psychologin

ihr Tagesprogramm geändert und Gallagher war lange genug dabei, um zu wissen, dass solch spontane Änderungen selten etwas Gutes zu bedeuten hatten. Hatte Kwon Verdacht geschöpft? War die Gegenseite aktiv geworden?

Gallagher gestand es sich nicht gern ein, aber die Abtrünnigen wurden mehr und mehr zum Ärgernis. Anfangs hatte der Orden ihre Existenz zu ignorieren versucht, war davon ausgegangen, dass ihre Aktivitäten im Sande verlaufen würden. Aber dem war nicht so. Wer immer ihr Anführer war, hatte sich als geschickter Taktiker erwiesen, und spätestens seit New York war jedem Mitglied des Inneren Kreises klar, dass die Anderen eine Bedrohung darstellten, die es auszumerzen galt.

Soweit es Gallagher betraf, hatte er noch eine persönliche Rechnung mit den Aufständischen zu begleichen. Denn bei jenem Agenten, der damals in das NAMIR-Archiv eingedrungen war, hatte es sich zweifelsfrei um seinen alten Freund gehandelt.

Jack Parker.

Er hatte sich einen anderen Namen zugelegt und nannte sich inzwischen Ismael, doch er war jener falsche Freund, der für Gallaghers damaliges Versagen verantwortlich war. Ein zweites Mal würde das nicht passieren, das hatte sich Gallagher geschworen. Intelligenz definierte sich auch dadurch, dass man einen Fehler nicht wiederholte. Und auch was Elizabeth Kwon betraf, hatte Gallagher nicht vor, noch einmal zu versagen.

Es war nicht ganz einfach gewesen, das Apartment ausfindig zu machen, von dem aus das Telefonat geführt worden war – zum einen, weil das Hochhaus am Hafen von Aberdeen einem Bienenstock glich, dessen Waben so dicht beieinanderlagen, dass der Ursprung des Funksignals nicht ohne Weiteres auszumachen gewesen war. Zum anderen aber auch, weil in dieser verdammten Stadt offenbar jeder zweite auf den Namen Tang hörte. Immerhin war es gelungen, die in Frage kommenden Apartments auf eine Handvoll zu begrenzen, sodass Gallagher systematisch vorgehen konnte.

Seine unsichtbare Gestalt straffte sich, als er vor der nächsten Tür stand; sie trug die Nummer 1717. Er klopfte hart und energisch an.

Schritte näherten sich von jenseits der Tür.

»*Hai?*«, drang es durch das Türblatt.

Gallagher antwortete nicht.

Er wollte dem Feind keine Vorwarnung geben.

Nicht dieses Mal …

»*Lei gong mayä?*«, kam es gedämpft durch die Tür. »*Ngomm mäng ba!*«

Gallagher wusste nicht, was das bedeutete, und es war ihm auch gleich. Er konnte sehen, wie jemand durch den Türspion spähte und im nächsten Moment wurde das Schloss entriegelt. Die Tür öffnete sich einen Spaltbreit und das verärgert aussehende Gesicht eines jungen Chinesen zeigte sich.

»*Ngomm …*«, begann er wieder – der Rest des Satzes blieb ihm im Hals stecken. Mit tödlicher Präzision schnellte Gallaghers rechter Handballen nach vorn, traf den Mann mit derartiger Wucht am Kinn, dass der Kopf weit in den Nacken geschleudert wurde und das Genick mit hässlichem Knacken brach. Der Chinese sackte zusammen. Sofort war Gallagher heran, um ihn aufzufangen und lautlos auf den Boden zu betten. Dann schloss er die Tür hinter sich.

Die Aktion hatte nur Sekunden gedauert.

Sein Opfer keines weiteren Blickes würdigend, schlich

der Unsichtbare ins Wohnzimmer und schaute sich um. Zu seiner Enttäuschung stieß er weder auf weitere Bewohner noch auf Hinweise darauf, dass in diesem Apartment Kinder lebten. Gallagher blies verächtlich durch die Nase. Die Angelegenheit entwickelte sich zu einem Ärgernis allerersten Ranges.

Die nächste Wohnung auf seiner Liste lag genau eine Etage über dieser, ihr Mieter war ein gewisser Charles Tang. Gallagher konnte nur hoffen, dass diese Adresse die richtige war. Er verzichtete darauf, den Aufzug zu benutzen, dessen Geräusch den Feind möglicherweise vorgewarnt hätte, sondern nahm die Treppe. Das Treppenhaus war ein zugiges Loch, in dem es nach fauligem Gemüse stank. Gallagher war froh, als er es wieder verlassen konnte. Lautlos näherte er sich der nächsten Tür.

Ein Namensschild gab es nicht.

Nur eine Nummer.

1817.

Erneut klopfte Gallagher gegen die Tür. Gleichzeitig verhärteten sich seine Züge und unsichtbare Muskeln und Sehnen strafften sich, um zu tun, was seinem Auftrag gemäß getan werden musste.

Wieder näherten sich Schritte und wieder ließ sich eine Stimme vernehmen. Diesmal allerdings sprach sie nicht Kantonesisch, sondern Englisch, wenn auch mit hartem asiatischen Akzent.

»Dr. Kwon! Ich hätte nicht gedacht, dass Sie so rasch ...«

Die Tür wurde geöffnet und Gallagher blickte in das Gesicht eines etwa vierzigjährigen Chinesen, dessen staunende Augen ins Leere starrten. Die Rechte des Unsichtbaren verharrte, während Gallaghers Verstand blitzschnell schaltete.

Ohne Zweifel hatte er diesmal den richtigen Mr. Tang vor

sich, und ebenso zweifellos hielt sich Elizabeth Kwon nicht in der Wohnung auf. Aber es sprach einiges dafür, dass der Chinese wusste, wo sie war.

»Dr. Kwon?« Verwirrung spiegelte sich in den Zügen des Mannes, die sich in blankes Entsetzen wandelte, als Tang von unsichtbaren Armen gepackt und nach hinten gerissen wurde. Die Tür seiner Wohnung fiel ins Schloss und er schlug hart auf den Boden.

»Wo ist sie?«, hörte er eine Stimme fragen, die aus dem Nichts zu kommen schien.

»*Binn dou …?*«, schrie Tang, vor Entsetzen in seine eigene Sprache verfallend. Der Lohn dafür war ein schmerzhafter Schlag ins Gesicht.

»Halts Maul!«, zischte die Stimme. »Du redest nur dann, wenn du gefragt wirst, hast du verstanden?«

Tang nickte krampfhaft.

»Wo sind sie? Wo ist Elizabeth Kwon? Und wo ist die kleine Kim Li?«

»I-ich weiß es nicht!«

»Halt mich nicht zum Narren, Schlitzauge! Du magst mich nicht sehen können, aber ich kann sehen, dass du lügst. Also rück verdammt noch mal mit der Wahrheit heraus, ehe ich dich …«

»Im schwimmenden Dorf«, brachte Tang kläglich hervor. »Sie sind im schwimmenden Dorf!«

»Was soll das heißen?«

»Schwimmendes Dorf«, stieß der Chinese hervor, aus dessen Augenwinkeln Tränen rannen, »Heimat der *boat people.* Kim Lis Eltern von dort. Dr. Kwon will finden, um weitere Untersuchungen durchzuführen. Meine Frau bei ihr als Führer …«

Gallagher schnaubte angewidert. Er konnte die Angst des

Mannes förmlich riechen und sie steigerte noch die Verachtung, die er für den sichtbaren Teil der Menschheit empfand. Um seine eigene Haut zu retten, war dieser Kerl bereit, seine Familie zu verraten. Behaupteten die Sichtbaren nicht immer, ihre Familie läge ihnen mehr am Herzen als alles andere?

»Wo finde ich diese Leute?«, fragte der *Demon* zischend.

»Unten im Hafen ... Nur noch wenige *boat people* ...«

»Danke für die Auskunft«, schnarrte Gallagher zynisch – ehe er den Kopf seines Opfers packte und mit furchtbarer Gewalt herumriss. Es knackte und das Winseln des Chinesen fand ein jähes Ende. Der Unsichtbare wollte aufspringen und die Wohnung verlassen, als Laute seine Aufmerksamkeit weckten.

Das Geschrei eines Babys ...

Gallagher wandte sich um und trat ins Wohnzimmer der winzigen Wohnung. Da lag das kleine Balg in einer Wiege und schrie sich die Lunge aus dem Leib, geradeso, als hätte es mitbekommen, was seinem Vater widerfahren war.

»Kleiner Mensch«, knurrte der Unsichtbare. »Was hast du nur verbrochen, dass du mit einem solchen Vater geschlagen warst? Mein Vater ist ein Held gewesen und sieh, was aus mir geworden ist.«

Er lachte leise, als ihm klar wurde, was er da sagte. Er griff nach einem der Kissen, die auf dem Sofa lagen, und trat an die Wiege, um sein Mordwerk zu vollenden.

Keine Überlebenden.

Keine Zeugen.

Das Kissen in den Händen, beugte er sich hinab, um sowohl die Schreie als auch das Leben zu ersticken – und er genoss das Gefühl von Macht, das ihn dabei durchströmte.

Im Auftrag des Ordens hatte er viele Leben ausgelöscht,

aber noch nie eines, das so jung gewesen war. Jeder andere, den Gallagher getötet hatte, war eine potentielle Gefahr für den Orden gewesen, ein Sandkorn im Räderwerk seiner Maschinerie. Aber dieses Kind?

Weder hatte es etwas mitbekommen, noch konnte es davon berichten. Warum es also töten? Zudem war Kim Li kein leibliches Kind der Tangs, ihr eigenes Baby hatte die Gabe folglich nicht. Was also war zu tun?

Selten zuvor in seinem Leben hatte Gallagher sich mächtiger gefühlt als in diesem Augenblick, da er sich als Herr über Tod und Leben wähnte. Immer wenn er getötet hatte, war er ein Werkzeug des Ordens gewesen und hatte getan, was man ihm aufgetragen hatte. Dies jedoch war anders. Für einen Fall wie diesen gab es kein Protokoll. Gallagher musste die Entscheidung selbst treffen, hier und jetzt.

Sekundenlang schwebte der Tod aus senffarbenem, wattegefülltem Plüsch wie eine dunkle Wolke über der Wiege.

Dann verflüchtigte er sich.

»Schrei weiter, kleiner Mensch«, zischte Gallagher großmütig. »Schrei, so viel du willst, es wird dir nichts nützen. Denn die Welt, in der du aufwächst, wird eine Welt der Ordnung sein, ob es dir gefällt oder nicht. Wenn du unsere Gesetze befolgst, wirst du ein langes Leben haben. Wenn nicht, werden wir uns …«

… werden wir uns wiedersehen, hätte er fast gesagt. Nein, das würden sie nicht, nicht *sehen*.

Die Frage war immer die gleiche.

Ebenso wie die Antwort.

In einem Sampan sitzend, den sie samt Bootsführer für den Rest des Tages gemietet hatten, tuckerten Elizabeth Kwon und ihre beiden Begleiterinnen – die kleine Kim Li sowie deren Ziehmutter Mrs. Tang – zwischen den Dschunken umher, die im einstmals weitläufigen, in den letzten Jahrzehnten jedoch durch Landgewinnungsmaßnahmen immer schmaler gewordenen Hafenbecken von Aberdeen vertäut waren.

Einst waren es unzählig viele gewesen, die in diesem Hafen gelegen hatten, oftmals zu ganzen Inseln gruppiert; die Dschunken waren das Zuhause von Menschen gewesen, die sich ihren Lebensunterhalt als Fischer verdienten und deren Familien oft schon seit Generationen auf dem Wasser lebten. Die katastrophalen hygienischen Zustände in der schwimmenden Stadt hatten den Ausschlag zum Bau der Hochhäuser gegeben, die inzwischen den Hafen von Aberdeen säumten und in die viele *boat people* umgesiedelt waren – ein Vorgang, der sich seit der Übernahme der ehemaligen britischen Kronkolonie durch China noch weiter fortgesetzt hatte.

Dennoch gab es noch immer solche, die an ihrer althergebrachten Lebensweise festhielten und sich beharrlich weigerten, die Freiheit auf dem Wasser gegen die drückende Enge einer Mietswohnung einzutauschen. Von einer dieser Familien, von denen die meisten den traditionellen Seefahrersippen der Tanka und Hoklo angehörten, musste Kim Li abstammen – und Elizabeth hatte sich in den Kopf gesetzt, die leiblichen Eltern des Mädchens zu finden, um herauszubekommen, ob die Inselbegabung der Kleinen eventuell bereits in der vorherigen Generation aufgetreten war. Denn wenn dies der Fall wäre, wäre damit klar, dass es sich bei Kim Lis Begabung nicht um ein einmaliges Phänomen handelte, sondern um eine genetische Mutation, die an die Nachkommenschaft weitervererbt wurde.

Obwohl es nur noch wenige Boote waren, die im Hafen

von Aberdeen lagen, und obgleich Mrs. Tang sich bereitwillig als Führerin und Übersetzerin für den eigentümlichen Dialekt erboten hatte, den die *boat people* sprachen, erwies sich die Suche nach Kim Lis leiblichen Eltern als jene nach der berühmten Nadel im Heuhaufen. Nicht nur, dass niemand das Mädchen kennen wollte – die Menschen auf den Booten schienen vor Elizabeth Angst zu haben. Wahrscheinlich, sagte sich die Psychologin, fürchteten sie sich davor, zur Verantwortung gezogen zu werden, weil sie sich nicht um das Kind gekümmert hatten. Und so war es tatsächlich stets die gleiche Antwort, die die beiden Frauen erhielten.

»Kennt ihr dieses Mädchen? Wisst ihr, wer seine Eltern sind?«

»Nein.«

»Nein.«

»Nein ...«

Elizabeth erwog, blanke Dollars ins Spiel zu bringen und den Leuten für eine Auskunft Geld zu bieten, was Mrs. Tang ihr allerdings rasch wieder ausredete. Die *boat people*, beteuerte sie, seien ein geschäftstüchtiges Völkchen, das die Dollars dankbar annehmen und ihr dann erzählen würde, was immer sie hören wollte, nur komme sie damit der Wahrheit kein Stück näher.

Das sah Elizabeth ein und sie blickte sich suchend um, während der Führer des Sampans das flache, im hinteren Teil von einer tonnenförmigen Plane überwölbte Boot durch eine schmale Gasse steuerte, zu deren beiden Seiten sich die morschen Rümpfe zweier großer Dschunken erhoben. Längst hatte die Dämmerung eingesetzt; auf den Schiffen waren die Herdfeuer entzündet worden, an den Hecks und über den Masten leuchteten Lampions. Die einbrechende Nacht sorgte dafür, dass der Schmutz und das Elend verschwanden und die Überreste der schwimmenden Stadt einen schon fast malerischen Anblick boten. Nur der strenge Geruch, der über dem Wasser lag, störte diese trügerische Idylle.

»Was sollen wir tun, Dr. Kwon?«, fragte Mrs. Tang ratlos. »Wir haben bereits alle Schiffe auf dieser Seite des Hafens abgeklappert. Vielleicht sollten wir die Suche aufgeben und allmählich zu Mr. Tang zurückkehren. Ich bin sicher, dass er sich schon Sorgen um uns macht.«

»Vielleicht haben Sie recht.« Elizabeth seufzte. »Es ist nur … Kim Lis leibliche Eltern zu finden wäre wichtig gewesen, verstehen Sie?«

Die Chinesin zuckte mit den Schultern. Weder sie noch ihr Mann hatten ein besonderes Interesse daran, die tatsächlichen Eltern ihrer Ziehtochter ausfindig zu machen. Zum einen fürchteten sie, das Kind wieder abgeben zu müssen, das sie längst in ihr Herz geschlossen und liebgewonnen hatten; zum anderen hatten sie Angst, Kim Lis leibliche Familie könnte ihnen das Ticket in die Vereinigten Staaten streitig machen. Elizabeth hatte ihnen versichert, dass diese Gefahr nicht bestehe, doch zumindest Mrs. Tang schien noch immer nicht überzeugt. »Sie haben getan, was Sie konnten, Dr. Kwon«, sprach sie Elizabeth deshalb zu. »Jetzt ist es Zeit zurückzukehren. Sagen Sie Ihrem Chef an der Universität, dass Kim Lis Eltern nicht mehr am Leben sind. Auf diese Weise …«

»Ihr da!«

Mrs. Tang unterbrach sich, als an Bord einer Dschunke plötzlich eine Gestalt erschien, von der im Dämmerlicht wenig mehr als die Umrisse zu sehen waren. Mit einer Handbewegung bedeutete Elizabeth dem Sampanführer, den Motor zu drosseln und das Boot anzuhalten. Schaukelnd kam das Gefährt im brackigen Wasser zum Stehen.

»Suchen Eltern von kleinem Mädchen?«, erkundigte sich die Silhouette; es handelte sich offenbar um einen Jungen von vielleicht sechzehn Jahren und er sprach schlechtes Englisch.

»Allerdings«, bestätigte Elizabeth, noch ehe Mrs. Tang etwas erwidern konnte.

»Shaku kann euch helfen«, versicherte der Junge.

»Wie?«, wollte Elizabeth wissen.

»Wie viel?«, fragte Shaku dagegen.

»Fünfzig Dollar«, antwortete Elizabeth prompt. Den tadelnden Blick, mit dem Mrs. Tang sie bedachte, übersah sie geflissentlich. Sie wollte Informationen, und dies schien ihre letzte Chance zu sein.

»Schlechtes Geschäft.«

»Hundert Dollar.«

»Abgemacht. Kommen an Bord.«

Elizabeth erhob sich, Mrs. Tang jedoch hielt sie zurück.

»Tun Sie das nicht, Dr. Kwon«, raunte sie ihr zu. »Ich habe kein gutes Gefühl dabei. Nicht alle Bootsleute sind freundlich.«

»Ich habe keine andere Wahl«, meinte Elizabeth und lächelte sie beschwichtigend an. »Aber ich verspreche, dass ich vorsichtig sein werde, in Ordnung?«

Mrs. Tang war keineswegs beruhigt. Der Schatten über ihren rundlichen Zügen blieb.

»Also schön«, meinte Elizabeth, griff in ihre Tasche und gab ihr das Handy. »Nehmen Sie das hier. Wenn mir irgendetwas zustoßen sollte, rufen Sie die Polizei. Einverstanden?«

»Einverstanden«, bestätigte Mrs. Tang, worauf sich Elizabeth umwandte und auf die Dschunke überwechselte.

Den besorgten Blick, den die Chinesin ihr nachsandte, sah sie nicht, ebenso wenig wie das Grinsen im Gesicht des Sampan-Führers. Der Mann – ein alter Chinese, der einen traditionellen Reishut trug – gratulierte sich innerlich, dass er die Entlohnung nach Zeit vereinbart hatte, nicht nach zurückgelegter Strecke.

Sein Triumph erstarb jedoch jäh, als sich unsichtbare Hände um seine Kehle legten.

Elizabeth kletterte an Bord der Dschunke und stand dann dem Jungen gegenüber.

Im fahlen Licht der Lampions, die das Achterdeck beleuchteten, konnte sie erstmals sein Gesicht sehen. Er war tatsächlich kaum dem Kindesalter entwachsen. Dunkler Flaum spross auf seiner Oberlippe, ein listiges Blitzen lag in seinen Augen. Seine Kleidung bestand aus einem abgetragenen dunkelblauen Hemd und Jeans, die auf Kniehöhe abgerissen waren. Dass er keine Schuhe trug, passte zu dem ärmlichen Gesamteindruck, den er bot. Die hundert Dollar, die Elizabeth ihm in Aussicht gestellt hatte, mussten für ihn ein Vermögen sein und sie fragte sich, was er bereit sein würde, dafür zu tun.

»Amerikanerin?«, fragte er grinsend.

Sie nickte.

»Dachte ich mir. Sprechen schlechtes Kantonesisch.«

»Du scheinst mir auch kein Sprachgenie zu sein«, konterte sie, um Gelassenheit bemüht. Wer seine Stimme erhob oder seine Unruhe zeigte, verlor nach asiatischem Verständnis das Gesicht und war kein ernst zu nehmender Verhandlungspartner mehr, nicht einmal für einen Halbwüchsigen. »Also?«, verlangte sie zu wissen. »Was hast du für mich?«

»Zuerst Geld.«

Elizabeth seufzte. Der Gedanke, dass sie nicht an Bord kommen und lieber auf Mrs. Tang hätte hören sollen, drängte sich ihr auf.

Sie wandte sich ab, weil sie dem Jüngling keine Einsicht in ihre Geldbörse gewähren wollte (das hätte den Preis nur weiter in die Höhe getrieben), und zog eine Hundert-Dollar-Note hervor. Mit begehrlichem Grinsen griff der junge Chinese danach, Elizabeth jedoch zog den Schein wieder weg.

»Erst die Auskunft«, verlangte sie. »Wo finde ich die Eltern des Mädchens?«

»Hier an Bord«, antwortete der Junge, der nur noch Augen für den Geldschein hatte.

»Hier? Willst du mich veralbern?«

»Hier an Bord«, wiederholte er und deutete unbeholfen nach unten, womit er wohl die Kajüte meinte, die sich unter dem Achterdeck befand. »Meine Eltern.«

»Deine Eltern?« Elizabeth hob die Brauen. »Was soll das? Ich suche nicht deine Eltern, sondern die von …« Sie unterbrach sich. »Du … bist ihr Bruder?«, fragte sie verblüfft.

Er nickte.

»Aber wieso …?« Elizabeth wusste nicht, was sie dazu sagen sollte. »Wenn ihr wusstet, wer … Ich meine, wohin … Wie konntet ihr nur?«

Er beugte sich vor und tippte sich mit dem rechten Zeigefinger an die Stirn. »Sie nicht richtig im Kopf, verstehen? Sieht Dinge, die nicht da sind, richtig?«

Elizabeth nickte krampfhaft. Sie wusste nicht, ob sie angewidert sein sollte oder erfreut, weil sie Kim Lis Familie gefunden hatte. Sie fragte sich, inwieweit diese Menschen, die gerade genug besaßen, um selbst über die Runden zu kommen, für ihr Verhalten verantwortlich zu machen waren und sie fühlte sich elend, als sie dem Jungen den Schein hinhielt. Sie wollte das verdammte Geld endlich loswerden.

Gierig griff der junge Chinese, dessen Namen sie noch nicht einmal kannte, nach der Dollarnote – seine Hand berührte den Schein jedoch nie. Denn in diesem Moment geschah etwas, das unbegreiflich war und so blitzschnell vonstatten ging, dass Elizabeth es noch nicht einmal begriff.

Die Arme des Jungen flogen nach oben, gleichzeitig änderte sich seine Körperhaltung. Sein Kopf klappte in den Nacken und kippte mit einem hässlichen Geräusch zur Seite, dann brach der junge Chinese leblos zusammen.

»Was …?«

Elizabeth stand wie vom Donner gerührt.

Den Geldschein noch in der Hand, starrte sie auf den leblosen Körper, der vor ihr auf den schmutzigen Planken lag und sie aus weit aufgerissenen Augen anstarrte.

Der Junge war tot!

Die Erkenntnis versetzte Elizabeth einen Schock. Der Schrei, den sie ausstoßen wollte, saß wie eine verdorbene Speise in ihrer Kehle und wollte ihr nicht über die Lippen, dafür wich sie instinktiv einige Schritte zurück.

Sie ahnte nicht, dass ihr genau dies das Leben rettete, denn dadurch entging sie den Händen, die unsichtbar nach ihr griffen. Atemlos stürzte sie zur Reling, um auf den Sampan zurückzukehren. Was sie jedoch im Schein der Laternen sah, entfachte ihr Entsetzen nur noch mehr.

Mrs. Kwon kauerte reglos im Boot. Ihr Kopf war nach

vorn auf die Knie gesunken, sie rührte sich nicht mehr. Vom Führer des Sampans waren nur die Beine zu sehen, die unter der gewölbten Plane hervorlugten, wobei das linke grotesk verrenkt war. Der Anblick drehte Elizabeth den Magen um, denn ihr war klar, dass diese beiden Menschen einen ebenso jähen Tod gestorben waren wie der Junge, mit dem sie eben noch gesprochen hatte.

Eine eisige Klaue schien in ihre Brust zu fahren und ihr Herz zerquetschen zu wollen. In ihrer Panik kam es ihr nicht in den Sinn, sich zu fragen, wo Kim Li geblieben war. Flucht war ihr einziger Gedanke und sie fuhr herum und wollte davonlaufen, quer über das Deck der Dschunke, ohne Plan und Ziel – als sie von hinten gepackt und zurückgerissen wurde.

Dann umfassten sehnige Hände ihren Kopf, mit einem Griff, so hart und unnachgiebig wie der eines Schraubstocks, und Elizabeth zweifelte nicht daran, dass auch ihr das widerfahren würde, was den anderen zugestoßen war. Sie wollte um Gnade flehen, aber nichts als ein ersticktes Keuchen drang aus ihrer Kehle. Furcht und unendliches Bedauern waren ihre einzigen Empfindungen.

Plötzlich ein peitschender Knall, der die schreckliche Stille zerriss.

Ein Schuss!

Elizabeth spürte, wie ihr Peiniger zuckte und sich der Schraubstockgriff seiner Hände lockerte – und sie nutzte die Gunst des Augenblicks. Einen heiseren Schrei ausstoßend, in dem sich alles Entsetzen der letzten Augenblicke Bahn brach, schlug und trat sie hinter sich und versuchte gleichzeitig, sich dem Griff des Killers zu entwinden.

Es gelang ihr wie durch ein Wunder und sie ließ sich zu Boden fallen, landete hart auf Händen und Knien, während sie hinter sich Schritte vernahm, die über die Deckplanken stampften. Und sie hörte Stimmen.

»Da läuft er! Er ist verletzt!«

»Ich schnapp ihn mir!«

»Mina, nein! Warte auf mich!«

Im nächsten Moment merkte Elizabeth, wie sie an der Schulter berührt wurde. Sie zuckte zusammen und wollte aufspringen, um erneut die Flucht zu ergreifen, aber jemand hielt sie fest und sprach beruhigend auf sie ein.

»Haben Sie keine Angst! Ich bin auf Ihrer Seite, hören Sie? Ich bin auf Ihrer Seite.«

Sie hielt inne und wandte sich um, blickte in das Gesicht einer jungen Frau mit kurzgeschnittenem dunklen Haar, die trotz der fortschreitenden Dämmerung eine Sonnenbrille trug. Der Anblick war befremdlich, sodass Elizabeth abermals zusammenzuckte, aber sie unternahm keinen Fluchtversuch mehr. Aufgrund der schrecklichen Ereignisse, die sich innerhalb von Sekunden vor ihren Augen abgespielt hatten, hatte lähmende Resignation von ihr Besitz ergriffen.

»Dr. Kwon?«, erkundigte sich Alex.

Die Frau, die vor ihr an der Reling kauerte, mochte Ende zwanzig sein. Ihre blassen Züge waren von Entsetzen gezeichnet, ihr schulterlanges Haar hing ihr in wirren Strähnen ins Gesicht. Ihrem Blick zufolge war ihr nur zu klar, dass sie gerade mit knapper Not dem Tod entgangen war.

»J-ja«, antwortete sie stockend. »Woher wissen Sie ...?«

»Unwichtig.« Alex schüttelte den Kopf. »Sind Sie unverletzt?«

»J-ja.« Elizabeth Kwon rieb sich die Schläfen. »Wer ...?«

»Keine Zeit für Erklärungen, wir müssen rasch fort von hier«, drängte Alex. »Wo ist das Mädchen?«

In den Augen der Psychologin flackerte es, als sie sich auf einmal wieder an das Kind erinnerte. »I-ich weiß es nicht«, stammelte sie. »Eben war sie noch auf dem Boot, aber dann …«

Alex stieß eine halblaute Verwünschung aus – da regte sich plötzlich etwas unter dem Fischernetz, das zum Trocknen über der Reling hing. Ein blasses Gesichtchen erschien, aus dem ein verschrecktes Augenpaar lugte.

»Kim Li!« Elizabeth Kwon sprang auf und eilte zu dem Mädchen, um es in ihre Arme zu schließen, und obwohl das Kind seltsam steif und befremdet wirkte, wehrte es sich nicht gegen die Umarmung. Offenbar, dachte Alex, hatte sich die Kleine rechtzeitig in Sicherheit gebracht – ein Indiz dafür, dass sie tatsächlich über jene besondere Gabe verfügte, derentwegen der Orden ihren Tod wollte.

Sie sah, was anderen verborgen blieb.

Die Erleichterung darüber, dass sowohl Dr. Kwon als auch deren kleine Patientin noch lebten, währte jedoch nur Augenblicke. »Rasch!«, zischte Alex, während sie sich durch die Spezialbrille umschaute. Sie konnte Ismael nirgends entdecken und auch Mina war wie vom Erdboden verschluckt.

Die Sorge um ihren Partner legte sich wie ein dunkler Schatten über sie und es kostete sie einige Überwindung, ihn wieder abzuschütteln. Sie musste sich auf das Hier und Jetzt konzentrieren. Schließlich war Ismaels Leben nicht das Einzige, worum sie sich zu sorgen hatte.

»Wer sind Sie? Was hat das alles zu bedeuten?«, fragte Elizabeth Kwon, die das Kind noch immer umschlungen hielt und über deren Wangen Tränen der Verzweiflung rannen.

»Später«, entgegnete Alex unbarmherzig. Sie wusste, wie es sich anfühlte, von Killern des Ordens gejagt zu werden und dabei noch nicht einmal zu wissen, aus welchem Grund. Aber im Augenblick war keine Zeit für Erklärungen. »Wir müssen fort, ehe noch mehr von ihnen kommen.«

»Mehr von wem?«, fragte Dr. Kwon.

Die Antwort erhielt sie in Form einer ratternden MPi-Salve, die quer über das Achterdeck fegte!

»In Deckung!« Mit einer Reaktionsschnelle, die sie selbst überraschte, warf sich Alex auf das Deck und riss Kwon und das Mädchen dabei noch mit. Die Frauen spürten, wie die Salven sie nur knapp verfehlten. Die Geschosse hämmerten in die morsche Reling, Holzsplitter wurden herausgerissen und hagelten auf sie nieder und Kim Li verfiel in gellendes Geschrei.

Alex hob den Kopf. Zwischen den Pfosten der Backbordreling sah sie einen Sampan vorbeipflügen, in dessen Bug zwei schäbig gekleidete Männer kauerten, jeder von ihnen mit einer AKM-47 bewaffnet, der modernisierten Form der legendären Kalaschnikow – allerdings lag diese Modernisierung schon Jahrzehnte zurück. Die beiden Schützen auf dem Sampan waren zweifellos gedungene Mörder, die der Attentäter für den Fall angeheuert hatte, dass er selbst versagen sollte – oder vielleicht auch nur, um seine eigene Tat zu vertuschen und sie anderen anzuhängen. *Demons* waren keineswegs hirnlose Schlächter, sondern dazu ausgebildet, ihr Vorgehen bis ins Detail zu planen.

Alex verzichtete darauf, das Feuer zu erwidern – wichtiger war, dass sie möglichst rasch von Bord gelangten!

»Los, auf die Beine«, befahl sie und richtete sich halb auf. Ein Blick nach achtern verriet ihr, dass der Sampan gerade wendete, um die beiden Killer erneut in eine günstige Schussposition zu bringen – bis dahin mussten Alex und ihre Schützlinge das Boot auf der anderen Seite der Dschunke erreicht haben, mit dem Alex, Ismael und Mina gekommen waren. »Wir haben keine Zeit zu verlieren!«

Kwon und das Mädchen gehorchten, wenn auch mit der Trägheit von Menschen, die unter Schock standen und nicht begriffen, was um sie herum geschah. Wie sollten sie auch? Ohne es zu wollen, waren sie zu Figuren in einem Spiel geworden, dessen Regeln sie nicht kannten und dessen wahre Dimensionen sie noch nicht einmal im Ansatz erahnen konnten.

»Hierher!« Alex wies auf das Boot, das direkt neben der Dschunke in der Dünung des Taifunhafens schaukelte. »Da rein, schnell!«

Es handelte sich um ein Boot mit einem leistungsstarken Mercury-Marine-Außenborder. Kein Sport-Motorboot, mit dem man Wasserrennen gewinnen konnte, aber dennoch schnell genug für den Fall, dass sie die Flucht ergreifen mussten. Das hatte zumindest Ismael gesagt, als sie sich das Boot im Hafen »ausgeliehen« hatten, ohne den Besitzer vorab zu fragen.

Alex riss ihre Pistole hervor, während sie sich suchend nach ihren Begleitern umschaute. Wo, verdammt noch mal, blieb Ismael? War ihm etwas zugestoßen?

»Weiter!«, raunte ihr jemand zu, der sich unmittelbar neben ihr befinden musste. Durch die Spezialbrille erkannte sie Mina Harker, die jedoch schon im nächsten Augenblick wieder verschwunden war. Mit einer jener blitzschnellen Bewegungen, die der Weg der Unsichtbaren lehrte, katapultierte sich die Kommandantin senkrecht in die Höhe – und einen Herzschlag später erfuhr Alex den Grund dafür.

Das hässliche Ratschen einer Maschinenpistole, die durchgeladen wurde, ließ sie herumfahren.

Auf der anderen Seite des Decks standen zwei weitere Killer, die schmutzige Fetzen am Leib trugen, jedoch mit nagelneuen Waffen vom deutschen Typ MP5 ausgerüstet waren, Kaliber neun Millimeter Parabellum. Fraglos hatten sie die Maschinenpistolen von Mittelsmännern des Ordens erhalten.

Während der eine Sampan die Dschunke angriff, hatte sich unbemerkt ein weiterer genähert, dessen Besatzung unbehelligt an Bord geklettert war.

»*Lei hou*«, grüßte einer der beiden Kerle herüber und entblößte seine gelben Zähne zu einem Grinsen.

»Allmächtiger«, entfuhr es Elizabeth. Sie drückte Kim Li noch fester an sich, worauf das Kind nur noch lauter schrie.

Die Gesichter der Killer verhärteten sich und nahmen einen gnadenlosen Ausdruck an – doch die beiden kamen nicht dazu, die Abzüge ihrer Waffen zu betätigen. Ein leuchtender Schemen fiel vom Mastbaum herab und fuhr wie ein Unwetter zwischen sie. Einer der Kerle ging schreiend über Bord, der andere war bewusstlos, noch ehe er auf den Planken aufschlug.

Alex verlor keine Zeit. In aller Eile half sie Dr. Kwon und dem Mädchen ins Boot, wo sie sich erneut aneinanderklammerten, und es war unmöglich zu sagen, wer von beiden wem Trost spendete. Kim Li hatte zu schreien aufgehört, dafür blickte sie sich suchend um und murmelte aufgeregte Worte, die Alex nicht verstand.

Hastig kletterte auch sie in das kleine Boot und ließ sich auf die Achterducht nieder. Obwohl sie wusste, dass ihr oberster Auftrag darin bestand, Dr. Kwon und das Kind in

Sicherheit zu bringen, zögerte sie einen Augenblick. Gehetzt blickte sie nach oben, hielt nach Mina und Ismael Ausschau – und verspürte unendliche Erleichterung, als sie die vertrauten Silhouetten durch ihre Brille sah.

Die beiden verloren keine Zeit, sprangen ins Boot. »Alles in Ordnung?«, erkundigte sich Alex hoffnungsvoll.

»Nein«, drang es missmutig zurück. »Er ist mir ent…«

Das erneute Rattern einer Kalaschnikow verschluckte den Rest von dem, was Ismael hatte sagen wollen – der Sampan, von dem aus die Dschunke schon zuvor unter Beschuss genommen worden war, hatte gewendet und erneut Kurs auf sie genommen.

Alex riss an der Leine, der Außenborder röhrte auf. »Runter!«, schrie Ismael, der selbst die Steuerung des Bootes übernahm. »Legt euch flach auf den Boden!«

Elizabeth Kwon schien sich nicht darum zu scheren, woher die Stimme kam – verängstigt, wie sie war, war sie bereit, alles zu tun, was ihr das Leben rettete. Gehorsam ging sie in Deckung, Kim Li weiter an sich pressend, die sich jedoch von ihr befreien wollte. Aufgeregt vor sich hinmurmelnd, deutete das Kind bald hierhin, bald dorthin, bisweilen lachte es sogar – von der tödlichen Gefahr, in der sie alle schwebten, schien es nichts mehr mitzubekommen.

Eine Salve verfehlte das Boot nur knapp, weil Ismael es zur Seite ausbrechen ließ. Auch Alex hatte sich hinter die Wandung geflüchtet, wenngleich sie bezweifelte, dass das dünne Metall einen wirklichen Schutz gegen die Vollmantelgeschosse bot. Einmal mehr blieb ihr nichts anderes übrig, als ihr Leben in Ismaels Hände zu legen. Und nicht nur das Ihre.

In einem wilden Slalomkurs schoss das scheinbar führerlose Boot, getrieben von seinem Mercury-Außenborder, durch eine der Wasserstraßen, die sich zwischen den vertäuten Dschunken erstreckten, verfolgt vom Sampan der Killer, der ungleich schneller war als ein gewöhnliches Boot dieser Art. Steil ragte der konisch geformte Bug empor, während das plump aussehende Gefährt durch das Kielwasser pflügte, das Alex und ihre Begleiter hinterließen, und dabei beständig aufholte.

»Er kommt näher!«, schrie Mina Harker heiser. »Und sie zielen verdammt gut!«

»Was du nicht sagst«, gab Ismael zurück und riss das Ruder herum, um das Boot in eine Gasse zu lenken, die sich jäh zur Rechten auftat. Genau in diesem Moment gab einer der Killer jedoch Feuer und eine Salve schlug in den Bug des Boots und durchsiebte ihn.

Elizabeth Kwon schrie gellend auf, Mina Harker stieß eine Verwünschung aus.

»Jemand verletzt?«, schrie Ismael, während er das Boot mit hohem Tempo zwischen zwei großen Dschunken hindurchsteuerte.

»Ich bin okay«, meldete Alex. »Dr. Kwon?«

»Ja ... ja«, drang es nur zurück. Die Psychologin kauerte im Boot und hielt die Augen geschlossen. Das Mädchen hielt sie weiterhin schützend umklammert, obwohl sie selbst vor Angst zitterte. Alex bezweifelte, dass sie wirklich mitbekam, was geschah.

Erneut brandete eine Salve heran, die das Boot diesmal allerdings verfehlte und in eine der Dschunken schlug. Holzsplitter wirbelten durch die Luft.

Dann erhob Alex' Pistole ihre bellende Stimme. Commander Harker hatte die Waffe an sich genommen und erwiderte das Feuer, um die beiden Killer auf Distanz zu zwingen – mit verhaltenem Erfolg. Vom Heck des wild schwankenden Boots aus war sorgfältiges Zielen so gut wie unmöglich und ihre Verfolger waren zu abgebrüht, um sich durch ein wenig Herumgeballere einschüchtern zu lassen. Gleichgültig gaben sie weiter Feuer, grelle Mündungsflammen stachen aus den Läufen der AKs.

»Ismael!«, schrie Alex.

»Schon gut«, kam es zurück. Trotz der Projektile, die ihnen um die Ohren flogen, und zwar so dicht, dass Alex sie zu spüren glaubte, drosselte Ismael die Fahrt und drehte bei – nur um schon im nächsten Moment wieder zu beschleunigen und eine weitere Gasse entlangzujagen, die diesmal so schmal war, dass der Sampan der Killer nicht zu folgen vermochte.

Das Rattern der Maschinenpistolen verstummte jäh, nur noch das Röhren des Motors war zu hören und das Zischen der Gischt, während zu beiden Seiten Schiffsrümpfe vorbeizogen. Schon glaubte Alex aufatmen zu können, als die Gasse plötzlich endete – und aus einer etwas breiteren Parallelstraße schoss der Sampan der Verfolger heran!

Augenblicklich eröffneten die Killer wieder das Feuer – und es gab weit und breit keine Deckung mehr! Ihre wilde Flucht hatte die Gefährten an das Ende der Dschunkenstadt geführt. Noch vor zwanzig oder dreißig Jahren hätten sie sich an dieser Stelle noch immer mittendrin befunden – inzwischen jedoch erstreckte sich dort, wo einstmals Hausboote und Segelschiffe Bug an Bug gelegen hatten, nur glitzerndes Wasser.

»In Deckung!«

Ismaels Warnung war überflüssig. Elizabeth Kwon lag ohnehin schon am Boden des Boots und auch Alex kauerte noch immer hinter der Wandung und hoffte, dass keines der Geschosse sein Ziel finden würde. Dem trockenen

Klang nach verwendeten die Kerle auf dem Sampan das weit verbreitete Kaliber 7,62 Millimeter.

Unwillkürlich fragte sich Alex, wie viel der Orden ihren Verfolgern im Erfolgsfall wohl versprochen hatte. Offenbar war es ein erkleckliches Sümmchen, denn die Kerle ließen nicht locker!

Immer wieder schossen sie. Eine Feuerpause legten sie nur ein, um die Magazine zu wechseln. Dass sie ihr Ziel nicht schon längst ausgeschaltet hatten, lag wohl einerseits an ihrer Unerfahrenheit, war andererseits aber auch damit zu erklären, dass die AKM-47 mit ihrem beträchtlichen Rückstoß erst einmal beherrscht werden wollte. Dennoch war es nur eine Frage der Zeit, bis entweder Ismael ein Fehler unterlaufen oder einer der Killer einen Treffer landen würde, und bis zur Kaimauer war es noch ein gutes Stück.

»Mina«, rief Ismael kurz entschieden, »übernimm du!«

»Was hast du vor?«

»Bring Alex und Dr. Kwon in Sicherheit!«, rief Ismael; eine Antwort blieb er schuldig. Mina Harker nahm seinen Platz auf der Ruderducht ein und fragte nicht weiter – anders als Alex.

»Was hast du vor?«, rief sie aufgebracht und hob den Kopf weiter aus der Deckung, als gut für sie war – eine Salve zuckte heran und strich knapp über sie hinweg. Sofort zuckte Alex' Kopf wieder nach unten, während das Boot einen wilden Schlingerkurs beschrieb.

»Ismael!«, schrie sie aus Leibeskräften. Sie war sich sicher, dass er etwas Verrücktes plante und dabei Kopf und Kragen riskierte. Er war mal wieder bereit, sich selbst bedingungslos zu opfern, um die anderen zu retten.

»Ich liebe dich«, sagte er nur – dann ließ er sich rücklings aus dem Boot fallen.

»Verdammt!«

Bäuchlings kroch Alex zum Heck des Boots und wagte einen Blick über den Rand. Das Sperrfeuer der Killer hatte ausgesetzt, weil sie erneut die Waffen nachladen mussten, während ihr Sampan durch das Wasser pflügte.

»Nein!«, entfuhr es Alex entsetzt, als ihr dämmerte, was Ismael vorhatte.

Im nächsten Moment geschah etwas Seltsames. Unmittelbar neben dem Sampan, der dem Motorboot in etwa fünfzig Metern Entfernung folgte, erschien eine geisterhafte Gestalt im Wasser.

Ismael.

Es war ihm irgendwie gelungen, sich an den alten Autoreifen einzuklammern, welche die Seiten des Sampans säumten und ihn bei Zusammenstößen schützten. Von dort zog er sich nun empor und kletterte an Bord. Dabei perlte das Salzwasser von ihm ab und im Licht des Mondes und der nahen Hafenbeleuchtung war er für einen Augenblick zu sehen.

Noch ehe die Killer begriffen, was geschah, fuhr der Unsichtbare wie ein Blitz unter sie und Alex wurde an etwas erinnert, das sie mitunter gern vergaß: dass auch ihr Geliebter die Schule des Ordens durchlaufen hatte. Ismael mochte kein *Demon* sein, aber auch er war in der grausamen Kunst des schnellen Tötens bewandert.

Der eine der beiden Killer begriff vermutlich nie, was ihm widerfuhr – sein Kopf wurde herumgerissen und er kippte über Bord. Als der andere Killer sah, was seinem Kumpan widerfahren war, sprang er auf. Offenbar hatte er den Feind als flüchtige Erscheinung wahrgenommen, denn im schwankenden Bug stehend, riss er seine frischgeladene Waffe herum und feuerte. Dabei hielt er einmal mehr den

Abzug durchgezogen – und erschoss versehentlich seinen anderen Komplizen, der im Heck saß und den Sampan steuerte. Alex sah, wie der Mann nach hinten kippte und im Kielwasser verschwand – fast im selben Moment brach an Bord Feuer aus!

Eines der Projektile musste die Benzinleitung zerfetzt haben und es gab eine grelle Stichflamme und im nächsten Augenblick wurde der Sampan von einer Explosion zerstört.

Alex zuckte zusammen.

In einem grellen Feuerball wurde das Gefährt regelrecht zerrissen. Für einen Sekundenbruchteil waren Trümmer des Bootes sowie die Silhouette des Killers vor dem glühenden Hintergrund zu sehen, dann wurde alles von Feuer verschlungen.

»Nein«, ächzte Alex atemlos, während ihr Tränen in die Augen schossen. »Ismael …«

So jäh, wie er aufgeflammt war, fiel der Feuerball auch wieder in sich zusammen. Brennende Trümmer, von der Urgewalt der Explosion in die Luft geschleudert, regneten herab und trafen zischend auf die Wasseroberfläche. Dampf vermischte sich mit beißendem Rauch, vom Ufer drang das Heulen einer Polizeisirene herüber.

Mina Harker hatte den Motor längst gedrosselt. Mit langsamer Fahrt tuckerte das Boot um die weit verstreuten Trümmer. Auch wenn klar war, dass sie nicht lange bleiben konnten, wollten sie zumindest nichts unversucht lassen, um Ismael zu finden.

Trotz der geringen Chancen …

Energisch wischte sich Alex die Tränen aus den Augen und setzte die Spezialbrille auf, aber wegen der zahlreichen brennenden Trümmer auf dem Wasser war sie nahezu nutzlos.

»Ismael!«, rief Alex, aber sie erhielt keine Antwort.

»Tut mir leid, Schwester«, flüsterte Mina Harker, und es klang ehrlich.

»W-willst du schon aufgeben?«, fragte Alex. »Möglicherweise treibt er hier irgendwo im Wasser und ist verletzt. Vielleicht braucht er unsere Hilfe …«

»Vielleicht«, räumte Mina ein. »Aber in ein paar Minuten wird es hier von Booten der Hafenpolizei nur so wimmeln, und dann müssen wir unbedingt verschwunden sein. Andernfalls werden wir den Rest unserer Tage in einem chinesischen Gefängnis verbringen. Hast du verstanden?«

Natürlich hatte Alex verstanden, aber es interessierte sie nicht. Ihr eigenes Schicksal war ihr in diesem Augenblick gleichgültig. Alles, was sie wollte, war, dass ihr Geliebter die Explosion überlebt hatte.

Aber danach sah es nicht aus.

Die Trümmer, die in einiger Entfernung im Wasser schwammen, waren schwarz verkohlt und brannten zum Teil noch immer und von dem Sampan war so gut wie nichts geblieben. Die Wahrscheinlichkeit, dass Ismael tatsächlich überlebt hatte, tendierte gegen Null – das war es, was die Wissenschaftlerin in Alex ihr sagte, ungeachtet der Gefühle, die in ihrer Brust tobten.

»Er darf nicht tot sein«, murmelte sie leise, während sie ihren Blick panisch über die Trümmer schweifen ließ. »Er darf einfach nicht tot sein, verstehst du?«

»Ich weiß«, sagte Mina nur – zwei Worte, die mehr Mitleid und Verständnis enthielten als manche Trauerrede.

»Ismael …« Alex konnte die Tränen nicht länger zurückhalten.

»Wir werden jetzt zum Ufer zurückfahren«, kündigte Mina an.

»Nein!«

»Wir haben keine Wahl!«

»Aber Ismael …«

»Ismael ist tot, Alex. Wir können nichts mehr für ihn tun. Aber er hätte ganz sicher nicht gewollt, dass wir im Gefängnis landen und sein Kind in der Obhut des chinesischen Geheimdienstes aufwächst.«

Alex zuckte innerlich zusammen.

Ihre Schwangerschaft – in ihrer Verzweiflung hatte sie die beinahe vergessen.

»Wir müssen verschwinden«, schärfte Mina ihr ein. »Ismael hat sich ganz sicher nicht geopfert, damit wir alles wegwerfen. Er wollte, dass wir leben, Schwester – und wenn sein Opfer zu etwas gut gewesen sein soll, dann müssen wir jetzt los.«

Alex starrte in die Richtung, in der sie ihre unsichtbare Freundin wusste, und obwohl sie Mina Harkers Züge nicht sehen konnte, glaubte sie zu ahnen, was darin geschrieben stand. Trauer und Verständnis, aber auch ungebrochene Entschlossenheit.

»Also gut«, sagte Alex leise.

Mina hatte recht. Sie musste in Sicherheit gelangen, nicht nur um ihrer selbst willen, sondern auch für die Personen, die ihrem Schutz anvertraut worden waren – und für ihr Kind.

So hätte Ismael es gewollt.

Harker murmelte eine Bestätigung und wollte Gas geben, um das Boot möglichst rasch vom Unglücksort zu entfernen – als sich auf der Backbordseite plötzlich ein Plätschern vernehmen ließ.

»Was, in aller Welt …?«

Alex fuhr herum. Ein spitzer Schrei entfuhr ihr, als zwei

durchsichtige Hände erschienen, von denen das Wasser perlte, und sich an den Rand des Bootes klammerten – und im nächsten Moment zog sich eine eigenartige, halb sichtbare, halb transparente Gestalt an Bord.

»Ismael!«

Alex traute ihren Augen nicht. Eben noch hatte sie geglaubt, ihren Geliebten für immer verloren zu haben, und auf einmal stand er plötzlich wieder vor ihr, lebend und – wie es schien – unversehrt.

»Was denn?«, stieß er atemlos hervor. »Habt ihr geglaubt, ich wäre so dämlich, mich in Stücke reißen zu lassen? Natürlich bin ich rechtzeitig von Bord gesprungen.«

Alex antwortete nicht. Stattdessen warf sie sich auf Ismael, dessen Gestalt soeben dabei war, wieder zu verblassen, und umarmte ihn, während Mina Harker das Boot beschleunigte und es zum gegenüberliegenden Ufer steuerte – fort von den Polizeibooten, die sich von der anderen Seite des Hafenbeckens her näherten. Alex und Ismaels Lippen begegneten sich zu einem Kuss, der nur einen Augenblick währte, ihr jedoch wie eine Ewigkeit erschien. Als sie sich voneinander lösten, sah sie, dass Elizabeth Kwon nicht länger auf dem Boden des Bootes kauerte. Auch hielt die Psychologin nicht länger die Augen geschlossen, sondern starrte Alex voller Unverständnis an.

»Was hat dies zu bed…?«

Sie kam nicht dazu, die Frage auszuformulieren, denn in diesem Moment ereignete sich eine weitere Explosion. Einen halben Kilometer entfernt, auf der anderen Seite der Dschunkenstadt, loderte erneut eine Feuersäule zum nachtschwarzen Himmel auf, die Trümmer und Wrackteile emporriss. Der dumpfe Knall der Detonation wurde von den nahen Bergen und den Hochhäusern zurückgeworfen und geisterte als Donnergrollen über die Bucht. Die Dschunke, auf der Kim Lis Eltern gelebt hatten, war in die Luft gesprengt worden – und mit ihr jeder Beweis für das, was sich abgespielt hatte. Der *Demon* hatte ganze Arbeit geleistet.

Wieder erklang eine Sirene und ein Löschboot der Hafenfeuerwehr tauchte auf, um ein Übergreifen des Feuers auf die übrigen Dschunken zu verhindern. Auch die Polizeiboote drehten ab und wandten sich dem aktuelleren Geschehen zu.

Alex Lessing atmete auf und schmiegte sich an die sehnige Gestalt Ismaels. Nachdem sie ihn bereits verloren geglaubt hatte, hielt sie ihren Geliebten wieder in den Armen – doch tief in ihrem Inneren spürte Alex, dass sich etwas verändert hatte.

Ismaels Berührung war nicht mehr die gleiche.

14.

Berkeley (oa).

Wie das Universitätsdekanat in einer Presseerklärung verlauten ließ, wurde Professor Norman Andrews, der langjährige Leiter des Lehrstuhls für Klinische Psychologie, gestern Abend tot in seiner Wohnung in Sausalito aufgefunden. Als Todesursache wird Herzversagen angegeben.

Dr. Patrick O'Brien, Pressesprecher der Universität, sprach von einem schweren Schock und einem herben Verlust für die Wissenschaft. Andrews hatte sich nicht nur als Lehrer und Autor diverser Sachbücher hervorgetan, sondern im Zuge seines Forschungsauftrags auch mehrere Wissenschaftsprojekte betreut, deren Zukunft noch ungewiss ist. Nach einer angemessenen Zeit, so die Fakultätsleitung, werde man entscheiden, wie damit weiterverfahren wird; aus Gründen der Pietät verböten sich weitere Spekulationen. Allgemein wird jedoch erwartet, dass Dr. David Wilkes, Andrews' langjähriger Stellvertreter und Assistent, auf den Lehrstuhl nachrücken wird. Hierfür spricht auch, dass Wilkes in einer ersten internen Stellungnahme ankündigt haben soll, eine Reihe von Neuerungen bei der Vergabe von Forschungsaufträgen einführen zu wollen.

The San Francisco Examiner,
Seite 3

Hotel Orchid
Siam Square, Bangkok
22 Uhr 11 Ortszeit

Schweigend saß Elizabeth Kwon auf dem Sofa des Hotelzimmers, in das sie gebracht worden war, eine Decke um die Schultern und die Knie an die Brust gezogen, wie ein verängstigtes Kind. Ihr Blick war geradeaus gerichtet und schien in unendliche Ferne zu starren.

Alex konnte sich gut vorstellen, was in der Psychologin vorging. Sie wusste, wie einem zumute war, wenn sich das eigene Leben von einem Augenblick zum anderen in einen Scherbenhaufen verwandelte.

Es war knapp gewesen.

Äußerst knapp.

Unmittelbar nach ihrem Eintreffen in Hongkong hatten sich Alex, Ismael und Mina Harker auf die Suche nach Dr. Kwon gemacht. Den Hinweisen folgend, die sie erhalten hatten, waren sie nach Aberdeen gekommen, ahnend, dass der *Demon* des Ordens ihnen einen Schritt voraus sein würde. Um Zeit zu gewinnen, hatten sie kurzerhand ein Boot mit dem Außenborder gestohlen, mit dem sie zur Dschunkenstadt gefahren waren. Die Menschen dort hatten sich als ebenso verschlossen wie ängstlich erwiesen, sodass Alex und ihre Begleiter wertvolle Zeit verloren hatten. Fast hatten sie schon aufgeben wollen, als Alex den Killer entdeckt hatte: an Deck einer der Dschunken und kurz davor, Elizabeth Kwon zu ermorden.

Ismael hatte geschossen, mit Alex' Pistole. Um das Opfer nicht zu gefährden, hatte er den Schuss tief ansetzen müssen, sodass er den Killer nicht getötet, sondern lediglich am Bein verwundet hatte. Bedauerlicherweise war die Verletzung nicht schlimm genug gewesen, seine Tarnung zunichte zu machen, noch ihn an der Flucht zu hindern. Er würde erneut versuchen, Dr. Kwon und die kleine Kim Li zu töten, so lange, bis er sein Ziel erreicht hatte.

Ismaels Stimmung war entsprechend gedrückt. Wachsam stand er am Fenster des Hotelzimmers. Bis auf einen schmalen Spalt waren die Vorhänge zugezogen, sodass man von draußen nicht hereinblicken konnte. Sie mussten Hongkong so rasch wie möglich verlassen, aber natürlich würde der Orden den Flughafen überwachen.

Kim Li, die auf dem Boden saß und mit ein paar Bauklötzen spielte, die Alex an einem Straßenstand an der Ecke gekauft hatte, kicherte unentwegt. Das Kind hatte noch nicht mitbekommen, dass sowohl seine leiblichen als auch seine Zieheltern von den Killern des Ordens getötet worden waren. Oder es war einfach nicht in der Lage, den Verlust zu begreifen. Kim Li schien in ihrer eigenen Welt zu leben und Alex war in dieser Situation froh darüber.

Wieder lachte das Kind und deutete immer wieder auf das Fenster, dazu sprach es einige Worte in seiner Muttersprache.

»Was sagt sie?«, wollte Alex wissen.

Elizabeth Kwon machte den Eindruck, aus einem Tagtraum zu erwachen. Sie zuckte zusammen und es dauerte einen Moment, bis sie in die Realität zurückgefunden hatte. »Sie redet wirres Zeug«, gab die Psychologin leise, fast flüsternd zur Antwort. »Sie sagt, dass dort ein Mann am Fenster steht.«

»Ich verstehe.«

»Nein, Sie verstehen es nicht.« Elizabeth schüttelte unwillig den Kopf. »Dieses Kind ist nicht wie andere Kinder. Es ist ein Savant, was bedeutet, dass seine Wahrnehmung nicht der eines Durchschnittsmenschen entspricht. Das Problem ist nur …«

»Ja?«, hakte Alex nach.

»Ich weiß nicht mehr, was ich von meiner eigenen Wahrnehmung halten soll. Ich habe Dinge gesehen, die es eigentlich gar nicht geben dürfte. Sicher halten Sie mich für verrückt, aber ich …«

»Keineswegs, Dr. Kwon.«

Der Blick, den die Psychologin Alex sandte, war voll ehrlicher Verzweiflung. »Was soll ich sagen? Das alles ist so unwirklich. Ich bin so verwirrt. So muss es sich anfühlen, wenn man den Verstand verliert …«

»Trinken Sie das«, sagte Alex und reichte ihr eine Tasse mit dampfendem Inhalt.

»Was ist das?«

»Tee.«

»Tee.« Die Psychologin lachte freudlos auf. »Ein wenig stärker hätte es ruhig ausfallen können. Wann werden Sie mich ins Krankenhaus bringen?«

»Gar nicht.«

»Soll das ein Witz sein? Ich stehe unter Schock! Ich habe alle Symptome eines traumatischen …«

»Dr. Kwon«, sagte Alex mit fester Stimme und gab sich dennoch Mühe, dabei so sanft wie möglich zu klingen, »ich weiß, wie schwer dies alles für Sic scin muss, aber Sie müssen mir glauben, dass ein Krankenhaus nicht der richtige Ort für Sie wäre. Die Leute, die Ihnen in der Dschunkenstadt aufgelauert haben, suchen überall nach Ihnen und Kim Li.«

»Woher wollen Sie das wissen?«

»Wir wissen es«, versicherte Alex nur. »Es war kein Zufall, dass wir Sie und das Mädchen gefunden haben, Dr. Kwon. Auch wir haben nach Ihnen gesucht.«

»Sie haben nach uns gesucht?« Die Augen der Psychologin wurden immer größer. Nun, da sie den ersten Schreck überwunden hatte, schien sie die Frage nach der Identität ihrer Retter zu beschäftigen. »Sind Sie von der Polizei? Von der Auswanderungsbehörde? Vom chinesischen Geheimdienst? Hören Sie, ich habe mir nichts zuschulden kommen lassen. Die Ausreise der Tangs sollte auf völlig offiziellem Weg erfolgen, ich kann nicht …«

»Beruhigen Sie sich«, sagte Alex beschwichtigend und setzte sich zu ihr. »Ich bin keine Polizistin. Und wie eine chinesische Geheimagentin sehe ich doch wohl auch nicht aus.«

»N-nein«, gestand Elizabeth und nahm einen kleinen Schluck aus ihrer Tasse. »Aber … wer sind Sie dann? Warum haben Sie nach mir gesucht? Und wie haben Sie mich gefunden?«

»Wir haben einen Anruf Ihres Funktelefons zurückverfolgt«, erklärte Alex, »ebenso wie die Kreditkartenzahlungen, die Sie in den letzten Tagen getätigt haben. Außerdem haben wir Kontakt zu Ihrer Fakultät in Berkeley aufgenommen, wo uns ein gewisser Dr. Wilkes bereitwillig Auskunft gegeben hat.«

»Wilkes?« Elizabeth hob die Brauen. »Wieso ist er an dem Projekt beteiligt? Haben Sie nicht mit Professor Andrews gesprochen?«

»Professor Andrews ist tot, Dr. Kwon.«

Elizabeth riss die Augen auf. »Was?«

»Er wurde leblos in seiner Wohnung aufgefunden. Die offizielle Diagnose lautet Herzversagen, aber nach allem, was wir wissen, ist das nicht die Wahrheit. Andrews wurde getötet – von denselben Leuten, die auch Kim Li und Sie aus dem Weg schaffen wollen.«

»Aber warum? Was sind das für Leute, die so etwas tun?« Elizabeth Kwons Stimme wurde brüchig, ihr Blick begann zu flackern – Erkennungszeichen für einen bevorstehenden Zusammenbruch.

»Bitte, Dr. Kwon«, sprach Alex auf sie ein, »es ist wichtig, dass Sie sich beruhigen.«

»Ich soll mich … beruhigen? Nach allem, was dort draußen geschehen ist? Nach allem, was ich gesehen habe? Dabei bin ich mir noch nicht einmal sicher, *was* ich eigentlich gesehen habe.«

»Ich kann sehr gut verstehen, dass Sie aufgebracht sind. Glauben Sie mir, ich habe das Gleiche durchgemacht, und wenn Sie …«

»Das Gleiche wie ich?«, schrie die Psychologin und blitzte Alex aus von Tränen geröteten Augen an. »Ehrlich gesagt, ich glaube nicht, dass Sie sich auch nur annähernd vorstellen können, was in mir vorgeht. Ich habe gesehen, wie jemand umgebracht wurde, der nur eine Armlänge von mir entfernt stand. Menschen, die ich sehr gut kannte, wurden getötet. Mein Leben ist von einem Augenblick zum anderen nicht mehr wiederzuerkennen, und Sie behaupten, Sie könnten mich verstehen?«

»Ja«, sagte Alex, »das kann ich allerdings. Denn ich habe genau das Gleiche durchlebt wie Sie. Die gleichen Schrecken, die gleichen Ängste. Aber all das war die Sache wert.«

»Die Sache? Welche Sache, verdammt noch mal? Ich habe keine Ahnung, wovon Sie sprechen!«

»Das ist mir klar, Dr. Kwon. Und ich verstehe auch, wie beunruhigend das alles auf Sie wirken muss. Ich verspreche Ihnen, dass Sie auf Ihre Fragen Antworten bekommen, aber für den Augenblick ist es wichtig, dass Sie ruhig bleiben.«

»Das sagt sich so leicht! Noch vor einer Stunde hatte ich

eine Zukunft, verstehen Sie? Ich hatte einen gutdotierten Forschungsauftrag und die besten Aussichten auf eine vielversprechende Karriere, und jetzt ...«

»Was hier vor sich geht«, versicherte Alex sanft, »ist um vieles wichtiger als irgendein Forschungsauftrag. Es ist wichtiger als Ihr oder mein oder irgend sonst ein Menschenleben. Wollen Sie mir das glauben?«

»Wie könnte ich das? Alles, was ich gesehen habe, ist Tod und Zerstörung.«

»Wir haben Ihnen das Leben gerettet«, brachte Alex in Erinnerung. »Ihnen und der kleinen Kim Li.«

Gedankenverloren schaute Elizabeth nach dem Kind, das auf dem Boden des Hotelzimmers hockte und einmal mehr in seine eigene Wirklichkeit versunken schien. Es gestikulierte und schnitt Grimassen in Richtung des Fensters, so als wäre dort jemand, der sein Gebaren erwiderte.

»Mr. Tang ist ebenfalls tot, sagten Sie?«

Alex nickte. »Wir nehmen an, dass der Killer zunächst in der Wohnung nach Ihnen gesucht hat. Dort traf er auf Charles Tang und tötete ihn, um jedes Risiko einer Entdeckung auszuschließen. Er hat nur das Baby am Leben gelassen, aus welchem Grund auch immer.«

»Dieser Killer ...«, flüsterte Elizabeth schaudernd und starrte in die Tasse. »Ich habe ihn nicht einmal gesehen, wissen Sie. Es lag wohl an der Dunkelheit.«

»Nein«, widersprach Alex leise.

Elizabeth blickte auf. »Was soll das heißen?«

»Das werde ich Ihnen alles erklären. Fürs Erste sollte es Ihnen genügen zu wissen, dass Sie in Sicherheit sind. Ziehen Sie die nassen Klamotten aus, genehmigen Sie sich eine heiße Dusche und versuchen Sie zu schlafen. Morgen früh ...«

»Ich pfeif auf morgen früh!«, fiel Elizabeth ihr ins Wort und in einem Ausbruch von Furcht, Verzweiflung und hilflosem Zorn schleuderte sie die noch halb gefüllte Teetasse von sich. Kim Li zuckte zusammen und sandte ihr einen entsetzten Blick.

»Ich will jetzt wissen, was es mit all dem auf sich hat!«, verlangte die Psychologin. »Menschen wurden getötet, ich selbst bin nur mit knapper Not einem Mordanschlag entgangen! Also sagen Sie mir nicht, dass ich mich bis morgen gedulden soll. Ich will Antworten, verstehen Sie? Jetzt!«

Alex schürzte die Lippen.

Einerseits konnte sie die Psychologin nur zu gut verstehen – noch vor nicht allzu langer Zeit hatte sie ähnlich empfunden. Sie wusste, was es bedeutete, sich im Fadenkreuz des Ordens zu befinden. Von einem Augenblick zum anderen stand man vor den Trümmern seines Lebens; alles, was man bis dahin aufgebaut und für wichtig erachtet hatte, war plötzlich nicht mehr gültig. Antworten brachten keine Erlösung, vertieften den Schrecken nur, und noch immer hätte Alex nicht zu sagen gewusst, ob die Ungewissheit schlimmer war oder die Wahrheit.

»Sie werden alles erfahren«, versuchte sie deshalb abzuwiegeln. »Glauben Sie mir, mir ist ebenso daran gelegen wie Ihnen, aber wir sollten nichts überstürzen.«

»Überlassen Sie das gefälligst mir! Los doch, sagen Sie mir, wo ich da hineingeraten bin! In eine Spionageaffäre oder einen Drogenkrieg oder …«

»Nichts dergleichen«, versicherte Alex, »und doch hat es was davon.«

»Sie weichen mir aus«, protestierte die Psychologin. »Was Sie mir liefern, sind keine Antworten, sondern nur Ausflüchte! Sie verbergen etwas vor mir, das ist offensichtlich. Hören Sie auf damit. Ich will die Wahrheit, hören Sie? Die Wahrheit!«

»Sind Sie sicher?«, fragte jemand und es war zu Elizabeths sichtlicher Bestürzung nicht Alex, sondern eine Männerstimme, die diese Frage gestellt hatte.

»W-wer hat das gesagt?«, fragte sie und blickte sich verwirrt um – aber außer den beiden Frauen befand sich augenscheinlich nur noch Kim Li im Hotelzimmer.

»Ismael, nicht«, bat Alex. »Es ist zu früh.«

»Es ist immer zu früh«, gab die Männerstimme zurück und Elizabeth hörte sie auf einmal ganz deutlich neben sich. »Sie wollen die Wahrheit, Dr. Kwon?«

»A-allerdings …«

»Dann sollen Sie die Wahrheit erfahren«, sagte die Stimme aus dem Nichts – und plötzlich bewegte sich die Teetasse, die die Psychologin in ihrem Zorn von sich geschleudert hatte und die dennoch heil geblieben war. Wie von Geisterhand wurde sie vom Teppichboden aufgehoben und schwebte durch die Luft.

»W-was soll das?«, fragte Elizabeth mit vor Staunen weit aufgerissenen Augen. »Was ist das für ein Trick?«

»Kein Trick«, versicherte die Stimme. »Nur die konsequente Erweiterung der Möglichkeiten, die sich aus der optischen Physik ergeben.« Auch Alex' Tasse, die leer auf dem Couchtisch stand, begann plötzlich zu schweben, und als wäre das noch nicht genug, umkreisten sich beide Tassen, was Kim Li helles Gelächter entlockte.

»Keine Fäden, sehen Sie?«, sagte die Stimme. »Was Sie sehen, ist real. So real wie Sie – und ich.«

»W-wollen Sie damit sagen, dass …?« Elizabeth verstummte. Ihr rational geschulter Verstand weigerte sich, den Gedanken auszusprechen.

Kim Li hatte damit weniger Probleme.

»Großer Mann«, rief sie lachend und deutete auf die Tassen, die noch immer umeinanderkreisten, »macht lustige Kunststücke. Sehr komisch …«

In diesem Moment erahnte Dr. Kwon die Wahrheit.

Die Teile des Puzzles fügten sich zusammen und ergaben ein Gesamtbild, das jenseits der Grenze des Erträglichen lag. Zusammen mit den überstandenen Strapazen und den durchlebten Schrecken, verbunden mit ihrer Furcht und Unsicherheit, sorgte es dafür, dass sich der dunkle Sack der Ohnmacht über sie stülpte. Elizabeth Kwon wankte und verdrehte die Augen, versuchte noch einen heldenhaften Moment lang, bei Bewusstsein zu bleiben – dann sackte sie auf der Couch zusammen.

»In Ordnung«, ließ sich die trockene Stimme von Mina Harker vernehmen. »Ich denke, sie hat es ganz gut aufgenommen …«

Unbekannter Ort
Zur selben Zeit

»Nun?«

Gallagher zuckte innerlich zusammen, als er die Stimme hörte. Im Lauf der vielen Jahre, in denen er nun schon in den Diensten des Ordens stand, hatte er gelernt, sie zu respektieren und bisweilen auch zu fürchten. Irrte er sich, oder hatte eine unausgesprochene Warnung in dem einen Wort mitgeschwungen? Oder lag es nur an der Zerhackertechnik, die dafür sorgte, dass das Funksignal auf seinem Weg um die halbe Welt mehrmals verschlüsselt wurde?

»Die Aktion ist fehlgeschlagen«, erstattete Gallagher Bericht und bemühte sich, seine Stimme sachlich klingen zu lassen. Wut, Enttäuschung, Trauer – all diese Dinge hatten für einen Soldaten des Ordens nicht zu existieren.

»Fehlgeschlagen?« Jede einzelne Silbe des Wortes kam einer Anklage gleich.

»Ja, Sir.«

»Berichten Sie.«

»Mehrere Zielpersonen wurden ausgeschaltet, darunter die Pflegeeltern des Kindes sowie seine leibliche Familie. Kwon und das Kind jedoch sind mir entkommen.«

»Hatten Sie keine Unterstützung?«

»Doch, Sir, natürlich – Angehörige einer ortsansässigen Schleuserbande.«

»Sehr gut. Und?«

»Bedauerlicherweise wurden sie alle ausgeschaltet, ehe sie ihren Auftrag erledigen konnten. Auch ich selbst wurde leicht verletzt.«

»Dann hatten die Opfer Hilfe«, folgerte Gallaghers Auftraggeber, ohne sich auch nur einen Deut um dessen Gesundheit zu scheren. Die Tatsache, dass Gallagher Rapport erstattete, war Beweis genug dafür, dass er am Leben und sicherlich auch weiterhin einsatzfähig war.

»Das ist richtig, Sir.«

»Das ist unerfreulich. Offenbar verfügen die Rebellen über immer bessere Möglichkeiten der Informationsbeschaffung.«

»Offensichtlich, Sir – und das ist noch nicht alles.«

»Was noch?« Diesmal war es weder Vorwurf noch mühsam beherrschte Wut, die aus den Worten herauszuhören waren, sondern Enttäuschung. »Ist Ihnen nicht klar, dass es keine Fehlschläge geben darf? Ich dachte, Sie wüssten das, Mr. Gallagher?«

»Ja, Sir«, versicherte Gallagher, »aber mit diesem Gegner konnte ich nicht rechnen.«

»Wer ist es?« Ein kurzes, scharfes Keuchen drang aus dem Empfänger des Funktelefons. »Ismael?«

»Ja, Sir. Ich habe mit ihm gekämpft. Es war nur ein kurzer Zusammenstoß, aber ich kenne seine Art, sich zu bewegen. Er war es – und Alexandra Lessing war ebenfalls bei ihm.«

»Sind Sie sicher?«

»Allerdings, Sir«, bestätigte Gallagher, und diesmal war er es, der jede Silbe betonte.

Eine kurze Pause entstand, in der der andere die Möglichkeiten abzuwägen schien, die sich ihnen so unerwartet boten. Eine weitere Grundregel, die auf dem *iter invisibilium* gelehrt wurde, lautete, dass eine Niederlage bisweilen nützlicher sein konnte als ein Sieg. Vielleicht, so hoffte Gallagher, war dies eine davon.

»Wenn Sie tatsächlich recht haben«, fuhr sein Auftraggeber fort, »haben wir keine Zeit zu verlieren. Eine Chance wie diese bekommen wir so bald nicht wieder.«

»Das ist anzunehmen, Sir.«

»Die Gegenseite hat einen entscheidenden Fehler begangen, als sie Ismael und Lessing auf den Fall ansetzte – denn für uns ergibt sich dadurch die Chance, alle vier zu erledigen, und zwar auf einen Streich.«

»Ich stimme Ihnen zu, Sir. Geben Sie mir zwei Tage freie Hand und ich schwöre, dass ich Ihnen ...«

»Nein.« Die Stimme des Grauen war scharf wie ein Rasiermesser.

»Aber Sir, ich ...«

»Zum zweiten Mal haben Sie einen Auftrag, der Ihnen erteilt wurde, nicht zu unserer Zufriedenheit ausgeführt, Gallagher. Ihre Schwüre sind mir daher gleichgültig.«

»Ich habe versagt, das ist wahr, Sir, und ich nehme bereitwillig die Bestrafung dafür auf mich. Aber erst, nachdem ich Ismael und seine Hure aus dem Weg geräumt habe.«

»Das werden Sie – aber nicht allein.«

»Was soll das heißen?«

»Ihr Alpha-Status ist Ihnen hiermit aberkannt. Bis auf Weiteres haben Sie auch keinen Zutritt mehr zum Hauptquartier.«

»Aber, Sir …«

»Nehmen Sie das als Ihre Bestrafung, Gallagher – und als Ansporn zur Wiedergutmachung. Auch Ihr Vater hätte es so gesehen.«

»J-ja, Sir.« Gallagher biss sich auf die Lippen – und trotz der Schulung, die er durchlaufen und die ihn gelehrt hatte, seine Gefühle zu beherrschen, spürte er, wie sich unbändige Wut aus den Tiefen seiner Eingeweide emporwühlte und sich zu maßlosem, zerstörerischem Hass steigerte.

Hass nicht etwa auf jene, in deren Diensten er stand und die soeben die letzten Jahre seines Lebens für nichtig erklärt hatten, indem sie ihn degradierten und wieder zu einem gemeinen Agenten machten.

Sondern auf den Mann, der für all dies verantwortlich war, der ihn schon in früher Jugend dazu gebracht hatte, die Gebote und Regeln des Ordens zu missachten, der ihn verraten und im Stich gelassen und ihn bei seinesgleichen in Misskredit gebracht hatte.

Ismael.

»Ich werde Ihnen Verstärkung schicken«, gab der Graue bekannt. »Und ich will, dass Sie alle Hebel in Bewegung setzen. Haben Sie mich verstanden? Unsere Organisation verfügt über hinreichend Kontakte in Hongkong, also fangen Sie verdammt noch mal etwas damit an. Zudem werden

Sie sämtliche Funknetze und Kommunikationswege überwachen. Ein Schatten wird sich über diese Stadt senken, so dunkel, dass jeder verdammte Funke einem Leuchtfeuer gleichkommt. Habe ich mich diesmal deutlich genug ausgedrückt?«

»Allerdings, Sir.«

»Ich will Ismaels Kopf – oder, was noch wichtiger ist, seine rechte Hand. Verstanden?«

»Ja, Sir.«

»Und sorgen Sie verdammt noch mal dafür, dass dieses Mädchen verschwindet. Der Orden hasst das Chaos – und in diesen Tagen scheint es um sich zu greifen wie ein wucherndes Geschwür!«

Die Stimme am anderen Ende der Leitung ging in heiseres Husten über, dann verstummte sie.

Das Gespräch war beendet.

15.

Sie waren in der Nacht gekommen.

Unangekündigt.

Unerwartet.

Ich schlief noch, als sie meine Kammer betraten, und erwachte erst, als sie mich packten und aus dem Bett zerrten, hinaus auf den kalten Gang. Ich schrie, aber eine unsichtbare Hand legte sich auf mein Gesicht und versiegelte mir den Mund, während ich den Korridor hinabgeschleppt wurde.

Meine Häscher waren schweigsam.

Weder sprachen sie mit mir noch untereinander, und so blieb es mir selbst überlassen, darüber nachzusinnen, weshalb sie mich geholt hatten, mitten in der Nacht und ohne ein Wort der Warnung oder des Tadels.

Ich brauchte nicht lange zu überlegen, denn mir war nur zu klar, dass wir gegen die Regeln verstoßen hatten, Jack und ich. Indem wir uns gegenseitig Namen gaben, hatten wir das Gesetz verletzt, und natürlich war dies den Wächtern nicht entgangen. Wie auch? Man konnte nichts vor ihnen verbergen. Wie, in aller Welt, hatte ich so blöd sein können, das zu glauben?

Die Antwort war einfach.

Es war Jacks Schuld. Er hatte mich angestiftet. Aber nicht ihn, sondern mich traf nun die Strafe!

Ich fror erbärmlich, während sie mich durch die Korridore schleppten, und meine Arme schmerzten unter ihren Griffen.

Dennoch nutzte ich die Zeit, mir eine Verteidigung zurechtzulegen. Natürlich verspürte ich Loyalität gegenüber meinem Freund, aber die Loyalität gegenüber denen, unter deren Obhut wir aufwuchsen, war noch ungleich größer. Hieß es nicht, dass wir unseren Vorgesetzten gegenüber stets die Wahrheit sagen sollten? Dass die Lüge nur Chaos hervorbrachte? Und was war das überhaupt für eine Freundschaft, die mich dazu verleitet hatte, gegen den Orden zu handeln?

Man brachte mich in einen düsteren Raum, in dem ich bereits erwartet wurde. Ein Spotlight beleuchtete nur einen Tisch, einen sehr breiten Tisch, der die hintere Hälfte des Raumes einnahm und an dem zwei Gestalten saßen, deren Anblick mich völlig in Bann schlug.

Sie waren unsichtbar wie jene, die mich an diesen Ort gebracht hatten, aber anders als die meisten von uns verzichteten sie auf diesen natürlichen Schutz, was sie unendlich mächtig erscheinen ließ.

Der eine gehörte ganz eindeutig zu den Grauen: Er trug einen langen Mantel, dazu einen Hut und eine dunkle Brille. Der andere aber hatte einen schwarzen Kampfanzug an, der jedoch keine nationale Kennung oder Dienstgradabzeichen aufwies. Auch er trug eine jener Brillen, die es erlauben zu sehen, was dem bloßen Auge verborgen bleibt. War auch er ein Grauer? Es schien mir nicht so.

»Ist er das?«, fragte der Mann in der Lederjacke.

»Ja, Sir«, antwortete einer meiner Häscher.

Der Mann im Kampfanzug gab ein Zeichen, worauf man mich losließ. Frierend sank ich zu Boden und blieb auf den Knien liegen.

»Gallagher?«

»J-ja, Sir?«, erwiderte ich kleinlaut, darauf gefasst, dass man mir den Prozess machen würde. Tags zuvor hatten die

Grauen die Klassen der Akademie besucht, und gerade ich war von ihnen ganz besonders gemustert worden. Als ahnten sie etwas von dem Verbrechen, das Jack und ich begangen hatten.

»Du weißt, warum du hier bist?«

»Ja, Sir.«

»Und?«

»I-ich weiß nicht, was ich dazu sagen soll, Sir. Ich kann nichts dafür. Hätte ich gewusst, was …«

Erstmals ließ der Graue seine Stimme vernehmen – ein helles, mechanisch klingendes Knarren, das wohl ein Lachen sein sollte. »Offenbar hat der Junge keine Ahnung, weshalb er hier ist.«

»Scheint so, Sir.« Der Mann im Kampfanzug nickte, erhob sich und kam hinter dem Tisch hervor. »Hast du einen Verdacht, Gallagher, weshalb wir dich haben holen lassen?«

»J-ja, Sir«, gestand ich, denn ich war mir sicher, dass Leugnen keinen Zweck hatte.

»In jedem Jahrgang dieser Akademie«, fuhr der Mann im Kampfanzug fort, »gibt es Überraschungen – sowohl positive als auch negative. Manch einer, der den Weg der Unsichtbaren beschreitet, lernt über sich hinauszuwachsen und er begreift, dass er Teil von etwas ungleich Größerem ist, als sein begrenzter Verstand jemals begreifen wird. Andere hingegen bleiben hinter den Erwartungen zurück, die wir in sie setzen. Und wieder andere erweisen sich als herbe Enttäuschung.«

»Bitte, Sir«, hörte ich mich flehen, während ich zu Boden starrte und mich elend fühlte wie nie zuvor in meinem Leben, »ich weiß, was Sie sagen wollen. Aber ich versichere Ihnen, dass es nicht in meiner Absicht lag …«

»Du, Sohn«, fuhr der andere ungerührt fort, »gehörst zur ersten Gruppe.«

Es brauchte einen Moment, bis die Bedeutung dieser Worte in mein Bewusstsein gesickert war, dann verstand ich: Man hatte mich nicht deshalb zu nächtlicher Stunde aus meiner Kammer gezerrt, weil man mich für etwas bestrafen wollte, sondern um mich zu belohnen!

»S-Sir?«, fragte ich ein wenig ungläubig und wagte es endlich aufzublicken.

»Du wurdest ausgewählt, Sohn. Dein psychisches Profil sowie deine Testergebnisse an der Akademie wurden ausgewertet und das Ergebnis ist überzeugend.«

»U-und was besagt es?«

»Dass du die Akademie verlassen wirst«, erklärte der Mann im Kampfanzug, »und zwar schon morgen.«

»Schon morgen? W-wohin werde ich gehen?«

»An einen Ort, der strenger Geheimhaltung unterliegt. Dort wirst du unterwiesen werden, um irgendwann dem Orden ein noch nützlicherer und weitaus effektiverer Diener zu sein. Willkommen im Hades, Junge.«

»S-Sie meinen …?«

»Ich gratuliere zur Beförderung«, bestätigte der Mann im Kampfanzug und ich glaubte zu hören, dass ein Hauch von Stolz in seiner Stimme mitschwang. »Du wurdest ausgewählt, ein Demon *zu werden …«*

Royal Oriental Hotel
Kowloon, Hongkong
5 Uhr 44 Ortszeit

Es war eine lange Nacht gewesen.

Nachdem sie aus ihrer Ohnmacht erwacht war, hatte Elizabeth Kwon unzählige Fragen gestellt, die Alex und Ismael ihr so gut wie möglich zu beantworten versucht hatten.

Natürlich durfte die Psychologin noch nicht alles wissen; die ganze Wahrheit über die Unsichtbaren und ihr Jahrhunderte zurückreichendes Wirken hätte sie überfordert und endgültig geschafft.

Also beschränkten sich Alex und Ismael darauf, sie in die fundamentalsten Wahrheiten einzuweihen: dass die Unsichtbaren der neueren Generation aus geheimen Militärexperimenten hervorgegangen waren, die während des Zweiten Weltkriegs stattgefunden hatten; dass sie nach der Weltherrschaft strebten und versuchten, direkte Kontrolle auf die politischen Organe der Nationen zu erlangen; und dass es zwei Arten von Unsichtbaren gab – jene, die das Recht des Stärkeren predigten und den Rest der Menschheit beherrschen wollten, und jene, die dagegen Widerstand leisteten.

Die Anderen.

Wie viel die Psychologin davon begriffen hatte, war schwer zu sagen. Es war ihr anzusehen gewesen, dass sie ihre Zweifel hatte, obwohl die Existenz Ismaels und Minas zumindest einen Teil der Behauptungen belegte. Alex konnte es ihr nicht verdenken. Auch sie hatte sich lange Zeit geweigert, die Wahrheit anzuerkennen, und selbst, nachdem sie es getan hatte, war sie noch weit davon entfernt gewesen, zu ihren neuen Verbündeten Vertrauen zu fassen. Vielleicht, dachte sie, lag es an der menschlichen Natur, die sich zu sehr an das klammerte, was sie als fest und gegeben ansah, und sich nicht von einem Augenblick zum anderen davon lösen konnte.

Irgendwann nach Mitternacht war Elizabeth Kwon trotz ihrer Angst und ihrer inneren Erregung von Müdigkeit übermannt worden. Im angrenzenden Zimmer, das mit dem von Alex durch eine Tür verbunden war, hatte sie sich schlafen gelegt, und die kleine Kim Li mit ihr. Das Kind schien die Veränderungen ungleich besser zu verkraften, vielleicht deshalb, weil sich seine Wahrnehmung mit der Wirklichkeit deckte.

»Erstaunlich, nicht wahr?«, fragte Ismael leise, der wieder am Fenster stand und Wache hielt. »Dieses Kind ist tatsächlich in der Lage, uns mit bloßem Auge zu sehen.«

»Das ist noch nicht erwiesen«, wandte Mina Harker ein.

»Komm schon, Mina, was soll das? Das Kind hat uns mehrmals zugewinkt und uns angelächelt. So etwas würde es wohl kaum tun, wenn es uns nicht sehen könnte. Und wieso, glaubst du wohl, hat es dem *Demon* entfliehen können? Doch nur, weil es ihn kommen sah.«

»Zugegeben«, räumte die Kommandantin ein. »Also hat der Orden zumindest mit dieser Befürchtung richtig gelegen. Ob es sich nun um ein einmaliges Phänomen handelt oder um eine erbliche Mutation, werden die Untersuchungen zeigen. Ich bin sicher, der gute Dr. Jekyll kann es kaum erwarten, sie zu unter…«

Sie verstummte, als Alex' Handy trillerte. Sie hatte auf dem Sofa ein wenig gedöst, erhob sich, griff zum Handy und schaute auf das Display. »Schau an«, sagte sie noch leicht benommen. »Wenn man vom Teufel spricht …«

»Jekyll?«, fragte Ismael.

Alex nickte. Ihnen allen war klar, was der Anruf zu be deuten hatte: Die Analyse von Satoris Blutprobe war abgeschlossen.

»Ja?«, fragte Alex in das kleine Gerät, nachdem sie die Empfangstaste gedrückt hatte.

»Hallo, Dorothy«, ließ sich die vertraute Stimme Dr. Jekylls vernehmen. Zusammen mit einigen Kollegen bildete er so etwas wie das Gehirn des Widerstandes. Der Orden hatte ihn zu einem Werkzeug machen wollen, zu einem Rädchen in einer riesigen Maschinerie. Jekyll jedoch hatte der Organisation den Rücken gekehrt. Er war ein Freigeist, ein wandelndes Lexikon und ein brillanter Denker – und das, obwohl er niemals eine Universität von innen gesehen hatte. Das hielt ihn allerdings nicht davon ab, auf den »Doktor« in seinem Namen zu bestehen, den er sich freilich aus einem Roman geliehen hatte.

Zu Beginn hatte sich Alex gefragt, ob sich irgendwo hinter Jekylls glatter Fassade auch ein Mr. Hyde verbarg. Inzwischen bezweifelte sie es.

»Schön, dich mal wieder zu hören«, sagte sie leise.

»Danke gleichfalls«, kam es zurück.

»Gibt es Neuigkeiten?«

»Allerdings. Die Analyse der Blutprobe, die Ismael uns geschickt hat, ist abgeschlossen.«

»Und?«

»Volltreffer. Satiros Blut enthielt tatsächlich eine organimatische Verschlüsselung und es ist uns gelungen, den Datensatz nahezu vollständig zu rekonstruieren.«

»Worum handelt es sich?«

»Um einen lateinischen Text. Wir nehmen an, dass es sich dabei um das Fiorino-Traktat handelt.«

»Das Fiorino-Traktat? Bist du sicher?«, fragte Alex. Sie erinnerte sich, dass Ismael ihr einmal davon erzählt hatte. Giuseppe Fiorino war ein italienischer Gelehrter im 16. Jahrhundert gewesen und hatte einen Text über das Wesen der Unsichtbaren verfasst. Wie er von deren Existenz Kenntnis erlangt hatte, war noch immer ein Rätsel. Fiorino war aufgrund seiner Arbeiten der Ketzerei bezichtigt und auf dem Scheiterhaufen verbrannt worden, sein Traktat galt seitdem als verschollen – dabei wäre es womöglich der Beweis dafür, dass der Orden und seine Schergen nicht erst seit Ende des Zweiten Weltkriegs ihr Unwesen trieben, sondern ihre Wurzeln sehr viel weiter in die Vergangenheit reichten.

Ein Ordensagent hatte Alex gesagt, dass die Unsichtbaren schon seit undenklich langen Zeiten auf der Welt weilten, dass sie die Geschichte der Menschheit immer wieder entscheidend beeinflusst hatten, aber ihre Vorstellungskraft reichte nicht aus, sich dies vorzustellen, mit allen Konsequenzen, die sich daraus ergaben. Es war zu verwirrend und überforderte sie.

Vielleicht aber konnte der Fiorino-Text Klarheit bringen.

»Hieß es nicht, das Fiorino-Traktat wäre verlorengegangen?«, fragte sie Jekyll.

»In der Tat – und zwar kurz nach Fiorinos Hinrichtung im Jahr 1555. Unser guter Professor Benati jedoch scheint es gefunden zu haben und er hat es Satiro anvertraut, wohl weil er wusste, dass der Orden ihm selbst auf den Fersen war.«

»Und was nun?«

»Möglicherweise enthält der Text Hinweise auf die Vergangenheit des Ordens, die uns bei unserem Kampf nützlich sein könnten«, sagte Jekyll. »Es ist daher wichtig, dass er so rasch wie möglich übersetzt und ausgewertet wird.«

»Wer soll das übernehmen?«

»Seltsam, dass du fragst. Wenn ich mich recht entsinne, bist du promovierte Historikerin.«

»Das stimmt«, bestätigte Alex. »Eine Historikerin mit Forschungsschwerpunkt Neuere und Neueste Geschichte. Ich denke nicht, dass mich das prädestiniert für …«

»Keine Sorge, du wirst nur assistieren.«

»Ach ja?«

»Der Mann, der das Gros der Forschungsarbeit übernehmen wird, heißt Genaro. Dr. Paolo Genaro von der Universität Rom. Er ist ein ehemaliger Schüler Benatis.«

Alex erinnerte sich, den Namen schon einmal gehört zu haben. Ismael hatte ihn erwähnt.

»Weiß dieser Dr. Genaro von unserem Anliegen?«

»Noch nicht, aber er wird es bald erfahren. Einer unserer europäischen Agenten ist mit ihm in Verbindung getreten und hat ihn vorbereitet. Genaro wird wissen, was zu tun ist.«

»Nun gut.«

»Die verschlüsselten Daten des Traktats werden in diesem Augenblick auf dein Notebook überspielt, Dorothy. Oberon will, dass du sie Genaro auf jeden Fall persönlich übergibst.«

»Persönlich? Wo?«

»In Sao Paolo.«

»I-ich soll nach Brasilien fliegen, nur um ein paar Daten zu übergeben?«, fragte Alex ungläubig. »Kostet das nicht unnötig Zeit?«

»Oberon besteht darauf«, beharrte Jekyll. »Außerdem sollst du Genaro bei der Übersetzung behilflich sein. Des Lateinischen bist du doch mächtig, oder?«

»Nun ja, aber …« Alex unterbrach sich. Plötzlich glaubte sie zu wissen, weshalb das Oberhaupt des Widerstandes sie aus Hongkong abziehen und an einen so entlegenen Ort schicken wollte.

Oberon versuchte, sie zu schützen.

Sie – und das Kind …

»Was ist mit Ismael?«, wollte sie wissen.

»Ismael und Commander Harker werden dich begleiten«, gab Dr. Jekyll zur Antwort, »ebenso wie die kleine Kim Li.«

»Ich verstehe«, sagte Alex – und hegte keinen Zweifel mehr daran, dass die Mission vorrangig den Zweck hatte, sie mit einem ungefährlichen Auftrag zu betrauen und aus der Schusslinie zu bringen. Was hätte sie darauf erwidern sollen? Wochenlang hatte sie darum gebettelt, an einer Mission teilnehmen zu dürfen; nun, da es soweit war, durfte sie keinen Rückzieher machen.

»Details des Auftrags werden dir in Kürze zukommen. Jekyll Ende.«

»Etwas noch«, sagte Alex rasch.

»Aber schnell«, drängte Jekyll. »Das Zeitfenster, innerhalb dessen eine sichere Kommunikation möglich ist, schließt sich bereits.«

»Was ist mit Dr. Kwon?«, wollte Alex wissen.

»Sie steht auf der Liste des Ordens, also würde ich ihr dringend empfehlen, sich euch anzuschließen. Andernfalls würde sie keine Woche überleben. Aber natürlich können wir sie nicht dazu zwingen. Sie wird sich entscheiden müssen. Genau wie du es damals getan hast.«

Als Elizabeth Kwon die Augen aufschlug, hegte sie die geheime Hoffnung, aus dem Albtraum zu erwachen, in den sie unversehens gefallen war und dessen Bilder sie im Schlaf verfolgt hatten.

Leichen, deren Glieder grotesk verrenkt waren.

Kugeln, die durch die Luft sengten.

Explosionen, die die Nacht zum Tag machten.

Unsichtbare Schemen, die ihr nach dem Leben trachteten.

Aber mit jedem Augenblick, den sie länger wach war,

dämmerte ihr die Erkenntnis, dass es keineswegs ein Albtraum gewesen war, den sie durchlebt hatte, sondern die unbarmherzige Realität.

Im flackernden Halbdunkel, das in dem Hotelzimmer herrschte und von den unzähligen Neonreklamen rührte, die an der nahen Nathan Road selbst um diese frühe Stunde um die Gunst der Kunden buhlten, blickte sich Elizabeth um. Kim Li lag neben ihr im Bett, zusammengerollt wie ein Embryo im Mutterleib, und schlief tief und fest.

Elizabeth beneidete sie darum.

Von all den Schrecken, die geschehen waren, schien das Kind nich viel mitbekommen zu haben. Es lebte weiterhin auf seiner eigenen kleinen Insel, im Exil seiner Gedanken und seiner eingeschränkten Wahrnehmung. Dies war die Wahrheit, die einzige, die sich wissenschaftlich nachweisen ließ, dies und nichts anderes.

Stöhnend setzte sich Elizabeth auf. Auf der Bettkante kauernd, das Gesicht in die Hände gestützt, rief sie sich das ins Gedächtnis, was die junge Frau namens Dorothy ihr berichtet hatte. Es war so unglaublich, dass die Psychologin es noch immer nicht fassen, geschweige denn glauben konnte, und je länger sie darüber nachdachte, desto überzeugter war sie, dass sie nur einem Täuschungsmanöver zum Opfer gefallen sein konnte.

Scharen von Unsichtbaren.

Verbotene Experimente.

Ein Geheimorden, der nach der Weltherrschaft strebte …

All das war zu fantastisch, um real zu sein, da war sich Elizabeth sicher. Wegen der dramatischen Ereignisse im Hafen von Aberdeen hatte sie unter schwerem Schock gestanden und war daher leicht zu beeindrucken gewesen, doch mit etwas zeitlicher Distanz stellte sich alles in einem anderen Licht dar. Wie ein Vogel, der sich weigerte, das Nest zu verlassen, klammerte sich Elizabeth an jener Version der Wahrheit fest, die sie ein Leben lang gekannt und die ihr Sicherheit gegeben hatte.

Entsprechend traf sie ihre Entscheidung.

Was auch immer geschah, Elizabeth Kwon wollte, dass der Albtraum möglichst rasch ein Ende fand, und sie würde alles tun, was dafür nötig war.

Wer immer diese Menschen waren, die sie und Kim Li gerettet hatten – sie hatten sie arglistig getäuscht, ihr medizinische Versorgung verweigert und hielten sie gegen ihren Willen in diesem Hotelzimmer gefangen. Darauf konnte es nur eine Antwort geben …

Elizabeth strich Kim Li durch das glatte schwarze Haar. Nachdem die beiden Familien des Kindes ausgelöscht worden waren, hatte es niemanden mehr außer ihr, und obwohl Elizabeth sich nie hatte vorstellen können, Mutter zu sein, fühlte sie sich für das Kind verantwortlich. Dieses Gefühl war es, das ihre letzten Zweifel beseitigte und sie zum Handy greifen ließ. Nach kurzem Zögern aktivierte sie das kleine Gerät und tippte eine kurze Nummer.

»Notrufzentrale«, hörte sie eine Frauenstimme sagen.

»Geben Sie mir bitte die Polizei!«, flüsterte Elizabeth Kwon auf Kantonesich.

Hongkong Island
Nur wenig später

Gallagher hatte die Augen geschlossen.

Für den atemberaubenden Anblick der Skyline von Wan Chau und Causeway Bay, die sich gegen den orangeroten Morgenhimmel abzeichnete, interessierte er sich nicht.

Sein ganzes Ansinnen war darauf gerichtet, jenen Ort tief in seinem Inneren zu finden, der frei war von Emotionen, damit kein Zorn und kein Rachedurst ihn daran hinderten, seinen Auftrag zu erledigen. Geduld war nie Gallaghers Stärke gewesen, dennoch hatte er lernen müssen, sich darin zu üben. Das Leben eines *Demons* bestand aus Perioden des Kampfes und aus Perioden des Wartens, wobei das Warten bei Weitem überwog.

Das Warten auf die nächste Mission.

Auf das Auftauchen des Opfers.

Auf den geeigneten Moment zuzuschlagen.

In beinahe jeder größeren Stadt rund um den Globus unterhielt der Orden Zufluchtsstätten – Büros und Wohnungen, die auf Strohmänner oder Briefkastenfirmen registriert waren, sodass Operationsbasen für verdeckte Einsätze zur Verfügung standen. Eine solche Zufluchtsstätte hatte Gallagher aufgesucht. Zum einen, um zu warten. Zum anderen aber auch, um innere Ruhe zu finden.

Die Mission wühlte ihn innerlich mehr auf, als sie es sollte. Aber was war so anders daran als an anderen? Er hatte unzählige Aufträge im Dienste des Ordens ausgeführt, ohne dass seine Vorgesetzten auch nur ein einziges Mal Grund gehabt hätten, an seinen Fähigkeiten zu zweifeln. Nach zwei krassen Fehlschlägen hatte sich dies jedoch geändert und Gallagher konnte es ihnen noch nicht einmal verdenken.

»Ismael.«

Er sprach den Namen leise aus und versuchte, dabei ruhig zu bleiben. Doch schon der Klang genügte, um sein Blut in Wallung zu bringen. Ismael verkörperte alles, was

Gallagher aus tiefstem Herzen verabscheute: das nur allzu menschliche Bestreben, sich frei entfalten zu können, unabhängig zu sein und sich von den Moralvorstellungen der sichtbaren Welt leiten zu lassen.

Was hatte diese Moral der Menschheit gebracht, wohin hatte sie sie geführt? Doch nur ins Chaos. Aufstände, Kriege und unendliches Leid hatte sie über die Welt gebracht. Der Orden hingegen wollte die Ordnung und damit auch den Frieden. Wer dies nicht begreifen konnte oder wollte, war ein Feind und musste aus dem Weg geräumt werden.

Auch Ismael.

Der Gedanke, dass sie einst Freunde gewesen waren, machte es Gallagher noch schwerer, sich zu konzentrieren und innere Ruhe zu finden. Nicht genug damit, dass Ismael den Orden und seine Ideale verraten hatte, indem er sich den Rebellen anschloss, er war auch ein gesuchter Mörder, an dessen Händen vermutlich nicht weniger Blut klebte als an denen von Gallagher. Mit dem Unterschied, dass Gallagher stets im Dienst eines höheren Ideals getötet hatte, wohingegen Ismael nur für seine persönliche Vorstellung von Moral und individueller Freiheit mordete.

Gallagher musste ihn beseitigen.

Schon viel zu oft war Ismael seinen Plänen und denen des Ordens in die Quere gekommen. All das musste ein Ende haben und der *Demon* konnte den Augenblick, da sich seine Hand um Ismaels unsichtbare Kehle schließen und er das Leben aus ihm herausquetschen würde, kaum erwarten. Ein wohliger Schauder durchrieselte ihn bei dem Gedanken, während jener ruhige Pol, den zu finden er meditiert hatte, in unerreichbare Ferne entschwand.

In diesem Augenblick trillerte das Telefon.

Gallagher schlug die Augen auf, sah die glitzernden Umrisse der Wolkenkratzer, die sich jenseits der großen Fenster abzeichneten. Seine Gedankenspiele waren beendet, augenblicklich befand er sich wieder in der Realität.

Er federte in den Stand und nahm das schnurlose Telefon aus der Station.

»Ja?«

»Sir«, ließ sich die Stimme eines der Abhörspezialisten vernehmen, die Gallagher auf obersten Befehl hin zur Seite gestellt worden waren, »soeben haben wir den Anruf einer gewissen Dr. Kwon abgefangen. Sie hat von einem Hotel in Kowloon aus den Notruf gewählt und behauptet, entführt worden zu sein.«

»Sehr gut«, sagte Gallagher leise. »Gute Arbeit. Wir haben sie …«

16.

N'Djamena.

In der Hauptstadt des Tschad ist es erneut zu Unruhen gekommen, in deren Verlauf Mitarbeiter der örtlichen UN-Vertretung tätlich angegriffen wurden. Hintergrund sind angebliche Unregelmäßigkeiten bei der Verteilung von Saatgut aus dem Hilfeprogramm der Vereinten Nationen. Schon im vergangenen Jahr kam es zu gewaltsamen Übergriffen, bei denen zwei UN-Mitarbeiter den Tod fanden. Die Vertreter mehrerer Nationen, darunter auch die der USA und Großbritanniens, haben die neuerlichen Vorfälle scharf verurteilt. Der UN-Generalsekretär hat eine umfassende Untersuchung angekündigt.

Bericht auf International News Broadcast TV,
gesendet 14/04/2007, 11.30 a.m. ETZ

Royal Oriental Hotel
Kowloon, Hongkong
6 Uhr 12 Ortszeit

Das Dudeln des Telefons riss Alex aus dem leichten Schlaf, in den sie gegen Morgen gefallen war.

Sie schoss vom Sofa hoch und griff nach dem Handy, dessen Display jedoch nicht leuchtete. Es war das Zimmertelefon, das sie geweckt hatte.

»Geh ran!«, forderte Ismael sie auf.

Mit einem heftigen Kopfschütteln versuchte Alex, die Benommenheit loszuwerden, dann stand sie auf, trat an den Apparat und nahm ab.

»Ja?«

Die einzige Antwort, die sie erhielt, war ein Klicken, gefolgt von einem dumpfen Tuten.

Der Anrufer hatte aufgelegt.

»Scheiße, Leute!«, ließ sich Mina Harper vernehmen, die Ismael am Fenster abgelöst hatte und Wache hielt. »Ich glaub, wir kriegen Besuch.«

»Von wem?«, wollte Alex wissen.

»Polizei«, sagte Ismael, der wieder ans Fenster getreten war. »Mehrere Einsatzwagen, und die Jungs, die aussteigen, sehen nicht aus, als würden sie Spaß verstehen: tragen Helme und schusssichere Westen.«

»Aber – weshalb sollten sie zu uns wollen?«, fragte Alex. »Wir haben nicht ...«

»Weil ich sie gerufen habe«, drang plötzlich eine Stimme von der Verbindungstür zum angrenzenden Zimmer herüber. Elizabeth Kwon stand auf der Schwelle, die kleine Kim Li an der Hand, die noch ziemlich verschlafen wirkte.

»Was – was soll das heißen?«, fragte Alex außer sich.

»Ich habe die Polizei gerufen«, erklärte Elizabeth mit bebender Stimme, »und ihr gesagt, dass ich hier gegen meinen Willen festgehalten werde.«

Auf einmal war das Wummern eines Helikopters zu hören. Es hallte in den Straßenschluchten wider, wurde von den Hauswänden ringsum zurückgeworfen und dadurch noch verstärkt. Der Hubschrauber musste direkt über dem Hotel schweben.

»Verdammte Närrin!«, blaffte Mina Harker. »Damit

haben Sie Ihr eigenes Todesurteil unterzeichnet – und mit etwas Pech das unsere gleich mit!«

»Todesurteil? Aber …«

»Der Anruf wurde sicher abgehört!«, rief Mina. »Wir müssen augenblicklich verschwinden!«

»Ich ruf den Stützpunkt«, erklärte Ismael und schnappte sich das Handy, während Alex in aller Eile das Notebook und die wichtigsten Sachen zusammenpackte.

Elizabeth Kwon für die unsägliche Dummheit, die sie begangen hatte, zu rügen, blieb keine Zeit. Zudem war Alex die Letzte, die sich in dieser Sache zu Wort melden durfte, denn vor nicht allzu langer Zeit hatte sie Ismael selbst verraten.

Aus Unwissenheit. Und aus Angst.

»W-was tun Sie?«, fragte die Psychologin verwirrt.

»Was wohl?«, gab Mina Harker lakonisch zurück. »Wir fliehen!«

»Woher kommt diese Stimme? Hören Sie endlich auf damit, mich zum Narren zu halten!«

»Himmel, Schwester!«, blaffte Mina. »Wenn Sie wirklich glauben, dass wir dieses ganze Theater Ihretwegen abziehen, sind Sie der eitelste Mensch, der mir je begegnet ist. Wir haben Ihnen erklärt, was da draußen vor sich geht. Wenn Sie uns nicht glauben wollen, ist das Ihre Sache. Aber wir werden nicht zulassen, dass Sie das Kind da mit reinziehen.«

»W-was soll das heißen?«

»Dass wir Kim Li in jedem Fall mitnehmen werden«, erklärte Alex ohne Zögern.

»Nein!« Elizabeth schüttelte den Kopf. »Das werde ich nicht zulassen. Ich bin die einzige Bezugsperson, die das Kind noch hat.«

»*Hatte*«, verbesserte Mina unbarmherzig. »In ein paar Minuten werden Sie tot sein.«

»Woher wollen Sie das wissen? Ich habe die Polizei gerufen und kein verdammtes Killerkommando.«

»Ich weiß«, versetzte Mina trocken. »Aber Sie wissen ja, wie das ist – manchmal bekommt man mehr, als man eigentlich haben wollte.«

In diesem Augenblick, wie um die dunkelsten Befürchtungen zu bestätigen, zersprang eine der beiden Fensterscheiben mit hellem Klirren und ein zylindrischer Gegenstand kam hinter den Vorhängen hervor und landete auf dem Boden. Er entsprach in Form und Größe etwa einer Getränkedose. Ein Zischen war zu vernehmen und weißer Qualm entwich aus dem Zylinder.

»Betäubungsgas«, stellte Ismael fest. »Raus hier!«

»Aber ich …«, wollte Elizabeth widersprechen.

»Kommen Sie oder bleiben Sie!« Alex schaute sie durchdringend an. »Es ist Ihre Entscheidung.«

Die Psychologin zögerte nur einen winzigen Augenblick. Dann schloss sie sich Alex an, die zur Tür huschte und sie öffnen wollte – als hinter den Vorhängen vor den Fenstern plötzlich dunkle Schatten erschienen.

Auch die zweite Scheibe ging zu Bruch und vermummte Gestalten hetzten in das Hotelzimmer – Kämpfer in schwarzen Overalls, die sich vom Dach des Hotels abgeseilt hatten. Sie waren mit hochmodernen Maschinenpistolen vom Typ Calico M960 bewaffnet. Die MPis aus amerikanischer Fertigung fielen durch das langgestreckte Rundmagazin oberhalb des Verschlusses auf, das fünfzig oder sogar hundert Patronen des Kalibers 9 × 19 Millimeter Luger oder Parabellum aufnahm.

Die Eindringlinge trugen schusssichere Westen, schwarze

Helme und Halbgasmasken, die nur Mund und Nase bedeckten, und darüber Wärmesichtgeräte, sodass klar war, wer diese Männer geschickt hatte: der Orden!

Elizabeth Kwon schrie gellend auf, Alexandras Waffe spuckte Blei. Derjenige der Männer, der als Erster durch die Fenster eingedrungen war, brach zusammen. Ein Zweiter riss seine Maschinenpistole in den Anschlag und feuerte hastig, doch die Salve hämmerte wirkungslos in die Wand des Hotelzimmers. Plötzlich wurde der Lauf der Waffe nach oben gerissen und jemand riss dem Killer das Infrarot-Sichtgerät vom Gesicht.

Mina …

Eine Serie unsichtbarer Schläge prasselte auf den schwarz Gekleideten nieder, bis er stöhnend zu Boden ging, während Alex die Tür aufriss und nach draußen spähte.

Sie hatte sich rasch die Spezialbrille aufgesetzt und sah einen leuchtenden menschlichen Umriss auf die Tür zustürmen, der sich im nächsten Moment auf sie stürzen wollte.

Sie sprang zurück ins Zimmer und Ismael stellte sich dem Angreifer in den Weg. Ein heftiger Schlagabtausch zwischen dem *Demon* und dem *Guardian* entbrannte, der dem bloßen Auge verborgen blieb – die Folgen davon waren jedoch deutlich zu erkennen. Eine Wandleuchte ging zu Bruch, als ein Fußtritt sie traf, im nächsten Moment klaffte ein halbes Dutzend faustgroßer Löcher in der Wandverkleidung aus Gipskarton. Der Teppich schlug Falten und ein Bild fiel von der Wand, während zu hören war, wie sich zwei Menschen einen erbitterten Zweikampf auf Leben und Tod lieferten.

Mit der Pistole zielte Alex auf die Kontrahenten, aber es war unmöglich festzustellen, welcher der leuchtenden

Schemen nun Ismael war und welcher der *Demon*. Die Gefahr, den falschen zu treffen, war zu groß.

»Komm mit!«, zischte ihr plötzlich jemand ins Ohr. Es war Mina Harker, die sie packte und fortriss, Elizabeth Kwon und der kleinen Kim Li hinterher, die bereits die Flucht ergriffen hatten. Das Kind, aus dem Schlaf gerissen und verwirrt, schrie in heilloser Hysterie.

»Wohin?«, rief Dr. Kwon.

»Ins Treppenhaus! Hinauf aufs Dach!«

»Aufs Dach? Aber sind diese schwarzen Kerle nicht von dort gekommen? Sollten wir nicht lieber zur Polizei …?«

»Schnauze, Schwester!«, befahl Mina barsch und mit derartiger Entschiedenheit, dass Kwon tatsächlich verstummte und tat, was ihr gesagt wurde.

Hastig stürzten sie durch die stählerne Tür des Notausgangs, woraufhin irgendwo eine Alarmglocke zu schrillen begann. Neben der Polizei würde bald auch noch die Feuerwehr aufkreuzen und das Chaos perfekt machen.

Hals über Kopf setzten sie die Stufen hinauf. Als Kim Li plötzlich nicht mehr weitergehen wollte und einfach stehenblieb, packte Mina das Mädchen kurzerhand und trug es die Stufen empor. Bis zum Dach waren es an die acht Stockwerke.

Eine weite Strecke.

Plötzlich vernahm Alex unter sich Schritte. Jemand folgte ihnen durch das Treppenhaus. Kim Li, die den Verfolger kommen sah, brüllte noch lauter. Alex war klar, dass sie etwas unternehmen musste. Auf dem nächsten Treppenabsatz hielt sie abrupt inne und wandte sich um, die Pistole beidhändig im Anschlag.

»Stehenbleiben!«, keifte sie.

»Nicht schießen!«, kam es zurück – und sie atmete erleichtert auf, als sie Ismaels vertraute Stimme erkannte. »Rasch weiter! Sie sind uns dicht auf den Fersen!«

Wie um seine Worte zu bestätigen, flog einige Etagen tiefer die Feuertür auf und ein Trupp Bewaffneter stürmte in das Treppenhaus, gefolgt von einer Gestalt, die sich wie eine Spinne am Treppengeländer emporhangelte.

Der *Demon* …

»Feuer!«, brüllte jemand und die Maschinenpistolen der Killer ratterten wild drauflos. Tödliche Salven stachen aus der Tiefe des Treppenhauses empor und zwangen Alex und die anderen dazu, sich eng an der Wand zu halten. Bei den Querschlägern, die durch die Luft jaulten, war das Risiko, getroffen zu werden, dennoch mörderisch groß. Elizabeth Kwon verfiel in panisches Geschrei, als unmittelbar neben ihr ein Geschoss in die weiß getünchte Wand klatschte.

»Weiter! Immer nur weiter!«, drängte Ismael, aber es zeichnete sich ab, dass sie es nicht schaffen würden. Zum Dach waren es noch vier Stockwerke. Bis dahin würden ihre Verfolger sie eingeholt haben.

Erneut sengte eine Salve herauf, und da war der *Demon*, dessen Präsenz Ismael deutlich spüren konnte.

»Böser Mann!«, brüllte Kim Li. »Böser Mann …!«

Alex feuerte den Treppenschacht hinab in der Hoffnung, die Verfolger so ein wenig auf Distanz zu halten. Die Killer des Ordens ließen sich dadurch jedoch nicht aufhalten. In gebückter Haltung huschten sie weiter die Stufen empor, mit beängstigendem Tempo. Der *Demon* war inzwischen nicht mehr zu sehen, und das war ein schlechtes Zeichen.

»Wo ist er geblieben?«, schrie Alex. »Ich kann ihn nirgendwo mehr entdecken!«

»Geht weiter!«, drang Mina Harkers Stimme von etwas unterhalb. »Was auch immer geschieht, geht weiter!«

»Mina, nein!«, widersprach Ismael.

»Geht weiter!«, schärfte sie ihm ein. »Eine andere Chance habt ihr nicht!«

Ismael wollte noch etwas erwidern, aber eine neuerliche Salve, die durch den Treppenschacht heraufjagte, zwang ihn in Deckung – Augenblicke, die Commander Harker nutzte, um vollendete Tatsachen zu schaffen.

Durch ihre Spezialbrille konnte Alex sehen, wie sich Mina auf einen leuchtenden Schemen stürzte, der an ihr vorbei wollte, und im nächsten Augenblick entbrannte ein atemberaubender Zweikampf. Alex dämmerte, dass sich Mina Harker opferte, um den Rückzug ihrer Kameraden zu decken, aber sie verspürte weder Dankbarkeit noch Trauer. Wenn es ihnen nicht gelang, das Dach zu erreichen, ehe die Killer sie eingeholt hatten, würde Minas Opfer völlig umsonst sein.

»Weiter, weiter!«, brüllte Ismael, der ähnlich zu denken schien, und wie zuvor Mina ergriff er Kim Li und trug sie die Stufen hinauf, während Alex die Psychologin am Arm packte und mit sich zerrte. Wie der dramatische Kampf ausging, der sich drei Etagen tiefer abspielte, sahen sie nicht.

Sie bekamen nicht mit, wie sich Mina Harker einen harten Schlagabtausch mit dem *Demon* lieferte und es dabei noch schaffte, zwei der schwarz gekleideten Killer zu töten, die an ihr vorbei die Treppe hinauf wollten.

Sie sahen nicht, wie die Männer auf die Stufen sanken, jeder von ihnen das Genick gebrochen, wie ihre Waffen daraufhin ein unheimliches Eigenleben entwickelten und wie zwei weitere Killer des Ordens im Kugelhagel starben.

Ebenso wenig sahen sie, wie Mina Harker kurz darauf selbst von einem Feuerstoß regelrecht zersägt wurde.

Blut, das aus dem Nichts zu kommen schien, spritzte auf

die Treppenstufen und gegen die Wand. Im nächsten Moment fluktuierte Minas Gestalt. Es war der Augenblick, in dem sich der *Demon* auf sie stürzte, um ihr den Todesstoß zu versetzen.

Obwohl stark verwundet, setzte sich die Kommandantin noch einmal mit aller Kraft zur Wehr. Schwankend auf dem Treppenabsatz stehend und allmählich sichtbar werdend, während das Leben aus ihr wich, wehrte sie einige der mörderischen Hiebe ab, mit denen der Todesbote des Ordens auf sie einschlug. Dann der vernichtende Stoß gegen den Solarplexus, der ihre matte Deckung durchdrang und sie mit furchtbarer Wucht traf.

Mina wurde zurückgeschleudert und prallte gegen das Treppengeländer. Erbarmungslos setzte der *Demon* nach und schlug noch einmal zu, führte einen tödlichen Stoß gegen ihr Kinn, der sie mit voller Wucht traf und ihr das Genick brach.

In einer Geste schrecklicher Verachtung packte der Scherge des Ordens ihre Beine und riss sie empor, beförderte Mina Harker über das Geländer, sodass sie senkrecht in den Treppenschacht stürzte. Die nackte Gestalt, die unten aufschlug und dort in unnatürlicher Verrenkung liegen blieb, sichtbar und mit zerschmetterten Knochen, würdigte er keines Blickes.

Sein Ziel war Ismael.

Mina Harkers Opfer hatte ihnen wertvolle Zeit verschafft. Atemlos erreichten die Flüchtenden die oberste Etage, von der eine schmale Treppe aufs Dach führte.

Natürlich würden sie dort auf Widerstand treffen – die Killer des Ordens hatten sich schließlich vom Dach abgeseilt, sodass davon auszugehen war, dass sich noch mehr von ihnen dort oben herumtrieben. Dennoch war es eine endliche Menge, mit der sie es zu tun bekommen würden, während völlig unabsehbar war, wie viele Kämpfer der Orden unten am Boden im Einsatz hatte.

»Es tut mir leid!«, schrie die Psychologin mit von Tränen halb erstickter Stimme. »Es tut mir unendlich leid! Was habe ich nur getan?«

»Jetzt ist es zu spät, sich darüber Gedanken zu machen«, entgegnete Alex, die hastig ihre Waffe nachlud, indem sie ein frisches Magazin in den Griff rammte. »Was geschehen ist, ist geschehen.«

»Aber ich habe einen Fehler gemacht ...«

»Und Sie sind dabei, den nächsten zu begehen«, blaffte Alex sie an. »Nehmen Sie sich zusammen, verdammt noch mal! Denken Sie an Kim Li!«

Der Gedanke an das Kind schien Elizabeth Kwon zur Besinnung zu bringen. Ihr Lamento verstummte und sie zog das Mädchen an sich, um es notfalls mit dem eigenen Leben vor dem zu schützen, was jenseits der Tür zum Dach lauern mochte.

»Bereit?«, erkundigte sich Ismael.

»Bereit«, versicherte Alex verbissen, die Pistole beidhändig erhoben.

»Dann los!«

Mit einem Ruck stieß Ismael die Tür auf, hütete sich jedoch davor, hinauszutreten.

Und das aus gutem Grund. Denn schon im nächsten Moment schwirrten Kugeln durch die Öffnung, die ihn ansonsten durchsiebt hätten. Der *Demon* und seine Schergen hatten ihre Kumpane über Funk darüber in Kenntnis gesetzt, dass die Flüchtenden auf dem Weg zu ihnen waren.

Alex und ihre Schützlinge duckten sich auf der Treppe, während die tödlichen Projektile über sie hinwegstrichen. Im nächsten Augenblick setzte eine kurze Feuerpause ein – die Ismael geschickt nutzte.

Den Weg der Unsichtbaren beschreitend, katapultierte er sich durch die Türöffnung, und indem er einen Salto durch die Luft vollführte, entging er den Kugeln, die auf ihn zujagten. Mit ihren Wärmesichtgeräten mochten die Killer des Ordens ihn zwar sehen, aber das bedeutete noch nicht, dass ihr Reaktionsvermögen ausreichte, ihn auch zu treffen.

Auf der Treppe kauernd, hörte Alex das Rattern der MPis und eine Reihe entsetzter Schreie, während sie die Pistole umklammert hielt und leise ein Gebet murmelte.

Schlagartig setzte der Kampflärm aus.

Aus der Tiefe konnte sie die stampfenden Schritte der nachrückenden Killer hören und wusste, dass sie nicht länger warten konnte. Hastig sprang sie auf und hetzte die restlichen Stufen hoch, Kim Li und Elizabeth Kwon hinter sich herzerrend. Schon erreichten sie den Durchgang und spähten hinaus. Der Anblick, der sich ihnen bot, war grässlich.

Fünf leblose Körper lagen auf dem Dach verstreut, die alle mit Kampfanzügen bekleidet waren. Durch die Spezialbrille war zu sehen, wie die Wärme bereits aus ihren Leibern wich und sie sich lila verfärbten, während jene Gestalt, die aufrecht zwischen ihnen stand, in sattem Gelb leuchtete.

Alex atmete auf. Zweien der getöteten Wachen hatte Ismael die Maschinenpistolen abgenommen, wobei er nur eine davon selbst behielt; die andere reichte er an Alex weiter.

»Hier«, sagte er dazu. »Für alle Fälle.«

Alex wusste nur zu gut, welchen Fall er meinte – den, dass die nachrückenden Killer das Dach noch vor dem Taxi erreichten, das Ismael per Handy gerufen hatten.

»Dort drüben gibt es Deckung.« Er zeigte zur gegenüberliegenden Seite des rechteckigen Dachs, das von einer niederen Mauer umlaufen wurde. Außer dem Häuschen des Treppenaufgangs gab es lediglich ein paar Lüftungsöffnungen, in denen riesige Ventilatoren ihre Arbeit verrichteten; außerdem jenen breiten Kamin, den Ismael ihnen als Zuflucht zugewiesen hatte. Doch sie erreichten diese Deckung nicht.

Aus der Tiefe jenseits der Ummauerung war plötzlich das Knattern mächtiger Rotoren zu vernehmen. Schon wollte Alex in Jubel ausbrechen, als ihr klar wurde, dass dies nicht der charakteristische Klang der Bell-Hubschrauber war, die die Widerstandskämpfer benutzten, sondern der eines ungleich größeren Modells.

In diesem Augenblick erhob sich jenseits des Daches ein wahres Monstrum aus den Straßenschluchten – ein riesiger Militärhubschrauber, den der Orden fraglos aus rotchinesischen Beständen übernommen hatte, denn er trug noch die entsprechenden taktischen Symbole und die Hoheitsabzeichen der Volksrepublik China, wahrscheinlich zu Zwecken der Tarnung.

Die Maschine hatte zuvor die Killer auf dem Dach des Gebäudes abgesetzt. Offenbar war sie über dem Viertel gekreist und nun zurückbeordert worden und der Pilot der Maschine verlor keine Zeit: Über das in seinen Helm integrierte Visier richtete er die schwere Bordkanone am Bug des Helikopters aus und feuerte!

»Geht in Deckung!«

Noch während sein Warnruf gellte, handelte Ismael. Mit

atemberaubend schneller Reaktion fuhr er herum, machte einen Satz, riss sowohl Alex als auch Kim Li und Dr. Kwon zu Boden und die Salve sengte über sie hinweg.

»Hilfe!«, brüllte Elizabeth Kwon in ihrer Verzweiflung. »Warum hilft uns denn niemand?«

Ismael erwiderte den Beschuss mit einem Feuerstoß aus seiner MP5 – Alex hatte ihre beim Sturz verloren. Bäuchlings über den Boden robbend, versuchten die Frauen, sich und das Kind hinter einem der Lüftungsschächte in Sicherheit zu bringen, der allerdings nur wenig Schutz bot.

Ismaels Kugeln trafen den Hubschrauber am Bug, aber die Projektile richteten kaum nennenswerten Schaden an. Um zu verhindern, dass Ismael als Nächstes auf die Kanzel zielte, ließ der Pilot die Maschine noch ein Stück höher steigen, dann kippte der Hubschrauber nach vorn, um im Tiefflug über das Dach hinwegzuziehen und die Flüchtenden erneut unter Beschuss zu nehmen.

Schon hämmerte die Bugkanone wieder los. Alex zweifelte nicht daran, dass die Kugeln diesmal ihr Ziel finden würden, dennoch duckte sie sich und versuchte, sich so klein wie möglich zu machen, während sie einmal mehr um himmlischen Beistand flehte.

Und sie wurde erhört.

Denn gerade in dem Augenblick, als sich die Salve an den Luftungsschacht herangetastet hatte, brach der Beschuss ab, und zwar mit einem grellen Lichtblitz, dem ein ohrenbetäubender Knall folgte.

Alex hörte ein infernalisches Grollen und Bersten, während unbeschreibliche Hitze über sie hinwegbrandete und ihr die Haare versengte. Sie wagte einen vorsichtigen Blick über den Rand der Deckung und sah den feindlichen Hubschrauber in Flammen stehen. Etwas hatte die Maschine in der Mitte getroffen, Feuer schlug aus dem Cockpit, dessen Glas geborsten war.

Entsetzt sah Alex die beiden Piloten, die in ihre Sitze geschnallt waren und für die es kein Entkommen gab, während die Maschine zur Seite abschmierte. Die Rotorflügel geißelten die Luft mit kraftlosen Schlägen, die das Monstrum nicht länger am Himmel zu halten vermochten. Der Hubschrauber kippte und fiel wie ein Stein in die klaffende Straßenschlucht.

Hinter ihm jedoch kam eine zweite Maschine zum Vorschein, die ohne Zweifel für den Absturz der ersten verantwortlich war und in der Alex zu ihrer hellen Freude einen Helikopter vom Typ Bell 204 erkannte, jenes Modell, das die Anderen in großer Menge aus ehemaligen Beständen der US-Armee erstanden und auf ihre Stützpunkte verteilt hatten. Diese Maschine war mit einem zylindrischen Köcher ausgestattet, der oberhalb der linken Kufe montiert war, und dessen Inhalt, eine Mistral-Luft-Luft-Rakete, hatte den feindlichen Hubschrauber vom Himmel gefegt.

Aus der Häuserschlucht drang das ohrenbetäubende Grollen einer weiteren Explosion, als der Treibstoff des Kampfhubschraubers explodierte. Eine Flammensäule stach senkrecht aus der Tiefe, um gleich darauf wieder zu verlöschen und sich in einen Ball aus schwarzem Rauch zu verwandeln. Alex und die Übrigen hatten dafür jedoch keine Augen. Rasch sprangen sie auf und eilten zur anderen Seite des Dachs, wo der Bell niedersank. Das Seitenschott wurde aufgerissen und eine gelb leuchtende Gestalt winkte ihnen zu.

Sie liefen auf den »Huey« zu, glaubten sich bereits in Sicherheit – als die nachrückenden Killer das Dach erreichten.

Dass sie nicht sofort das Feuer eröffneten, lag an Ismael, der damit gerechnet hatte und den Treppenaufgang sofort unter Beschuss nahm.

Einer der Killer wurde getroffen und kippte zurück, riss dabei einige seiner Kumpane mit. Einer jedoch ließ sich von dem Feuerzauber, den Ismael entfesselte, nicht aufhalten.

Der *Demon* …

Er huschte aus dem Treppenaufgang, an seinen sterbenden Schergen vorbei. Da Ismael keine Spezialbrille trug – sonst wäre er ja nicht völlig unsichtbar gewesen –, konnte er den *Demon* nicht sehen, dafür aber konnte es Alex.

»Ismael! Vorsicht!«

Entsetzt sah Alex, dass das leuchtende Phantom im nächsten Moment Ismael bereits erreicht hatte und erneut setzte ein ebenso blitzschneller wie vernichtender Schlagabtausch ein.

Alex verstand nicht, wie die Unsichtbaren gegeneinander kämpfen konnten, da sie sich doch nicht sahen. Ismael hatte ihr erklärt, dass es ihnen ihre übrigen Sinne ermöglichten, die, ähnlich wie bei Sehbehinderten, stärker ausgeprägt waren als bei anderen Menschen. Aber daran allein konnte es nicht liegen. Es erklärte nicht die atemberaubend schnelle Folge von Angriffen und Abwehrmaßnahmen, die der Weg der Unsichtbaren sie gelehrt hatte. Noch etwas schien dahinterzustecken. Eine Wahrnehmung, die aus dem tiefsten Unterbewusstsein kommen musste.

»Lauft! Lauft!«, schrie Ismael, während er weiterkämpfte und Alex wusste, dass sie keine Wahl hatte. Ihm bei seinem Kampf beistehen zu wollen wäre ein ebenso sinnloses wie tödliches Unterfangen gewesen. Ihr Ziel musste es sein, ihr Leben und das der ihr anvertrauten Personen zu retten. Erst dann konnte sie an Ismael denken.

Endlich erreichten sie den Helikopter. Unsichtbare Hände reckten sich ihnen helfend entgegen und zogen sie an Bord. Alex stürzte zum Cockpit. »Ismael«, brüllte sie. »Wir müssen ihm helfen!«

Der Pilot, dessen Headset allen Gesetzen der Schwerkraft zum Trotz in der leeren Luft zu schweben schien, bestätigte und setzte die Maschine in Bewegung. Die Nase leicht gesenkt, schwebte der Bell 204 über das Dach und auf den Schauplatz des Kampfes zu. Dann ging alles blitzschnell.

Statt einen aussichtslosen Kampf gegen eine erdrückende Übermacht auszutragen, zog sich Ismael zurück. Indem er senkrecht in die Höhe sprang, bekam er die Kufe des Hubschraubers zu fassen und klammerte sich daran fest.

»Wir haben ihn«, drang die Stimme des Copiloten aus dem Fond der Maschine. »Jetzt nichts wie weg!«

Der Pilot handelte augenblicklich. Die Maschine gewann rasch an Höhe.

Die Ordenskiller, die wie Ameisen aus dem Treppenhaus quollen, eröffneten das Feuer, aber sie trafen nicht mehr.

17.

Ich verließ die Akademie.

Genau wie der Mann im Kampfanzug vorausgesagt hatte, wurde ich schon am nächsten Tag abgeholt. Ich wurde betäubt, um sicherzustellen, dass ich mich nicht an den Weg würde erinnern können, den wir zurücklegten – noch war ich ja kein Demon *und der Orden hatte keinen Grund, mir mehr zu vertrauen als anderen.*

Ich hatte für mich den feierlichen Eid geleistet, die Gesetze des Ordens niemals wieder zu brechen. Obwohl ich ihre Regeln missachtet hatte, hatten die Grauen mir die Hand gereicht. Anstatt mich für mein Vergehen zu strafen, belohnten sie mich noch, indem sie mich zu einem ihrer Elitekämpfer machten. Meiner Meinung nach hatte ich diese Ehre nicht verdient, aber ich war sicher, dass ich sie mir noch verdienen würde. Ich wollte die Chance ergreifen, die sich mir bot, und niemals wieder würde ich mich gegen den Orden stellen. Ein neues Leben begann – in das ein alter Bekannter trat.

Denn wie ich erfuhr, war der Mann im Kampfanzug, der in jener Nacht vor mir gestanden und über mich gerichtet hatte, der Leiter des Ausbildungscamps, das den Codenamen »Hades« trug. Und schon bald darauf erfuhr ich auch seinen Namen.

Er lautete Gallagher.

Flughafen Leonardo da Vinci, Rom
20 Uhr 17 Ortszeit

Paolo hatte getan, was der Unsichtbare ihn geheißen hatte: Er hatte ein Taxi zum Flughafen genommen und sein unbenutztes Ticket nach Lima auf einen späteren Flug umgebucht. Er hatte eine Reservierung für die Spätmaschine, die kurz vor Mitternacht abheben würde. Sein Gepäck hatte er bereits aufgegeben. Alles, was er noch zu tun brauchte, war abzuwarten – und das war schwer genug.

An einem der Kioske kaufte er sich die Abendausgabe des *Corriere*, aber während er die Zeitung durchblätterte und die Schlagzeilen überflog, konnte er an nichts anderes denken als an das, was ihm der Unsichtbare offenbart hatte, und bei jeder Meldung, die er las, fragte er sich, was in Wirklichkeit dahinterstecken mochte. Bei einem Überfall tschetschenischer Rebellen auf ein russisches Militärlager waren zahlreiche Kämpfer beider Seiten getötet worden, in Nordkorea war ein Regimekritiker spurlos verschwunden, Manipulationsenthüllungen bei einer großen amerikanischen Bank hatten an der Wall Street zu dramatischen Kurseinbrüchen geführt und im Tschad war es erneut zu blutigen Ausschreitungen gegen die in der Hauptstadt N'Djamena ansässige UN-Vertretung gekommen.

Was bedeuteten all diese Nachrichten?

Nur das, was schwarz auf weiß geschrieben stand? Oder erkannte jener, der zwischen den Zeilen zu lesen wusste, darin geheime Machenschaften des Ordens, dessen Agenten im Hintergrund die Strippen zogen?

Was der unsichtbare Lidenbrock ihm enthüllt hatte, hatte sein Leben und seine Sichtweise auf das, was er stets als die Wahrheit betrachtet hatte, radikal verändert. Niemals wieder würde er eine Meldung im Radio hören oder Nachrichtensendungen im Fernsehen verfolgen und sie widerspruchslos hinnehmen. Stets würde er sich fragen, ob sich hinter der offiziellen Version noch eine zweite verbarg und ob es nicht in Wahrheit der Orden war, der hinter allem steckte. Mit derlei Gedanken, fürchtete Paolo beklommen, war der Weg in den Wahnsinn gepflastert.

Fast verwünschte er Professor Benati, dass er den verdammten Brief an ihn abgeschickt hatte, und er sehnte sich in jenen glücklichen Zustand zurück, in dem er von all diesen Dingen nicht das Geringste geahnt hatte. War es überhaupt wirklich? Hatte er sich das alles nicht nur eingebildet?

Nein.

Manches von dem, was ihm im Kopf herumging, hätte er als bloße Fantasterei abtun können. Aber er hatte den Unsichtbaren in den Wasserdampfschwaden im Bad gesehen und ihn berührt. Was Paolo erfahren hatte, war die Realität, auch wenn in diesem konkreten Augenblick nicht viel davon zu bemerken war.

Hunderte von Menschen bevölkerten die Abflughalle. Sie unterhielten sich und tranken Kaffee, führten Telefongespräche oder bearbeiteten mit verkniffenem Blick ihre Notebooks, sie küssten einander oder stritten sich und kauften Schnaps im Laden für zollfreie Waren – aber nicht einer von ihnen erweckte den Eindruck, dass etwas nicht in Ordnung wäre. Konnte Paolo nicht einfach wieder so ahnungslos sein wie sie? Konnte er nicht vergessen, was er gesehen und gehört hatte? Konnte er nicht zurückkehren zu seinen Forschungen und einfach so tun, als ob …

»Wie geht es Ihnen?«, raunte ihm plötzlich jemand ins Ohr. Er fuhr herum, aber der Platz neben ihm war unbesetzt. Jedenfalls schien es so.

»Antworten Sie mir nicht«, fuhr die Stimme leise fort, die keinem anderen als Lidenbrock gehörte. »Es wäre nicht gut für Ihre Reputation, wenn Sie dabei gesehen würden, wie Sie Zwiesprache mit einem Unsichtbaren halten. Stehen Sie auf und gehen Sie zu einer der Telefonboxen dort drüben. Dann nehmen Sie den Hörer ab und tun so, als würden Sie jemanden anrufen. Danach wird es niemanden scheren, wenn Sie sich mit leerer Luft unterhalten.«

Paolo verzichtete auf eine Erwiderung und tat, was von ihm verlangt worden war. Mit dem Telefonhörer in der Hand, aus dem ein aufdringliches Tuten drang, konnte er Lidenbrock antworten, ohne Gefahr zu laufen, für verrückt gehalten zu werden.

»Was sollte das?«, zischte er. »Sie haben mich zu Tode erschreckt.«

»Wäre es Ihnen lieber gewesen, ich hätte Sie ausrufen lassen?«, fragte der Professor dagegen.

»Was wollen Sie von mir?«

»Ich will wissen, wie Sie sich entschieden haben.«

»Als ob Sie das nicht längst wüssten«, schnaubte Paolo.

»Die Wahrheit ist ein Gift, das besonders schnell wirkt, das ist wahr.« Wieder einmal ließ Lidenbrock sein seltsam unpassendes Kichern vernehmen. »Sie haben sich also entschlossen, mit uns zusammenarbeiten?«

»Habe ich denn eine Wahl nach allem, was Sie mir erzählt haben?«

»Wahrscheinlich nicht. Dafür werden Sie Dinge sehen und erfahren, von denen andere nicht einmal zu träumen wagen.«

»Der Fiorino-Text?«, fragte Paolo in plötzlicher Erregung.

»Sie werden ihn zu Gesicht bekommen«, versicherte der Professor. »Allerdings ist dazu eine geringfügige Änderung an Ihrer Reiseroute nötig.«

»Was soll das heißen?«

»Das soll heißen, dass Paolo Genaro in jenem Flieger sitzen wird, der in drei Stunden Richtung Peru abhebt. Sie jedoch werden nicht an Bord sein.«

»Sie reden wirres Zeug.«

»Keineswegs. Einer unserer Agenten wird Ihren Platz einnehmen, während Sie nach Sao Paolo fliegen, um dort einen Mittelsmann zu treffen. Dieser wird Ihnen das Fiorino-Traktat übergeben und Ihnen bei der Entschlüsselung zur Hand gehen.«

»Warum so kompliziert?«

»Weil Sie nun in unserem Team spielen, Doktor – und weil Sie feststellen werden, dass wir nicht nur Fans haben. Sobald der Orden mitbekommt, dass Sie sich auf unsere Seite geschlagen haben, wird er alles daransetzen, Ihnen das gleiche Schicksal angedeihen zu lassen wie Professor Benati. Und das möchten wir gern vermeiden.«

»Wie freundlich von Ihnen.« Paolo schnitt eine Grimasse.

»Gehen Sie auf die Toilette. Sie werden dort eine Reisetasche finden, die neue Kleidung enthält. Außerdem möchte ich, dass Sie sich von Ihrem Bart trennen.«

»Wieso? Was stimmt nicht mit meinem Bart?«

»Auf dem Foto in Ihrem neuen Reisepass tragen Sie auch keinen«, erklärte Lidenbrock leichthin. »Zusätzlich zu Ihren neuen Papieren werden Sie in der Tasche ein Flugticket nach Sao Paolo finden, ausgestellt auf den Namen Vincente

Caruso. Das ist der Name, unter dem Sie reisen werden. Und beeilen Sie sich, die Maschine hebt in einer Stunde ab.«

»U-und was soll ich dann tun? Ich meine, ich nehme diesen Flieger nach Sao Paolo, und dann …«

»… werde ich Ihnen neue Instruktionen geben«, sagte der Professor.

»S-Sie werden mich begleiten?«

»Allerdings, Doktor. Ich bin von nun an ihr *Guardian.*«

»Mein was?«

»Ihr Schutzengel, wenn Sie so wollen …«

Observationsbasis 44
Macao
23 Uhr 05 Ortszeit

Eigentlich verdiente Observationsbasis 44 diese Bezeichnung nicht, denn der Stützpunkt, der sich unweit des Flughafens in einer Lagerhalle des ehemaligen portugiesischen Zollverschlussgeländes befand, war erst vor wenigen Wochen eingerichtet worden. Entsprechend war die Ausstattung noch spärlich und nur zwei Agenten besetzten O-44. Mit Erleichterung nahm Alex zur Kenntnis, dass sie zumindest einen davon kannte.

Robinson Crusoe.

»Kann ich noch etwas für euch tun?«, erkundigte sich der Agent, der zuletzt unter dem Kommando von Mina Harker in Observationsbasis Zero gearbeitet hatte und ein enger Freund von Dr. Jekyll war. »Kwon und das Kind sind eingeschlafen. Ich habe beiden ein leichtes Beruhigungsmittel geben müssen.«

»Gut«, sagte Ismael. »Sie müssen morgen ausgeruht sein. Eine lange Reise liegt vor ihnen.«

»Zweifellos wird der Orden sämtliche Flughäfen im Umkreis von fünfhundert Kilometern überwachen«, gab Crusoe zu bedenken. »Wir müssen vorsichtig sein.«

»Eine Ausreise auf einem Passagierflugzeug kommt nicht in Frage«, stimmte Ismael zu. »Sieh zu, dass du etwas auf einer Frachtmaschine organisieren kannst, deren Betreiber keine überflüssigen Fragen stellen.«

»Verstanden«, sagte Crusoe und wollte sich abwenden – Alex jedoch rief ihn zurück.

»Robinson?«

»Ja?«

»Danke«, sagte sie leise.

»Schon gut.«

Sie trug keine Spezialbrille, aber sie konnte hören, wie sich seine Schritte entfernten, zurück zu dem Lieferwagen, der vor der Lagerhalle parkte und mit Hightech vollgestopft war. Bis zur Einrichtung einer vollwertigen Basis fungierte er als behelfsmäßige Kommunikationszentrale. Ismael und Alex blieben bei dem Helikopter zurück, der in der Halle stand und dessen Auftauchen sie ihr Leben verdankten.

Mit knapper Not waren sie den Killern des Ordens entkommen, der Schreck jedoch saß ihnen noch immer in den Knochen. Und natürlich auch der Verlust einer treuen Freundin, die ihr Leben geopfert hatte, um ihnen die Flucht zu ermöglichen.

»Ich werde Mina vermissen«, sagte Alex beklommen. »Zwar waren wir nicht immer Freundinnen, aber sie ist stets ehrlich zu mir gewesen. Und am Ende … sind wir uns nähergekommen, als ich es je für möglich gehalten hätte.«

»Ja«, entgegnete Ismael nur, dessen Gedanken offenbar ganz woanders waren. Natürlich schmerzte auch ihn der Verlust der Kameradin und zu angemessener Zeit würde er um sie trauern. Im Augenblick jedoch schienen andere Dinge ihn ungleich mehr zu beschäftigen. Alex fühlte, dass ihr sonst so beherrscht und überlegen wirkender Gefährte kurz davor stand, die Fassung zu verlieren, was noch nie vorgekommen war, seit sie ihn kannte.

»Bist du okay?«, erkundigte sie sich deshalb.

»Klar.«

»Sieht aber nicht so aus«, widersprach sie, der Tatsache zum Trotz, dass sie Ismael nicht sehen konnte. Aber sie konnte seinen Gemütszustand *fühlen* …

Verwirrung.

Zorn.

Aggression.

»Was ist es?«, beharrte sie. »Dich bedrückt etwas, ich kann es deutlich spüren.«

»Wirklich?«

Sie nickte.

»Also schön.« Ismael holte tief Luft und zögerte einen Moment. »Er ist es«, eröffnete er dann.

»Wer?«

»Der *Demon.* Es war der aus der Dschunkenstadt, der Kim Lis Eltern und die Tangs ermordet hat.«

»Bist du sicher?«

»Allerdings. Und das ist noch nicht alles, Alex. Es ist auch derselbe Killer, der uns in Washington überfallen hat.«

»Woher willst du das wissen?«, wandte sie ein. »Der Orden hat viele, die die Drecksarbeit für ihn erl…«

»Ich *weiß* es einfach«, unterbrach er sie mit einem Tonfall, der keinen Widerspruch duldete. »Es mag für dich eigenartig klingen, aber meine Art hat Fähigkeiten und Methoden entwickelt, um sich gegenseitig zu erkennen, auch wenn wir uns nicht sehen können. Unter bestimmten

Voraussetzungen sind wir in der Lage, die Gegenwart eines anderen Unsichtbaren zu spüren. Wir hören seinen Atem, riechen seinen Schweiß, was auch immer ...«

»Und du bist dir sicher, dass es derselbe Killer wie in Washington war?«

»Allerdings – und nicht nur das.«

»Was denn noch?«

Erneut zögerte Ismael, wohl weil er seine schwangere Gefährtin nicht mehr als nötig mit Wissen belasten wollte. Der Blick, den sie ihm schickte, besagte jedoch deutlich, dass sie erfahren wollte, was er herausgefunden hatte oder glaubte, herausgefunden zu haben.

»Ich hatte den Eindruck, den Kerl zu kennen. Aus meinem früheren Leben.«

Alex fühlte, wie sich in ihrer Kehle ein Kloß bildete. Ismael sprach nur selten über die Zeit, die er als Kind auf der Akademie des Ordens verbracht hatte, jenem düsteren Ort, an dem junge Unsichtbare zu Agenten im Dienst der Grauen ausgebildet wurden. Alex hatte nie nachgefragt, aber sie nahm an, dass Ismael dort Schreckliches durchlebt hatte, ehe ihm schließlich die Flucht gelungen war.

»Du meinst, du weißt, wer der Kerl ist?«, hakte sie nach.

»Nun ja, seine Art, sich zu bewegen und zu kämpfen, kommt mir eigenartig bekannt vor. Und ich denke, ich weiß, worauf er es abgesehen hat.«

»Worauf soll er es schon abgesehen haben? Er will uns töten, das ist seine Aufgabe.«

»Er will *mich*«, sagte Ismael.

»Was?«

»Dieser Killer ist nicht hinter dir her, Alex, sondern hinter mir. Die Grauen wissen, wer in das NAMIR-Archiv eingedrungen ist.«

»Natürlich wissen sie es«, sagte Alex schuldbewusst. Sie selbst hatte Ismaels Mission damals verraten, nachdem sie von einem Agenten des Ordens getäuscht worden war.

»Das meine ich nicht.« Ismael ergriff ihre Hand und hielt sie fest. »Ich spreche davon, dass der Orden meinen wirklichen Namen kennt, meine tatsächliche Identität.«

»Was bringt dich auf den Gedanken?«

»Das willst du nicht wissen.«

»Was soll das?« Sie schüttelte energisch den Kopf. »Ich habe schon so viel verdauen müssen, Dinge, die ich nie für möglich gehalten hätte, Wahrheiten, die mein Leben verändert haben. Glaubst du, es käme mir auf eine mehr oder weniger noch an?«

Einen Augenblick schien Ismael unentschlossen, dann rang er sich zu einer Entscheidung durch.

»Die Hand, die deine gerade festhält«, begann er leise, »meine Rechte …«

»Was ist damit?«

»Es ist nicht wirklich meine«, eröffnete Ismael.

»Wie bitte?« Alex zog ihre Hand unwillkürlich zurück.

»Die Extremität selbst ist meine«, versicherte Ismael, »die Haut der Handfläche jedoch, einschließlich der Fingerabdrücke, stammt nicht von mir. Es ist ein Transplantat.«

»Von wem?«

»Von jemandem, den ich getötet habe, Alex.«

»I-ich verstehe«, sagte sie, obwohl sie es nicht wirklich begriff.

Ismael war Agent in den Diensten der Anderen. Im Zuge seiner Missionen hatte er zahlreiche Menschen getötet, sowohl sichtbare als auch unsichtbare. Und sie hatte keine

Ahnung, weshalb Ismael diesen einen Fall nun so ausdrücklich zur Sprache brachte …

»Nein, du verstehst es nicht«, widersprach er. »Dieser Gegner war kein gewöhnlicher Agent und auch kein *Demon*. Er war einer von den Grauen.«

»Ein Grauer?« Alex glaubte, nicht recht zu hören.

Die Grauen waren die mysteriösen Anführer des Ordens, die Unsichtbaren der ersten Generation, die aus den frevlerischen Experimenten des Zweiten Weltkriegs hervorgegangen und an Körper wie an Seele grässlich verstümmelt waren.

»Du hast einen Grauen getötet?«

»Allerdings – und mir auf diese Weise Zugang zum NAMIR-Archiv verschafft. Denn meine rechte Hand ist eine exakte Replik von der des Getöteten, hergestellt aus Originalgewebe. Der Handflächenscanner hat den Unterschied nicht bemerkt.«

Alex war völlig perplex. Sie hatte sich immer gefragt, wie es Ismael damals gelungen war, die Sicherheitsanlagen des Pentagon auszutricksen. Nun kannte sie die Antwort – und sie gefiel ihr nicht.

»Und du glaubst, dass …?«

»Seit Washington ist mir der Orden auf der Spur. Die Grauen wissen, dass ich es war, der ins NAMIR-Archiv eingedrungen ist, und sie wollen Rache für den Tod ihres Artgenossen. Deshalb sind sie mir auf den Fersen – und deshalb müssen wir uns trennen.«

»Nein!«, rief Alex panisch. »Du darfst mich nicht verlassen. Nicht jetzt!«

»Ich habe keine Wahl.«

»Man hat immer die Wahl. Oder willst du mich allein lassen, wie mein Vater es getan hat? Er ist verschwunden, als ich noch ein Mädchen war, einfach so, ohne ein Wort des Abschieds.«

»Ich weiß«, sagte er leise.

»Soll unser Kind auch ohne Vater aufwachsen, so wie ich? Es braucht dich, Ismael!«

»Das ist mir klar«, erklärte er sanft, »und genau aus diesem Grund muss ich gehen. Denn mit jedem Tag, den ich länger bleibe, bringe ich dich nur in noch größere Gefahr, Alex – und mit dir auch unser Kind.«

In einer Geste, die fürsorglich wirken sollte, legte er seine Hand auf ihren Bauch – jene Hand, die in Wahrheit die eines Toten war.

Alex war nicht in der Lage, den Schauder ganz zu verbergen, der sie befiel. Sie war dankbar dafür, dass die meisten Unsichtbaren keine Übung darin hatten, das menschliche Mienenspiel zu deuten, und daher auch Ismael nichts bemerkte, obwohl er in dieser Hinsicht Fortschritte gemacht hatte, seit sie zusammen waren.

»Aber ich will nicht, dass du gehst«, hauchte sie.

»Ich will es ebenfalls nicht, aber ich habe Oberon bereits kontaktiert und er stimmt mir zu: Dr. Kwon und du, ihr werdet ohne mich nach Brasilien fliegen. Der Orden weiß nichts von Benatis Vermächtnis, deshalb wird er euch dort nicht suchen. Zudem wird euch Oberon einen anderen *Guardian* schicken.«

»Ich will aber keinen anderen *Guardian*, sondern dich!«, beharrte sie in kindischem Trotz, obwohl sie wusste, dass Ismael recht hatte.

Wenn es tatsächlich er war, auf den der *Demon* angesetzt worden war, gefährdete er damit nicht nur die Mission, sondern auch das Leben aller, die bei ihm waren, einschließlich das seines ungeborenen Kindes.

Alex spürte, wie ihr Widerstand schmolz.

Mehr noch, sie ertappte sich dabei, dass sich ein Teil von ihr geradezu nach Abstand sehnte. Vielleicht, sagte sie sich, war es besser so.

»Ich wünschte, es wäre anders«, sagte Ismael leise, »aber die Dinge sind nun einmal so, wie sie sind, und es steht nicht in meiner Macht, etwas daran zu ändern.«

»Ich weiß.« Sie nickte. »Wohin wirst du gehen?«

»Oberon hat mich nach Europa beordert.«

»Nach Europa? Aber dort ist das Netz des Ordens am dichtesten! Warum will Oberon, dass du ausgerechnet dort …«

»Bitte Alex«, fiel Ismael ihr sanft ins Wort, »es steht uns nicht zu, Oberons Entscheidungen in Frage zu stellen. Wir müssen ihm vertrauen, hörst du?«

»Ich weiß«, sagte sie. »Es ist nur … Ich habe Angst um dich. Ich will dich nicht verlieren.«

»Das wirst du nicht«, versprach er und gab sich hörbar Mühe, dabei möglichst überzeugt zu klingen. »Wir werden wieder zusammenkommen, hörst du? Irgendwann ist dieser Krieg vorbei.«

»Halt mich«, bat sie ihn. »Halt mich ganz fest …«

Sie spürte, wie sich seine Arme um sie legten und wie er sie an sich zog. Aber obwohl sich alles in ihr nach Trost und Geborgenheit sehnte, hatte Alex mehr noch als am Abend zuvor den Eindruck, dass Ismael nicht mehr der war, in den sie sich verliebt und zu dem sie aufgeschaut hatte. Noch während sie in seinen Armen lag, konnte sie spüren, wie sie sich innerlich von ihm entfernte.

Ob es Ismael ebenso erging? Ob auch er die Kluft spürte, die sich zwischen ihnen aufgetan hatte und die mit jedem Augenblick tiefer und breiter wurde?

»Leb wohl«, sagte er, hauchte ihr einen flüchtigen Kuss auf die Stirn – und von einem Augenblick zum anderen war er verschwunden.

Teil III

IMMORITURUS

18.

Hongkong (ipa).

Aus noch nicht geklärten Gründen kam es am gestrigen Morgen über Tsim Sha Tsui, dem zentralen Geschäftsviertel Kowloons, zu einem Hubschrauberabsturz. Augenzeugen berichten, dass eine Maschine des chinesischen Militärs über der Innenstadt kreiste und plötzlich explodierte. Das brennende Wrack stürzte anschließend auf einen Taxiparkplatz, wodurch ein halbes Dutzend geparkter Wagen zerstört wurde. Da sich das Unglück noch vor dem Einsetzen des Berufsverkehrs ereignete, gab es wie durch ein Wunder keine Opfer unter der Zivilbevölkerung. Die Besatzung des Hubschraubers fand bei dem Absturz den Tod, um wie viele Opfer es sich handelt, hat die chinesische Armee bislang noch nicht verlauten lassen. Der Sachschaden wird auf rund 50 Millionen Dollar geschätzt.

Als Reaktion auf den Vorfall hat die britische Regierung heftige Kritik an der chinesischen Sicherheitspolitik geübt und Peking ermahnt, die Sino-British Joint Declaration einzuhalten, die Hongkong einen Status weitgehender Selbstständigkeit zusichert.

Meldung der International Press Agency

Operationsbasis 13

Sao Paolo, Brasilien

Zwei Tage später

Alex musste zugeben, dass sie überrascht war.

Nach allem, was sie über Paolo Genaro gelesen hatte – das Hauptquartier hatte ihr ein ausführliches Personendossier überstellt –, hatte sie sich den Archäologen ganz anders vorgestellt. Langweilig, ein wenig verhärmt und nur auf seine Forschungen bedacht. Und obwohl sie sein Geburtsdatum kannte, war Genaro in Alexandras Vorstellung mindestens zehn Jahre älter gewesen. Der Mann, der ihr in der Messe der O-13 gegenübersaß, sah jedoch völlig anders aus.

Dass er nicht zu denjenigen Vertretern seines Fachs gehörte, die sich hinter Bücherstapeln versteckten, sondern der praktischen Forschungsarbeit den Vorzug gab, war auf den ersten Blick zu erkennen: Seine Haut war sonnengebräunt, sein dunkles Haar ausgebleicht, die Kleider – eine Cargohose und ein khakifarbenes Hemd – erinnerten mehr an einen Globetrotter als an einen Wissenschaftler. Und da waren die stahlblauen Augen, die Alex mit einer Mischung aus Misstrauen und Verwunderung betrachteten.

»Paolo Genaro«, las sie aus seinem Dossier vor. »Geboren 1964 in Parma, Studium der Frühgeschichte und der Archäologie, Abschluss *summa cum laude* an der Universität Rom, später Promotion unter Professor Luigi Benati ... Ein beeindruckender Lebenslauf, wirklich.«

»Finden Sie?« Paolo zuckte gleichmütig mit den Schultern. »Früher dachte ich das auch – aber in letzter Zeit zweifle ich öfter mal an meinem Verstand. Ich sehe Dinge durch die Luft schweben und höre sogar körperlose Stimmen.«

»Geht mir nicht anders.« Alex musste lächeln. »Sie sind also in guter Gesellschaft.«

»Wer genau sind Sie? Dieser Kerl, der mich auf dem Flug begleitete und sich ›Professor Lidenbrock‹ nennt, bezeichnete sie als ›Spezialistin‹.«

»Ich bin Historikerin, genau wie Sie«, sagte Alexandra, »allerdings mit einem anderen Fachgebiet. Und ich habe meine Universitätslaufbahn schon vor einiger Zeit beendet.«

»Freiwillig?«, wollte er wissen.

»Nicht so ganz.«

»Ist es Ihnen ebenso ergangen wie mir?« Er grinste anzüglich. »Stand bei Ihnen auch plötzlich ein nackter Unsichtbarer im Badezimmer?«

»Unter anderem«, gab sie zu, »und dazu noch einiges mehr.«

»Wie ist Ihr Name?«

»Nennen Sie mich Dorothy, das genügt fürs Erste.«

»Ist das Ihr wirklicher Name?

»Das braucht Sie nicht zu interessieren.«

»Warum so misstrauisch?«

»Dr. Genaro …«

»Paolo«, verbesserte er.

Sie seufzte. »Paolo«, begann sie dann noch einmal, »ich bin Ihnen gegenüber keineswegs misstrauisch. Aber ich bin vorsichtig, und das ist gut so. Leichtsinn kann einen allzu schnell das Leben kosten.«

»Professor Lidenbrock hat sich ähnlich geäußert. Bislang habe ich allerdings nicht allzu viel davon bemerkt.«

»Dann schätzen Sie sich glücklich. Eine gute Freundin von mir wurde vor wenigen Tagen von Agenten des Ordens getötet.«

»Wirklich?« Sein Grinsen verschwand.

»Wirklich.«

»Das tut mir leid.«

»Ich habe es Ihnen nicht erzählt, weil ich Ihr Mitleid will, Doktor. Sondern um Ihnen klarzumachen, dass dies hier kein Spaß ist. Oder glauben Sie, wir sitzen nur zum Jux in einem Keller, der sich fünf Stockwerke unter der Erde befindet?«

»Das sicher nicht.«

»Ich weiß, was Sie durchmachen. Ihr Verstand weigert sich, das, was Sie erfahren haben, als wahr anzuerkennen. Aber was Sie auch empfinden mögen, ob Sie darüber verzweifelt sind oder bestürzt, ob Sie sich in Sarkasmus flüchten oder die Sache mit Humor zu nehmen versuchen – es ändert nichts an der Tatsache, dass es die Wahrheit ist. Die Unsichtbaren existieren, ebenso wie der Krieg, der dort draußen tobt. Auch wenn der größte Teil der Menschheit nichts davon ahnt – es ist ein Teil unserer Wirklichkeit, mit dem wir uns auseinandersetzen müssen.«

»Nein«, widersprach Paolo, »das muss ich nicht. Sie und Ihre Revolutionsfreunde können tun und lassen, was Sie wollen. Ich bin nur aus einem einzigen Grund hier: wegen des Fiorino-Traktats.«

»Sie möchten es lesen?«

»Allerdings.«

»Wozu? Um wissenschaftlichen Ruhm zu erwerben?«

»Um Gewissheit zu haben. Luigi Benati war mein Mentor und Freund, der von der sogenannten seriösen Wissenschaft als Spinner und Fantast gebrandmarkt wurde. Das Fiorino-Traktat birgt möglicherweise die Chance, seinen Ruf wiederherzustellen, und diese Chance möchte ich nutzen.«

Alex nickte nachdenklich, während sie ihr Gegenüber

aufmerksam musterte. Genaro hatte eine Art an sich, die schwer zu beschreiben war. Eine seltene Mischung aus Bodenständigkeit und Arroganz, garniert mit einer Portion Dreistigkeit. Eine Rezeptur, die Alex auf die Palme brachte und sie gleichermaßen faszinierte.

»Ohne uns hätten Sie keine Chance, den vollständigen Text zu Gesicht zu bekommen«, brachte sie in Erinnerung. »Vor ein paar Tagen wussten Sie noch nicht mal, dass er existiert.«

»Das ist mir klar«, räumte er ein. »Aber Sie brauchen mich ebenfalls, sonst hätten Sie mich nicht kontaktiert. Professor Benati hat Ihnen unmissverständlich zu verstehen gegeben, dass er sich mich als seinen Nachfolger wünscht.«

»Können Sie ihm denn das Wasser reichen?«

»Nein«, gab Paolo unumwunden zu. »Aber ich werde mir Mühe geben, seinem Erbe gerecht zu werden.«

»Was wissen Sie über Fiorino?«

»Bislang nur das, was allgemein bekannt ist: dass er ein Weltreisender und Philosoph der beginnenden Neuzeit war. Sein Geburtsjahr ist unbekannt, aber man vermutet, dass er um 1515 das Licht der Welt erblickt hat. Über seinen Tod sind wir dafür umso genauer informiert: Er starb 1555 in Valencia, nachdem die spanische Inquisition ihm den Prozess gemacht und ihn der Ketzerei beschuldigt hatte. Bekannt ist er vor allem wegen des nach ihm benannten Traktats, das er in lateinischer Sprache verfasst haben soll, über dessen Inhalt aber weitgehend Unklarheit besteht. Die einen vermuten einen religiösen Text, die anderen eine philosophische Abhandlung, wieder andere bezweifeln, dass das Traktat überhaupt je existiert hat. Professor Benati hat die Ansicht vertreten, es könnte sich dabei um eine Art Expeditionsbericht handeln.«

»Und Sie? Was glauben Sie?«

»Nun, nach dem Auszug zu urteilen, den ich im Nachlass des Professors gefunden habe, könnte seine Vermutung durchaus zutreffend sein. Es fanden sich zwar nur einige verschwommene Andeutungen darin, aber …«

»Was würden Sie sagen«, begann Alex leise, »wenn ich behaupten würde, dass Fiorino genau wie Sie und ich von der Existenz der Unsichtbaren wusste?«

Paolo lachte auf. »Das ist nicht Ihr Ernst, oder?«

»Haben Sie sich nie gefragt, weshalb Fiorino der Prozess gemacht wurde? Womit er den Zorn seiner Zeitgenossen so sehr erregt hat, dass man ihn auf den Scheiterhaufen brachte?«

»Nun, dazu bedurfte es in jenen Zeiten nicht sehr viel.«

»Der Originaltitel des Traktats«, erklärte Alex, »lautete ›De invisibile‹, was soviel bedeutet wie …«

»›Über das Wesen des Unsichtbaren‹«, übersetzte Paolo. »Danke, ich kann Latein.«

»Verstehen Sie jetzt, weshalb diesem Text solch große Bedeutung zukommt? Weshalb Professor Benati von einer Enthüllung sprach, die die Weltgeschichte verändern kann? Und weshalb der Orden alles daransetzt, die Veröffentlichung des Traktats zu verhindern?«

»Allmählich«, gab Paolo zu, in dessen Blick ein unruhiges Flackern getreten war. Der Wissenschaftler in ihm war erwacht und begann sich Fragen zu stellen. »Aber das kann noch nicht alles sein. Die Ausgrabungen, die der Professor kurz vor seinem Tod beendet hat, waren in Kairo. Die Sensation, von der er sprach, muss mit der altägyptischen Geschichte in Verbindung stehen.«

»Nicht ausschließlich. Der Professor benannte zwei Orte, an denen sich das Fiorino-Traktat auf seinen Wahrheitsgehalt hin überprüfen ließe. Der eine befindet sich in Gizeh, unweit der großen Pyramiden.«

»Und der andere?«

»Ist hier, Paolo. Irgendwo im brasilianischen Regenwald.«

»Genauer geht's nicht?«

»Bedauerlicherweise nein. Es wird Ihre Aufgabe sein, den Text dahingehend zu prüfen. Der Professor war davon überzeugt, dass Sie dazu in der Lage sind, also enttäuschen Sie ihn nicht. Und uns ebenfalls nicht.«

»Verstehe.« Paolo nickte. »Deshalb hat sich Professor Benati an mich gewandt. Er wusste, dass ich mich auf amerikanische Frühgeschichte spezialisiert habe. Und aus diesem Grund sollte mir der Text auch nicht in Rom übergeben werden, sondern hier in Sao Paolo …«

»… wo unsere Organisation glücklicherweise einen Stützpunkt unterhält«, brachte Alex den Satz zu Ende. »Allmählich ergibt alles Sinn, nicht wahr?«

»Allerdings«, stimmte er zu. Das Flackern in seinen Augen war zum fiebrigen Glanz des Wissensdurstigen geworden. »Also, wo ist der Text? Wo haben Sie ihn versteckt?«

Alex lächelte vielsagend. Dann griff sie in die Tasche ihrer Lederjacke und beförderte einen Datenstick zutage. Als Genaro jedoch danach greifen wollte, zog sie ihn zurück.

»Was soll das?«, fragte er aufgebracht.

»Sind Sie sicher, dass Sie das wirklich tun wollen? Wenn Sie den Inhalt dieses Textes kennen, gibt es kein Zurück mehr. Dann sind Sie Luigi Benatis Erbe, mit allen Konsequenzen.«

»Es hat eine Zeit gegeben«, erwiderte Paolo leise, »da habe ich mir nichts sehnlicher gewünscht als das. Ich bin es dem Professor schuldig, seine Forschungen fortzuführen.

Und selbst wenn es nicht so wäre, könnte ich überhaupt noch zurück, nach allem, was ich erfahren habe?«

Ihre Blicke begegneten sich für einen Moment, von dem Alex anschließend nicht zu sagen wusste, ob er nur kurz gewesen war oder eine kleine Ewigkeit gedauert hatte.

»Nein«, gab sie schließlich zu, »wahrscheinlich nicht.«

Und gab ihm die Daten.

Rom, exakte Lokalität unbekannt
Zur selben Zeit

»Agent Ismael, Kennung AA-4183.«

Ismaels Stimme hörte sich seltsam dumpf an in der unterirdischen Kammer, in die er getreten war und die keine Fenster hatte. Das kalte Licht stammte von einer Neonröhre unter der Decke, die ein leises Summen von sich gab. Die Wände waren aus nacktem Fels, entsprechend kühl war es. In die Stirnseite der Kammer war eine stählerne Tür eingelassen, die sich in all den Jahren, in denen Ismael an diesen Ort kam, noch nicht ein einziges Mal geöffnet hatte. Darüber hing ein Lautsprecher.

»Willkommen, Ismael«, entgegnete die vertraute Stimme Oberons aus dem Lautsprecher. »Hattest du eine angenehme Reise?«

»Es geht. Offen gestanden war es nicht einfach, den Spitzeln des Ordens zu entgehen. Die meisten Flughäfen werden inzwischen überwacht …«

»Ich weiß«, sagte Oberon. »Warst du verwundert, dass ich dich dennoch hierherbeordert habe?«

»Ein wenig«, gab Ismael zu. Wie immer, wenn er an diesem Ort weilte, kam er sich schutzlos vor und bis ins Mark durchschaut. Weder zwang Oberon ihn, seine Tarnung aufzugeben, noch waren in die Wände besondere technische Vorrichtungen integriert. Es war die bloße *Präsenz* des Oberhauptes der Anderen, die Ismael einschüchterte und die an diesem Ort stärker war als an jedem anderen.

»Ich habe dich herbeordert, weil wir sprechen müssen«, erklärte Oberon. »Viel ist geschehen.«

»Das … ist wahr.«

»Willst du dich dazu äußern?«

»Allerdings«, sagte Ismael leise. »Ich bin leichtfertig gewesen, Meister. Ich habe meine eigenen Interessen über die der Organisation gestellt und nur Chaos damit angerichtet.«

»Mein guter Ismael … Glaubst du wirklich, ich hätte dich deswegen gerufen?«

»Weswegen sonst? Ich habe gegen das Gesetz verstoßen. Hätte ich es nicht getan, wären wir um eine Sorge ärmer. Und Commander Harker«, fügte er flüsternd hinzu, »wäre vielleicht noch am Leben.«

»Minas Tod ist ein schwerer Verlust für uns alle«, stimmte Oberon zu. »Aber es ist müßig, darüber nachzudenken, ob ihr Tod zu vermeiden gewesen wäre.«

»Finden Sie?«

»Mina hat stets das getan, was sie für das Richtige hielt. Anders als so viele andere, die von Killern des Ordens getötet wurden, ohne jemals auch nur zu begreifen, was ihnen widerfuhr, hat sie die Wahrheit gekannt. Sie war kein Opfer, Ismael. Was sie tat, tat sie aus freien Stücken. Das sollte dich trösten.«

»Sollte es das? Ich weiß nicht.«

»Dadurch, dass du dir unnütze Vorwürfe machst, ist niemandem gedient. Im Gegenteil, in der gegenwärtigen Situation können wir es uns nicht leisten, dass sich einer unserer besten Agenten in Selbstmitleid ergeht. Wir brauchen dich.«

In einer Geste, die er den Sichtbaren abgeschaut hatte, schüttelte Ismael den Kopf. »Alex hätte mich ebenfalls gebraucht. Ich sollte an ihrer Seite sein.«

»Dich abzuberufen und hierherzubeordern war unter anderem auch ein Test«, stellte Oberon klar.

»Ein Test? Zu welchem Zweck?«

»Um deine Loyalität zu prüfen«, gestand das Oberhaupt des Widerstandes. »Ich wollte wissen, worum es dir in Wahrheit geht – um dein eigenes Wohl oder um das deines Kindes. Du hast klug und richtig entschieden.«

»Wenn schon«, knurrte Ismael. »In allen anderen Punkten habe ich versagt. Ich war Alex' *Guardian*. Sie hat mir vertraut. Es hätte niemals so weit kommen dürfen.«

»Ismael, manchmal tun Menschen Dinge, die sie sich später nicht mehr erklären können. Man kann seine Emotionen nicht auf Dauer ignorieren, kann sie nicht wegwerfen wie einen alten Schuh. Die Grauen haben das nie begriffen. Es ist einer der großen Irrtümer, auf denen ihr Lügengebäude steht.«

»Aber sagten Sie nicht selbst, es wäre uns verboten, persönliche Bindungen einzugehen?«

»Die Zeit ist im Fluss, Ismael. Was heute noch in Stein gemeißelt scheint, kann morgen bereits vergessen sein. Ich glaubte, die Entwicklung kontrollieren zu können, aber ich kann es nicht, ebenso wenig wie der Orden. War es Zufall, dass du Alex begegnet bist? Nein. War es Zufall, dass ihr euch verliebt habt? Ich weiß es nicht. All diese Dinge geschehen, Ismael, und je älter ich werde, desto mehr glaube ich zu verstehen, dass sie alle zum großen Mosaik gehören, von dem auch wir ein Teil sind.«

»Ehrlich gesagt, verstehe ich kein Wort.«

»Was ich damit sagen will, ist, dass dieser Konflikt einem neuen Höhepunkt entgegenstrebt. Nach dem katastrophalen Fehlschlag von New York City hat sich der Orden zurückgezogen, um seine Kräfte zu konsolidieren. Sein Vorhaben, nach der Weltherrschaft zu greifen, hat er jedoch keinesfalls aufgegeben. Er ändert nur die Methoden.«

»Inwiefern?«

»Ich weiß es nicht, Ismael. Die Teile des Puzzles fügen sich erst ganz allmählich zusammen. Aus unseren Observationsbasen rund um die Welt treffen täglich Berichte ein, mehr, als wir auswerten können. Dennoch geben wir die Suche nicht auf. Ein Muster nicht zu erkennen, bedeutet nicht, dass es keines gibt. Es ist ein großes, umfassendes Rätsel.«

»Und Sie glauben«, fragte Ismael leise, »dass auch unser Kind ein Teil dieses Rätsels ist?«

»Möglicherweise. Alexandras Schwangerschaft, das Auftauchen dieses Mädchens in Hongkong – all das deutet darauf hin, dass sich die Zeiten verändern. Die Grauen wissen das und sie werden handeln.«

»Wann? Wie?«

»Genau das müssen wir herausfinden – und ich hege die Hoffnung, dass du der Schlüssel dazu sein wirst.«

»Ich, Meister? Wieso?«

»Ich habe deinen Bericht gelesen. Der *Demon*, der dir auf den Fersen ist ...«

»Was ist mit ihm?«

»Sein Vorgehen scheint nicht ausschließlich von den Regeln des Ordens bestimmt zu werden. Seine Handlungen sind sorgfältig geplant und werden mit Entschlossenheit ausgeführt. Aber da ist noch etwas. Eine emotionale Komponente.«

»Emotional?« Ismael lachte bitter auf. »*Demons* haben keine Emotionen, Meister. Deswegen sind sie, was sie sind.«

»Der Orden setzt alles daran, sie zu seelenlosen Killermaschinen zu machen, das ist wahr. Aber das bedeutet nicht, dass es ihm auch in allen Fällen gelingt. Der Angriff in der Dschunkenstadt beispielsweise scheint mir mehr von Wut geprägt als von kühler Analyse. Und weshalb hat der Killer nicht auch das Baby der Tangs getötet? Den Regeln des Ordens zufolge hätte er kein Mitglied der Familie am Leben lassen dürfen.«

»Wohl nicht aus Mitleid«, wandte Ismael bitter ein.

»Kaum«, stimmte Oberon zu. »Aber vielleicht aus einem Gefühl der Allmacht heraus, das ihn für einen kurzen Augenblick die Regeln vergessen ließ. Er selbst hat entschieden – über Leben und Tod. Er selbst, nicht die Regeln des Ordens.«

»Und?«, fragte Ismael. »Was folgern Sie daraus?«

»Dass es diesem *Demon* nicht nur darum geht, dich zu töten, Ismael. Er will mehr als das.«

»Mehr? Was soll das heißen?«

»Es scheint mir offensichtlich, dass dich dieser Killer nicht um deiner Funktion willen jagt, sondern für das, was du bist. Er hasst dich, Ismael. Und er will dich nicht nur deshalb töten, weil es sein Auftrag ist, sondern weil er Rache will, wofür auch immer.«

»Nun, die Grauen wissen, dass ich es war, der in das NAMIR-Archiv eingedrungen ist. Und inzwischen haben sie auch herausgefunden, dass ich einen ihrer Artgenossen ins Jenseits befördert habe.«

»Das wären mögliche Motive«, räumte Oberon ein. »Aber ich denke, dass die Beweggründe des *Demons* noch ungleich persönlicherer Natur sind. Er scheint dich zu kennen, Ismael. Aus deinem früheren Leben.«

»So wie ich ihn«, entgegnete Ismael ungerührt.

»Davon stand nichts in deinem Bericht.«

»Es ist nur eine Ahnung, Meister, nur ein flüchtiger Eindruck. Aber ich habe das Gefühl, dass ich dem Kerl schon einmal begegnet bin. Ich weiß nur nicht, wann und wo das gewesen ist.«

»Versuche dich zu erinnern«, sagte Oberon. »Und während du das tust, solltest du dich ein wenig bemerkbar machen.«

»Mich bemerkbar machen? Was soll das heißen?«

»Wie ich schon sagte, Ismael: Das Handeln dieses *Demons* scheint mir ungewöhnlich emotional. Mit etwas Glück können wir ihn zu einem Fehler verleiten und seiner habhaft werden.«

»Seiner habhaft werden? Sie wollen ihm eine Falle stellen? Ihn gefangen nehmen?«

»Auf diese Weise bekämen wir einen Informanten«, bestätigte Oberon ruhig. »Jemanden, der uns Auskunft darüber geben könnte, was die Grauen planen.«

»Aber es ist noch niemals gelungen, einen *Demon* lebend zu schnappen. Sie wählen lieber den Freitod als …«

»Vielleicht bildet dieser eine Ausnahme. Vielleicht ist das die Gelegenheit, auf die wir so lange gewartet haben.«

»Verstehe«, sagte Ismael, der allmählich die Zusammenhänge zu erfassen begann. »Das also war der Grund dafür, dass Sie mich nach Europa geholt haben. Sie wollten, dass der Orden auf mich aufmerksam wird. Sie haben vor, den *Demon* in eine Falle zu locken – mit mir als Köder.«

»Was sagt der Köder dazu?«, fragte Oberon, ohne zu widersprechen.

Ismael zögerte. Einerseits fühlte er sich ein wenig überrumpelt und es kränkte ihn, dass ihn das Oberhaupt der Anderen nicht von Beginn an in seine Pläne eingeweiht hatte. Andererseits hatte Oberon natürlich recht. Wenn seine Analyse zutraf – und dafür sprach einiges –, bot sich ihnen tatsächlich die historische Chance, einen *Demon* zu fangen und einer ausführlichen Befragung unterziehen zu können. Allein die Tatsache, dass sein Wissen Tausende, wenn nicht Millionen unschuldige Leben retten konnte, bewog Ismael dazu, dem Plan zuzustimmen.

»Also gut«, erwiderte er. »Ich werde dem Mistkerl einen Lockvogel präsentieren, dem er nicht widerstehen kann – mich!«

19.

Zu Beginn hatte ich geglaubt, bei »Hades« würde es sich um ein Ausbildungscamp unter Tage handeln, etwa in einem stillgelegten Erzbergwerk, das im Zuge der Verhandlungen mit der Nixon-Administration in den Besitz des Ordens übergegangen war.

Aber ich irrte mich.

Das Camp war deshalb nach der Unterwelt des griechischen Mythos benannt worden, weil jene, die es durchliefen, ähnlich unvorstellbare Qualen durchleiden mussten wie die tragischen Heroen des alten Griechenland:

Erschöpfung.

Entbehrung.

Folter.

Als ich in jener Nacht ausgewählt wurde, hätte ich nicht geglaubt, einer solch rigorosen Behandlung unterzogen zu werden. Es war eine Spezialausbildung, die vor allem zum Ziel hatte, jene auszusondern, die sich nicht wirklich dazu eignen, ein Demon *des Ordens und mit Aufgaben von höchster Wichtigkeit und größtem Risiko betraut zu werden.*

Viele blieben auf der Strecke.

Sie verschwanden einfach und tauchten nicht mehr auf. Mit jedem Tag, der verstrich, wurden wir weniger. Diejenigen jedoch, die noch übrig waren, verstärkten ihre Bemühungen, sei es aus Ehrgeiz oder Angst, und mit jedem Schüler, der nicht mehr zum Unterricht erschien, wuchsen Motivation und der Wille zum Durchhalten.

Was mich betrifft, so bedurfte ich eines solchen Ansporns nicht. Vom ersten Tag an hatte ich nur ein Ziel: das Vertrauen zu rechtfertigen, das die Grauen in mich gesetzt hatten, und ihnen zu beweisen, dass ich es verdiente, an diesem Ort zu sein und um die größte Gunst zu kämpfen, die einem Agenten des Ordens zuteil werden kann.

Ich wollte zeigen, dass ich meine Anwesenheit im Camp nicht einer gnädigen Entscheidung zu verdanken hatte, sondern meinen eigenen Fähigkeiten.

Auch wenn ich der Sohn des Mannes war, der über diese düstere Unterwelt herrschte.

Observationsbasis 13
Sao Paolo, Brasilien
Eineinhalb Tage später

Die Übersetzungsarbeit kam gut voran.

Die grobe Vorarbeit übernahm ein Computerprogramm, anschließend wurde die Übersetzung in zwei Arbeitsgängen durchgesehen. Zunächst nahm Alex den Text in Augenschein, die überrascht darüber war, wie präsent ihre Lateinkenntnisse noch immer waren, die sie seit dem Ende ihrer Studienzeit kaum noch benötigt hatte. Danach ging Paolo Genaro die Übersetzung noch einmal durch und überprüfte sie auf ihren Inhalt.

Was dabei herauskam, war überraschend und hätte an sich schon ausgereicht, um die Fachwelt um eine wissenschaftliche Sensation zu bereichern. Aber Paolo fühlte, dass sich in dem Text noch mehr verbarg. Und wie er feststellen musste, hatte sein alter Freund und Mentor recht gehabt.

Mit jeder einzelnen Hypothese.

»Wer hätte das gedacht? Es handelt sich tatsächlich um einen Reisebericht«, stellte Paolo fest und blickte vom Notebook auf. Es war Zeit für eine Pause. Die Buchstaben auf dem Flatscreen begannen vor seinen Augen zu verschwimmen. Müde nahm er die Brille ab und massierte sich die Nasenwurzel.

»Ja, wer hätte das gedacht?« Alex saß am anderen Ende des metallenen Tischs, ebenfalls einen tragbaren Computer vor sich. Dazwischen erstreckten sich Berge von Ausdrucken, verschiedene Unterlagen, Notizzettel sowie Lexika und Nachschlagewerke, die sie für ihre Arbeit brauchten.

»Kaffee?«, fragte Paolo nur.

»Nein, danke.«

Er zuckte mit den Schultern und stand auf, trat zu der Kaffeemaschine, die auf einem kleinen Beistelltisch an der Wand stand und von frühmorgens bis spät in die Nacht leise röchelte. Noch nie zuvor in ihrem Leben hatte Alex jemanden solche Unmengen an Kaffee trinken sehen, während er dennoch ruhig und ausgeglichen blieb.

»Nach allem, was wir bislang herausgefunden haben, hat Fiorino im Jahr 1542 im Zuge seines Lehrauftrags der Universität von Madrid an einer Expedition in die Neue Welt teilgenommen, die einmal mehr zum Ziel hatte, das sagenumwobene El Dorado zu finden, das man irgendwo östlich der Anden vermutete.«

»Ja«, stimmte Alex zu. »Allerdings schien die Expedition von Beginn an unter einem schlechten Stern zu stehen. Fiorino schreibt, dass sich die Männer über Wochen durch den Regenwald kämpften. Sie fanden dabei keinen einzigen Klumpen Gold. Bedauerlicherweise macht er keine genauen Ortsangaben.«

»Das war zur damaligen Zeit üblich«, erklärte Paolo. »Weder gab es Kartenmaterial noch GPS-gestützte Navigation. Die Orientierung erfolgte jeweils zur vorherigen Position. Mit anderen Worten: Kennt man nicht den genauen Ausgangspunkt der Expedition …«

»… ist es so gut wie unmöglich, ihren Verlauf zu rekonstruieren«, brachte Alex den Satz zu Ende.

»Wir können nur hoffen, dass im weiteren Verlauf des Textes noch etwas konkretere Angaben folgen.«

»Sie müssen da sein«, war Alex überzeugt. »Professor Benati hat sie gefunden.«

»Das wissen wir nicht mit Bestimmtheit. Ebenso wenig, wie wir bisher wissen, ob in dem Text tatsächlich Unsichtbare erwähnt werden. Vom Titel abgesehen, der auch im übertragenen Sinn gemeint sein könnte, gibt es dafür bislang keinerlei Anhaltspunkt.«

»Es geht aber um die Unsichtbaren!«, rief Alex. »Und der Titel – verdammt noch mal! – ist *nicht* im übertragenen Sinne zu verstehen!«

Sie brachte es so barsch hervor, dass Paolo sie indigniert anschaute.

»Verzeihen Sie«, sagte sie wesentlich ruhiger. »Es ist nur … Ich habe eine Menge riskiert und zurückgelassen wegen dieses Textes, wissen Sie. Es ist wichtig, dass wir fündig werden. Wichtiger, als Sie wahrscheinlich ahnen.«

»Warum?«, fragte Paolo forsch. »Weshalb interessieren Sie und Ihre Leute sich so für die Vergangenheit? Professor Lidenbrock erzählte mir, die Unsichtbaren seien eine Folge von Experimenten, die während des Zweiten Weltkriegs stattgefunden haben.«

»Das ist richtig«, sagte Alex. »Jedenfalls, soweit es den Orden betrifft. Aber wenn es stimmt, was wir vermuten, so weilen die Unsichtbaren schon sehr viel länger auf dieser Welt, Doktor. Es spricht einiges dafür, dass sie die Geschichte der Menschheit bereits seit Jahrtausenden begleiten und für vieles verantwortlich sind, das wir bislang dem puren Zufall zugeschrieben haben.«

»Wovon sprechen Sie?«

»Von politischen Entscheidungen, bedeutsamen Erfindungen ...«

»Sie meinen die Erfindung des Rades? Oder des Schwarzpulvers?«

»Zum Beispiel. Aus dem Verborgenen heraus haben die Unsichtbaren die Fäden gezogen. Sie haben geholfen, Weltreiche zu errichten, und haben sie anschließend wieder gestürzt. Dann sind sie so spurlos verschwunden, wie sie aufgetaucht sind.«

»Aber ... zu welchem Zweck?«

»Wer weiß das schon?« Alex zuckte mit den Schultern. »Vielleicht haben die Unsichtbaren nur mit uns experimentiert, ganz einfach, um herauszubekommen, wie weit sie bei uns gehen können. Haben Sie sich nie gefragt, woher Plato seine Ideen hatte?«

»Nein«, gab Paolo zu, »seltsamerweise nicht.«

»Was auch immer es gewesen ist, die Vergangenheit birgt die Antwort«, war Alex überzeugt, »und ein Teil dieser Vergangenheit« – sie deutete auf den Papierstapel, der vor ihr auf dem Schreibtisch lag – »befindet sich hier drin. Sie müssen uns auf der Suche nach der Wahrheit helfen, denn eines steht ganz sicher fest.«

»Und das wäre?«

»Dass ich nicht miterleben möchte, wenn sich der Orden einmal mehr zum Untergang einer ganzen Kultur entschließt, um eine neue entstehen zu lassen. Denn zu welcher Zeit auch immer die Unsichtbaren in den Lauf der Geschichte eingegriffen haben, haben sie damit unsägliches Leid und Elend verursacht. Verstehen Sie nun, weshalb Ihre Aufgabe so wichtig ist? Warum Professor Benati sie als so elementar erachtet hat, dass er bereit war, dafür sein Leben zu riskieren?«

Paolo nickte. »Es wird mir allmählich klar.«

»Haben Sie von dem misslungenen Anschlag auf den New Yorker Weltgipfel gehört?«

»Natürlich, wer hat das nicht?«

»Was wissen Sie darüber?«

»Nur das, was in den Nachrichten gemeldet wurde. Dass ein offenbar geistesgestörter Ex-Polizist …«

»Das stimmt nicht«, fiel Alex ihm ins Wort.

»Nein?«

»Der Name des angeblich geistesgestörten Ex-Polizisten war Winston Seymour. Er war ein Freund, der sein Leben geopfert hat, um zu verhindern, dass im Zentrum von Manhattan eine Atombombe gezündet wird. Und der wahre Drahtzieher hinter dem Anschlag war …«

»… der Orden?«, fragte Paolo.

»So ist es.« Alex nickte. »Ich sage Ihnen das nicht, um Sie zu ängstigen. Aber ich möchte, dass Sie den Maßstab begreifen. Hier geht es nicht um ein beliebiges Forschungsprojekt, sondern um alles oder nichts. Von dem, was Sie in diesem Text finden, könnte das Überleben Millionen unschuldiger Menschen abhängen.«

»Und Sie sind sicher, dass Sie mir keine Angst machen wollen?«, fragte Paolo beklommen.

»Um die Gegenwart zu verstehen, muss man die Vergangenheit kennen«, sagte Alex unbeirrt. »Vielleicht gelingt es uns auf diese Weise herauszufinden, was die Unsichtbaren planen und wie sie sich wirkungsvoll bekämpfen lassen. Professor Benati war überzeugt davon, dass Sie dazu in der Lage sind.«

»Was, wenn er sich geirrt hat? Wenn ich nicht der bin, für den er mich gehalten hat?«

»Dann«, konterte Alex, »werden wir das sehr bald herausfinden.«

»Ich habe das nicht als Scherz gemeint.«

»Ich ebenfalls nicht. Als die Anderen mich ausgewählt haben, wusste ich nicht, womit ich mir diese zweifelhafte Ehre verdient hatte. Im Grunde weiß ich es bis heute nicht genau. Aber man hat keine Wahl und muss es akzeptieren, denn mit dem Wissen, das wir haben, ist es unmöglich, ins normale Leben zurückzukehren.«

»Haben Sie es denn versucht?«

»Das habe ich und es hätte mich um ein Haar den Verstand gekostet. Versuchen Sie's erst gar nicht, das muss ich Ihnen raten. Akzeptieren Sie, was Sie erfahren haben. Sie leben jetzt in einer anderen Welt und Ihr altes Leben ist Vergangenheit.«

»So einfach ist es also?«

Alex schüttelte den Kopf. »Nein, einfach ist es nicht. Wie schreibt Fiorino doch gleich so treffend? *Venatum timeo arcanarum umbrarum …*«

»Ich fürchte die Jagd der geheimnisvollen Schatten«, übersetzte Paolo.

Alexandra nickte.

»Genau das …«

Unbekannter Ort
Etwa zur selben Zeit

»Wie geht es Ihnen?«

Es tat gut, die Stimme zu hören.

Obwohl ihr Klang krächzend war und Gallagher von Jugend an gelernt hatte, sie zu fürchten, hatte sie auch etwas Beruhigendes, weil sie ihm so vertraut war. Nichtsdestotrotz war diese Stimme für Gallagher der Inbegriff der Macht.

»Gut, Sir«, log er, obwohl ihm klar war, dass der andere ihn sofort durchschaute.

»Sie haben sich nach dem letzten Fehlschlag nicht mehr gemeldet.«

»Ich sah keinen Grund dazu, Sir.«

»Sie hätten vorsprechen können, um Ihre gerechte Bestrafung zu erbitten.«

Gallagher erschrak über die harschen, sehr direkten Worte, aber er ließ diese Empfindung nicht nach außen dringen. Emotionen hatten in dieser Sache nichts zu suchen, auch nicht die Angst vor Bestrafung. Mit neutraler, fast unbeteiligt klingender Stimme fragte er: »Hätte man mich denn vorgelassen?«

»Unwahrscheinlich.« Die Stimme lachte krächzend. »Ich will ehrlich zu Ihnen sein: Nicht wenige im Inneren Kreis haben genug von Ihren Eskapaden. Man vertraut Ihnen nicht mehr. Und man erwägt sogar, Sie aus dem Verkehr zu ziehen.«

»Erwägen Sie das auch, Sir?«

»Der Gedanke ging mir durch den Kopf. Aber dann habe ich mich an etwas erinnert.«

»Woran, Sir? An meinen Vater?«

»Nein, Mr. Gallagher – daran, dass ein schlechtes Gewissen bei Ihnen ein starker Motivator ist. Das wollen Sie sicherlich nicht bestreiten, oder?«

»Durchaus nicht, Sir.«

»Ich habe durchgesetzt, dass Sie trotz Ihres wiederholten Versagens am Leben bleiben, Mr. Gallagher. Damit stehen Sie tief in unserer Schuld. Vergessen Sie das niemals.«

»Das werde ich nicht, Sir.«

»Dieses Telefonat ist das letzte, das wir führen, bis Sie Ihren Auftrag ausgeführt haben und Ismael der Vergangenheit angehört. Dieser Renegat hat unserer Organisation bereits mehr geschadet, als ich für möglich hielt. Seine Eliminierung ist überfällig.«

»Ich stimme zu, Sir.«

Obwohl der Orden seinen Mitgliedern jegliche Emotion untersagte, waren Wut und Zorn deutlich aus der Stimme herauszuhören, als sie mit barschen Worten forderte: »Dann erledigen Sie verdammt noch mal Ihren Auftrag und bringen Sie es zu Ende! Ich möchte keine Ausreden mehr hören, Gallagher. Ich will Ergebnisse!«

»Ja, Sir.«

»Solange Ismael noch unter den Lebenden weilt, betrachten Sie sich als *Ronin.*«

»Sir?«

»Als herrenlosen Krieger, der eine Chance erhalten hat, seine Ehre und seinen Ruf wiederherzustellen. Ich habe viel für Sie riskiert, Junge – enttäuschen Sie mich nicht noch einmal. Wenn Sie erneut versagen, werde auch ich Sie nicht mehr vor der Exekution bewahren können.«

»Das ist mir klar, Sir.«

»In all den Jahren, in denen Sie für mich tätig waren, haben Sie niemals versagt. Warum auf einmal so häufig?«

»Ich weiß es nicht, Sir.«

»Aber ich weiß es. Weil Sie den obersten Grundsatz unserer Art sträflich missachten. Keine Emotionen, Gallagher! Keine Emotionen!«

»Aber, Sir! Ich empfinde keine …«

»Wollen Sie mir das tatsächlich weismachen?«, unterbrach ihn die Stimme. »Wollen Sie behaupten, es wäre kein Hass im Spiel? Dass Sie sich bei Ihren Aktionen gegen Ismael nicht von Rachegefühlen leiten lassen?«

Gallagher zögerte einen langen Moment.

»Nein«, gestand er dann.

»Das ist nicht gut, Junge«, sagte die alte, krächzende Stimme beschwörend. »Bei all Ihren Entscheidungen haben Emotionen nie eine Rolle gespielt.«

»Vielleicht nicht, Sir«, gab Gallagher zu, »aber jetzt spielen sie eine Rolle. Ich brenne darauf, den Mann zu töten, der meinen Vater ermordet hat.«

20.

Die Reise dauert an.

Längst haben wir den Fluss erreicht, doch von jenem sagenumwobenen Reich des Goldes, von dem die Spanier träumen, haben wir bisher keine Spur entdecken können.

Die Männer werden ungeduldig und mir ist, als liege eine Meuterei in der Luft. Wie es heißt, soll sich die Expedition aufteilen. Diejenigen, die vom langen Marsch geschwächt oder an Fieber erkrankt sind, sollen umkehren und unter der Führung von Kapitän Navarra zum Ausgangspunkt unserer Reise zurückkehren. Unser zweiter Anführer hingegen hat vor, ein Floß zu bauen, auf dem er den Großen Fluss befahren will, weiter auf der Suche nach dem, was die Spanier »El Dorado« nennen.

Ob wir die Mauern oder auch nur die Ruinen dieser Stadt jemals zu sehen bekommen, erscheint mir inzwischen mehr als fraglich. Dennoch werde ich der Erkundung beiwohnen, da ich bei diesem Unternehmen der einzige Mann der Vernunft und der Wissenschaft bin und es mir wichtig erscheint, dass alles, was wir sehen, wahrheitsgetreu aufgezeichnet wird. Ich erwähne dies, weil außer mir noch ein Priester namens Gaspar an der Expedition teilnimmt, der wie ich Tagebuch führt. Doch wer kann in diesen Tagen den Ränken trauen, welche die Diener des Allmächtigen auf Erden schmieden?

Aus: »De Invisibile«
von Giuseppe Fiorino

Observationsbasis 13
Sao Paolo
23 Uhr 48 Ortszeit

Ironie des Schicksals.

In seinem Bericht hatte Giuseppe Fiorino, der italienische Gelehrte und Forschungsreisende, von seinem Misstrauen gegenüber der Inquisition und ihren Befürwortern geschrieben – einige Jahre später war er ihr selbst zum Opfer gefallen.

Paolo Genaro seufzte. Erschöpft nahm er die Lesebrille ab und rieb sich die Augen, die vom stundenlangen Starren auf den Bildschirm schmerzten. Es war spät geworden. Paolos Helferin, die sich Dorothy nannte, obwohl Paolo ziemlich sicher war, dass dies nicht ihr wirklicher Name war, war bereits zu Bett gegangen. Den ganzen Tag über hatte sie sich müde gefühlt und auch sonst einen matten, abgeschlagenen Eindruck gemacht, sodass sich Paolo mittlerweile fragte, was mit ihr nicht stimmte. Sie schien ein gesundheitliches Problem zu haben.

Im spärlichen Licht zweier nackter Glühbirnen, die an Kabeln von der Decke baumelten, hatte er allein weiterübersetzt. Die Arbeit kam gut voran – einerseits …

Inzwischen war ein Gutteil des Fiorino-Textes übertragen, und Paolo Genaro musste zugeben, dass er selten einen spannenderen Stoff gelesen hatte.

Fiorino beschrieb in allen Einzelheiten die Expedition, an der er teilgenommen hatte und die zunächst über die Anden und später dann geradewegs durch den Regenwald geführt hatte, den Amazonas entlang. Von den Strapazen der Reise und von feindseligen Eingeborenen war die Rede, von Männern, die an Fieber und Schlangenbissen elend zugrunde gingen, während ihr Anführer sie unbarmherzig weiter antrieb, geleitet von der Absicht, den sagenhaften Hort des Goldes zu finden. Doch je länger die Expedition andauerte, desto mehr war sie zu dem geworden, was Fiorino eine Reise *in orcum verdum* nannte.

In die grüne Hölle.

Aber was, in aller Welt, hatte dies mit den Unsichtbaren zu tun? Paolo gelangte immer mehr zu der Überzeugung, dass seine erste Vermutung richtig gewesen und der Titel der Schrift nur im übertragenen Sinne zu verstehen war. Vielleicht, so dachte er, hatte Fiorino mit dem »Unsichtbaren« das Fieber gemeint oder die giftigen Tiere, die im Dschungel nur schwer auszumachen waren.

Trotz allem, was er gesehen und gehört hatte, kehrten bei Paolo die alten Zweifel zurück. Seine Bereitschaft, an eine autonome Welt zu glauben, die den Menschen und ihren Entscheidungen gehörte, war noch immer ungleich größer als die, eine globale Verschwörung als gegeben hinzunehmen, die noch dazu die Erkenntnisse der optischen Physik Lügen strafte. Vielleicht, sagte er sich, war all dies auch nur eine infame Kampagne, ein enormer Schwindel, aufgezogen von Leuten, die allesamt den Verstand verloren hatten – und je mehr Zeit er in ihrer Gesellschaft verbrachte, desto mehr hatte auch Paolo das Gefühl, nicht mehr Herr seiner selbst zu sein …

Kopfschüttelnd beschloss er, die Arbeit zu beenden und ebenfalls zu Bett zu gehen – als auf einmal die Tür geöffnet wurde.

Auf der Schwelle stand ein kleines Mädchen mit asiatisch anmutenden Gesichtszügen.

Kim Li.

Paolo hatte von dem Kind und seiner Betreuerin, einer

Psychologin aus Berkeley, gehört, bislang allerdings noch keine Gelegenheit gehabt, es kennenzulernen. Kim Li schien eine wichtige Rolle zu spielen in den Plänen der Anderen, wenngleich Paolo bislang noch nicht dahintergekommen war, was für eine Rolle dies sein mochte.

Vielleicht, überlegte er, gab es ja auch gar keine.

Vielleicht diente all dies nur dem Zweck, ihn in den Wahnsinn zu treiben.

»Guten Abend«, grüßte er sanft. »Solltest du nicht längst schlafen?«

Er erwartete nicht, dass das Kind ihn verstand. Soweit er mitbekommen hatte, stammte Kim Li aus Hongkong und sprach nur Kantonesisch – wenn sie überhaupt etwas von ihrer Umgebung mitbekam. Paolo hatte gehört, dass das Kind an einer beeinträchtigten Wahrnehmung litt und seine eigene Sichtweise auf die Welt entwickelt hatte.

Aber er fühlte sich dem Mädchen, das sich in dieser Umgebung fremd und unwohl fühlen musste, auf eigenartige Weise verbunden. Im Grunde, dachte er, teilten sie ein gemeinsames Schicksal.

»Wie geht's?«, erkundigte er sich trotz der Sprachbarriere.

Das Mädchen trat ein und schaute sich um. Dann deutete es auf den leeren Stuhl auf der anderen Seite des Schreibtischs und lachte.

»Was hast du?«, wollte Paolo wissen. »Suchst du nach Dorothy? Sie ist nicht hier, weißt du.«

Kim Li schaute sich weiter um. So als ob er gar nicht da wäre, umrundete sie den Tisch, schaute hier und dort zwischen die Blätterstapel, aber anders als zuvor schien sie nicht mehr fündig zu werden.

»Suchst du was Bestimmtes?«

»Ja«, entgegnete eine Stimme aus dem Nichts. »Sie sucht nach Unsichtbaren.«

»Verdammt, Lidenbrock!«, stieß Paolo aus. Dann schüttelte er entnervt den Kopf. »Sie haben mich zu Tode erschreckt.«

»Das war nicht meine Absicht.« Ein Knarren des augenscheinlich unbesetzten Stuhls ließ erkennen, wo der Unsichtbare saß.

»Wie lange sind Sie schon hier?«

»Eine Weile. Genau genommen schon, seit Ihre Assistentin den Raum verließ.«

»Na, großartig.« Paolo verzog das Gesicht. »Hätten Sie sich nicht schon früher bemerkbar machen können? Es ist unhöflich, Menschen zu beobachten, die nichts davon ...«

Er unterbrach sich, als ihm plötzlich etwas klar wurde.

»D-das Mädchen«, stammelte er, während seine Blicke zwischen Kim Li und dem scheinbar leeren Stuhl hin- und herpendelten. »E-es hat Sie gesehen.«

»Das ist richtig.«

»Wie ... ist das möglich?«

»Das wissen wir nicht, Dr. Genaro. Jedenfalls noch nicht wirklich. Aber offenbar ist Kim Li in der Lage, im infraroten Spektrum zu sehen, was bedeutet, dass sie Dinge erkennen kann, die Ihnen oder mir verborgen bleiben.«

»Die Wärmeabstrahlung des menschlichen Körpers ...«, murmelte Paolo.

»Ja, die haben die Unsichtbaren ebenso wie die Sichtbaren«, stimmte Lidenbrock zu. »Nicht einmal der Orden vermag daran etwas zu ändern.«

»Das ist allerdings erstaunlich ...«

»Nicht wahr? Und es lohnt sich, eingehender darüber nachzudenken.«

»Inwiefern?«

»Die Dinge sind oft nicht so, wie sie auf den ersten Blick scheinen, Doktor. Sie müssen aufhören, an die alte Welt mit ihren alten Gesetzmäßigkeiten zu glauben. Eine neue Zeitrechnung ist angebrochen. Trauen Sie nicht dem Offensichtlichen. Das gilt auch für den Fiorino-Text.«

»Entschuldigen Sie …« Paolo kratzte sich ein wenig verlegen am Hinterkopf. »Es mag daran liegen, dass ich den ganzen Tag gearbeitet habe, aber ich habe keine Ahnung, was Sie mir damit sagen wollen.«

»Es ist nur ein Gedanke«, schränkte Lidenbrock ein. »Er kam mir, als ich Kim Li vorhin beobachtet habe. Für sie ist sichtbar, was für andere Menschen unsichtbar ist. Es kommt nur auf die … Perspektive an.«

»Und?«

»Nun, vielleicht ist das Unsichtbare, das Sie in Fiorinos Text suchen, ja nicht das, was er beschreibt …«

»… sondern das, worüber er nicht schreibt«, vervollständigte Paolo den Gedanken und musste zugeben, dass ihm das noch nicht in den Sinn gekommen war. Während er überlegte, fasste er seine Gedanken in Worte zusammen: »Im letzten Abschnitt, den ich übersetzt habe … Fiorino erwähnte da einen Kirchenmann, einen gewissen Gaspar … Der führte ebenfalls ein Reisetagebuch. Fiorino war ein Philosoph und Gelehrter. Möglicherweise hat er sich für ganz andere Dinge interessiert … Weil seine Perspektive eine andere war … Und vielleicht finden wir in den Aufzeichnungen dieses Gaspar die Angaben, die wir brauchen.«

»Falls sie noch existieren«, wandte Lidenbrock ein.

»Das sollte herauszufinden sein«, sagte Paolo entschlossen. »Geben Sie mir eine schnelle Verbindung ins Netz und den Rest der Nacht. Schon morgen wissen wir mehr …«

Unbekannter Ort
Fünf Stunden später

»Das also ist es. Des Rätsels Lösung …«

»Die Hinweise sind eindeutig, Sir«, bestätigte die Stimme, die gedämpft aus dem Telefonhörer drang. »Die Spur führt nach Rom.«

»Rom also.« Gallagher nickte.

Man hatte ihm untersagt, mit dem Hauptquartier in Verbindung zu treten, und seine Zugangscodes gelöscht. Zu den Feldagenten allerdings durfte er auch weiterhin Kontakt halten, was notwendig war, wenn er Ismael aufspüren und unschädlich machen wollte.

»Eine Reihe von Parametern deutet darauf hin, dass ein Angehöriger des Widerstands erst vor Kurzem einen Flug von Macao nach Europa genommen hat. Es existiert sogar eine Aufnahme einer Überwachungskamera, die mit hoher Wahrscheinlichkeit invisible Tätigkeit zeigt.«

»Ich verstehe. Wie es aussieht, ist mein Freund etwas leichtsinnig geworden.«

»Das ist die Frage, Sir.«

»Was soll das heißen?«

»Die Hinweise sind zu deutlich. Ich frage mich, welche Schlussfolgerung wir daraus ableiten sollen.«

»Was für Schlussfolgerungen haben Sie denn anzubieten?«, erkundigte sich Gallagher gönnerhaft. Er mochte es nicht, wenn sich Spitzel, die auf der untersten Ebene der Ordenshierarchie rangierten, als Ermittler aufspielten.

»Es könnte sich auch um eine Falle handeln«, sagte der andere rundheraus. »Die Rebellen haben diverse Strategien entwickelt, um sich der Beobachtung und Verfolgung durch uns zu entziehen – häufiger Wechsel der Fortbewegungsmittel, verschlüsselte Kommunikation, perfekte Tarnung, um nur einige zu nennen. Der von Ihnen gesuchte Delinquent scheint all diese Maßnahmen in den Wind geschlagen zu haben, geradeso als wollte er gefunden werden.«

»Glauben Sie das wirklich?«

»Einiges spricht dafür, Sir.«

Gallagher lachte auf. »Glauben Sie, das hält mich ab? Ich kenne diesen Mann. Nur eine einzige seiner Eigenschaften übertrifft seine Verschlagenheit noch, und das ist seine Feigheit. Seit New York ist er um den halben Erdball geflohen, um mir und meiner Rache zu entgehen – diesmal jedoch wird ihn nichts und niemand davor bewahren können. Ich werde nach Rom gehen und mich ihm stellen.«

»Und wenn es genau das ist, was er will? Möglicherweise ahnt er, dass Sie ihn kennen.«

»Ismael? Sicher nicht. Für ihn bin ich nur ein *Demon*, ein Feind. Einer von vielen, die es zu bekämpfen gilt. Sollte er tatsächlich die Dreistigkeit aufbieten, mir eine Falle zu stellen, so werde ich ihm zuvorkommen und ihm das gleiche Schicksal zukommen lassen, das er auch meinem …« Gallagher unterbrach sich und verschluckte den Rest des Satzes.

»Sir?«, fragte der andere.

»Nicht weiter wichtig.« Gallagher beendete das Gespräch mit einem Druck auf die Unterbrechertaste.

Keine Emotionen, ermahnte er sich.

Dann würde er erfolgreich sein.

Rom, exakte Lokalität unbekannt

Zur selben Zeit

Die Luft in dem fensterlosen Raum, dessen Wände aus nacktem Fels bestanden, roch nach harter Arbeit. Sie war durchsetzt von Metallgeruch und vom Mief alten Schweißes. Schweiß aus unsichtbaren Drüsen, was an der strengen Duftnote allerdings nichts änderte.

Einatmen.

Ausatmen.

Einatmen.

Ausatmen.

In gleichmäßigem Rhythmus stemmte Ismael die Hanteln – so lange, bis er das Gefühl hatte, dass jede einzelne Faser seiner Muskeln reißen wollte. Wieder und wieder stieß er die Eisen empor, kämpfte dabei nicht gegen nachlassende Kraft oder inneren Widerstand, sondern gegen einen Gegner ganz anderer Art. Die Erinnerung an den gesichtslosen Feind tauchte immer wieder aus dem Hintergrund seines Bewusstseins auf – jener *Demon*, der wiederholt versucht hatte, sein Leben zu beenden.

Seine Bewegungen, seine Art zu kämpfen, selbst sein Geruch … Ismael war sicher, dass er all diese Dinge kannte, wenngleich er sich nicht entsinnen konnte, woher.

In der langen Zeit, in der er in den Diensten der Anderen stand, hatte er viele Ordensagenten getötet und sie hatten allen Grund, ihn zu hassen, auch wenn es den Regeln der Grauen widersprach. Dieser jedoch schien persönliche Gründe zu haben, die ihn antrieben, und während Ismael unaufhörlich die Gewichte stemmte, fragte er sich, was das für Gründe sein mochten.

Seine Gedanken reisten zurück in eine Zeit, die er am

liebsten aus seinem Gedächtnis gestrichen hätte, in eine Vergangenheit, die ihm fremd und unheimlich erschien, obwohl es seine eigene war.

Er erinnerte sich an seine Jugend auf der Akademie des Ordens, an die Kameraden, die er nur ein einziges Mal zu Gesicht bekommen hatte, an die Ausbilder und ihre grausamen Methoden, an die menschenverachtende Philosophie, die man den Schülern beigebracht hatte.

Ismael erinnerte sich an seinen besten Freund, der eines Nachts von *Demons* verschleppt worden war, und daran, wie sein eigener Entschluss, von der Akademie zu fliehen, dadurch gereift war. An Petersen, jenen Lehrer, der ihm erstmals vom Widerstand und von den Anderen berichtet und dafür mit dem Leben bezahlt hatte. Und er erinnerte sich daran, wie er nach misslungener Flucht gefangen und zur Akademie zurückgebracht worden war, an die Schrecken, die ihn dort erwartet hatten.

Und er erinnerte sich an den ersten Unsichtbaren, den er getötet hatte.

21.

Man lehrte uns vieles.

Die Kunst des raschen Todes ebenso wie jene des qualvollen Endes. Den Weg der Unsichtbaren auf noch schnellere und effizientere Weise zu nutzen, als ich es je für möglich gehalten hätte, und das Ertragen von Schmerzen.

Ein Demon, *heißt es, fühlt keinen Schmerz.*

Bis zu dem Tag, als ich den Grund hierfür erfuhr, habe ich stets daran gezweifelt. Seit jenem Tag weiß ich, dass auch Schmerz etwas ist, das man lernen kann. Denn trotz all der Zeit, die seither vergangen ist, fühle ich ihn noch immer, den zehrenden, rasenden Schmerz, der in jedem noch so entlegenen Winkel meines Körpers wütet, und ich habe den Geruch von verbranntem Fleisch in der Nase.

Meinem Fleisch.

Ich lag auf einen Tisch geschnallt, metallene Kontakte um Hand- und Fußgelenke. Und immer, wenn jene unsichtbare Gestalt, die neben mir stand, den Hebel umlegte, hatte ich das Gefühl, als wurde mich etwas aus dem Innersten heraus zerreißen.

Ein Schmerz, der so heiß war und brennend, dass mein Verstand davor kapitulieren wollte.

»Und?«, fragte die Stimme, die mir in den vergangenen Monaten vertraut geworden war wie sonst keine. »Wie fühlst du dich?«

»G-gut, Sir …«

Es war eine Lüge, aber das war der Sinn der Sache. Die Qual zu leugnen und über sich selbst hinauszuwachsen.

»Dein Name?«

»G-Gallagher, Sir.«

»Codierung?«

Ich nannte die Folge aus Ziffern und Buchstaben, während eine neue Schmerzwelle durch meinen Körper brandete. Weder verurteilte ich meinen Folterer dafür, noch verachtete ich ihn. Im Gegenteil – was er tat, tat er nur für mich …

»Tut es weh?«, wollte er wissen.

»Nein, Sir.«

»Lügner!«, zischte er und der Schmerz wurde so heftig, dass ich glaubte zu vergehen.

»Erinnerst du dich an deine Mutter?« Die Frage kam so unvermittelt, dass sie mich völlig überraschte.

»N-nein, Sir.«

»Nun, zumindest das entspricht der Wahrheit. Du kennst deine Mutter nicht, weil sie sich nie für dich interessiert hat. Aber jetzt, in diesem Augenblick, hättest du sie gerne in deiner Nähe, nicht wahr?«

»Nein, Sir …«

»Du würdest sie gern rufen, damit sie kommt, um dich zu trösten. Damit sie dir all dies hier erspart, nicht wahr?«

»Nein, Sir. Das ist nicht wahr …«

»Mach dich frei davon, Sohn! Du brauchst niemand anderen als dich selbst, denk immer daran. Jede Stärke erwächst dir aus eigener Kraft, du musst es nur wollen, hörst du? Die Gabe, die dir zuteil wurde, beinhaltet unzählige Möglichkeiten, aber du musst bereit sein, sie zu nutzen.«

»Das bin ich! Das bin ich!« Ich schrie die Worte laut hinaus, weil erneut Tausende von Volt durch meinen Körper zuckten.

»Bist du dir sicher? Was weißt du schon von den Dingen, die dort draußen auf dich warten? Von der Bosheit der Menschen und ihrem Misstrauen gegenüber allem, was fremd und anders ist als sie? Wir sind nur wenige und dennoch liegt es in unserer Macht, sie zu beherrschen. Willst du das, Sohn? Bist du wirklich bereit, deinen Dienst zu leisten in dem Krieg, der dort draußen tobt?«

»Ich bin bereit!«, schrie ich wieder. »Sir, ich bin bereit!«

»Ich kenne den Krieg, denn ich bin dort gewesen, damals in Korea. Was ich gesehen habe, war erbärmlich – Soldaten, die zu Waschweibern wurden angesichts des nahenden Feindes. Aber ich habe auch Männer gesehen, die im Angesicht des Todes über sich hinausgewachsen sind und sich selbst gefunden haben. Zu welcher Sorte gehörst du, Sohn? Zu welcher Sorte?«

»Zur zweiten«, krächzte ich. »Will mich … finden …«

»Dann beweise, dass du der Ehre, ein Demon *zu sein, würdig bist«, sagte mein Vater – und noch ehe ich etwas erwidern konnte, wurde ich von solcher Pein gequält, dass ich überzeugt davon war, mein Ende wäre gekommen.*

Statt jedoch in Furcht und Agonie zu verfallen, blickte ich dem Untergang gefasst entgegen – ehe mich, endlose Augenblicke später, die Bewusstlosigkeit rettete.

Es wurde schwarz um mich.

Flughafen Leonardo Da Vinci
Rom
Zwei Tage später

Routine.

Für Andrea Riva, der als Sicherheitsbeamter auf dem Internationalen Flughafen arbeitete, war ein Arbeitstag wie der andere.

Natürlich – nach einschneidenden Ereignissen wie dem 11. September oder dem Anschlag, der vor über einem halben Jahr auf den Flughafen von Rom verübt worden war, waren die Sicherheitsmaßnahmen verschärft und das Personal mit umfassenden Befugnissen ausgestattet worden. So lange, bis sich die Beschwerden häuften und die Proteste der Fluglinien, die für ihre Gäste eine reibungslose Abwicklung der Formalitäten wünschten, dazu geführt hatten, dass die Sicherheitsstufe zurückgefahren worden war. Die Befugnisse wurden wieder eingeschränkt und Andrea und seine Kollegen wurden wieder zu Statisten, die das Flughafengelände dekorierten, in schicke Uniformen gekleidet und mit nagelneuen Spectre-Maschinenpistolen ausgerüstet, um bei Fluglinien, Passagieren und vor allem auch den Versicherungen Eindruck zu schinden – wissend, dass sie im Ernstfall nichts, aber auch gar nichts unternehmen konnten.

Es war ein mieses Gefühl, aber man gewöhnte sich daran wie an den bitteren Geschmack des Kaffees, den der Automat in der Kantine ausspuckte, oder an die Tatsache, dass die Stiefel seiner Uniform eine Nummer zu klein waren. Vergangene Woche hatte Andrea das siebte Anforderungsformular ausgefüllt und abgeschickt, ohne dass man auch nur daran zu denken schien, ihm ein neues Paar zu verpassen.

Wie er diesen Job inzwischen hasste.

Nicht zum ersten Mal dachte er, dass er auf seine Mutter hätte hören und Immobilienmakler werden sollen, anstatt sich in den Kopf zu setzen, Carabiniere zu werden. Nachdem er durch die Polizeiprüfung gerasselt war, war ihm kaum etwas anderes übriggeblieben, als den Job am Flughafen anzunehmen.

Zum ungezählten Mal an diesem Morgen blickte Andrea Riva auf die große Uhr, die über dem Ausgang der Ankunftshalle hing. Noch zehn Minuten bis zur nächsten Pause (und zur nächsten Zigarette). Er konnte es kaum erwarten.

Die Anzeige auf der großen elektronischen Tafel veränderte sich. Die Maschine aus Hongkong, die vor kurzem aufgesetzt hatte, entließ ihre Passagiere. Schon erschienen die ersten jenseits der dicken Glasscheibe, die die Zollabfertigung von der Ankunftshalle trennte. Einige stellten sich ans Gepäckband und warteten, andere, die nur Handgepäck hatten, setzten sich sofort Richtung Ausgang in Bewegung.

Mit einem Rest von Pflichtgefühl straffte Andrea seine Haltung. Es war seine Aufgabe, die eintreffenden Passagiere auf »verdächtige Merkmale« hin zu überprüfen, wobei es Auslegungssache war, was nun als verdächtig galt. Genügte schon ein Burnus auf dem Kopf? Oder sollte man nur nach Personen Ausschau halten, die mit einer Kalaschnikov unter dem Arm durch die Kontrolle marschierten?

Der Gedanke entlockte Andrea ein zynisches Lächeln, das jäh auf seinen Lippen gefror.

Urplötzlich spürte der Sicherheitsbeamte einen scharfen, stechenden Schmerz in seiner linken Seite, der so überwältigend war, dass er schreien wollte. Der Laut verließ seine Kehle jedoch nie, weil ihm eine unsichtbare Hand den Mund versiegelte, während ihm eine andere unters Kinn packte – und noch während Andrea Riva zu begreifen versuchte, was geschah, wurde sein Kopf mit brachialer Gewalt herumgerissen.

Leblos brach er zusammen.

Niemand sah die Gestalt, die über seinem Leichnam

stand und über deren Züge ein Lächeln der Genugtuung glitt.

Gallagher hatte die Einladung erhalten, die Ismael ausgesprochen hatte.

Soeben hatte er ihm mitgeteilt, dass er sie angenommen hatte.

Observationsbasis 13

Sao Paolo

12 Uhr 16 Ortszeit

»Habe ich mich verständlich ausgedrückt?«

Paolo Genaro blickte erwartungsvoll in die Runde derer, die sich in seinem behelfsmäßigen Arbeitszimmer tief im Herzen der unterirdischen Basis versammelt hatten. Dass er nur die Hälfte der ihn staunend anblickenden Gesichter sehen konnte, irritierte ihn schon ein wenig, aber der wissenschaftliche Enthusiasmus machte die Unsicherheit wett.

»Kim Lis besondere Fähigkeit«, erklärte Paolo noch einmal, »hat mich auf einen Gedanken gebracht – nämlich den, dass verschiedene Menschen oft sehr verschiedene Dinge sehen, obwohl sie objektiv dasselbe betrachten. Daraus folgerte ich, dass sich möglicherweise auch Fiorinos Expeditionsbericht grundlegend von dem unterscheiden könnte, den jener Geistliche verfasst hat, den Fiorino in seinem Text erwähnt – und dass im Umkehrschluss beide Texte zusammengenommen ein sehr viel vollständigeres Bild dessen liefern, was sich tatsächlich damals ereignet hat. Und vor allem auch darüber, wo und wann genau es sich ereignet hat.«

»Und?«, fragte Alex, die blass war im Gesicht und sich

ziemlich elend fühlte. Am Morgen hatte sie sich übergeben müssen und ihr Magen hatte sich noch längst nicht beruhigt. »Sind Sie fündig geworden?«

»Ich denke, ja«, erklärte Paolo und vermittelte den Eindruck, dabei vor Stolz fast zu platzen. Fast beneidete Alex ihn darum – die letzte Gelegenheit, bei der sie so empfunden hatte, lag lange zurück. »Ich denke, dass Fiorino an der sogenannten Orellana-Expedition teilgenommen hat, benannt nach ihrem Anführer Francisco de Orellana.«

»Sollte man den Herren kennen?«, erkundigte sich Elizabeth Kwon, die ebenfalls an der Versammlung teilnahm. Nach den Ereignissen von Hongkong war sie scharf zurechtgewiesen worden und man hatte sie vor die Wahl gestellt, sich dem Widerstand entweder anzuschließen oder in ihr altes Leben zurückzukehren, auch wenn davon kaum noch etwas übrig sein würde und der Orden sehr wahrscheinlich versuchen würde, sie zu ermorden, weil er Zeugen für gewöhnlich nicht am Leben ließ. Kwon hatte sich entschieden, bei Kim Li zu bleiben, und war nach Sao Paolo mitgekommen. Obwohl Mina Harkers Tod sie schmerzte und die Psychologin indirekt dafür verantwortlich war, trug Alex ihr nichts nach. Wie sollte sie? Einst hatte sie selbst gezweifelt und Verrat an denen geübt, die in Wahrheit ihre Freunde waren.

»Orellana«, erläuterte Paolo Genaro bereitwillig, »war einer von mehreren Kapitänen der spanischen Armada, die im Jahr 1540 unter dem Kommando von Gonzalo Pizarro zu einer Expedition in die Neue Welt aufbrachen. Wie viele andere hatte auch diese Erkundung zum Ziel, den sagenumwobenen Ort El Dorado zu finden und die dort verborgenen Goldschätze.«

»Und wie kommen Sie darauf, dass es diese Reise war, an

der Fiorino teilgenommen hat?«, wollte Alex wissen. »Wird seine Anwesenheit irgendwo erwähnt?«

»Das nicht. Aber die beschriebene Reiseroute, der Expeditionsverlauf, die kalendarischen Angaben – all das stimmt überein.«

»Wie sind Sie auf Orellana gekommen?«

»An einer Stelle«, erklärte Paolo, »erwähnt Fiorino einen Geistlichen namens Gaspar, der wie er ein Reisetagebuch führte. Und tatsächlich begleitete ein Priester namens Gaspar de Carvajal Orellanas Expedition. Von ihm stammt der erste Bericht einer Amazonaserkundung, die bis zur Atlantikmündung führte.«

»Klingt plausibel«, meinte Alex.

»Nicht nur das. Carvajal erweist sich in seinem Text als überaus aufmerksamer Beobachter, der detailliert das Beobachtete festhält. Fiorino hingegen war nicht nur Gelehrter, sondern auch Philosoph, der sich für die Wahrheit hinter der Wahrheit interessierte – das Unsichtbare, wenn Sie so wollen.«

»Dann … hatten Sie also recht mit Ihrer Vermutung?«, fragte Alex mit einer Spur von Enttäuschung. »Der Titel des Traktats ist tatsächlich nur im übertragenen Sinn gemeint?«

»Das habe ich zunächst angekommen – bis ich zum letzten Kapitel von Fiorinos Abhandlung gelangte. Von einer anderen Welt, einer anderen Wirklichkeit ist dort die Rede – und von einer Wahrheit, die den ›Keim der Revolte‹ in sich trage. Mir war nicht klar, was genau damit gemeint sein könnte, bis ich den Bericht von Carvajal las. Der Geistliche schreibt, dass die Expedition auf ihrer Flussfahrt an blühenden Städten vorbeigekommen sei, die inmitten des Dschungels lagen.«

»Und?«, fragte Dr. Kwon.

»Der Punkt ist«, ließ Paolo die Katze aus dem Sack, »dass die Geschichte nichts von einer solchen Zivilisation weiß. Spanische Siedler, die rund fünfzig Jahre später in das Land östlich der Anden vordrangen, fanden dort nichts als unwegsamen Dschungel vor – von Carvajals angeblich blühenden Städten keine Spur.«

»Unmöglich«, meinte die Psychologin.

»Richtig«, stimmte Paolo zu. »Es sei denn ...«

»... jemand hat massiv in den Lauf der Geschichte eingegriffen und dafür gesorgt, dass dicse einstmals blühende Zivilisation spurlos verschwand«, vervollständigte Alex, die zu ahnen begann, worauf ihr italienischer Kollege hinauswollte.

»Genau«, sagte Paolo und schlug triumphierend mit der Faust auf den Tisch. »Im letzten Teil von ›De invisibile‹ ergeht sich Fiorino in düsteren Andeutungen. Offenbar waren die Expeditionsmitglieder gezwungen, aus jener Stadt zu fliehen, worauf sie durch den Dschungel verfolgt wurden – von den *lemures orci verdi* ...«

»Den Geistern der Grünen Hölle«, übersetzte Alex flüsternd.

»Da Fiorino auf detaillierte Beschreibungen verzichtet, wissen wir nicht, *wie* es die Expeditionsmitglieder schließlich geschafft haben, aus jener Stadl zu cntkommen. Irgendwie muss es ihnen wohl gelungen sein, sonst wären Orellana und seine Leute nie nach Spanien zurückgelangt.«

»Was ist mit Carvajals Bericht?«, fragte Alex. »Erwähnt er nichts darüber?«

»Nein«, erwiderte Paolo, »und das erscheint mir auch plausibel. Denn als Kirchenmann wusste Carvajal zweifellos, dass er sich in Lebensgefahr bringen würde, wenn er von jenen angeblichen Geistern schrieb – anders als Fiorino, der sich als Philosoph mehr für die Fragen des Wie und des Warum interessierte und sich nicht scheute, von ›göttergleichen‹ Wesen zu schreiben.«

»Von Unsichtbaren«, drückte Alex es anders aus.

»Natürlich kann man Fiorinos Worte dahingehend interpretieren«, räumte Paolo ein. »Viel wichtiger ist jedoch, dass sich durch die Verbindung zu Carvajal erstmals die Möglichkeit einer objektiven Überprüfung des Sachverhalts ergibt. Wenn wir mit unserer Vermutung richtig liegen, so waren die Unsichtbaren nicht nur für den Aufstieg dieser geheimnisvollen Kultur im südamerikanischen Dschungel verantwortlich, sondern auch für deren jähen Untergang.«

»Das würde Sinn ergeben«, ließ sich die Stimme von Professor Lidenbrock scheinbar aus dem Nichts vernehmen. »Auch andere verschwundene Kulturen der Weltgeschichte, so wie die der amerikanischen Anasazi oder der Mykener im alten Griechenland, werden mit dem Wirken der Unsichtbaren in Verbindung gebracht.«

»Das verstehe ich nicht«, meldete sich Elizabeth Kwon zu Wort. »Welchen Grund sollten die Unsichtbaren gehabt haben, so etwas zu tun?«

»Vielleicht den gleichen Grund, aus dem wir Bakterien in eine Petrischale geben oder Tiere in Käfigen halten – um sie zu beobachten«, schlug Paolo vor. »Was, wenn all diese Kulturen nur so etwas wie großangelegte Experimente waren?«

Alex schauderte. »Ein beängstigender Gedanke.«

»Aber einer, der etwas für sich hat«, beharrte Paolo. »Sagten Sie nicht selbst, dass die Unsichtbaren schon seit Urzeiten auf Erden wandelten? Vielleicht haben sie all diese Zivilisationen gegründet, beobachtet und dann wieder zerstört. So wie eine Blume, die wir eintopfen und ganz hübsch finden, bis eine noch schönere Blume mit größerer Blüte unsere Aufmerksamkeit weckt. Dann topfen wir die alte Blume aus und pflanzen die neue ein.«

»Sehr poetisch«, versetzte Alex säuerlich. »Wenn wir der Wahrheit näherkommen wollen, gibt es wohl nur einen Weg.«

»Das denke ich auch«, stimmte Paolo zu. »Alles, was bislang über die Vergangenheit des Ordens gesagt wurde, war reine Spekulation – nun ergibt sich erstmals die Möglichkeit, anhand archäologischer Grabungen Beweise zu finden.«

»Sie wollen eine Ausgrabung anstrengen?«, fragte Elizabeth Kwon unsicher. »Im Regenwald des Amazonas?«

»Das ist nicht weiter ungewöhnlich«, versicherte Paolo. »In Mexiko war ich wiederholt an Ausgrabungsprojekten im Regenwald beteiligt. Auch am Amazonas wurden übrigens schon Grabungen durchgeführt. Mitte der Neunzigerjahre beispielsweise entdeckte ein Forschungsteam aus amerikanischen und brasilianischen Archäologen in der Nähe von Manaus Hinweise auf eine Siedlung. Und ein paar Jahre später wurden am Oberlauf eines der Zuflüsse die Überreste riesiger Straßen und Kultstätten gefunden, die offenbar astronomischen Beobachtungen dienten. Bislang hatte allerdings niemand eine überzeugende Antwort darauf parat, woher diese amazonische Hochkultur ihre Kenntnisse hatte oder warum sie so plötzlich verschwunden ist.«

»Und wir haben sie?«, fragte Alex.

»Möglicherweise.« Paolo nickte. »Dank des Fiorino-Traktats wissen wir, dass die Unsichtbaren dort gewirkt haben, und dank Carvajals Aufzeichnungen kennen wir den genauen Ort. Das war es wohl, was Professor Benati mir mitteilen wollte.«

»Also?«

»Keine Frage«, entgegnete Paolo mit grimmiger Entschlossenheit. »Wir sollten eine Expedition ausrüsten …«

22.

N'Djamena. (ipa)

Die Hauptstadt des Tschad kommt nicht zur Ruhe. In der vergangenen Nacht ist es erneut zu Zusammenstößen zwischen wütenden Demonstranten und UN-Mitarbeitern gekommen, in die erstmals auch das Militär eingegriffen hat. Zeugenaussagen zufolge soll eine bewaffnete Patrouille wahllos in die Menge gefeuert haben, mindestens zwei Menschen fanden dabei den Tod.

Auslöser der blutigen Proteste war offenbar das spurlose Verschwinden mehrerer Frauen aus dem Dorf Sarab, für das die Einheimischen die Vereinten Nationen verantwortlich machen. Wie ein Komitee aufgebrachter Dorfbewohner bekanntgab, werde man nicht ruhen, bis die Frauen entweder wohlbehalten zu ihren Familien zurückgekehrt seien oder man »ihren Tod vor Allah und allen menschlichen Zeugen gerächt habe«.

Aus dem UN-Hauptquartier, wo die Untersuchungen des vorherigen Zwischenfalls noch immer andauern, gab es bislang keine offizielle Stellungnahme. Aus gut unterrichteten Kreisen verlautete jedoch, dass der Generalsekretär über die neuerlichen Ausschreitungen wie über die Anschuldigungen gleichermaßen schockiert sei. Mehrere UN-Mitgliedsstaaten haben erneut eine Schließung der örtlichen UN-Vertretung gefordert.

Meldung der International Press Agency

Lagerhaus nahe Winnipeg, Kanada
21. Juni 1985

Es war vorbei.

Zumindest dachte er das.

Als Jack Parker das erste Mal aus der Akademie geflohen war, hatte man ihn schon nach wenigen Tagen wieder eingefangen. Die Konsequenzen waren – zumindest für ihn – vergleichsweise milde gewesen.

Drei Monate hatte er in Einzelhaft verbracht, danach war er wieder in den Schuldienst entlassen worden. Mr. Petersen allerdings, jener Lehrer, der ihm die Augen geöffnet hatte, war spurlos verschwunden.

Petersen war es gewesen, der ihm von der Existenz der Anderen berichtet, der ihm erzählt hatte, dass nicht alle Unsichtbaren dem Orden treu ergeben waren. Die Anderen, so hatte er gesagt, waren nicht bereit, sich dem System zu unterwerfen. Als freie Menschen lebten sie und achteten die Gesetze von Moral und Ethik, ungeachtet ihrer Fähigkeiten und dem platonischen Verdikt zum Trotz.

Von dem Tag an, da Jack von diesen Anderen erfuhr, hatte er sich ihnen anschließen wollen. Der erste Versuch, von der Akademie zu fliehen, war kläglich gescheitert, der zweite zunichte gemacht worden, noch ehe er das Vorhaben realisieren konnte. Die dritte Flucht jedoch war geglückt und Jack hatte noch niemals zuvor so viel Zeit außerhalb der Mauern der Akademie verbracht. Aber auch dieser Traum hatte ein jähes Ende genommen …

Ein *Demon* hatte ihn verfolgt und war über ihn hergefallen, gerade als er sich mit einem Kontaktmann der Anderen traf. Jener Agent, ein junger *Guardian*, der Jacks Leben hatte schützen wollen, war nun tot, Jack selbst verschleppt und an einen entlegenen Ort gebracht worden, wo sich Unheil über ihm zusammenbraute. Er ahnte es, als sich die ledernen Schlingen um seine Gelenke schlossen und ihm die Kontakte angelegt wurden. Schutzlos lag er auf dem Tisch, während sich eine dunkle, unheimliche Aura, die er beinahe körperlich spüren konnte, wie ein Unwetter neben ihm zusammenballte.

»Name?«, fragte die Stimme des Unsichtbaren.

»Parker«, stieß der Gefangene hervor, um trotzig hinzuzufügen: »Jack Parker.«

»Jack?« Er glaubte, ein Knurren zu vernehmen, wie von einem wilden Raubtier. »Wer hat dir gestattet, dir einen Vornamen zu wählen?«

»Ich«, lautete die ebenso einfache wie bissige Antwort. »Jeder Mensch hat das Recht auf einen Namen als Ausdruck seiner individuellen Persönlichkeit.«

»Individuelle Persönlichkeit.« Die Stimme des Unsichtbaren bebte vor Abscheu. »Ist sie ein solch erstrebenswertes Gut?«

»Allerdings.«

»Wohin hat sie den Menschen gebracht? Was hat sie ihm eingetragen außer Blut und Tränen? Unsägliches Leid hat sie über ganze Generationen gebracht.«

»Das ist wahr. Dennoch sind die Menschen frei gewesen in ihren Entscheidungen. Der Orden jedoch will die Menschen in Abhängigkeit und Unmündigkeit halten.«

»Armer Junge«, sagte der Unsichtbare, obwohl seine Stimme nicht einen Hauch von Mitleid erkennen ließ. »Was haben sie nur mit dir gemacht? Mit ihren Lügen und Irrlehren haben sie deinen Verstand vergiftet und die Wahrheit verwässert.«

»Da gab es nichts mehr zu verwässern. Ich habe genug von euren Lügen. Endgültig genug!«

»Du wirst geläutert werden«, war der Unsichtbare überzeugt und deutliche Drohung schwang in seinen Worten mit. »Du wirst geläutert und wieder ein treuer Anhänger des Ordens werden, Parker.«

»Jack«, verbesserte er trotzig – um dann am ganzen Körper zusammenzuzucken, als ihn eine Welle von Schmerz durchbrandete. Der unsichtbare Folterknecht hatte den Hebel umgelegt, Tausende von Volt zuckten durch Jacks Leib.

Die Pein drang bis in den letzten Winkel, ein klarer Gedanke war nicht mehr möglich. Erst nach einer endlos scheinenden Weile ebbte der Schmerz wieder ab.

Zurück blieben schwelende Gelenke, von denen der Geruch von verbranntem Fleisch aufstieg. Und die Furcht vor der nächsten Attacke.

»Nun?«, erkundigte sich der Unsichtbare voller Genugtuung. »Beginnst du die Welt bereits wieder ein wenig klarer zu sehen? Befreit von den Lügen, die die Rebellen dir eingeredet haben?«

»Das … das sind keine Lügen. Es ist die Wahr…«

Der Schmerz kehrte zurück. Sich aufbäumend, stemmte er sich gegen die ledernen Fesseln, während ein langgezogener Schrei aus seiner Kehle fuhr und von der hohen Decke widerhallte.

»Schrei nur«, sagte der Folterknecht, als die Qual endlich wieder nachließ. »Hier draußen kann dich niemand hören. Und selbst wenn, würden sie dir nicht helfen. Die Sichtbaren, für deren angebliche Befreiung du dein Leben riskierst, scheren sich einen Dreck um dich. Wüssten sie von deiner Existenz, wärst du für sie nichts als eine Abnormität, ein Monstrum, das bekämpft werden muss. Der

Orden bietet dir Freundschaft und Sicherheit. Beides hast du verraten.«

»Das ist nicht wahr! Die Menschen haben ein Recht darauf, frei zu sein und ihre eigenen Entscheidungen zu treffen, zum Guten oder zum Bösen …«

Erneuter Schmerz.

Leere im Gehirn.

»Was weißt du schon von den Dingen, die dort draußen auf dich warten? Von der Bosheit der Menschen und ihrem Misstrauen gegenüber allem, was fremd und anders ist als sie?«

»Das ist nicht wahr! Nicht wahr.«

»O doch, das ist es – und du wirst diese Wahrheit entweder anerkennen oder dieses Lagerhaus niemals wieder lebend verlassen, hast du mich verstanden?«

Die Stimme des Folterknechts war lauter geworden. Sich überschlagend, schrie sie ihm ins Ohr, vermischte sich mit Jacks eigenen Schreien, als sich der Schmerz erneut auf ihn stürzte, einer wilden Bestie gleich, die sich durch seine Eingeweide wühlte.

»Wie konntest du deinesgleichen nur verraten? Wie die Bestimmung leugnen, zu der wir alle berufen sind? Unsere Existenz ist kein Zufall, Parker!«

»Und ob sie das ist … Das Ergebnis … von fehlgeschlagenen … Experimenten.«

»Fehlgeschlagen? Wer sagt das?«

»Sie selbst … Beweis dafür … Unsichtbarer … zweite Generation … entstellt an Körper und Seele.«

Der Folterknecht lachte auf. »Es ist wahr – der Preis, den ich für die Gabe bezahlt habe, ist hoch gewesen. Aber noch niemals habe ich auch nur eine Sekunde daran gezweifelt, dass es richtig gewesen ist, diesen Pfad zu beschreiten. Vielleicht ist es das, was uns unterscheidet, Parker. Ich musste Opfer bringen, um zu werden, was ich bin. Dir und deiner Generation hingegen wurde die Fähigkeit in die Wiege gelegt.«

»Hat nichts … damit zu tun.«

»Wirklich nicht? Wir sind nur wenige und dennoch ist es unsere Bestimmung, die Menschen zu beherrschen. Hast du jemals über das Wunder nachgedacht, das in dieser einfachen Wahrheit liegt, Parker? Hast du dir jemals klargemacht, um wie vieles du der sichtbaren Welt überlegen bist? Was für ein Glück es ist, ohne jene Beschränkungen leben zu müssen, denen der größte Teil der Menschheit unterliegt? Das ist wahre Freiheit, Parker – und nicht das, was diese erbärmlichen Kreaturen dafür halten!«

»Sie … sind wahnsinnig.«

»Wenn Wahnsinn bedeutet, loyal zum Orden zu stehen und für seine Ziele zu kämpfen, dann bin ich wahnsinnig. Du hingegen, Parker, bist verloren. Denn an deine verworrenen Ideen wird sich niemand mehr erinnern. Der Orden hingegen wird die Zeit überdauern.«

Wieder Schmerz, diesmal so heftig, dass Jack das Gefühl hatte, sein Kopf würde platzen. Er riss die Augen auf, stemmte sich hoch, soweit es die Fesseln zuließen, und zum ersten Mal in seinem Leben sah er sich selbst, wenn auch nur für Sekundenbruchteile. Die molekulare Oszillation, die für den Unsichtbarkeitseffekt sorgte, begann zu fluktuieren. Ein Zeichen dafür, dass sein Körper kurz davor stand zu kollabieren.

Via Marsala, Rom
Drei Tage später
17 Uhr 58 Ortszeit

»Vielen Dank für Ihre Unterstützung, Signorina. Sie waren mir eine große Hilfe ...«

Die junge Frau trug ein weißes Kostüm und unter ihrem schwarzen Pagenschnitt lugten riesige Kreolen hervor. Sie hörte die flüsternde Stimme aus dem Nichts, aber sie begriff ihre Bedeutung nicht mehr. Der vernichtende Schlag gegen ihre Kehle lähmte ihre Atmung und sorgte dafür, dass sie langsam niedersank, inmitten der Menschenmenge, die den Vorplatz des Bahnhofs Termini bevölkerte.

Gallagher trat zurück, während sein Opfer die Aufmerksamkeit der Passanten weckte. Die ersten bemühten sich noch, die röchelnde, sich nur mühsam auf den Beinen haltende Frau zu ignorieren und weiter ihren Tagesgeschäften nachzujagen. Als die Frau jedoch auf die Knie sank, war dies nicht mehr möglich. Zwei Männer eilten vom nahen Taxistand herüber, doch helfen konnten sie nicht mehr.

»*Un medico!*«, brüllte der eine.

»*Chiamo una ambulanza!*«, schrie der andere und zückte sein Funktelefon.

Schaulustige blieben stehen, innerhalb weniger Augenblicke hatte sich ein ganzer Kordon neugieriger Menschen gebildet, die wissen wollten, was geschehen war.

Gallaghers Miene verzerrte sich vor Abscheu.

Vorhin noch, als es darum gegangen war, einem hilfebedürftigen Menschen beizustehen, hatten sie den Blick abgewandt. Aber auf einmal kamen sie von allen Seiten herbei, um zu gaffen. War das die Moral der sichtbaren Welt, für die die Rebellen kämpften?

Die Sirene einer Ambulanz erklang, ein Krankenwagen kämpfte sich durch das Verkehrsgewühl der Via Marsala zum Bahnhofsvorplatz. Gallagher hatte den Zeitpunkt des nächsten Angriffs wohl erwogen.

Um diese Zeit leerten sich die Büros in der Innenstadt und es wimmelte von Pendlern, die mit dem Zug zurück in die Vororte fahren wollten.

Das waren mehr als genug Zeugen.

Nicht nur die Ambulanz traf ein, sondern auch ein Team von Reportern. Wie Geier pflegten sie sich auf alles zu stürzen, was sich den geifernden Massen als Sensation verkaufen ließ. In Gallaghers Augen waren sie nichts als Parasiten, hervorgebracht von der angeblich so freien Gesellschaft der Sichtbaren. In einer Welt des Friedens und der Ordnung würden sie obsolet sein. Denn wo es keine Missstände gab, brauchte man auch niemanden, der darüber berichtete.

Es war der vierte Mord in Folge, den Gallagher begangen hatte. Beim Schach hätte man wohl von einem Gambit gesprochen, einem klassischen Manöver, bei dem eine Figur von geringem Wert geopfert wurde, um den Gegner zu einer für ihn nachteiligen Reaktion zu provozieren. Mit dem Unterschied, dass Gallagher nicht nur acht Bauern zur Verfügung standen, die er opfern konnte, sondern 2,6 Millionen.

Der Gedanke amüsierte ihn. 2,6 Millionen potentieller Opfer, die von seiner Existenz noch nicht einmal etwas ahnten.

Auf dem Dach eines Lieferwagens stehend, verfolgte er das Spektakel, das sich zu seinen Füßen abspielte. Nur der jungen Frau, die er wahllos vor aller Augen ermordet hatte, gönnte er keinen Blick mehr, ebenso wenig wie den eintreffenden Sanitätern. Seine ganze Aufmerksamkeit war darauf gerichtet, den Feind auszumachen, der sich irgendwo verborgen hielt, irgendwo in dieser riesigen, jahrtausendealten Stadt, die in diesen Tagen aus jeder Pore Staub und Hitze zu atmen schien.

Gallagher hatte es Ismael einfach gemacht.

Vier Morde hatte er verübt. Vier Morde an ganz bestimmten Stellen in der Stadt. Die Opfer waren beliebig ausgewählt worden, die Tatorte nicht. War Ismael in der Lage, das Muster zu erkennen, würde er auch wissen, wo sich der nächste der mysteriösen Todesfälle ereignen würde, für die nur einer der 2,6 Millionen Menschen in dieser Stadt eine Erklärung hatte.

Gallaghers Sinne waren angespannt. Sollte Ismael ihn tatsächlich absichtlich nach Rom gelockt haben, um ihm eine Falle zu stellen, so hatte sich die Situation inzwischen umgekehrt und aus dem Jäger war der Gejagte geworden.

Indem er in die Offensive gegangen war, hatte Gallagher seinem Gegner seine Strategie aufgezwungen. Aber wann er sich zum entscheidenden Duell stellte, bestimmte Ismael, ebenso wie die Wahl der Waffen. Dennoch – im offenen Schlagabtausch, daran hegte Gallagher keinen Zweifel, würde er seinen Erzfeind besiegen und sich vor dem Innersten Kreis rehabilitieren. Und wenn dafür noch mehr Bauernopfer nötig waren, dann würde er sie bringen.

Das Kreischen von Bremsen und das Krachen von Blech ließen Gallagher herumfahren.

Geschmeidig federte er in die Knie und riss die Hände abwehrend empor – nur um festzustellen, dass es nur ein Unfall war, der sich infolge des Auflaufs auf dem Bahnhofsvorplatz ereignet hatte. Ein Kleinlaster hatte seitlich ein Taxi gerammt, worauf die Fahrer beider Wagen ausstiegen und sich gegenseitig mit wüsten Beschimpfungen überhäuften.

Gallagher rügte sich selbst dafür, dass er für einen Augenblick zusammengezuckt war und mit einem Angriff gerechnet hatte. Nur widerstrebend gestand er sich ein, dass ein geringer Teil von ihm die bevorstehende Konfrontation scheute. Ein anderer, weitaus größerer Teil brannte darauf, endlich dem Mann gegenüberzutreten, den er mehr hasste als jeden anderen. Seine Ausbildung an der Akademie und in den Gewölben des Hades hatte ihn gelehrt, seine Emotionen zu kontrollieren und sie niemals sein Handeln bestimmen zu lassen. Diesmal jedoch war Gallagher gewillt, ihnen freien Lauf zu lassen.

Er wollte Rache.

Sein Hass würde Ismael vernichten.

Gebiet des oberen Amazonas
80 km nordwestlich von Manaus
Zur selben Zeit

Noch in der Nacht waren sie von einem Frachtflugplatz westlich von Manaus aufgebrochen – mit drei Transporthelikoptern, die bis unter den Rand mit Ausrüstung und Verpflegung für eine mehrwöchige Expedition beladen waren.

Paolo Genaro war es durch seine Spanischkenntnisse und seine Erfahrung darin, Erkundungen in den Urwald zu organisieren, innerhalb von achtundvierzig Stunden gelungen, nicht nur die Ausrüstung für eine archäologische Grabung sowie deren Transport zu organisieren, sondern auch dafür zu sorgen, dass am Zielort eine Schar Arbeitskräfte bereitstand. Es waren *Caboclos* – Menschen, die entlang des großen Flusses siedelten und zumeist vom Fischfang oder der Gewinnung von Kautschuk lebten. Eine Arbeit, wie

Paolo sie offerierte, bot nicht nur willkommene Abwechslung, sondern auch ungleich höhere Entlohnung.

Auf einem Feld, das dem Urwald durch Brandrodung abgetrotzt worden war, landeten die Maschinen und sogleich gingen die Arbeiter daran, nach Paolos Anweisungen das Basislager zu errichten, von dem aus die Region erkundet werden sollte. Nach seinen Berechnungen befanden sie sich in eben jenem Gebiet, wo die Orellana-Expedition vor knapp fünfhundert Jahren auf jene hochstehende Urwaldzivilisation getroffen war, von der Gaspar de Carvajal in seinen Aufzeichnungen berichtete.

Zwar hatte es zur damaligen Zeit weder GPS-Koordinaten gegeben, noch nannte Carvajal exakte Breiten- und Längengrade. Aber aufgrund der Beschreibungen von Landschaft und Vegetation glaubte Paolo, die betreffende Gegend gefunden zu haben, und der Vergleich mit den Angaben Fiorinos schien diese Annahme zu bestätigen. Es war eine jener Launen der Geschichte, mit denen die Archäologie so oft zu tun hatte, dass zwei Quellen völlig unterschiedlicher Natur den Weg zum selben Rätsel wiesen.

Lange Zeit waren die Beobachtungen Carvajals und seine Beschreibungen einer untergegangenen Zivilisation von der Forschung als Fieberträume eines Mannes abgetan worden, der unter wochenlanger Entbehrung und den kaum vorstellbaren Strapazen gelitten hatte, denen die Teilnehmer der Orellana-Expedition ausgesetzt gewesen waren. Erst seit einigen Jahren war man dabei, seinen Ruf schrittweise zu rehabilitieren. Vielleicht, sagte sich Paolo, galt Gleiches ja auch irgendwann für Giuseppe Fiorino und umso mehr natürlich für Luigi Benati, der scheinbar all dies vorausgesehen hatte.

Es war früher Morgen, als Paolo zu einer ersten Erkundung des umliegenden Terrains aufbrach. Das Basislager befand sich am nördlichen Flussufer, unmittelbar dahinter erhob sich der Regenwald als eine grüne Wand, die um diese Stunde von nebligen Schleiern durchzogen wurde. Die Kreaturen des Dschungels erwachten aus dem Schlaf und das ewige Drama des Fressens und Gefressenwerdens, das Tag für Tag auf der Bühne dieser unbegreiflich großen, urwüchsigen Welt gespielt wurde, begann von Neuem.

Einen leichten Rucksack schulternd, in dem er lediglich die Aufzeichnungen der beiden Gelehrten, einen Kompass sowie etwas Proviant bei sich trug, verließ Paolo das Lager. Wieder die feuchte, würzige Luft des Regenwaldes zu schnuppern hatte etwas Beruhigendes. Offenbar war dieser Teil der Welt ihm schon weit mehr zur Heimat geworden, als er es sich oder anderen gegenüber eingestehen wollte.

Das faulige Laub, das den Waldboden übersäte und den Nährgrund für alles bildete, was unterhalb der gewaltigen Baumkronen gedieh, knirschte unter den Tritten seiner Stiefel. Den Randbereich des Urwalds zu überwinden, in dem Lianen und Würgepflanzen ein so dichtes Geflecht bildeten, dass es mitunter kaum ein Durchkommen gab, war alles andere als einfach. Über die morschen, von Moos überwucherten Überreste eines abgestorbenen Urwaldriesen steigend, gelangte Paolo tiefer hinein in das satte Grün – und vernahm plötzlich ein Rascheln hinter sich.

Er fuhr herum, erheischte einen Blick auf eine Gestalt, die wie er khakifarbene Tropenkleidung und feste Stiefel trug.

»Wäre ich ein *Demon*«, sagte sie leise, »wären Sie jetzt tot.«

Alexandra Lessing genoss es ein wenig, die Bestürzung in Paolo Genaros sonnengebräunten Zügen zu sehen. So sehr sie auch seine fachliche Qualifikation schätzte, ihr legte der Italiener bisweilen ein wenig zu viel Selbstvertrauen an den Tag.

»Sind Sie verrückt, sich einfach so davonzuschleichen?«, fragte sie vorwurfsvoll. »Wenigstens Ihren *Guardian* sollten Sie stets informieren.«

»Um die Wahrheit zu sagen«, gestand Genaro mit jovialem Lächeln, »wollte ich ein paar Minuten ohne unsichtbare Gesellschaft verbringen. Ich weiß, dass Lidenbrock sehr um mein Wohl besorgt ist, aber bisweilen ...«

»... kann es ziemlich nervtötend sein, auf Schritt und Tritt verfolgt zu werden«, brachte Alex den Satz zu Ende.

»Ich hätte es nicht zutreffender ausdrücken können«, stimmte Paolo zu.

»Dennoch sollten Sie das Lager nicht allein verlassen. Wenn Ihnen der Sinn nicht nach unsichtbarer Begleitung steht, fragen Sie Dr. Kwon oder mich.«

»Wie Sie wünschen«, gab er zurück. »Würden Sie mich gern begleiten, Dorothy?«

»Allerdings – und nennen Sie mich Alex.«

»Alex?«

»Mein richtiger Name«, erklärte sie.

»Fein.« Er nickte. »Wir kommen uns näher.«

»So kann man es auch nennen. Was tun Sie um diese frühe Zeit hier draußen?«

»Nur ein wenig das Terrain sondieren. Nachdem wir keine GPS-Empfänger benutzen dürfen ...«

»Ich bedaure.« Alex schüttelte den Kopf. »Die Gefahr einer Entdeckung durch den Orden wäre zu groß.«

»... sind wir auf gute alte Handarbeit angewiesen.«

»Und das bedeutet?«

»Dass wir die Gegend zunächst nach Anhaltspunkten absuchen. Sollten wir auf entsprechende Hinweise stoßen, werden wir sie katalogisieren und gegebenenfalls vermessen.«

»Klingt nach einer Menge Arbeit.«

»Allerdings«, erwiderte er begeistert und ein Grinsen huschte über seine Züge. Dann wandte er sich um und setzte seinen Weg durch den Dschungel zügig fort.

»Wollten Sie schon immer Archäologe werden?«, erkundigte sich Alex, die Mühe hatte, ihm auf den Fersen zu bleiben.

»Soweit ich mich erinnern kann, ja«, erwiderte er. »Der Gedanke, etwas aus dem Boden zu buddeln, das Menschen vor fünfhundert, vor tausend oder gar vor zweitausend Jahren im Gebrauch hatten, hat mich von Jugend an fasziniert.«

»Das kann ich gut verstehen«, meinte sie. »Aber sicher hätten Sie nie damit gerechnet, einmal einer Sache wie dieser auf der Spur zu sein, oder?«

Er blieb stehen und wandte sich ihr zu. »Wenn ich darüber nachdenke, weshalb wir hier sind«, gestand er ein, »kommt es mir tatsächlich völlig unwirklich vor, ein wenig so, als würde ich träumen. Das alles ist noch zu neu und ungewohnt.«

»Ich weiß. Tut mir leid, dass wir nicht mehr Zeit hatten, Sie darauf vorzubereiten.«

»Schon in Ordnung – ich wollte ohnehin nach Südamerika zurückkehren. Und ein neues Forschungsprojekt hätte ich mir wohl ebenfalls suchen müssen.«

»Ihnen ist klar, dass dies hier alles verändern könnte, oder?«, fragte Alex leise. »Wenn wir Beweise dafür finden, dass eine alte Hochkultur deshalb aus dem kollektiven Gedächtnis der Menschheit getilgt wurde, weil es sich bei ihr lediglich um ein Experiment der Unsichtbaren handelte, dann sind die Folgen, die sich daraus ergeben, unabsehbar.«

»So unabsehbar wie jene, die sich aus der Existenz eines kleinen Mädchens ergeben, das in der Lage ist, die Unsichtbaren zu sehen«, erwiderte Paolo. »Wissen Sie, bisweilen frage ich mich, ob all das irgendwie zusammenhängt.«

»Was soll das heißen?«

»Sie sind Historikerin, Alex. Sie wissen genau, was ich meine. Weder das Christentum noch die einsetzende Völkerwanderung noch die organisatorische Überdehnung des Römischen Reichs waren der alleinige Grund für dessen Untergang, sondern das Zusammenspiel all dieser Faktoren innerhalb eines zeitlich begrenzten Rahmens.«

»Und das bedeutet?«

»Professor Benati vertrat die Ansicht, dass die Geschichte in Zyklen verläuft, die sich in regelmäßigen Abständen von selbst erneuern. Möglicherweise leben wir ja am Ende eines solchen Zyklus, in einer Zeit der Veränderung. Und vielleicht ist es ein höheres Schicksal, das uns die Schlüssel zum Sieg über den Orden in die Hände spielt.«

»Um die Wahrheit zu gestehen, glaube ich nicht mehr an höhere Schicksale«, sagte Alex nüchtern. »Was ich über die Welt und die Geschichte der Menschheit erfahren habe, hat mir meine Träume und Illusionen genommen.«

»Wie schade«, meinte der Archäologe. »Ich habe den festen Vorsatz, meine zu behalten. Denn wenn wir sie nicht mehr haben – unsere Träume und Illusionen –, wofür kämpfen wir dann überhaupt?«

Damit ließ er sie abermals stehen und ging weiter, durch

einen Hohlweg, den abgestorbene Bäume und herabhängendes Moos geformt hatten. Tausendfüßler, jeder davon fingerdick und an die zwei Handbreit lang, wuselten über das faulige Holz, von dem ein süßlicher Geruch ausging. Alex, die Paolo folgte, fühlte Übelkeit in sich emporsteigen, kämpfte sie aber nieder.

Nicht jetzt …

»Was genau ist Ihr Traum?«, wollte sie wissen, als sie wieder zu ihm aufgeschlossen hatte. »Warum sind Sie hier?«

»Ursprünglich habe ich nur in die ganze Sache eingewilligt, weil ich Professor Benatis guten Ruf wiederherstellen wollte«, gestand Paolo offen. »Und meinen eigenen natürlich auch.«

»Und inzwischen?«

»Inzwischen habe ich begriffen, dass es um mehr geht als eine sensationelle archäologische Entdeckung. Es geht um die Gründe, aus denen wir uns überhaupt mit der Vergangenheit beschäftigen: die berühmten Fragen nach dem Woher, dem Wohin und dem Warum.«

»Also kommen Sie mehr nach Fiorino als nach Carvajal«, folgerte Alex. »Sie sind mehr an dem interessiert, was hinter dem Offensichtlichen steht.«

»Jawohl«, entgegnete er und warf einen undeutbaren Blick über die Schulter zurück. »Das gilt übrigens auch für Sie …«

Alex wollte gerade fragen, was er damit meinte, als Paolo plötzlich stehenblieb. Vor ihm ragte die Wurzel eines umgestürzten Baums auf. Der Stamm hatte eine regelrechte Schneise ins Unterholz geschlagen, die Wurzel, die aus der Erde ragte, war übermannshoch. Und sie hatte ein tiefes Loch in die Erde gerissen, das wie ein kleiner Krater wirkte.

Paolo bückte sich an den Rand des Wurzelkraters, wischte frisches Laub zur Seite und betrachtete die Erdklumpen, die die Wurzel des umgestürzten Baums aus dem Boden gesprengt hatte, genauer. Er nahm etwas Erde auf und roch daran, verrieb sie auf seiner Handfläche.

»Volltreffer«, sagte er.

»Volltreffer?«, wiederholte Alex. »Was bedeutet das?«

»*Terra preta*«, sagte er, als würde dies alles erklären, nahm seinen Rucksack ab und entnahm ihm einen Plastikbeutel, in den er eine Bodenprobe füllte.

»*Terra preta?* Was bedeutet das?«

»Schwarze Erde«, übersetzte Paolo. »So bezeichnen die *Caboclos* jenen Boden, auf dem sich die Ansaat lohnt, weil er fruchtbarer und nährstoffreicher ist als der gewöhnliche Waldboden.«

»Und?«

Paolo blickte auf, ein überlegenes Grinsen im Gesicht. »Sie verstehen nicht sehr viel von Landwirtschaft, was?«

»Ich weiß, dass es Tütenmilch im Supermarkt zu kaufen gibt«, konterte sie. »Das ist doch schon was, oder nicht?«

Der Archäologe überhörte die Bemerkung. »Dieser Boden, Alex, ist nicht deswegen so fruchtbar, weil eine Laune der Natur es so wollte, sondern weil Menschen ihn dazu gemacht haben.«

»Was? Wie?«

»Durch das Ausbringen von Dünger natürlich.«

»Hier? Mitten im Urwald?«

»Genau.«

»Aber das … das würde bedeuten, dass … dass …«

»Genau das«, sagte Paolo triumphierend. »Wir werden noch ein paar weitere Bodenproben nehmen – und sollte ihre mikroskopische Analyse meine Vermutung bestätigen, so haben wir es hier mit Land zu tun, das ohne Zweifel einst von Menschen bewohnt und bestellt worden ist.«

»Wann ist das gewesen?«

»Schwer zu sagen. Aber wenn sich im Boden noch immer Nährstoffverbindungen nachweisen lassen, dann können es nicht mehr als fünf-, vielleicht sechshundert Jahre sein.«

»Das würde passen«, stellte Alex fest.

Sollten Carvajal und Fiorino also beide recht gehabt haben? Würden sie schon bald auf konkrete Beweise dafür stoßen, dass die Unsichtbaren vor einem halben Jahrtausend an diesem Ort gewirkt hatten? Alex merkte, wie sich ihre Übelkeit legte und sie erstmals nach undenklich langer Zeit wieder etwas wie wissenschaftliches Interesse empfand.

Von einem Augenblick zum anderen hatte sie nicht mehr das Gefühl, ein Opfer zu sein, das nur reagieren konnte, sondern einen wichtigen Beitrag zu leisten. Und das hatte sie Paolo Genaro zu verdanken.

»Helfen Sie mir«, forderte er sie auf. »Eine Probe verfügt nicht über genügend Aussagekraft. Wir brauchen mehr davon. Viel mehr.«

23.

Es war der stolzeste Moment in meinem Leben, jener Augenblick, da ich aus den Tiefen des Hades entlassen und zurückgeschickt wurde ans Licht.

Nicht nur, dass ich die Ausbildung überlebt und die Prüfungen bestanden hatte – ich hatte auch als Jahrgangsbester abgeschlossen. Niemand, wohl nicht einmal mein Vater, hatte mir dies zugetraut. Ihm und aller Welt hatte ich bewiesen, dass ich die Gabe verdiente, dass ich es wert war, ein Demon *zu sein. Ich hatte mich rehabilitiert, vor meinen Augen und vor denen des Innersten Zirkels.*

Das Lob meines Vaters fiel dennoch spärlich aus.

In seiner militärischen Art bestellte er mich in sein Arbeitszimmer und händigte mir das Diplom aus – eine Injektion, die in meine Blutbahn gegeben wurde und deren Inhalt, eine zähflüssige, blau schimmernde Substanz, mich mein Leben lang als Diener des Ordens ausweisen würde. Den Einstich spürte ich nicht mal, so überwältigt war ich vom Gefühl des Triumphs. Ich beobachtete, wie sich die Substanz in meinen Adern verteilte, um schon im nächsten Augenblick zu verblassen und ein Teil der Oszillation zu werden.

»Gut gemacht, Sohn.« Das war alles, was mein Vater sagte – für mich war es mehr als genug.

Ich hatte viel Zeit mit dem Versuch verbracht, diesen Mann zu verstehen und sein Verhalten nachvollziehen zu können, doch erst in der Folterkammer hatte ich begriffen, dass er alles, alles tun würde, um mich zum besten und härtesten Kämpfer auszubilden, den diese Stätte je hervorgebracht hatte. Es war seine Art, seine Zugehörigkeit zu demonstrieren, sowohl zum Orden, als auch zu mir.

»Danke, Sir«, sagte ich und verbeugte mich.

Dann wandte ich mich zum Gehen.

»Sohn?«

Auf der Schwelle wandte ich mich noch einmal um. »Ja, Sir?«

»Wir wussten es natürlich«, sagte mein Vater so leise und gelassen, dass ich die Bedeutung seiner Worte zunächst nicht begriff.

»Wovon sprechen Sie, Sir?«

»Du weißt, wovon ich spreche. Damals, als wir dich mitten in der Nacht aus deiner Kammer rissen und dich zu uns holten. Natürlich wussten wir von deinem Verstoß gegen die Regeln.«

»Sie wussten es?«

»Natürlich, Frankie.«

Ich zuckte zusammen. Es war schmerzlich, den Namen nach so langer Zeit wieder zu hören. Es war mir fast gelungen, ihn aus meinem Gedächtnis zu verbannen. Wie blanker Hohn klang er und schmälerte meinen Triumph, erinnerte mich an die ängstliche, schwache Kreatur, die ich einst gewesen war.

»Nun fragst du dich sicher«, fuhr mein Vater fort, »weshalb wir dich damals nicht bestraft haben.«

»Offen gestanden ja, Sir.«

»Ich will es dir sagen: Weil wir wollten, dass du uns etwas schuldest. Das Wissen, dass du in der Schuld des Ordens stehst und ihm dein Leben verdankst, sollte wie ein Stachel in deinem Fleisch sitzen. Es sollte dich anspornen bei jedem

deiner Schritte und dich dazu befähigen, bis zum Ende durchzuhalten, allen Widrigkeiten zum Trotz.«

»Das hat es, Sir.«

»Ich weiß. Aber betrachte diese Schuld niemals als erloschen, Sohn. Glaube nicht, dass du deine Schuld gegenüber dem Orden jemals begleichen könntest, was immer du auch tust. Alles, was du warst, was du bist und was du jemals sein wirst, hast du den Grauen zu verdanken, selbst deine bloße Existenz. Der Orden schützt uns, Sohn, er macht uns mächtig. Ohne ihn sind wir nichts weiter als Launen der Natur. Durch ihn jedoch werden wir zur Naturgewalt.«

»Ich weiß, Sir.«

»Vergiss das nie, Sohn. Egal, was geschieht, vergiss das nie …«

Lagerhaus nahe Winnipeg, Kanada
21. Juni 1985

»Deine Zeit wird knapp, Parker«, sagte der Folterknecht mit einer Stimme, die weder Erbarmen noch Bedauern erkennen ließ. Jack fragte sich, wie vielen er bereits solch unvorstellbaren Schmerz zugefügt haben mochte. Und wie viele von diesen Unglücklichen wohl noch unter den Lebenden weilten.

»Knapp? Wofür …?«

»Um die Wahrheit zu akzeptieren«, erwiderte der Unsichtbare. »Du hast gefehlt, mehrmals hintereinander. Dennoch ist der Orden bereit, dir deine Vergehen zu verzeihen und dir einen neuen Anfang zu ermöglichen. Aber dafür musst du etwas tun.«

»Was …?«

»Wir wollen Namen. Fakten. Orte. Von wem hattest du

deine Informationen? Wie hast du zu den Rebellen Kontakt aufgenommen? Gibt es Verräter an der Akademie?«

Jack war über seine eigene Reaktion verblüfft.

Statt zu verraten, was er wusste, oder es im Angesicht seines nahen Endes zumindest ernsthaft in Erwägung zu ziehen, brach er in heiseres Gelächter aus.

»Was hat das zu bedeuten?«, wollte der Folterknecht wissen.

»Sie widersprechen sich selbst«, erklärte Jack, der plötzlich von einer inneren Stärke erfüllt war, die er zuvor nie gekannt hatte. Der Schmerz und die Furcht waren noch immer da. Aber auf eine Weise, die ihn selbst bestürzte, waren sie ihm gleichgültig geworden. Als ob er diese Phase seiner Existenz bereits hinter sich gelassen und sich nach einem neuen, fernen Ziel orientiert hätte.

»Inwiefern?«

»Sie behaupten, dass der Orden groß und mächtig und der Inbegriff aller Dinge wäre. Wie kommt es dann, dass eine kleine Schar von Aufständischen für solche Unruhe sorgt? Wenn es die Wahrheit ist, die man uns an der Akademie lehrt, weshalb gibt es dann selbst dort Verräter? Offenbar sind die Grauen doch nicht allwissend und sie brauchen hirnlose Idioten wie Sie, die die Schmutzarbeit für sie erledigen!«

»Vorsicht, Junge ...«

»Sie sagen, die Grauen wären über alles erhaben, aber das ist nicht wahr. Ihre Hände sind mit dem Blut Unschuldiger besudelt und sie kennen keinerlei Moral. Aus diesem Grund werden sie am Ende nicht triumphieren!«

Der Knecht des Ordens lachte auf. »Offenbar hat die Folter bereits deine Sinne verwirrt. Niemand hat die Macht, den Grauen dauerhaft Widerstand zu leisten.«

»Sie irren sich! Je rücksichtsloser ihr Zugriff wird und je grausamer sie gegen die Menschen vorgehen, desto stärker wird der Widerstand werden. Ich …«

Jack brach mitten im Satz ab, als eine erneute Schmerzwelle durch seinen Körper toste. Und obwohl die Qual unbeschreiblich war, triumphierte Jack in diesem Augenblick, denn es war offensichtlich, dass sein Peiniger den Hebel zum ersten Mal nicht aus Kalkül umgelegt hatte – weder um ihn einzuschüchtern, noch ihm Informationen abzupressen. Was den Folterknecht bewegt hatte, dies zu tun, war blanker Zorn gewesen.

Eine Emotion.

»Sie … verlieren die Kontrolle, Sir«, spottete Jack. Blut rann ihm aus der Nase, seine Kehle fühlte sich an wie ausgedörrt, seine Zunge war zu einem Klumpen geschwollen. Anzeichen, dass das Ende nahte – dennoch wollte er nicht schweigen. Er hatte es viel zu lange getan, in all den Jahren an der Akademie, in denen er nichts anderes gewesen war als ein Mitläufer, ein williges Rädchen in einer Maschinerie, an deren Zweck er längst gezweifelt hatte. Es war an der Zeit, das zu bekennen, was der Orden stets so vollmundig für sich in Anspruch nahm: die Wahrheit.

»Was Sie als Gabe bezeichnen, ist in Wahrheit ein Fluch«, flüsterte er nur noch, weil ihm die Stimmbänder nicht mehr ganz gehorchen wollten. »In Wirklichkeit wissen Sie, dass Sie einen Fehler gemacht haben, als Sie sich zu diesem Experiment meldeten, und Sie sehnen sich danach zurück, wieder ein gewöhnlicher Mensch zu sein, ein Teil der sichtbaren Welt. Sie würden alles dafür tun, aber Sie wissen, dass es nicht möglich ist. Also fügen Sie sich in das Unvermeidliche und bringen anderen Kreaturen Schmerzen bei, um Ihr eigenes Leid zu lindern. Sie sind erbärmlich. Genau wie die grauen Gestalten, denen Sie dienen!«

Schweigen, eine endlos scheinende Weile lang.

Dann eine Stimme, sachlich und kühl: »Ich sehe, dass jeder Versuch, dich zu läutern und auf den Weg der Unsichtbaren zurückzubringen, vergeblich wäre. Im Namen des Innersten Kreises, als dessen Stellvertreter ich hier vor dir stehe, beschließe ich daher deine Eliminierung, die augenblicklich vollstreckt werden wird.«

Es geht schnell.

Jack sieht den Hebel, der sich wie von Geisterhand bewegt, und er ist sich sicher, dass die nächsten Augenblicke seine letzten sein werden. Die Angst kehrt jäh und mit aller Macht zurück und in einem Ausbruch irrationaler Panik tut er das, was jede gefangene Kreatur tut, die ihrem Ende entgegensieht.

Wie von Sinnen zerrt er an seinen Fesseln, im verzweifelten Bemühen zu entkommen. Der bloße Urinstinkt steuert sein Handeln, lenkt seinen schwachen, ausgezehrten Körper, während sich sein Verstand längst in das Unausweichliche gefügt hat …

… als sich eine der ledernen Schlaufen um seine Handgelenke tatsächlich löst!

Er weiß nicht, welchem glücklichen Zufall er dies zu verdanken hat. War das Leder brüchig und porös oder hat ihm der schiere Überlebenswille übermenschliche Kraft verliehen? Er denkt nicht darüber nach, sondern nutzt die Gunst des Augenblicks, um sich loszureißen und zwei der Kontakte zu entfernen. Mit hässlich metallischem Klang wird der Hebel umgelegt, aber es fließt kein Strom.

»Was, zum …?«

Er fühlt, wie sich sein Folterknecht zu ihm umdreht,

und er handelt, ohne nachzudenken. Schon hat er auch die zweite Fessel gelöst und sich aufgerichtet. Wie die zuschnappenden Köpfe zorniger Schlangen schießen seine Hände nach vorn, bekommen seinen Peiniger zu fassen. Dann geht alles blitzschnell.

Der Folterknecht verfällt in lautes Gebrüll, aber wie zuvor die seines Opfers verhallen auch seine Schreie ungehört. Er ist völlig überrumpelt, zu tatsächlicher Gegenwehr nicht fähig. Mit beängstigender Sicherheit finden Jacks Hände die unsichtbare Kehle und drücken zu.

Die Schreie ersterben, gehen in ein heiseres Stöhnen über, als dem Folterer die Atemluft knapp wird. Obwohl sich alles in ihm dagegen sträubt, drückt Jack weiter zu, wissend, dass er um sein Überleben kämpft. Seine Furcht und seine Wut, seine aufgestaute Aggression – all das entlädt sich und presst das Leben aus dem Körper seines unsichtbaren Peinigers.

Stück für Stück.

Jack spürt den Widerstand, den die Nackenmuskeln des Opfers ihm entgegensetzen, seine verzweifelten Versuche, sich aus dem Todesgriff zu befreien. Aber er schert sich nicht darum. Zu groß ist seine Wut, zu überwältigend seine Verzweiflung. Und so drückt er immer weiter zu, um das Treiben des Folterers zu beenden.

Er spürt, wie der Widerstand nachlässt und die Bewegungen seines Opfers unkontrolliert und fahrig werden und ein Gefühl der Genugtuung durchströmt ihn. Der Leib seines Peinigers beginnt zu fluktuieren und zum ersten Mal kann Jack das Gesicht des Folterknechts sehen.

Entstellte, narbige Züge.

Kalte Augen wie die eines Reptils.

»Kannst du dich an Frankie erinnern?«, fragt Jack ihn

leise, fast flüsternd. »Frankie Gallagher war mein bester Freund. Ihr habt ihn abgeholt und verschwinden lassen, genau wie Petersen und so viele andere. Und dafür wirst du bezahlen, du verdammtes Schwein!«

Etwas flackert in den Augen des Folterers auf. Jack hält es für Spott und drückt noch fester zu, bringt sein schreckliches Werk zu Ende.

Der Widerstand seines Opfers erstirbt, sein Stöhnen geht in ein langgezogenes Seufzen über, ehe es ganz verstummt. Der Körper des Feindes erschlafft in seinen Händen und in diesem schrecklichen Augenblick weiß er, dass er es getan hat.

Er hat jemanden getötet.

Jemanden von seiner Art.

Einen Unsichtbaren.

Basislager Oberer Amazonas
80 km nordwestlich von Manaus
21 Uhr 10 Ortszeit

Es war ein langer Tag gewesen.

Das Gelände nördlich des Lagers war vermessen und katalogisiert und unzählige Bodenproben waren genommen worden. Als Alex noch an der Universität München gearbeitet hatte, hatte sie sich bisweilen über die »Maulwürfe« von der archäologischen Fakultät lustig gemacht. Inzwischen empfand sie den Kollegen gegenüber jedoch vollen Respekt; sie suchten im Schweiß ihres Angesichts nach Spuren der Vergangenheit und versuchten mit kriminalistischer Akribie herauszufinden, was sich vor Hunderten, wenn nicht Tausenden von Jahren am entsprechenden Ort ereignet hatte.

Professor Benati hatte Paolo Genaro als seinen besten Schüler bezeichnet, und das wohl nicht von ungefähr. Paolos Fachkompetenz und seine Erfahrung im Durchführen von Grabungen unter tropischen Bedingungen waren für das Projekt von unschätzbarem Wert. Nachdem er die Gräber dazu angeleitet hatte, nach einem schematischen Plan Bodenproben zu nehmen, ging er daran, diese zu analysieren. In seinem Zelt baute er ein Mikroskop und Behälter mit diversen Lösungen auf, in die er einen Teil der Proben schüttete, um sie zu verflüssigen. Sodann machte er sich an die eigentliche Untersuchung, deren Ergebnisse wiederum exakt festgehalten und anhand eines Lageplans der Umgebung aufgezeichnet wurden.

Alex und Dr. Kwon halfen ihm dabei, so gut sie konnten, aber es war klar, dass die Hauptarbeit auf Genaros Schultern lastete. Die Sonne war längst untergegangen und der Regenwald zum nächtlichen Leben erwacht, als er vom Mikroskop aufblickte und sich die schmerzenden Augen rieb.

»Nun?«, erkundigte sich Professor Lidenbrock, der die Untersuchung wie ein Schatten begleitet hatte, natürlich ohne dass die Gräber von seiner Anwesenheit etwas bemerkt hatten. Sowohl er als auch die anderen beiden *Guardians*, die die Expedition begleiteten, hielten sich vor den Eingeborenen verborgen.

»Das war's«, sagte Paolo müde. »Die Untersuchung der letzten Bodenprobe ist abgeschlossen. Sehen Sie sich das an.« Paolo deutete auf den Bildschirm des Notebooks, der die Planskizze zeigte. Der Fluss und das Lager waren darauf zu erkennen sowie das Grabungsgebiet, das in mit Koordinaten versehene Planquadrate eingeteilt war. »Jede der hundertfünfzig Bodenproben, die wir den Tag über genommen haben, ist hier exakt vermerkt und eingetragen.«

»Was haben die verschiedenfarbigen Punkte zu bedeuten?«, fragte Elizabeth Kwon. Ihr Schützling, die kleine Kim Li, war bereits zu Bett gegangen und schlief im Zelt nebenan, bewacht von zweien der *Guardians*.

»Die Farbe gibt über den Gehalt an Kohlenstoff und Phosphor Auskunft, den die betreffende Probe aufwies«, erklärte Paolo. »Blau markiert sind diejenigen Proben, die am wenigsten davon enthielten, lila die mit etwas höherer Konzentration, rot jene mit dem höchsten Nährstoffgehalt.«

»Da ist ein Muster erkennbar«, stellte Alex fest.

Paolo nickte. »In Flussnähe scheint die Konzentration am geringsten zu sein. Nach Norden hin nimmt sie zunächst zu, ehe sie sich vergleichsweise abrupt wieder verliert.«

»Und das bedeutet?«

»Dass hier zweifellos Menschenhand am Werk war«, eröffnete Paolo rundheraus. »Ich denke, wir haben einen weiteren Beweis dafür, dass Carvajals Ausführungen den Tatsachen entsprachen.«

»Warum nimmt die Nährstoffkonzentration dann nach Norden und Süden hin ab?«, wollte Lidenbrock wissen.

»Ich nehme an, dass die Ufergebiete infolge der jährlichen Überschwemmung des Amazonasbeckens ausgewaschen wurden und der Nährstoffgehalt aus diesem Grund geringer ist. Der abrupte Abfall nach Norden hingegen legt nahe, dass dort die Felder enden und die eigentliche Siedlung lag.«

»Also werden wir morgen genau dort zu graben beginnen, richtig?«, fragte Alex.

»Korrekt.« Paolo rang sich ein müdes Lächeln ab. »Sie hätten eine gute Archäologin abgegeben.«

»Sie sagten vorhin etwas von Phosphor, Doktor«, wandte Elizabeth Kwon ein.

»Allerdings. Die analysierten Proben wiesen teils sehr beträchtliche Mengen davon auf.«

»Aber wie ist das möglich? Die Menschen der damaligen Zeit dürften eine ziemlich eingeschränkte Kenntnis angewandter Chemie gehabt haben, oder?«

»Fisch enthält Phosphor«, sagte Professor Lidenbrock. »Möglicherweise hat man große Mengen Fischabfalls auf den Feldern als Dünger ausgebracht. Dies könnte – neben der leichteren Möglichkeit der Bewässerung – ein weiterer Grund dafür sein, dass die Felder entlang des Flusses angelegt wurden.«

»Gut vermutet, Professor«, stimmte Paolo zu. »Genau das denke ich auch.«

»Aber das erklärt noch nicht, woher diese Leute *wussten*, dass sich Fischabfall als Dünger eignet, oder?«, beharrte die Psychologin. »Von den Eigenschaften von Phosphor wussten sie nichts. Wie also sind sie darauf gekommen?«

»Nun«, meinte Paolo, »entweder durch puren Zufall – einige der wichtigsten Erfindungen der Menschheitsgeschichte sind durch bloßen Zufall entstanden.«

»Oder?«

»Oder jemand hat ihnen auf die Sprünge geholfen und ihnen Wissen vermittelt, das sie eigentlich nicht hätten haben können«, sagte Alex und sprach damit aus, was insgeheim alle dachten.

»Wie auch immer.« Paolo schürzte die Lippen. »Es wird warten müssen bis morgen früh. Bis dahin können wir ohnehin nichts unternehmen.«

»Ein guter Gedanke.« Elizabeth Kwon nickte und erhob sich. »Ich werde noch nach Kim Li sehen und mich dann ebenfalls hinlegen.«

»Tun Sie das«, meinte Professor Lidenbrock. »Ich werde

noch ein wenig hierbleiben und mir die Ergebnisse ansehen. Das alles ist sehr interessant für mich.«

»Und Sie?«, erkundigte sich Paolo bei Alex.

»Ehrlich gesagt habe ich ziemlichen Hunger«, gestand sie ein, während sie erneut leichte Übelkeit in sich emporsteigen fühlte. Das feuchte Klima und der abrupte Temperaturwechsel zwischen Nacht und Tag machten ihr mehr zu schaffen, als sie sich eingestehen wollte.

»Geht mir genauso«, gab Paolo zu. »Lassen Sie uns sehen, dass wir uns noch etwas zu essen beschaffen können, ehe wir uns zur Nachtruhe begeben.«

Sie verließen das Zelt und suchten das Lagerfeuer auf, das die *Caboclos* am Rand des Camps entzündet hatten und das schon fast verloschen war. Nur noch ein Mann hielt bei der schwelenden Glut Wache, über der an einem Holzspieß die Überreste eines riesigen, fast zwei Meter langen Fisches hingen.

»Was, in aller Welt …?«, entfuhr es Alex.

»Ein *Pirarucú*«, erklärte Paolo. »Er gehört zu den wichtigsten Speisefischen des Amazonas und ernährt ganze Dörfer. Wollen Sie ein Stück versuchen?«

»Gern, warum nicht?«

Alex nickte und setzte sich auf einen der Klapphocker, die man um das Feuer aufgestellt hatte, während Paolo sein Messer zückte und eine Portion aus der Rückenpartie des Fisches schnitt. Der *Caboclo* reichte ihm wortlos ein Blatt, das als Teller fungierte und auf das Paolo das Fleisch legte.

»Hier«, forderte er Alex auf, »probieren Sie.«

Dankbar nahm sie die Gabe entgegen, trennte dann ein kleines Stück von dem weißen Fleisch und schob es sich in den Mund.

»Gut«, stellte sie fest. »Sehr gut sogar.«

»Nehmen Sie«, sagte Paolo mit Blick auf den Fisch, der allenfalls zur Hälfte aufgegessen worden war. »Es ist noch genügend da.«

Alex musste lachen und gönnte sich einen größeren Happen – als es im Dickicht hinter ihr plötzlich laut raschelte. Unwillkürlich zuckte sie zusammen.

»Ruhig«, sagte Paolo beschwichtigend. »Das ist nur der Wald.«

»Er klingt unheimlich«, stellte Alex fest, die dem allgegenwärtigen Rascheln, Kreischen, Pfeifen und Heulen lauschte, das durch die Nacht geisterte und von Tieren stammen mochte, deren Namen sie noch nicht einmal kannte.

»Am Anfang«, gab Paolo zu. »Aber mit der Zeit gewöhnen Sie sich daran. Ich spreche aus Erfahrung, wissen Sie.«

»Wie lange leben Sie schon in Südamerika?«

»Seit fünf Jahren, davon zwei in Mexiko und drei in Peru. Und die meiste Zeit war ich mit Ausgrabungen beschäftigt, die tief im Regenwald stattfanden.«

»Du meine Güte. Welcher normale Mensch nimmt so etwas freiwillig auf sich?«

»Keiner, vermutlich«, antwortete Paolo und im Widerschein der Glut konnte sie sehen, wie sich seine Züge verfinsterten. »Ganz freiwillig ist es auch bei mir nicht gewesen, das können Sie mir glauben.«

Sie fühlte, dass sie ihn verletzt hatte, was nicht ihre Absicht gewesen war und was sie sehr bedauerte. Einmal mehr wurde sie nicht recht schlau aus dem Italiener, aber anders als zuvor verspürte sie auf einmal das Bedürfnis, hinter die Fassade zu blicken, die Paolo Genaro um sich errichtet hatte. Ob es daran lag, dass er sie ein wenig an Peter Manhart erinnerte, ihren Kollegen aus München, der von Agenten des Ordens ermordet worden war, oder ob sie einfach nur ein Gespräch mit jemandem führen wollte, dem sie dabei in die Augen blicken konnte. Alex hätte es nicht zu sagen gewusst.

»Würden Sie mir gerne davon erzählen?«, hörte sie sich plötzlich fragen.

»Sehr viel zu erzählen gibt es da nicht.«

»Das bezweifle ich. Wir haben uns über Sie informiert, Dr. Genaro. Studienabschluss an der Sapienza mit Bestnote, Teilnahme an renommierten Ausgrabungsprojekten, Assistent von Luigi Benati. Vor etwa fünf Jahren jedoch gab es in Ihrer Karriere offenbar einen plötzlichen Knick. Sie verließen die Sapienza und sind nach Südamerika gegangen, um dort an Ausgrabungen teilzunehmen – und sind meines Wissens in all diesen Jahren nicht ein einziges Mal nach Rom zurückgekehrt.«

»Das ist korrekt.«

»Wieso nicht?«

»Eine gute Frage.« Nachdenklich rieb er sich das Kinn. Sein Bartwuchs war in Ermangelung eines Rasierapparats bereits beträchtlich fortgeschritten. »Vielleicht, weil ich bestimmten Personen nicht mehr begegnen wollte. Vielleicht auch, weil ich mich verantwortlich fühlte für das, was geschehen ist.«

»Wovon sprechen Sie?«

Paolo lächelte dünn. »Lassen Sie mich Ihnen eine kleine Geschichte erzählen. Sie handelt von einem talentierten jungen Archäologiestudenten, der leider an die falsche Frau geriet.«

»Och«, machte Alex und verzog das Gesicht. »Klingt ja furchtbar.«

»Warten Sie's ab«, bat Paolo. »Ihr Name war Silvana Praga. Sie war nicht ganz so talentiert wie unser junger Student, aber dafür ziemlich gerissen. Und verdammt attraktiv. Sie war eine, die Männer zu Idioten macht: rotes Haar, grüne Augen, lange Beine …«

»Allmächtiger«, entfuhr es Alex kopfschüttelnd. »Seid Ihr Kerle wirklich so einfach gestrickt?«

»Bedauerlicherweise ja«, gestand Paolo mit freudlosem Grinsen. »Sogar jene, die sich einbilden, zur intellektuellen Zunft zu gehören. Jedenfalls lernte unser junger Student diese Kommilitonin kennen und verfiel ihr vom ersten Augenblick an. Sie wurden ein Pärchen, und da er zu diesem Zeitpunkt schon ganz gute Verbindungen hatte, stellte er sie seinem Lehrer vor – Professor Luigi Benati, einem der damals führenden Köpfe auf dem Gebiet der Archäologie.«

»Was ist dann geschehen?«, wollte Alex wissen, die ahnte, dass die Geschichte kein Happy End haben würde.

»Vier Jahre lang arbeiteten wir als Benatis Assistenten und wurden seine engsten Vertrauten. In dieser Eigenschaft bestellte uns der Professor eines Abends in sein Büro und enthüllte uns sein neuestes Forschungsprojekt. Es ging dabei um die gewagte These, dass die Geschichte der Menschheit keineswegs ein Produkt selbstständiger Entscheidungen gewesen sei, sondern eine fremde Macht im Lauf der Jahrhunderte immer wieder auf die Geschicke der Menschheit eingewirkt habe.«

»Und? Wie haben Sie reagiert?«

»Ich hatte natürlich Zweifel. Aber zum einen hatte der Professor eine unvergleichliche Art, andere für seine Ideen zu gewinnen, und zum anderen versprach er, schon bald hieb- und stichfeste Beweise für seine Thesen vorlegen zu können, aufgrund derer man die Geschichte völlig neu schreiben müsse. Das hat mir natürlich gefallen und ich beschloss, seiner Theorie eine Chance zu geben.«

»Anders als Ihre Freundin, nehme ich an.«

»Das stimmt. Zunächst hat Silvana so getan, als teilte sie meine Auffassung und als wollte auch sie dem Professor die Möglichkeit geben, seine Theorie zu beweisen. In Wahrheit hatte sie wohl schon damals beschlossen, Kapital aus der Sache zu schlagen. Sie wartete gerade noch lange genug, bis sie genügend Informationen beisammen hatte, um Benati zu vernichten. Sie lancierte seine Theorien an die Presse, lange bevor auch nur ein einziger handfester Beweis existierte, und natürlich kam es zum erwarteten Skandal. Die Presse stopfte mit der Story dankbar ihr Sommerloch und die Kollegen fielen über Benati her.«

»Aber warum?«

»Warum wohl?« Paolo lachte freudlos auf. »Benatis Theorie rüttelte an den Grundfesten unserer Wissenschaft. Was sind steinerne Zeugnisse, was historische Überlieferungen noch wert, wenn wir ihnen nicht mehr trauen können? Benati war dabei, alles auf den Kopf zu stellen. Kein Wunder, dass man ihn wie einen Ketzer behandelte und ihm wie eben einem solchen den Prozess gemacht hat. Er wurde seines Lehrstuhls enthoben und aus der Kammer der Wissenschaften ausgeschlossen.«

»Und Sie?«, wollte Alex wissen. »Was haben Sie getan?«

»Ich bin in den nächstbesten Flieger gestiegen und nach Südamerika geflüchtet.«

»Und Benati?«

Paolo zuckte mit den Schultern. »Er hat weder Silvana noch mir jemals einen Vorwurf gemacht, aber ich konnte ihm einfach nicht mehr in die Augen sehen. Haben Sie sich jemals vor einem Menschen derart geschämt, dass es Ihnen körperlich wehtat? Dass sie glaubten, vergehen zu müssen, wenn Sie auch nur einen Moment länger in seiner

Gesellschaft verbringen? Genau so ging es mir. Also bin ich abgehauen. Erst drei Jahre später nahm ich wieder Kontakt zum Professor auf, und wie sich herausstellte, trug er mir tatsächlich nichts nach. Wir tauschten gelegentlich Briefe aus und wollten uns schließlich sogar treffen. Dazu ist es aber leider nicht mehr gekommen.«

»Der Anschlag«, riet Alex, worauf Paolo nur nickte und betretenes Schweigen einkehrte.

Eine endlos scheinende Weile lang saßen beide nur da und starrten ins Feuer.

»Von Benatis Tod erfuhr ich aus dem Internet«, fuhr Paolo schließlich fort, »und ich beschloss, das Exil zu verlassen, das ich mir auferlegt hatte, um meinem Lehrer die letzte Ehre zu erweisen. Unter der Briefpost in meiner alten Wohnung fand ich das Schreiben, in dem er von einer großen neuen Entdeckung berichtete. Das hat alte Erinnerungen geweckt, und als ich dann auf dem Empfang zu Luigi Benatis Ehren auch noch Silvana und ihren arroganten Bettgespielen traf, da ist es mit mir durchgegangen.«

»Ich habe den Bericht gelesen«, sagte Alex schmunzelnd.

»Diese Idioten!«, maulte er. »Diese erbärmlichen, selbstgefälligen Idioten! Dabei stellt sich nun heraus, dass der Professor recht hatte und diese bornierten Heuchler nicht. Die Menschheitsgeschichte ist tatsächlich nicht ausschließlich das Ergebnis freier Entscheidungen, sondern wurde in entscheidenden Passagen von einer fremden Macht mitbestimmt. Allein unsere Anwesenheit hier ist dafür schon ein Beweis.« Er blickte vom Feuer auf und sie konnte ein Blitzen in seinen Augen erkennen. »Wenn der Professor jetzt doch nur hier sein könnte. Wenn er teilnehmen könnte an dieser Expedition …«

»Das war ihm leider nicht mehr vergönnt.« Alex konnte

nicht anders und berührte ihren Kollegen sanft am Arm. »Aber Sie, Paolo, haben die Möglichkeit, seine Reputation wiederherzustellen, indem Sie der ganzen Welt zeigen, dass Luigi Benati kein verrückter Spinner war.«

»Das habe ich vor, genau das. Ich bin es dem Professor schuldig, können Sie das verstehen?«

»Allerdings«, versicherte sie und im flackernden Schein des Lagerfeuers begegneten sich ihre Blicke einen Augenblick länger, als es notwendig gewesen wäre.

»Ich danke dir«, sagte er leise – und noch ehe sie ein Wort erwidern oder etwas dagegen unternehmen konnte, hatte er sich auch schon zu ihr gebeugt und küsste sie auf den Mund.

Die Berührung seiner Lippen war weich und zärtlich, und obwohl sich Alex dagegen hätte empören sollen, tat sie es nicht. Im Gegenteil, sie ertappte sich dabei, dass sie es genoss, jemanden zu berühren, der von ihrer Art war und den sie nicht erst mittels Farbe oder Schminke sichtbar zu machen brauchte, um zu wissen, dass er tatsächlich existierte.

Paolo Genaro küsste sie abermals.

Sie wehrte sich nicht dagegen.

Weder dachte sie an Ismael noch an das Leben, das in ihr reifte, nicht an den Orden und die Verschwörung, in deren Schatten sie alle standen. Ein einziges Mal wollte sie sich nur als Frau fühlen und für sich allein entscheiden, so wie damals, als sie noch Herrin ihrer selbst gewesen war und nichts gewusst hatte von den Dingen, die ihr Leben seither bestimmten. Ein kurzer Augenblick der Freiheit in einer von Zwängen bestimmten Welt.

Kolosseum, Rom
Am darauf folgenden Tag

Er würde es erneut tun.

Mit dem Unterschied, dass sein Publikum diesmal noch zahlreicher war als an den Tagen zuvor.

Vom obersten Kranz der steinernen Bogen und Säulen, die das Kolosseum säumten, blickte Gallagher auf die Menge der Schaulustigen hinab, die auf der Westseite des alten Amphitheaters zusammengeströmt waren. Der Grund dafür war der scheinbar Lebensmüde, der offenbar vorhatte, sich vom obersten Segment des fünfzig Meter hohen Bauwerks zu stürzen. Einmal mehr nutzte Gallagher die Sensationslust der Menschen, um auf sich aufmerksam zu machen, und einmal mehr war er bereit, einen kaltblütigen Mord zu begehen, um Ismael anzulocken.

»Wie fühlen Sie sich? Haben Sie Angst?«, zischte er dem Mann ins Ohr, den er mit beiden Armen von hinten umklammert hielt. Weder kannte Gallagher seinen Namen, noch wusste er, wer er war. Und es war ihm auch gleichgültig.

Der Mann war ein Obdachloser, der auf der wenig beachteten Ostseite des Bauwerks zwischen den Säulen gehockt und vor sich hingedöst hatte – bis zu dem Augenblick, als Gallagher ihn gepackt und die Stufen hochgeschleppt hatte.

Widerstand war ihm nicht entgegengebracht worden. Der Mann war zu betrunken, um sich zu wehren, und was tatsächlich mit ihm geschah, begriff er erst, als er auf dem obersten Steinkranz stand, das Pflaster der Piazza del Colosseo zu seinen Füßen, und merkte, wie ihn jemand an den äußersten Rand drängte, sodass die Spitzen seiner abgetragenen Schuhe bereits über dem gähnenden Abgrund schwebten.

»Bitte tun Sie mir nichts, bitte nicht!«, flüsterte er immer wieder, während Gallagher ihn unnachgiebig umklammert hielt.

Für die Menschen unten auf der Straße sah es natürlich so aus, als hätte ein Selbstmörder das ehrwürdige Bauwerk erklommen und wollte sich zu Tode stürzen. Die Ersten, die den vermeintlich Lebensmüden gesehen hatten, waren die Souvenirhändler, die überall auf der Piazza billigen Kitsch und Plunder aller Art verkauften. Eine Reisegruppe mit Fotoapparaten bewaffneter Japaner wurde als Nächstes auf ihn aufmerksam und prompt richteten sie ihre Objektive auf das Motiv, das eine willkommene Abwechslung bot. Weitere Touristen und Passanten hatten sich hinzugesellt und irgendjemand hatte die Polizei gerufen. Mit heulender Sirene fuhr ein dunkelblauer Einsatzwagen vor.

Über mangelnde Aufmerksamkeit konnte sich Gallagher diesmal wirklich nicht beklagen.

»Wenn du nur ein Wort sagst oder dich zu befreien versuchst, werde ich dich über die Kante stoßen«, zischte er dem Obdachlosen ins Ohr. »Hast du mich verstanden?«

»*S-si*«, kam es tonlos zurück.

Gallagher konnte fühlen, wie sein Opfer vor Todesangst zitterte, und ein Gefühl unsagbarer Macht durchströmte ihn, wie er es zuletzt in Hongkong gefühlt hatte, als er das Leben des Babys verschonte. Die Vorstellung, Herr über Leben und Tod zu sein, berauschte ihn wie eine Droge.

Er blickte zum Himmel.

Später Nachmittag.

Noch immer stand die Sonne hoch am Himmel, erst ganz allmählich erwachte die Stadt, die über die Mittagsstunden in kollektiven Schlummer verfallen war, wieder zum Leben. Und je mehr Menschen auf die Straßen drängten, desto mehr Gaffer versammelten sich auf dem Platz, ungeachtet der Bemühungen der Polizei, die Schaulustigen zurückzudrängen.

»Sie sind gekommen, um dich springen zu sehen, das ist dir doch klar?«, flüsterte Gallagher seinem Opfer ins Ohr. »Willst du sie etwa enttäuschen?«

»B-bitte nicht. Ich will nicht sterben.«

»Warum nicht? Um weiter dein erbärmliches Dasein zu fristen und billigen Fusel zu saufen?«

»I-ich hänge an meinem Leben.«

»Ich weiß, ihr alle tut das – und das ist der Grund dafür, dass ihr am Ende unterliegen werdet. Du kannst …«

»Lassen Sie ihn los!«

Der Klang der Stimme, die laut und vernehmlich durch die warme, von Abgasen durchsetzte Luft schnitt, ließ Gallagher erschaudern. Fast kam es ihm vor, als würde sie aus ferner Vergangenheit zu ihm dringen, denn er erkannte sie sofort.

»Ismael«, sagte er und wandte den Blick in die Richtung, aus der die Stimme gekommen war. Obgleich er dort nichts sehen konnte, nahm er eine Aura wahr; eine Präsenz, die er eindeutig seinem Erzfeind zuordnen konnte.

Wie Gallagher selbst verzichtete auch Ismael darauf, eine Spezialbrille zu tragen. Die Brille bot die Möglichkeit, den anderen sehen und seine Bewegungen antizipieren zu können, aber sie hatte auch den gravierenden Nachteil, dass man die eigene Tarnung damit aufgab.

»Du hast mich also gefunden.«

»Das war nicht weiter schwierig – die Spur, die Sie hinterlassen haben, war deutlich genug. Vier Morde an vier verschiedenen Orten: am Flughafen, vor der Kirche San Giovanni auf dem Lateran, am Denkmal von Vittorio Emanuele sowie am Bahnhof Termini. Verbindet man je zwei der Tatorte mit einer Linie, so erhält man einen Kreuzungspunkt, der sich ziemlich genau hier befindet – am Kolosseum.«

»Gut kombiniert«, sagte Gallagher anerkennend. »Zumindest auf deinen Verstand war schon immer Verlass. Anders als auf deine Loyalität …«

»Lassen Sie den Mann los«, wiederholte Ismael ruhig, ohne auf die Bemerkung einzugehen.

»Du bist nicht in der Position, Forderungen zu stellen«, beschied ihn Gallagher.

»Nein? Wer sagt Ihnen, dass ich nirgendwo einen Scharfschützen postiert habe, der nur darauf wartet, Ihnen das Lebenslicht auszublasen?«

»Niemand«, gab Gallagher zu. »Aber ich weiß zwei Dinge, nämlich dass ich diesen Mann mit ins Verderben reißen würde, wenn ich getroffen würde und abstürzte, und dass die Anderen niemals mutwillig das Leben eines Unschuldigen riskieren. Es widerspricht ihrem moralischen Kodex.« Die letzten beiden Worte sprach er aus, als besagten sie etwas Anstößiges. Dann ließ er ein kaltes Lachen vernehmen.

»Schön«, sagte Ismael, »Sie gewinnen. Was wollen Sie?«

»Das weißt du doch ganz genau.«

»Offen gestanden, nein«, kam es zurück. »Ich weiß, dass Sie hinter mir her sind, und ich kann mir denken, aus welchem Grund. Aber ich denke nicht, dass …«

Gallagher unterbrach ihn mit bösem Gelächter. Dann fragte er düster: »Was weißt du schon von meinen Beweggründen?«

»Lassen Sie den Mann frei«, wiederholte Ismael eindringlich.

»Warum nur ist dir so am Wohl dieser Menschen gelegen?« Gallagher streifte sein Opfer mit einem geringschätzigen Blick. Der Obdachlose hatte den Kopf so gedreht, dass Gallagher, der ihn von hinten umklammerte, sein Profil sehen konnte. Es war das erste Mal, dass er den Mann überhaupt näher in Augenschein nahm. Er sah die vom Alkohol gerötete Nase und die hohle Wange der linken Gesichtshälfte, über die Tränen der Angst und der Verzweiflung rannen.

Und er roch die Furcht des Mannes.

»Sie sind schwach«, stellte er missbilligend fest, »uns in so vielerlei Hinsicht unterlegen. Warum nur setzt ihr euch so für sie ein?«

»Weil die sichtbare Welt uns trotz all ihrer Schwächen etwas voraus hat«, erwiderte Ismael, »nämlich moralische Werte, nach denen sie sich richtet.«

»Moral?«, wiederholte Gallagher spöttisch. »Wo ist deine Moral gewesen, als du deinesgleichen verraten hast, Ismael? Wo, als du einen Angehörigen des Innersten Kreises getötet hast? So viele von uns hast du getötet ...«

»Wann immer ich getötet habe, tat ich es aus Notwehr«, verteidigte sich Ismael, »um mein Leben oder das von Unschuldigen zu retten. Der Orden hingegen mordet aus Vorsatz und zum Erhalt der Macht – und vielleicht auch aus purem Vergnügen daran, Herr über Leben und Tod zu spielen.«

»Wer weiß, möglicherweise hast du recht«, überlegte Gallagher laut. Sein Opfer begriff nicht im Ansatz, was um ihn herum vorging. Wahrscheinlich schrieb er die Stimmen, die er hörte, der Wirkung des Alkohols zu, und vielleicht hatte er sich bereits vorgenommen, dem Fusel abzuschwören und niemals wieder einen Tropfen zu trinken.

Zu spät.

Wieder drang ein Lachen aus der Kehle des *Demons*, leises und überlegenes. Dann – zu schnell, als dass irgendjemand darauf hätte reagieren können – löste er seinen Griff um den Obdachlosen und stieß ihn von der Mauerkrone.

Der gellende Schrei, den der Mann von sich gab, erstarb jäh, als er einen Herzschlag später unten aufschlug. In grotesker Verrenkung blieb er auf dem grauen Steinpflaster liegen, auf dem sich ein dunkelroter See auszubreiten begann.

»Warum … haben Sie das getan?«, fragte Ismael entsetzt.

»Aus dem Grund, den du und deinesgleichen niemals begreifen werdet«, gab Gallagher zurück. »Einfach deshalb, weil ich die Möglichkeit dazu hatte.«

»Ich bin hier, Sie hatten erreicht, was Sie wollten. Es war völlig unnötig, ihn zu töten!«

»Hätte ich ihn am Leben lassen sollen? Nach allem, was er mitbekommen hat?«

»Niemand hätte ihm geglaubt. Er war obdachlos und dem Alkohol verfallen!«

»Dann sollte er mir vielleicht dankbar sein, dass ich seine elende Existenz beendet habe«, versetzte Gallagher kaltschnäuzig.

»Elender Bastard! Ich werde dich …«

»Nur zu, bringen wir es zu Ende«, forderte Gallagher und ging in Verteidigungsposition, während die Polizei unten auf dem Vorplatz Mühe hatte, die sensationslüsterne Menge von dem Leichnam fernzuhalten. »Ich kann es kaum erwarten, *Jack*.«

Der Angriff, den Gallagher erwartet hatte, erfolgte nicht.

Stattdessen konnte er fühlen, wie sich die Aura seines unsichtbaren Feindes erneut veränderte, und eine Stimme, die nicht mehr wütend und aufgebracht, sondern unsicher und verwirrt klang, fragte: »Frankie …?«

24.

Polizei: Sie wissen, was Ihnen zur Last gelegt wird?

Beschuldigter: Ja.

Polizei: Wollen Sie sich zu dem Vorwurf äußern?

Beschuldigter: Ich habe Ihnen nichts zu sagen.

Polizei: Sie wiegeln die Menge zum tätlichen Angriff auf die Vertretung der Vereinten Nationen auf und wollen sich nicht einmal dazu äußern?

Beschuldigter: Ich tat, was ich tun musste.

Polizei: Erklären Sie das.

Beschuldigter: Diese Leute müssen aus unserem Land verschwinden. Sie bringen uns den Tod.

Polizei: Das ist nicht wahr. Sie sind in unserem Land, um zu helfen.

Beschuldigter: Nein, das sind sie nicht. Diese Leute sind hier, um unser Land auszubeuten und unsere Frauen und Kinder zu stehlen wie einst die Sklavenhändler.

Polizei: Erklären Sie das.

Beschuldigter: Was gibt es da zu erklären? Junge Frauen verschwinden aus den Grenzdörfern, ohne dass die Polizei oder das Militär etwas dagegen unternimmt. Was würden Sie denken?

Polizei: Dass Sie vorsichtig sein sollten mit dem, was Sie sagen.

Beschuldigter: Versuchen Sie mich einzuschüchtern? Das können Sie nicht. Wer den Schatten gegenübergetreten ist, der fürchtet die Polizei nicht mehr.

Polizei: Den Schatten?

Beschuldigter: So werden sie in den Dörfern genannt.

Polizei: Und diese Schatten …

Beschuldigter: … werden von den Fremden geschickt. In ihrem Auftrag schleichen sie sich in unsere Dörfer und stehlen die Frauen und Mädchen.

Polizei: Um was mit ihnen zu tun?

Beschuldigter: Das wissen wir nicht. Aber die Schatten stehlen die Zukunft unseres Volkes. Nur deswegen sind die Fremden in unserem Land. Nur deswegen …

Polizei: Sie gestehen also Ihre Tat?

Beschuldigter: Ich habe sie nie bestritten. Die Schatten müssen aufgehalten werden, hören Sie? Sie müssen aufgehalten werden, ehe sie die Grenzen überschreiten und sich ausbreiten wie die Heuschrecken …

Verhörprotokoll (Auszug)
Aus dem Dossier des UN-Sonderbeauftragten Abdul Mahir,
Leiter der N'Djamena-Untersuchungskommission
Quelle: Geheimes UN-Papier R-18/018

Kolosseum, Rom
Ortszeit 16 Uhr 08

»Frankie?«, fragte Ismael noch einmal, verwirrt und verunsichert zugleich.

War es wirklich möglich?

Konnte es sein, dass nach all den Jahren …?

»Jack«, drang es zurück. »Jack Parker. Es ist lange her, dass wir uns diese Namen gegeben haben, nicht wahr?«

»Das … ist es allerdings.« Ismael spürte, wie sich sein Pulsschlag beschleunigte. Mit vielem hatte er gerechnet, aber nicht damit, dass sich hinter dem Killer, der ihn seit Washington so unnachgiebig verfolgte, ein Bekannter aus längst vergangenen Tagen verbarg. Noch dazu einer, den er damals als seinen besten Freund betrachtet hatte.

»Bist du es wirklich?«

»Allerdings.« Gallaghers Stimme verriet keine Regung.

Vergeblich suchte Ismael nach etwas, woran er sich festhalten konnte. Dass Frankie nach all den Jahren noch am Leben war, war absolut unmöglich. Andererseits war es die Antwort darauf, dass jener unsichtbare Killer, der sie so hartnäckig verfolgte, Ismael auf eigenartige Weise vertraut erschienen war …

»Aber wie … wie kann das sein?«, fragte er hilflos. »In jener Nacht, damals … haben sie dich abgeholt …«

»Das ist wahr.«

»Sie sagten, du hättest gegen die Regeln verstoßen, und dass sie dich deshalb *entfernt* hätten.«

»Auch das entspricht der Wahrheit – wenn auch nur zur Hälfte«, antwortete Gallagher. »In Wirklichkeit, Ismael, war ich besser als jeder Einzelne von euch. Man hat mich ausgewählt, um mich zum *Demon* ausbilden zu lassen.«

»Zum *Demon*? Du … warst im Hades?« Ismael schauderte. Er war niemals selbst dort gewesen, aber was er über die Killerschmiede des Ordens gehört hatte, war schlimm genug. Ein Ort, an dem man aus Menschen Maschinen machte, gewissenlose Mörder, die jedweden Befehl ohne Zögern ausführten. In der Unterwelt, hieß es, ging der letzte Rest Menschlichkeit verloren, der den Unsichtbaren geblieben war. In Frank Gallaghers Fall schien dies zuzutreffen.

»Ich gehöre zur Elite unserer Rasse und bin stolz darauf«, gab er bekannt. »Meine Begabung und mein Wille haben mich zu dem gemacht, was ich bin.«

»Nein«, widersprach Ismael entschieden. »*Die Grauen* haben dich zu dem gemacht, was du bist. Die Grauen und ihre willigen Diener, die das letzte bisschen Menschlichkeit aus dir …«

»Schweig, verdammter Rebell!«, fuhr Gallagher ihn an. »Du weißt nicht, was du redest!«

»Ich soll nicht wissen, wovon ich rede?« Ismael trat zwei Schritte auf ihn zu. Ihm war klar, dass er dabei jede Vorsicht außer Acht ließ. Aber Frank Gallagher schien die seelischen Qualen, die er seinem ehemaligen Kameraden zufügte, zu sehr zu genießen, um im Augenblick an einen Angriff zu denken. »Mein bester Freund wurde in eine gewissenlose Tötungsmaschine verwandelt, und ich soll nicht wissen, wovon ich rede?«

»Mein Freund willst du sein?« Gallagher ließ ein verächtliches Schnauben vernehmen. »Freunde verraten einander nicht. Sie stiften sich nicht dazu an, Dinge zu tun, die verboten sind. Und sie lassen einander nicht im Stich.«

»Ich habe dich nicht im Stich gelassen. Ich habe nach dir gefragt, jeden verdammten Tag.«

»Und das war alles?«

»Was hätte ich denn noch tun sollen?«

»Der Sache dienen, genau wie ich. Du jedoch hast dich gegen den Orden gewandt – und damit auch gegen mich!«

»Das ist nicht wahr! Dein Verschwinden war einer der Gründe, dass ich von der Akademie geflohen bin und mich dem Widerstand angeschlossen habe.«

»Um was zu tun? Mich zu rächen?«

»Vielleicht, ja.«

Gallagher lachte auf. »Die Situation entbehrt nicht einer gewissen Ironie. Die ganze Zeit über habe ich dich als Feind des Ordens gejagt mit dem Ziel, dich zur Strecke zu bringen, und nun erfahre ich, dass ich der Grund für deinen Verrat war. Ist es das, was du mir zu sagen versuchst?«

»I-ich weiß nicht, was ich sagen soll«, gestand Ismael offen. »Zu viel ist in der Zwischenzeit geschehen. Wir stehen auf verschiedenen Seiten.«

»In der Tat, und daran wird sich auch nichts ändern. Denn so wie ich dazu beigetragen habe, dass aus dir ein Verräter wurde, hast du geholfen, mich zu dem zu machen, was ich bin.«

»Was … soll das heißen?«

»Sehr einfach, Ismael. Erinnerst du dich an Kanada? An das Lagerhaus nahe Winnipeg, in das du gebracht wurdest, nachdem sie dich das dritte Mal eingefangen hatten?«

»Allerdings«, bestätigte Ismael, den die Erinnerung auch nach all diesen Jahren noch schaudern ließ. »Woher weißt du davon?«

»Ich weiß es, weil die Grauen es mir gesagt haben. Und sie haben es mir gesagt, weil jener Unsichtbare, den du damals kaltblütig getötet hast …«

»Ja?«, fragte Ismael, als Gallagher zögerte, und eine düstere Ahnung beschlich ihn.

»… mein Vater gewesen ist«, brachte Gallagher den Satz zu Ende – und Ismael wusste, dass nur einer von ihnen den Sonnenuntergang erleben würde.

Ausgrabungsstätte
1,2 km nördlich des Basislagers
9 Uhr 43 Ortszeit

»Da ist etwas!«

Paolo Genaro war auf die Knie gesunken. Die Schaufel hatte er längst gegen einen Löffel getauscht und ging äußerst behutsam zu Werke. Der Ruf eines der Gräber hatte ihn auf diese Stelle, an der er tätig war, aufmerksam gemacht, und wie es aussah, verbarg sich unter den Schichten rotbrauner Erde tatsächlich etwas.

»Hast du was gefunden?«, erkundigte sich Alex, die atemlos herbeieilte. Seit geschlagenen drei Stunden wühlten sie in der Erde, die sich jenseits des fruchtbar gemachten Landstrichs erstreckte, inmitten turmhoher Bäume, die sich dreißig, vierzig Meter hoch in den Himmel reckten und deren dichtes Blätterdach das Sonnenlicht nur in schmalen Schäften hindurchsickern ließ. Weißer Dampf stieg vom laubbedeckten Boden auf und verlieh der Szenerie etwas Unheimliches.

»Eine Scherbe!« Paolo zog ein Stück Ton aus der Erde, das in der Größe etwa seiner Handfläche entsprach. Es war ganz offensichtlich von Menschenhand geformt und wies auf seiner Außenseite eine Art Muster auf.

»Ich gratuliere!«, rief Alex voll ehrlicher Bewunderung. »Das ist der endgültige Beweis, dass hier tatsächlich einmal Menschen gelebt haben. Wir sind auf dem richtigen Weg.«

»Offensichtlich«, pflichtete Paolo ihr bei, der vom Entdeckerfieber ergriffen war. Statt sich über Alex' Anerkennung zu freuen, wühlte er weiter in der Erde und legte binnen kürzester Zeit weitere Scherben frei, die offenbar zum selben Gefäß gehörten. »Ein Wasserkrug«, vermutete er mit bebender Stimme, die seine Aufregung verriet. »Das Muster lässt sich keiner der bekannten präkolumbianischen Kulturen zuordnen …«

»… was bedeutet, dass wir an der richtigen Stelle suchen«, folgerte Alex. »Dies könnten tatsächlich die Überreste einer versunkenen Kultur sein, richtig? Einer Kultur, die von den Unsichtbaren errichtet und wieder vernichtet wurde, ganz so wie ein misslungenes Experiment.«

»Möglicherweise«, murmelte Paolo, der schon die nächsten Scherben zutage förderte.

»Aber weshalb ist weit und breit nichts davon zu sehen? Wenn diese Kultur tatsächlich so hoch entwickelt war, wie Fiorino und Carvajal behaupteten, warum stoßen wir dann auf keine Ruinen oder die Überreste von Straßen oder wenigstens …«

Paolo hatte eine einfache Erklärung parat: »Weil diese Menschen anders als etwa die Maya oder die Inka keine Gebäude aus Stein errichtet haben, Alex. Ihre Wohnhäuser, ihre Versammlungsorte, ihre Befestigungsanlagen und ihre Tempel bestanden aus Holz und anderen organischen Materialien. Im feuchten Klima des Regenwaldes hatte es nicht lange Bestand, sodass der Urwald den ihm abgetrotzten Boden rasch wieder zurückeroberte.«

»Aber wenn es tatsächlich die Unsichtbaren waren, die diesen Leuten die Zivilisation gebracht haben, wieso haben sie sie dann nicht gelehrt, wie man dauerhaftere Gebäude errichtet? Sie hätten ihnen zeigen können, wie man aus Ton Ziegeln brennt, oder nicht?«

»Das hätten sie.« Paolo blickte auf. »Es sei denn, sie hatten von Anfang an vor, diese Kultur ebenso plötzlich wieder verschwinden zu lassen, wie sie sie aufgebaut hatten.«

Alex spürte, wie sich etwas in ihrem Magen zusammenkrampfte. Paolos Schlussfolgerung war ein weiteres Indiz für die Richtigkeit ihrer Theorie. Aber der Gedanke, dass der Orden eine ganze Hochkultur errichtet und wieder vernichtet haben sollte, ließ ihn noch grausamer und ruchloser erscheinen als schon bisher. Alex schauderte und kam sich einmal mehr klein und hilflos vor angesichts der immensen Möglichkeiten, über die der Feind zu verfügen schien.

Plötzlich wurden erneut Rufe laut.

Die Gräber, die auf einer weiter westlich gelegenen Parzelle arbeiteten, schienen erneut auf etwas gestoßen zu sein. »*El doctor! El doctor!*«, riefen sie immerzu.

Alex und Paolo tauschten einen Blick, dann setzten sie sich in Bewegung. Einen der Gräber wies Paolo auf Spanisch an, die freigelegten Tonscherben zu verpacken und die Fundstelle zu markieren, daraufhin eilten sie im Laufschritt zu der Parzelle, auf der die Gräber offenbar fündig geworden waren. Anders als zuvor waren es diesmal jedoch keine Tonscherben, die die Aufmerksamkeit der *Caboclos* geweckt hatten.

»*¿Qué ocurre?*«, fragte Paolo, als sie die betreffende Stelle erreichten. Die Arbeiter hatten eine etwa metertiefe Grube ausgehoben, deren Grund von feuchter Erde bedeckt war. Von einem Fund war weit und breit nichts zu sehen.

»*Aquí, aquí!*«, rief einer der Männer und rammte seinen Spaten senkrecht in den Boden, woraufhin ein metallisches Geräusch zu hören war.

»Was war das?« Erneut tauschten Alex und Paolo einen verblüfften Blick.

Der Arbeiter stieß das Blatt seines Spatens noch einmal in die Erde und erneut gab es einen hellen metallischen Klang.

»Freilegen, sofort!«, wies Paolo die Männer an, worauf sich diese sogleich an die Arbeit machten. Mit Rechen und Besen wurde der Boden der Grube bearbeitet und tatsächlich kam nach wenigen Augenblicken eine metallene Oberfläche zum Vorschein.

Stahl.

Er war uralt und rostig, dennoch war klar, dass dieses Metall nicht von jener geheimnisvollen Zivilisation stammen konnte, deren Spuren rings im Erdreich verstreut lagen. Sollten die Unsichtbaren hier eine weitere Spur hinterlassen haben?

Alex spürte, wie sich ihr Pulsschlag beschleunigte. Mit vielem hatte sie gerechnet, aber ganz sicher nicht damit, auf einen so auffälligen Fund zu stoßen. Welchem Zweck die im Boden versenkte Stahlplatte gedient haben mochte, war noch nicht festzustellen, doch allein ihre Existenz war schon eine Sensation.

Paolo schien es genauso zu sehen. »Vorsichtig, ganz vorsichtig«, wies er die Arbeiter an und Stück für Stück schälte sich der Fund aus dem Erdreich.

Die Platte hatte eine runde Form, bei einem Durchmesser von knapp zwei Metern. Soweit der Rost es noch erkennen ließ, war die Oberfläche einst völlig glatt gewesen, bis auf eine Kerbe, die die Scheibe genau in der Mitte durchlief – und die Paolo im nächsten Moment zu einer überraschenden Folgerung brachte.

»Das Ding besteht aus zwei Hälften!«, rief er aus. »Es lässt sich öffnen!«

»Was?«, fragte Alex.

»E-ein Schott oder etwas Ähnliches«, stammelte Paolo, der sich auf die Knie niederließ und sowohl das rostige Metall als auch die Kerbe mit der Hand betastete. »Darunter scheint sich ein Schacht oder etwas Ähnliches zu befinden.«

»Ein Schacht? Du meinst …« Alex wusste nicht, ob einer der Arbeiter Englisch verstand, deswegen schwieg sie vorsichtshalber. Paolo schien auch so zu wissen, was sie sagen wollte.

»Ruhig«, mahnte er. »Noch wissen wir es nicht mit Bestimmtheit. Es könnte auch ein Bunker sein oder …«

»Ein Bunker? Mitten im brasilianischen Regenwald?«

Paolo winkte ab. Auch er schien dieser Theorie keine große Wahrscheinlichkeit beizumessen.

Die Wirklichkeit sah anders aus.

Keiner von ihnen sprach es aus, aber es war offensichtlich, dass sie unversehens auf den vielleicht sensationellsten archäologischen Fund in der Menschheitsgeschichte gestoßen waren. Denn was immer sich dort in der Tiefe befand, es lieferte möglicherweise den entscheidenden Beweis dafür, dass die Menschheit im Lauf ihrer Geschichte unzählige Male Opfer gezielter Manipulation geworden war.

Durch die Unsichtbaren …

»Wir müssen das Schott öffnen.« In Paolos Augen loderte feuriger Entdeckerdrang. »Wir müssen wissen, was sich dort unten befindet.«

»Verstanden«, erwiderte Alex betont sachlich, obgleich sie vor Anspannung fast zersprang. »Ich werde sofort unseren Mittelsmann in Manaus kontaktieren. Wir brauchen Schneidbrenner und die entsprechende Ausrüstung.«

25.

Ich erinnere mich an den Tag, an dem ich zum ersten Mal das Hauptquartier betrat, als wäre es gestern gewesen. Obwohl sich alles real vor meinen Augen abspielte, konnte ich kaum glauben, was ich sah.

Man hatte mich gelehrt, dass sich die Angehörigen des Innersten Zirkels verborgen hielten, dass die genaue Lage ihrer Zentrale nicht einmal Unsichtbaren der zweiten Generation bekannt sei – doch da war ich, ein Spross der dritten Generation, der soeben erst das Ultimat bestanden und ein Demon geworden war. Wem ich dies zu verdanken hatte, wusste ich nicht. Der Anruf hatte mich erreicht, kurz nachdem ich aus Moskau zurückgekehrt war, wo ich meinen ersten Auftrag im Dienst der Grauen ausgeführt hatte. Obwohl die Mission nur teilweise ein Erfolg gewesen war, wurde mir die höchste Ehre zuteil, die einem Diener des Ordens erwiesen werden konnte.

Ich wurde ins Hauptquartier berufen …

Schon an der Akademie, erst recht jedoch in jenen Tagen, die ich in den Tiefen des Hades verbrachte, um schließlich gestärkt und voller Energie ans Licht zurückzukehren, hatte ich von den Wundern gehört, zu denen die Grauen fähig waren, von ihrer Macht, die Wirklichkeit zu beeinflussen und den Dingen Gestalt zu geben. Was ich jedoch zu sehen bekam, übertraf all meine Erwartungen.

Durch weite Korridore gelangte ich zu einem Aufzug, der

mich in die Tiefe trug, weiter hinab, als ich je zu träumen gewagt hätte. Die Kälte nahm zu und mit ihr die Ehrfurcht, die ich verspürte. Schon seit ich zurückdenken konnte, hatte ich Stolz darüber empfunden, Teil von etwas zu sein, das den Lauf der Welt geprägt hatte und es auch in Zukunft tun würde – niemals jedoch habe ich die Macht des Ordens so deutlich gespürt wie in diesem Augenblick.

Der Lift hielt an.

Die Türen öffneten sich und ich trat hinaus in einen abgedunkelten Raum, durch dessen gläserne Rückwand mir die Tiefe entgegenstarrte. Und erstmals seit jenem Tag an der Akademie, an dem ich dazu ausersehen worden war, einem größeren Schicksal zu dienen, stand ich wieder jenem geheimnisvollen, in einen grauen Mantel gekleideten Gönner gegenüber, den mein Vater ehrfurchtsvoll als »Nummer 8« bezeichnete.

»Gallagher«, sagte die ältlich klingende Stimme, der das Sprechen hörbar Mühe bereitete. Ich wusste inzwischen, wer die Grauen waren und welches Opfer sie auf sich genommen hatten, um die Gabe der Unsichtbarkeit zu empfangen, und mein Respekt und meine Achtung waren ins Unermessliche angewachsen.

»Sir.« Ich straffte meine Haltung. »Agent Gallagher tritt wie befohlen seinen Dienst an.«

»Ihr Vater hat nicht zu viel versprochen«, drang es anerkennend unter dem Hut und der Spezialbrille hervor. »Sie haben sich gegen alle Widerstände durchgesetzt und gezeigt, was in Ihnen steckt.«

»Danke, Sir.«

»Und Ihren ersten Auftrag haben Sie erfolgreich hinter sich gebracht.«

»Nicht ganz, Sir«, räumte ich ein.

»Keine falsche Bescheidenheit, Gallagher. Sie haben getan, was Sie konnten. Dass sich der gefangene Rebell als so widerstandsfähig erweisen würde, war nicht vorauszusehen. Wichtig ist nur, dass Sie kein Problem damit hatten, alles nur Denkbare zu tun, die Zielperson zum Reden zu bringen und sie anschließend zu beseitigen.«

»Wir befinden uns im Krieg, Sir«, lautete meine lapidare Antwort. »Jeder Krieg fordert Opfer.«

»Sehr gut.« Nummer 8 schleppte sich mühsam um den großen Schreibtisch und ließ sich in den breiten Sitz aus schwarzem Leder fallen, der seinem deformierten Körper angepasst war. »Wie würde es Ihnen gefallen, Gallagher, mein persönlicher Vertrauter und Adjutant zu werden?«

»Sir?« Ich glaubte, nicht recht zu hören. »Aber … ich bin ein Demon, *Sir …«*

»Und genau deswegen benötige ich Ihre Dienste. Als Beauftragter für Sicherheitsfragen sehe ich mich gelegentlich in der Zwangslage, gewisse … Korrekturen vornehmen zu müssen, für deren Ausführung ich einen absolut vertrauenswürdigen Agenten benötige. Würden Sie gern dieser Agent sein, Gallagher?«

»Ja, Sir«, antwortete ich ohne Zögern. »Es wäre mir eine Ehre.«

»Ich habe nichts anderes erwartet«, versicherte Nummer 8. »Im Fall einer Ablehnung hätte ich auch Ihre Exekution befehlen müssen. Nur wenigen ist es vergönnt zu sehen, was Sie im Augenblick zu sehen bekommen, mein junger Freund.«

»Das ist mir klar, Sir«, versicherte ich, während ich mein Glück noch immer nicht fassen konnte.

»Vergessen Sie es niemals und halten Sie sich stets an das, was Ihnen beigebracht wurde. Dann können Sie es innerhalb des Ordens weit bringen, Gallagher.«

»Ich verstehe, Sir«, erwiderte ich und straffte mich. Ich fühlte mich überlegen und stark. Das Bewusstsein, meine wahre Bestimmung gefunden zu haben, erfüllte mich. »Darf ich Sie dennoch etwas fragen?«

»Nur zu.«

»Warum haben Sie mich ins Hauptquartier berufen, Sir? Ich dachte, mein Vater habe jene Stelle inne, die Sie mir …«

»Offensichtlich«, fiel Nummer 8 mir ins Wort, »wissen Sie es noch nicht.«

»Wovon sprechen Sie, Sir?«

»Ich spreche davon, dass Ihr Vater vor wenigen Tagen bei einem Einsatz in Kanada getötet wurde.«

»Sir?«

»Er hatte von mir den Auftrag erhalten, einen Verräter zu fassen und zu verhören, der sich dem Widerstand anschließen wollte. Offenbar ist es dem Delinquenten jedoch gelungen, sich zu befreien und Ihren Vater zu töten.«

»I-ich verstehe, Sir.«

»Sie sollten sich jetzt nicht von Emotionen verwirren lassen. Emotionen sind schädlich. Wie Sie schon sagten, Junge: Es herrscht Krieg dort draußen. Ihr Vater hat seine Pflicht erfüllt und ist im Kampf für eine gerechte Sache in diesem Krieg gefallen.«

»Ja, Sir«, bestätigte ich und gab mir alle Mühe, mir meinen Zorn und meine Trauer nicht anmerken zu lassen. Denn obwohl ich meinen Vater erst so spät kennengelernt und obgleich er mir unsäglichen physischen Schmerz zugefügt hatte, fühlte es sich an, als wäre mit ihm auch ein Teil von mir gestorben. »Wie ist der Name des Delinquenten?«

»Das tut nichts zur Sache.«

»Wie ist sein Name?«, wiederholte ich eindringlich.

»Wieso interessiert Sie der? Der Drang nach Vergeltung ist eine Emotion, Gallagher. Lassen Sie nicht zu, dass Gefühle Ihr Denken und Handeln bestimmen. Denn in diesem Moment wären Sie wertlos für uns.«

Der Graue hatte recht – natürlich.

Ich durfte mich nicht von Gefühlen leiten lassen, musste darauf vertrauen, dass der Orden geeignete Maßnahmen ergreifen würde, um den Mörder meines Vaters ausfindig zu machen und ihn zur Rechenschaft zu ziehen, auch wenn im Augenblick alles in mir nach blutiger Rache schrie. Es war nicht der Weg, den man mich gelehrt und auf dem mein Vater mich ein Stückweit begleitet hatte.

»Ich möchte den Namen wissen«, erwiderte ich deshalb leise und meine Stimme bebte vor mühsam unterdrücktem Zorn, »damit ich stets daran denke, wofür wir kämpfen und was unser Auftrag ist.«

»Und Sie werden nicht versuchen, den Mörder zu finden und ihn zu bestrafen?«

»Nein, Sir.«

»Würden Sie das beschwören?«

»Bei meiner Ehre, Sir.«

»Nun gut. Denn wissen Sie, es liegt eine gewisse Ironie darin, dass Sie den Täter nicht nur kennen, sondern er Ihnen offenbar auch einst recht nahe stand. Sie sind zusammen mit ihm auf der Akademie gewesen. Sein Name ist Parker …«

»Jack«, entfuhr es mir voller Entsetzen.

»Sie erinnern sich also an ihn«, sagte Nummer 8 in einem Tonfall, aus dem ich eine leise Anklage herauszuhören glaubte. »Es ist ein Beweis meines Vertrauens, dass ich Ihnen den Namen genannt habe, Mr. Gallagher. Vergessen Sie niemals, was Ihr Vater Sie gelehrt hat.«

Ich straffte mich und nahm Haltung an – so schien es leichter zu sein, die Trauer und den Verlust zu ertragen. »Das werde ich nicht, Sir«, versprach ich. »Niemals …«

Kolosseum, Rom
16 Uhr 18 Ortszeit

Ismael spürte einen Windhauch – jene kaum merkliche Regung der Luft, die der Attacke eines Unsichtbaren vorauszugehen pflegte. Gewöhnliche Menschen hatten keine Chance, sie zu bemerken, geschweige denn, entsprechend zu handeln. Der *iter invisibilium* jedoch lehrte, auch die kleinsten Veränderungen der Umgebung wahrzunehmen und darauf zu reagieren.

Blitzschnell ließ sich Ismael nach hinten fallen, und das keinen Augenblick zu früh. Die Faust, die nach seiner Kehle zielte, zuckte über ihn hinweg ins Leere.

Geschmeidig rollte sich Ismael ab und wollte sofort wieder auf die Beine kommen. Die Tatsache, dass er sich auf dem schmalen Mauerkranz befand, der die Westseite des Amphitheaters krönte, brachte sich jedoch jäh in Erinnerung, als Ismaels linker Fuß ins Leere trat. Durch Verlagerung seines Gewichts gelang es ihm, dem Sturz in die gähnende Tiefe zu entgehen – aber schon holte sein Gegner zu einer weiteren Attacke aus.

Der Fußtritt explodierte an Ismaels Schläfe und ließ ihn für einen Moment dunkle und helle Flecke sehen. Er war für einen Augenblick benommen, den sein erbarmungsloser Gegner zu nutzen versuchte.

Frank Gallagher griff erneut an, aber diesmal erahnte Ismael die Attacke. Mit einer Folge blitzschneller Abwehrschläge blockte er sie ab, und indem er dann ganz plötzlich unter den Schlägen seines Gegners hinwegtauchte, gelang es ihm, von der Mauerkante wegzukommen.

»Du bist gut«, zischte es vor ihm aus dem Nichts.

»Wir hatten dieselben Lehrer«, brachte Ismael keuchend in Erinnerung.

»Bilde dir nichts ein. Du hast keine Ahnung, wo ich gewesen bin und was für Lehrer ich hatte.«

Gallagher beging den Fehler, noch während er sprach die nächste Attacke zu führen. Dadurch konnte Ismael seinen Gegner leicht lokalisieren.

In einer fließenden Bewegung wich er aus, kreiselte herum und ging erstmals zum Gegenangriff über. Sein Fußtritt erwischte Gallagher im Rücken und warf ihn bäuchlings zu Boden.

Wäre es ein anderer Kontrahent gewesen, hätte Ismael sofort nachgesetzt. Die oberste Regel im Kampf mit einem Unsichtbaren lautete, dass keine Gnade gewährt wurde. Der Feind war erst dann bezwungen, wenn kein Leben mehr in ihm war.

Aber Ismael konnte es nicht.

Nicht bei diesem Gegner.

»Was denn?«, erkundigte sich Gallagher spöttisch, während er sich wieder auf die Beine katapultierte. »Solltest du etwa Skrupel haben, über mich herzufallen? Nachdem du mir alles genommen hast, was mir je etwas bedeutete?«

»Ich habe dir nichts genommen, Frankie.«

»Ach nein? Was ist mit meinem Vater? Du hast ihn getötet! Mit deinen eigenen Händen!«

»Das ... glaube ich nicht«, stammelte Ismael hilflos. Konnte es wirklich sein, dass ausgerechnet jener Unsichtbare, der erste, den er je getötet hatte, Frank Gallaghers

Vater gewesen war? Dass ihm das Schicksal einen solchen Streich gespielt hatte?

Gallagher wartete nicht ab, bis sich Ismaels Überraschung gelegt hatte. Mit einem weiten Satz federte er durch die Luft und trieb den Gegner mit einer Serie vernichtender Schläge vor sich her. Ismael wehrte die furchtbaren Attacken ab, musste aber immer weiter zurückweichen, auf den Abgrund zu.

»Ich wollte deinen Vater nicht töten!«, rief er. »Aber er hat mir keine andere Wahl gelassen. Es war Notwehr! Er oder ich …«

»Du!«, scholl es ihm hasserfüllt entgegen und im nächsten Moment traf ihn ein Stoß direkt vor dem Leib, der so hart war, dass ein hässliches Knacken aus Ismaels Brustkorb drang.

Er taumelte zurück und balancierte im nächsten Moment direkt auf der Kante, wo der Mauerkranz jäh acht Meter abfiel. Ismael spürte, wie er das Gleichgewicht verlor. Wissend, dass ihn vor dem Sturz in die Tiefe nichts bewahren konnte, stieß er sich mit beiden Beinen ab – und beschrieb einen Rückwärtssalto durch die Luft.

Eine weitere Regel auf dem Weg der Unsichtbaren besagte: *Der Wanderer bestimmt die Strecke, nicht umgekehrt. Die Schnelligkeit der Reaktion entscheidet.*

Zweimal drehte sich Ismael in der Luft, dann landete er ebenso hart wie schmerzhaft auf dem weiter unten gelegenen Mauersegment. Wie ein Insekt kam er auf allen vieren auf, um den Sturz abzufangen – auch dies eine Technik, die der *iter invisibilium* lehrte –, den Blick zum Gegner gewandt, der ihn schon im nächsten Augenblick wieder attackierte.

Allerdings griff Gallagher diesmal nicht wieder direkt an.

Die Spuren, die Ismael bei seinem unfreiwilligen Sprung hinterlassen hatte – der Luftzug, das Geräusch des Auftreffens bei der Landung, der von ihm aufgewirbelte Staub –, genügten dem *Demon*, um festzustellen, wo sich sein ehemaliger Freund befand. Und von seinem hohen Posten aus warf er mit einem Steinbrocken nach ihm, der aus dem Mauerwerk gebrochen war.

Im letzten Moment gelang es Ismael, sich zur Seite zu wälzen. Dabei kam er dem Rand erneut so nahe, dass er fast ein weiteres Mal gestürzt wäre.

Sein Gegner bewarf ihn mit weiteren Trümmerstücken, die ihn nur um Haaresbreite verfehlten, am Mauerwerk zerbrachen und in die Tiefe prasselten, was freilich nicht unentdeckt blieb.

Aus dem Augenwinkel erheischte Ismael einen Blick auf den Vorplatz. Die Polizei hatte inzwischen eine Absperrung um den Leichnam des zu Tode gestürzten Mannes errichtet, um die sich die Schaulustigen in Massen drängten. Als die Menschen bemerkten, dass auf den Mauern des Amphitheaters weiterhin etwas vor sich ging, breitete sich erneut Unruhe aus.

Was würden die Menschen denken? Wie sich Steine erklären, die allen Gesetzen der Schwerkraft zum Trotz wie von Geisterhand geworfen durch die Luft flogen? Ismael wusste es nicht und ihm blieb auch keine Zeit, darüber nachzudenken. Denn nachdem sein Tun nicht den gewünschten Erfolg gebracht hatte, griff Gallagher wieder direkt an. Mit einem Sprung zurück brachte sich Ismael in Sicherheit, einen Sekundenbruchteil, ehe sein Gegner vor ihm landete und ihn erneut mit einer blitzschnellen Folge wüster Attacken überzog.

Ismael setzte sich zur Wehr, so gut er konnte, aber er

kam nicht umhin, sich einzugestehen, dass sein ehemaliger Freund ihm sowohl an Technik als auch an Körperkraft überlegen war. Wo immer Frankie in all den Jahren gewesen war, er hatte viel gelernt.

Erneut wurde Ismael an die Kante zurückgedrängt. Mit dem Rücken zum gähnenden Abgrund stehend, behauptete er sich wacker, was ihn jedoch seine ganze Konzentration und Aufmerksamkeit kostete.

»Was werden die Leute wohl sagen, wenn plötzlich ein zweiter Leichnam buchstäblich aus dem Himmel fällt?«, fragte der *Demon* höhnisch.

Ismael begriff, dass der Hass seines Gegners dessen Vernunft bei Weitem überwog. Was Ismael auch sagen oder tun würde, es würde Frank Gallagher nicht aufhalten. Er hatte nichts anderes im Sinn, als seinen ehemaligen Freund zu töten. Er war über Leichen gegangen, um diese Konfrontation herbeizuführen, hatte sie um jeden Preis gewollt. Da es endlich so weit war, gab es kein Zurück mehr.

Ihre Freundschaft existierte nicht mehr – wenn es sie überhaupt je gegeben hatte. Unter dem Bombardement der Schläge, mit denen sein Gegner ihn eindeckte und sein Ende herbeizuführen suchte, fragte sich Ismael, ob er sich all die Jahre etwas vorgemacht hatte. Vielleicht war ihre Freundschaft nur Illusion gewesen, hatte er nur das empfunden, was er hatte empfinden wollen.

»Du hast gelogen, nicht wahr?«, rief Gallagher. »Es gibt gar keine Scharfschützen. In Wahrheit bist du ganz auf dich gestellt.« Er lachte, als Ismael eine Antwort schuldig blieb. »Das ist auch besser so. Dies ist eine persönliche Angelegenheit zwischen dir und mir – und das Kolosseum ist der ideale Ort, um sie beizulegen. Schon früher haben hier Duelle stattgefunden, die nur einer der Kontrahenten überlebte.«

»Ich will dich nicht töten, Frankie!«, stieß Ismael hervor und führte einen Befreiungsschlag durch, mit dem er sich ein wenig Luft verschaffte.

»Daran siehst du, wie unterschiedlich wir sind«, entgegnete Gallagher hasserfüllt. »Ich kann es nämlich kaum erwarten, dich tot zu sehen!«

Damit warf er sich nach vorn, erneut so unvorsichtig, seine Bewegung durch Sprache zu verraten. Diesmal jedoch wurde ihm seine Überheblichkeit zum Verhängnis.

Ismael, der seinen Gegner zum finalen Angriff gereizt hatte, sprang zur Seite, als sich Gallagher mit dem ganzen Gewicht seines Körpers auf ihn werfen wollte, und die Attacke ging fehl. Statt das Brustbein des Gegners zu zerschmettern, zuckten Gallaghers Fäuste ins Leere.

Die Wucht, die der *Demon* in den Stoß gelegt hatte, war zu groß, als dass er sie noch hätte abfangen können. Gallagher hatte seinen ganzen Hass, seinen Zorn und seine Rachsucht in den Angriff gelegt. Er verlor das Gleichgewicht und im nächsten Moment verschluckte ihn der Abgrund, zu dem Ismael soeben noch mit dem Rücken gestanden hatte.

Atemlos fuhr Ismael herum, suchte nach Hinweisen, mit denen sich der Sturz seines Kontrahenten verfolgen ließ.

Gallagher gab keinen Laut von sich. Genau wie zuvor Ismael hatte auch er blitzschnell reagiert. Staub wölkte auf, als er am äußersten Rand des noch einige Meter tiefer gelegenen Mauerkranzes auftraf. Blitzschnell hatte er während des Sturzes eine Mauerkante ergriffen und sich auf den Kranz geschwungen. Weder war er tot noch schwer verletzt, aber er war erst mal groggy und diese Sekunden nutzte Ismael zur Flucht.

Die Angelegenheit musste beigelegt werden, endgültig.

Aber nicht an diesem Ort und zu diesem Zeitpunkt …

Über die Mauerreste, die einst die Zuschauerränge und die unterirdischen Katakomben des Amphitheaters gestützt hatten, wo die Tiere und Gladiatoren auf ihren Einsatz in der Arena gewartet hatten, setzte Ismael hinab, dabei seinerseits eine Spur aus Staub hinterlassend, von der er sicher war, dass sein Kontrahent sie verfolgen würde.

Für einen Moment glaubte er, im Gewirr der Stimmen, die von der *piazza* herüberdrangen, Gallaghers heiseres Schreien zu vernehmen, der ihm bittere Rache schwor, doch der Lärm der umgebenden Straßen verschluckte es.

Ismael erreichte die unterste Sektion und von dort aus den Erdboden. Ein Schauer der Erleichterung durchrieselte ihn. Am Kolosseum entlang, dessen imposante Pfeiler zu seiner Rechten aufragten, rannte er nach Norden, vorbei an den Souvenirständen, die dort aufgebaut waren, die jedoch keine Kundschaft hatten, weil sich die Menschen auf der anderen Seite des Platzes versammelt hatten.

Einer jähen Eingebung gehorchend, riss Ismael im Laufen ein Regal mit Landkarten und Reiseführern mit, kippte einen Tisch mit kleinen Kolosseum-Repliken aus Porzellan um und warf reihenweise bunte T-Shirts mit der Aufschrift »Roma« hoch in die Luft. Die Verkäufer an den Ständen verfielen in aufgebrachtes Geschrei, als sie ihre Waren davonfliegen sahen, wussten jedoch nicht, gegen wen sie ihre Wut richten sollten.

Im nächsten Augenblick war der Spuk vorbei.

Ismael hatte die Stände passiert und den Eingang zur *Metropolitana* erreicht. Er konnte nur hoffen, dass die Spur, die er gelegt hatte, nicht *zu* deutlich gewesen war.

Ausgrabungsstätte
1,2 km nördlich des Basislagers
11 Uhr 04 Ortszeit

Binnen kürzester Zeit waren ein Schneidbrenner und Stemmwerkzeuge sowie zwei Ausrüstungen für Höhlenerkundungen aus Manaus geliefert worden. Dennoch war Alex das Warten beinahe endlos erschienen. Ununterbrochen hatte sie sich gefragt, worauf sie dort im Dschungel wohl gestoßen sein mochten. War es tatsächlich der Zugang zu einer geheimen Basis des Ordens? Hatten die Unsichtbaren in diesem Dschungel ihre Spuren hinterlassen?

Keiner von ihnen wusste, was sie jenseits des geheimnisvollen Schotts erwartete. Paolo Genaro hatte den Ort weiträumig absperren lassen; nur Alex und zwei ausgesuchte Arbeiter waren anwesend, als er die Schutzmaske überzog und den Stahl der Luke mit dem Schneidbrenner zu bearbeiten begann. Die übrigen *Caboclos* hatte er angewiesen, die Ausgrabungsarbeiten auf den anderen Parzellen fortzusetzen. Je weniger von der Sache erfuhren, desto besser.

Die weiße Flamme biss sich durch den Stahl und Paolo schnitt eine kreisförmige Öffnung, die groß genug war, um hindurchzuschlüpfen. Als er den Kreis, den er ins Metall schnitt, abgeschlossen hatte und beide Enden sich trafen, stellte er den Schweißbrenner ab, stand auf und trat drei-, viermal auf das Metallstück. Es brach heraus, fiel in die Tiefe.

Augenblicke lang war nichts zu hören.

Dann ein lauter Aufschlag.

In der Öffnung war nur teerige Schwärze zu erkennen.

»Ein Schacht«, stellte Paolo fest.

»Also?«, fragte Alex.

»Sehen wir's uns an.«

Einer der beiden Arbeiter schüttete Wasser aus dem nahen Fluss auf die noch rauchenden Ränder des Metalls, um es abzukühlen. Unterdessen legten Alex und Paolo die Gurte der Kletterausrüstung an. Eine Umlenkrolle wurde am Rand der Öffnung angebracht, um zu verhindern, dass sich das Seil am rostigen Metall aufscheuerte und riss.

Paolo bestand darauf, der Erste zu sein, der sich in die ungewisse Tiefe hinabließ. Einen Schutzhelm mit einer Stirnlampe auf dem Kopf, zwängte er sich durch die Öffnung und ließ sich am Seil hinuntergleiten. Von oben aus konnte Alex sehen, wie der Lichtschein der Lampe einen runden Schacht ausleuchtete. Die Betonwand war an einigen Stellen rissig, sodass Feuchtigkeit eingedrungen war, und hin und wieder hatten sich auch Stränge von Wurzelwerk durch Spalten gezwängt und hingen lose in die Tiefe.

»Alles in Ordnung?«, rief Alex hinab. Der Widerhall ihrer Stimme war dumpf und unheimlich.

»Ja«, kam es zurück. »Der Schacht ist an die fünfzehn Meter tief. Ich kann jetzt den Boden sehen!«

»Sei vorsichtig«, rief sie. Dumpfe Furcht, deren Ursprung sich nicht genau benennen ließ, hatte sie erfasst, seit sie das Schott geöffnet hatten, so als wäre eine unheimliche Aura aus dem Schacht gedrungen. Unwillkürlich dachte sie an eine Pharaonengruft, die man öffnete und damit einen Fluch entließ.

»Keine Sorge«, drang es herauf. »Ich bin jetzt unten. Gut, dass Trockenzeit herrscht, sonst wäre hier alles überschwemmt. Ich mache mich vom Seil los!«

»Verstanden«, gab Alex zurück.

Die beiden Arbeiter holten das Seil ein und machten es an ihrem Gurtzeug fest. Dann war die Reihe an ihr, sich in den finster drohenden Schacht hinabzulassen.

Am Rand der Öffnung sitzend, die Beine über dem gähnenden Abgrund baumelnd, nahm sie den Atem der Vergangenheit auf, der ihr aus der Tiefe entgegenstieg.

Für einen Augenblick befiel sie Panik bei dem Gedanken, sich in den engen Schacht zu zwängen, in das ungewisse Halbdunkel, aber schon kurz darauf hatte sie sich wieder unter Kontrolle. Sie nickte den Arbeitern zu und im nächsten Moment ließ auch sie sich in die Tiefe gleiten und sank nach unten, Stück für Stück, Meter für Meter.

Vorbei ging es an wucherndem Wurzelwerk. Nichts schien der urwüchsigen Kraft des Dschungels auf Dauer standhalten zu können, nicht einmal massiver Beton. Ein eigenartiger Geruch schlug Alex aus der Tiefe entgegen und einen Augenblick lang hegte sie die Befürchtung, es könnten sich giftige Dämpfe oder Gase in dem Schacht entwickelt haben. Schon im nächsten Moment jedoch gab ihr Verstand Entwarnung. Dass sie diesen eigenartigen Geruch in der Nase hatte, schien vielmehr an ihrem Zustand zu liegen. Überhaupt hatte sie seit einigen Tagen das Gefühl, ihre Umwelt mit viel schärferen Sinnen wahrzunehmen als zuvor. So, sagte sie sich, musste es wohl sein, wenn man den Weg der Unsichtbaren beschritt.

Paolo erwartete sie am Grund des Schachts. Er reckte ihr die Hände entgegen und sorgte dafür, dass sie sanft aufkam. Dann machte er sie vom Seil los und gab ihr eine der Taschenlampen, die weiter reichten als der Schein der Stirnlampen.

Er leuchtete hin zu einem Stollen, der horizontal tief in die Erde führte, und sie schritten darauf zu.

Die Stollenwände bestanden nicht aus Beton, sondern waren mit Metall verkleidet, das an vielen Stellen von Rost überzogen war. Mit einem argwöhnischen Blick prüfte Paolo die Decke. Konstruktion und Statik schienen noch intakt, sodass sie es wagen konnten, den Gang zu betreten. Der Stollen war an die eineinhalb Meter breit, jedoch so niedrig, dass Alex und Paolo die Köpfe einziehen mussten. Der Boden war von getrocknetem Schlamm bedeckt, Spinnweben hingen in weißlichen Fetzen von der Decke.

Langsam arbeiteten sich die beiden Eindringlinge voran, bis Alex plötzlich etwas entdeckte. »Sieh dir das an«, sagte sie und erschrak über ihre eigene Stimme, die ihr als Echo entgegenhallte.

»Hast du was gefunden?«

»Ich denke schon.« Mit dem Lichtkegel ihrer Lampe deutete sie auf ein Objekt am Boden. Es war eine runde Metallplatte, deren Durchmesser schätzungsweise drei Handbreit betrug. Wie die Wände des Stollens war auch sie von Roststellen übersät. Dennoch war noch zu erkennen, dass sie beschriftet war.

»Ich denke, das ist eine Hinweistafel oder etwas Ähnliches gewesen«, stellte Alex fest, die sich auf die Knie niedergelassen hatte, um das Objekt zu untersuchen. »Allerdings kenne ich diese Schriftzeichen nicht.«

»Zeig mal her.« Paolo ging neben ihr in die Hocke und nahm die Platte ebenfalls in Augenschein. »Wirklich seltsam. Ich kenne ein Dutzend verschiedener alter Schriften, von der sumerischen Keilschrift bis zur karolingischen Minuskel. Aber diese Schrift ist auch mir völlig unbekannt.«

»Vielleicht sind es asiatische Schriftzeichen«, schlug Alex

vor und griff nach der Digitalkamera, die sie in einer der Beintaschen ihrer Hose bei sich trug. »Ich werde eine Aufnahme davon machen. Vielleicht kann Dr. Kwon uns weiterhelfen.«

Das Blitzlicht des Fotoapparates erhellte den Korridor und sorgte dafür, dass die Schwärze für einen Augenblick blendender Helligkeit wich. Das Ende des schnurgeraden Ganges war jedoch nicht auszumachen.

Sie setzten ihren Weg fort und gingen weiter durch den Stollen, den seit Jahrhunderten kein Mensch mehr betreten haben mochte. Ob sich überhaupt jemals ein Angehöriger der sichtbaren Welt hier aufgehalten hatte, war zudem mehr als fraglich. Inzwischen hegte Alex keinen Zweifel mehr daran, dass die Unsichtbaren diesen Ort errichtet hatten. Es war völlig ausgeschlossen, dass es die Angehörigen jener alten Dschungelkultur gewesen waren, von der Gaspar de Carvajal in seinem Tagebuch berichtet hatte. Und die Tatsache, dass das Metall derart angegriffen war, legte die Vermutung nahe, dass diese Anlage schon seit langer Zeit existierte.

Seit Jahrhunderten …

Sie drangen weiter vor und endlich erfuhren sie den Grund dafür, dass das Ende des Stollens nicht zu erkennen war: Der Gang führte auf einmal schräg in die Tiefe. Nebenkorridore oder Stollen, die auf den Hauptgang mündeten, gab es nicht.

»Möglicherweise«, vermutete Alex, »ist die Luke, die wir gefunden haben, eine Art Notausstieg gewesen.«

»Möglich«, räumte Paolo ein. »Aber wovon? Welchem Zweck hat diese Anlage hier einst gedient?«

»Kannst du ihr Alter ungefähr schätzen?«

»Einfach so lässt sich das nicht sagen. Wir könnten Materialproben entnehmen und mit Hilfe der C14-Methode eine Datierung versuchen. Aber ich weiß nicht, ob …«

Er brach mitten im Satz ab.

»Was ist?«, erkundigte sich Alex. Reflexartig griff sie zu der Waffe, die sie im Holster an ihrem Gürtel trug, und erschrak fast ein wenig über ihre eigene Reaktion.

»Dort vorn ist der Gang zu Ende«, flüsterte Paolo. »Scheint in eine Art Gewölbe zu münden.«

Alex hielt den Atem an.

Würden sie nun erfahren, was es mit dieser unterirdischen Anlage auf sich hatte? Würde sich ihnen das Geheimnis offenbaren und sie vielleicht das Wissen erlangen, das sie brauchten, um die Welt vor dem Zugriff des Ordens zu bewahren?

Ihr Puls beschleunigte sich, das Herz schlug ihr bis zum Hals. Vergeblich versuchte sie, einen Blick an Paolo vorbei zu erheischen, doch die drückende Enge im Korridor ließ es nicht zu. Die Distanz bis zum Ende des Stollens kam Alex endlos vor. Ungeduldig setzte sie einen Fuß vor den anderen, während sie das Gefühl hatte, vor Neugier fast zu zerspringen.

Dann endlich war es soweit.

Der Gang endete vor einem stählernen Schott, dessen Hälften jedoch offen standen. Zum Glück. Denn der Stahl war an die sechzig Zentimeter dick, sodass ein Eindringen nicht ohne Weiteres möglich gewesen wäre.

»Sieh dir das an«, flüsterte Paolo.

»Was hat das zu bedeuten?«

»Ich weiß nicht. Sieht für mich so aus, als hätte es jemand sehr eilig gehabt, die Anlage zu verlassen. Vielleicht hattest du ja recht mit dem Notausstieg.«

Zögernd passierten sie das halboffene Schott und betraten einen Raum, der riesig groß zu sein schien. Feuchtkalte Luft strömte ihnen entgegen, der Hall ihrer Stimmen verstärkte sich schlagartig.

Und im Lichtschein ihrer Lampen tauchte etwas auf, das sie weder erfassen noch begreifen konnten.

Es war einfach da – und ohne dass es Alexandra Lessing oder Paolo Genaro in diesem Augenblick ahnten, hatten sie den Schlüssel zur Lösung des Rätsels gefunden.

26.

»… konnte die Ursache der rätselhaften Vorfälle, die sich am Nachmittag am Kolosseum zugetragen haben, bislang nicht geklärt werden. Zahlreiche Augenzeugen wollen gesehen haben, wie Steinbrocken allen Gesetzen der Schwerkraft zum Trotz vom Boden abhoben und dann nach unten krachten. Fliegende Händler berichten, dass ihre Waren wenig später ein höchst ungewöhnliches Eigenleben entwickelten. Während Polizei und Stadtverwaltung von einer Massenhysterie ausgehen, haben sich bereits erste Experten zu Wort gemeldet, die das Auftreten spontaner Mikrostürme als Grund der Vorfälle für möglich halten und sie mit den Folgen der globalen Klimaerwärmung in Verbindung bringen. Zugeschaltet ist uns jetzt Dr. Luca Manfredi, anerkannter Spezialist für außergewöhnliche Wetterphänomene …«

Live-Reportage, Lokalsender Radio 107, Rom
Gesendet 17 Uhr 45 Ortszeit

U-Bahn-Haltestelle Via Mattia Battistini, Rom
19 Uhr 18 Ortszeit

»Hier hast du dich also versteckt!«

Gallagher schrie die Worte, seinen Zorn nur mühsam bändigend. Die Spur, der er den gesamten Nachmittag über gefolgt war, hatte ihn schließlich hierhergeführt, in den toten U-Bahn-Schacht westlich der letzten Haltestelle

Battistini. Irgendwann würde die Linie A der *Metropolitana* vielleicht ausgebaut und in Richtung Westen erweitert werden, im Augenblick war der Schacht jedoch eine Sackgasse.

In mehrfacher Hinsicht.

»Komm endlich raus!«, brüllte Gallagher. »Ich hab jede einzelne U-Bahn-Station vom Kolosseum bis hierher abgesucht. Du musst einfach hier sein!«

»Was macht dich so sicher?«, erklang Ismaels Stimme aus der Tiefe des toten Schachts.

Gallagher konnte keine Regung, nicht die leiseste Veränderung seiner Umgebung feststellen und die Stimme Ismaels hallte derart im Schacht wider, dass sein Standort auch akustisch nicht auszumachen war; die Worte schienen von überallher zu kommen.

Recht clever von ihm, diesen U-Bahn-Schacht zu wählen, dachte Gallagher.

»Ich kenne dich«, gab er zurück, um Ismael hervorzulocken. »Du bist kein Feigling. Das bist du nie gewesen. Du willst diese Konfrontation so sehr, wie ich sie will.«

»Da irrst du dich«, stellte Ismael klar.

»So? Warum hast du dann eine Spur gelegt, der ich folgen konnte? Ich habe gesehen, wie du dich in die U-Bahn geflüchtet hast. Aber dann verlor sich deine Fährte.«

»Dafür gab es Gründe«, entgegnete Ismael.

»So wie für den Tod meines Vaters?« Gallagher lachte leise. »Das unterscheidet uns. Ich bin bereit, Verantwortung für mein Handeln zu übernehmen. Du hingegen versteckst dich hinter Ausflüchten, genau wie die Typen, denen du dich angeschlossen hast. Wie ich euch hasse!«

»Ich dachte, *Demons* kennen keine Emotionen?«

»Nur dieses eine Mal«, versicherte Gallagher gönnerhaft.

»Wenn ich dies beendet habe, wird mein Hass erlöschen. Die letzte emotionale Regung, die ich zeigen werde, wird sein, dass ich auf deinem Grab tanze.«

»Glaubst du das wirklich?«

»Allerdings. Ich werde dich erledigen, und das war's dann. Um deine rebellischen Freunde wird sich der Orden kümmern. Ihr seid Verräter, einer wie der andere.«

»Warum? Weil wir uns weigern, den Grauen zu dienen?«

»Die Grauen machen uns zu dem, was wir sind. Ohne ihren Schutz und ihre Macht wären wir bedeutungslos.«

»Das ist nicht wahr«, widersprach Ismael. »Wir werden immer etwas Besonderes sein. Aber wir können unsere Kräfte ebenso gut in den Dienst der Sichtbaren stellen, statt zu versuchen, sie zu unterjochen.«

»Du solltest dich reden hören«, höhnte Gallagher. »Du weißt, dass die Sichtbaren uns niemals akzeptieren werden. Für die sind wir Monstren, Missgeburten …«

»Nicht für alle!«

»Woher willst du das wissen?«

»Ich weiß es.«

»Warum? Weil deine sichtbare Hure es dir gesagt hat?« Gallagher richtete seine ganze Konzentration darauf, eine Reaktion aufzufangen und so Ismaels Position zu ermitteln. Aber diese Reaktion blieb aus. Entweder, seine Provokation hatte nicht verfangen, oder sein Erzfeind war besser in der Lage, seine Emotionen zu kontrollieren, als er selbst. Ismaels Standort konnte Gallagher auch weiterhin nicht ausmachen, weil dessen Stimme als Echo von den Schachtwänden zurückgeworfen wurde, was die Sinne des *Demon* irritierte.

Er musste sich konzentrieren, die Echos ausfiltern. Er war

darauf trainiert, auch mit solchen Schwierigkeiten fertig zu werden und Sinneseindrücke, die seine Wahrnehmung störten, auszublenden.

Er musste dafür sorgen, dass Ismael weitersprach, dann würde er ihn schon bald lokalisiert haben.

»Es gibt keinen anderen Weg«, beharrte er.

»Warum nicht?«, rief Ismael. »Doch nur, weil die Grauen es verbieten, überhaupt eine andere Möglichkeit in Betracht zu ziehen, darüber wenigstens nachzudenken. Der Orden mag dir Zuflucht und Schutz gewähren, aber er verlangt dafür auch völlige Unterwerfung. Dein Leben gehört nicht mal dir, Frankie!«

»Nenne mich nicht so! Das ist lange vorbei!«

»Wirklich? Ich kann mir nicht helfen, aber ich fühle, dass etwas von dem Jungen, den ich einst kannte und der mein Freund war, noch immer in dir steckt.«

»Dann bist du ein Narr. Jener Frankie, den du einst kanntest, existiert nicht mehr. Er war ein Verräter und wurde liquidiert – von mir persönlich.«

»Gleich, was die Grauen dir eingeredet haben mögen«, rief Ismael zurück, »nur blinder Hass und Fanatismus können einen Menschen dazu treiben, seine individuelle Persönlichkeit und Freiheit aufzugeben.«

»Du hast den Orden nie wirklich kennengelernt. Du weißt nicht, wie wohlwollend er gegenüber denen ist, die ihm treu dienen.«

»Nein«, gab Ismael zu, »und ich möchte es auch niemals erfahren.«

»Keine Sorge«, zischte Gallagher lauernd, »dazu wird es nicht kommen …«

Endlich war es ihm gelungen: Anhand der Stimme glaubte Gallagher, seinen Gegner im Dunkel des Schachts lokalisiert zu haben. Blitzschnell katapultierte er sich nach vorn, bediente sich des *iter invisibilium*, um auch für die anderen Sinne seines Gegners »unsichtbar« zu sein.

Er huschte vorwärts, völlig lautlos, ein unsichtbarer Schatten, ein körperloses Gespenst. Dann war er heran und wollte sich im nächsten Moment auf seinen Gegner stürzen.

Er stutzte. Er konnte Ismaels Nähe nicht registrieren. Dafür aber sah er im spärlichen Licht, das in dem toten Schacht herrschte, den Lautsprecher, der mit einem Funkgerät verbunden war und auf dem Boden stand.

Jäh dämmerte Frank Gallagher, was für ein Narr er gewesen war. Ismael hatte ihm eine Falle gestellt. Als er in den U-Bahn-Schacht geflüchtet war, hatte er weder den Lautsprecher noch das Funkgerät bei sich getragen, sonst wäre er nicht völlig unsichtbar gewesen. Also hatte er beides vorher im Schacht deponiert.

Aber Ismael musste in der Nähe sein. Es gab schon technisch keine andere Möglichkeit. Die Wände des Stollens bestanden aus Stahlbeton, der Funkwellen nicht durchließ. Ismael konnte sich also noch nicht an der Oberfläche befinden.

Im nächsten Moment traf ihn etwas im Nacken. Er spürte einen Einstich, fuhr mit der Hand dorthin und zog sich einen Betäubungspfeil aus dem Fleisch.

Er starrte auf den Pfeil in seiner unsichtbaren Hand, als es ihm bereits schwarz vor Augen wurde. Dann ging er zu Boden.

Die unsichtbare Gestalt, sie sich ihm näherte, eine Betäubungspistole in der Hand, nahm er schon nicht mehr wahr.

Die Jagd war zu Ende.

Oberons Plan war aufgegangen.

Zum ersten Mal war es gelungen, einen *Demon* zu fangen …

Ausgrabungsstätte
80 km nordwestlich von Manaus
14 Uhr 38 Ortszeit

Der Anblick war überwältigend.

Mit einer Verblüffung, die während der letzten dreißig Minuten um keinen Deut nachgelassen hatte, starrte Alexandra Lessing auf das Gebilde, das sich vor ihr erhob.

Die Höhle war riesig, vielleicht fünfzehn Meter hoch und an die fünfzig Meter durchmessend, gestützt von mächtigen Pfeilern aus stahlverstärktem Beton. Die Wände waren mit Metallplatten verkleidet, die das Licht der Taschenlampen matt reflektierten. Und in der Mitte erhob sich eine gigantische Konstruktion, die wie das Skelett eines archaischen Ungeheuers anmutete. Stählerne, halbrund geformte Pfeiler bildeten etwas, das wie ein riesiges Gerippe aussah und eine Länge von dreißig oder vierzig Metern besitzen mochte. Jeder einzelne Pfeiler war mit unzähligen Kabeln und Leitungen versehen, daneben erhob sich etwas, das wohl ein Generator sein mochte, dessen glattes kubisches Äußeres jedoch keine technischen Details erkennen ließ. Welchen Zwecken die übrigen Apparaturen dienen mochten, die die Phalanx der Pfeiler säumten und an deren Kunststoffverkleidungen der Zahn der Zeit arg genagt hatte, konnte Alex nur vermuten. Von Verstehen konnte keine Rede sein, trotz der rund hundert Aufnahmen, die sie mit ihrer Digicam gemacht hatte, mehr aus Verlegenheit denn aus gezieltem Interesse.

Aus welchem Grund mochte diese monströse Apparatur einst errichtet worden sein? Und warum in diesem Gewölbe? Und vor allem: Weshalb war der Orden das Risiko eingegangen, sie hier zurückzulassen? Weshalb hatte er sie nicht schon längst vernichtet?

Nach Alex' Ansicht gab es nur drei mögliche Antworten auf all diese Fragen: Entweder, die Grauen hatten darauf vertraut, dass das Geheimnis in den Tiefen des Regenwalds gut genug verborgen wäre. Oder sie wussten nichts von der Existenz dieser Anlage, weil die Kenntnis darüber im Lauf der Jahrhunderte verloren gegangen war. Oder aber – und dieser Gedanke wollte Alex am allerwenigsten gefallen – sie hatten einen guten Grund dafür gehabt, diesen Stützpunkt aufzugeben und ihn sich selbst zu überlassen.

Einmal mehr fühlte sie dumpfe Furcht, während sie vor dem riesigen Etwas stand mit dem gewaltigen kreisförmigen Bogen im Zentrum. Paolo war ins Lager zurückgekehrt, um Lidenbrock Bericht zu erstatten und Verstärkung anzufordern; Alex war allein in der Anlage zurückgeblieben. Anfangs hatte sie sich nichts dabei gedacht, aber mittlerweile steigerte sich ihre Angst mehr und mehr.

Wer, so fragte sie sich, war dieser unsichtbare Feind, den sie bekämpften, wenn er in der Lage war, solch erstaunliche Apparaturen zu bauen, die sich dem gewöhnlichen technischen Verständnis völlig entzogen? Alex ahnte, wie sich die Ureinwohner des amerikanischen Kontinents gefühlt haben mussten, als sie zum ersten Mal Besuchern aus der sogenannten zivilisierten Welt begegnet waren, mit ihren riesigen Segelschiffen und ihren überlegenen Waffen. Es war auch kein Geheimnis, wie die Konfrontation dieser beiden so unterschiedlichen Kulturen ausgegangen war.

Mit der nahezu völligen Vernichtung der Unterlegenen.

»Du hast das Geheimnis also entdeckt«, sagte plötzlich eine Stimme hinter ihr. »Genau, wie ich immer dachte.«

Alex sog scharf die Luft ein.

Ohne dass sie es bemerkt hatte, war jemand hinter sie getreten. An der Stimme erkannte sie, dass es nicht Paolo war, dennoch kam ihr der Tonfall seltsam vertraut vor.

»Nein«, sagte der Fremde. »Dreh dich nicht um. Noch nicht. Der Schock wäre zu groß.«

Alex konnte nicht anders, als zu gehorchen. Weder hatte der Fremde eine Drohung ausgesprochen, noch hörte sich seine Stimme gefährlich an. Aber es lag eine Autorität darin, der sich Alex nicht entziehen konnte, so als berührte sie etwas tief in ihr, das sie längst vergessen geglaubt hatte.

»W-wer sind Sie?«, fragte sie leise.

»Der, dem du all das zu verdanken hast«, sagte der Fremde in ehrlicher Selbstanklage. »Der dich aus deinem alten, bürgerlichen Leben gerissen hat, indem er dir ein altes Logbuch zuspielte und dich über die Dinge in Kenntnis setzte, die diese Welt bedrohen.«

Erneut wollte sie sich umwenden, aber sie spürte, wie sie jemand sanft an der Schulter berührte, damit sie es nicht tat.

»Du kennst mich, Alex«, sagte der Fremde.

»Sie scheinen mich ebenfalls zu kennen.«

»Das ist wahr – besser, als du denkst. Ich habe dich lange beobachtet. Selbst dann, als du noch nichts davon ahntest …«

»Dann wissen Sie auch, dass meine Geduld nicht besonders ausgeprägt ist«, konterte Alex, die ihre erste Überraschung verwunden hatte. »Beenden Sie dieses Versteckspiel und sagen Sie mir, wer Sie sind.«

»Das ist es, was du wissen willst? Willst du nicht viel eher erfahren, welchem Zweck all dies hier einst diente? Woher jene gekommen sind, die du bekämpfst und derentwegen du solch große Opfer gebracht hast? Weshalb sie sind, was sie sind?«

»Und Sie können mir diese Information geben?«, erkundigte sich Alex, während sie sich selbst zu beschwichtigen suchte. Es war unmöglich zu sagen, was sie mehr in Unruhe versetzte – die Entdeckung der monströsen Apparatur oder die Stimme des Fremden, die ihr noch immer seltsam vertraut erschien.

»Allerdings.«

»Warum darf ich mich dann nicht umdrehen?«

»Weil bislang nur wenige wissen, was du zu erfahren im Begriff bist. Und weil ich mir nicht sicher bin, ob du bereit bist für … die Wahrheit.«

»Die Wahrheit?« Alex schnaubte. »Die Wahrheit ist ein dehnbarer Begriff.«

»Nicht in diesem Fall.«

»Dann sagen Sie mir die verdammte Wahrheit! Wer sind Sie?«

»Ich habe schon viele Namen benutzt. Aber vermutlich ist dir ›Oberon‹ am ehesten vertraut.«

»O-Oberon?«, fragte Alex verwundert.

»So ist es.«

»Aber wie …?«

Alex hielt es nicht mehr aus. Sie wollte endlich wissen, wer hinter ihr stand und so mit ihr sprach, als würde er sie schon immer kennen. Ihr Verlangen danach, den geheimnisvollen Anführer des Widerstands endlich zu Gesicht zu bekommen, war so überwältigend, dass sie ihm nicht widerstehen konnte.

Abrupt wandte sie sich um …

Und blickte in Züge, die ihr nur zu vertraut waren!

Sie mochten gealtert sein seit ihrer letzten Begegnung, an die Alex nur ungern zurückdachte, aber es war noch immer das Gesicht, das sie in Erinnerung hatte.

Das Gesicht ihres Vaters.

27.

Die Regeln des Spiels sind eindeutig.

Meine Ausbilder im Hades haben dafür gesorgt, dass ich sie niemals, niemals vergesse.

Ein Demon *darf niemals gefangen werden.*

Er ist dem Orden verantwortlich und hat dafür Sorge zu tragen, dass niemand außerhalb des Ordens in Besitz von Informationen gelangt, die sich auf den Orden, seine inneren Strukturen und seine Mitglieder beziehen.

Er arbeitet rasch und effizient und trifft seine Entscheidungen auf der Grundlage klarer Fakten, frei von Emotionen und ohne Rücksicht auf das eigene Leben.

Ausgrabungsstätte
80 km nordwestlich von Manaus
14 Uhr 48 Ortszeit

»Vater …?«

Alex konnte es nicht fassen. Nach all dieser Zeit stand sie dem Mann gegenüber, den sie in ihrer Kindheit geliebt hatte wie keinen anderen, der ihr fast wie ein Übermensch erschienen war – und den sie in den vergangenen Jahrzehnten hassen gelernt hatte.

»Ganz recht«, sagte er nur.

Kenneth Bowder war älter geworden.

Der Mann, den Alex unter diesem Namen gekannt hatte,

war in den frühen Dreißigern gewesen – jetzt war er Mitte fünfzig, hatte kurzgeschnittenes graues Haar und markante, irgendwie militärisch wirkende Gesichtszüge. Als US-Soldat war er in Deutschland stationiert gewesen, wo er ihre Mutter kennen- und lieben gelernt hatte. Alex war das Kind, das aus dieser Beziehung hervorgegangen war.

Bowder war ihr ein guter, treusorgender Vater gewesen. Er hatte viel Zeit mit ihr verbracht und sie manche Dinge gelehrt, darunter seine Muttersprache, die sie deshalb fließend beherrschte. Aber eines Tages war er verschwunden.

Ohne ein Wort der Entschuldigung.

Des Bedauerns.

Oder des Abschieds.

»Warum?«, war die einzige Frage, die Alexandra stellen konnte, während sich ihre Augen mit Tränen füllten. Noch lange Jahre hatte sie sich danach gesehnt, ihren Vater wiederzusehen, hatte sie darauf gehofft, dass er irgendwann vor ihrer Tür stehen und in ihr Leben zurückkehren würde, so unvermittelt, wie er daraus verschwunden war. Aber diese Hoffnung hatte sich zerschlagen und im Lauf der Zeit, in der Alex herangewachsen und eine junge Frau geworden war, hatte sie gelernt, auf eigenen Beinen zu stehen. Ohne den Mann, der sich ihr Vater nannte, ihre Mutter und sie jedoch schändlich im Stich gelassen hatte. Ihm ausgerechnet an diesem Ort wieder zu begegnen und unter diesen eigenartigen Umständen, war so unfassbar und surreal, dass sie nicht wusste, wie sie darauf reagieren sollte.

»Es tut mir leid, Alex«, gab er zur Antwort und senkte den Blick.

Alex aber verspürte auf einmal nur noch blanke Wut. »Mistkerl!«, zischte sie. »Ich habe dich nicht gefragt, ob es dir leid tut oder nicht. Ich wollte wissen, warum du es getan hast. Wieso bist du plötzlich verschwunden? Weshalb hast du Mutter und mich verlassen?«

»Was glaubst du wohl?«

»War es wegen einer anderen? Hast du uns nicht mehr geliebt?«

»Alex …« Er schüttelte den Kopf und sie glaubte zu erkennen, dass seine Augen feucht geworden waren. Und dass ihre Worte ihn verletzten. »Glaubst du das wirklich?«

»Was soll ich denn glauben, so plötzlich, wie du aus unserem Leben verduftet bist?«

»Würdest du mir glauben, wenn ich dir sagte, dass ich keine andere Wahl hatte?«, fragte er und schaute sie wieder an. »Dass es zu deinem Wohl geschah? Und dass ich dich in all den Jahren, in denen du dich einsam und verlassen wähntest, nie aus den Augen verloren habe?«

»Ich würde dich einen verdammten Lügner nennen!«, antwortete sie hart.

»Dennoch ist es so«, beharrte er.

»Was erzählst du da?« Sie wischte sich die Tränen aus den Augen. Es ärgerte sie, dass sie weinen musste und sich damit eine Blöße gab. Sie hatte sich geschworen, dass sie, wenn sie ihm je wieder begegnen sollte, wie einem Fremden gegenübertreten wollte, innerlich gelassen und ohne erkennbare Regung – davon war sie im Augenblick jedoch weit entfernt …

»Lass mich es dir erklären«, bat er mit weicher Stimme – einer Stimme, die Alex tatsächlich als die von Oberon wiedererkannte, dem Oberhaupt des Widerstands!

Deshalb also war ihr die Stimme Oberons so vertraut erschienen.

War es möglich, dass er die Wahrheit sprach? Warum

sonst traf sie ihn ausgerechnet an diesem verborgenen Ort und zu einem solch unerwarteten Zeitpunkt?

Sie nickte nur – zu mehr war sie nicht fähig.

Ihr Vater trug einen Tarnanzug, der jedoch keinerlei Rangabzeichen oder nationale Kennung aufwies. Er nickte ebenfalls und schien einen Moment lang seine Gedanken zu ordnen.

»Ich habe euch verlassen, um euch zu schützen«, sagte er schließlich.

»Um uns zu schützen? Wovor?«

»Vor dem Orden.«

Alex glaubte, nicht recht zu hören. »Du wusstest von seiner Existenz?«

»Nein.« Ihr Vater schüttelte sein ergrautes Haupt. »Wie auch? Ich war ja nur ein unbedeutender Sergeant in den Diensten der U.S. Army. Aber ich erhielt zu dieser Zeit einen Auftrag, in dessen Zuge ich auf einige … Unregelmäßigkeiten stieß.«

»Unregelmäßigkeiten?«

»Fehlerhafte Abrechnungen, verschwundene Munitionslieferungen und dergleichen mehr. Ich stellte Nachforschungen an und fand heraus, dass all diese Dinge von meinen Vorgesetzten gedeckt wurden. Man befahl mir, die Sache auf sich beruhen zu lassen und mich wieder meinen eigentlichen Aufgaben zu widmen …«

»Aber das hast du nicht getan, richtig?«, fragte Alex, denn sie kannte diese Beharrlichkeit von sich selbst. Wie der Vater, so die Tochter – und auch umgekehrt galt das …

»Richtig«, bestätigte er und der Anflug eines Lächelns huschte über seine ansonsten ernsten Züge. »Ich habe nachgebohrt und fand heraus, dass es in den Jahren nach 1971 eine Unzahl solcher Vorfälle gegeben hat. Lieferungen von

Waffen, Gerät und Ausrüstung, die nirgendwo verzeichnet waren, jedoch zweifellos getätigt wurden.«

»1971 sagst du?« Alex hob die Brauen. »In diesem Jahr wurde das geheime Stillhalteabkommen zwischen der Nixon-Administration und dem Orden der Unsichtbaren unterzeichnet …«

»… und die Lieferungen, die meine Aufmerksamkeit erregt hatten, waren ein Teil davon«, bestätigte ihr Vater. »Natürlich wusste ich das damals noch nicht, aber ich stellte weitere Nachforschungen an und fand Dinge heraus, die ich nie für möglich gehalten hätte.«

»Kann ich mir vorstellen«, sagte Alex, denn zumindest das konnte sie ihm tatsächlich gut nachfühlen. »Aber warum hast du nie etwas davon gesagt?«

»Hätte man mir denn geglaubt? Als ich zu ahnen begann, worauf ich tatsächlich gestoßen war, war es außerdem bereits zu spät. Ich wurde von *Demons* gejagt, und da ich euch nicht in Gefahr bringen wollte, musste ich verschwinden. Nicht einmal die Army wusste, wohin ich ging – in ihren Akten wird ein gewisser Sergeant Bowder bis auf den heutigen Tag als fahnenflüchtig geführt. Seither halte ich mich verborgen.«

»Ich verstehe«, flüsterte Alex.

»Dann verstehst du auch, weshalb ich euch verlassen musste und wieso ich mich nicht mal von euch verabschieden konnte?«

»Du … du hast es für uns getan«, erkannte Alex und wieder füllten sich ihre Augen mit Tränen.

Er nickte. »Das Risiko, dass der Orden euch als Druckmittel gegen mich einsetzen würde, wollte ich nicht eingehen. Also beobachtete ich euch fortan aus sicherem Abstand. Glaub mir, Alex, ich habe dein Leben mit großem

Interesse verfolgt. Deine Schulzeit, deinen ersten Freund, deine Studientage in München, deine Anstellung als Assistentin am Lehrstuhl für Geschichte. Ich kann dir sagen, Mädchen – ich war sehr, sehr stolz auf dich. Ich …«

»Wieso erzählst du mir das alles?«, fiel sie ihm ins Wort. »Glaubst du, damit machst du alles ungeschehen? Weißt du denn, wie schwer es war, nachdem du gegangen warst? Mutter ist nie darüber hinweggekommen. Als sie einige Jahre später starb, war ich völlig allein …«

»Das ist nicht wahr. Wie ich schon sagte, Alex – ich habe dich nie aus den Augen verloren.«

»Aber ich habe *dich* aus den Augen verloren!«, schrie sie wütend. »Und ich bin irgendwann zu der Einsicht gelangt, dass ich dich nicht brauche, weder damals noch heute!«

Sie verstummte, als ihr klar wurde, dass sie Unsinn redete. In all den Jahren, da sie ihren Vater so schmerzlich vermisst und auf ihn gewartet hatte, hatte sie sich vorgenommen, ihm so viel zu sagen, wenn sie ihn irgendwann träfe, ihm an den Kopf zu werfen, was sich in all der langen Zeit in ihr angestaut hatte – Vorhaltungen, Anklagen, die ganze unverblümte Wahrheit …

Aber nun schwieg sie. Trotz ihrer Frustration und des ohnmächtigen Zorns, den sie empfand, wollte nichts davon über ihre Lippen. Denn jäh wurde Alex klar, dass diese Begegnung keineswegs ein Zufall war, so wie ihr Zusammentreffen mit den Anderen und sämtliche Geschehnisse des vergangenen Jahres offenbar keine Zufälle gewesen waren … .

»*Du* bist es also gewesen«, sagte sie unvermittelt. »*Du* hast mir damals das Logbuch zugespielt …«

»Ja, ich war es.«

Sie schluckte. Seit sie von den Anderen wusste, hatte

sie sich immer gefragt, weshalb man ausgerechnet *sie* ausgewählt hatte, dem Widerstand gegen den Orden der Unsichtbaren beizutreten. Keine der Begründungen, die man ihr geliefert hatte, war ihr wirklich plausibel erschienen – nun jedoch glaubte sie, den wahren Grund zu kennen …

»Warum hast du das getan?«, wollte sie wissen.

»Aus zwei Gründen. Erstens brauchten wir eine Spezialistin auf dem Gebiet der Geschichte des Zweiten Weltkriegs und …«

»Geschenkt«, fiel sie ihm ins Wort. »Es hätte Dutzende anderer Wissenschaftler gegeben, die vermutlich sehr viel besser und qualifizierter gewesen wären.«

»… und zweitens wollte ich dich auf unserer Seite wissen.«

»Wieso das?«

»Weil du«, sagte er und sah sie dabei eindringlich an, »meine Tochter bist, Alex. Und weil ich dich all die Jahre beobachtet habe und dich daher kenne: Du gehörst nicht zu denen, die ihre Augen vor der Wahrheit verschließen und es vorziehen, ein Leben in Unkenntnis zu führen. Mir war immer klar, dass du kämpfen würdest, wenn du um die Bedrohung wüsstest, der die Menschheit ausgesetzt ist – also habe ich dafür gesorgt, dass du davon erfährst.«

»Großartig.« Sie schnitt eine Grimasse. »Vielen Dank auch.«

»Gern geschehen«, entgegnete er, ohne mit der Wimper zu zucken.

Das machte sie wieder wütend und sie herrschte ihn an: »Ist dir jemals der Gedanke gekommen, dass mir mein Leben gefallen hat, so wie es war? Dass ich nichts daran ändern wollte? Genau wie damals hast du einfach über mein

Leben entschieden. Wie es mir dabei ging, ob ich es so wollte, war dir egal.«

»Du bist ungerecht.«

»Ach ja?«

»Allerdings. Willst du mir im Ernst weismachen, dass du wieder zurück nach München möchtest, in dein altes Leben?«

»O ja, das möchte ich ...«

»Du willst von allem nichts wissen und ein Leben in verlogener Idylle verbringen, während eine dunkle Macht danach trachtet, dich, deine Freunde, dein Land und deinen ganzen Planeten unter das Joch einer Diktatur zu zwingen?«

Er war so laut geworden, dass Alex zusammenzuckte. Sie erkannte in seinen Worten viel von Oberon und nur wenig von ihrem Vater – und sosehr sich alles in ihr dagegen sträubte, gestand sie sich ein, dass er recht hatte.

Nein, hätte sie tatsächlich die Wahl gehabt, in ihr altes Leben zurückzukehren, sie hätte es bestimmt nicht getan. Einerseits, weil sie als Wissenschaftlerin die Wahrheit der Täuschung vorzog; andererseits aber auch, weil sie das Gefühl hatte, in dieser Sache etwas bewirken zu können. An der Münchener Universität war sie ein unbedeutendes Licht gewesen, eine angehende Dozentin von vielen, für deren Vorlesungen sich kaum jemand hatte erwärmen können. Verzweifelt hatte sie nach ihrem Platz im Leben gesucht – bei den Anderen hatte sie ihn schließlich gefunden. Sie hatte geholfen, den Anschlag auf das UN-Hauptquartier in New York City zu verhindern, und ihren Teil dazu beigetragen, das Fiorino-Traktat zu entschlüsseln.

Was auch immer ihr Vater getan und welche Fehler er auch begangen haben mochte – was geschehen war, war geschehen. Das Rad der Zeit zurückzudrehen war nicht möglich und Alex wollte es auch nicht. Ihre Stimme hatte daher einen sanfteren, versöhnlicheren Tonfall, als sie ihren Vater leise nach dem Grund seiner Anwesenheit fragte.

»Die Zeit war reif dafür«, antwortete er schlicht.

»Reif? Was meinst du damit?«

»Ist das nicht offensichtlich?«, fragte er und sie erkannte, dass sein Blick nicht mehr ihr galt, sondern dem monströsen Gebilde, das sich hinter ihr erhob.

Erst in diesem Moment wurde sich Alex wieder des Ortes bewusst, an dem sie sich befanden, und sie schalt sich eine Närrin. Hatte sie im Ernst geglaubt, ihr Vater hätte nach all den Jahren, in denen sie voneinander getrennt gewesen waren, die weite Reise in den brasilianischen Dschungel auf sich genommen, nur um sich ihr zu offenbaren?

»Du bist *deswegen* hier, nicht wahr?« Sie wandte sich um und deutete auf die bizarre Maschinerie, die sich in die Tiefen der Höhle erstreckte.

Ihr Vater nickte. »Nach all der langen Zeit haben wir es endlich gefunden.«

»Wovon sprichst du?«

»Das Mysterium der Unsichtbaren«, sagte er. »Das Geheimnis, das die Grauen eifersüchtig gehütet haben – endlich haben wir einen unwiderlegbaren Beweis dafür.«

»Einen Beweis? Wofür?«, fragte Alex. »Weißt du denn, welchem Zweck diese Maschine einst gedient hat?«

»Allerdings«, bestätigte ihr Vater. Dann deutete er auf das eigenartige Metallgerippe und sagte: »Soweit es die Unsichtbaren betrifft, ist dies hier ihr Ursprung – und gewissermaßen auch ihre Zukunft ...«

Rom, genaue Lokalität unbekannt
Zur selben Zeit

Frank Gallagher erlebte ein böses Erwachen.

Nicht genug damit, dass er sich in einem hell erleuchteten, fensterlosen Raum auf einer Bahre liegend wiederfand, an einen Herzmonitor angeschlossen und die Hand- und Fußgelenke mit ledernen Schlingen gefesselt. Als er an sich herunterblickte, musste er zudem feststellen, das man ihm Kleidung angezogen hatte, einen orangefarbenen Overall, wie Häftlinge ihn trugen. Und weil diese Vorsichtsmaßnahmen allein noch nicht zu genügen schienen, hatte man Gallaghers Haut mit weißer Paste beschmiert und ihn so zur *revelatio* gezwungen, dazu, seine wahre Gestalt zu zeigen, was ihn verletzlich und angreifbar machte – und Angehörigen des Ordens bei Strafe verboten war.

Im Hintergrund des Zimmers sah er eine Gestalt, die einen weißen Overall trug. Sie stand an einem Tisch und hantierte mit irgendwelchen Ampullen. Obwohl die Gestalt zusätzlich zum Overall auch Handschuhe, OP-Haube und Mundschutz trug, erkannte Gallagher sofort, dass es sich um einen Sichtbaren handelte. Man hatte ihm beigebracht, seine Gefühle zu unterdrücken, dennoch zerrte er voller Zorn und Frustration an seinen Fesseln, natürlich ohne Erfolg.

»Seltsam«, sagte jemand neben ihm. »Ich dachte immer, *Demons* hätten keine Emotionen.«

Es war nicht der Mann im weißen Overall, der dies gesagt hatte. Der hielt sich weiter im Hintergrund und tat so, als würde der Gefangene gar nicht existieren. Der Ursprung der Stimme, die Gallagher sofort erkannt hatte, war viel näher. Sie gehörte Ismael, der neben der Liege stand, unsichtbar, aber von seiner unverkennbaren Aura umgeben …

»Schwein!«, zischte Gallagher. »Elender Verräter! Mach mich los, dann werde ich dir zeigen, zu was für Emotionen ich fähig bin. Mein Hass wird dich vernichten!«

»Bedaure«, entgegnete Ismael tonlos, »das kann ich nicht tun. Denn wir wissen beide, was dann geschehen würde, und das darf ich nicht zulassen.«

»Du kannst es dennoch nicht verhindern!«, behauptete Gallagher, dessen schmales Gesicht ein undeutbares Mienenspiel zeigte. Wie alle Unsichtbaren war er nicht darin geübt, seine Gesichtszüge für sich sprechen zu lassen.

»Ich denke doch«, war Ismael überzeugt. »Wir haben jede nur erdenkliche Sicherheitsvorkehrung getroffen. Wir befinden uns tief unter der Erde und sind nach allen Seiten abgeschirmt. Kein Funksignal, kein Wärmescanner oder was auch immer kann uns hier unten erreichen. Falls du also darauf hoffen solltest, dass man dich befreit …«

Gallagher ließ ein verächtliches Schnauben vernehmen. »Hoffnung ist für Schwache«, stellte er klar.

»Natürlich, ich vergaß. *Demons* brauchen keine Hoffnung, nicht wahr?«

»So ist es«, zischte Gallagher, »und ich würde dir raten, nicht über uns zu spotten.«

Ismael seufzte resignierend. »Selbst jetzt, da du gefangen und hilflos bist, hältst du noch immer an den Lügen der Grauen fest.«

»Es sind keine Lügen. Die Grauen sind die Retter der Menschheit. Ihnen gehört die Zukunft.«

»Nicht, wenn wir es verhindern können.«

»Das könnt ihr nicht.«

»Es hieß auch, dass man keinen *Demon* fangen könnte, richtig?«, fragte Ismael spitz.

»Vielleicht habe ich einen Fehler begangen«, räumte Gallagher zerknirscht ein, »aber das bedeutet nicht, dass auch der Orden scheitern wird.«

»Ein paar seiner Vorhaben sind bereits gescheitert«, brachte Ismael in Erinnerung. »New York hat nicht funktioniert, wie es sollte, nicht wahr? Und es ist euch auch nicht gelungen, Alex und mich oder die kleine Kim Li zu töten.«

»Und?« Gallagher grinste. »Was nicht ist, kann noch werden.«

»Vielleicht – aber du wirst damit nichts mehr zu tun haben.«

»Was habt ihr vor?«, schrie der *Demon*. »Wollt ihr mich töten? Einen wehrlosen Gefangenen? Habt ihr eure hehren moralischen Werte bereits über Bord geworfen?«

»Keineswegs. Aber wenn das Leben unschuldiger Menschen auf dem Spiel steht …«

»Ihr seid Heuchler! Einer wie der andere!«

»Und ihr etwa nicht? Ihr sprecht davon, der Menschheit Frieden und Einheit zu bringen, das Chaos durch Ordnung zu ersetzen – aber was ihr tatsächlich meint, ist Gedankenkontrolle, staatliche Diktatur, das Ende jeder Freiheit.«

»Freiheit …« Gallagher spie das Wort spöttisch aus. »Hast du noch immer nicht begriffen, dass das nur eine leere Phrase ist, die die Sichtbaren je nach Bedarf mit dem füllen, was ihnen gerade einfällt? Für die einen ist Freiheit das Streben nach persönlichem Glück, für andere Kriege zu führen oder den Planeten seiner wertvollen Ressourcen zu berauben.«

»Dass Freiheit auch missbraucht werden kann, ist klar«, räumte Ismael ein, »aber das eine hat mit dem anderen nichts zu tun.«

»Und wo verläuft die Grenze?«, fragte Gallagher. »Wo

hört Freiheit auf? Ab wann ist sie der Gesellschaft nicht mehr dienlich und schadet ihr sogar? Ihr Anderen glaubt, die Weisheit für euch gepachtet zu haben, dabei seid ihr so dumm und naiv. Glaubt ihr wirklich, zum Besseren der Menschen zu handeln? Dass sie ihre Freiheit irgendwann zu etwas anderem nutzen werden als dazu, sich gegenseitig zu vernichten?«

»Das hoffe ich sehr«, sagte Ismael entschieden.

»Wie ich schon sagte – Hoffnung ist etwas für Schwache.«

»Willst du behaupten, du wärst frei davon? Dass es nichts gibt, wonach du dich sehnst? Was du dir wünschst? Worauf du *hoffst?*«

»Natürlich – ich sehne mich nach Frieden und Ordnung, nach dem endgültigen Triumph des Ordens. Aber das ist keine Hoffnung, Ismael – es ist eine Vision, die schon bald Realität werden wird.«

»So hast du nicht immer gedacht. Es gab eine Zeit, da hattest du Träume. Und Hoffnungen. Damals, an der Schule …«

»Weil ich es nicht besser wusste!«, rief Gallagher aufgebracht. »Ich war jung und ahnungslos. Was du und deine Rebellenfreunde ausgenutzt haben.«

»Das ist nicht wahr. Zu dieser Zeit hatte ich noch keinen Kontakt zum Widerstand. Was du getan hast, hast du aus freien Stücken getan. Und weißt du, warum?

»Warum wohl?«

»Weil es etwas tief in dir gibt, das sich nach all dem sehnt, was die Grauen dir immer vorenthalten haben, Frankie: Freiheit. Individualität. Menschliche Empfindungen …«

»Blödsinn!«, schrie Gallagher trotzig. »Ich brauche das alles nicht! Ich bin kein Verräter!«

»Du bist ein Mensch«, beharrte Ismael, »und hast als solcher natürliche Bedürfnisse. Schon dass du hier bist, zeigt, dass ich recht habe. Menschen sind keine Maschinen, Frankie, auch ein *Demon* nicht. Aus diesem Grund konntest du deinen Hass auf mich nicht unterdrücken und es war mir möglich, dich zu überlisten – und das ist auch der Grund dafür, dass der Orden letztlich scheitern wird.«

»Glaubst du das wirklich?«, zischte Gallagher, dessen Brustkorb sich unter heftigen Atemzügen hob und senkte.

»Ich *weiß* es«, versicherte Ismael. »Es ist nur eine Frage der Zeit. Aber vielleicht können wir den Vorgang mit deiner Hilfe ein wenig beschleunigen.«

»Das glaubst du doch nicht wirklich, oder? Ich bin kein Verräter wie du. Ich werde nichts preisgeben.«

»Freiwillig sicher nicht«, räumte Ismael ein, »aber es gibt Mittel und Wege, verstockte Zungen zum Sprechen zu bringen.«

»Du willst mich foltern?«

»Glücklicherweise gibt es auch weniger archaische Methoden, als der Orden sie anzuwenden pflegt«, entgegnete Ismael.

Der Mann im weißen Overall trat an Ismaels Seite. In seiner Rechten hielt er eine Spritze.

»Natriumamytal«, erklärte Ismael, »auch bekannt als Wahrheitsserum. Es legt den Willen lahm und lässt einen bereitwillig Auskunft geben, was immer man auch gefragt wird – auch dich, Frankie.«

»Du musst verrückt sein, wenn du glaubst, dass so etwas bei mir funktioniert.«

»Wie ich schon sagte – auch ein *Demon* ist im Grunde nur ein Mensch.«

Ismael nickte dem Weißgekleideten zu, der daraufhin

vortrat, die Nadel in Gallaghers Armbeuge versenkte und ihm die Injektion verabreichte.

»Nun?«, fragte Ismael; er hasste sich selbst für den Sarkasmus, dessen er fähig war, aber dies verlangte die Rolle, die er in diesem bizarren Spiel innehatte. »Wie fühlst du dich?«

»Das geht dich … einen feuchten … Dreck an.«

»Die Wirkung setzt also bereits ein«, sagte der Mann mit dem Mundschutz.

»Sehr gut.« Ismael beugte sich über den Gefangenen. »Beantworte mir eine einfache Frage, Frankie: Was weißt du über die Geschichte des Ordens? Über seine Vergangenheit?«

»Der Orden … hat schon immer existiert … von Anbeginn der Menschheitsgeschichte …«

»Das ist das, was sie euch erzählen, aber du weißt es sicher besser, nicht wahr?«

»Das ist … die Wahrheit … die einzige … Orden hat … schon immer existiert.«

»Bist du ein treuer Diener des Ordens?«

»Ja«, kam die Antwort wie aus der Pistole geschossen.

»Dann vertraut er dir?«

Gallagher schien einen inneren Kampf zu führen, eine Antwort blieb er jedoch schuldig.

»Sein Hauptquartier – kennst du es?«

»Ja.«

»Bist du schon dort gewesen?«

»Ja.«

Ismael atmete tief ein, sog die abgestandene Luft des alten Bunkers tief in seine Lungen. Von der Beantwortung der nächsten Frage konnte alles abhängen.

Alles …

»Wo befindet es sich?«, fragte er mit fester, zwingender Stimme. »Wo halten sich die Grauen verborgen?«

Gallaghers weiße Lippen öffneten sich zu einer Antwort, doch etwas schien ihn daran zu hindern, die Worte auszusprechen.

»Wo?«, hakte Ismael nach. »Wo befindet sich das Hauptquartier des Ordens?«

Erneut schien Frank Gallagher einen inneren Konflikt auszutragen. Er kniff die Augen zusammen und warf den Kopf hin und her. Gleichzeitig veränderte sich die Anzeige des Herzfrequenzmessers.

»Herzschlag beschleunigt sich«, sagte der Sichtbare an Ismaels Seite, ein italienischer Arzt, der in den Diensten der Anderen stand. »Puls liegt bei hundertdreißig … hundertfünfunddreißig …«

Das war eine der möglichen Nebenwirkungen von Natriumamytal: reflexhafte Pulsbeschleunigung. Das Serum konnte sogar tödlich wirken, konnte zur Verkrampfung der Atemwegsmuskulatur führen bis hin zum Atemstillstand …

»Das Hauptquartier«, forderte Ismael erneut. »Sag mir, wo es sich befindet! Jetzt!«

»N-nein«, stieß Gallagher zwischen zusammengebissenen Zähnen hervor. Schweißperlen traten ihm auf die Stirn und rannen an seinen Schläfen herab, hinterließen gezackte Furchen in der Paste, mit der man ihn eingeschmiert hatte. Ismael bedauerte seinen einstigen Freund, aber er musste hart bleiben.

»Widerstand zu leisten hat keinen Sinn«, stellte er klar. »Los, sag schon, was du weißt!«

Erneut warf der Gefangene den Kopf hin und her und erst da begriff Ismael, dass dies keineswegs ein krampfhafter Reflex war, sondern dass es ein Kopfschütteln sein sollte, mit dem der *Demon* allen Versuchen, ihn zum Verrat zu bewegen, eine Absage erteilte.

»Herzschlag beruhigt sich wieder«, meldete der Arzt. »Liegt bei hundertzwanzig ... hundertfünfzehn ... weiter sinkend.«

»Frankie«, sagte Ismael leise, auf seinen zum Todfeind gewordenen ehemaligen Freund starrend, dessen durch die Paste sichtbaren Gesichtszüge schmerzverzerrt waren. »Was ist nur aus uns geworden ...?«

»Achtzig ... fünfundsiebzig ...«, sagte der Mediziner aufgeregt. »Frequenz fällt immer noch weiter. Das hat nichts mehr mit dem Serum zu tun! Etwas Derartiges habe ich noch nie erlebt!«

Ismael horchte auf. Für einen Moment hatte er seinen Gedanken nachgehangen, sich an die beiden Jungen erinnert, die vor undenklich langer Zeit ein Schicksal geteilt hatten – und die das Leben in denkbar verschiedene Richtungen geführt hatte. Sein Blick fiel auf den Monitor, dessen Ausschläge immer größere Abstände aufwiesen.

»Das *kann nicht* das Natriumamytal sein«, wiederholte der Arzt. »Etwas stimmt nicht!«

Ismael beugte sich über den Gefangenen. »Frankie? Frankie! Gallagher!«

Aber dieser reagierte nicht. Augen und Mund waren geschlossen, Gallaghers Kopf lag still und reglos. Selbst der Schmerz war aus seinem Gesicht gewichen, das einen seltsam entrückten Ausdruck angenommen hatte. Und jäh wurde Ismael klar, dass er selbst es war, der einen verhängnisvollen Fehler begangen hatte.

Er hatte die Gegenseite unterschätzt.

»Herzfrequenz sinkt immer noch«, sagte der Arzt in ratloser Verzweiflung. »Vierzig … fünfunddreißig … Wie ist so etwas nur möglich?«

»Los, geben Sie ihm etwas, das die Schlagfrequenz erhöht!«

Der Arzt lief zu dem Tisch im Hintergrund, auf dem mehrere Ampullen bereitgestellt waren. Er zog eine neue Spritze auf, kehrte zurück, verabreichte Gallagher die Injektion – doch der gewünschte Effekt blieb aus.

»Frequenz fällt weiter! Liegt jetzt bei fünfzehn … bei zehn …«

»Verdammt, Frankie!«, schrie Ismael den Gefangenen an, der reglos vor ihm lag. In seiner Not wusste er sich nicht anders zu helfen, als ihn an den Schultern zu packen und zu rütteln. »Tu das nicht! Das ist es nicht wert, hörst du?«

Aber die Worte verhallten ungehört.

»Acht … sieben … sechs … fünf …«

Unaufhaltsam näherte sich sein Herzschlag der Nulllinie, kommentiert von der heiseren Stimme des Arztes – bis schließlich ein hässlicher, langgezogener Laut ertönte.

Herzstillstand.

Es waren keine Ausschläge mehr messbar.

Frank Gallagher hatte durch reine Konzentration dafür gesorgt, dass sein Herz nicht mehr schlug – und zwar für immer. Mit bloßer Willenskraft, trotz des Natriumamytals, das eigentlich seinen Willen hatte brechen sollen. Unter Anwendung jener Techniken, die einem *Demon* beigebracht wurden, um andere Menschen möglichst rasch und wirkungsvoll zu töten.

Und notfalls eben auch sich selbst …

»Nein!«, rief Ismael trotzig »So leicht lasse ich dich nicht davonkommen. Los, Doc, holen Sie ihn zurück!«

»Aber …«

»Los, verdammt noch mal!«

Der kleine Tisch mit dem Defibrillator wurde herangefahren. Es dauerte nur Sekunden, bis der Kondensator aufgeladen war, und im nächsten Moment wurden rund 700 Volt durch Frank Gallaghers Brustkorb gejagt, um ihn ins Leben zurückzuholen.

Fassungslos sah Ismael, wie sich der leblose Körper seines einstigen Kameraden aufbäumte. Seine Unsichtbarkeit fluktuierte, was unter der Paste jedoch kaum zu sehen war. Immer wieder versuchte es der Arzt, drei-, vier-, fünfmal – bis er es schließlich aufgab.

Reglos lag der *Demon* da.

Sichtbar.

Tot …

Nur einige Sekunden lang hielt Ismael den Anblick aus. Dann stürzte er aus dem Bunkerraum, hinaus auf den Gang, der von vergitterten Deckenleuchten erhellt wurde. Mit vielem hatte er gerechnet, aber ganz sicher nicht damit, dass diese Befragung eine solche Wendung nehmen würde.

Dabei war ihm durchaus klar gewesen, dass Frankie die erste sich bietende Gelegenheit ergreifen würde, um seinem Leben ein Ende zu setzen. Deshalb hatte er jede nur erdenkliche Vorsichtsmaßnahme getroffen. Damit, dass sich sein Gefangener allein kraft seiner Gedanken töten würde, hatte er allerdings nicht gerechnet.

Ismael erinnerte sich, darüber gelesen zu haben, dass vereinzelte Fakire in Indien und buddhistische Mönche über die Fähigkeit verfügen sollten, ihren Herzschlag mit bloßer Willenskraft der Nulllinie anzunähern. Das taten sie, um auf der Schwelle des Todes spirituelle Erfahrungen von ungeheurer Intensität zu erleben. Aber wer hätte ahnen können, dass auch der Orden diese Techniken kannte und sie seinen Dienern vermittelte, als letzte, verzweifelte Maßnahme, um seine Geheimnisse zu hüten?

Es belegte nur einmal mehr, wie machtgierig der Orden war – und wie ruchlos in der Wahl seiner Mittel.

Verzweifelt sank Ismael an der Stollenwand herab, kauerte schließlich am Boden und vergrub das Gesicht in seinen Händen. Das Gefühl schrecklicher Einsamkeit ergriff ihn und er hätte viel darum gegeben, Alex bei sich zu haben und den Trost ihrer Nähe zu spüren.

Aber er war allein und er fragte sich, wie alles so weit hatte kommen können.

Hätte er sich nicht eigentlich freuen müssen? Ein Sieg war errungen worden, die Gefahr durch den *Demon*, der sie verfolgt und ihrer aller Leben bedroht hatte, gebannt.

Aber zu welchem Preis!

Ismael musste an früher denken, an die gemeinsame Zeit, die er mit Frankie Gallagher verbracht hatte. An die Pläne, die sie geschmiedet, an die Ziele, die sie gemeinsam gefasst hatten. Sie waren Freunde gewesen, doch der Orden hatte sich zwischen sie gestellt, sie auseinandergerissen und zu Todfeinden gemacht.

Während Ismael die Schattenseiten totalitärer Strukturen kennengelernt hatte, war Frankie zum ergebenen Diener des Ordens geworden. Man hatte einen Fanatiker aus ihm gemacht, der jeden Befehl bedingungslos ausführte und jederzeit bereit gewesen war, sein Leben zu opfern, um seine grauen Auftraggeber zu schützen und ihre Geheimnisse zu wahren. Geheimnisse, die nur aus Lügen bestanden, aus nichts weiter als Lügen.

Dafür war Frankie in den Tod gegangen.

Viele Jahre nach seinem rätselhaften Verschwinden hatte Ismael den Freund nun tatsächlich verloren.

Ein *Demon* war gestorben, aber Ismael empfand keinen Triumph darüber. Er zählte Frank Gallagher nicht zu jenen Feinden, die man überwunden und besiegt hatte, sondern führte ihn auf der Liste der *Opfer* des Ordens. Nicht ihre Natur hatte sie zu Feinden gemacht, sondern einzig und allein die Grauen.

Und dafür würden sie irgendwann bezahlen, das schwor er sich in diesem Augenblick.

Ausgrabungsstätte
80 km nordwestlich von Manaus
Zur selben Zeit

»Was soll das heißen?«, rief Alex. »Du sprichst in Rätseln, Vater. Was meinst du damit, diese Maschine ist zugleich der Ursprung und die Zukunft der Unsichtbaren? Das verstehe ich nicht.«

»Damit meine ich, dass hier alles angefangen hat«, erläuterte der Mann, der nach Jahrzehnten unvermittelt wieder in ihr Leben getreten war und sich zudem als das geheimnisvolle Oberhaupt des Widerstands zu erkennen gegeben hatte.

Alex hatte noch damit zu tun, diese Überraschungen zu verwinden, da kündigte sich bereits die nächste an …

»Du willst sagen, diese Maschine macht Menschen *unsichtbar?*«, fragte sie vorsichtig.

»Nein.« Oberon schüttelte sein ergrautes Haupt. »Ich will sagen, dass sie hiermit einst zu uns kamen und uns die Technik der negativen Rezeption brachten.«

»Was … was bedeutet das?«, fragte Alex verblüfft. »Was meinst du damit? *Woher* sind die Unsichtbaren einst gekommen?«

»Aus der Zukunft«, lautete die ebenso knappe wie bestürzende Antwort.

Alex riss die Augen auf. »Du meinst ...?«

»Ich weiß, es ist nicht einfach, das zu verstehen«, sagte ihr Vater, »aber dies alles hier, dieses eigentümliche Arrangement von Säulen und Streben, von Kabeln, Konsolen und Generatoren – es ist nicht mehr und nicht weniger als eine *Zeitmaschine.*«

»Zeitmaschine?«, echote Alex.

Dann schwieg sie.

Augenblicke lang war sie nicht in der Lage, ein weiteres Wort hervorzubringen, so revolutionär und zugleich abwegig erschien ihr das, was ihr Vater sagte. Mit aller Kraft wehrte sich ihr Verstand dagegen, seinen Worten zu glauben, und sie wusste nicht, ob sie weinen oder lachen sollte angesichts der surrealen Situation, in der sie sich befand.

Nicht genug damit, dass sie sich in einem unterirdischen Bunkersystem inmitten des brasilianischen Regenwaldes aufhielt und dort auf eine seltsame Vorrichtung unbekannter Herkunft gestoßen war; dass ihr so lange untergetauchter Vater plötzlich wieder vor ihr stand und sich dazu noch als Anführer des Widerstands entpuppte – nun behauptete er auch noch, das rätselhafte Gebilde wäre eine verdammte ...

»Du redest Unsinn!«, war sie überzeugt. »So etwas wie eine Zeitmaschine gibt es nicht.«

»Genau wie Unsichtbare, richtig?«, fragte ihr Vater spitz und brachte sie damit zum Nachdenken. »Weißt du, was ein Wurmloch ist?«, fragte er dann.

»Nicht genau«, gestand sie. »Mein Fachgebiet ist Geschichte und nicht Astrophysik. Trotzdem glaube ich mich zu erinnern, das darunter eine Art Verbindung verstanden wird …«

»Das ist richtig, und zwar zwischen unterschiedlichen Regionen von Zeit und Raum, eine Einstein-Rosen-Brücke, so benannt nach Albert Einstein und Nathan Rosen, die dieses Phänomen 1935 zum ersten Mal benannten, nachdem sie es aus der einsteinschen Relativitätstheorie ableiteten. Nun stell dir vor, es wäre jemandem möglich, eine solche Verbindung nicht nur künstlich zu erzeugen, sondern sie darüber hinaus durch gezielte Energiezufuhr auch exakt zu kontrollieren.«

»Nun«, sagte Alex zaghaft, »ich nehme an, ein solcher Jemand wäre in der Lage, in Sekundenschnelle an jedweden Ort zu reisen.«

»Nicht nur an jedweden Ort, sondern auch in jedwede Zeit«, verbesserte ihr Vater. »Verstehst du, was ich dir damit sagen will, Alex? Wehre dich nicht dagegen, sondern akzeptiere es als unabänderliche Wahrheit: Die ersten Unsichtbaren waren Menschen, die mittels einer Maschine wie dieser aus ferner Zukunft zu uns gekommen sind.«

Doch sie konnte es noch immer nicht fassen. »Aber aus welchem Grund?«

»Aus demselben Grund, aus dem ein Mensch Museen und historische Denkmäler besucht oder aus dem du Geschichte studiert hast – um sich mit der Vergangenheit zu befassen, sie zu verstehen und aus ihr zu lernen.«

»Du glaubst …?«

»Ich glaube nicht, Alex – ich *weiß*, dass die ersten Unsichtbaren einst auf diese Weise in diese und andere Zeiten gelangten. Sie waren Forscher und Gelehrte und die Unsichtbarkeit diente ihnen dazu, die Objekte ihrer Forschung unbemerkt beobachten zu können.

Eine Weile lang gingen sie so ihrer Arbeit nach, ohne dass die Menschheit von ihrer Anwesenheit und ihren Besuchen auch nur etwas ahnte. Aber dann erwies sich das als wahr, was der griechische Philosoph Plato schon vor so langer Zeit über die Psyche eines Unsichtbaren schrieb. Eine erstaunliche Verstandesleistung, nicht wahr? Aber vielleicht hat Plato ja auch nur das niedergeschrieben, was er selbst erlebt hat. Wer vermag das schon zu sagen?«

Alex nickte, gespannt lauschend wie ein Kind, das eine Gutenachtgeschichte erzählt bekam, und erst ganz allmählich sickerte in ihr Bewusstsein, wie revolutionär das war, was ihr Vater ihr da mitteilte.

»Die Unsichtbarkeit sollte die Zeitreisenden lediglich schützen«, fuhr er fort, »doch sie erkannten auch, welch eine furchtbare Waffe sie sein konnte. Ein verführerisches Gefühl der Allmacht ergriff von ihnen Besitz und aus den anfänglichen Forschungen der Zeitreisenden wurden Experimente. Gefährliche, menschenverachtende Experimente, deren Ergebnis du an der Oberfläche sehen kannst.«

»Ich verstehe«, flüsterte Alex, die erkannte, dass sie im Gespräch mit Paolo Genaro richtig vermutet hatte – wenn auch ohne zu ahnen, dass die Wahrheit noch ungleich bestürzender war …

»Zivilisationen wurden errichtet und wieder zerstört, es wurde mutwillig Einfluss auf die Geschichte der Menschheit genommen, die zu studieren man gekommen war. Wie so oft wurde eine anfänglich durchaus positive und nutzbringende Technologie in ihr Gegenteil verkehrt, aus Motiven, die wir nur vermuten können. Sind die Menschen der fernen Zukunft noch immer mit den gleichen Schwächen und Fehlern behaftet wie wir? Wird auch in Tausenden von Jahren unser Handeln noch immer von niederen Motiven wie Gier nach Reichtum und Macht bestimmt? Wir wissen es nicht – ebenso wenig, wie wir zu sagen vermögen, wie oft die Unsichtbaren in unsere Geschichte eingegriffen haben.«

»Warum hat man nichts dagegen unternommen?«, wollte Alex wissen.

»Das hat man«, versicherte ihr Vater, »zumindest nehmen wir das an. Die letzte Zeitreise, von der wir wissen, führte ins Jahr 1908 und endete mit einer Katastrophe. Danach gab es keine weiteren Reisen in die Vergangenheit mehr. Etwas, das sich aus unserer Sicht erst eines fernen Tages ereignen wird, hat die Umtriebe der Unsichtbaren beendet. Zurück blieb nur ihre Technologie« – er machte eine ausgreifende Handbewegung –, »etwa an diesem Ort.«

»Das … das ist unvorstellbar!«, stieß Alex hervor. »Ich dachte immer, die Unsichtbarkeits-Technologie wäre eine Erfindung deutscher Wissenschaftler gewesen, die …«

»Hast du schon einmal etwas von der Tunguska-Katastrophe gehört?«, erkundigte sich ihr Vater.

»Nur entfernt«, gab sie achselzuckend zu. »Ist das nicht dieser Ort in Sibirien, wo ein Meteorit eingeschlagen sein soll?«

»Die einen sprechen von einem Meteoriteneinschlag«, räumte ihr Vater ein, »andere von einem UFO-Absturz und es gibt sogar Theorien, die als Ursache für die Katastrophe das Auftreffen eines kleinen Schwachen Lochs oder von Antimaterie auf die Erde nennen. Fakt ist, dass sich am 30. Juni 1908 über dem Fluss Tunguska in Sibirien eine gewaltige Explosion ereignete – einige Augenzeugen sprechen sogar von mehreren –, eine Explosion, die mehr als die tausendfache Sprengkraft der Hiroshima-Bombe hatte. Sie entwurzelte Bäume in einem Umkreis von 30 Kilometern und die Erschütterung war noch in einer Entfernung von 500 Kilometern spürbar. Aber die wirkliche Ursache dieser Explosion war kein UFO und auch kein Meteorit – sondern eine Zeitreise, die nicht nach Plan verlief! Das Wurmloch kollabierte und spuckte seine Passagiere im Jahr 1908 und in die endlose Weite Sibiriens aus.«

»Und … und weiter?«, fragte Alex erschüttert.

»Wie es heißt, haben zwei der Zeitreisenden die Katastrophe schwer verletzt überlebt. Der eine wurde von russischen Bauern gefunden, der andere von einer deutschen Expedition, die just zu dieser Zeit unterwegs war, um geologische Untersuchungen vorzunehmen.«

»Sie … *überlebten*?«, frage Alex verwundert. »Eine Explosion dieser Stärke?«

»Als das Wurmloch kollabierte, befanden sich die beiden Reisenden offenbar noch in ihrer Zeitblase«, erläuterte ihr Vater, »einer Art Energiefeld, das sie umgab und dafür sorgte, dass sie nur einen geringen Bruchteil der Zerstörungskraft zu spüren bekamen.« Er zuckte mit den Schultern. »Jedenfalls erklären wir es uns so.«

»Allmählich wird mir alles klar«, murmelte Alex. »Die Geologen nahmen den Zeitreisenden mit nach Deutschland, wo man auf diese Weise in den Besitz der Technologie der Unsichtbaren gelangte.«

»Nicht ganz«, widersprach ihr Vater. »Als die Deutschen den Zeitreisenden fanden, lag er im Sterben. Der Grad seiner molekularen Oszillation ließ bereits nach und er fluktuierte unablässig, sodass er vor den Augen der verblüfften Forscher im einen Moment zu sehen war und dann wieder nicht. Er starb, und so nahmen sie seinen Leichnam mit nach Berlin, wo er akribisch untersucht wurde, allerdings ohne dass man das Phänomen der Unsichtbarkeit hätte ergründen können. Erst als deutsche Physiker in den späten zwanziger Jahren einige Theorien die Unsichtbarkeit betreffend entwickelten, konnte man gezielt forschen – den Rest der Geschichte kennst du.«

»Allerdings.« Alex nickte. »Das Projekt ›Laurin‹ der Nazis, aus dem nach dem Zweiten Weltkrieg das Projekt ›Gyges‹ der Amerikaner wurde und das schließlich von Erfolg gekrönt war.«

»Wie man es nimmt.« Die Züge ihres Vaters verzerrten sich auf einmal vor Abscheu. »Ahnungslose junge Männer wurden hochdosierter Strahlung ausgesetzt und damit zu unsichtbaren Krüppeln gemacht. Ich würde das nicht gerade als Erfolg bezeichnen.«

»Dennoch hat es funktioniert«, beharrte Alex, die all diese neuen Informationen einzuordnen versuchte. »Aber wie fügt sich der Orden in diese Geschichte ein? Gab es ihn nun schon früher oder nicht?«

»Die Manipulationen unsichtbarer Zeitreisender reichen weit in die Vergangenheit, das ist wohl wahr – der Orden jedoch ist eine Erfindung der Grauen und erst nach dem Krieg entstanden. Aber um sich eine Aura von Unbesiegbarkeit und grenzenloser Macht zu geben, behaupten die Grauen, es hätte ihren Orden schon immer gegeben – nur eine weitere Lüge von vielen.«

»Dann kennen die Grauen die Wahrheit?«, fragte Alex.

»Natürlich – doch sie tun alles, um sie weiterhin zu verschleiern. Nur die Angehörigen des Innersten Kreises sind in das Geheimnis eingeweiht – aber das wird sich nun ändern!«

»Wie meinst du das?«

»Wir haben immer geahnt, dass es geheime Basen geben muss, die sich bis in unsere Tage erhalten haben, aber wir wussten es nicht mit Bestimmtheit. Benati stand in Ägypten kurz vor einem Erfolg, aber alles, was er dann entdeckte, war ein Stützpunkt, aus dem sämtliches technisches Gerät entfernt worden war …«

»Und dafür musste er sterben?«, fragte plötzlich jemand vom Eingang her.

Alex und ihr Vater wirbelten herum. Paolo Genaro stand vor ihnen, der früher als erwartet aus dem Camp zurückgekehrt war. Bestürzung war in den Zügen des Italieners zu lesen.

»Wie lange belauschen Sie uns schon, Dr. Genaro?«, wollte Oberon wissen.

»Lange genug«, antwortete der Archäologe. »Wusste Professor Benati von all diesen Dingen?«

»Allerdings«, bestätigte Oberon, »aus diesem Grund ließen die Grauen ihn ermorden. Sie wussten, wonach er suchte, und setzten alles daran, ihn aufzuhalten.«

»Weshalb?«, fragte Alex.

»Aber Tochter, verstehst du es denn nicht?«, fragte er. »All dies hier zeigt, dass der Orden nicht das ist, was er zu sein vorgibt. Es ist ein unwiderlegbarer Beweis dafür, dass die Grauen nichts sind als eine Bande ruchloser Verbrecher, die jedes menschliche Gefühl und jede Moral und Ethik schon vor langer Zeit verloren haben. Von allen Waffen, die wir im Kampf gegen den Orden benutzen können, ist die Wahrheit die mächtigste. Und dies hier« – er deutete abermals auf die Zeitmaschine – »*ist* die Wahrheit!«

»Dann verstehe ich jetzt, was der Professor in seinem letzten Brief meinte«, sagte Paolo und nickte betrübt. »Ohne seine Hilfe wären wir niemals so weit gekommen. Traurig nur, dass er seinen Triumph nicht mehr miterleben kann.«

»In der Tat«, stimmte Oberon zu, »aber wir werden dafür sorgen, dass sein Name unvergessen bleibt.«

»Wie das?«

»Noch wissen die Grauen nichts von diesem Ort. Sie ahnen nichts von der Existenz dieser Anlage, was uns einen immensen Vorteil verschafft. Wir werden an die Öffentlichkeit gehen und dafür sorgen, dass sich die Nachricht von unserem Fund wie ein Lauffeuer verbreitet. Wissen ist Macht, und diese Macht werden wir einsetzen, um den Orden bloßzustellen, ihm seine Unantastbarkeit zu nehmen. Mit dieser Entdeckung wurde die Macht der Grauen gebrochen, denn endlich haben wir Beweise.«

Epilog

Nummer 8 kam selten an diesen Ort.

Die Kälte setzte seinen deformierten Knochen zu und die Narben begannen auf eine Art und Weise zu schmerzen, gegen die auch die Drogen nicht halfen.

Dennoch kam er manches Mal her, wenn er sich vergewissern wollte: über die Vergangenheit und die Zukunft und den langen Weg, der dazwischenlag.

Mit einem Ruck kam der Aufzug zum Stehen. Die Türhälften teilten sich und mit einem leisen Stöhnen trat Nummer 8 in den sich anschließenden Gang.

Die Wände bestanden aus poliertem Stahl, der die Kleidung des Besuchers reflektierte, nicht jedoch seine Gestalt; ein grauer Mantel huschte den Korridor entlang, dessen Träger nicht zu sehen war.

Den Mantel zu tragen war das Privileg, das sich die Angehörigen des Innersten Kreises erworben hatten. Er war Zeichen ihres Standes und verriet zudem ihren Charakter; weder brauchten sie sich zu verstecken noch sich zu tarnen, wie es andere Unsichtbare taten. Denn sie lebten an diesem entrückten Ort, an dem ihnen keine Gefahr drohte, weder von den Rebellen noch von der sichtbaren Welt.

Sie waren die Grauen, die Anführer des Ordens, und hatten die absolute Macht. Der Preis, den sie dafür bezahlten, war allerdings hoch:

Entstellungen am ganzen Körper, Schmerzen, die nur unter Medikamenteneinfluss zu ertragen waren.

Wenn Nummer 8 Zweifel überkamen, wenn es Rückschläge zu bewältigen gab oder die Schmerzen zu schlimm wurden, dann suchte er die unterste Sektion auf. Die Tiefe barg eine Wahrheit, die außer den zwölf Mitgliedern des Innersten Kreises niemandem bekannt war; eine Wahrheit, so tröstend und zugleich so erschütternd, dass sie die Welt von einem Augenblick zum anderen verändert hätte.

Schleppenden Schrittes näherte sich Nummer 8 dem Panzerschott, vor dem der Gang endete. Daneben war eine Öffnung in die Wand eingelassen, in die der Unsichtbare seine nur noch zweifingrige Hand steckte.

Nummer 8 zuckte zusammen, als er den Einstich spürte. Eine Probe wurde entnommen und er wartete auf die Analyse. Sekunden später schien eine Erschütterung die Sektion zu durchlaufen und das Schott, das aus zwei Meter dickem Titanstahl bestand, glitt beinahe lautlos nach oben.

Ein Grinsen huschte über die grässlich entstellten Züge, die durch die Unsichtbarkeit vor den Augen der Welt verborgen waren, dann setzte sich Nummer 8 wieder in Bewegung, trat in die Dunkelheit, die jenseits des Panzerschotts herrschte.

Das Vorankommen war mühsam, der Marsch durch den Gang hatte ihn Kraft gekostet. Dennoch setzte Nummer 8 unnachgiebig einen Fuß vor den anderen, beschleunigte seine Schritte gar, so als würde ihn etwas – oder jemand – zu sich rufen.

Das Schott schloss sich hinter ihm ebenso lautlos, wie es sich geöffnet hatte, und für einen Moment fand sich Nummer 8 von völliger Dunkelheit umgeben.

Keuchend rang er nach Atem, sog gefilterte Luft in seine

verkümmerten Lungen. Er wartete, bis flackernd das Licht anging und diesen Ort erhellte, den Kern der Ordensmacht, das dunkle Geheimnis, das die Grauen seit Jahrzehnten hüteten.

Nummer 8 brauchte einen Moment, um sich zu fassen. Dann blickte er auf und starrte durch das dicke Glas des Containers in die leeren Augenhöhlen, deren Blick aus jener kalten und dunklen Tiefe zu dringen schien, die sie alle umgab.

Das Geheimnis der Unsichtbaren ist gelüftet, aber der Kampf gegen den Orden geht weiter …

Während Sie diese Zeilen lesen, ist Marc Van Allen damit befasst, den dritten und letzten Teil seiner Trilogie um den Orden der Unsichtbaren zu Papier zu bringen: *Caligo.* Alle Fragen und Rätsel werden dann geklärt und das Schicksal der Protagonisten wird sich erfüllen.

Marc Van Allen

Invisibilis

Thriller

Originalausgabe

ISBN 978-3-548-26613-8
www.ullstein-buchverlage.de

New York, 2006. Winston Seymour, Polizist kurz vor seiner Pensionierung, ermittelt in seinem letzten Fall. Dabei trifft er auf Sarah Lessing, eine junge deutsche Historikerin aus München. Sie ist auf der Flucht, denn jemand will ihren Tod. In ihrem Besitz ist nämlich ein altes Buch und das darin verborgene Geheimnis könnte die Weltgeschichte für immer verändern. Gemeinsam riskieren die beiden alles, um dem destruktiven Plan dieser unbekannten Macht ein Ende zu setzen und die Welt zu retten. Doch wie kann man seinen Feind bekämpfen, wenn man ihn nicht sieht?

UB401

ullstein